D1720221

Umar Kayam • Ein Hauch von Macht

Umar Kayam

Ein Hauch von Macht

Roman aus Indonesien

Aus dem Indonesischen
von Peter Sternagel

HORLEMANN

Die Deutsche Bibliothek – CIP-Einheitsaufnahme

Kayam, Umar:
Ein Hauch von Macht : Roman / Umar Kayam.
Aus dem Indones. von Peter Sternagel. -
Unkel/Rhein ; Bad Honnef : Horlemann, 1998
Einheitssacht.: Para Priyayi <dt.>
ISBN 3-89502-098-2

Titel der Originalausgabe
Para Priyayi

Die Übersetzung aus dem Indonesischen wurde
mit Mitteln des Auswärtigen Amtes unterstützt von
der Gesellschaft zur Förderung der Literatur aus
Afrika, Asien und Lateinamerika e.V.

Gedruckt in Deutschland

Bitte fordern Sie unser aktuelles Gesamtverzeichnis an:
Horlemann Verlag
Postfach 1307
53583 Bad Honnef
Telefax (0 22 24) 54 29
e-mail: info@horlemann-verlag.de
www.horlemann-verlag.de

Ein Hauch von Macht

Stammbaum der Familie Sastrodarsono

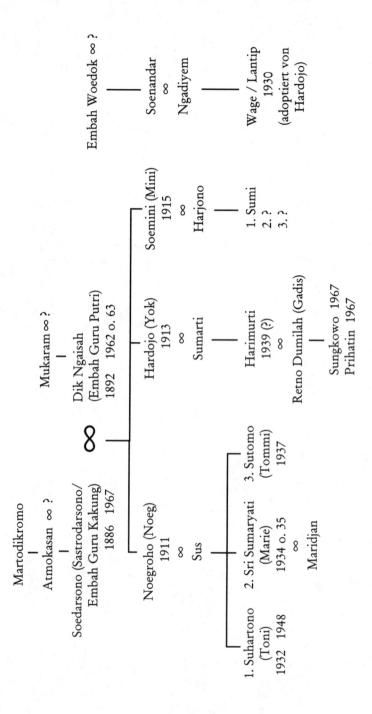

Wanagalih

Wanagalih ist ein Provinznest. Obwohl schon seit der Mitte des 19. Jahrhunderts Bezirkshauptstadt, ist es ein kleiner und völlig unbedeutender Ort. Es ist, als wäre Wanagalih schon über das Alter hinaus, in dem eine Stadt wächst und sich entwickelt. Sicher, die riesigen schattenspendenden Tamarinden zu beiden Seiten der Hauptstraße, die die Stadt in zwei Hälften teilt, die Bäume, die ich von klein auf kannte, stehen längst nicht mehr und sind inzwischen durch schlanke Akazien ersetzt. Sicher, den Markt mitten in der Stadt verzieren jetzt außen herum zahlreiche Verkaufsstände, so daß das ganze wie ein kleines Einkaufszentrum moderner Prägung wirkt.

Hinter den Buden und Läden jedoch, auf dem eigentlichen Markt, verkaufen die Leute noch die gleichen Waren wie zu meiner Kindheit. Da hängen in langen Reihen die weiten schwarzen Hosen aus Nessel, die die Bauern nach wie vor lieben, und daneben für die Bäuerinnen die derben Büstenhalter in rosa, weiß oder schwarz. Neben ihnen Hosenträger oder breite Gürtel mit der Geldtasche links und der Schnalle rechts, Gürtel, die die Bauern immer noch allem anderen vorziehen, weil sie zum Einkaufen am Markt so praktisch sind. Dann Peitschen und Strohhüte. Schließlich alle Sorten von Gemüse, die großen frischen Nangkas, Hühner und Enten. Und dann natürlich die Verkaufsstände mit Essen, Naschwerk und Getränken. Nasi Pecel, Wedang Cemoe, Tepo oder Tahu Ketupat und alle die vielen leckeren Kleinigkeiten. Und auch der Gestank ist immer noch der alte, säuerlich scharf steigt er einem in die Nase, es riecht nach Verfaultem.

Sicher, am südlichen Rand der Stadt ist jetzt ein großer Busbahnhof, wo die Busse aus Solo und Yogya, aus Madiun und Surabaya, ja sogar aus Den Pasar Tag und Nacht ohne Unterlaß ankommen und weiterfahren. Sicher, in den Wohngebieten in der Stadt sieht man hier und da schon Häuser aus Stein in moderner Architektur. Aber die Häuser alter Bauart sind doch noch in der Überzahl, die Holzhäuser, die langsam im Boden versinken, denn die schwarze Erde Wanagalihs ist brüchig und rissig. Aus diesem Grund hatte die Kolonialregierung klugerweise schon von alters her den Bau von Häusern aus Stein untersagt. Wanagalihs unsichere Erde hätte sie verschlungen. Selbst die Holzhäuser sacken ja ab, aber von Jahr zu Jahr doch nur unmerklich. Obwohl man diese Erfahrung bisher immer berücksichtigt hatte, bauen sich neuerdings – vielleicht aufgrund genauerer Untersuchungen – immer mehr Leute Häuser aus Stein. Möglicherweise ist ja inzwischen eine Technologie gefunden, die Unsicherheit des Grundes auszugleichen. Vielleicht sind sie aber auch nur der Ansicht, daß man modern sein müsse, daß also etwas Neues her muß. Oder vielleicht möchte man auch zeigen, daß man zu den Neureichen gehört. Und tatsächlich sehen die Steinhäuser aus, als wollten sie sich über die altersschwachen Holzhütten links und rechts lustig machen.

Was jedoch noch kraftvoll und stark wirkt, ist der Pendopo, die offene Halle der Bezirksverwaltung mit dem Alun-Alun, dem Stadtplatz, der sich davor erstreckt. Wenn auch der Pendopo schon hier und da restauriert wurde, die gewaltigen Stämme, die das Bauwerk tragen, mußten noch nie ersetzt werden und wirken nach wie vor fest und sicher, nirgendwo hat man den Eindruck, sie wären morsch oder baufällig. Wie es heißt, stammt das Holz von ausgesuchten Bäumen aus den Wäldern rings um Wanagalih. Man hat sie tief aus dem Inneren des Waldes geholt und nur die ältesten, als heilig angesehenen Stämme genommen.

Auch geht die Sage, man habe die Stämme, bevor sie gefällt wurden, von einem weisen Mann, einem Dukun oder Pawang, besprechen lassen. Und da gab es ja den Dukun Kiai Jogosimo, der übernatürliche Kräfte besaß und sich in Zauberformeln auskannte. Der war mit dem Wald so vertraut wie mit seinem Hinterhof. So eng jedenfalls war sein Verhältnis zum Wald und zu dem, was darin wohnte. Affen und alles mögliche Getier, selbst die Tiger erkannten seine Macht an und legten sich ehrfürchtig vor ihm nieder. Ja sogar alle Gewächse und Steine im Wald ehrten Pak Kiai Jogosimo. Der Alte besaß ein solches Ansehen, weil er - wie es hieß - die Gabe hatte, mit den Tieren, mit den Pflanzen und mit den Steinen zu sprechen. Wahrscheinlich gaben ihm deswegen die Leute den Namen Jogosimo, was soviel heißt wie »Wächter der Tiger«. »Kiai Jogosimo war wie der Prophet Suleman«, pflegte Kang Man zu sagen, der bei uns zu Haus das Wasser aus dem Brunnen zog und die Geschichte von seinem Großvater hatte.

Nach dieser Sage soll Kiai Jogo in einem langen feierlichen Zug mit seinen Begleitern, die Weihrauch und Opfergaben hinter ihm hertrugen, gefolgt von den Würdenträgern des Bezirks als Zeugen zu jedem einzelnen der ausgewählten Bäume hingegangen sein. Er soll sie befragt haben, ob sie bereit seien, sich von ihren Wurzeln hauen zu lassen, um die Wehr im Pendopo von Wanagalih zu bilden und das Volk im gesamten Gebiet zu beschützen. Während der Zeremonie der Befragung sei es im Wald totenstill geworden. Das Gekreisch der Affen verstummte, die Waldhühner hörten auf zu krähen, den Leoparden blieb ihr Fauchen im Halse stecken. Sogar die Bäume hielten ihre Blätter fest, um nicht zu rauschen, und selbst der Wind legte sich auf Geheiß von Kiai Jogo. Schließlich hätten die ausgewählten Bäume plötzlich begonnen, sich ganz sacht nach links und rechts zu neigen, so wie Ronggeng-Tänzerinnen ihre Körper wiegen. Währenddessen die anderen Bäume, die nicht ausgewählt und nicht befragt worden waren, still dastanden und sich nicht rührten. »Die Bäume haben sich zur Seite geneigt und haben getanzt zum Zeichen, daß sie dem Wunsch Kiai Jogos nachkamen. Na, wenn der Prophet Suleman befiehlt, wer will da nicht gehorchen!« setzte Kang Man seine Erzählung fort.

In Wirklichkeit war es keineswegs das Monopol von Kiai Jogosimo, mit den Planzen und Bäumen zu sprechen. Die alten Frauen im Dorf baten immer die Bäume und Sträucher um Erlaubnis, wenn sie von ihnen Blätter für ihre Küche pflücken wollten. Und als ich älter wurde, las ich zum Beispiel, daß auch in Südsulawesi die Baumeister der berühmten Bugis-Schiffe die Bäume, deren Stämme sie für ihre Schiffe verwenden wollen, stets erst fragen, ob sie einverstanden wären.

Schön, die Bäume also wurden schließlich mit mehreren Eimern Wasser übergossen. Anschließend wurden im Wald zwischen den Bäumen die Opfergaben ausgestreut. Kiai Jogosimo, die Musiker und die Würdenträger des Amtsbezirks ließen sich zur gemeinsamen zeremoniellen Mahlzeit nieder. Danach wurden die Bäume gefällt und mit allergrößter Behutsamkeit in die Stadt gebracht und dort zu Säulen und anderen Stützpfeilern zugeschnitten.

Weil es sich nicht um gewöhnliches Holz handelte, sondern um geweihtes, stehen die Säulen und Stützpfeiler des Pendopo von Wanagalih bis heute fest und sicher da. Nur die Säulen und Pfeiler des Pendopo des Mangkunegaran und der Empfangshalle des Palastes in Solo sowie die, die den inneren Teil des Keraton von Yogyakarta stützen, sollen prächtiger und fester sein. Die übrigen Pendopos der Regierung jedenfalls, so sagt man, halten keinem Vergleich mit dem mächtigen Pendopo von Wanagalih stand.

Für Kang Man war klar, der Pendopo von Wanagalih konnte nicht prächtiger sein als die Palastbauten von Solo oder Yogya. Das seien schließlich die Kratons des Reiches von Mataram. »Verflucht wäre, wer es mit diesen großartigen Palästen aufnehmen wollte...«

Der Alun-Alun vor dem Pendopo jedenfalls ist weiträumig und eindrucksvoll. Sein grüner gleichmäßiger Rasen verrät emsige und sorgfältige Pflege. Auch das riesige schattenspendende Waringinpaar in der Mitte des Platzes zeugt von gewissenhafter und fleißiger Hand. Und weil ihr Alun-Alun der größte in ganz Ostjava ist, sind der Bupati und die Einwohner von Wanagalih so stolz auf ihn. Nahezu alle Bürger haben das Gefühl, daß er ihnen gehört, und sie pflegen ihn deswegen auch gemeinsam. Nicht nur die Fußballvereine benutzen ihn abwechselnd, nein auch Büffel, Kühe und Ziegen werden dort nach festem Zeitplan geweidet, so daß der Rasen stets frisch bleibt. Nachmittags, wenn sich die Luft in Wanagalih abzukühlen beginnt, ist die Atmosphäre am Alun-Alun ungemein wohltuend. Die Leute, Männer wie Frauen, Ehepaare, kleine und große Kinder, sitzen da, genießen die frische Abendluft, packen ihre Nüsse aus und trinken ihren Wedang Cemoe. Die kleinen Kinder rennen umher, die Jugendlichen hocken in Grüppchen beieinander und beäugen sich gegenseitig. Die Eltern passen auf ihre Kinder auf und schauen hin und wieder dem Fußballspiel zu.

Eines Tages freilich wurde die friedliche Stimmung auf dem Alun-Alun durch Ereignisse gestört, die ihn zum Schauplatz von Blutvergießen und Morden machten. Beim Aufstand der PKI in Madiun wurde auch Wanagalih vom Sturm erfaßt. Abwechselnd schlachteten die Henker der Kommunisten und die Henker der Division Siliwangi alle ab, die sie für Vertreter der lokalen Regierung oder umgekehrt für Mitglieder der Kommunistischen Partei hielten. In diesen Monaten wurde ganz Wanagalih vom Fieber des Terrors erfaßt. Ich weiß nicht, ob der Alun-Alun jemals zuvor Schrekkenstage wie diese gesehen hatte. Ich weiß nur, daß der Alun-Alun früher gelegentlich als Richtstätte dienen mußte, wo man Räuber und Anführer von Banden oder auch Rebellen hängte. Aber ob es jemals Massaker und Erschießungen in derart großer Zahl gegeben hatte? Etwa während der unruhigen Zeiten des Aufstands von Diponegoro oder bei anderen Aufständen?

Es ist nur ein Glück, daß sich die Schrecken auf dem Alun-Alun von Wanagalih nicht wiederholt haben. Nicht einmal nach dem Putschversuch vom September 1965, als in den Flüssen die Leichen der Ermordeten antrieben, oft ohne Kopf, ohne Hände oder Füße. Glücklicherweise sind diese schrecklichen und grauenhaften Ereignisse schnell vorübergegangen. Manchmal sprechen zwar die Leute noch darüber, aber der Alun-Alun selbst erscheint wieder wie früher. Der Platz liegt grün und fruchtbar da, und abends genießen ihn die Leute mit frohem und friedlichem Herzen. Der Alun-Alun ist wie ein dickbäuchiger, gutherziger Riese, der ab und zu sein Maul aufsperrt und unbekümmert alles verschlingt, was sich vor ihm bewegt, und, wenn er gesättigt ist, das Maul wieder zuklappt und ein breites Lächeln zeigt.

Oh ja, die Wasserläufe, die Flüsse. Vorhin habe ich von den Flüssen gesprochen, die damals nach dem Putschversuch die Leichen der Opfer antrieben. Genau genommen gibt es drei Hauptflüsse, die den Stadtrand von Wanagalih anfressen. Zwei davon sind der Kali Madiun und der Bengawan Solo, die sich im Winkel von Wanagalih vereinen. Daß das Aufeinandertreffen – oder von mir aus auch die Vereinigung – dieser beiden Flüsse tatsächlich eine strategische Lage schafft, und zwar ebenso aus wirtschaftllicher wie militärischer Sicht betrachtet, beweist die Festung Benteng Pendem, die die Holländer damals zur Zeit des Aufstands von Diponegoro genau an der Stelle angelegt haben, wo die beiden Wasserläufe ineinanderfließen. Bis heute fahren Kähne mit Ernte oder allen möglichen Waren beladen in großer Zahl dort vorüber.

Außer diesen beiden besitzt Wanagalih noch einen weiteren Fluß, nämlich den Ketangga. Verglichen mit dem Kali Madiun oder dem Bengawan Solo ist er von beschämender Winzigkeit. Beschämend, weil er nicht nur schmal ist, sondern weil er auch keine Wasserstraße darstellt, nicht einmal Fische enthält, auch keine Krokodile oder Schildkröten, so daß die Kinder wenig Lust haben, dort zu spielen, und sich auch keine Angler einfinden. Aber dieser Fluß besitzt etwas, was die die beiden anderen nicht haben.

Der Ketangga wird nämlich in der »Jangka Jayabaya«, der Prophezeihung Jayabayas, als heilig bezeichnet und soll eines Tages Ratu Adil, die gerechte Königin von Java, gebären. Ich weiß ja nicht, ob diese Geschichte wahr ist. Tatsache ist nur, daß am Vorabend der den Javanern als glückbringend geltenden Tage, wie Selasa Kliwon oder Jumat Kliwon, viele in diesem Fluß ein Bad nehmen. Vielleicht hoffen ja die Leute, die im Fluß zu baden pflegen, auf ein göttliches Zeichen, daß sie zur Ratu Adil erwählt sind. Im übrigen habe ich auch erzählen hören, daß der Ketangga aus der »Jayabaya« gar nicht der Ketangga sein soll, der durch Wanagalih fließt, sondern ein anderer Fluß gleichen Namens in Ostjava. Die Leute, die so eifrig im Kali Ketangga von Wanagalih baden, seien – so heißt es – gar nicht in der Lage, eine Prophezeihung zu lesen. Und schon gar nicht die »Jangka Jayabaya«, die voller symbolischer Andeutungen ist.

Wenn ich solche Spitzfindigkeiten höre, lächle ich im stillen, denn ich denke daran, daß einer jener Badelustigen mein Onkel ist. Jedesmal, wenn ihn die Jüngeren damit ärgern, seufzt er tief und meint: »Oh, was wißt ihr denn schon! Ihr habt schon Familie, ja sogar Enkel, aber in Wirklichkeit seid ihr dumme Jungen. Wenn euer Onkel an jedem Abend vor Selasa Kliwon sein Bad im Fluß nimmt und vor Kälte mit den Zähnen klappert, dann sicher nicht, weil er scharf darauf ist, Königin zu werden, wie im Theater. Was für ein Unsinn! Es geht doch nicht darum, Königin zu werden, die auf einem Thron sitzt! Die Königin ist einfach der Hauch der Macht. Das ist der Wunsch eures Onkels. Der Hauch der Macht, um dem Wohl der Welt zu dienen, memayu hayuning bawana. Versteht ihr mich? Begreift ihr das?«

Natürlich verstand keiner von uns, was er damit meinte. Schon gar nicht, weil er diese Worte voller Zorn und Enttäuschung ausstieß. Erst Jahre später, als wir davon hörten, daß unser Onkel inzwischen »Bas« einer Truppe umherziehender Ketoprak-Spieler geworden war, also, wie es heute heißt, ihr Boß, und daß er außerdem zwei seiner Primadonnen oder Ketoprak-Stars geehelicht hatte, begannen wir zu begreifen, mittlerweile erwachsen, was er damals mit seinem Ausspruch »memayu hayuning bawana« gemeint hatte. Ich stellte mir vor, wie unser Onkel nun ein großer Mann war, mindestens drei seiner Zähne in Gold gefaßt, ein rotes Peci aus Samt schräg auf dem Kopf.

Ja, das ist Wanagalih. Und weil die Stadt ringsum von Wäldern umgeben ist, gab man ihr den Namen Wana, was soviel heißt wie Wald, und Galih, was inneres hartes Kernholz bedeutet. In der Tat lebt die Stadt vom Teakholz. Wenigstens war das früher so. Die Häuser der Beamten der Forstverwaltung, des »Boswezen«, das wir gewöhnlich »bosbesem« nannten, waren die schönsten in der Stadt. Sie waren vollständig aus bestem Teakholz erbaut. Der Chef der Forstverwaltung war der angesehenste Mann in Wanagalih. Bei öffentlichen Ereignissen oder Feierlichkeiten vergaß man nie, ihn einzuladen. Natürlich war sein Platz immer in der ersten Reihe. Als schließlich die Zeit kam, daß ein Einheimischer in dieses Amt eingesetzt wurde, war er es, der für den Bupati, den Bezirkspräsidenten, der wichtigste Partner beim Pei, dem chinesischen Kartenspiel, war. So war es jedenfalls früher, in der Kolonialzeit, und vielleicht auch noch zur Zeit der japanischen Besatzung.

Heute bildet Wanagalih eher einen Umschlagplatz für den Durchgangsverkehr. Vielleicht ist das der Grund, warum die Stadt trotz aller Anstrengungen, mit der Zeit mitzuhalten und am allgemeinen Fortschritt teilzunehmen, noch immer den Eindruck einer Kleinstadt macht, in der nichts los ist. Die jungen Leute ziehen massenweise weg, um in Surabaya, Jakarta oder anderswo Arbeit zu suchen. Und auch die, die das Glück haben, weiterführende Schulen zu besuchen, gehen in die großen Städte, wo sie ein reiches Angebot von Bildungsmöglichkeiten vorfinden. Es bleiben, wie schon früher, nur die Pensionäre, von denen die meisten noch in Holzhäusern wohnen und mit ihnen langsam einsinken, als würden sie sozusagen von der schwarzen brüchigen Erde, wie sie für Wanagalih typisch ist, verschlungen.

Früh am Morgen nach dem ersten Hahnenschrei, noch bevor sich die Morgenröte zeigt, beginnen die Straßen lebendig zu werden. Dann machen die Pensionäre ihren ersten Morgenspaziergang, und die Hunde beginnen herumzutollen. Sie, die Rentner, kommen aus allen Teilen der Stadt, gewöhnlich zu zweit, manchmal auch zu mehreren. Das Schlurfen der Sandalen, das Hüsteln, die Halstücher, die sie sich umgeschlungen haben, sind ihr Erkennungszeichen und schließlich auch ein Merkmal von Wanagalih. Auf dem Alun-Alun kommen die Gruppen und Grüppchen der Pensionäre unter den eingezäunten Waringinbäumen zusammen. Wenn sich dann die Bettler und Landstreicher in immer größerer Zahl hinter dem Zaun der Waringin einfinden, verlagert sich der Pensionärstreff langsam gegen das Wachhaus der Bezirksverwaltung hin. Die Themen und Fragen, die ihre Gespräche ausfüllen, sind mannigfaltig. Sie vergleichen ihre Kinder und Enkelkinder, streichen deren Besonderheiten heraus, sprechen über ihr Leben im Ruhestand, und dann kommen natürlich die verschiedensten Gedanken und Ansichten über das Leben in dieser Welt und das Leben im Jenseits zur Sprache. Solange die Gespräche um die Kinder und Enkel kreisen oder ihr eigenes Leben als Pensionäre betreffen, bleiben sie gelassen, wenn auch gelegentlich einer seine Stimmer lauter als die anderen erhebt. Wenn die Unterhaltung dann aber zum Meinungsaustausch über die Welt wird, egal ob es um das jetzige Leben oder um das Leben danach geht, dann kann es schon heiß hergehen. Dann gehen ihre brüchigen und zittrigen Stimmen immer mehr in die Höhe, sie müssen immer häufiger hüsteln und haben mit dem Auswurf zu tun, der ihnen in der Kehle steckenbleibt.

Ich kann das hier so anschaulich berichten, weil ich oft genug Embah Guru, Großvater Sastrodarsono, seufzen und greinen gehört habe, wenn er von der morgendlichen Zusammenkunft nach Hause zurückkehrte. Trotzdem verging kein Morgen, an dem er nicht beim ersten Hahnenschrei auf war, um sich auf den Weg zu seinem »Routinetreffen« zu machen.

Je heller es wird, desto dichter werden die Gruppen von Händlern, die dem Markt zustreben, das Tschring-Tschring-Tschring der Einspänner wird häufiger und lauter. Dann löst sich die Zusammenkunft der Pensionäre allmählich auf, sie kehren in ihre Häuser zurück, schlürfen ihren heißen Kaffee, lassen sich einige geröstete Bananen oder gekochte Süßkartoffeln schmecken, nehmen schließlich ihr Morgenbad mit warmem Wasser und ruhen sich in ihrem Schaukelstuhl aus. Und Wanagalih dreht sich weiter im Rhythmus des Tschring-Tschring-Tschring der Einspänner, ab und zu rattert in der Ferne ein Bus. Das Grollen einer Lokomotive dagegen war in Wanagalih noch nie zu hören, ein Zug ist hier nie vorbeigekommen.

Lantip

Mein Name ist Lantip. Das heißt, eigentlich hatte mich meine Mutter Wage genannt, weil ich an einem Samstag geboren bin, der nach dem javanischen Kalender auf den Tag Wage fiel. Der Name klang aber furchtbar rückständig. Deshalb bekam ich später, als ich nach Wanagalih ins Haus Sastrodarsono kam, den Namen Lantip. Vorher lebte ich mit meiner Mutter im Dorf Wanalawas, ein paar Kilometer von Wanagalih entfernt. Wie die Leute sagen, ist Wanalawas der ältere Ort, der Ursprungsort von Wanagalih. Als der König von Mataram erkannte, daß die Gegend, in der heute Wanagalih liegt, eine besondere strategische Bedeutung hatte, da sich dort zwei Flüsse vereinen, befahl er dem Bupati von Madiun, dafür zu sorgen, daß dieses Gebiet besiedelt würde. Also wurde angeordnet, das Dorf zu verlegen und dafür das Gebiet, das man später Wanagalih nannte, in Besitz zu nehmen. Und was von Wanalawas übrigblieb, wurde zu einem Anhängsel von Wanagalih.

Als Folge davon schrumpfte die einstmals ansehnliche Gemeinde Wanalawas und wurde zu einer kleinen unbedeutenden Ortschaft. Zu den wenigen dort zurückgebliebenen Familien gehörten auch die Vorfahren meiner Mutter. Wie meine Mutter erzählte, waren sie Reisbauern, die auch Gemüse und etwas Tabak anbauten. Ihre Reisfelder waren nicht sehr groß, umfaßten nur ein oder zwei Bau. Auch waren sie vom Regenwasser abhängig, weil sie viel zu weit entfernt vom Fluß lagen, als daß dessen Wasser bis zu ihnen gereicht hätte. Zusätzlich zum Reisanbau war es in meiner Familie üblich, Tempe herzustellen. Mein Vater ... ach, ich habe ihn niemals kennengelernt. Meine Mutter sagte immer, mein Vater sei weit weggegangen, um Geld zu verdienen.

Erst viele Jahre später, als ich längst im Haus der Familie Sastro-darsono aufgenommen war, als ich mich immer wieder vom Großvater Sastrodarsono, dem verehrten Herrn Lehrer, beschimpfen lassen mußte, bekam ich allmählich eine Ahnung, wer mein Vater war. Der alte Herr Sastrodarsono war ja ein guter und gerechter Mann, aber er war auch grob, und wenn er wütend wurde, dann schimpfte und fluchte er wie verrückt. Und wenn ich es war, der dann das Opfer seiner Beschimpfungen wurde, erfuhr ich indirekt, wer mein Vater war: »Du Affe, du dämlicher Sohn eines Banditen, Sohn eines Strauchdiebs ...«

Solche Flüche hagelte es meistens, wenn ich mich bei einem Auftrag, den er mir erteilt hatte, allzu töricht anstellte. Und zu den heiklen Aufträgen, bei denen einem kein Fehler unterlaufen durfte, gehörte es beispielsweise, von seiner Frau, der Großmutter, Geld zu holen, wenn er, der Großvater, am Spieltisch beim Kesukan verlor und ihm das Geld ausging. Im Grunde war das chinesische Kartenspiel, das die Priyayi Kesukan nannten, alles andere als ein Glücksspiel großen Stils. Es war einfach ein Spiel, das den kleinen Priyayi in ihren Mußestunden etwas Abwechslung brachte. Allerdings bedeutete, am Spieltisch zu verlieren – egal, ob es um hohe oder niedrige Einsätze ging –, eben eine Niederlage. Die Emotionen gingen einem durch, die Frustrationen stiegen in den Kopf. Dann flossen die unterschiedlichsten Gefühle zu einem einzigen zusammen. Ärger, Wut, Neid, Spielfieber, das Verlangen, unbedingt gewinnen wollen, den Verlust wieder wettzumachen, und schließlich die Scham über die Niederlage suchten ein Ventil. Und der alte Herr Sastrodarsono, sonst ein Mann voller Humor, wurde mit einem Mal zu einem völlig anderen Wesen. Man bekam fürchterliche Angst. »Dummkopf! Nicht einmal Geld kannst du holen, du Sohn eines Halunken, Sohn eines Strauchdiebs...«, so lauteten dann seine Beschimpfungen. Und ich, vom Schwall dieser Flüche überschüttet, konnte nur betreten den Kopf senken.

Das war ich also, Sohn eines Banditen, Sohn eines Strauchdiebs! Nur, an wen sollte ich mich wenden, um Näheres zu erfahren? Meine Mutter war stets unzugänglich und schnitt mir das Wort ab, wenn ich genauere Fragen über meinen Vater stellen wollte. Als sie mich der Familie Sastrodarsono übergab, war ich gerade einmal sechs Jahre alt, und die immergleiche Geschichte, die ich über meinen Vater zu hören bekommen hatte, lautete: »Dein Vater, ja, der ist weit weg. Weeeiiit weg. Der ist weggegangen, um viel Geld zu machen, damit wir einmal ein neues Haus bauen, größere Reisfelder kaufen können, Rinder, Wasserbüffel und vieles andere. Du wirst dich bestimmt sehr freuen, wenn dein Vater eines Tages heimkommt.«

Schließlich hörte ich auf zu fragen, denn mir wurde klar, daß mein Vater nie zurückkehren würde. Auch die Leute aus Wanalawas, die ich fragte, meinten immer nur, mein Vater sei in die Ferne gegangen, sehr weit weg. Meine Spielkameraden pflegten ihre Scherze über die Eltern der anderen zu machen, aber niemals über die meinen. Irgendwann hatte ich es dann aufgegeben, hatte aufgehört zu fragen, und nahm die Erklärungen meiner Mutter hin. Und außerdem, der Großvater Sastrodarsono stieß die Flüche gegen meinen Vater ja nur aus, wenn er beim Spiel verlor.

Die Verbindung meiner Mutter zur Familie Sastrodarsono im Jalan Setenan rührte von ihrem Tempe-Handel her. Meine Mutter ging mit ihrem Tempe von Haus zu Haus und kam dabei auch immer in das Haus im Jalan Setenan. Offensichtlich traf der Tempe, den meine Mutter herstellte, den Geschmack der Sastrodarsonos. Jedenfalls gehörte die Familie schließlich zur festen Kundschaft meiner Mutter. Der Tempe war fest und mürbe zugleich, dazu herzhaft, weil sie reichlich und ausgesucht gute Sojabohnen verwendete. In der Tat waren die Dörfer um Wanagalih für ihren schmackhaften Tempe bekannt. Und noch heute gilt Tempe aus der Gegend von Wanagalih in ganz Ostjava als Leckerbissen. Wenn meine Mutter in die Stadt ging, um ihren Tempe feilzubieten, ließ sie mich allein zu Haus zurück.

Ganz allein war ich allerdings nicht, denn im Haus lebte Embah Wedok, meine Großmutter, von der ich nicht wußte, wie alt sie eigentlich war. Für mich war sie schon immer alt und gebrechlich gewesen. Ihre Kammer sah aus wie das Lager eines Waldtieres, so chaotisch und wild verstreut lagen alle Sachen herum. Ich hatte von meiner Mutter, wenn sie zum Tempe-Verkauf aufbrach, den Auftrag, Embah Wedok das Essen zuzubereiten. Gewöhnlich war das Essen schon fertig, denn meine Mutter hatte schon am Morgen, wenn sie den Tempe machte, gleichzeitig auch Reis und Gemüse für uns alle gekocht. Meine Aufgabe bestand also lediglich darin, den Reis und das Gemüse auf einen Teller zu tun und ihn Embah Wedok in ihr »Nest« zu bringen.

Ich habe nie wirklich begreifen können, warum meine Großmutter mir und auch meiner Mutter nie ein Lächeln schenkte. Ihr

Gesicht war stets finster und traurig, ihre Augen blickten abwesend ins Leere, und oftmals war sie regelrecht unfreundlich. Wenn ich ihr das Essen brachte, nahm sie es nie mit irgendeinem Zeichen von Freude auf, im Gegenteil, sie grummelte immer etwas vor sich hin, dessen Sinn unverständlich war. Meistens lief ich, nachdem ich der Großmutter das Essen hingestellt hatte, schleunigst aus dem Haus, um mit den anderen Kindern auf dem Dorfplatz zu spielen. Und ich kehrte erst zurück, wenn mir der Magen knurrte oder wenn es mir zu langweilig wurde. Dann nahm ich die Teller mit dem Essen, oder vielmehr mit den Resten, die meine Großmutter übriggelassen hatte, und wusch sie am Brunnen. Dabei streute ich die Essensreste auf den Hof, wo die Hühner sie im Nu vertilgten.

Gegen drei Uhr nachmittags kehrte dann meine Mutter von ihrem Verkaufsgang zurück. Ihr Gesicht war von der Sonne verbrannt, zu beiden Seiten der Wangen tropfte ihr der Schweiß herunter. Ihr Haar war völlig aufgelöst. Und doch war dies der Moment, auf den ich mich jeden Tag am meisten freute. Ich hatte mich nach der Mutter gesehnt, aber es war noch etwas: Sie vergaß nie, vom Markt ein paar Leckereien mitzubringen: Kelepon, Onde-Onde oder Nagasari. Vielleicht macht es die Erinnerung an jene Süßigkeiten vom Markt, die ich so köstlich fand, daß ich noch heute, viele Jahre später, immer wieder meine Frau bitte, solche Leckereien auf den Tisch zu bringen.

Schließlich aber kam jener Tag, an dem Embah Wedok, meine Großmutter, morgens nicht mehr aufstand. Sie war heimgegangen. Unser kleines Dorf in der Gemeinde Wanalawas bestand ja nur aus wenigen Familien. Deswegen kamen auch nicht viele Leute bei uns vorbei, als meine Großmutter starb. Ich erinnere mich auch, daß das Begräbnis sehr bescheiden ausfiel und rasch vorüber war. Ich sah nur zu und lief hinter den Erwachsenen her, die Großmutters Leichnam zum Dorffriedhof trugen. Aber seltsam, jetzt, wo Embah Wedok das Haus verlassen hatte, wirkte es sehr einsam. Allerdings: Was war das denn für eine Stimme gewesen, die von ihr zu hören war! So wie ich sie kannte, hatte sie den größten Teil der Zeit nur geschwiegen, das Gesicht mürrisch, den Blick abwesend in die Ferne gerichtet. Die Worte aus ihrem Mund waren nichts als Gebrummel und unverständliches Zeug gewesen.

Am Tag nachdem Embah Wedok heimgegangen war und sich die Nachbarn nicht mehr zeigten, war es still und verlassen in unserem kleinen Haus. Ich erinnere mich genau, was meine Mutter über meine Großmutter sagte. Es war nur ein einziger, aber sehr langer Satz: »Deine Großmutter, weißt Du, hatte ein trauriges Leben voller Enttäuschungen, alle Menschen, die sie liebte, haben sie verlassen.« Ich verstand den Satz wohl, aber was begreift ein Kind von sechs Jahren schon vom tieferen Sinn solcher Worte! Ich versuchte auch nicht, weiter zu fragen, denn meine Mutter sah nicht so aus, als wollte sie mir weitere Einzelheiten anvertrauen. Vielleicht hatte sie ja nur so etwas dahinsagen wollen. Erst sehr viel später, viele Jahre danach, begann mir aufzugehen, wenn ich an meine Mutter dachte, daß sie wohl damals beim Tode meiner Großmutter auch ihr eigenes Schicksal beklagen wollte.

Nach dem Tod der Großmutter wollte mich meine Mutter nicht allein im Haus zurücklassen, wenn sie Tempe verkaufen ging. Also mußte ich von da an nicht nur bei der Herstellung des Tempe helfen, sondern ihr auch in die Stadt folgen, mal neben ihr, mal hinter ihr durch die Straßen und Gassen der Stadt laufen. Ich erinnere mich noch sehr gut, wie es mir Spaß machte und wie ich zugleich ziemlich erschöpft neben ihr hertrottete, wenn sie Tempe feilbot. Es war nur ein Glück, daß ich dabei nicht den Ausrufer spielen mußte, denn sie besaß eine feste Kundschaft. Was mir besonders im Gedächtnis geblieben ist, war die brennende Sonne von Wanagalih, die mit ihrer Hitze die Kehle austrocknet und schrecklich durstig macht. Einmal bedrängte ich meine Mutter, mir Eis zu kaufen. »Ach was, wozu denn!« erwiderte sie kurz angebunden, und ich schwieg. Ich wußte, meine Mutter hatte zwar ein gutes Herz, aber sie war sehr sparsam und genügsam. Sie hatte es lieber, wenn wir unseren Durst am Brunnen des Alun-Alun stillten. Manchmal hatten wir auch Glück und bekamen bei einem Kunden Tee angeboten.

Zu den gutherzigsten Kunden meiner Mutter zählte die Familie Sastrodarsono. Der Jalan Setenan, wo sie wohnten, lag freilich im Stadtinneren, ziemlich weit entfernt von den anderen Kunden. Aber meiner Mutter gelang es, ich weiß nicht wie, weitere Kunden dort zu gewinnen. Jedesmal wenn wir im Setenan ankamen, waren wir mit unseren Kräften ziemlich am Ende, schweißüberströmt, von der Sonne verbrannt. Wahrscheinlich war es unser mitleiderregender Anblick, der die Sastrodarsonos rührte. Natürlich nannte ich zu der Zeit den Großvater, den verehrten Herrn Lehrer, noch nicht Embah

Guru oder Embah Sastrodarsono. Meine Mutter redete ihn mit Ndoro Guru, verehrter Herr Lehrer, und seine Frau mit Ndoro Guru Putri, verehrte Frau Lehrer, an, und ich tat dasselbe. Als sie bemerkten, daß mich meine Mutter mitbrachte, erkundigte sich Ndoro Guru sofort in einem – wie es mir jedenfalls damals vorkam – äußerst freundlichen und zugleich gütigen Ton nach dem Grund für diesen Umstand. Ich erinnere mich noch an dieses Gespräch: »Was ist denn das, Yu, du bringst dein Kind mit?«

»Ja, Ndoro. Zuhause ist niemand, der auf den Jungen aufpassen kann.«

»Mein Gott, wie traurig. So ein kleines Kind schleppst du überall mit hin!«

»Was bleibt mir denn anderes übrig!«

Ich weiß noch, wie mich Herr und Frau Sastrodarsono lange anblickten. Natürlich konnte ich das nur aus dem Augenwinkel wahrnehmen, denn ich wagte während des Gesprächs nicht den Kopf zu heben. Wo hätte denn auch ein Junge aus dem Dorf von gerade mal sechs Jahren, dazu noch einer, der mit dem Tempe-Korb herumlief, den Mut hernehmen sollen, den Kopf zu heben und diesen hochstehenden Leuten ins Gesicht zu sehen! Unmöglich. So eine Verwegenheit war einfach undenkbar. Es war also wohl völlig normal, wenn ich vor so hochgestellten Personen den Kopf senkte.

»Geh nach hinten in die Küche, Yu, und laß dir Tee geben!«

Seit diesem Gespräch bildete das Haus im Jalan Setenan für uns einen wichtigen Ort, an dem wir verweilten. Wichtig nicht bloß, weil wir dort im Schatten ausruhen konnten und reichlich Tee gegen unseren Durst bekamen. Nein, auch weil unsere Beziehungen zu der ganzen Familie dort immer enger wurden. Obwohl es für uns nur einen Ort darstellte, an dem wir Schatten suchten, wurde das große Haus mit den schönen Holzplanken für uns allmählich zu einer Art zweiter Wohnstatt. Allerdings wäre es eine arge Übertreibung, wenn ich das schöne große Haus einfach so bezeichnen würde. Es war viel zu groß und viel zu schön, als daß man es unser zweites Haus hätte nennen können. Erst recht, wenn man es neben unser Haus im Dorf von Wanalawas gestellt hätte, das aus Gedek, aus Bambusmatten, gemacht war. Und schon gar, wenn man daran dachte, daß das Haus im Setenan das Haus eines Priyayi war, des Direktors einer Dorfschule.

Zu jener Zeit besaß der Leiter einer Dorfschule in den Augen einer Gesellschaft wie der von Wanagalih einen recht hohen Rang. Einem Schulleiter wurde von der Gesellschaft wie auch von der Regierung der Rang eines Priyayi beigemessen. Er bekleidete ein Amt und bezog ein regelmäßiges Einkommen. Nein! Wenn ich also das Haus im Setenan als unsere zweite Wohnstatt bezeichne, dann tue ich das in aller Demut und mit dem Gefühl großer Dankbarkeit. Es war eine zweite Wohnstatt für uns als schattenspendender Ort, an dem wir uns sehr wohlfühlten und wie zu Hause vorkamen.

Das Ehepaar Sastrodarsono zeigte sich uns gegenüber, obwohl sie ja Priyayi waren, keineswegs allzu distanziert. Natürlich waren sie hochgestellte Leute, während wir nur Dörfler waren, Bauern, mehrere Stufen unter ihnen. Das war uns sehr wohl bewußt. Und so verbrachten wir die ein, zwei Stunden des Aufenthalts bei ihnen nicht einfach schlafend hinten auf dem Balai-Balai, dem Ruheplatz im Hinterhaus. Meine Mutter half den anderen Frauen bei ihrer täglichen Arbeit, half Geschirr zu waschen, die Fußböden in allen Teilen des Hauses zu reinigen und gelegentlich auch Reis zu stampfen und den Mahlstaub von den Körnern zu trennen. Ich selbst konnte als Kind nicht viel mehr tun, als hie und da mitzumachen. Was mich besonders freute, war, wenn ich am frühen Nachmittag Kang Trimo kommen sah, wie er die Wasserbüffel von den Reisfeldern heimtrieb. Ich durfte dann einem Büffel auf den Rücken klettern und in den Stall reiten. Oder auch die Enten mit nach Hause treiben, die von Jairan gehütet wurden.

Obwohl ja Ndoro Guru Schulleiter und damit ein Priyayi war, betrieb er doch auch Landwirtschaft. Hinter dem Haus im Setenan befand sich ein Garten mit allerlei Stauden und Gewächsen wie Bananen, Süßkartoffeln und Sing Kong, darunter auch Uwi, eine schwarze Art von Süßkartoffeln, die an Bäumen hochrankt, und in den Ecken des Feldes standen Bambusstauden. Hinter dem Garten erstreckten sich Reisfelder, mehrere Bau groß. Garten und Reisfelder bildeten den Grundstock der Einkünfte, die Ndoro Guru neben seinem Gehalt, später dann neben seiner Pension, bezog, denn der Haushalt im Setenan war recht groß.

Ndoro Guru hatte ja neben seinen eigenen Kindern, die er aufziehen mußte, auch noch einige Neffen bei sich aufgenommen. Kurz, der Haushalt von Ndoro Guru stellte den typischen Haushalt eines javanischen Priyayi dar, in dem der Hausherr die Stütze der Großfamilie bildet und verpflichtet ist, möglichst viele Verwandte bei sich aufzunehmen. »Ja nicht Vermögen und Ansehen nur selbst genießen und sich abkapseln!«, so hörte ich immer wieder Ndoro Guru zu seinen Kindern und anderen sagen: »Es gehört sich nicht, ist geradezu unanständig, daß irgendein Angehöriger der Großfamilie eines Priyayi, und sei er auch verwahrlost oder ein Herumtreiber, unbeachtet bleibt, keine Erziehung genießt.« Das war einer seiner Grundsätze. »Ein Priyayi, der sich um nichts kümmert, ist ein schlechter Priyayi, ja ist überhaupt kein Priyayi«, konnte sich Ndoro Guru ereifern.

Eines Tages nach einem unserer Besuche im Jalan Sentanan saßen wir auf der Bank vor unserem Haus in Wanalawas. Es war ein wunderschöner Spätnachmittag. Der Himmel im Westen war in ein gelbliches Rot getaucht, von dem ganz merkwürdige Strahlen ausgingen. Vor Sonnenuntergang sahen die ganze Vorderseite und der Vorplatz unseres Hauses viel schöner aus als sonst, viel klarer, aber auch fremdartiger. Ich hatte noch nie so eine Stimmung erlebt. Voller Angst drängte ich mich an die Seite meiner Mutter. Die nahm mich in den Arm und streichelte mir das Haar. »Das nennt man Candikala, Abendröte«, meinte sie. Ich nickte nur mit dem Kopf, ohne zu begreifen, was sie damit sagen wollte. »So ist, nach den Erzählungen deiner Urgroßeltern«, fuhr sie fort, »das Wetter, wenn sich das Heer von Nyai Roro Kidul, der Königin des Meeres, ordnet, um ihr das Geleit zu geben.« Ich nickte und preßte meinen Körper enger an den meiner Mutter. Ich fühlte, etwas Seltsames und Furchtbares würde geschehen. Ich betrachtete das Gesicht meiner Mutter, das mir in diesem Augenblick besonders schön vorkam. Vielleicht weil sie an diesem Nachmittag nach dem Baden so frisch aussah. Vielleicht aber auch wegen des Abendrots. Schließlich stellte mich meine Mutter vor sich hin: »Wage, mein Kind, mein Kleiner!«

Ich erschrak, daß mich meine Mutter so mit meinem Namen anredete. Das tat sie sonst nie. »Du bist jetzt schon groß. Schon sechs Jahre.«

Ich wunderte mich abermals. Wir wußten doch beide bereits seit einiger Zeit, daß ich sechs war.

»Es ist Zeit, daß du dieses kleine und enge Dorf verläßt, mein Kleiner.«

»Verlassen? Aber wohin sollen wir gehen?«

»Nicht wir, du allein!«

Ein Schreck fuhr mir in die Glieder. Ich wußte, jetzt würde gleich etwas Schlimmes kommen.

»Wohin soll ich gehen, Mutter?«

»Du wirst zu Ndoro Guru in das Haus im Setenan gehen.«

»Ja, und wohin gehst du, Mutter?«

»Ich bleibe natürlich hier, in Wanalawas. Du mußt nicht weinen!« Tatsächlich hatte ich zu weinen begonnen, der Gedanke an unsere Trennung überwältigte mich.

»Ich will bei dir bleiben, Mutter!«

»Aber, aber, wir sehen uns doch jeden Tag. Ich komme doch jeden Tag im Setenan vorbei. Du bist bei dem Herrn Lehrer und lernst schnell eine Menge, und dann gehst du zur Schule. Hier gibt es keine Schule, hier ist gar nichts. Ja?«

Ich merkte bald, meine Mutter hatte entschieden, da war nichts mehr zu ändern. Offenbar hatte meine Mutter die Sache schon mit dem verehrten Herrn Lehrer und seiner Frau abgesprochen. Am nächsten Tag, als wir im Setenan Station machten, kehrte ich nicht mit nach Wanalawas zurück. Ich weiß heute nicht mehr genau, ob ich damals weinte oder nicht. In Erinnerung geblieben ist mir nur der Abschied von meiner Mutter, der kurz und nüchtern war.

»Sei immer gut, fleißig und anständig, wenn du hier bei Ndoro Guru im Setenan bist!«

Danach, das weiß ich noch, brachte meine Mutter eilig ihren Korb mit dem restlichen Tempe in Ordnung und drückte mir ein Bündel mit ein, zwei Hemden in die Hand. Ich wundere mich, daß ich damals nicht trauriger war, als ich meiner Mutter nachblickte und sah, wie sie wegging und in Richtung der Hauptstraße verschwand.

Ich hatte keine Ahnung, was sich der verehrte Herr Lehrer und seine Frau dabei gedacht hatten, jedenfalls bekam ich ein Zimmer im Haupthaus, wenn auch ganz im hinteren Teil desselben. Ich hatte gehofft, ich würde ein Zimmer im Hinterhaus bekommen, gleich neben der Küche, zusammen mit Kang Man und Kang Trimo, oder wenigstens ein Zimmer mit Mbok Nem und Lik Paerah. Ich stellte mir vor, daß ich mich bei ihnen gleich zu Hause fühlen würde, daß ich abends ihren Erzählungen und Märchen zuhören könnte und daß sie mir sicher beibringen würden, javanische Dichtungen und Lieder zu singen, die ich so schön fand.

Tatsächlich aber bekam ich das Zimmer im Haupthaus. Dort gab es insgesamt vier Zimmer. Das größte war natürlich das Schlafzimmer von Ndoro Guru Kakung, dem Herrn Lehrer, und seiner Frau. Dieses Zimmer erschien mir damals ungeheuer groß und prächtig. Da stand ganz nahe an der nach Norden gelegenen Wand ein riesiges eisernes Bett mit Matratze, Kissen, Beinrolle, und darüber hing ein herrlich weißes Moskitonetz mit einer Bordüre aus gestickten Blumen, ebenfalls in weiß. Dieses Bett erschien mir so schön und gewaltig, daß ich nicht anders konnte, als es zu bewundern. Man spürte es, das Bett strahlte Würde aus. Des weiteren befand sich im Zimmer auch ein riesengroßer Kleiderschrank aus Teakholz. Der Schrank war ebenfalls sehr edel. An der Wand nach Süden hing ein großer ovaler Spiegel. Und was in dem Zimmer noch meine Aufmerksamkeit erregte, war ein kleiner Schrank, in dem Ndoro Guru seine Krisse aufbewahrte, sowie eine Reihe von Lanzen, die in einem Ständer in der Zimmerecke standen. Ich kannte das Zimmer in- und auswendig, denn ich hatte von der Frau Lehrer den Auftrag, es jeden Sonntag zu putzen. An den Tagen, an denen ich in die Schule mußte, tat das später die Frau Lehrer selbst, wobei ihr Lik Paerah half.

Dann waren da noch zwei Zimmer für die Tochter und die beiden Söhne der Sastrodarsonos, während ein weiteres für Gäste zur Verfügung stand. Schließlich gab es noch einen kleinen Raum, der als Abstellkammer für alles mögliche diente, unter anderem auch für das Spielzeug der Kinder und Enkel, für den Fall, daß sie in den Ferien herkamen. Aus dieser Kammer wurden zwei gemacht, und ich mußte mir die eine Hälfte mit dem alten Kinderspielzeug teilen.

Zu der Zeit, als ich kam und langsam Teil des Haushalts der Sastrodarsonos wurde, wohnten ihre Kinder bereits in anderen Orten, hatten ihre eigenen Familien gegründet und hatten selbst schon Kinder. Für eine javanische Familie der damaligen Zeit konnte man die engere Familie Ndoro Sastrodarsono klein nennen. Sie hatten nur drei Kinder. Der erste Sohn, Ndoro Noegroho, lebte in Yogya und war Lehrer an der HIS, an der Grundschule für Priyayikinder, der zweite, Ndoro Hardojo, war Abdi Dalem, Hofbeamter am Hof des Mangkunegaran in Solo, geworden und dort im Rang eines Wedana in der Erwachsenenbildung und Jugendarbeit tätig. Das jüngste Kind, Ndoro Den Ajeng Soemini, hatte Raden Harjono Cokrokusumo geheiratet, den Assistenten des Wedana in Karangelo. Die beiden Zimmer, die den Söhnen und der Tochter gehört hatten, standen zu der Zeit, als ich im Setenan war, meistens leer. Nur zu

Zeiten, zu denen ihre Kinder Schulferien hatten, oder über das Lebaranfest waren sie wieder bewohnt. Dann wurden die sonst einsam und verlassen wirkenden Zimmer plötzlich lebendig, und überall war das Stimmengewirr von Eltern und Kindern zu hören.

Neben dem Haus, etwas weiter hinten, gab es einen kleinen Pavillon mit zwei winzigen Zimmern. Das war der Pavillon für Ndoro Sastrodarsonos Neffen. Als ich in den Setenan kam, wohnte dort Den Ngadiman mit seiner Familie. Eine Reihe anderer Neffen, die früher dort gelebt hatten und von der Familie Sastrodarsono aufgezogen worden waren, hatte sich schon anderswo niedergelassen und eigene Familien gegründet. Den Ngadiman war als einziger noch da und arbeitete als Schreiber im Amt der Bezirksverwaltung. Er hatte zwei Kinder, die damals noch ganz klein waren.

In den ersten Tagen zeigte mir die Frau Lehrer, wie man die Zimmer aufräumt und das Essen auf den Tisch stellt. Eigentlich war für alle diese Dinge Lik Paerah da, aber der Frau Lehrer lag daran, daß ich so früh wie möglich lernte, wie man im Haus Ordnung hält. Damit ich später, wenn ich die Dorfschule beendet hätte, selbständig wäre, sagte sie. Wer weiß, wenn du erst aus der Schule bist, dann kannst du in Madiun eine Stelle in einem Restaurant oder in einer Pension bekommen, meinte die Frau Lehrer weiter. Ich nickte und versuchte, mir meine Zukunft vorzustellen.

In den folgenden Tagen machte ich mich mit Eifer und Begeisterung daran, zu lernen, was es alles im Haushalt von Priyayis zu tun gab. Und bald stellte sich heraus, daß ich, obwohl noch ein kleiner Junge, alles sehr schnell begriff. Die Frau Lehrer zeigte sich höchst zufrieden, und Lik Paerah war voller Bewunderung über die Schnelligkeit, mit der ich alles erfaßte. »Na, das ist ja ungeheuer, wie du kleiner Dorfjunge das alles so rasch mitkriegst, was in diesem Priyayi-Haus zu tun ist!« rief sie. Ich weiß noch heute, ich räumte nicht nur die Zimmer auf und deckte den Tisch, nein, ich fand auch noch die Zeit, Mbok Nem und Lik Paerah in der Küche beim Reiskochen zu helfen, Gemüse zu verlesen, Kokosnüsse aufzuschlagen, zu reiben, zu zerkleinern, zu raspeln und daraus schließlich Santan zu machen. Ich half Teller und Tassen abwaschen und gesellte mich gelegentlich nachmittags zu Kang Trimo, wenn er den Rasen schnitt.

Und am Abend erledigte ich eine Sonderaufgabe: Wenn meine Pflegeeltern der Gamelanmusik, dem Klenengan und Uyon-Uyon im Radio zuhörten, dann durfte ich ihnen die Füße massieren. Auf diesem Gebiet hatte ich einige Erfahrung aus der Zeit in Wanalawas, wo ich Embah Wedok, meine Großmutter, und meine Mutter massiert hatte. Das war für mich also nichts Neues. Und in der Tat waren meine beiden Pflegeeltern mit mir sehr zufrieden. Sie lobten mich, meine Art zu massieren sei so leicht und doch sehr erfrischend. So bekam ich ab und zu eine halben Sen als Belohnung, gelegentlich sogar einen ganzen.

Wenn ich nicht zum Massieren gerufen wurde, lief ich nach hinten zu Kang Trimo, Kang Man und auch zu Lik Paerah und Mbok Nem. Ich hörte ihnen gern zu, wenn sie miteinander schwatzten und sich Märchen erzählten. Am liebsten aber hatte ich es, wenn Kang Trimo Mocopat-Lieder sang, die er, wie er mir sagte, in der Volksschule gelernt hatte. Seltsam, meine Pflegeeltern, vor allem aber der verehrte Herr Lehrer, mein Pflegevater, schienen gar nicht erfreut zu sein, wenn ich mich allzu lange hinten aufhielt. Das war merkwürdig, denn stammte ich selbst nicht auch vom Dorf wie diese Leute?

Meine Mutter jedenfalls war glücklich und zufrieden mit meinen Fortschritten im Setenan. Und erst recht, wenn sie mit eigenen Augen sah, wie flink ich alle meine Pflichten im Haus erledigte: »Was für ein Glück! Du kannst das ja alles schon ganz prima!« sagte meine Mutter dann. Und erst recht glücklich war sie, als sie eines Sonntags im Setenan vorbeikam und ihr Ndoro Guru seine Absicht eröffnete, mich in die Schule zu schicken.

»Yem, ich glaube, Wage beginnt sich bei uns wohlzufühlen, und er arbeitet ja auch schon recht flink im Setenan.«

»Ja, es ist ein Glück, verehrter Herr«, entgegnete meine Mutter.

»Na, nun hör mal: Wir haben gedacht, daß es nun an der Zeit ist, daß Wage in die Schule kommt. Eigentlich ist es schon fast zu spät, denn er ist ja schon fast sieben. Wie ist es, du bist doch sicher einverstanden?«

Meine Mutter konnte zunächst gar nichts sagen. Dann sah ich, wie sie rot wurde, schließlich rollten ihr die Tränen über das Gesicht. Mir wurde ganz ängstlich zumute, als ich das sah. Meine Mutter weinte.

»Waduh! Verehrter Herr Lehrer, verehrte Frau Lehrer! Das ist ja ein viel zu großes Geschenk für jemanden vom Dorf wie mich. Allergrößten Dank! Ich schulde Ihnen unendlichen Dank. Ich bitte um Verzeihung, Ndoro, daß ich hier so vor Ihnen weine. Ich und mein lieber Wage können gar nicht fassen, daß wir plötzlich so beschenkt werden. Ich war schon so glücklich, daß mein Kleiner immer mit in den Setenan kommen durfte.«

»Ach was, Yem. Hör doch auf zu weinen. Das haben wir schon von Anfang an im Sinn gehabt. Von morgen an kommt dein Sohn immer mit mir in meine Schule nach Karangdompol. Zum Glück bin ich ja noch nicht in Pension, und so ist es kein Problem, ihn dort unterzubringen. Wenn ich erst in Pension bin, wird es schwieriger, denn die Kolonialregierung nimmt es jetzt immer genauer.«

»Ja, Ndoro. Ich mache alles, was Ihr wollt. Und nochmals vielen Dank, vielen, vielen Dank.«

»Aber noch folgendes, Yem.«

»Was denn, Ndoro?«

»Wir werden deinem Kleinen einen neuen Namen geben. Der Name Wage ist doch für einen Schüler nicht recht passend. Ich meine, wir sollten ihn Lantip nennen. Lantip heißt schlau, scharfsinnig. Was meinst du?«

»Ich überlasse es ganz Ihnen, verehrter Herr Lehrer.«

»Na, und was meinst du selbst, mein Junge? Möchtest du, daß wir dich Lantip nennen? Lantip ist doch viel schöner als Wage und paßt doch viel besser zu einem so starken Jungen, wie du einer bist.«

Eigentlich war ich mir nicht so sicher, daß mein Name geändert werden müßte. Aber da mir meine Mutter mit den Augen zu verstehen gab, daß ich ja sagen sollte, nickte ich schließlich.

»Ja, Ndoro.«

»Na, so ist es recht. Und jetzt, Frau, sag Nem und Paerah Bescheid, daß sie ein Fest vorbereiten, einen Selamatan mit rotem Reisbrei, damit wir die Namensänderung des Kleinen von Wage zu Lantip ordentlich feiern.«

So lautete also die Anordnung des Hausherrn Sastrodarsono. Und alle im Haus, ohne Ausnahme, machten sich daran, sie auszuführen. Um vier Uhr nachmittags versammelten sich alle Angehörigen des Hauses Setenan im Nebenzimmer und ließen sich im Kreis um das angerichtete Festessen nieder, das allerdings nur aus weißem und rotem Reisbrei – wovon letzterer mit Rohrzucker und Kokosmilch gekocht war – bestand. Ndoro Guru leitete die bescheidene kurze Feierlichkeit, indem er alle Anwesenden zu Zeugen für die Zeremonie meiner Namensänderung aufrief. Natürlich war ich damals nicht in der Lage, Sinn und Zweck dieses Ereignisses zu erfassen. Dafür war ich noch zu klein, und so waren für mich der rote und weiße Reisbrei die Hauptsache.

Allerdings nahm ich mit einem Seitenblick wahr, daß meine Mutter mit den Tränen kämpfte. Ich konnte abermals nicht begreifen, warum sie weinte. Der Name Wage war doch tatsächlich arg primitiv und nichtssagend, plump und unschön. Meine Mutter mußte doch froh und stolz sein, daß ich nun einen so vornehmen Namen wie Lantip tragen sollte. Nachdem alle Anwesenden »Amen« gesagt und gerufen hatten »Ja, wir haben es bezeugt!«, machten wir uns über den roten und weißen Reisbrei her. Der weiße schmeckte herzhaft, denn er enthielt eine gehörige Portion leckerer Kokosflokken, während der rote mit dem Rohrzucker herrlich süß war.

Am nächsten Tag, es war ein Montag, saß ich hinten auf dem blitzenden Fongers-Rad von Ndoro Guru, dem verehrten Herrn Lehrer, und hielt meine Schultasche mit der Schiefertafel, dem Griffel, dem Schulheft und dem Bleistift fest an mich gepreßt. Außerdem mußte ich noch die Thermosflasche mit süßem Tee für ihn halten, sowie ein Paket mit gebackenen Bananen als Vesper für seine Pausen. Das Dorf Karangdompol, in dem meine Schule war, lag auf der anderen Seite des Kali Madiun. Jeden Tag mußten Ndoro Guru und ich zusammen mit vielen anderen Leuten ein Floß besteigen, das uns ans andere Ufer brachte.

Ich wurde in die erste Klasse gesetzt und bekam einen Platz in einer der hinteren Bankreihen, weil ich für mein Alter recht groß war. Die Kinder in der Klasse, einige von ihnen waren Mädchen, die Mehrheit aber Jungen, sahen sich nach mir um. »Cah anyar, cah anyar – ein Neuer, ein Neuer«, riefen sie. Im Nu hatten sie heraus, daß ich der Bedienstete von Ndoro Guru war. Oh, der Bature, der Diener vom Direktor, flüsterten sie. Ich konnte genau verstehen, was sie flüsterten, denn genau das wollten sie ja. Ich schwieg aber, denn es war nun mal so. Wozu es leugnen? Und meine Mutter hatte mir auch extra eingeschärft: »Sei geduldig, fühl dich bloß nicht zu schnell beleidigt von ihrem Gerede oder ihren Spötteleien. Und fang in der Schule nur nicht an zu raufen und zu boxen. Beherrsch dich, mein Lieber. Du bist nun mal der Sohn einer Tempeverkäuferin aus Wanalawas, auch wenn du jetzt Lantip heißt und im Setenan wohnst. Wichtig ist, daß du was lernst und gescheit wirst, mein Junge.«

Und tatsächlich waren die Ermahnungen meiner Mutter so eindringlich, daß sie wie eine Bremse wirkten, die in meinem Bauch saß. Sie funktionierte sehr gut. Immer wieder war ich den Provokationen meiner Klassenkameraden ausgesetzt, die – wie das so üblich ist – die Kraft des Neuen auf die Probe stellen wollten. Aber ich ging nicht darauf ein. Ich bemühte mich stets, sie abzulenken und auf andere Gedanken zu bringen.

Es war nur ein Glück, daß ich meinen Rückstand im Lernen schnell aufholte. In relativ kurzer Zeit konnte ich lesen und schreiben wie sie, und auch mit dem Rechnen hatte ich keine Schwierigkeiten. Vielleicht weil mir das Lernen Spaß machte und weil ich zudem sehr gern mit meinen Kameraden zusammen war, sahen sie in mir sehr bald ihren Anführer.

Die Tage vor den großen Fastenferien und vor der Versetzung wurden in der Schule gefeiert. Wir wurden aufgefordert, unsere Klassenzimmer mit Pflanzen, Blumen und Früchten zu schmücken, die wir aus dem Schulgarten holten. Außerdem mußten wir auch zusammen mit den anderen Klassen ein, zwei Auftritte auf der Bühne vorbereiten, die eigens für diesen Zweck im Schulhof aufgebaut wurde. Zu einer Zeit, als ich schon in der vierten Klasse war, also nur noch weniger als ein Jahr bis zum Abschluß in der Dorfschule vor mir hatte, bekamen wir Viertklässler die Aufgabe, zum Abschied für die abgehenden Schüler eine eigene Vorführung einzustudieren.

Unser Lehrer überließ die Ausführung unserer eigenen Initiative. Also besprachen wir das ganze in der Klasse. Wie üblich wollten meine Kameraden, daß ich die Sache übernähme und einen Plan machte. Ich schlug ein Spiel vor, das mit einem Panembromo, einem gemeinsam gesungenen Preislied auf javanisch, beginnen sollte, gefolgt von einem Standen, einer akrobatischen Nummer mit allen, und einem Pencak Silat-Tanz, dann abermals ein Lied, und den Schluß sollte ein Ketoprak bilden, mit einer Geschichte, die – wie wir alle meinten – die Zuschauer zu Tränen rühren mußte. Oh, ich habe vergessen zu erwähnen, daß in meiner Klasse zwei begabte Clowns saßen, also mußte unbedingt noch eine lustige Nummer eingebaut werden, die wir schließlich vor dem Ketoprak einschoben, denn der sollte den Schluß bilden, von dem wir uns allgemeine Rührung erhofften. Nach eingehender Beratung stimmten alle meinem Plan zu.

Ich erinnere mich noch genau, wie wir bis zum Umfallen probten. Es war nur ein Glück, daß Ndoro Guru Kakung und Ndoro

Putri großes Verständnis zeigten und mir erlaubten, bis spät am Abend alles in der Schule vorzubereiten. Wie gewöhnlich brachte ein Gemeinschaftsunternehmen wie dieses Lachen und Weinen zugleich mit sich. Ein Mädchen ärgerte sich fürchterlich und weigerte sich standhaft mitzumachen, weil sie bei dem Lied nicht mitsingen sollte. Sie war wütend. Alle meine Beschwichtigungsversuche wollten nichts nützen, weil einige meiner Kameraden so gemein waren und sie damit verspotteten, daß es im ganzen Land keine gäbe, die so falsch singen würde wie sie. Unser schöner Panembrono würde zu einem einzigen Durcheinander führen, wie bei einem Haufen Straßenmusikanten, meinten die blöden Kerle. Zum Glück konnte ich ihr schließlich klarmachen, daß falsch singen nicht das schlimmste auf der Welt sei. Ich versprach ihr stattdessen eine Rolle als Dienerin im Ketoprak-Spiel. Fast wäre auch das noch schiefgegangen, weil einer von den Frechlingen vorschlug, das Mädchen sollte im Kotaprak die stumme Göttin spielen. Wieder fing sie vor Wut an zu heulen. Aber am Ende, als ich durchsetzte, daß sie tatsächlich die Rolle der Dienerin übernahm, willigte sie lächelnd ein.

Viele Jahre später traf ich sie als Frau eines pensionierten höheren Beamten in Jakarta wieder. Es war kaum zu glauben, aber die Klassenkameradin von damals erinnerte sich noch an die Geschichte.

Es waren aber keineswegs nur Mädchen, die Schwierigkeiten machten oder die Proben störten. Da waren zum Beispiel in meiner Klasse auch fünf Jungen. Allesamt für ihr Alter recht klein gewachsen. Nun sind Kleine natürlich besonders geeignet, um bei einer akrobatischen Nummer oben auf der Spitze der Krone zu stehen. Allerdings bildet eben normalerweise nur einer die Spitze. Aber jeder von den fünf Jungen wollte oben auf der Spitze stehen und vor den Zuschauern salutieren. Alle bestanden darauf, diese Position zu bekommen. Keiner wollte nachgeben. Schließlich verfielen wir auf den Ausweg, daß alle fünf Jungen die Krone bilden sollten. Und tatsächlich war das ein Erfolg. Die fünf Jungen, von vielen Kameraden gestützt, erhoben sich wirklich wie eine Krone. Leider überstand die Krone den Beifall und das Händeklatschen der Zuschauer nicht lange. Wenige Sekunden, nachdem sich der Beifall erhoben hatte, fiel die wunderschöne Krone in sich zusammen, die ganze Menschenpyramide war ein einziges Durcheinander. Trotzdem, alle waren zufrieden und meinten, diese Nummer sei besonders originell gewesen.

Das Lied, obwohl niemand falsch sang, endete nichtsdestoweniger in einem Mißklang. Das Gamelan setzte zu hoch ein, und so mußten sich die Sänger auf die Zehenspitzen stellen, bis ihnen die Sehnen schmerzten, und die Hälse recken, daß ihnen die Adern hervorquollen. Die komische Nummer lief dann wieder reibungslos. Die Zuschauer schütteten sich vor Lachen aus. Ich weiß nicht mehr, was die Gruppe damals zeigte, ich erinnere mich nur, daß wir alle großen Spaß hatten. Und es ist ja auch schwer, sich nach so vielen Jahrzehnten an eine Clownnummer zu erinnern. Nur, wie kommt es, daß sich der Vorfall mit dem Mädchen und ihrer schrillen Stimme und dann der Unsinn mit den fünf Jungen bei der akrobatischen Nummer so ins Gedächtnis eingeprägt haben? Es ist schon seltsam, wie die Schubladen des Gedächtnisses in unserem Kopf manchmal funktionieren.

Und wie war das mit unserem Ketoprak? Ja, auch das ist noch gut in meiner Gedächtnisschublade aufgehoben. Vielleicht weil ich von der Hauptdarstellerin hingerissen – oder sogar in sie verliebt – war. Surtiyem hieß sie, ich erinnere mich genau. Vielleicht auch, weil die Handlung des Ketoprak ihr Ziel voll erreichte, nämlich die Zuschauer zu Tränen zu rühren. Die Handlung an sich war überhaupt nichts Besonderes. Es ging um ein Mädchen, das schrecklich unter der grausamen Behandlung seiner Stiefmutter und seines eigenen Vaters zu leiden hatte. Das Ende der Geschichte war, daß das Mädchen von zu Hause fortlief und sich nun alles zum Guten wendete. Ein gutherziger und zudem auch noch reicher junger Mann nahm sie zur Frau. Kann es eine dümmere Handlung als diese geben?

Natürlich war ich damals der Überzeugung, daß es sich um eine sehr schöne und originelle Geschichte handelte und daß unser Ketoprak eine außergewöhnliche Aufführung darstellte. Surtiyem spielte ihre Rolle großartig, und Paiman war ein überzeugender Vater.

In späteren Jahren kam ich einmal auf einer Dienstreise durch Ostjava zufällig in eine kleine Stadt und erschrak ordentlich, als ich da Surtiyem und Paiman in einem Wandertheater wiedertraf. Surtiyem, der ich früher immer saftige Jambu-Früchte gebracht hatte, für die ich auch einmal ein Wayang-Bild mit der Wara Sembadra gemalt hatte, war nun die Primadonna einer Ketoprak-Wandertruppe! Sie war sogar die Frau von Paiman geworden! Sie luden mich zum Abendessen in ein Restaurant ein und brachten mich in Verlegenheit, denn sie nannten mich immerfort »Bapak«. Auch sprachen sie nur das feinste Javanisch. Meine Bitte, sich ganz normal zu verhalten, da wir doch alte Schulkameraden seien, wiesen sie zurück. Ihrer Auffassung nach war Pak Lantip inzwischen ein feiner Herr aus Jakarta, der sogar den Titel Doctorandus besaß.

Noch tagelang sprachen wir in der Klasse mit Stolz von der Abschiedsvorstellung. Und der Herr Lehrer und seine Frau lobten mich überschwenglich, ich sei doch wirklich ihr Sohn Lantip. Gibt es ein schöneres Gefühl für einen Diener, als wenn er von seinem Herrn gelobt wird?

Ich kam in die fünfte Klasse und dachte daran, daß ich in einem Jahr die Dorfschule von Karangdompol verlassen würde. Gar nicht mehr lange und die Zeit wäre vorbei, daß ich hinten auf dem Fahrrad von Ndoro Guru saß, die Schultasche hielt, die Thermosflasche und ein Päckchen gebratene Bananen oder gekochte Süßkartoffeln, daß ich zusammen mit Ndoro Guru und den Teakblattverkäufern, die gerade vom Markt heimkehrten und allerlei Waren mit sich führten, wie Salz, Zucker, Tabak und natürlich Mitbringsel für ihre Kinder, auf dem Floß über den Kali Madiun setzte.

Und ich stellte mir auch vor, daß ich mich in einem Jahr von meinen Klassenkameraden würde trennen müssen. Wohin würden sie gehen, wenn sie mit der Schule fertig wären? Die meisten von ihnen kamen ja aus dem Dorf oder der näheren Umgebung. Wer von uns würde Gelegenheit haben, weiter auf eine Sekakel-Schule zu gehen – die Holländer nannten sie Schakel-Schule –, das heißt eine weiterführende Schule, wo man in den oberen Klassen Holländisch lernte und die nur einigen wenigen auserwählten Kindern vom Dorf offenstand?

Aber so weit dachte ich gar nicht. Ich fühlte mich schon glücklich, daß ich überhaupt hatte zur Schule gehen können, daß alles bezahlt worden war und ich mein Unterkommen im Setenan hatte. Ich wäre noch glücklicher gewesen, wenn ich eine Gelegenheit bekommen hätte, irgendwo zu arbeiten und Geld zu verdienen, damit ich die Mühe meiner Mutter hätte vergelten können und, ja wer weiß, auch die Güte von Ndoro Guru Kakung, dem verehrten Herrn Lehrer und seiner Frau. Schließlich erinnerte ich mich an eine Bemerkung seiner Frau, daß ich das Talent hätte, Bediensteter in einem Restaurant oder einer Pension in Madiun zu werden. Vielleicht würde ich ja wirklich eine solche Stelle bekommen? »Ach, jede

Arbeit ist in Ordnung, Hauptsache, man macht sie recht und ist ehrlich und fleißig«, meinte meine Mutter. Ich konnte ihr nur recht geben, denn ich brauchte mir ja nur ihr Leben als Tempe-Verkäuferin anzusehen. Tat sie das etwa nicht recht? War sie darin etwa nicht ehrlich und fleißig? Und dazu noch zäh!

Aber dann kam unversehens das Unheil. Eines Tages, es war sehr heiß, wie es eben für Wanagalih typisch war, zu einer Zeit, als alle im Haus sich zur Mittagsruhe zurückgezogen hatten und ich mich im Schatten unter dem Nangka-Baum auf dem Vorplatz vor dem Haus im Setenan ausgestreckt hatte, da sah ich den Dukuh, den Ortsvorsteher von Wanalawas in größter Eile auf seinem alten, klapperigen Fahrrad herankommen. Kaum hatte er mich gesehen, da fing er auch schon laut an zu rufen: »Oh Allah, oh Allah! Deine Mutter! Deine Mutter!«

Für einen Moment setzte mein Herz aus: »Was ist denn los mit meiner Mutter, Pak Dukuh, was ist denn mit meiner Mutter?«

»Oh Allah, oh Allah! Wo ist dein Herr, wo ist dein Herr?«

Überstürzt begleitete ich Pak Dukuh zur Eingangshalle und bat ihn, sich hinzusetzen und zu warten. Pak Dukuh, der immer außerordentlich höflich war, nahm auf einem Sessel in einer Ecke des Zimmers Platz, gerade dort, wo ein ausgestopfter Hirschkopf die Wand des Hauses schmückte. Nachdem es mir geglückt war, den verehrten Herrn Lehrer zum Aufstehen zu bewegen, und dieser nun Pak Dukuh empfing, erfuhr ich aus seinem Bericht, daß meine Mutter an einer Pilzvergiftung gestorben war.

Oh Allah, meine Mutter, die so gesund, so kräftig war, die jeder Witterung trotzte und so hart arbeitete, mußte an Pilzen sterben. Ich brach in Tränen aus. Ich weinte nicht etwa laut, vielmehr nur ganz leise, denn ich hatte im Haus im Setenan bereits einige Übung darin, meine Gefühle zurückzuhalten. Doch wie weh tat es mir in der Brust, die Tränen zurückzudämmen, die herauswollten. Ndoro Guru Kakung, der verehrte Herr Lehrer, hatte allerdings, sensibel wie er war, meinen Schmerz wahrgenommen: »Wein du nur, mein Junge, so laut du kannst. Da ist niemand, der dir das verbieten kann. Wein dich nur aus.«

Einige Augenblicke lang ließ ich meine Tränen einfach fließen. Dabei rief ich immer wieder: »Mutter, Mutter ...«

Als sich schließlich mein erster Schmerz gelegt hat, brachte mich

Ndoro Guru Kakung nach Wanalawas. Pak Dukuh folgte uns. Während des ganzen Weges hörte Ndoro Guru Kakung nicht auf, mich zu trösten: »Lantip, du mußt bereit sein, deine Mutter gehen zu lassen. Wir alle, du und ich eingeschlossen, müssen eines Tages sterben. Es liegt alles in der Macht Allahs.«

Meine Tränen floßen ohne Unterlaß weiter. Ich sah den Weg, der Wanalawas und Wanagalih verbindet, er war ausgetrocknet, glühend heiß, so daß die Luft von der brennenden Sonne flimmerte. Die Bäume und Sträucher, die Häuser an der Straße sahen aus wie immer, sie hatten sich nicht verändert. Als hätte die Hand der Zeit die Gegend meiner Kindheit nicht berührt.

»Und vergiß nicht, mein Junge, deine Mutter war ja von Allah hier nur für eine Zeit lang ›abgegeben‹. Jetzt wollte Allah sie wieder zurück, ihre Zeit war vorüber. Wir müssen bereit sein, sie gehen zu lassen. Sie ist jetzt glücklich.«

Ich schwieg zu alledem, denn ich hätte nicht gewußt, was ich sagen sollte. Ich wollte nur möglichst rasch in Wanalawas ankommen, um den Leichnam meiner Mutter zu sehen und die Leute zu fragen, wie es kommen konnte, daß sich meine Mutter an Pilzen vergiftete. Als wir schließlich an unserem Haus in Wanalawas ankamen, hatten sich schon zahlreiche Leute eingefunden. Die Nachbarn, die anderen Tempe-Verkäufer, die Teakblatt-Verkäufer und viele andere. Sie umarmten mich alle und führten mich dann ins Haus. Drinnen sah ich den Körper meiner Mutter, der Länge nach auf einer geflochtenen Matte ausgestreckt. Ihr Körper sah bläulich bleich aus. Ihr Gesicht war ganz ruhig und – wie seltsam – ihre Lippen lächelten ganz fein wie auf einem Wayangbild. Eine Nachbarin, es war die älteste, Mbokde Sumo, trat an mich heran und streichelte mir den Kopf.

»Oh, Allah, mein Kleiner. Deine Mutter ist nun nicht mehr. Oh. Allah, du tust mir ja so leid. Am Morgen war sie noch ganz gesund und nun ist sie schon dahingegangen. Es war doch auch ganz gegen ihre Gewohnheit, daß sie auf dem Feld Pilze suchen ging. Deine Mutter aß doch fast nie Pilze, ja, mein Junge, das war nun Allahs Wille, heute morgen wollte sie nicht arbeiten, sondern Pilze suchen. Sie hätte so Appetit auf Pilze, sagte sie. Ja, und nun ist es aus, mein Lieber, sei nur ruhig. Das liegt alles in Allahs Hand.«

Der Leichnam meiner Mutter wurde gewaschen. Am Nachmittag wurde sie auf dem Dorffriedhof begraben, wo schon Embah Wedok, meine Großmutter, lag. Am Abend kamen die Männer aus der Nachbarschaft herüber, die einen sangen den Tahlilan, die anderen saßen herum und schwatzten.

Was mich verwunderte: Ndoro Guru Kakung, mein verehrter Herr Lehrer, saß noch lange mitten unter ihnen und unterhielt sich mit den Dörflern von Wanalawas. Er war doch schließlich ein angesehener Priyayi. Und in unserem Dorf gab es keinen einzigen Priyayi. Ndoro Guru Kakung aber redete ganz vertraut mit ihnen, so als ob er sie schon lange gekannt hätte. Schließlich meldete sich einer der Anwesenden zu Wort, es war Pakde Suto, der Ortsvorsteher: »Ja, wenn nur die Schule, die Ihr damals gegründet habt, nicht von der Regierung geschlossen worden wäre, dann wäre Wanalawas nicht so tot wie jetzt, nicht wahr, Ndoro Guru?«

»Ja, das ist wohl möglich.«

Ich war überrascht. Anscheinend kannte Ndoro Guru Kakung die Gemeinde Wanalawas hier. Warum war mir das nicht früher aufgegangen? Freilich hatte ich nie gehört, daß er davon die leiseste Andeutung gemacht oder mit seiner Frau darüber gesprochen hätte. Und meine Mutter? Ob meine Mutter davon wußte? Ja, sie muß es gewußt haben. Nur, warum hatte sie mir nie etwas davon erzählt? Ich saß mit meinen Fragen allein in einer dunklen Ecke des Hauses. Gegen neun Uhr abends stand Ndoro Guru Kakung auf und verabschiedete sich. Ich begleitete ihn bis an den Zaun vor dem Haus.

»Du darfst hierbleiben, bis zur Feierlichkeit des Slametan am dritten Tag nach dem Tod deiner Mutter. Dann schicke ich Kang Trimo, der soll dich abholen.«

»Ja, Ndoro.«

Ich blickte Ndoro Guru noch nach, wie er in die Pedale seines Fahrrads trat und vom Dunkel der Nacht verschlungen wurde. Einen Moment lang hing ich in der Dunkelheit noch meinen Gedanken nach. Ich ging noch einmal das Gespräch durch, das Ndoro Guru Kakung mit Pakde Suto und den andern Nachbarn meiner Mutter geführt hatte. War es denn möglich, daß er früher einmal in Wanalawas gewohnt hatte? Wann sollte das gewesen sein?

Sastrodarsono

Als mein Dokar nach Norden abbog und damit die Hauptstraße verließ, die Surakarta und Madiun verbindet, begann mein Herz schneller zu schlagen. Vor mir lag die Landstraße, die über eine Strecke von etwa fünf Kilometern geradewegs nach Kedungsimo führt, in mein Dorf, zum Ort meiner Eltern. Da vorn, nur noch ganze fünf Kilometer von hier, würden mich meine Eltern mit offenen Armen empfangen, ihre Augen würden vor Freude strahlen. Warum auch nicht! Heute kehrte ja ich, Soedarsono, das einzige Kind von Mas Atmokasan, dem Bauern aus Kedungsimo, aus Madiun zurück, mit dem Anstellungsbrief als Hilfslehrer in Ploso in der Tasche.

Hilfslehrer! Das bedeutete, ich war der erste aus unserer ganzen Verwandtschaft, der es geschafft hatte, Priyayi zu werden, Regierungsbeamter, wenn auch nur einer der untersten Stufe. Was jedoch zählte war, daß ich damit den ersten Schritt in die Gesellschaft der Priyayi getan hatte. In einigen Jahren, wenn ich nur zielstrebig genug wäre und der Regierung von Indien loyal diente, wäre ich richtiger Dorfschullehrer. Das würde meine Stellung als Priyayi, als Regierungsdiener, festigen. Und wenn ich dann erst Mantri Guru, Schulleiter, wäre, na, dann konnte man mich als geachteten Priyayi bezeichnen.

Meine Eltern waren echte Bauern aus der Gegend. So war es auch mit den Brüdern und Vettern meines Vaters. Alle waren einfache Bauern. Und alle aus meiner Verwandtschaft, wie auch aus den meisten anderen bäuerlichen Familien bei uns, wünschten sich, daß einer von ihnen eines Tages zum Priyayi aufsteigen würde, sich nicht damit zufrieden gäbe, nur Bauer auf dem Dorf zu sein.

Aus diesem Grund schickten sie ihre Kinder auf die Dorfschule. Meine Vettern und Kusinen, ich selbst, wir alle wurden mit diesem

Ziel in die Schule geschickt. Ohne Ausnahme! Freilich war die Schule für uns Kinder ein Käfig, ein eingezäunter Stall mit einem bösen Hirten, der sich Lehrer nannte. Die meisten von uns fühlten sich in der Schule nicht wohl und hielten es da nicht lange aus. Wir sehnten uns nach den Reisfeldern, in denen wir immer gespielt hatten, nach unseren Wasserbüffeln und Rindern, nach den Manggabäumen, die wir so gern mit Steinen bewarfen, nach den Vögeln, die wir jagten, mit dem Katapult schossen, schließlich fingen und in Laubhaufen rösteten. Die meisten unserer Eltern konnten uns sowieso nicht für lange Zeit entbehren. Sie brauchten unsere Hilfe im Haus und auf den Feldern.

Nur meine Eltern bildeten darin eine Ausnahme. Sie bestanden darauf, daß ich in der Schule blieb. Jedesmal wenn ich den Wunsch äußerte, doch die Schule verlassen zu dürfen, weil ich mich dort nicht wohlfühlte und viel lieber in den Feldern spielen wollte, holte mein Vater die Peitsche und haute mich durch. So hatte ich keine andere Wahl, als weiter zur Schule zu gehen. Die Brüder und Vettern meines Vaters hingegen gehörten offenbar zu den Eltern, die nicht allzu viel Wert darauf legten, daß ihre Kinder einen Schulabschluß hatten. Sie wehrten sich jedenfalls nicht dagegen, wenn ihre Kinder die Schule abbrachen und wieder auf die Reisfelder zurückkehrten. Damit hing es aber wohl zusammen, daß mein Großvater, Embah Martodikromo, meinen Vater höher schätzte als dessen Brüder.

Großvater Martodikromo war ebenfalls ein einfacher Bauer. Aber er wäre auch gar zu gern ein Priyayi geworden. Das bewies zum Beispiel, daß er neben seiner Landwirtschaft noch einer anderen Arbeit nachging: Er war Vorarbeiter in der benachbarten Zukkerfabrik. Aber anscheinend war sein Glück begrenzt, denn zu mehr brachte er es nicht. Wie mein Vater erzählte, predigte er seinen Söhnen stets:»Gebt euch nicht damit zufrieden, Bauern zu sein. Strengt euch an, daß ihr was Besseres, daß ihr Priyayi werdet. Ihr müßt in die Schule.« Offensichtlich wurde jedoch der Befehl, den der Großvater ausgab, von seinen Söhnen nicht befolgt. Keiner von ihnen konnte die Schule erfolgreich beenden, auch mein Vater nicht. Meine Eltern haben es sicher später bereut, daß sie die Schule nicht abgeschlossen hatten, und wünschten umso mehr, daß ich es schaffen würde...

Vor unserem Dorf stand ein Waringin. Er war wie ein Eingangstor. Aber er war vom Dokar aus noch nicht zu sehen. Noch nicht einmal sein Umriß war erkennbar. Das bedeutete, Kedungsimo lag noch mindestens drei Kilometer entfernt. Immerhin war der Weg, den ich entlangfuhr, noch genauso wie früher. Links und rechts standen die großen schattenspendenden Trembesi-Bäume, die die Bauern, wenn sie zu Fuß unterwegs waren, vor den sengenden Strahlen der Mittagssonne schützten. Und dann sah man Reisfelder, Reisfelder und immer wieder Reisfelder. Wenn der Wind sachte wehte oder die glühende Mittagssonne auf ihnen stand, sahen sie aus wie ein riesiges grünes Meer, auf dem die Wellen wogten.

Da waren zuerst die Felder vom Bürgermeister, dann die von Pak Carik, Pak Jayabaya und von Ndoro Seten aus Kedungsimo, und erst dann kamen die Felder der kleinen Bauern, darunter auch die meines Vaters. Mein Vater hatte allerdings Glück, denn er durfte die Hälfte der Reisfelder von Ndoro Seten bestellen, so daß unser Lebensunterhalt gesichert war. Und weil mein Vater auf den Reisfeldern von Ndoro Seten arbeitete, hatten beide auch ein sehr enges Verhältnis zueinander. Freilich nur so eng, wie es die Stellung eines Priyayi, wie Ndoro Seten einer war, zu einem Atmokasan, einem einfachen Bauern, zuließ.

Dieser Verbindung verdankte ich schließlich auch meinen Namen Soedarsono. Wie hätten wir einfache Dörfler daran denken können, einen Namen wie Soedarsono zu tragen, einen Namen, der nach unseren Vorstellungen nur Söhnen von Priyayis zukam! Wie mein Vater erzählte, hatte Ndoro Seten meiner Mutter den Namen sozusagen zum Geschenk gemacht, als er davon erfuhr, daß sie schwanger war: »Wenn dein Kind ein Junge wird, Mbok, gib ihm den Namen Soedarsono.«

Meine Mutter erschrak, als sie den Namen hörte. Eigentlich hatte sie vor, mir einen islamischen Namen zu geben (obwohl wir nicht zum Gebet gingen), Ngali etwa oder Ngusman. Hieß nicht auch mein Vater Kasan? Aber der redete meiner Mutter zu, den Vorschlag von Ndoro Seten anzunehmen. Meine Mutter zögerte, sie hatte Angst, der Name könnte für ein einfaches Dorfkind eine Bürde werden. Wer weiß, am Ende bleibt er nicht lange am Leben, sorgte sich meine Mutter. Mein Vater jedoch beruhigte sie und versuchte, sie davon zu überzeugen, daß ihre Angst völlig unbegründet war. »Wie einfältig von dir! Das Geschenk eines Priyayi kann man doch nicht anzweifeln!« rief er aus und beharrte: »So etwas muß man vielmehr hochschätzen.«

Kurzum, als ich zur Welt kam, wurde ich Soedarsono genannt, und nicht Ngali oder Ngusman. Der Güte von Ndoro Seten hatte ich es auch zu verdanken, daß mir schließlich, nachdem ich die fünfjährige Dorfschule beendet hatte, über den mächtigen Wedana, den Herrn Bezirksvorsteher und andere einflußreiche Leute in Madiun eine Assistentenstelle beschafft wurde und ich Hilfslehrer werden konnte.

Meine Eltern fühlten sich Ndoro Seten gegenüber zu tiefster Dankbarkeit verpflichtet. Als sie ihm dies aber einmal sagten, da lächelte er nur und meinte, das sei seine Anerkennung für ihre Ehrlichkeit und Treue, mit der sie seine Felder bewirtschaftet hätten. Sie wüßten, was Pflicht sei, lobte sie Ndoro Seten, stets hätten sie die Ernte von den Reisfeldern gebracht, ohne auch nur die kleinste Kleinigkeit für sich zu behalten. Nie hätten sie es versäumt, so fuhr er fort, bei jeder Ernte seinen Anteil direkt in sein Anwesen zu bringen.

Nach diesen Worten fühlten sich meine Eltern, die biederen Bauern, Ndoro Seten erst recht verpflichtet. Von da an ließen sie keine Gelegenheit aus, ihm die verschiedensten Aufmerksamkeiten ins Haus zu schicken. Wenn die Manggas reif waren oder die Jambus, dann brachten sie stets einen Korb mit Früchten in das Haus Setenan, manchmal auch mehr. Bei keinem Selamatan vergaßen sie, etwas im Haus von Ndoro Seten abzugeben. Und wenn umgekehrt Ndoro Seten ein Fest feierte, eine Beschneidung, eine Hochzeit, oder wenn er hochstehende Gäste vom Kawedanan, dem Bezirksamt, oder vom Kabupaten hatte, ließen es sich meine Eltern nicht nehmen, im Hause Setenan zu helfen und mit anzupacken. Sie halfen die großen Schirme richten, Stühle aufstellen, Hühner und Ziegen schlachten, Reis kochen...

Schließlich tauchte der Waringin auf, er wurde immer deutlicher und er schien mir geradezu entgegenzukommen, um meinen Dokar zu begrüßen. Als ich in den Vorplatz unseres Hauses einbog, standen meine Eltern schon in der Tür, ebenso der ältere Bruder meines Vaters und mehrere andere Onkel. Offenbar war die Nachricht, die ich einem Neffen von Ndoro Seten in Madiun mitgegeben hatte, rechtzeitig eingetroffen. Sie empfingen mich mit großer Herzlichkeit.

Freilich war die Art, in der mich meine Eltern begrüßten, nicht dieselbe, mit der ich viele Jahre später meine eigenen Kinder empfing, als sie die holländische Oberschule beendet hatten. Die Zeiten ändern sich, und jede Zeit hat ihre eigene Form, Herzlichkeit zu zeigen. Meine Eltern beispielsweise drückten mir ganz fest die Hand, und ich küßte ihnen ergeben die ihre. Als dann viele Jahre später meine Kinder am Ende ihrer Schulzeit nach Hause kamen, umarmten wir sie und die Tränen liefen uns vor Freude über das Gesicht. Unsere Kinder küßten uns sogar, was uns anfangs noch etwas fremd vorkam. Natürlich hatten unsere Kinder Gewohnheiten angenommen, die sie in der Schule gelernt oder womöglich auch nur bei den Holländern in der Stadt beobachtet hatten.

Meine Onkel legten mir, einer nach dem anderen, die Hand auf die Schulter und folgten uns ins Haus, wo es kühler war. Nachdem wir genug süßen Tee geschlürft und dazu Juadah und Wajik, Kuchen aus Klebreis, gegessen hatten, fragte mein Vater, wo ich denn nun angestellt sei.

»In Ploso, Vater.

»Ploso? Welches Ploso? Soweit ich weiß, gibt es zwei Ploso. Eins liegt nördlich von Wanagalih und ein zweites im Süden von Jogorogo. Welches ist deins, mein Junge?

»Das bei Jogorogo, Vater.

»Na, das ist ja ziemlich weit von hier. Aber das macht nichts, mein Lieber. Von hier aus kann man einen Dokar nehmen oder einen Ochsenkarren.«

Das Gespräch drehte sich schließlich um die Namen der verschiedenen Dörfer, die in der Nähe der beiden erwähnten Plosos liegen. Zu dieser Zeit, so um das Jahr 1910 christlicher Zeitrechnung, war die Gegend um die genannten Orte noch von dichtem Wald umgeben, in dem es eine Menge Wild gab. Noch streiften dort prächtige, aber angriffslustige Leoparden, die in dieser Gegend Macan Loreng heißen, in den Urwäldern umher. Ebenso gab es noch Bantengs, wilde Büffel. Schließlich wies ja auch der Name unseres Dorfes, Kedungsimo, was Wasserloch für Tiger bedeutet, darauf hin, daß hier zumindest früher einmal zahlreiche Tiger hausten. Wie auch der Name Kedungbanteng, Ort der wilden Büffel, nicht sehr weit von Wanagalih entfernt, auf etwas ähnliches verweist, nämlich daß dort wilde Büffel zuhause waren. Es kam also nicht von ungefähr, daß ich später, als ich schon Schulleiter in Karangdompol war und in Wanagalih wohnte, vom Forstamt einen Büffelschädel und ein Leopardenfell zum Geschenk erhielt.

Schließlich kam die Dämmerung, und damit war es Zeit zum Abendessen. Wir einfache Bauern essen zu Abend, wenn es dunkel wird, nicht erst um sieben oder gar acht Uhr abends wie die Priyayi oder die Herren in der Stadt, die im Dienst der Regierung stehen. Bauern arbeiten den ganzen Tag lang und legen nur eine kurze Pause ein, um in der Hütte am Feldrand ihr karges Mittagsmahl einzunehmen und dann ihre Arbeit bis zum späten Nachmittag fortzusetzen. Wenn die Dämmerung einsetzt, sind sie todmüde und wollen ihr Abendessen haben. Dann gehen sie schlafen.

Dieser Abend war ein besonderer Abend, denn ich sah, wie meine Mutter ein Huhn in die Pfanne tat und dazu Sayur Lodeh kochte, das traditionelle Gemüse in Kokosmilch. Außerdem gab es marinierte Sembukan-Blätter, etwas, was der Bruder meines Vaters mit Vorliebe aß, dann Botok Ikan Teri, ein spezielles Fischgericht in Bananenblättern, und natürlich Sambel Trasi, mit Krabbenpaste versetzten roten Pfeffer, der unglaublich scharf war.

Was die Sembukan-Blätter anging, so konnte ich nie verstehen, worin deren Reiz bestand. Nur eines war gewiß, wer sie aß, spürte früher oder später einen großen Drang zu furzen, und, Allah weiß es, die Fürze stanken so, daß einem die Luft ausging. In den Häusern der einfachen Bauern in Java fand man praktisch überall diese marinierten Sembukan-Blätter, die so entsetzlich stanken. Aber vielleicht waren es gerade dieses eigenartige Gefühl und der durchdringende Geruch, was den gemeinsamen Mahlzeiten in den bäuerlichen Familien eine besondere Note gab und erst die richtige Stimmung aufkommen ließ.

Viele Jahre später, als ich dann Lehrer in Karangdompol war, in Wanagalih wohnte und wir schon Kinder hatten, war das marinierte Sembukan von unserer Speisekarte verschwunden. Selbst wenn meine Eltern gelegentlich aus Kedungsimo zu Besuch kamen, haben wir, ich und meine Frau, niemals wieder eingelegte Sembukan-Blätter auf den Tisch gebracht oder auch nur daran erinnert. Ganz abgesehen davon, daß ich selbst den Geruch nicht mochte und auch die damit verbundenen Gefühle nicht besonders schätzte, waren wir der Ansicht, eine Speise dieser Art paßte nur in die bäuerliche Umgebung.

Nachdem das Essen beendet war und die Reste nach hinten in die Küche gebracht worden waren, saßen meine Eltern und Onkel noch unter der großen Petroleumlampe um den Tisch. Die Männer rauchten Klobot-Zigaretten aus getrockneten Maisblättern. Während sie pafften und Rauchwolken aufsteigen ließen, schnitt meine Mutter die Maisblätter zurecht und schichtete sie sorgfältig neben dem Slepi, dem Tabaksbeutel, der vor ihr auf dem Tisch lag. Erst als genügend Vorrat an Klobot zusammen war, langte meine Mutter nach ihren Sirih-Blättern nebst entsprechendem Zubehör und begann zu kauen. Zu der Zeit rauchte ich noch nicht, obschon ich früher gelegentlich, wenn wir in den Reisfeldern spielten, von meinen Spielkameraden so eine Maiszigarette angeboten bekommen hatte, die ich mir ansteckte.

»Du rauchst noch nicht, mein Junge?« fragte der Bruder meines Vaters mit einem Mal.

»Nein, noch nicht, Onkel.«

»Na, du bist jetzt aber doch schon wer. Und demnächst beziehst du auch ein Gehalt. Rauch nur, mein Lieber, damit du ein richtiger Mann wirst.«

Alle Anwesenden brachen in Gelächter aus. Auch mein Vater und meine Mutter. Daraufhin langte ich mir ein Blatt Klobot, nahm eine Prise von dem groben Tabak und drehte mir eine Zigarette. Ich steckte sie an und begann zu ziehen.

»Na also, jetzt weißt du, wie es geht und verstehst es ja auch schon ganz gut.«

Alle lachten.

Aber nach einer Weile trat Stille ein. Alle blickten auf mich. Schließlich ergriff mein Vater das Wort. »Mein Junge, deine Onkel sitzen nicht zufällig hier. Ich habe sie eigens hergebeten. Natürlich zuallererst, damit wir gemeinsam die Freude genießen, dich als Hilfslehrer zu begrüßen. Aber da sind noch zwei wichtige Sachen, die deine Onkel bezeugen und gutheißen sollen.«

Mein Vater hielt einen Moment inne und zog ausgiebig an seiner Maiszigarette. Endlich setzte er seine Rede fort: »Erstens, mit dem heutigen Tag können wir dich als erwachsenen Mann betrachten, denn du hast deine Bestallung als Hilfslehrer in der Tasche.«

Meine Onkel sahen mich an und nickten zustimmend.

»Daher ist es nur recht, wenn du auch einen Namen als Erwachsener bekommst, mein Junge. So schön der Name Soedarsono auch sein mag, es ist bloß ein Kindername, der sich nicht für einen Erwachsenen eignet. Ab heute heißt du Sastrodarsono. Dieser Name paßt meiner Meinung nach zu dir als Lehrer, denn Lehrer müssen viel schreiben, wenn sie Unterricht geben. Und ›Sastro‹ bedeutet schließlich doch ›Schreiben‹.«

Ich nickte zum Zeichen, daß ich das für richtig hielt und einverstanden war. Was hätte ich in diesem Moment auch anderes tun können? »Einverstanden, Vater.«

Meine Eltern waren zwar nur einfache Bauern, aber sie hielten sehr auf gesellschaftliche Regeln und orientierten sich an den Normen der Priyayi. Sie beherrschten die javanische Sprache erstaunlich gut. Sie wußten genau, wann sie die verschiedenen Sprachstufen verwenden mußten, wann die Hochsprache, das feine Kromo, wann das normale Kromo und wann das gemeine Ngoko. Das kam wahrscheinlich vom Umgang mit Ndoro Seten, dem gegenüber mein Vater ganz genau aufpassen mußte, welcher Sprachstufe er sich zu bedienen hatte. Oder auch weil mein Großvater, der ja Vorarbeiter in der Zuckerfabrik gewesen war und sich Hoffnungen gemacht hatte, einmal Priyayi zu werden, die gesellschaftlichen Regeln der Priyayi kannte. Und so waren seine Kinder sehr gewandt im Umgang mit der Sprache. Mein Vater benutzte stets das einfache Kromo, die alltägliche feine Sprache, wenn er mit seinem Bruder oder mit Männern aus der Verwandtschaft redete, die älter waren als er.

»Kakang«, wandte er sich an seinen älteren Bruder, »sei du bitte Zeuge! Und euch andere bitte ich ebenfalls, Zeugen zu sein! – Also, mit dem heutigen Tag geben wir meinem Sohn Soedarsono den Namen Sastrodarsono.«

»Ja, Bruder.«

Ich saß völlig verdutzt da. Ich hätte nicht im Traum damit gerechnet, daß ich heute einen neuen Namen bekommen würde, den ich als Erwachsener tragen sollte. Freilich hatte ich erwartet, eines Tages einen neuen Namen zu erhalten, denn es ist eine alte Gewohnheit der Javaner, ihren Kindern einen anderen Namen zu geben, sobald sie so weit herangewachsen sind, daß sie eine eigene Familie gründen können. Nur, hatte ich denn überhaupt schon daran gedacht, eine Familie zu gründen? Ich hatte ja noch nicht einmal nach einer Braut Ausschau gehalten. Zwar hatte damals, als ich noch in der Dorfschule saß und wir gemeinsam im Dorf oder auf den Feldern spielten, Sayem, die Tochter eines reichen Bauern aus Kedungsimo, ziemlichen Eindruck auf mich gemacht. Aber sie war ja längst verheiratet worden.

»Also, mein Junge, kommen wir zum zweiten Punkt. Hast du noch nicht daran gedacht, einen eigenen Hausstand zu gründen?«

Ich war überrascht. Eltern können eben die Gedanken ihrer Kinder erraten.

»Noch nicht, Vater.«

»So, so, noch nicht. Aber du bist doch nun schon erwachsen, mein Lieber. Du hast schon eine Stelle, wenn auch nur als Hilfslehrer. Aber du wirst ja bald richtiger Lehrer.«

»Na, was bekommt denn schon ein Hilfslehrer, Vater! Das reicht noch nicht für eine eigene Familie.«

Meine Onkel lachten, ebenso meine Eltern.

»Wie naiv! Seit wann gibt es denn das, daß einer schon genug verdient, wenn er heiraten will! Das hat es noch nie gegeben! Frag doch bloß mal meinen Bruder hier oder deine anderen Onkel, ob die schon mit allem fertig waren, als sie einen eigenen Hausstand gründen wollten!«

Ich drehte mich zum älteren Bruder meines Vaters um.

»Ob ich schon so weit war? Nicht im geringsten, mein Junge. Ja, wir sind einfach von deinem Großvater verheiratet worden. Na ja, ein kleines Reisfeld haben wir bekommen, ein oder zwei Bau groß. Das war aber auch schon alles. Ansonsten mußten wir sehen, wie wir allein vorankamen.«

Ich senkte den Kopf. Wo wird dieses Gespräch bloß enden, dachte ich.

»Also folgendes, mein Lieber. Dein Vater und deine Mutter haben eine Braut für dich ausgesucht. Wir haben alles reiflich überlegt und auch mit meinem älteren Bruder und den anderen besprochen. Deine gesellschaftliche Stellung als Priyayi haben wir dabei natürlich auch bedacht. Das ist alles in Ordnung, deine Braut wird bestens zu dir passen.«

Was sollte ich zu diesen Worten sagen, die da auf mich herunterprasselten. Ich konnte nur schweigen. Allerdings ging mir die Frage durch den Kopf, wer das wohl sein würde, meine Zukünftige.

»Deine Braut, mein Lieber, gehört noch zur weiter entfernten Verwandtschaft. Ngaisah heißt sie, die Tochter von Mukaram, einem entferntem Onkel von dir, der ist Kontrolleur des Opiumhandels in Jogorogo. Erinnerst du dich noch?«

Plötzlich unterbrach meine Mutter: »Was soll das heißen, Vater? Ngaisah, Ngaisah. Wie kann man bloß einen so guten Namen in Ngaisah verwandeln!«

»Was hast du denn, Mutter?«

»Aisah, Vater. So heißt doch eine der Ehefrauen des Propheten. Aisah!«

»Ach wo! Sie heißt Ngaisah. Hör mal, du hast doch eine javanische Zunge, oder? Ngaisah heißt sie.«

Die Runde lachte, aber meine Mutter war beleidigt und grummelte vor sich hin, wie stur doch die Männer wären, wenn sie sich erst einmal auf eine Meinung festgelegt hätten.

»Jetzt hör doch mal, du mußt dich doch an die Ngaisah erinnern. Du warst damals so in der zweiten oder dritten Klasse hier, da haben wir einen Besuch bei Onkel Mukaram in Jogorogo gemacht. Erinnerst du dich denn wirklich nicht mehr?«

Natürlich erinnerte ich mich nicht mehr genau. Das war nun schon so viele Jahre her. Ganz vage hatte ich noch ein kleines Mädchen mit einem geblümten Rock im Gedächtnis. Aber ihr Gesicht hatte ich längst vergessen. Ich hoffte bloß, es wäre anziehend.

»Was zählt ist, die Familie in Jogorogo ist damit einverstanden, daß du Ngaisah zur Frau nimmst. Nächste Woche fahren wir hin, in großem Aufzug, und stellen dich noch einmal vor. Das ist eine Art ›Brautschau‹, ein Besuch zum Anschauen der Zukünftigen. Dabei wollen wir unsere verwandtschaftlichen Bande neu festigen und gleich auch euren Hochzeitstag bestimmen.«

Ich saß noch immer ziemlich verdutzt da. Mit welcher Geschwindigkeit an diesem Tag die Gefühle wechselten! Morgens war ich von Madiun aufgebrochen, mittags hatte ich im Dokar gesessen, war langsam durch das Meer von Reisfeldern geschaukelt, abends hatte ich nun – ehe ich mich's versah – einen Namen als gestandener Mann bekommen, und jetzt hatten sie mir gleich auch noch eine Braut bestimmt.

»Es wäre gut, wenn du in den nächsten Tagen einen Besuch bei Ndoro Seten machen würdest, auch beim Bürgermeister und bei Pak Carik. Du mußt ihnen von deiner Anstellung als Hilfslehrer berichten. Was aber unsere weiteren Pläne angeht, da laß lieber mich und deine Mutter mit ihnen sprechen.«

Die folgenden Tage waren recht ausgefüllt. Ich hielt mich an die Bitte meines Vaters, machte überall Besuche und berichtete von dem, was ich erreicht hatte. Ndoro Seten und seine Frau zeigten sich sehr zufrieden und freuten sich über meine Erfolge.

»Du weißt, dieser Schritt ist für dein Leben ganz entscheidend. Du bist damit in die Klasse der Priyayi aufgenommen. Nun bist du kein Bauer mehr. Das mußt du dir klarmachen. Deine Welt wird nun eine andere werden. Jetzt mußt du dich in dieser neuen Welt bewähren. Wenn du gut aufpaßt, wenn du loyal und treu gegenüber deinen Vorgesetzten und den Gesetzen der Regierung von Indien bist, dann wird was aus dir. Der Weg in die Welt der Priyayi liegt vor dir.«

Ich hörte mir die Ratschläge von Ndoro Seten sehr aufmerksam an. Er hatte recht. Ich würde nun in die Welt der Priyayi eintreten, die ganz anders war als mein bisheriges Leben unter Bauern. Ich nahm mir vor, alles daran zu setzen, um mich der neuen Umwelt anzupassen. Das konnte eigentlich nicht allzu schwer sein. Ich hatte ja immerhin während meiner Ausbildung einige Zeit in Madiun verbracht. Da hatte ich die Lebensform der Priyayi aus nächster Nähe beobachten können.

Und Ndoro Seten in Kedungsimo gehörte ja zu dieser Schicht. Seine Lebensweise kannte ich – wenn auch mit einem gewissen Abstand – aus vielen Beobachtungen. Seine täglichen Gewohnheiten: früh morgens spazierengehen oder ausreiten, dann im Schaukelstuhl eine erste Pause im Pavillon verbringen, dazu einen Kaffee trinken, gebackene Bananen und Leckereien vom Markt verzehren. Anschließend begab er sich ins Bad, nahm sein Frühstück ein, das aus Reis mit verschiedensten Beilagen bestand. Sie nahmen den ganzen Tisch ein. Dann ging er in sein Büro im Pendopo, wo er die Berichte las, die ihm seine Untergebenen vorlegten. Gelegentlich bestieg er auch gleich seinen Dokar und ließ sich zum Kewedanan in Bangsri fahren. Von da kam er erst am Nachmittag zurück. Gegen Abend saß er dann mit seiner Frau auf der Veranda, wo ein angenehmer Wind wehte, und ließ seinen Blick über den Vorplatz schweifen. Tee wurde gereicht, dazu holländische Kekse aus der Dose.

Wenn die Ferienzeit kam, dann waren diese Nachmittage besonders schön für die ganze Familie, denn dann kamen die Kinder und Enkelkinder zu Besuch ins Haus Setenan. Das konnte ich aus der Nähe mit verfolgen, wenn auch stets ein gehöriger Abstand gewahrt blieb. Selbst wenn ich von der Familie Ndoro Seten in aller Freundlichkeit und Güte aufgefordert wurde, hereinzukommen und mitzuspielen, kam ich dieser Bitte nur gelegentlich nach. Meine Eltern erinnerten mich immer wieder daran, daß zwischen uns und ihnen eine Distanz lag. Ich selbst war mir dessen trotz aller Bewunderung für ihre Lebensweise auch deutlich bewußt.

Schließlich rückte der Tag heran, an dem wir zur »Brautschau« nach Jogorogo aufbrechen wollten, um meine Zukünftige zu besuchen, um sich gegenseitig kennenzulernen und den Tag für die Hochzeit festzulegen. Wir fuhren mit fünf Dokars, am Vortag hatten wir bereits einen Ochsenkarren, vollbeladen mit Feldfrüchten wie Reis, Süßkartoffeln, Yamswurzeln, Mais, Kürbissen und ähnlichem, vorausgeschickt. In unseren Dokars drängten sich die Brüder und Schwestern, Schwager und Schwägerinnen meiner Eltern auf engstem Raum zusammen. Ich war doch einigermaßen erstaunt über diese ganzen Vorbereitungen, zumal wenn ich daran dachte, daß wir ja nur eine einfache Bauernfamilie waren.

»Ihr scheut aber auch keine Mühe, Vater!«

»Wieso Mühe? Wir müssen uns doch anstrengen und etwas bieten, wenn wir die Aufmerksamkeit deiner Zukünftigen gewinnen wollen. Und vergiß nicht, Onkel Mukaram ist ein Priyayi. Als Kontrolleur des Opiumhandels genießt er Ansehen bei der Regierung von Indien, mein Lieber. Da müssen wir schon Eindruck machen, auch wenn wir nur einfache Bauern sind. Und vergiß nicht, wen wir schließlich verkaufen wollen, das bist du, ebenfalls ein Priyayi!«

Die Fahrt war sehr lustig, aber auch entsetzlich weit. Lustig, weil uns die ganze Fahrt über das Quietschen der Räder begleitete und die Insassen immer wieder in lautes Kreischen ausbrachen. Wir mußten ein paar Mal anhalten, um etwas zu trinken, um uns die Füße zu vertreten, um an den Trembesi-Bäumen oder am Wassergraben zu pissen.

Alle hatten ihre besten Kleider angelegt. Die Männer trugen Kain und Jacke, auf dem Kopf die Destar, die javanische Mütze, die Frauen Kain und Kebaya. Ich selbst hatte natürlich auch meinen Kain und meine weiße Jacke an, dazu die Mütze auf dem Kopf. An einem so heißen Tag war es einigermaßen beschwerlich, die Feiertagstracht anzuhaben. Uns allen floß nur so der Schweiß am Körper herunter.

Nachdem wir ich weiß nicht wieviele Stunden unterwegs gewesen und zigmal abgebogen waren, durch Wälder gekommen und durch Reisfelder gefahren waren, gab schließlich der vorderste Dokar ein Zeichen zum Anhalten. Mein Onkel, der ganz vorn saß, meinte, nun wären wir gleich in Jogorogo. Wir stiegen alle aus und richteten unsere Kleider, den Kain, die Jacke und die Kebaya, die von der langen Fahrt schon ganz zerknittert waren. Als wir uns dann wieder auf den Weg machten, wußte ich nicht, was ich denken sollte. Meine Gedanken und Gefühle waren vor Aufregung völlig durcheinander.

Das Haus von Onkel Mukaram war außergewöhnlich groß. Es war ein Holzhaus mit einem steil aufragenden Walmdach, das an den Seiten flach zulief, und es hatte einen überaus geräumigen Eingang. Obwohl Onkel Mukaram ein Priyayi war, so machten Haus und Vorplatz doch einen ländlichen Eindruck. Hühner und Enten liefen herum, und auf dem Seitendach lagen zahlreiche flache Bambusbehälter mit Resten von Reis und anderen Speisen zum Trocknen. Aber im Inneren des Hauses hatte man ganz das Gefühl, bei einem Priyayi zu sein. Sessel und Tisch waren äußerst fein, alles schön geschnitzt, an der Decke hingen riesige Petroleumleuchter, überall standen Schränke mit den verschiedensten Sachen. In einem hölzernen Ständer in der Ecke des Empfangszimmers steckten eine Reihe von Lanzen. Das waren die als heilig verehrten Pusaka.

Wir, die Gäste aus Kedungsimo, wurden höflich hereingebeten und sollten im Empfangszimmer und im anschließenden Raum Platz nehmen. Dann kam die Begrüßungszeremonie. Sogleich wurde Tee gereicht und Gebäck aufgetragen. Meine Eltern begannen zu erzählen, weitschweifig, aber in sehr höflichem Ton. Ich konnte von dem, was sie sagten, nicht alles verstehen, es war einfach zu umständlich.

Eigentlich hatte ich viel übrig für diese Art zu reden, die man basa-basi nennt, ich mochte das. Früher in der Dorfschule hatte ich stets gute Noten im Javanischen. Mein Lehrer lobte mich immer und gab mir jedesmal ein gut oder sehr gut, wenn ich vor der Klasse frei sprechen mußte. Er meinte, ich hätte ein Talent für Sprache und Literatur. In meinem Ohr klang das weitschweifige Javanisch, das zum größten Teil aus Höflichkeitsfloskeln bestand, äußerst angenehm und schön. Nur, bei unserem Besuch bei Onkel Mukaram wollte die Weitschweifigkeit einfach kein Ende nehmen. Als mein Vater zum Beispiel gegen Ende seiner Rede kurz mit dem Daumen auf mich wies und versuchte, mich des langen und breiten meiner Auserwählten vorzustellen, fand er kein Ende und übertrieb nach meinem Gefühl seine Bescheidenheit, obwohl er es natürlich gut meinte und eben gerade dadurch meine Vorzüge besonders herausstreichen wollte.

»Ja, das ist unser Soedarsono, den ihr ja noch als kleinen Rotzlöffel kennt, was war er doch einfältig in der Schule! Doch jetzt hat er mit eurem Segen seine Ausbildung als Hilfslehrer glücklich abgeschlossen und hat sogar schon seine Bestallung an der fünfjährigen Dorfschule in Ploso in der Tasche...«

So und ähnlich sprach mein Vater, indem er alles untertrieb, um mich, seinen Sohn, dadurch nur umso bedeutender erscheinen zu lassen. Dabei war mir völlig klar, daß Onkel Mukaram meinen Werdegang längst in allen Einzelheiten kannte. Schon bei der ersten Abordnung von Kedungsimo nach Jogorogo, als nur vorgefühlt werden sollte, hatten meine Verwandten mit Sicherheit alles über mich erzählt, was sie wußten. Als dann meine Eltern selbst offiziell für mich um die Hand der Braut anhielten, hatten sie natürlich abermals ausführlich von mir gesprochen. Was sollte also jetzt noch einmal die Weitschweifigkeit?

Ja, so ist eben das Leben der Javaner. Ohne die weit ausholende Erzählweise, ohne die vielen Floskeln und Schnörkel der Sprache wäre das Leben einfach zu nüchtern und trocken. Selbst in unserer ländlichen Gesellschaft, unter Bauern, brauchte es diese Art, »basabasi« miteinander zu sprechen. Oder muß man etwa nicht weitschweifig und blumig reden, wenn man von einem wohlhabenderen Nachbarn Geld leihen möchte? Oder wenn man auf die Schönheit seiner heiratsfähigen Tochter aufmerksam machen möchte? Feinheit und Sensibilität ist ja keineswegs nur den Priyayi eigen.

Allerdings waren meine Sinne bei diesem Besuch weniger auf die Feinheiten der Rede gerichtet. Meine Aufmerksamkeit galt meiner Zukünftigen, Dik Ngaisah. Aber wo war sie bloß? Seitdem wir gebeten worden waren, Platz zu nehmen, hatte ich immer mal nach links und nach rechts geschielt, hatte aber nichts von ihr wahrnehmen können. Sollte sie sich etwa so sehr verändert haben, daß ich sie nicht wiedererkannt hätte?

Ich war gespannt und wollte nun doch langsam wissen, wie meine Braut aussah. Nicht, daß ich wirklich erwartete, mit Dik Ngaisah einer Schönheit zu begegnen. Aber sie sollte doch wenigstens hübsch sein, von reizvoll dunklem Antlitz wie die meisten jungen Mädchen aus dem javanischen Hinterland. Ich dachte an die Jahre, die vor uns lagen. Wenn ich erfolgreich wäre und in meiner Beamtenlaufbahn vorwärtskäme, dann müßte meine Frau auch in der Lage sein, an meiner Seite am gesellschaftlichen Leben der Priyayi teilzunehmen. Wenn ihre Erscheinung allzu schlicht war, oder sogar häßlich, wenn sie unbeweglich und nicht allzu gescheit war, dann stand es schlecht. Aber, dachte ich weiter, Dik Ngaisah ist doch schließlich als Priyayi-Kind geboren und damit in dieser Sphäre erfahrener als ich selbst, der ich gerade erst in diese Gesellschaftsschicht eingetreten bin! Bei diesem Gedanken schämte ich mich meiner Überheblichkeit. Erst als wir das Abendessen einnehmen wollten, erschien Dik Ngaisah und bat uns zu Tisch.

»Ja, also, mein lieber Vetter Atmokasan, das ist also unsere Tochter Siti Aisah. Lieber Darsono, das ist deine Kusine, Siti Aisah. Macht euch nur gegenseitig bekannt, ja! Lieber Atmokasan, ich überlasse es ganz dir, aber sieh selbst, meine Tochter ist wirklich noch sehr einfältig. Sie hat auch nur die Dorfschule besucht und war dann ein Jahr in der Verwaltung der Zuckerfabrik in Mbalong beschäftigt. Ein paar Worte Holländisch kann sie ja: een, twee, drie, aber sonst ist sie noch sehr, sehr unerfahren und dumm...«

Das war also die Antwort von Onkel Mukaram auf die langatmige Begrüßungsrede meines Vaters. Oh, wie erleichtert ich war. Dik Ngaisah war ganz, wie ich gehofft hatte. Hitam manis, hübsch, von reizvoll dunkler Gesichtsfarbe, ein offener Blick – und wie sie lächeln konnte. Und gebildet! Sogar Holländisch konnte sie: een, twee, drie. Was sonst noch an diesem Tag in Jogorogo geschah, war mir ziemlich gleichgültig, außer der Festlegung des Tages unserer Hochzeit. Die sollte ein paar Wochen vor dem Termin stattfinden, an dem ich meine Stelle in Ploso antreten würde.

Meine Hochzeit mit Siti Aisah, Dik Ngaisah, wurde mit großem Aufwand begangen. Gemessen jedenfalls am sonstigen Lebensstil unserer beiden Familien. Nun war allerdings Dik Ngaisah auch das einzige Kind von Mas Mukaram, dem Kontrolleur des Opiumhandels, Soedarsono bzw. Sastrodarsono wiederum der einzige Sohn von Mas Atmokasan, dem Bauern aus Kedungsimo. Daher war es verständlich, daß beide Parteien darin wetteiferten, eine eindrucksvolle Hochzeitsfeier auszurichten.

Zu dem Fest in Jogorogo kamen zahllose höhere Beamte, Priyayi, Angehörige der Kolonialverwaltung, auch eine Reihe von Chinesen, ehemalige Opiumpächter, so daß es wirklich hoch herging. Unablässig wurden Speisen und Getränke angeboten, es war ein einziger

Strom, wie das Wasser im Fluß. Aber auch die Geschenke der Priyayi und der Chinesen strömten nur so.

Höhepunkt war eine Wayang-Kulit-Aufführung. Man hatte den Lakon »Partokromo« ausgewählt, Arjunas Hochzeit, um damit anzudeuten, daß wir, das junge Paar, ebenso innig verbunden waren wie Arjuna und Sembadra.

Eine Woche nach der Hochzeit zogen wir in unser Dorf, nach Kedungsimo. Dort gab es abermals ein Fest, das Ngunduh-Fest am Wohnort des Bräutigams. Meine Eltern wollten den Brauteltern nicht nachstehen. Und in der Tat war der Aufwand dafür nicht gering. Das Zelt auf unserem Vorplatz faßte an die hundert Gäste. Die Geschenke von Seiten der Verwandtschaft meines Vaters wie der meiner Mutter flossen ebenso zahlreich wie in Jogorogo. Den Mittelpunkt bildete ein Tayuban, ein Tanzvergnügen, das die ganze Nacht dauerte. Es waren Vorführungen mit Ledek-Tänzerinnen, bezahlte Damen, die man küssen darf und mit denen man auch sonst treiben kann, was man lustig ist. Die Heiterkeit wollte kein Ende nehmen.

Die wichtigen Leute aus Kedungsimo und den anderen Dörfern der Umgebung waren alle eingeladen, und die meisten gingen auch auf die Tanzfläche, tanzten und tranken mit großem Vergnügen Arak. Im Inneren des Hauses waren außerdem Tische zum Kartenspielen aufgestellt, Pei- und Cekikarten lagen bereit, für die Männer wie auch für die Frauen.

Und trotzdem, bei aller Fröhlichkeit, bei allem Vergnügen und bei allem Aufwand, den meine Eltern und die Verwandtschaft trieben, es war und blieb eben eine Dorfhochzeit. Wie man es auch betrachtet, verglichen mit dem üppigen, großartigen und geschmackvollen Fest, das meine Schwiegereltern in Jogorogo ausgerichtet hatten, haftete dem Ngunduh-Fest in unserem Haus etwas Primitives an. Wirklich. Es war ein Fest unter Bauern, die sich bemühten, es den Priyayis gleichzutun.

Ndoro Seten hatte sich in seiner gütigen Art etwas Besonderes ausgedacht: Am folgenden Abend arrangierte er eine Wayang-Kulit-Aufführung, die die ganze Nacht dauerte. Für alles kam er auf, für das Wayang, für das Gamelanorchester, für den Dalang, für die Musiker, für die Sängerinnnen, die die Gamelanmusik begleiteten, alles bezahlte er aus seiner Tasche. Wir sollten lediglich den Lakon auswählen, das Stück, das aufgeführt werden sollte. Selbstverständlich überließen wir diese Wahl ihm, denn wir waren ohnehin schon überglücklich über sein Angebot. Ndoro Seten wählte den Lakon »Sumantri Ngenger – Sumantris Dienst«. Er meinte, er habe dieses Stück vorgeschlagen, um mir eine Richtschnur für mein Leben zu geben. Das wäre der beste Spiegel für einen zukünftigen Priyayi, der sein Leben seinem Land widmen wolle, versetzte Ndoro mit Nachdruck.

»Mein Wunsch ist es, daß du die Geschichte dieses Wayang-Stükkes in dich aufnimmst, mein Lieber. Sie ist von besonderer Schönheit und bietet allen Schichten der Gesellschaft eine Orientierung. Sie bringt etwas für die einfachen Leute, denn sie lehrt einerseits Bescheidenheit, andererseits auch Selbstbewußtsein und zeigt außerdem, wie man sein Glück macht. Und gerade für einfache Leute, die es zu etwas bringen möchten, wie du Darsono, zeigt der Lakon ein Vorbild. Sumantri ist so ein Beispiel für einen einfachen Mann, der sein Leben seinem König und seinem Land widmet. Anfangs ist er zwar anmaßend, scheut sich nicht, seinen Bruder zu opfern und stellt gegenüber dem König seine Kraft heraus. Aber auch für die Großen, die die Macht innehaben, ist das Stück vorzüglich geeignet. Es zeigt, wie ein König Geduld üben und Weisheit besitzen muß, aber auch, wann er einen Gegner bezwingen und wann er ihm wieder verzeihen muß...«

Mein Vater und ich nickten zustimmend. Wenn Ndoro Seten den Wunsch hatte, mir ein Vorbild mit auf meinen Lebensweg zu geben, dann war das sicher passend und wohlüberlegt. Und als das Wayang-Kulit am Abend darauf aufgeführt wurde, wagte ich keine Sekunde die Augen zu schließen, mein Vater und die anderen auch nicht. Der Dalang war Pak Gito, einer der besten und bekanntesten in der Gegend von Madiun.

Seine Fingerfertigkeit, die Virtuosität, mit der er die Lederpuppen bewegte, die Art, wie er die Figuren zum Leben erweckte, seine literarische und sprachliche Sensibilität, alles war hinreißend. Sumantri, die Hauptfigur, wurde in der Hand Pak Gitos zu einer Figur, die uns alle anrührte. Er war wirklich der einfache Mann aus dem Volk, der mit seiner Kühnheit und Mannhaftigkeit sein Ziel, eine geachtete Persönlichkeit zu werden, durchsetzt. Aber der Preis, den er für die Durchsetzung seiner Idee zu zahlen bereit ist, machte mich betroffen. Er scheut sich nicht, für sein Ziel seinen jüngeren Bruder zu töten. Konnte man das hinnehmen? Als Sumantri seinen Pfeil abschießt und Sukrasana, seinen Bruder, der ihm immer geholfen hat, in die Brust trifft, schreit dieser verzweifelt auf und weint bitterlich, bevor er seinen Geist aufgibt. Es war eine herzergreifende Szene. Mir sträubten sich die Haare. War denn die Verführung zur Macht so stark, daß er bereit war, zu vernichten, was immer sich ihm entgegenstellte? Müssen nicht Reich und König darüberstehen, um uns alle zu leiten? Und dafür, daß der Bestand des Reiches gewahrt bleibt, müssen wir, das Volk, wie die Priyayi, bereit sein, unsere Opfer zu bringen.

In der Szene, in der Sumantri die Stärke des Königs auf die Probe stellt, lehrt Prabu Arjunasasrabahu einen wahrhaftig das Fürchten. Sumantri will voller Vermessenheit seine Stärke beweisen und verwandelt sich in den übergroßen Riesen Triwikrama. König Arjunasasrabahu rast vor Wut und nimmt seinerseits die Gestalt eines noch größeren Riesen an. Da gibt Sumantri nach, er bricht in Tränen aus. Der Mann aus dem Volk, so glänzend und stark er auch sein mag, angesichts der königlichen Macht wird er klein und unscheinbar. Mir schauderte abermals.

Als dann die Morgendämmerung ihren ersten Schimmer zeigte und das Wayangspiel zu Ende war, schlich ich mit allen meinen widersprüchlichen Gefühlen in das Brautgemach. Dik Ngaisah schlief ganz fest, auf ihrem Bett waren Knospen und Blüten von Jasmin verstreut. Im Nu waren die bedrückenden Gedanken verflogen. Vor mir lag Dik Ngaisah, meine Frau und – wenn alles gut ging – künftige Mutter meiner Kinder, ein leichtes Lächeln auf den Lippen. Ich legte meine Kleider ab und streckte meinen müden Leib aufs Bett. So lag ich einen Moment, dann drehte ich mich herum und begann, meine Frau zu umarmen.

Über die Fahrt nach Ploso habe ich nicht viel zu erzählen, außer daß sie recht anstrengend war. Wir fühlten uns frei, nachdem alle unsere Verwandten gegangen waren und wir allein in unserem kleinen Haus zurückblieben. Es lag nicht weit von der Schule entfernt.

Dik Ngaisah, alhamdulillah, war eine Ehefrau, wie ich sie mir gewünscht hatte. Sie war gewandt und geschickt in allen Dingen. Nun war sie ja in der Tat von ihren Eltern so erzogen worden, daß sie eines Tages die rechte Ehefrau eines Priyayi werden konnte. In der Küche verstand sie sich nicht nur aufs Kochen, sondern konnte auch die Dienerschaft entsprechend anleiten. Die besondere Umsicht, mit der sie Haus und Leute in Ordnung hielt, war überall zu spüren. Den Eßtisch an den richtigen Platz zu stellen, das Schlafzimmer einzurichten, Tische und Stühle im Empfangs- und im Wohnzimmer anzuordnen, da war Dik Ngaisah viel erfahrener als ich. Was sie auch anfaßte, überall zeigten sich die Spuren der erfahrenen Hand aus einem Priyayi-Haus. Große Sorgfalt legte meine Frau auf das Tischdecken und wies die Hausmädchen genauestens an, stets die Teller umgekehrt, d.h. mit der Unterseite nach oben hinzulegen, Gabel und Löffel rechts vom Teller, das Trinkglas links davon und die Servietten. Oh, wie oft vergaßen die Mädchen die Servietten zu decken! Waren Tische und Stühle in den Wohnzimmern der vielen Gäste wegen umgeräumt, mußten sie anschließend wieder auf ihre alten Plätze zurückgestellt werden. Auch durften die Hausmädchen niemals vergessen, auf Tischen und Stühlen Staub zu wischen und sie wieder auf Hochglanz zu bringen.

Ich, der ich ja aus einer bäuerlichen Familie stammte, beobachtete meine Frau voller Bewunderung. Und ich war ihr äußerst dankbar dafür, daß sie unser neues Haus so herrichtete. Ich dachte stets an die Worte von Ndoro Seten, daß die Welt der Priyayi, jetzt auch meine Welt, eine andere Welt sei. Wenngleich meine Eltern große Hochachtung vor der Welt der Priyayi hegten, wären sie selbst doch nie in der Lage gewesen, in ihrem Haus eine solche Atmosphäre zu schaffen. Wie meine Mutter den Haushalt versah, wie sie das Essen zubereitete und was für Gerichte sie auf den Tisch brachte, das war eben einfach bäuerlich, bescheiden, den Umständen entsprechend.

In Dik Ngaisah zeigte sich dagegen eine feine Erziehung, deren Wurzeln sehr viel tiefer lagen als bei mir. Ihr Auftreten und ihre Sprachgewandtheit bewiesen Vornehmheit. Obwohl sie immer ein freundliches Gesicht zeigte, entgegenkommend lächelte, wußte sie doch, ihre Gefühle zu beherrschen. Wirklich, ich konnte mich glücklich schätzen, eine Frau wie Dik Ngaisah zu haben. Und schon in kurzer Zeit hatte ich mich daran gewöhnt, einem Haushalt vorzustehen, wie ihn meine Frau geschaffen hatte. Auch war es für die Leute in Ploso, einer viel kleineren Gemeinde als Kedungsimo, kein Problem, unser Haus als Priyayi-Haus zu achten. Ja, dank Dik Ngaisahs Auftreten sahen die Kollegen von der Dorfschule in Ploso in uns Priyayi einer höheren Schicht, als der sie selbst angehörten.

In Ploso blieben wir nur ein Jahr. Aufgrund einer Eingabe von Ndoro Seten bei seinen Vorgesetzten in Madiun wurde ich zum Lehrer in der Gemeinde Karangdompol im Bezirk Wanagalih befördert. Ich wußte gar nicht, wie mir geschah. Jedenfalls erhielt ich einen Brief aus Madiun, in dem ich aufgefordert wurde, beim Schulaufseher vorzusprechen. Der hohe Herr fragte mich direkt, ob ich bereit sei, mich als ordentlicher Lehrer nach Karangdompol versetzen zu lassen, weil es dort an Lehrkräften fehle. Diese Dorfschule sei ziemlich wichtig, da sie unweit der Bezirkshauptstadt Wanagalih liege, wo derzeit in zunehmendem Maße Büros entstünden. Daher würde dort in Zukunft eine beträchtliche Zahl einheimischer Hilfskräfte benötigt. Der hohe Herr Inspektor betonte, man mache mir dieses Angebot, weil der Assistent des Wedana in Kedungsimo großen Wert darauf lege, daß ich eine Gelegenheit erhielte, zum ordentlichen Lehrer befördert zu werden. Ich konnte nur meine Bereitwilligkeit erklären, fragte mich aber insgeheim, wie Ndoro Seten dazu kam, die Sache so schnell aufzugreifen.

Auf dem Heimweg nach Ploso machte ich meine Aufwartung bei Ndoro Seten in Kedungsimo, um ihm Bericht zu erstatten und ihn außerdem zu fragen, was ihn dazu bewogen hatte, sich so für mich einzusetzen. Denn es war ja wirklich außergewöhnlich.

»Sastro – von jetzt an werde ich dich nur Sastro nennen, ja?« fragte er mich. Ich nickte ehrerbietig.

»Auch sei so gut und rede mich von jetzt an nicht mehr mit Ndoro Seten an, ja?«

»Aber, Ndoro!«

»Schluß damit. Du nennst mich jetzt ›Romo‹, und meine Frau ist für dich ›Ibu‹. Deinen Vater werde ich ›Kakang‹, älteren Bruder, nennen und deine Mutter ›Mbakyu‹. Euch alle sehe ich als meine Verwandten an. Aber jetzt kommt es auf dich an, Sastro. Du bist der Stammvater einer Priyayi-Familie. Ich habe die ganze Zeit über deine Fortschritte beobachtet. Deshalb habe ich mich entschlossen, den ungewöhnlichen Schritt zu tun und meinen Kollegen Schulaufseher anzusprechen.«

Ich nickte, konnte mir aber keinen rechten Reim auf die Sache machen. Immerhin war es mir sehr peinlich, ein so großes Entgegenkommen seitens der Familie Seten anzunehmen. Meine Eltern und Schwiegereltern aber waren voller Bewunderung und äußerst beeindruckt, davon zu hören, wie Romo Seten mich in der Stufenleiter der Priyayi angehoben hatte. Woher kam nur sein großes Vertrauen in mich?

Als wir Ploso verließen und nach Wanagalih umzogen, war Dik Ngaisah hochschwanger. Wir kamen überein, unser Kind Noegroho zu nennen, wenn es ein Junge wäre. Unser Entschluß, nach Wanagalih zu gehen und nicht nach Karangdompol, in das Dorf, wo ich unterrichten sollte, geschah auf Anraten von Ndoro – ach nein – von Romo Seten Kedungsimo. Auch mein Schwiegervater, Romo Mukaram, hatte uns das angeraten.

Karangdompol war ein kleiner Ort, kleiner noch als Ploso, und hätte mir wenig Möglichkeiten geboten voranzukommen. Der einzige Weg, im Rang eines Priyayi aufzusteigen, sei, so meinten Romo Seten und Romo Mukaram, so oft wie möglich die Gesellschaft anderer Priyayi zu suchen. Mit wem wollt ihr denn verkehren, wenn ihr in Karangdompol wohnt, fragten sie uns. Und da hatten sie freilich recht. Karangdompol war eine winzige Gemeinde auf der anderen Seite des Kali Madiun, ein paar Kilometer von Wanagalih entfernt. Fast sämtliche Einwohner dort waren Bauern, dazu kamen die paar Lehrer unserer Schule. Während ich doch auf ein Leben aus war, das etwas abwechslungsreicher, etwas interessanter war und nicht so langweilig wie das der Bauern dort. Und das war nur zu erreichen, wenn wir in der Stadt wohnten, unter einer großen Zahl sehr verschiedenartiger Menschen.

Und in der Tat, unser Entschluß erwies sich als richtig. Wir erwarben ein kleines Haus im Jalan Setenan, das ganz aus Holz erbaut war. Und wir hatten Glück mit diesem Haus, denn Wände, Pfosten, Fenster und Türen bestanden allesamt aus bestem alten Teakholz. Die Stadt Wanagalih war damals ringsum von Teakwäldern umgeben. In meiner Stellung als Lehrer, unterstützt von Romo Seten Kedungsimo, der gute Verbindungen zum Forstamt besaß, war es nicht allzu schwierig, ein solches Haus aus Teakholz zu bekommen. Das Haus hatte vorher einem Beamten des Forstamts gehört, der nun pensioniert war und aus Wanagalih weggezogen war. Obwohl des Haus nicht allzu groß war, hatte es immerhin einen weiten Vorplatz und besaß nach hinten hinaus freies Gelände und Reisfelder.

Abermals halfen uns stillschweigend unsere Eltern und Schwiegereltern, indem sie den größten Teil des Kaufpreises für Haus und Felder übernahmen. Natürlich steuerte Romo Mukaram, der ja finanziell besser gestellt war, den Löwenanteil dazu bei. Meine Eltern dagegen hatten sich noch nicht wieder von den Ausgaben für das Ngunduh-Fest von damals erholt und konnten daher nur einen schmalen Beitrag leisten. In der Tat schämte ich mich und zögerte anfangs, von meinem Schwiegervater eine so große Unterstützung anzunehmen. Erst als Romo Mukaram erklärte, er beteilige sich nicht an dem Hauskauf, um irgendwelchen Leuten zu helfen, sondern weil es um seine Kinder ginge, war ich einverstanden. »Was denkst du denn, mein Lieber, fragte Romo Mukaram, »bist du etwa nicht mein Sohn! Ja«, so fuhr er fort, »noch bevor du Aisah geheiratet hast, warst du doch auch schon mein Sohn!«

Kaum daß wir das Haus bezogen hatten, begannen ich und Dik Ngaisah auch schon, gemeinsam mit den Hausangestellten alles so einzurichten, wie wir es uns ausgedacht hatten. Selbstverständlich sollte es ein Priyayi-Haus werden. Eins für junge Priyayis, die nach oben blicken, auf die oberen Sprossen der Stufenleiter. Trotzdem war der bäuerliche Instinkt in mir noch wach, und Dik Ngaisah ging es ebenso. Das Gelände hinter dem Haus und die Reisfelder gaben wir nicht an Bauern aus, wie das Romo Seten mit meinem Vater getan hatte, sondern wir heuerten Landarbeiter an, die wir teils mit Geld, teils in Ernteanteilen entlohnten.

Immerhin kannte ich mich noch einigermaßen im Feldbau aus, und im übrigen kamen mein Vater und sein Bruder gelegentlich, um uns mit Rat und Tat zu unterstützen. Sie rieten uns, das freie Gelände mit den verschiedensten Arten von Süßkartoffeln und anderem Wurzelzeug zu bepflanzen, dazwischen sollten wir Bananenstauden setzen und Gewürze für die Küche ziehen. Auf den Reisfeldern, die ja Trockenfelder waren, genügte es, die gängige Klebreissorte, Padi Gogo, anzupflanzen.

»Wenn du nun auch ein Priyayi geworden bist, vergiß trotzdem nicht deine Herkunft! Die Bohne kommt nicht von ihrer Stange los. Wenn auch dein Hausstand der eines Priyayi ist, mach dich nicht allein von deinem Gehalt abhängig, mein Junge. Ein Priyayi ist einer, der in der Gesellschaft geachtet wird, aber er ist kein reicher Mann. Ein Priyayi wird geehrt, weil er klug ist. Wenn du reich werden willst, dann mußt du Kaufmann werden. Um deine Selbständigkeit zu erhalten, um nicht nur von deinem Einkommen als Priyayi abhängig zu sein, mußt du etwas Landwirtschaft betreiben.

Wenigstens soviel, daß ihr euch um den Bedarf der eigenen Küche, des eigenen Bauchs keine Sorgen machen müßt.«

Die Worte meines Vaters versetzten mich einigermaßen in Erstaunen. Früher hatte ich immer angenommen, es ginge darum, daß ich vom bäuerlichen Leben loskäme. Ich hatte gemeint, er wollte sehen, wie ich etwas Neues anfing, wie ich eine Priyayi-Familie gründete. Warum sprach er jetzt auf einmal von der Bohne, die nicht von ihrer Stange loskommt? Vielleicht fühlten sich meine Eltern alt werden und bekamen Angst, sie könnten mich, ihr einziges Kind, verlieren. Ich selbst hatte mir ja vorgenommen, hatte es sogar als meinen Auftrag verstanden, der Gründer einer Priyayi-Familie zu werden. Und in der Tat war mir immer deutlicher zu Bewußtsein gekommen, daß die bäuerliche Welt nicht meine Welt war. Von klein auf hatten mich meine Eltern dazu erzogen, mich nicht allzu sehr mit der Arbeit auf den Reisfeldern abzugeben, mich damit nicht schmutzig zu machen. Natürlich bedeutete das nicht, daß die Reisfelder für mich eine fremde Welt waren. Im Gegenteil, sie waren mir sehr vertraut, wie das auch die Viehhirten waren oder die frechen Dorfkinder.

Trotzdem, mein Großvater und meine Eltern waren stets darum bemüht, in mir den Wunsch zu wecken, eines Tages in den Priyayi-stand einzutreten. Und dieser Wunsch war in mein Bewußtsein eingedrungen und hatte sich dort festgesetzt. Und so wählte ich mir eben das Beamtendasein im Dienste der Kolonialregierung zum Beruf. Ich traf diese Wahl, weil sie für mich der geeignete Weg schien, meiner Familie ein gesellschaftliches Ansehen zu verschaffen. Trotzdem fühlte ich mich immer mit meinen Eltern verbunden. Die Bohne kommt nicht von ihrer Stange los, denn was auch immer passieren mag, ihre Ranken haben sich viel zu fest darum geschlungen. Die Ranken, das sind Dankbarkeit und Verpflichtung, Liebe und Mitgefühl.

Die Zeit verging im Flug. Mit allen Nachbarn im Jalan Setenan hatten wir uns bekanntgemacht und überall enge Beziehungen angeknüpft. Mit der Familie des pensionierten Seten, nach dem die Straße Setenan benannt worden war, mit der Familie des Staatsanwalts Raden Supangkat, mit den Mansoers, der Familie des Pencak-Silat-Lehrers, ja sogar mit Pak Martokebo, dem Viehhändler, der eigentlich Zwischenhändler für Rinder war und ganz am Ende der Straße wohnte, standen wir auf gutem Fuß. Als junges Priyayi-Ehepaar, die jüngsten in der Straße, machten wir nacheinander bei allen unsere Aufwartung. Umgekehrt empfingen wir sie aber auch als Nachbarn im Jalan Setenan. Und durch Vermittlung meines Schwiegervaters lernten wir auch bald den Aufseher des Opiumhandels und den Direktor des Pfandhauses kennen.

Was ich jedoch als eine besondere Bereicherung empfand und was schließlich unser Familienleben stark beeinflußte, das war die Bekanntschaft mit dem einzigen Doktor in der Stadt Wanagalih. Er hieß Soedradjat und war ein echter javanischer Doktor, der als Absolvent der STOVIA noch javanische Kleidung trug, also Kain, weiße Jacke und Batikmütze. Es war ein Mensch, der wegen seiner sanften Art und weil er mit allen Schichten der Bevölkerung vertrauensvoll verkehrte, äußerst beliebt und hoch geachtet war. Doktor Soedradjat half bei der Geburt meiner drei Kinder und nahm auch die Beschneidung meiner beiden Söhne vor. Was aber noch mehr wog, war der Umstand, daß er gemeinsam mit dem Opiumaufseher und dem Staatsanwalt meiner Frau und mir die Spiele Ceki und Pei beibrachte. Das war deshalb so bedeutsam, weil beide Spiele, die auf javanisch »Kesukan« genannt werden – was soviel heißt wie Vergnügen und Freude –, zu jener Zeit das darstellten, was Romo Seten als die beste Art des Verkehrs zwischen Priyayi empfahl.

Beim chinesischen Kartenspiel hatten wir Gelegenheit, alle möglichen Ereignisse aus Wanagalih, ja aus dem ganzen Bezirk Madiun zu erörtern und uns darüber den Mund zu zerreißen. Ich war damals ja noch ein grüner Knabe im Beruf und im Umgang mit der Gesellschaft der Beamten. Ich lernte bei unseren Gesprächen am runden Spieltisch eine Menge dazu. Vor allem auch über die Art und Weise, wie in den Kreisen der Regierungsbeamten Klatsch und üble Nachrede weitergetragen wurden und welche Rolle bei ihnen Geldgeschäfte spielten. Ich hörte so allerlei, wovon ich bisher keine Ahnung hatte.

Anfangs zog ich es vor zu schweigen, denn ich hatte ja keine Ahnung, wovon die Rede war. Allmählich begann ich jedoch auch, ab und zu meine Meinung zum besten zu geben. »Junge, das ist sehr wichtig für einen jungen Lehrer, wie du einer bist«, belehrte mich der alte Doktor Dradjat und fuhr fort: »Indem du mehr darüber erfährst, was hinter den Kulissen der Priyayi-Gesellschaft vorgeht, gewinnst du an Menschlichkeit, und dein Verständnis für die Dinge im Leben erweitert sich ungemein.« Und so kam es, daß in kurzer

Zeit auch Dik Ngaisah mitkam, wenn die Frau Doktor oder die Frau Staatsanwalt mit einluden. Wir wurden bald auch feste Mitglieder, was die Kesukan-Runde freudig begrüßte.

Manchmal allerdings war das Kesukan doch arg anstrengend für uns, vor allem, wenn die Einladungen nicht nur zum Samstag oder zu Feiertagen kamen, sondern auch an Werktagen. Wenn das Spiel erst um zwei oder drei Uhr morgens zu Ende war, dann hatte ich am nächsten Tag einige Schwierigkeiten. Schließlich mußte ich einige Kilometer mit dem Fahrrad bis zum Ufer des Kali Madiun fahren, dann mit dem Kahn ans andere Ufer übersetzen und von dort aus nochmals bis nach Karangdompol zu meiner Schule ein oder zwei Kilometer in die Pedale treten. Nach einer durchspielten Nacht fühlte ich mich dann wie ein Drachen, dem die Schnur gerissen ist, ich schwebte frei im Raum.

Unsere Kinder kamen im Abstand von jeweils etwa zwei Jahren zur Welt. Noegroho wurde zwei Monate nach unserem Umzug nach Wanagalih geboren. Da es das erste Kind war, außerdem ein Junge, mußten die Eltern beider Seiten abwechselnd bei der Niederkunft meiner Frau wachen. Ich und Dik Ngaisah waren natürlich stolz auf den Neugeborenen. Ja, alle waren stolz, denn es war ja der Erstgeborene, der einmal der Stammhalter unserer Familie werden sollte. Und Noegroho war nicht nur irgendein Stammhalter, sondern er war der Sohn, auf den wir unsere Hoffnung setzten. Er sollte einmal der Soko Guru, der Pfeiler der Priyayi-Familie Sastrodarsono werden. Eines Tages würde er seine jüngeren Geschwister führen und leiten, seine Kinder, Neffen und Nichten, Enkel – kurz eine neue Großfamilie gründen, fortschrittlicher und geachteter als wir.

Zum Zeichen unserer großen Erwartungen feierten wir und unsere Eltern seine Geburt mit einem großen Selamatan, der auch dazu diente, uns den bedeutenden Persönlichkeiten von Wanagalih bekanntzumachen. Später folgte die Geburt von Noegrohos jüngeren Geschwistern, Hardojo und Soemini. Wir waren glücklich, daß alle Kinder gesund und ohne Fehler zur Welt kamen und daß sie auch beim Heranwachsen keinerlei bäuerliche Züge zeigten, keine allzu dicken Lippen, keine vorstehenden Backenknochen, keine platte, eher sogar eine fein geformte Nase und – helle Haut.

Wir konnten uns beide nicht erklären, woher das unsere Kinder hatten. Denn ich und Dik Ngaisah hatten ja beide ziemlich dunkle

Haut, unsere Nasen waren zwar nicht gerade platt, aber auch nicht fein geformt, und ich selbst hatte doch keineswegs schmale Lippen. Für uns war es nicht zu leugnen, wir hatten noch ganz die Züge javanischer Bauern geerbt. Woher die Kinder nur Aussehen und Erscheinung von Priyayis hatten? Ich versuchte, meiner Frau zu erklären, das käme einfach von unserem festen und starken gemeinsamen Willen, die Familie Sastrodarsono als Priyayi-Familie aufzubauen. Es sei durchaus möglich – wie das ja auch in den Geschichten des Wayang vorkommt –, daß unser Wunsch und unser Verlangen von Allah erhört und erfüllt worden sei, indem Er uns so schöne Kinder geschenkt habe, die ganz wie Priyayi aussahen.

Natürlich schickten wir unsere Kinder nicht in die Dorfschule. Die diente dazu, einen sehr begrenzten Bildungsbedarf zu befriedigen, sie sollte Dorfkinder erziehen und bilden, damit sie in der Dorfgemeinschaft besondere Aufgaben wahrnehmen konnten, Arbeiter wurden, die lesen und schreiben konnten, vielleicht auch als Gemeindeschreiber tätig waren. Und wenn ein Dorfkind Glück hatte, wie es beispielsweise bei mir der Fall war, dann konnte es auch noch bessere Chancen bekommen.

Wir gaben jedenfalls unsere Kinder auf die HIS, auf die Grundschule für Beamtenkinder, denn diese hatte die Aufgabe, Kinder auf die Beamtenlaufbahn für die holländische Regierung vorzubereiten. Dort lernten die Schüler Holländisch, das man brauchte, um eine Stelle in der Verwaltung zu übernehmen oder um seine Ausbildung in der Mittel- und der Oberschule fortzusetzen, etwa in der MULO, der AMS oder in einer pädagogischen Lehranstalt wie der Normaal- oder Kweek-School. Für den Fall, daß eines meiner Kinder später Lehrer werden wollte, waren sie nicht bloß auf Kurse angewiesen wie ihr Vater, sondern konnten eine richtiggehende Lehrerbildungs- anstalt besuchen. Und ich hatte abermals großes Glück. Meine Stellung als Lehrer, wenn auch nur als Dorfschullehrer, das Anse- hen, das ich als Schwiegersohn eines Opiumaufsehers genoß, meine Verbindung zu Romo Seten Kedungsimo, meine engen Beziehungen zu Dr. Soedradjat und einer Reihe anderer führender Persönlichkei- ten in der Gesellschaft Wanagalihs, erleichterten es mir sehr, die Kinder in die HIS zu geben.

Nachdem ich fünf Jahre in Karangdompol unterrichtet hatte, sollte ich nun eine vierte Klasse übernehmen. Das war insofern eine wichtige Aufgabe, als die vierte Klasse die vorletzte Klasse vor dem Schulabschluß bildete. Damals hatte eine Dorfschule nur fünf Klassen. Und diejenigen Schüler, die die Dorfschule mit Erfolg beendeten, galten als gebildet. Immerhin konnten Absolventen der Dorfschule rechnen, lesen und schreiben, sie beherrschten Javanisch in allen Sprachstufen und hatten einige Kenntnisse im Malayischen. Wir hatten in der Dorfschule die Anweisung, größten Wert auf die Fertigkeiten Rechnen und Schreiben sowie auf die Beherrschung der javanischen Sprache zu legen. Wir hatten den Auftrag, in diesen Fächern strikt und streng nach Plan vorzugehen. Und die Ergebnisse bei den Schulabgängern waren auch dementsprechend beeindruckkend. Im allgemeinen hatten sie eine sehr schöne Schrift, konnten ausgezeichnet rechnen und waren sicher in der Beherrschung der javanischen Sprache.

Oftmals fragte ich Schüler aus den Priyayi-Schulen wie der HIS, warum sie nicht so schön schrieben wie die Dorfschüler. Und dasselbe war auch bei meinen eigenen Kindern zu beobachten, die längst nicht so gestochen scharf schrieben wie meine Schüler in Karangdompol. Ob in der HIS auf den Schreibunterricht weniger wert gelegt wurde und stattdessen die holländische Sprache und die allgemeinen Wissensfächer im Vordergrund standen?

In der 4. Klasse widmete ich dem Unterricht im Rechnen, im Schreiben und Lesen sowie in der javanischen Sprache größte Aufmerksamkeit. Außerdem bemühte ich mich darum, daß die Dorfschule in Karangdompol ein Vorbild wurde. Auch achtete ich darauf, daß die Schulabgänger in Karangdompol keine Schwierigkeiten hatten, einen Arbeitsplatz zu finden, und die Chance bekamen, weiterführende Kurse zu besuchen oder auch eine höhere Ausbildung zu machen, etwa als Hilfslehrer oder als Anwärter für eine höhere Position in den verschiedensten Berufen.

Offenbar verfolgte der Schulinspektor, der School Opziener, meinen Unterricht mit großer Aufmerksamkeit. Während einer Routineinspektion rief mich der hohe Herr ins Zimmer des Direktors. Er lobte mich als einen Lehrer, der etwas vom Unterrichten verstand und der in seiner Klasse Ordnung halten konnte. So frech, wie die Schüler in Karangdompol waren, bedeutete das ein ziemliches Lob. Was mich jedoch in große Bestürzung versetzte, waren seine Bemerkungen über den Leiter unserer Schule.

»Lieber Sastrodarsono, Sie wissen doch sicher, daß wir mit Besorgnis die Aktivitäten von Herrn Martoatmodjo beobachten?«

»Wieso, welche Besorgnis gegenüber unserem älteren Kollegen Martoatmodjo?«

»Da sind zwei Dinge. Erstens seine Verbindung zu der ›Bewegung‹«. Und zweitens seine Beziehung zu einer Tayub-Tänzerin in Karangjambu.«

»Wie? Ich habe keine Ahnung davon.«

»Genau deswegen spreche ich ja mit Ihnen darüber. Seien Sie vorsichtig und lassen Sie sich auf keinen Fall in seine Aktivitäten hineinziehen. Wir hoffen vielmehr, daß Sie uns helfen, Herrn Marto zu überwachen und zu verhindern, daß er zu weit geht. Mein Gott, der arme Herr Marto, er tut mir leid. Wie konnte er sich nur so hinreißen lassen! Aber, wenn unsere Ermahnungen nicht fruchten, was bleibt uns anderes übrig, dann müssen Sie sich bereithalten, seine Stellung zu übernehmen.«

Das Gespräch hinterließ eine schreckliche Unruhe in mir. Ich war die ganze Zeit mit meinem Direktor sehr glücklich gewesen und hatte ihn immer verehrt. Er war wirklich ein guter Vorgesetzter, stets voller Verständnis, klug und immer bereit, jüngeren und weniger erfahrenen Kollegen, wie ich einer war, mit Rat und Tat zu helfen. Sicher, ich hatte gerüchteweise schon von seiner Beziehung zu einer Tayub-Tänzerin in Karangjambu gehört. Aber ich hatte nie einen Gedanken darauf verschwendet. Erstens, weil man von einem Gerücht nie weiß, ob es wahr ist, und zweitens, weil schließlich Tayub-Tänze zu den Vergnügungen gehörten, die unter Javanern allgemein verbreitet waren, so daß die Beziehung zu einer Tänzerin niemanden aufregte. Und außerdem, gab es nicht genug Priyayi in unserer Gesellschaft, die mehr als eine Ehefrau hatten oder auch eine Geliebte unterhielten? Das waren doch immerhin eine ganze Menge. Warum mußte also Mas Martoatmodjo die besondere Besorgnis des School Opzieners erregen? Mir wurde ganz schwindelig im Kopf, als ich darüber nachdachte.

Vielleicht war es ja wegen der Stellung von Mas Martoatmodjo als Schulleiter, von dem man ein vorbildliches Auftreten erwartete, und weil es unschicklich war, wenn sich ein Lehrer in eine Tayub-Tänzerin verliebte. Wäre es ein Priyayi mit einem höheren Regierungsamt, würden die Vorgesetzten einer solchen Angelegenheit möglicherweise keine große Aufmerksamkeit schenken. Aber warum eigentlich nicht? Wieso wird ein Lehrer beargwöhnt, der Assistent des Bezirksvorstehers zum Beispiel oder der Aufseher des Opiumhandels aber nicht? Doch hier bloß nicht weiterdenken!

Mir fiel dagegen wieder der erste Vorwurf ein, den der Herr Opziener erwähnt hatte: Mas Martoatmodjos Verbindung zur »Bewegung«. Na, vermutlich war das das eigentliche Problem für die holländische Regierung. Doch um was für eine Verbindung sollte es sich handeln? Und was war eigentlich mit der »Bewegung« gemeint? Ich wußte zu wenig davon. Nur eines war gewiß: Mas Martoatmodjo war in Gefahr.

Was mich aber am meisten beunruhigte und plagte, war die Ermahnung des Inspektors, ich sollte mich hüten, mich in die Sache hineinziehen zu lassen, und müsse mich bereithalten, die Leitung der Schule zu übernehmen, wenn dies für nötig erachtet würde. Zu Hause konnte ich in der Mittagspause keine Ruhe finden, von Mittagsschlaf konnte erst recht keine Rede sein. Ich stand wieder auf und lief in den Garten hinters Haus, wo die Leute dabei waren, den Boden für die Aussaat vorzubereiten. Eine Weile lang fand ich Ablenkung, indem ich den Tagelöhnern bei ihrer Arbeit zuschaute. Aber das hielt nicht lange an. Eine endlose Reihe von kleinen Löchern zu graben und dann jeweils einige Körner hineinfallen zu lassen, ist ja nicht gerade eine besonders anziehende Arbeit.

Allzu rasch kehrten meine Gedanken wieder zu dem Vorfall vom Morgen zurück, zu dem Gespräch mit dem Inspektor. Nachdem ich hin und her überlegt hatte, faßte ich schließlich den Entschluß, Mas Martoatmodjo zu Hause aufzusuchen.

Obwohl er ja Schuldirektor war und damit rangmäßig über mir stand, verkehrte er nicht sehr häufig mit Leuten aus den einflußreichen einheimischen Kreisen in Wanagalih. Seine Beziehungen zu ihnen waren nicht schlecht, aber doch längst nicht so eng wie meine. Mas Martoatmodjo gehörte auch keiner Kesukan-Gruppe oder einem anderen Priyayi-Kreis an. Anscheinend zog er es vor, sich mit den kleinen Priyayi der Gemeindeverwaltung oder mit den lokalen Honoratioren von Karangdompol und Karangjambu zum Ceki-Spielen zu treffen. Er besaß ein einfaches Haus, etwas außerhalb am Stadtrand von Wanagalih.

»Na, das ist aber eine Überraschung, Dik Sastro! Was führt dich denn heute nachmittag hierher?«

Die Begrüßung brachte mich etwas aus dem Konzept. Ich war ohnehin schon etwas unsicher, weil ich eine äußerst heikle Angelegenheit ansprechen mußte, nun kam ich mir plötzlich auch noch ganz schlecht vor, daß ich bisher so selten auf einen Schwatz bei ihm vorbeigekommen war.

»Jaaa, das ist richtig, Mas.«

»Was macht deine Frau und wie geht's den Kindern?«

»Jaaa, gut, gut, Mas.«

Nach einer Weile gewann ich meine Fassung wieder und begann vorsichtig, von dem Gespräch mit dem Inspektor zu berichten. Ich fühlte mich erleichtert, daß ich darüber sprechen konnte, fürchtete jedoch gleichzeitig, Mas Marto könnte die Unterhaltung mit dem Inspektor falsch aufnehmen. Es entstand eine Pause. Er bot mir Tee und etwas Gebäck an. Völlig gelassen und mit dem Anflug eines leichten Lächelns begann er: »Vielen Dank für die Nachricht. Vor allem aber auch für die Bereitschaft, Mas, daß du dir die Mühe gemacht hast, herzukommen, um mir Bescheid zu sagen.«

»Das ist doch selbstverständlich, Mas.«

Mas Marto lächelte abermals.

»Mas, du bist noch jung und kennst das Spiel der Vorgesetzten noch zu wenig.«

»Das Spiel der Vorgesetzten, was meinst du damit, Mas?«

»Na, also, Mas, du bist dir vielleicht nicht im klaren, welches Risiko du eingehst, wenn du hierher kommst. Das Risiko ist erheblich.«

Ich geriet abermals in Verlegenheit.

Dann legte Mas Marto die Karten auf den Tisch: Offensichtlich wußte er schon lange, daß alle seine Schritte beobachtet wurden, nicht nur vom Schulinspektor, sondern auch von der Polizei. Mir fuhr der Schreck in die Glieder. Schlagartig wurde mir klar, wie wenig ich davon wußte, was in Wanagalih alles vor sich ging. War denn wirklich alles so schlimm, was Mas Martoatmodjo tat, daß er in dieser Weise von Amts wegen überwacht wurde? Er zeigte mir einige Zeitungen und Zeitschriften, die ich bisher nie gesehen hatte. Darunter war eine in javanischer Sprache, »Sarotomo«, und auch eine in Malayisch, der »Medan Priyayi«. Ich blätterte die Zeitungen durch, vor allem die Wochenzeitung »Medan Priyayi«, die angab, für Könige, Adelige, Priyayi und einheimische Kaufleute zu schreiben.

»Mas Sastro, interessiert dich der ›Medan Priyayi‹? Dann nimm ihn doch mit. Allerdings darf das Wochenblatt nicht mehr erscheinen. Der Herausgeber wurde verurteilt und sitzt nun.«

»Ja, was ist denn Falsches daran, eine Wochenzeitung aufzuheben, deren Erscheinen bereits eingestellt ist?«

»Ja, eben daß ich sie aufhebe und lese.«

»Nur das?«

»Fast ist es nur das. Nur, diese Zeitung gilt als Zeitung der ›Bewegung‹. Die Kolonialregierung ist der Meinung, sie würde die Leute aufhetzen. Immerhin lesen fast alle vom Handelsverein in Lawean in Solo die Zeitung.«

»Mas, was hast du denn mit dem Handelsverein in Lawean zu tun?«

»Wieso? Eine Kusine von mir gehört doch zu den Leuten in Lawean, Mas. Und sie kommt ab und zu her und bringt mir die Zeitungen. Und dann zeige ich sie herum und bespreche einige Artikel mit meinen hiesigen Kollegen. Einfach, um ihr Bewußtsein gegenüber der Lage unseres Landes zu erweitern.«

Ich fragte mich im stillen, warum er mich nie aufgefordert hatte, die Zeitungen zu lesen und mit ihm darüber zu diskutieren. Anscheinend stand er den Leuten, mit denen ich verkehrte, kritisch gegenüber.

»Verzeihung, Mas. Ich habe dir diese Wochenzeitung nie zum Lesen gegeben und nie nach deiner Meinung gefragt. Der Grund, sei mir bitte nicht böse, Mas, ist einfach, daß ich wegen deiner Freunde, den Priyayis dieses Distrikts, etwas ängstlich bin. Nicht, weil da etwas wäre. Ich fürchte nur, sie könnten es mißverstehen.«

»Sie könnten es mißverstehen? Wie soll das gehen, Mas? Was gibt es da mißzuverstehen?«

»Mas, es ist doch folgendermaßen: Deine Freunde sind wichtige Regierungsbeamte. Sie haben Angst vor so einer Lektüre. Sie haben Angst, ihre Stellung zu verlieren, Mas. Ich bin der Beweis, ich werde von der Polizei und dem Opziener überwacht. Meinst du etwa, sie möchten auch von der Polizei überwacht werden, möchten, daß Berichte an ihre Vorgesetzten gehen? Sie könnten ihre Stellung verlieren!« Schließlich fuhr er fort: »Aber der Opziener hat recht, und ich stimme ihm zu.«

»Womit hat er recht, Mas?«

»Indem er gesagt hat, es wäre das beste, wenn du mich ersetzen würdest.«

»Bloß nicht, Mas!«

Wenig später verabschiedete ich mich, nahm aber ein Heft des »Medan Priyayi« mit. Bevor ich ging, fragte ich schnell noch wegen der anderen Sache: »Was den anderen Punkt angeht, das ist doch ein Gerücht, Mas, oder?«

»Welchen anderen Punkt denn? Das mit Karangjambu? Psst! Nicht hier! Das wäre nicht gut für meine Frau.«

Sein Mund verzog sich zu einem spitzbübischen Lächeln. Meine geheime Ahnung trog also nicht. Ich schwang mich auf mein Fahrrad und kehrte in den Setenan zurück. Es begann, dunkel zu werden.

Dik Ngaisah war ganz offensichtlich verängstigt, als ich ihr von meinen Gesprächen mit dem Opziener und Mas Martoatmodjo erzählte. Erst recht, als sie im »Medan Priyayi« geblättert hatte: »Oooh, Mas, laß dich bloß nicht auf so was ein! Versuch bloß nicht, Mas Marto nachzueifern! Willst du dein eigenes Unglück suchen? Und wenn etwas passiert, was soll aus mir und den Kindern werden?«

Ich stand stumm da und hörte mir die Worte meiner Frau an. Ich hatte mir schon gedacht, daß sie so reagieren würde. Und ich war auch selbst unsicher, wenn ich das alles gegeneinander abwog. Während ich alles nochmals überdachte, las ich die Artikel im »Medan Priyayi«. Es war sehr Unterschiedliches, aber auch sehr Interessantes, was da auf Malaysch geschrieben stand. Ich las die Übersetzung des Briefes von Multatuli an König Wilhelm III., das war schon sehr eindrucksvoll. Auch der Artikel über den »Regenten-Bund«, der die Praxis der Bupatis, der Bezirksvorsteher, angriff, die sich wie kleine Könige aufführten, Branntwein mit Soda tranken und Erbsensuppe mit Schinken aßen. Demgegenüber wurde der Sri Susuhunan von Solo, der Sultan, gelobt, der bereits eine Religionsschule eröffnet hatte, Moscheen renovieren ließ, selbst regelmäßig zum Gebet ging und den Koran las.

Mir war völlig unklar, warum derartige Artikel die Regierung beunruhigten. Freilich hatte ich bisher nie kritische Aufsätze dieser Art gelesen. Meine Lektüre hatte bisher im allgemeinen nur aus pädagogischen Schriften und Sammlungen javanischer Literatur bestanden. Mir wurde bewußt, daß mein Horizont doch sehr begrenzt war, mein Wissen sich nur auf die javanische Kultur beschränkte. Ich beschloß, bei nächster Gelegenheit, wenn wir zum Kesukan zusammenkamen, Dr. Soedradjat, den Staatsanwalt und den Apotheker nach ihrer Meinung zu befragen.

»Also, mein lieber junger Freund, versuche nur nicht, mit dem Feuer zu spielen. Das ist gefährlich.«

Doktor Soedradjat betonte das Wort »gefährlich« und warf die Karten auf den runden Tisch.

»Ich weiß, der ›Medan Priyayi‹ ist interessant. Doch, wenn die Kolonialregierung ihn verboten und Mas Tirto, den Herausgeber, eingesperrt hat, was willst du da machen? Finde dich damit ab und mach dir nicht selbst Schwierigkeiten. Du bist noch ein junger Lehrer, deine Zukunft liegt noch vor dir, und die sieht gut aus. Du willst doch nicht, daß deine Karriere ins Stocken kommt, bloß weil du gern eine Zeitung liest, die nicht mehr erscheinen darf.«

Der Herr Staatsanwalt und der Herr Opiuminspektor waren derselben Ansicht wie der Herr Doktor. Alle rieten mir dringend ab, den »Medan Priyayi« aufzuheben oder gar an den Zusammenkünften mit Mas Martoatmodjo teilzunehmen, wo die Aufsätze aus den Zeitungen der »Bewegung« diskutiert wurden. Das wäre nur von Unheil. Sie drängten mich, schleunigst die fragliche Ausgabe der Zeitung Martoatmodjo zurückzugeben.

»Laß es sein, Lehrer. Es gibt verschiedene Wege, den Fortschritt unseres Volkes zu befördern. Bringt deine Arbeit etwa keinen Fortschritt! Unterricht geben, die Kinder auf dem Dorf klüger machen! Ist das kein Fortschritt? Und noch etwas, Lehrer, wenn du klug bist, dann kannst du Martoatmodjo ablösen und Direktor werden. Na, dann kannst du noch viel mehr für dein Volk tun. Du kannst zum Beispiel deine Schule entwickeln. Ist das etwa nichts? Wir sind neuerdings bei der Staatsanwaltschaft gehalten, unsere Wachsamkeit gegenüber Elementen zu erhöhen, die darauf aus sind, in Indien den Aufruhr zu schüren...«

Wahrhaftig, Mas Martoatmodjo hatte recht, wenn er meinte, meine Priyayi-Freunde vom Kesukan seien allesamt Angsthasen. Angsthasen? War denn das, was der Herr Doktor und der Herr Staatsanwalt sagten, so ganz falsch? Daß Lehrer sein und den Dorfkindern etwas beibringen, eine Aufgabe war, die das Volk voranbrachte. Daß meine Karriere zuende sein könnte, einfach deswegen, weil ich eine Zeitung las, die schon eingegangen war?

Andererseits hatte ich kein gutes Gefühl, wenn ich mitansehen mußte, wie Martoatmodjo in dieser Weise beschnüffelt wurde. Ich konnte das nicht so einfach hinnehmen. Hatte er denn nicht als Schulleiter gute Arbeit geleistet? Durfte er etwa nicht seinen eigenen Weg wählen, dem Fortschritt seines Volkes zu dienen, indem er die Wochenschriften der »Bewegung« las? Die Ratschläge meiner älteren Freunde vom Kesukan, so sehr ich sie verstehen konnte, waren alles andere als befriedigend und gaben mir keinen rechten Halt.

Zu Hause fand ich Dik Ngaisah noch wach. Immerhin war es schon reichlich spät in der Nacht. Ich sah ins Schlafzimmer der Kinder hinüber und betrachtete sie. Da lagen sie und schliefen, alle in einem Bett. Dabei waren sie doch nun schon recht groß. Bereits mehrfach hatte Dik Ngaisah gesagt, daß wir in absehbarer Zeit für sie ein weiteres Zimmer schaffen müßten. Zumindest Soemini brauchte bald ein Zimmer für sich allein. Ich dachte daran, wie meine Mutter gelacht hatte, als sie von diesem Plan hörte. Ihr habt doch ein Holländer-Haus, da gibt es viele Räume, hatte sie gesagt. Wie ich in jener Nacht meine drei Kinder betrachtete, wie sie so in tiefem Schlaf übereinander und durcheinander lagen, dachte ich, daß ich einmal vorgehabt hatte, eine Priyayi-Familie zu gründen, die fortschrittlich sein sollte. Wenn ich nicht hart arbeitete und ein passenderes Haus baute, wie konnte ich meiner Familie Gelegenheit und Anstoß geben, sich in diesem Sinn zu entwickeln?

»Du schläfst ja noch nicht!«

»Ich kann noch nicht schlafen. Ich denke voller Unruhe und Angst an unsere Zukunft, seit du mir von deinen Gesprächen mit dem Schulinspektor und Mas Martoatmodjo erzählt hast.«

»Schluß jetzt damit! Hör auf, dir Gedanken zu machen. Das ist meine Sache. Denk du lieber daran, wie du unsere Kinder gut aufziehst.«

»Ach, wie kann ich daran denken, die Kinder aufzuziehen, wenn unsere Zukunft so düster aussieht?«

»Wieso düster? Noch ist nichts geschehen, und schon hast du Angst. Noch einmal, es ist meine Sache, darüber nachzudenken und zu entscheiden, oder? Überlaß das ruhig mir. Ich werde schon so entscheiden, wie es für uns alle am besten ist.«

»Das Problem ist bloß, wenn du die Absicht hast...«

»Hör auf, Dik. Es ist schon spät. Morgen ist ein Werktag, wir müssen früh aufstehen.«

Damit brach ich unser nächtliches Gespräch ab. Aus den Augenwinkeln sah ich, wie Dik Ngaisah noch wach dalag. Sie hatte Tränen in den Augen. Diese Frauen! Ich tat, als ob ich nichts sähe, legte meinen Sarung und das chinesische Oberkleid ab und streckte mich aufs Bett. Ich hatte jedoch bereits einen Entschluß gefaßt. In den großen Ferien, die nächste Woche beginnen sollten, würde ich mit der Familie nach Kedungsimo und Jogorogo fahren. Schon lange hatten die Großeltern ihre Enkel nicht mehr gesehen, und ich selbst war neugierig zu erfahren, was meine Eltern und natürlich auch was Ndoro Seten von der weiteren Entwicklung in der Schule in Karangdompol hielten.

Ich hatte mich nicht verrechnet: Mein Vorschlag, ein paar Ferientage in Kedungsimo und Jogorogo zu verbringen, wurde von der ganzen Familie mit größter Freude aufgenommen. Die Reise würde anstrengend sein, es würde aber auch viel zu lachen geben. Wir fuhren zuerst nach Jogorogo, wo uns meine Schwiegereltern mit Freuden empfingen. Es war die Freude von Großeltern, die ihre Enkel betrachteten, als wären ihnen gerade Brillianten in die Hand gefallen. Aber so geht es ja allen Großeltern mit ihren Enkeln.

Nachdem wir einige Ferientage in Jogorogo verbracht hatten, nahm ich eine günstige Gelegenheit wahr und erzählte mit aller gebotenen Vorsicht von den Schwierigkeiten in Karangdompol. Romo Mukaram reagierte so, wie man es von einem echten Kontrolleur erwarten konnte.

»Genau, mein Lieber. Der Rat, den dir der Doktor, der Staatsanwalt und der Aufseher in Wanagalih gegeben haben, ist genau richtig. Es ist das beste für dich, ihrem Rat zu folgen. Dein Schulleiter, wie hieß er doch gleich, Marto-at-mo-djo, laß ihn seinen Weg gehen. Wenn er sich seine Rolle so ausgesucht hat, bitteschön, dann soll er auch sein Stück selber spielen. Du brauchst dir keine Gewissensbisse zu machen, wenn sie dich auffordern, ihn abzulösen. Nimm die Stelle nur an, mein Lieber.«

Während mein Schwiegervater dies sagte, blickte ich auf Dik Ngaisah. Sie hielt Soemini auf dem Schoß, die vom Spielen ganz müde war, streichelte ihr den Kopf und begleitete die Worte ihres Vaters mit einem zustimmenden Nicken. In ihrem Gesicht war Erleichterung zu lesen.

Meine Eltern in Kedungsimo sahen die Sache ganz einfach und nüchtern.

»Junge, dein Vater ist ein einfacher Bauer. Das heißt, ich sehe dein Problem eben, wie ein einfacher Bauer so etwas sieht. Wir sind ja nun alles kleine Leute. Leute, die sich von der Kolonialregierung kommandieren lassen müssen. Ja, und als kleine Leute müssen wir gehorchen und tun, was die Regierung von Indien vorschreibt. Wenn wir nicht gehorchen, dann ist das nun mal falsch, mein lieber Junge. Und wenn das, was dein Schulleiter tut, nach den Vorschriften der Regierung falsch ist, dann ist es eben falsch. Ja, und wenn dir die Regierung sagt, du sollst ihn ablösen, dann mußt du das tun, Junge. Willst du das etwa zurückweisen oder dich gar zur Wehr setzen? Aber das ist bloß die Meinung deines Vaters, eines einfachen, echten Bauern. Bitteschön, wenn du morgen einen Besuch bei Ndoro Seten machst – ach, ich kann ihn noch nicht ›Mas‹ nennen –, frag ihn nach seiner Meinung. Ja – und was sagt übrigens dein Schwiegervater?«

Ich berichtete meinen Eltern, was Romo Mukaram mir gesagt hatte. Mein Vater nickte: »Also, das ist dasselbe, was ich auch sage, Junge. Und dann ist dein Schwiegervater schließlich ein wahrer Priyayi, ein ergebener Diener der Kolonialregierung. Er kann gar nichts anderes sagen.«

Meine Mutter und Dik Ngaisah hatten unser Gespräch mit angehört. Wie schon in Jogoroge gab meine Frau ihre Zustimmung durch heftiges Kopfnicken zu erkennen. Gleichzeitig hellte sich ihr Gesicht deutlich auf.

Ich besuchte Romo Seten in seinem Haus. Als er mir entgegentrat, erschrak ich. Wie lange hatte ich ihn nicht mehr gesehen? Wie alt er mir jetzt vorkam. Sein Gesicht war voller Falten, sein Haar war schon fast völlig weiß. Auch seine Augen hatten ihren alten Glanz verloren. Ob er etwas hatte, was ihn dermaßen bedrückte? Schwierigkeiten in der Familie, mit seinem Beruf oder etwas anderes? Er stand doch noch nicht zur Pensionierung an. Ja, ich hatte sogar davon gehört, daß er zum Wedana, zum Bezirkshauptmann, befördert werden sollte. Doch in dem Moment, als er mich sah, ging ein Hauch von Freude über sein Gesicht, seine Augen leuchteten auf

»Ja, wie geht es dir, Sastro? Was macht die Familie? Alles in Ordnung?«

»Dank Eurer Fürbitte sind alle wohlauf. Und wie geht es Ihnen und Ihrer Familie? Sie sehen angegriffen aus? Waren Sie etwa krank?«

Romo Seten antwortete nicht sofort. Er bat mich, in der vornehmen Empfangshalle Platz zu nehmen. Dann setzte er sich ebenfalls, aber sein Blick war nicht auf mich gerichtet, er sah vielmehr nachdenklich in die Weite. So saßen wir einige Minuten da. Seine tiefe Versunkenheit machte mich betroffen. Ab und zu schrien die Waldhähne in ihren Käfigen nebenan, was die Stille noch verstärkte. Er holte tief Luft: »Ich habe schon etwas von deiner Lage in Wanagalih gehört, von den Vorgängen in deiner Schule in Karangdompol.«

»Ach, Sie haben schon etwas von meiner Schule gehört?«

Der hohe Herr lächelte vielsagend: »Ich bin nicht umsonst Assistent des Wedana, Sastro. Ich lese natürlich so allerlei Berichte über das, was im Bezirk Madiun vorgeht. Unter dem Generalgouverneur Idenburg hat die indische Kolonialregierung die Zügel angezogen. Ihr Hauptaugenmerk gilt jetzt der Ordnung und Sicherheit. Und alles wird immer strenger.«

Mit diesem letzten Satz stieg in mir der Verdacht auf, daß ihn etwas zutiefst bedrückte. Wieder holte er tief Luft: »Ich kenne den Schulaufseher, der neulich mit dir gesprochen hat. Ach, dieser Martoatmodjo tut mir leid. Er ist ein hervorragender Lehrer. Und er liebt sein Volk.«

Er hielt einen Moment lang inne und brütete vor sich hin. Dann begann er wieder: »Du weißt, daß ich auch den ›Medan Priyayi‹ und andere einheimische Zeitschriften abonniert habe?«

»Nein, ich habe keine Ahnung. Dürfen denn hohe einheimische Regierungsbeamte wie Sie diese Zeitung beziehen?«

»Früher ja. Da waren sogar viele hohe Beamte aus der Umgebung des Bupati an der Herausgabe und am Verkauf beteiligt. Nur, seit Idenburg im Amt ist, wird alles strenger überwacht. Und die Zeitungen sind ja inzwischen auch tot.«

Er stockte, diesmal länger als anfangs: »Solche Affen und Speichellecker wie der School Opziener bringen alle diese Aktivitäten zum Stillstand!«

Mir wurde vor Schreck ganz anders. Noch nie hatte Romo Seten so grobe Worte benutzt.

»Du bist erschrocken, nicht wahr, Sastro, daß ich eine so deutliche Sprache spreche. Aber mir wird wirklich speiübel von solchen Leuten wie deinem School Opziener. Warum? Weil er gefährlich ist, dumm und gemein. Mit seinem Vorgehen hat er alle unsere Bemühungen als fortschrittliche Priyayi zunichte gemacht. Mit welcher Umsicht sind wir nicht vorgegangen und haben uns bis zur Erschöpfung bemüht, eine Front fortschrittlicher Priyayi aufzubauen – und da kommt dieser bettelnde Affe und kriecht den Holländern in den Hintern!«

Allmählich begann die Abenddämmerung. Die Dienerschaft des Hauses Setenan war bereits damit beschäftigt, allenthalben die Petroleumlampen anzuzünden. Die Hähne in ihren Käfigen hatten schon lange mit ihren Schreien aufgehört, stattdessen zirpten jetzt die Grillen, und die Frösche fingen in den Reisfeldern an, sich mit lautem Gequake gegenseitig zu rufen.

»Sastro, was meinst du wohl, warum ich mich damals so zäh bemüht habe, dich in den Kurs für Hilfslehrer zu bringen? Und warum ich mich bemüht habe, Altersgenossen von dir aus den Gemeinden, die in meinem Amtsbezirk lagen, diese oder jene Ausbildung zukommen zu lassen? Alle diese Bemühungen habe ich gemeinsam mit anderen fortschrittlichen Kollegen unternommen, um eine Front von verantwortungsbewußten Priyayi aufzubauen, nicht etwa solche, die schließlich nur darauf aus waren, kleine Könige zu werden, um sich an den kleinen Leuten zu vergreifen. Diese Affen wie der School Opziener, der Polizeimeister und was weiß ich welche Späher, Spione und sonstigen Schmarotzer, die für nichts als ein paar Gulden Lohn bereit sind, ihr eigenes Volk zu denunzieren, machen alle unsere Anstrengungen kaputt!«

Romo Seten war jetzt wirklich wütend, er bebte vor Zorn. Und er konnte sich auch nicht wieder beruhigen. Wahrscheinlich hatte er schon lange auf jemanden gewartet, bei dem er seine Enttäuschung und seine Wut loswerden konnte.

Nach einiger Zeit hatte er sich aber wieder gefangen. Seine Züge entspannten sich, seine Augen aber wirkten traurig und müde.

»Sastro, ich weiß, daß meine Amtszeit allmählich zu Ende geht. Warte, bitte unterbrich mich nicht, ja? Vor einigen Monaten habe ich mir den Zorn unseres Wedana und sogar des verehrten Bupatis zugezogen. Es hieß, ich hätte die Leute in den Dörfern zu offen beeinflußt. Mir wurde vorgeworfen, ich würde mit dem Feuer spielen und hätte mich mit den Leuten von der ›Bewegung‹ eingelassen. Kurzum, es war dasselbe Muster von Anschuldigungen wie bei deinem Kollegen Martoatmodjo. Die hohen Herren meinten zwar, sie hätten mir nur eine ernsthafte Verwarnung erteilen wollen, aber

mir ist natürlich klar, daß damit meine Karriere als Regierungsbeamter beendet ist. Die Aussicht auf Beförderung zum Wedana, über die
ja vor einiger Zeit Gerüchte umliefen, ist mir nun verbaut. Aber das
tut nichts zur Sache. Ich bedaure nichts. Sobald ich meine Pension
bekomme, ziehe ich nach Surabaya zu meinen Kindern und Enkeln.«

Das also war es, was Romo Seten so rasch hatte altern lassen. Es
war ein Jammer, wie ein so aufrichtiger und guter Beamter einfach
fallengelassen wurde, obwohl doch seine Ziele so ehrenwert waren.

»Jetzt kommt es auf dich an, Sastro. Sei zuversichtlich und
übernimm die Aufgabe von Martoatmodjo, wenn du dazu aufgefordert wirst. Ich weiß, du fühlst dich nicht wohl dabei, die Stelle eines
Mannes zu übernehmen, der auf so schäbige Weise davongejagt wird.
Aber du mußt das als eine Herausforderung sehen, die Arbeit von
Martoatmodjo fortzusetzen. Du mußt nur wirklich sehr vorsichtig
sein. Denn die Mühlen der Regierung von Indien mahlen heute
wesentlich feiner. Das ist es, was ich dir sagen wollte. Und nun sieh
zu, daß du ein Priyayi mit Weitblick wirst...«

So verlief an jenem Tag mein Gespräch mit Romo Seten. Während ich im Dunkeln zum elterlichen Haus zurückkehrte, verglich
ich die Haltung von Romo Seten mit der meines Schwiegervaters,
mit der des Doktors, des Staatsanwalts und der anderen. Romo Seten
hatte wahrhaftig etwas Ritterliches an sich, während die anderen
lediglich Gefolgsleute waren. Ich erinnerte mich an unsere Hochzeit
und das Wayangstück Sumantri Ngenger, das Romo Seten für mich
ausgesucht hatte. Mit diesem Stück hatte er mir damals vorführen
wollen, was ritterliche Stärke und Festigkeit bedeuteten.

Wieder zu Hause, machte ich meinem Vater Vorwürfe, daß er mir
nichts von den ungeheuren Vorgängen um Romo Seten berichtet
hatte. Mein Vater entgegnete, das sei der ausdrückliche Wunsch von
Romo Seten selbst gewesen. Dieser habe ihm dringend ans Herz
gelegt, mir ja nichts von den Vorkommnissen zu erzählen. Der hohe
Herr hätte mir persönlich etwas Wichtiges mitzuteilen. Damit war
offenbar das gemeint, was er mir heute nachmittag im Hause Setenan
anvertraut hatte. Als wir Kedungsimo verließen, um nach Wanagalih
zurückzukehren, kamen wir am Hause Setenan vorbei. Ich war so
bekümmert, daß mir fast die Tränen gekommen wären. Romo
Seten, dankeschön, ja tausendfachen Dank für alles...

Nach den langen Ferien in Jogorogo und Kedungsimo nun zurück in Wanagali, fand ich schon den Bescheid vor. Ich war zum Schulleiter befördert und sollte Mas Martoatmodjo ablösen, der in die Schule von Gesing versetzt wurde. Gesing! Das war eine unfruchtbare, öde Gegend mit steinigem, aufgebrochenem Boden, weit abgelegen am Fuß des Kendenggebirges. Der arme Mas Martoatmodjo sollte in die ärgste Hölle geschickt werden!

Eines Nachmittags, noch vor dem Selamatan zum Abschied von Mas Martoatmodjo in der Schule, kam er mit seiner Frau und seinen Kindern bei uns vorbei. Bewegt empfingen wir sie mit aller Herzlichkeit. Dik Ngaisah, die inzwischen begriffen hatte, um was für ein Problem es sich in Wahrheit handelte, war ebenfalls sehr bekümmert und nahm sich der Frau Marto und der Kinder an.

»Ach, Mas und Jeng Sastro, nur keine Aufregung. Wir nehmen das gelassen hin. Wir nehmen es als eine Prüfung des Herrn. Vielleicht will der Herr unsere Standhaftigkeit auf die Probe stellen, wenn wir in die Abgeschiedenheit von Gesing gehen. Doch, versehen mit deinem Segen, Mas, und dem Segen aller meiner Freunde werde ich, gebe Gott, auch dort zufrieden meiner Arbeit nachgehen können.«

Oh, was für ein Haltung! Aus welchem Stoff hat dich dein Schöpfer gemacht! Aufrecht und tapfer.

»Und noch was, Mas Sastro, ich möchte, daß mein Abschied morgen in der Schule in aller Bescheidenheit begangen wird. Ich bitte dich, Mas, sei morgen nicht zu vertraulich mit mir und zeige nicht zuviel Betroffenheit. Ich fürchte, es könnte von einigen Leuten falsch verstanden werden. Das wäre schlecht für dich, Mas.«

Und tatsächlich verlief der Abschied am folgenden Tag sehr bescheiden. Wir standen um den Tisch mit dem Nasi Tumpeng, dem Kegel aus gelbem Reis, und alle, die zur Schule gehörten, gaben Mas Martoatmodjo zum Abschied ihre besten Wünsche mit. Als er zu mir trat und mir die Hand schüttelte, konnte ich die Tränen kaum zurückhalten. Um ein Haar wäre ich ihm um den Hals gefallen. Aber er blinzelte mir nur zu, dann nahm er seine Kinder auf den Arm, rief seine Frau und machte sich auf den Weg.

In der HIS, in der Grundschule, redete man damals die Lehrer mit »Meneer« an. Ich hatte ja nur eine fünfjährige Dorfschule besucht und danach einen Aufbaukurs für Hilfslehrer. Gut, mein Umgang mit den Priyayi des Bezirks beim Kartenspiel hatte etwas abgefärbt und ich hatte auch etwas Holländisch à la een-twee-drie von Dik Ngaisah aufgeschnappt. Trotzdem habe ich das Wort »Meneer« nie richtig aussprechen können. Bei mir kam immer nur so etwas wie »Menir« heraus. Was kann man da machen! Entscheidend war, daß Menir Soetardjo, der Schulleiter der HIS, wie auch Menir Soerojo, der Lehrer für Holländisch, Geographie und Geschichte, sich nicht daran störten, wenn ich eben »Menir« sagte. Sie verstanden sich sehr gut mit unserer ganzen Familie. Und als gute Lehrer kamen sie öfter bei uns zu Haus vorbei, und wir plauderten über die Fortschritte, die die Kinder machten.

Nun gibt es für Eltern ja nichts Erfreulicheres, als wenn sie von den Lehrern ihrer Kinder gesagt bekommen, wie gut ihre Kinder vorankämen und wie gescheit sie seien. Vergessen die Last, vergessen die vielen Sorgen bei der Erziehung der Kinder, sobald man nur solche lobenden Worte vernimmt. Die Javaner haben das Wort »kencono wingko«, manchmal auch »wingko kencono«, was soviel heißt wie »Eine Scherbe von einem Dachziegel, die leuchtet wie Gold«. In Java ist ein Kind für seine Eltern wie eine Scherbe aus Gold. So häßlich es von Angesicht auch sein mag, in den Augen seiner Eltern ist es schön. Was es auch anstellen mag, in den Augen seiner Eltern ist es gut. Und wenn es noch so dumm ist, die Eltern sehen immer nur die gescheiten Augenblicke. Wenn also der Lehrer selbst sagt, unsere Kinder machten gute Fortschritte und seien gescheit, dann heißt das, die Kinder sind keine »Scherbe«, sie sind vielmehr reines »Gold«.

Nach dem Urteil von Menir Soetardjo und Menir Soerojo waren meine Kinder allesamt gut im Holländischen und im Rechnen. In den anderen Fächern waren sie auch nicht schlecht, aber jedes hatte so seine Vorlieben und Stärken. Noegroho liebte vor allem Geschichte und Erdkunde, Hardojo war gut in der holländischen Sprache und im Aufsatz, konnte aber auch ganz gut rechnen, während Soemini, vielleicht weil sie ein Mädchen war, nach meiner Beobachtung einmalig gut im Holländischen war. Über unser een-twee-drie war sie weit hinaus.

Wenn die beiden Herren zu Besuch kamen, versuchte Soemini, mit ihren Kenntnissen anzugeben, und sprach mit ihren Lehrern immer nur auf holländisch. Sie pflegte sie mit »goeie napen, meneer« zu begrüßen und ihnen beim Weggehen ein »dah, meneer, tot sien!«

nachzurufen. Von dem was sie sonst auf holländisch daherschwatzte, konnte ich das meiste nicht verstehen. Aber, wie waren wir doch stolz! Meine Frau meinte, Soemini spricht schon ganz wie eine richtige Holländerin. Natürlich glaubte ich den Worten meiner Frau. Hatte die Mutter meiner Kinder nicht früher in der Zukkerfabrik in Mbalong bei einer holländischen Verwalterin gearbeitet?

Doch wer hätte das gedacht, jetzt saß Soemini schon in der fünften Klasse. In zwei Jahren war sie mit der Grundschule fertig. Was sollte dann aus ihr werden? So gescheit sie auch sein mochte, sie war eben ein Mädchen. Natürlich waren ich und meine Frau Anhänger von Raden Adjeng Kartini, und wir bewiesen das, indem wir Soemini nicht etwa zu Hause einschlossen und bewachten, sondern in die HIS schickten. Wir kauften ihr ein Fahrrad, wir erlaubten ihr, im Pendopo Kabupaten tanzen zu lernen, und überhaupt konnte sie gehen, wohin sie wollte, vorausgesetzt, sie fragte vorher um Erlaubnis. Nur nach Einbruch der Dunkelheit ließen wir sie nicht mehr weg. Waren wir nicht reichlich fortschrittlich?

Doch ein Mädchen ist ein Mädchen. Wie auch immer, am Ende mußte sie doch heiraten, Kinder kriegen und aufziehen, ihren Mann und die Familie glücklich machen. Und auf welche Schule hätte sie danach noch gehen wollen? Die siebenklassige HIS war ja schon mehr als ausreichend. In den Sprachen, vor allem im Holländischen, war sie ausgezeichnet, ähnlich auch im Javanischen, das beherrschte sie, da konnte sie sich in allen Stufen ausdrücken. Was wollte sie denn noch mehr? Ihr Wissen war auch so mehr als ausreichend, um einmal an der Seite ihres Ehemannes eine gute Figur zu machen. Und welcher Mann wäre nicht glücklich über Soeminis Klugheit und Gewandtheit. Eines Abends kam die Gelegenheit, dies mit meiner Frau zu besprechen.

Sie lächelte: »Ach, Mann. Das Kind ist erst in der fünften Klasse der HIS, und du denkst schon an ihre Verheiratung. Mini ist doch gerade erst zwölf Jahre, Pak.«

Die Reaktion meiner Frau überraschte mich. Normalerweise sind Mütter doch froh, wenn sie sehen, daß ein Mädchen einen passenden Mann findet und auch gleich heiratet. Sie nicht. Ja, es sah eher so aus, als ob es ihr lieber gewesen wäre, wenn ihr Kind nicht so schnell heiratete.

»Ja, sicher, im Augenblick ist sie erst zwölf und sitzt in der fünften Klasse. Aber in zwei Jahren kommt sie in die siebte Klasse, dann ist sie vierzehn. Und wenn sie ihren Abschluß hat, dann ist sie fast fünfzehn.«

»Na und?«

»Also, hör mal, Frau. Wir müssen doch rechtzeitig anfangen, oder nicht? Einen guten Ehemann zu finden, der zu dem Mädchen und zu uns paßt, ist nicht so leicht. Hast du etwa gedacht, das wäre so rasch gegangen, als damals unsere Eltern nach einem passenden Ehepartner gesucht haben? Wenn ich mich nicht irre, dann hat das doch ziemlich lange gedauert.«

Meine Frau war offenbar von meinen Worten beeindruckt. Jedenfalls begannen wir in den folgenden Tagen langsam, Namen durchzugehen, sowohl von Leuten, mit denen wir irgendwie familiärer verbunden waren, wie auch von anderen. Eigentlich wäre es uns lieber gewesen, wenn der Zukünftige aus dem Umkreis der Familie gekommen wäre, allerdings eher aus der entfernteren Verwandtschaft. Ein Verwandtschaftverhältnis wie bei unseren beiden Familien wäre ideal gewesen.

Wir fragten Romo Mukaram und auch meinen Vater um Rat. Sie meinten, wir sollten doch mal bei der Familie Soemodiwongso vorfühlen, dem pensionierten Schuldirektor von Sumoroto. Es handelte sich um einen entfernten Vetter meiner Schwiegermutter, also jemanden aus der weitläufigeren Verwandtschaft. Die Familie Soemodiwongso besaß einen Sohn, der die OSVIA, die Verwaltungsschule in Probolinggo, besucht hatte und nun Polizeimeister bei der Bezirksverwaltung in Karangelo war. Wenn er tüchtig war und entsprechendes Glück hat, konnte er in zwei oder drei Jahren zum Assistenten des Wedana befördert werden.

Ich und meine Frau kamen überein, diese Spur aufzunehmen und die Möglichkeiten zu erkunden. Er schien uns jedenfalls ein geeigneter Kandidat für unsere Mini zu sein. Wir warteten nicht lange, sondern schickten alsbald einen Brief an die Familie, den wir einem Boten anvertrauten. Der nahm verschiedene Früchte aus unserem Garten mit, schwarze Süßkartoffeln, die so schön mehlig sind, gewöhnliche Süßkartoffeln, Singkong, weißen und schwarzen Klebreis. Wie das so üblich ist, ließen wir nicht etwa bestellen, die Sachen seien für die Familie selbst, sondern als kleines Geschenk für die Dienerschaft gedacht. Und der Brief diene dazu, uns miteinander bekanntzumachen, verstreute Verwandtschaft wieder zusammenzuführen, er sei ein Zeichen der Verbundenheit.

Ihre Antwort war überaus freundlich und hieß unseren Vorschlag gut, die Familienbande zwischen uns zu stärken. Unsere Aufmerksamkeiten beantworteten sie ihrerseits mit einem Korb Manggas aus Magetan und einem Päckchen Dodol aus Nangka-Früchten, mit kandierten Nangkas. Wir einigten uns darauf, daß sie uns zuerst besuchen sollten. Dieser erste Besuch war natürlich kein Besuch wie damals, als wir auf »Brautschau« fuhren und Dik Ngaisah besuchten, nein, dieser erste Besuch verfolgte lediglich den Zweck, sich – sozusagen als ersten Schritt – einmal kennenzulernen. Und so war es ganz normal, daß wir, die wir den ersten Brief geschrieben hatten, sie auch zuerst einluden. Wie es weitergehen würde, das hing ganz vom Verlauf unseres ersten Treffens ab.

Der vereinbarte Tag rückte heran. Meine Frau war schon Tage vorher emsig damit beschäftigt, Haus und Vorplatz zu säubern und in Ordnung zu bringen. Und als die Gäste kamen, hatte sie schon die verschiedensten Kuchen und Leckereien vorbereitet, mit denen sie die Gäste erfreuen und beeindrucken wollte. Soemini mußte natürlich helfen, aber ihre Mutter sagte ihr nichts davon, daß die ganze Aufregung eigentlich ihretwegen geschah. Unsere Jungen waren zu der Zeit nicht zu Hause, denn sie hatten die HIS schon beendet und besuchten die Kweekschool, die Pädagogische Schule in Yogyakarta. Wir hatten uns nach einigem Überlegen aus Kostengründen und wegen der beruflichen Sicherheit dazu entschlossen, sie beide Lehrer werden zu lassen. Wenn sie gescheit genug waren, dann konnten sie ihre Ausbildung auf der HKS, der pädagogischen Fachschule, fortsetzen und dort die Berechtigung erwerben, an einer HIS zu unterrichten. Ein Schulleiter in Karangdompol konnte stolz darauf sein, seine Söhne als Lehrer an einer Schule mit einem höheren Rang als der eigenen zu sehen. (Ich hatte gehört, daß das Anfangsgehalt für Absolventen der HKS an die einhundertzehn Holländische Gulden betragen sollte. Mir kam so ein Gehalt unglaublich hoch vor.)

Unsere Gäste waren älter als wir, und ihr Sohn, Raden Harjono, war offenbar ihr einziges Kind, wie ja auch ich und Dik Ngaisah die einzigen Kinder gewesen waren. Wir waren von Raden Harjono, dem Polizeimeister, sehr angetan. Höflich, gut aussehend, dazu gutherzig und klug. Soemini, von der ich nicht weiß, ob sie damals schon eine Ahnung davon hatte, daß der ganze Aufwand ihretwegen betrieben wurde, hatte ganz offenkundig vom ersten Moment an die Sympathie der Familie Soemodiwongso gewonnen. Was aber noch wichtiger schien, die beiden jungen Leute, Soemini und Harjono, verstanden sich vom ersten Moment an.

Sie unterhielten sich angeregt in einem Sprachgemisch aus Javanisch und Holländisch. Die Art und Weise, wie sie sich gaben, machte uns Eltern zunehmend Freude. Ja, Mas Soemodiwongso behauptete sogar, sie stellten geradezu ein Musterbeispiel für junge Priyayi der heutigen Zeit dar. Ganz und gar so, wie es sich Raden Adjeng Kartini gewünscht hatte, meinte er. Das Entscheidende war, schon bei diesem ersten Zusammentreffem waren sich beide Seiten darin einig, daß man künftig häufiger zusammenkommen und engere Verbindung halten müsse. Und als ihre Droschke von unserem Haus abfuhr, winkten wir ihnen noch lange mit frohem Herzen nach.

Bei der Entwicklung unserer Familie konnten wir nicht dabei stehenbleiben, uns auf unsere eigenen drei Kinder zu beschränken. Schließlich waren wir javanische Priyayi und letztlich auch javanische Bauern, die sich einfach nicht wohlfühlen, wenn sie ihr Einkommen nur in der eigenen engeren Familie genießen und verzehren, ohne sich um andere zu kümmern. Meine wie auch Dik Ngaisahs Eltern betonten das immer wieder. Das war auch der Grund, warum wir beide, obwohl Einzelkinder, nie einsam gewesen waren. Immer hatten auch entfernte Verwandte bei uns im Haus gewohnt.

Und so war es auch jetzt in unserem Haus in Wanagalih. Da war Ngadiman, der Sohn eines Vetters, also der Enkel meines Onkels, der mir von seinen Eltern anvertraut worden war, um die HIS zu besuchen. Da waren verschiedene andere Neffen und Nichten, teils aus meiner, teils aus Dik Ngaisahs Verwandtschaft, wie Soenandar, Sri und Darmin, die uns von ihren Eltern vorübergehend zur Pflege anvertraut waren. »Macht mit unseren Kindern, was ihr für richtig haltet, wir sind mit allem einverstanden«, meinten sie. »Die Hauptsache ist, ihr laßt sie etwas lernen, damit etwas rechtes aus ihnen wird«, so lautete gewöhnlich ihre Bitte. Wir nahmen sie alle mit freudigem Herzen auf, waren uns jedoch bewußt, damit eine gewisse Bürde und vor allem Verantwortung zu übernehmen.

Wenn ihre Eltern uns auch darin freie Hand ließen, was wir aus ihnen machten, so blieb doch der Umstand, daß es eben nicht unsere eigenen Kinder waren. Obgleich es ja Kinder waren, die zu unserer Familie gehörten, so waren sie doch aus einem anderen Stoff gemacht als unsere eigenen. Ngadiman war furchtbar schüchtern, ängstlich, nicht besonders klug, aber absolut ehrlich, treu und dazu sehr fleißig. Umgekehrt war Soenandar schlau, ja gerissen, aber alles andere als ehrlich, und immer wieder ertappten wir ihn bei Lügen. Die beiden Geschwister Sri und Darmin kamen aus der Familie eines Vetters meiner Frau, aus einer frommen islamischen Bauernfamilie, die in äußerst bescheidenen Verhältnissen lebte. Sie hielten sich streng an die Gebetszeiten, waren folgsam, lernten auch sehr fleißig, waren aber sonst ganz auf ihre eigene Welt beschränkt.

Wir waren ja in einer Welt von Bauern und Priyayi aufgewachsen, in der die Vorschriften des Islam nicht allzu genau genommen wurden. Als die beiden Geschwister zu uns kamen, hegten wir die Hoffnung, unsere Kinder würden von ihnen etwas lernen. Wer weiß, so dachten wir, Sri und Darmin könnten doch unseren Kindern etwas von der Begeisterung vermitteln, die sie gegenüber dem Islam zeigten.

Ich muß hier ehrlicherweise zugeben, daß der Einfluß der Religion, der von seiten meiner Großeltern schon in Kedungsimo nie allzu stark gewesen war, bei mir im Laufe der Zeit weiter geschwunden war. Selbstverständlich bekannten wir uns zum Islam, keine Frage. Aber es war doch eher ein Lippenbekenntnis. Was der Herr Doktor über Theosophie und der Staatsanwalt über javanische Mystik zu erzählen wußten, faszinierte mich so, daß ich keine Notwendigkeit empfand, meine Kinder zu einem Koranlehrer zu schicken und sie die Auslegung des Korans lernen zu lassen, was ja nahegelegen hätte, da Pak Mansoer, unser Nachbar im Setenan, nicht nur Unterricht im Pencak Silat gab, sondern auch zu den bekannten Koranlehrern gehörte.

Wie auch immer, mit Sri und Darmin im Haus hatten wir die Hoffnung verbunden, unsere Kinder würden, angespornt durch das Beispiel von Kindern aus der eigenen Verwandtschaft und nicht von anderen Leuten, dem Islam näher kommen. Sie sollten ja nicht bloß die Helden des Wayang, die Pendawas und die Korawas, kennen. Unsere Hoffnung erfüllte sich jedoch nicht. Im Gegenteil, Sri und Darmin wurden in unserem Haus eher nachlässig im Beten und fühlten sich stattdessen mehr und mehr von den Geschichten des Wayang angezogen, die ich meinen Kindern und Neffen in meiner Freizeit vortrug. Die Wayang-Aufführungen, denen sie in der Stadt oder in den Dörfern rings um Wanagalih gemeinsam mit der ganzen Familie beiwohnten, stärkten ihre Liebe zum Wayang.

Vielleicht waren es aber nicht nur der Einfluß meiner Geschichten und unsere Lebensweise, die Sri und Darmin verdarben, sondern es war auch die HIS, die meiner Meinung nach ihr Bewußtsein veränderte. Dort hatten sie Holländisch, Geschichte, Erdkunde, dort sangen sie holländische Lieder, das war jedenfalls ein ganz anderer Unterricht als bei den Lehrern in der Dorfschule.

Und dann erst mein Neffe Soenandar, der so frech war, daß man es sich kaum vorstellen konnte. Er hatte nichts anderes im Sinn, als im Haus Unruhe zu stiften. Wenn zum Beispiel Sri abends ihr Nachtgebet verrichtete, erschien Soenandar manchmal, den Kain über den Kopf gezogen, hinter dem Fenster, das zum Garten hinausging, und machte ihr Angst. Sri schrie natürlich vor Schreck und Entsetzen laut auf, woraufhin sich Soenandar vor Lachen ausschüttete. Ein anderes Mal fand ich Sri und Darmin weinend vor, weil Soenandar sie dazu angestiftet hatte, Saren zu essen, geronnenes und gebratenes Hühnerblut. Ist es nicht lecker, das verbotene Saren zu essen, ist es nicht lecker?, hatte Soenandar sie geneckt.

Und so war es nach allem nicht verwunderlich, daß eines Tages, als Sri und Soedarmin schon in der fünften und sechsten Klasse der HIS saßen, ihre Eltern kamen und baten, ihre Kinder wieder nach Hause ins Dorf holen zu dürfen.

»Mas, wir bitten tausendmal um Verzeihung, wenn wir die Bitte haben, unsere Kinder wieder heim ins Dorf zu holen. Wir bauen doch gerade mit der ganzen Verwandtschaft eine gemeinsame Moschee für uns alle. Wir möchten gern, daß unsere Kinder dabei sind und mithelfen. Mit dem, was sie hier gelernt haben, sind sie sicher klug genug geworden, um im Dorf später eine führende Rolle zu spielen...«

Und so weiter, und so weiter. Ich glaubte ihnen, sie meinten das alles ehrlich, aber ich konnte es nicht leugnen – und erst recht nicht meine Frau, denn es war ja ihre Verwandtschaft –, wir fühlten die Ohrfeige. Ihr Wunsch, die Kinder wieder zurückzuholen, mußten wir als mangelndes Vertrauen in unsere Erziehung werten. Zumindest betrachteten sie unser Haus nicht als passende Umgebung für die Erziehung ihrer Kinder. Mit Sicherheit hatte die Kusine meiner Frau diesen Eindruck gewonnen, wenn sie die Entwicklung ihrer Kinder in der Zeit beobachtete, in der sie die Ferien zu Hause in ihrem Dorf verbrachten. Wir waren wirklich traurig und schämten uns. Zudem bedauerten wir ihren Weggang, weil wir die Kinder als festen Bestandteil unseres Hausstands ansahen. Dazu kam, daß sie so ihre Ausbildung auf halbem Weg abbrechen mußten.

»Wir dürfen aber doch ab und zu mal wiederkommen, Mutter, Vater?«

»Aber ja doch, ihr beiden. Das ist doch auch euer Haus, oder?«

Sri umarmte heulend ihre Ziehmutter, während Soedarmin betroffen den Kopf senkte.

»Och, jetzt sind keine frommen Kinder mehr da, die ich ärgern kann«, rief Soenandar.

»Bist du wohl still!« schimpfte ich.

Ich konnte immer noch nicht verstehen, wie er als einziger von allen so gemein zu seinen Vettern und Kusinen sein konnte. Es war, als wenn es für ihn das größte Vergnügen wäre, sie und wer weiß wen sonst noch zu ärgern. Wie oft beschwerten sich nicht die Lehrer in der Schule über Soenandars Streiche. In Wirklichkeit ist er ein gescheiter Junge, sagte sein Lehrer. Er ist nur schrecklich faul, macht oft seine Hausaufgaben nicht, hat großen Spaß dabei, die Mädchen in seiner Klasse zu ärgern und hetzt die Jungen zum Streiten auf.

Der Höhepunkt aller Klagen kam, als er eines Tages in Begleitung von Menir Soerojo heimkehrte. Ich war zufällig zu Hause, weil ich mich krank fühlte. Meine Frau und ich erschraken, als wir Soenandar hinter Menir Soerojo hereinkommen sahen. Menir Soerojo war wie üblich sehr höflich und freundlich und berichtete uns, was vorgefallen war: »Entschuldigen Sie, Herr und Frau Sastro, wenn ich Sie mit meinem Besuch erschrecke und Ihren Sohn hinter mir herziehe.«

»Ja, das ist wirklich eine Seltenheit, Menir. Was gibt es denn? Hat unser Nandar wieder etwas ausgefressen?«

Menir Soerojo lächelte fein und sah sich nach Soenandar um, der hinter ihm stand und betreten den Kopf senkte.

»Es ist folgendes, Herr und Frau Sastro, ich bitte um Verzeihung. Aber diesmal geht die Frechheit von Soenandar wirklich zu weit. Er ist dabei erwischt worden, wie er einem Klassenkameraden das

Taschengeld gestohlen hat. Und die Frau vom Warung auf dem Schulhof hat uns berichtet, daß Soenandar gern Kleinigkeiten zum Naschen bei ihr kauft und nicht bezahlt.«

Zum Teufel nochmal!, durchfuhr mich, als ich diese beschämende Nachricht vernahm: »Was ist das bloß wieder für eine Sache! Menir Soerojo, das ist uns ja so schrecklich peinlich. Wir bitten Sie, Menir, und auch Menir Soetardjo um Verzeihung. Die Unarten unseres Sohnes gehen wahrhaftig zu weit. Wir versprechen Ihnen, wir werden ihn verhauen, bis er wirklich genug hat. Nur werfen Sie ihn bitte nicht hinaus.«

»Ich habe in der Tat schon mit Menir Soetardjo gesprochen, daß er ihm noch einmal eine Chance gibt, sich zu bessern. Es wäre wirklich schade, wenn er abgehen müßte, wo er doch schon in der fünften Klasse ist. Menir Soetardjo war einverstanden und will es noch einmal versuchen. Ich überlasse es Ihnen, was Sie jetzt mit Soenandar machen. Aber ich bin sicher, Sie werden seine Unarten schon in den Griff bekommen.«

Der Besuch von Menir Soerojo war mir unglaublich peinlich. Da hatten wir einen Neffen, dessen Ungehörigkeiten schon so weit gingen, daß er stahl. Es war uns deshalb so peinlich, weil die Herren in der HIS so gutherzig waren.

»Nandar!«

Ich erschrak selbst vor der Schärfe meiner Stimme. Ich war aber auch furchtbar aufgebracht.

»Nandar, marsch, komm her!«

Ich hielt schon den Rohrstock in der Hand.

»Hier, Vater.«

»Du machst mir nichts als Schande, Junge. Stiehlst deinem Kameraden das Taschengeld, kaufst Süßigkeiten und bezahlst nicht. Du machst der ganzen Familie Schande. Und du willst das Kind von Priyayis sein! Komm mit!«

Die ganze Familie verstummte, und auch die Dienerschaft rührte sich nicht. Nicht einer wagte, etwas zu sagen, wenn ich so wütend war. Schon gar nicht, wenn sie mich mit dem Rohrstock sahen. Sie wußten Bescheid, wenn ich den Rohrstock in die Hand nahm, dann mußte etwas ganz Besonderes passiert sein. Denn den nahm ich nur ganz selten in die Hand.

Soweit ich mich erinnern konnte, hatte ich höchstens ein- oder zweimal zum Stock gegriffen, um meine Kinder zu versohlen. Das letzte Mal hatte ich Noegroho und Hardojo geschlagen, als sie noch in der vierten und fünften Klasse saßen und mein Verbot mißachtet hatten, nicht in den Kali Madiun zu steigen und sich mit anderen Jungen am Njenu zu beteiligen, am Fische-Vergiften, was die Kerle taten, um sie anschließend leichter fangen zu können. Gegenüber Ngadiman und Soedarmin mußte ich nie den Rottanstock herholen, denn sie waren stets folgsame und gute Kinder.

Nur Soenandar! Wie oft hatte ich ihn nicht schon verprügeln müssen! Wie ich mit Soenandar nach hinten in Richtung auf die Abstellkammer ging, spürte ich, wie uns alle Augen mit Spannung folgten. In dem Moment, als ich hinter Soenandar in die Abstellkammer treten wollte, ergriff Soemini meine Hand und flüsterte: »Vater, bitte, schlag Dik Nandar nicht so hart und zu lange, ja?«

»Mädchen, misch dich nicht ein, geh zur Seite!«

Soemini, zu der Zeit schon in der sechsten Klasse, zog sich ängstlich zurück und lief zur Mutter. Ich schloß die große Tür. Soenandar hatte schon das Hemd ausgezogen und streckte mir seinen Rücken entgegen.

»Los jetzt, du Flegel. Mach dich bereit für die Schläge. Deinen Eltern solche Schande zu machen! Du weißt überhaupt nicht, welches Glück du hast, auf die HIS zu gehen. Wenn du von der Schule fliegst, was machst du denn dann? Von der Schule abzugehen wie Sri und Darmin, das geht ja noch. Die können wenigstens noch in ihrem Dorf was werden. Die können aufs Feld gehen, können anderen den Koran beibringen, sich um die Moschee kümmern. Aber du, was willst du denn tun? Du kannst nur stehlen, betrügen und die Leute prellen!«

Und ich hieb mit dem Rohrstock auf Soenandars Rücken ein, bis er grün und blau war. Vielleicht war ja meine Wut auch zu groß. Eins war jedoch sicher, die Spuren der Stockschläge würden noch lange zu sehen sein. Danach schloß ich ihn in der Kammer ein, einen Tag und eine Nacht ließ ich ihn ohne Essen und Trinken dort. Aber ich war mir nicht sicher, ob die Strafe fruchten würde. Auch meine Frau und Soemini hatten da ihre Zweifel.

Und in der Tat, die Prügel hielten nicht lange vor. Mit anderen Worten, er hatte noch lange nicht genug. Soenandar begann in der Schule wieder mit dem Stehlen. Und das ausgerechnet wenige Monate, bevor er in die sechste Klasse versetzt werden sollte. Wir beschlossen, ihn von der Schule zu nehmen, bevor Menir Soetardjo und Menir Soerojo sich gezwungen fühlten, noch einmal nachzugeben und ihm eine weitere Chance einzuräumen. Das wäre uns zu peinlich gewesen.

Wir fühlten uns durch Soenandars Ungezogenheiten wirklich in unserem Stolz als Priyayi getroffen. Aber wir empfanden auch Mitleid und Scham gegenüber Soenandars Mutter, meiner Kusine, die als Witwe in ihrem Dorf lebte und es dort sehr schwer hatte. Wir nahmen ihn von der Schule, entschieden uns aber dafür, ihn nicht ins Dorf zurückzuschicken. Wir fürchteten, er würde dort nur Unruhe stiften und seiner Mutter weiteren Kummer machen. Also schrieben wir einen Brief an sie und erklärten, wie es um ihren Jungen stand und was wir vorhatten. Daraufhin kam die Mutter aus ihrem Dorf zu uns. Sie brachte als Gastgeschenk kleine Kuchen aus Klebreis mit, die allerdings schon etwas angeschimmelt waren, weil sie wohl lange herumgelegen hatten. Sie kam, sah uns und ihren Sohn, da brach die Unglückliche auch schon in Tränen aus: »Oh Allah, Kang und Yuu. Ich bitte euch um Verzeihung, ihr habt schon soviel Ärger gehabt. Natürlich war es richtig, daß ihr meinen Jungen hier ordentlich versohlt und aus der Schule genommen habt. Eigentlich müßte er jetzt sofort ins Dorf zurück. Nur, was wird, wenn er dort ist?«

Uns brach das Herz, als wir sie näher ansahen. Die Kleider, die sie anhatte, der Kain und die Bluse, waren schon ganz verblichen und abgetragen. Da sie sonst nichts weiter bei sich trug, hatte sie also auch nichts zum Wechseln mit. Ich schaute verlegen auf den mitgebrachten Kuchen, der da und dort schon etwas grün aussah. Wir versuchten jedoch, darüber hinwegzusehen und aßen etwas von den Stellen, die noch weiß waren, um zu zeigen, daß wir uns über das Mitgebrachte freuten.

»Entschuldigung, Kang und Mbakyu, es ist nur ganz gewöhnlicher Reiskuchen.«

»Ach, das macht doch nichts. Er ist aber sehr lecker.«

An diesem Abend bemühten wir uns, sie zu beruhigen und ihr Mut zu machen, indem wir ihr erklärten, daß unser Plan sicher der beste Ausweg für sie selbst und auch für Soenandar sei. Sie brauchte sich nicht mit ihm herumzuärgern, und wir würden sehen, daß wir eine geeignete Arbeit für ihn fänden. Als meine Kusine nach ein paar Tagen wieder zurückreiste, gaben wir ihr Kleider, Reis und etwas

Geld mit auf den Weg. Solange sie bei uns war, gab sich Soenandar große Mühe, so anständig und höflich wie möglich aufzutreten. Wir beobachteten das mit Freude.

Der Heiratsantrag kam, als Soemini in der siebenten Klasse war. In seinem Brief trug Raden Harjono jetzt den längeren Namen Raden Harjono Cokrokoesoemo, Assistent des Wedana von Karangelo. Ich und meine Frau waren natürlich bereit, auf den Antrag einzugehen. Seit unserem ersten Kennenlernen hatten wir uns schon mehrmals gegenseitig besucht. Wir hatten dabei gesehen, wie sich Soemini und Raden Harjono immer besser verstanden. Wir riefen also unverzüglich Soemini und ihre älteren Brüder, die zufällig ihre Ferien bei uns verbrachten.

Es war seltsam, aber als ich mit meinen Kindern über den Heiratsantrag sprechen wollte, konnte ich keinen rechten Anfang finden und suchte vergeblich nach passenden Worten. Mir kam plötzlich zum Bewußtsein, daß es diesmal um unsere einzige Tochter ging. Ich sah in diesem Moment nicht nur die erwachsene Tochter, die reif zur Heirat war, sondern mir wurde auch bewußt, daß sie in Kürze in ein neues Nest davonfliegen und uns alle hier verlassen würde. Ich fühlte, daß wir sie verlieren würden, und das lähmte meine Zunge. Aber es war doch nach javanischer Sitte so, daß nicht nur die Tochter heiratete, sondern die ganze Familie! Das hieß also, die Familie unseres Schwiegersohns würde auch Teil unserer Familie, und wir würden umgekehrt auch Teil ihrer Familie.

»Kinder, ich muß euch etwas sagen: Heute kam ein Brief aus Soemoroto, mit dem euer Onkel Soemodiwongso den Wunsch ausdrückt, daß Soemini seine Schwiegertochter wird. Da eure Eltern keine Priyayi alten Schlages sind, haben wir euch alle zusammengerufen, vor allem aber die junge Mini, um eure Meinung zu erfragen.«

Die Kinder antworteten nicht sofort. Sie saßen zunächst einmal stumm auf ihren Stühlen da.

»Was meinst du denn, Noegroho. Du bist der Älteste. Dein Vater möchte gern deine Meinung hören.«

Noegroho schien zu zögern – vielleicht weil er noch nie in einer so wichtigen Angelegenheit befragt worden war – und brauchte offensichtlich einen längeren Anlauf, um meine Frage zu beantworten:

»Nach meiner Meinung, Vater, ist es wohl das beste, zuerst Mini selbst zu fragen, denn die ist es doch, um deren Hand angehalten wird.«

Ich war im ersten Augenblick etwas davon befremdet, daß er seine Meinung so direkt äußerte. Ich dachte an meine Jugend zurück, wie es gewesen wäre, wenn ich von meinen Eltern gefragt worden wäre. Unmöglich, daß ich so direkt geantwortet hätte. Ach ja, die Zeiten haben sich geändert. Sicher ein Einfluß der holländischen Erziehung.

»Ja, wenn du meinst – aber was sagst du denn, Hardojo?«

Hardojo lächelte, dann entgegnete er leichthin: »Ja, ich stimme mit Mas Noegroho überein. Diejenige, um deren Hand angehalten wird, ist Mini. Ja, laßt uns doch hören, was sie denkt.«

Abermals durchzuckte es mich, als ich die Ansicht meines Sohnes hörte. Die Angelegenheit war doch wirklich ernst genug, und sie nahmen das so leicht. Ich ärgerte mich über die Art und Weise, wie sie reagierten. Aber ich mußte ruhig bleiben.

»Was meinst du denn, Mutter. Deine Söhne wollen die Entscheidung einfach Mini überlassen.«

Meine Frau lächelte, schwieg aber.

»Na, lassen wir das! Versuchen wir, Mini direkt zu fragen.«

Ich holte tief Luft.

»Wie ist es also, Kind. Deine Brüder überlassen es dir. Wir möchten jetzt wissen, was du meinst.«

Soemini schwieg. Das dauerte wohl mehrere Minuten. Noch immer schwieg sie.

»Was soll nun sein, Kind. Du bist doch schon mit Raden Harjono einverstanden? Nach unserer Auffassung paßt ihr beide doch wirklich gut zueinander. Du bist eine junges gebildetes Priyayi-Mädchen. In Kürze hast du die Schule abgeschlossen. Dein Holländisch ist sehr gut. Dein Zukünftiger ist Absolvent der OSVIA, der Verwaltungsfachschule, er ist mittlerweile schon Assistent des Wedana. Ja, natürlich ist euer Altersunterschied etwas groß. Aber das tut doch nichts zur Sache, Kind, oder?«

Ich sah, wie meine Söhne gespannt dasaßen. Vielleicht war es ihnen nicht recht, daß ich die Antwort schon vorwegnahm. Aber Soemini selbst wirkte ganz ruhig und schwieg. Aber schließlich erhob sie doch die Stimme: »Vater, Mutter und ihr, meine Brüder. Ich nehme den Antrag an.«

»Na, so ist es recht, Kind. Ich dachte schon, du hättest Einwände oder wolltest ablehnen.«

»Warte noch, Vater. Ich nehme den Antrag an, doch da ist noch ein aber.«

»Was?«

»Ich habe noch eine kleine Bitte an den Vater, an die Mutter und auch an meine Brüder. Vor allem aber an Mas Harjono.«

»Aber Kind! Was bist du für eine eingebildete Woro Sembodro? Da will dich Arjuna heiraten, der alles hat, was man sich wünschen kann, und du verlangst erst noch eine Gamelan aus dem Paradies!«

»Laß sie doch erst einmal ausreden, Vater. Laß uns doch erst mal hören, was sie auf dem Herzen hat.«

Soemini lächelte verschmitzt, in ihrem Blick lag etwas Schalkhaftes: »Ich möchte zuerst noch die Van Deventer Schule besuchen. Danach bin ich bereit, Mas Harjonos Frau zu werden.«

Auch das noch, die Pan Depenter Skul! (Wie bei so vielen Javanern kam mir das holländische v immer als p über die Lippen.) Das würde ja bedeuten, zwei oder drei Jahre länger zur Schule zu gehen. Und was wäre dann mit ihrem Zukünftigen? Ob er wohl so lange warten möchte? Wenn er keine Geduld hatte zu warten, dann würde er möglicherweise auf meine Tochter verzichten. Dann wäre die ganze Vorbereitung, die wir von langer Hand getroffen hatten, umsonst gewesen. Noch gar nicht eingerechnet die Peinlichkeit für die Familie Soemodiwongso, die immer so gut zu uns war. Ob es so leicht wäre, jemanden wie Raden Harjono zu finden, der als Anwärter in Frage käme? Einen Kandidaten von guter Ausbildung, mit einer guten Familie im Hintergrund, von solchem Rang und Auftreten, der alle Voraussetzungen mitbrachte? Kann sich denn ein solcher Glücksfall in absehbarer Zeit wiederholen?

»Kind, du darfst doch nicht nur an deine eigenen Wünsche denken. Auf die Pan Depenter gehen, würde doch heißen, daß dein Mas Harjono noch lange warten müßte. Das heißt, wenn er die Geduld aufbringt. Und wenn nicht? Hast du dir das alles überlegt, Kind?«

»Na, das habe ich alles schon gründlich und lange bedacht, Vater.«

Ich dachte daran, daß Soemini ja schon als kleines Kind gelegentlich störrisch und dickköpfig sein konnte. Wenn sie in so einem Fall einen Wunsch hatte, dann mußte er unverzüglich erfüllt werden. Allerdings war das nur recht selten vorgekommen. Ich wollte jetzt aber doch erst wissen, was ihre Mutter und ihre Brüder meinten.

»Mutter, was sagst du zu deiner Tochter?«

»Was hast du dir denn eigentlich dabei gedacht, weiter auf die Schule zu gehen, Kind? Du bist doch schon fertig, so wie du jetzt bist.«

»Meine Überlegung ist ganz einfach, Vater und Mutter: Ich fühle mich noch nicht reif. Wenn ich mit der HIS fertig bin, dann bin ich gerade 15. Gehören wir denn nicht zu den fortschrittlichen Priyayi-Familien, vertreten wir denn nicht die Denkweise von Raden Adjeng Kartini, die gesagt hat, Mädchen sollten nicht zu früh heiraten? Ich habe einfach das Verlangen, noch etwas mehr zu lernen, und möchte sehen, wie es in einer Schule in der Stadt ist, ich meine, in einer größeren Stadt als Wanagalih. Vielleicht in Solo oder so.«

Ich verlor die Geduld. Das Mädchen dachte wahrhaftig, es könnte machen, was ihm so gerade einfiel.

»Was? In die Schule nach Solo oder sonstwo! Denkst du vielleicht, dein Vater ist ein reicher Kaufmann. Uns ist schon die Luft ausgegangen, nachdem wir deine Brüder nach Solo und Magelang in die Schule geschickt haben. Nein, Kind! Damit ist dein Vater nicht einverstanden!«

Mit einem Schlag verstummte alles. Soemini wurde abwechselnd rot und bleich, schließlich aber blaß. Es war dermaßen still im Zimmer, daß man die dünnen Rufe der Cikcaks, der kleinen hellen Eidechsen, an der Wand hörte. Die Uhr tickte. Soemini versuchte, ihr Weinen zu unterdrücken. Aber die Tränen liefen ihr doch über die Wangen. Sie fuhr sich mit dem Taschentuch über Augen und Nase. So sehr sie sich auch bemühte, keinen Laut von sich zu geben, so war doch das erstickte Weinen in der Stille nicht zu überhören.

Nach einer ganzen Weile hob Hardojo den Kopf und blickte zu mir herüber: »Verzeihung, Vater. Ich würde gern etwas sagen.«

»Ja, mein Junge, sprich nur.«

»Aber bitte nicht böse werden, Vater. Ich finde, Mini hat nicht so unrecht. Sie ist wirklich noch etwas zu jung, um jetzt zu heiraten. Van Deventer ist eine sehr gute Schule und auch nicht zu teuer, zumal sie ein Internat besitzt. Dazu kommt, daß ich schließlich auch in Solo bin, und dann haben wir ja noch Tante Soeminah dort. Wir könnten Mini anhalten, jeden Samstag bei der Tante zu übernachten und ihr zu helfen. Zwei oder drei Jahre, das ist nicht so lange.«

Ich sah, wie sich das Gesicht meiner Tochter wieder aufhellte. Sie lächelte und nickte mit dem Kopf in die Richtung ihres Bruders. Hardojo lächelte ebenfalls. Noegroho war noch in Gedanken versunken. Ich war empört, daß Hardojo mir widersprach.

»Und du, Noegroho, wie ist es mit dir? Bist du auch derselben Meinung wie Hardojo?«

Noegroho schwieg einen Moment.

»Die Van Deventer-Schule ist sicher eine gute Schule für Mädchen wie Mini. Ich denke nur an die Familie Seomodiwongso. Was werden sie empfinden, wenn wir mit dem Vorschlag kommen, die Hochzeit zu verschieben?«

»Im Grunde bist du also mit Minis Idee einverstanden, und auch mit dem Vorschlag, den dein Bruder Hardojo gemacht hat?«

»Ja, aber wir müssen sehr genau überlegen, wie wir das denen in Soemoroto beibringen.«

Wieder wurde es ganz still. Ich fühlte mich von meinen Kindern in die Enge gedrängt. Erst ärgerte ich mich, war sogar wütend auf sie. Ich dachte, sie wollten alle nur ihrem eigenen Kopf folgen, ohne auf die Überlegungen ihrer Eltern Rücksicht zu nehmen. Als ich mich jedoch wieder etwas beruhigt hatte, begann ich langsam, auch ihren Standpunkt zu begreifen. Soemini war in der Tat noch recht jung. Ihre Mutter war damals, als sie mit mir verheiratet wurde, älter als Soemini jetzt.

»Also gut, wenn ihr Kinder diese Meinung vertretet, dann soll es mir recht sein. Nur, sollten die Soemodiwongsos etwas dagegen haben, dann möchte ich nicht dagegenhalten, meine Lieben. Wir müssen jedenfalls unseren Vorschlag mit größter Behutsamkeit vorbringen.«

Abermals folgte Stille. Alle dachten nach. Da ergriff Soemini das Wort: »Wenn Vater und Mutter einverstanden sind, dann schreibe ich Mas Harjono einen Brief nach Karangelo. Ich werde ihn einfach um Verständnis bitten. Immerhin kennen wir uns schon sehr gut, und wenn ich meine Vorstellungen vorsichtig genug äußere, ist er sicher einverstanden und kann seinen Eltern alles erklären.«

Wir stimmten alle Soeminis Vorschlag zu. Sobald sie den Brief fertig hatte, beauftragte ich Noegroho und Hardojo, nach Karangelo zu fahren und den Brief zu überbringen. Zwei Tage später waren sie schon wieder mit einem Brief für Soemini zurück. Der Inhalt sei äußerst erfreulich, meinten sie. Ihr zukünftiger Mann wolle nicht nur Geduld haben und warten, bis sie ihre Schule beendet habe, sondern habe sie auch wegen ihrer fortschrittlichen Gesinnung gelobt und sei stolz, eine solche Frau heiraten zu können.

Mir fiel es wahrhaftig schwer, die Denkweise der jungen Priyayi in der neuen Zeit zu begreifen. Sie waren derart sicher und offen in ihren

Gedanken. Ob das auch der Einfluß der holländischen Schule war? Es war ja nur ein Glück, daß die Kinder, obwohl sie nun unbeschwert und rückhaltlos ihre Meinung gegenüber ihren Eltern sagten, noch die Anstandsregeln hochhielten. Sie waren uns gegenüber nicht aufsässig, waren höflich, und ihr Javanisch war noch tadellos. Das tat mir im Herzen wohl. Unsere häusliche Erziehung wenigstens war nicht vergeblich gewesen. Und die Charakterbildung, um die ich mich bemühte, indem ich ihnen immer wieder die Geschichten der Wayang-Sagen erzählte, hatte auch ihre Früchte getragen.

Raden Harjono hatte offenbar mit seinen Eltern gesprochen. Denn als wir unsere offizielle Botschaft nach Soemoroto sandten, um den Brief mit dem Heiratsantrag zu beantworten, kam von dort die Antwort: »Wir haben Verständnis, wir akzeptieren den Vorschlag von Mas Sastrodarsono.« Und so brachten wir Soemini, nachdem sie ihre HIS in Wanagalih abgeschlossen hatte, nach Solo auf die Van Deventer Schule und stellten sie gleichzeitig Tante Soeminah vor, einer entfernten Kusine, die wir bisher nur flüchtig kannten. Wir schärften Soemini ein, ja nicht zu vergessen, jeden Samstag ihre Tante zu besuchen und ansonsten fleißig in der Van Deventer-Schule zu lernen. Und Hardojo legten wir dringend ans Herz, stets ein Auge auf seine jüngere Schwester zu haben.

Auf unserer Rückreise fuhren wir mit der Staatsbahn bis nach Paliyan. Ich weiß nicht, warum es keine Eisenbahn gab, die über Wanagalih fuhr, vielleicht, weil der Boden dort zu brüchig war, vielleicht auch, weil sie keinen Gewinn abgeworfen hätte. Jedenfalls, wenn wir mit der Bahn von Solo oder Surabaya kamen, mußten wir in Paliyan aussteigen. Zur Weiterfahrt mußten wir dann eine Droschke nehmen. Dann fuhr man die restlichen sechs oder sieben Kilometer die Allee mit den Trembesi-Bäumen entlang, die durch das Meer der Reisfelder führte. Als ich todmüde in der Droschke saß, wurde mir plötzlich bewußt, daß uns nachher bei unserer Rückkehr in den Jalan Setenan nur Ngadiman und Soenandar empfangen würden. Wie einsam es nun in unserem Haus wäre...

Gegen Abend saßen wir beide, meine Frau und ich, immer gern im Vorderzimmer. Wanagalih war schrecklich heiß, denn es lag am Fuß des Kendeng mit seinen Kalkfelsen, und es gab eigentlich nur zwei erfrischende und angenehme Tageszeiten, ganz früh am Morgen und dann wieder abends vor Einbruch der Dämmerung. Sonst war es unerträglich heiß, kaum auszuhalten. Das Atmen fiel einem schwer. Und selbst die beiden wohltuenden Stunden ließen sich nur sehr eingeschränkt für Erledigungen oder Vergnügungen nutzen.

Die Morgendämmerung, wenn der Tag noch frisch war und die Luft rein, das war die Stunde der Familienväter von Stand, egal ob noch im Beruf aktiv oder schon im Ruhestand, da gingen sie spazieren, hüstelten dabei, reinigten ihre Kehle und kamen schließlich am Stadtplatz zusammen, wo sie sich gegenseitig begrüßten und einen guten Morgen wünschten. Die Ehefrauen der Priyayi hingegen waren zu dieser frühen Stunde ebenfalls schon wach, ja waren vielleicht sogar noch vor ihren Männern aufgestanden, gingen jedoch nicht mit spazieren und tauschten auch keine Morgengrüße aus. Für die Frauen war es wie ein ungeschriebenes Gesetz, daß es sich nicht gehörte, morgens mit ihren Ehemännern spazierenzugehen.

Die Ehefrauen hatten vielmehr bereits eine Reihe mühseliger Aufgaben zu erledigen. Sie mußten Kaffee kochen, Bananen rösten, Süßkartoffeln zubereiten, vielleicht auch heißes Wasser für das Bad richten und endlich das Frühstück auf den Tisch bringen. Wir, die Männer, betrachteten dies als ganz normale Verteilung der Pflichten. Und auch die Frauen sahen diese Arbeitsteilung als naturgegeben an und fanden dabei ihre innere Befriedigung. Sie saßen dann mit am Tisch, wenn wir unseren heißen Kaffee schlürften, das Gebäck knabberten und unser Frühstück einnahmen. Bei uns zu Haus aßen wir stets, ohne daß es uns langweilig wurde, geröstete Bananen, die kleinen gedämpften grünen Bohnen und Reis mit Beilagen à la Wanagalih, der in Teakblätter eingewickelt von Mbok Soero kam und so schön scharf war. Zum Reis gehörte immer eine Lage chinesischer dicker Peté-Bohnen und Sojakuchen nach typischem Wanagalih-Rezept, herzhaft und fest. Für mich war dies das köstlichste Frühstück.

Erst die Abenddämmerung war dann die Zeit für uns Eheleute. Das war die Zeit, in der die ganze Familie gemeinsam verschnaufte. Nachdem die Kinder jedoch außer Haus waren und nur noch Ngadiman und Soenandar bei uns lebten, die allerdings nie zu uns ins Vorderzimmer kamen, war der späte Nachmittag allein für uns beide da, für mich und meine Frau.

Eines Nachmittags, es war ein gewöhnlicher Nachmittag wie so viele, saßen wir in unseren Schaukelstühlen auf der Terrasse vor dem Haus und blickten auf den Vorplatz und die Straße. Ich betrachtete den Nangka-Baum, der in der Ecke vor dem Haus stand und schon dagestanden hatte, bevor wir das Haus im Jalan Setenan bezogen. Der Baum war langsam größer und mächtiger geworden, er schien nicht müde werden zu wollen, immer wieder riesige Früchte zu tragen. Überall kannte man die Nangkas von unserem Baum. Fast alle Nachbarn im Jalan Setenan hatten sie schon probiert. Und meine Kesukan-Freunde schätzten sie am meisten, sowohl als frische Früchte wie auch kandiert als Dodol. Wie ich so an diesem Nachmittag den Baum betrachtete, wurde mir mit einem Mal bewußt, daß wir, ohne es zu merken, nun schon an die 20 Jahre in Wanagalih wohnten und im Jalan Setenan heimisch geworden waren.

»Ohne etwas zu merken, Vater! Da haben wir ja nun in diesem Haus doch so allerhand erlebt! Wie kannst du sagen, du hättest nichts gemerkt davon, daß wir schon 20 Jahre hier sind!«

Ich lächelte vor mich hin: »Ich betrachte diesen Nangka-Baum, Mutter. Wirklich, ich habe gar nicht bemerkt, wie er so groß geworden ist, jetzt so breite Blätter hat, so riesige Früchte. Tatsächlich, ganz unmerklich sind 20 Jahre vergangen.«

»Aber, aber – unmerklich! Wir haben hier drei Kinder bekommen und großgezogen. Wir haben hier vier Neffen und Nichten aufgenommen. Wen haben wir nicht alles kennengelernt, was haben wir nicht alles erlebt! Wir haben unsere Kinder auswärts in die Schule geschickt, haben deine Tochter Soemini in aller Pracht verheiratet. Soemini ist jetzt schwanger, deine Söhne sind erwachsen, sind selbständig und werden bald heiraten. Hast du von allen diesen Ereignissen nichts bemerkt, Vater? Ohne etwas zu merken!«

Ich mußte lachen. Dik Ngaisah – ach, wie lange hatte ich sie nicht mit ihrem Namen gerufen – war wirklich eine kluge Frau. Sie hatte immer hart gearbeitet, hatte sich kaum jemals beklagt, war uns allen im Haus stets eine Stütze gewesen. Wenn einer mit diesem oder jenem Problem zu tun gehabt hatte, immer hatte sie eine Lösung gewußt. Selbst als das Unglück über Romo Mukaram, ihren Vater, hereinbrach und die holländische Regierung ihn aus dem Amt jagte, weil er bezichtigt wurde, mit einem chinesischen Ring von Opiumschmugglern gemeinsame Sache gemacht zu haben, hatte sie ihre Zuversicht nicht verloren. Und so auch, als kurze Zeit darauf meine Schwiegermutter vor Kummer und Scham über die Entlassung ihres Mannes krank wurde und schließlich starb. Da nahm sie diesen Schicksalsschlag mit Fassung hin.

Mir selbst war die Schamröte ins Gesicht gestiegen, als ich mich von Romo Mantri Candu, dem Opiumkontrolleur von Wanagalih, meinem Kesukan-Freund, verhöhnen lassen mußte. »Na, das Opium hat nun deinen eigenen Vater verschluckt«, tönte er und fuhr fort: »Mir wird ja ganz übel.« Ich schämte und ärgerte mich zugleich, hatte aber nicht den Mut, etwas zu erwidern. Es war wirklich eine unangenehme Geschichte. Trotzdem, er war mein Schwiegervater. Soweit ich es vermochte, mußte ich die Angelegenheit verschweigen.

Allerdings war der Kreis meiner Kesukan-Freunde bereits eingeweiht, denn Romo Mantri Candu von Wanagalih hatte die Sache ja schon weitergegeben. Außerhalb dieses Kreises versuchte ich, die Nachricht geheimzuhalten. Aber das javanische Sprichwort »So lang der Weg auch ist, die Kehle ist länger«, bewies abermals seine Gültigkeit. Ich weiß nicht wie, aber die Neuigkeit hatte sich schon überall verbreitet. Mir blieb nichts anderes übrig, als die Schande mit meiner Frau gemeinsam zu ertragen. Ich dachte an die Geschichte »Pendawa Dadu« im Wayang, wo die ganze Sippe der Pendawa die Schande ertragen muß, daß Yudistira beim Würfelspiel gegen die Korawas seinen Willen durchsetzen will, alles riskiert und das Königreich verspielt. Am Schluß werden sie alle vertrieben.

In dieser Situation fielen mir wieder die Worte von Romo Seten Kedungsimo über die Eigenschaften eines Ritters ein, die ein Priyayi besitzen müsse. Wenn er noch lebte, hätte er uns sicher angesichts eines solchen Schicksalsschlages gut zugeredet und uns geraten, den Kopf oben zu behalten. »Für einen Priyayi, Sastro, ist das oberste Gebot, nicht nur standhaft zu sein, wenn man gewinnt, sondern vor allem auch dann, wenn man verliert«, hatte er früher einmal gesagt. Dik Ngaisah, meine Frau, ertrug in diesem Sinn tapfer die Schande, die ihr die Verfehlungen ihres Vaters eingetragen hatten. Sie versuchte, ihre Eltern zu trösten, sie sollten sich die Sache nicht zu sehr zu Herzen nehmen. Ja, sie meinte sogar, es sei eine Prüfung, die der Herr geschickt habe, um die Standhaftigkeit und die Geduld der ganzen Familie auf die Probe zu stellen. Als ihr Vater dann jedoch auf dem Totenbett weinend um Vergebung bat, daß er der Familie solche Schande gemacht habe, da brach auch meiner Frau das Herz. Aber sie hielt sich trotzdem aufrecht.

»Was ist denn nur los, die ganze Zeit starrst du auf den Nangka-Baum, Vater? Was ist denn damit?«

»Mutter, es ist nichts weiter. Aber der alte Baum mahnt mich einfach an vieles. An unsere Eltern, die schon dahingeschieden sind, an Romo Seten Kedungsimo, der auch schon tot ist. Das waren Menschen, die viel für uns getan und uns hierher in den Setenan nach Wanagalih gebracht haben.«

Meine Frau schwieg, wahrscheinlich hing auch sie ihren Gedanken an die Alten nach, die schon alle dahingegangen waren.

»Das waren Menschen, die ihr Leben lang gut waren, gut zu ihrer Familie und auch gegenüber der Gesellschaft.«

»Mein Vater tut mir leid, wenn ich an sein Ende denke.«

»Obwohl ihn das Mißgeschick traf, er hat doch viel für die Familie geleistet und auch für andere, oder? Eins steht jedenfalls fest: Er hat dich aufgezogen und dir eine gute Ausbildung gegeben. Er hat Kinder aus der Verwandschaft aufgenommen und für sie gesorgt. Er hat mitgeholfen, eine Moschee im Dorf zu bauen.«

»Ja, natürlich. Es war doch schon genug, was Vater erreicht und geschafft hatte, und dann kommt er vom rechten Weg ab, zu einer Zeit, als er schon fast pensioniert ist.«

»Ja, so sind die Menschen, nicht wahr, Mutter? Früher hieß es, ›melik nggendong lali‹, die Habgier verführt einen und läßt einen alles vergessen.«

»Na, was hat denn den Vater umgetrieben? Er hatte doch schon alles, was wollte er denn noch mehr?«

»Na ja, Mutter, das ist eben menschlich. Immer gibt es etwas, was man auch noch haben möchte.«

Mir fielen die Gespräche beim Ceki ein, die wir oft im Kesukan-Kreis führten. Sie alle, der Herr Doktor, der Herr Opiumkontrolleur, der Herr Staatsanwalt, sind mittlerweile in Pension, aber das Kesukan liegt ihnen im Blut, das können sie nicht aufgeben. Und was hätten sie denn sonst schon für Vergnügen, wenn sie aufhören müßten, Kesukan zu spielen? Beim Kesukan gingen wir den verschiedensten Fragen nach. »Sangkan paraning dumadi«, woher stammen wir und wohin streben wir? Ob es für uns Menschen für das, was wir anstreben, eine Grenze gibt und wo sie liegt. Ist das menschliche Wollen unbeschränkt, stößt es an keine Grenze? Oder kommt es darauf gar nicht an, sondern vielmehr auf Bescheidenheit?

Doktor Soedradjat war jedenfalls der Ansicht, das menschliche Ideal liege in Sakmadya, in der Bescheidenheit. Wozu dem nachjagen, was darüber hinausgeht! Das macht die Menschen nur habgierig, ngoyo, wie er sagte, ja, sie werden versessen darauf, mehr und noch mehr zu wollen. Der Opiumkontrolleur und der Staatsanwalt stimmten der Ansicht des Doktors zu. Aber möglicherweise vertraten sie diese Anschauung nur, weil sie schon im Ruhestand waren und keine Kinder mehr zu versorgen hatten. Weil ihre Pension ausreichte, um bequem leben zu können und ab und zu ein paar Rupiah am Spieltisch einzusetzen.

Und wenn wir dann wieder auf unser Dasein zu sprechen kamen und uns fragten, woher wir unseren Ursprung hatten und wohin wir unterwegs waren, da pflegte Doktor Soedradjat zu erklären, daß dieses Leben nur ein kurzes Verweilen auf einem langen Weg sei. Dieses Leben sei nur ein »mampir ngombe«, ein Anhalten, um einen Schluck Wasser zu trinken. Und daher müsse das Leben in Bescheidenheit gelebt werden, wie man eben gerade einmal halt macht, um etwas zu sich zu nehmen, nicht, um zu prassen und den Boden unter sich zu verlieren.

Und wie gewöhnlich machte der Herr Doktor alle diese Äußerungen, während er bedachtsam eine Karte zog oder eine auf den Tisch knallte. Die philosophischen Bemerkungen hielten ihn auch nicht davon ab, gelegentlich einen kleinen Schluck Arak zu nehmen, von der in Wanagalih gebrannten Marke, die gewöhnlich zu heißem Kaffee gereicht wurde. »Daher, mein junger Freund, wenn du Schulleiter wirst, dann bleib bescheiden, denk nicht an krumme Sachen«, meinte er. »Das heißt aber nicht, daß man, falls man sich einmal in die Einsamkeit zurückziehen muß, um zu meditieren, ganz auf essen und schlafen verzichten soll, cegah dahar lawan guling«, setzte er seine Erklärungen fort. »Du sollst natürlich, mein junger Freund, ruhig beim Kesukan – wie jetzt hier – dabei sein und ab und zu einen kleinen Schluck Arak nehmen, und wenn es ein Fest mit Tayub-Tänzen gibt, dann sollst du auch Tayub mittanzen, überhaupt sollst du an allem teilnehmen«, riet er mir. »Aber, alles mit Maßen! Und damit warf er wieder eine Karte mit lautem Krachen auf den Tisch...«

»Vater, seit Mas Martoadmodjo nach Gesing versetzt worden ist, haben wir erst einmal etwas von ihm gehört. Das war, als seine Tochter heiratete und wir bei der Hochzeit nicht dabei sein konnten.«

Bei der Bemerkung meiner Frau schwieg ich einen Moment. Vor nicht allzu langer Zeit hatte mir der Staatsanwalt erzählt, Mas

Martoatmodjo sei von neuem Unglück betroffen. Mas Marto war abermals versetzt worden. Diesmal in die Gegend von Besuki am äußersten Ende von Ostjava, da man ihm vorwarf, er hätte weiter mit den Kreisen der »Bewegung« Verbindung gehalten. Er hätte für die Bauern in Gesing, die sonst keine Gelegenheit hatten, etwas zu lernen, ohne Genehmigung eine Schule eingerichtet. Die Regierung von Niederländisch-Indien beschuldigte ihn, er hätte den Bauern dort nicht nur lesen, schreiben und etwas rechnen beigebracht, sondern sie gegen sie aufgehetzt.

Sonst blieb der Staatsanwalt bei Nachrichten dieser Art völlig kalt, dieses Mal aber, das war sehr interessant, zeigt er ganz offenkundig Mitgefühl mit meinem früheren Vorgesetzten. Wenn von Hetze die Rede sei, dann könne das keine wirkliche Hetze sein, sondern der Mann habe wahrscheinlich nur von der Geschichte unseres Landes gesprochen. Über die Größe des Königreichs Mojopahit, über die bewunderungswürdige Gestalt des Sultans Agung, des Königs von Mataram, und seine Siege und Niederlagen im Kampf gegen die Holländer. »Es ist doch unglaublich, wenn das schon Grund genug sein soll, ihn in den letzten Winkel von Java zu verbannen«, klagte der Staatsanwalt. Ich fiel in seine Klage mit ein und fühlte großes Mitleid in mir aufsteigen, als ich das alles hörte. Ich erzählte meiner Frau an jenem Nachmittag in aller Behutsamkeit von der Geschichte, denn ich wollte sie nicht zu sehr aufregen.

»Ja – und was ist mit seiner Frau und seinen Kindern«?

»Soweit ich vom Staatsanwalt weiß, sind sie mit nach Besuki gegangen.«

Meine Frau blickte lange nachdenklich in die Ferne und nickte ganz langsam: »Die Frau Marto ist wahrhaftig eine Sembodro, steht immer treu zu ihrem Mann, was auch kommen mag.«

»Sembodro ist keineswegs nur treu. Gibt es da nicht auch Szenen im Wayang, in denen sie ihren Arjuna verprügelt?«

»Ja, sicher. Aber das ist nur ein anderer Ausdruck der Treue zu ihrem Mann. Denkst du etwa, Frau Marto wüßte nichts von Mas Martos Beziehung zu der Tayub-Tänzerin aus Karangjambu?«

Ich war überrascht, sagte aber nichts. Die Frauen wußten also inzwischen auch von Mas Martos Geschichte mit jener Frau.

»Frau Marto hat die Sache eben nicht aufgebauscht, Vater. Sie hat geschwiegen und alles für sich behalten. Im übrigen hat sie geduldig und beharrlich versucht, das Verhältnis zu ihrem Mann und den

Kindern zu verbessern und zu festigen. Ihr Mann wurde nach Gesing geschickt, sie ging mit. Jetzt ist er ans Ende von Java verbannt, sie geht wieder mit...«

Während ich meiner Frau zuhörte, stellte ich mir die Familie Martoatmodjo vor. Wie schwierig, wie schwer, wie bedrückend ihr Weg in die Verbannung. Aber ich dachte auch, daß sie es am Ende doch schaffen würden, damit fertig zu werden.

»Als Mutter kann ich mir einigermaßen vorstellen, was es bedeutet, Kinder in der Verbannung aufzuziehen. Wie ihnen der Ort vorkommen muß, so weit weg und völlig unbekannt. In Besuki wohnen doch auch keine Javaner, Vater, oder? Wie stehen die Kinder da, wenn sie erst groß sind? Was wird überhaupt aus ihnen?«

»Ach, das kann kein Mensch voraussagen. Aber wenn wir daran denken, wie standhaft Mas Martoatmodjo immer war, dann können wir wohl annehmen, daß sie auch das überstehen.«

Meine Frau seufzte tief: »Hm, wie verschieden doch das Schicksal von Menschen sein kann!«

Ich weiß nicht, ob sie bei diesen Worten auch an das Schicksal ihres Vaters dachte und ihn in den Seufzer mit einbezog. Währenddessen war die Dämmerung hereingebrochen. Unser Haus lag nach Norden, und so konnten wir die Sonne nicht am Horizont untergehen sehen. Unvermutet war es dunkel geworden. Paerah erschien und verkündete, das Abendessen stünde auf dem Tisch. Es wurde auch Zeit, denn der Geruch von gedämpften kleinen grünen Bohnen war uns schon lange in die Nase gestiegen.

Als wir fast mit dem Abendessen fertig waren, drang plötzlich von hinten lautes Geschrei an unser Ohr. Dann hörten wir Paerah schrill aufschreien. Wir erschraken und stürzten eilends nach hinten. In der Kammer der Mädchen, zwischen Küche und hinterer Vorratskammer, liefen die Dienstboten, die männlichen wie die weiblichen, sowie Ngadiman und Soenandar eifrig hin und her. Als sie uns sahen, traten sie zur Seite. Ich sah Paerah auf dem Bett liegen, den Kain etwas hochgeschlagen, so daß ihr Schenkel zu sehen war. Sie starrte mit weit aufgerissenen Augen ins Leere, dann wieder blickte sie wild um sich. Schweiß lief ihr am ganzen Körper herunter. Bleich im Gesicht, die Haare aufgelöst. Sie war völlig außer Atem, die Arme hielt sie steif ausgestreckt. Soenandar hatte ihre Hand gepackt und massierte ihre Finger. Paerah schrie nicht mehr, sie wimmerte nur. Mit einem Mal begann Soenandar auf sie einzuschimpfen: »Los, gib es nur zu! Wie du heißt! Wo du wohnst! Auf dem Nangka-Baum vorn, im Bambusgebüsch hinten oder hier im Haus. Los, antworte!«

Daraufhin schrie Paerah wieder los: »Ich habe Angst, ich fürchte mich vor dir!«

»Angst, Angst! Wieso denn? Los, sag, wer ich bin!«

»Raden Soenandar. Raden, Radeen, Radeen! Ich habe Angst!«

»Wenn du Angst vor mir hast, dann geh! Fahr raus aus Paerahs Leib! Böser Geist du! Ich beschwöre dich, fahr heraus!«

Soenandar knetete Paerahs Hand immer stärker, sein Mund verzog sich, als er die Beschwörung murmelte. Wir verstanden kein Wort. Paerah wurde schließlich still. Allerdings stand nach wie vor große Angst in ihren Augen. Ich trat näher an Paerahs Bett.

»Auf die Seite, Soenandar!«

»Paerah ist besessen, Vater.«

»Woher willst du das wissen?«

»Na, sie stand plötzlich hinter der dunklen Tür und wollte nicht mehr aufhören zu schreien. Sie zitterte am ganzen Körper und war ganz steif.«

»Was hast du mit ihr gemacht?«

»Ich habe sie in die Kammer getragen, Vater. Da hat sie sich wieder gekrümmt. Ich habe ihr den Daumen massiert, aber sie schrie nur noch stärker. Das ist das Zeichen, daß ein Geist in sie gefahren ist, Vater.«

»Na klar schreit sie, wenn du ihr den Daumen so derb drückst.«

Ich ließ kaltes Wasser kommen. Wir machten ihr einen Umschlag. Meine Frau nahm ihre Hand und streichelte sie vorsichtig, indem sie ihr gut zuredete: »Es ist ja gut, Kind. Sei nur ruhig, ganz ruhig, Kind. – Aber, was steht ihr da herum! Holt doch schnell etwas Parfüm aus meinem Schlafzimmer, aber rasch!«

Eines der Mädchen rannte ins Schlafzimmer und holte etwas Parfüm von meiner Frau. Die tränkte in aller Eile ihr Taschentuch mit einigen Tropfen und drückte es Paerah auf die Stirn. Das kalte Wasser, das Parfüm mit seinem belebenden Duft und die besänftigenden Worte meiner Frau taten ihre Wirkung. Paerah beruhigte sich zusehends. Ihr Atem wurde wieder gleichmäßiger. Ihr Gesicht war zwar noch starr, aber ihre Augen waren schon nicht mehr so angsterfüllt wie zuvor.

Plötzlich stand Ngadiman mit einem alten Mann da: »Hier, der alte Kromo, Vater, der Heilkundige, der hinter dem Viehmarkt wohnt.«

Bevor ich noch irgendetwas unternehmen konnte, stand der alte Kromo schon an Paerahs Lager. Paerah, zuvor schon wieder ganz ruhig, erschrak abermals, als sie den alten Mann mit dem weißen Spitzbart vor sich stehen sah. Wieder schrie sie auf.

»Na, da haben wir's, Herr Lehrer. Das Mädchen ist tatsächlich besessen.«

Soenandar und Ngadiman nickten.

»Ja, wirklich, Vater.«

»Sie ist besessen, Vater. Sie ist besessen, Mutter. Ich kenne doch die Zeichen, wenn jemand besessen ist.«

»Ach wo, was heißt hier besessen! Wenn Paerah wirklich besessen wäre, dann hätte sie alle, die sie vorhin angefaßt haben, von sich geschleudert.«

Mir fiel der Kutscher aus Karangdompol ein, der damals besessen war und drei Leute, die ihn festhalten wollten, von sich geschleudert hatte, weil er nicht wollte, daß man ihm Kembang Setaman, eine Hand voll Blüten zu essen gab. Ich bemerkte, wie der alte Kromo sein zusammengeschnürtes Taschentuch aufmachte, eine Handvoll Blüten und etwas Weihrauch hervorholte.

»Was willst du mit den Blüten und dem Weihrauch, Alter?«

»Ja, Herr Lehrer, Blüten und Weihrauch sind die Speisen für einen guten Geist. Laßt mich ihm davon zu essen geben, dann rede ich ihm zu, daß er wieder an seinen Ort zurückkehrt.«

»Es ist schon in Ordnung, Alter. Schluß damit. Ihr braucht euch nicht zu bemühen. Geht nur wieder nach Hause. Ich heile Paerah schon selbst. Hier hast du was für deine Mühe.«

Der alte Kromo blickte erst unwirsch, finster und fast beleidigt. In dem Moment aber, als ich ihm fünf Sen in die Hand drückte, hellte sich sein Gesicht schlagartig auf: »Vielen, vielen Dank, Herr Lehrer. Wenn das Mädchen wieder einen Anfall hat, dann ruft mich nur.«

Nachdem der ortsbekannte Heilkundige gegangen war, beruhigte sich Paerah. Ich schickte Ngadiman und Soenandar in ihr Zimmer. Auch den Dienstboten sagte ich, sie sollten sich wieder zurückziehen.

Einige Tage darauf fragte ich Paerah ganz vorsichtig, weswegen sie denn neulich so schrecklich geschrien hätte. Stockend erzählte sie, Soenandar sei, ohne anzuklopfen, in ihre Kammer gekommen und habe sie an der Schulter gepackt. Sie habe sich gerade umgezogen. Da sei sie furchtbar erschrocken und habe vor Angst laut geschrien. Hm, Soenandar. Ja, Soenandar.

Auf zwei Gebieten, nämlich in künstlerischen Dingen und in der Religion, war ich nicht allzu erfolgreich, genauer gesagt: ich war gänzlich erfolglos. Vor allem, was die Erziehung meiner Kinder in diesen Bereichen anging. Viele werden das für sehr merkwürdig halten. Wie ist es möglich, daß ein Schulleiter, ein Priyayi, der Umgang mit so weiten Kreisen pflegt, in Kunst und Religion nichts ausrichten kann? Sei dem, wie es sei, in Fall meiner Familie war es so – und wer weiß – möglicherweise geht es anderen Priyayi ja ähnlich.

Meine Eltern waren einfache Bauern und führten ein bescheidenes Leben. Sie waren voll Bewunderung für die Lebensweise der Priyayi, aber außer daß sie sich im Javanischen gut ausdrücken konnten und auch wußten, was sich gehört, hätten sie diesen Lebensstil nie nachahmen können und haben vermutlich auch nie daran gedacht. Die einzige Ausnahme war, daß mein Vater schon einmal beim Tayub-Tanz mitmachte, wenn er zu einem Fest geladen war. Sonst war mein Vater eben ein echter Bauer von bescheidener Lebensart. Er konnte nicht Gamelan spielen, er wußte nicht, wie man die Wayang-Puppen bewegt, wenn er auch mit Begeisterung beim Wayang Kulit zuschaute.

Natürlich bekannte er sich zum Islam. Schließlich hieß er ursprünglich Kasan, was sich von Hasan herleitet, während Atmo erst ein späterer Beiname war, den er bekam, als er erwachsen war. Was jedoch das Beten angeht, da gab es, glaube ich, in der Familie meiner Eltern keinen, der regelmäßig gebetet hätte. Selbstverständlich feierten wir in der Familie das Idul Fitri. Und für uns waren diese Feiertage ein besonderer Anlaß, Kinder und Enkel um uns zu versammeln. Aber fasten? Jedenfalls nicht im Monat Ramadan.

Dagegen fasteten meine Eltern oft montags und donnerstags, meistens allerdings nur als »mutih«, d.h. sie aßen dann nichts anderes als Reis ohne irgendwelche Beilagen und ohne Salz. Diese Art von Fasten übten sie gelegentlich auch eine ganze Woche lang. Ähnlich war das »ngrowot«, dann gab es nur Singkong, Mais und gedämpfte Süßkartoffeln, natürlich ohne Salz und irgendwas sonst. Das Fasten nach islamischer Vorschrift, wie es während des Monats Ramadan geübt wird, war ihnen zu einfach. Sie meinten, daß sie damit Gott nicht näher kämen. »Wenn du dich innerlich wirklich auf etwas vorbereiten willst, mein Lieber, dann darfst du nicht halbherzig sein«, lautete der Rat meines Vaters. »Fasten nach arabischer Sitte, das ist schon eher in Ordnung, wenn auch noch nicht streng genug, nicht so entschlossen, wie wenn wir nach javanischer Art fasten, also ›nglakoni‹ üben«, meinte mein Vater. Ab und zu hatten sie mich dazu angehalten, und ich habe es bis heute auch gelegentlich immer wieder einmal versucht.

Meine Eltern legten in ihrer Erziehung großen Wert darauf, daß man sein Leben in dieser Welt in Eintracht mit den Mitmenschen führte. »Es ist das beste, wenn du mit Deinesgleichen in der Gesellschaft verkehrst – Sing tepa slira, marang sapada-pada« nannte es mein Vater. »Nimm Rücksicht auf die Gefühle der anderen, mein Junge«, sagte er. »Bilde dir bloß nichts darauf ein, daß du ein Priyayi bist, reck deinen Hals nicht zu sehr nach oben. Denk daran, daß es noch viele gibt, die unter dir sind. Alle diese Ratschläge meines Vaters, die er von seinen Großvätern hatte und diese wiederum von ihren Großvätern und Urgroßvätern, sind mir in Fleisch und Blut übergegangen. Und ich habe später versucht, sie auch meinen Kindern beizubringen.«

Bei unseren Zusammenkünften zum Kesukan, bei denen wir uns oft genug über diese Fragen des Lebens austauschten, drangen wir immer tiefer in die Welt der Mystik ein, wo es auf den Weg ankommt, eins mit dem Höchsten zu werden, wo es um die Frage geht, was das Leben in der vergänglichen Welt bedeutet und was im Jenseits kommt. Je länger wir uns mit Fragen dieser Art auseinandersetzten, desto klarer wurde uns, daß das Beten, wie es diese oder jene Religion vorschreibt, zu oberflächlich ist, sich zu sehr in äußeren Gesten erschöpft, jedenfalls kaum bis zum eigentlichen Inneren vordringt, zur Versenkung, zur Vereinigung mit Gott.

Daher habe ich auch immer versucht, diese Fragen meinen Kindern näher zu bringen, sie zu entsprechenden Übungen anzuhalten. Wenn mich allerdings meine Söhne um Erlaubnis fragten, bei Haji Mansoer, unserem Nachbarn im Jalan Setenan, in der Schule der Selbstverteidigung Silat zu lernen, dann gab ich ihnen die Erlaubnis dazu. Selbst als sie mich eines Tages fragten, ob sie am Koranunterricht teilnehmen dürften, gab ich ihnen mein Einverständnis. Wie schon gesagt, ich hatte nichts dagegen, wenn meine Kinder den

Vorschriften des Islam nachkamen. Ich war nur der Auffassung, durch meine Unterweisung in der Lehre der Versenkung würde ihr islamischer Glaube an Tiefe gewinnen.

Daher setzten wir auch große Hoffnung auf Sri und Darmin, als sie damals in unser Haus kamen. Aber ach, es war umgekehrt so, daß sie eher in unsere Welt des freien Glaubens herübergezogen wurden. Und so ging es auch mit meinen Söhnen, die bei Haji Mansoer Silat lernten und im Lesen des Koran unterwiesen wurden. Nach einiger Zeit fanden sie das langweilig. Dabei hatte ich ihnen schon eigens Sarung und Peci, die schwarze javanische Kappe, kaufen müssen. Sie hatten auch erzählt, daß sie bereits an Gebetsübungen teilnehmen durften und daß sie wohl in Kürze die Erlaubnis bekömen, am abendlichen Gebetsruf in Haji Mansoers Gebetshaus mitzuwirken. Meine Frau und ich spitzten jeden Abend bei Anbruch der Dämmerung die Ohren, um herauszuhören, ob sie schon mitsangen. Aber daraus wurde nichts, auch das wurde ihnen zu langweilig.

Ich weiß auch nicht, sie gingen einfach nicht mehr zu Haji Mansoer. Ausreden dafür gab es genug. Da mußten sie zum Fußballtraining, da war Chorprobe in der Schule, für die Abschlußfeier wurde an der Schule ein Laienspiel eingeübt, all das mußte ihnen zum Vorwand dienen. Die Laxheit meiner Kinder war mir vor Haji Mansoer schon sehr peinlich. Und gutes Zureden meinerseits half nichts. Sie wolllten einfach nicht mehr zu Hajis Unterricht. Ich konnte damals auch Soenandar keine Schuld geben, denn es war einfach der Wille meiner eigenen Kinder. Mir blieb nichts anderes übrig, als mich bei Haji Mansoer zu entschuldigen.

»Oh, das macht doch nichts, Mas Sastro. Wirklich. Wir Alten müssen eben Geduld haben. Ich bin sicher, eines Tages kommen sie wieder her. Wenn es nicht hier ist, dann werden sie in ihrem Leben eben anderswo den Weg zum Gebet finden. Und ich nehme an, du wirst ihnen zu Hause ja auch eine gute Erziehung zukommen lassen.«

»Aber sicher. Man tut sein Möglichstes, Mas.«

»Darf ich fragen, was für eine Erziehung ihr ihnen angedeihen laßt?«

»Ach, Mas. Ich bin ja nun von Beruf Lehrer, aber für meine Kinder bin ich wohl doch nicht der geeignete Lehrer. Ich erzähle ihnen einfach nur Märchen und Geschichten.«

»Geschichten? Was zum Beispiel?«

»Meistens Geschichten aus dem Wayang. Ich hoffe, die guten Vorbilder aus dem Wayang-Zyklus tun ihre Wirkung.«

Haji Mansoer lächelte leicht: »Weißt du denn, daß die Geschichten aus dem Wayang auch alle im Heiligen Koran zu finden sind?«

Ich stutzte: »Wayang-Geschichten im Koran?«

»Ja, Mas. Nicht nur die Geschichten aus dem Wayang. Alles, was man sich nur denken kann, steht im Koran. Das ist Allahs Buch, Mas. Wenn wir nur genau lesen, dann finden wir im Koran alles, was wir darin suchen.«

Es war klar, was er mit alledem meinte. Er hoffte, eines Tages würden meine Söhne, vielleicht sogar ich selbst, wieder zur Auslegung des Koran kommen. Ich versprach ihm, auf meine Söhne einzuwirken und sie dazu zu bewegen, wieder zu ihm zu kommen. Ich konnte dies guten Gewissens tun, denn ich wußte ja, daß meine Kinder wenig später die höhere Schule außerhalb besuchen würden. Auf dem Weg nach Hause murmelte ich unbewußt vor mich hin »Wayang-Geschichten im Koran...«

Hardojo, mein zweiter Sohn, war wohl von allen meinen Kindern der gescheiteste und wahrscheinlich auch der beliebteste. Soemini hatte ihn besonders gern. Auch Noegroho, von allen drei Kindern der ernsthafteste, mochte ihn sehr, und wir Eltern konnten ihm kaum jemals einen Wunsch abschlagen, so jatmika, liebenswürdig, war er in seiner Art und so micara, so gewandt im Reden. Desto verwunderlicher war es für uns, daß ausgerechnet er das ganze Haus in Unruhe versetzte, als es ums Heiraten ging.

Noegroho hatte ja schon das Jahr zuvor geheiratet, fast unmittelbar nach seiner jüngeren Schwester Soemini, ohne daß es irgendwelche Probleme gab. Und inzwischen war er genau wie seine Schwester schon so weit, daß er in Yogya, wo er unterrichtete, eine eigene Familie gründen konnte.

Aber Hardojo? Eines Tages kam ein Brief von ihm, in dem er fragte, was wir davon hielten, wenn er eine junge Lehrerin, eine Absolventin der Kweekschool, heiratete. Sie sei katholisch. Ihre Eltern seien angesehene Leute, ebenfalls Priyayi, der Vater sei Lehrer an der katholischen HIS in Solo. Ein Lehrer würde also einen Schulleiter als Schwiegervater seiner Tochter bekommen. Das Mädchen sei ausgesprochen hübsch, charmant, ziemlich lebhaft, ja fast so flink und gewandt wie Wara Srikandi, Arjunas selbstbewußte Frau, schrieb er. Mit dem Vater des Mädchens wie auch mit der Mutter verstünde er sich sehr gut, fügte er noch hinzu, um uns die Sache schmackhafter zu machen.

Der Brief brachte meine Frau und mich in größte Verlegenheit. Nie hatte der Junge irgendwem Ärger oder Schwierigkeiten gemacht, schon gar nicht uns, seinen Eltern. Und nun kam er mit einer so heiklen Sache an. Nach der Beschreibung im Brief mußte es sich bei dem Mädchen, auf das seine Wahl gefallen war, um eine Person handeln, die alle Vorzüge auf sich vereinte, die uns gefallen, die zu uns passen würde – warum war sie bloß katholisch! Warum hatte er sich nicht nach einem Mädchen umgesehen, das islamisch war? Beide Zweige unserer Familie hingen doch dem Islam an.

Sicher, wir waren keineswegs fromme Anhänger des Islam, aber wir waren eben doch Muslime. Wir waren islamisch geboren, islamisch beschnitten, wir hatten islamisch geheiratet und wir würden islamisch begraben werden. Und hatten wir nicht schon das syahadat abgelegt, hatten gelobt, treue Anhänger des Islam zu sein? Während Nunuk, Hardojos Auserwählte, aus einer katholischen Familie kam, also einer Religion anhing, deren Bande, wie ich schon oft gehört hatte, äußerst fest waren, vielleicht ebenso fest wie die des Islam. Ob Nunuk bereit wäre, nach islamischer Sitte verheiratet zu werden oder ob sie vielleicht gar – ein besonderes Glück – zum Islam übertreten würde? Wenn die Eltern allerdings wirklich gute Katholiken wären, dann würden sie das ihrem Kind niemals erlauben. Eher umgekehrt, sie würden versuchen, unseren Hardojo dazu zu bewegen, zu ihrer Religion überzutreten. Nach langem Überlegen beschlossen wir, Hardojo, Noegroho mit seiner Frau und Soemini mit ihrem Mann nach Wanagalih zu rufen, um Hardojos Anliegen zu besprechen.

Gibt es für Großeltern eine größere Freude, als wenn die Enkel zu ihnen kommen und um sie herumtoben? Nun hatten wir zu dieser Zeit allerdings erst ein Enkelkind: das von Soemini, ein zweijähriges Mädchen. Noegrohos Frau, Sus, war im siebenten Monat und war bei der Reise ganz auf die Hilfe ihres Mannes angewiesen. Glücklicherweise kam aus Yogya und Solo ein bequemer Eilzug, so daß die Fahrt für Sus nicht allzu anstrengend war. Sie mußten ja dann noch vom Bahnhof Paliyan aus mit der Droschke weiterfahren. Meine Frau hatte etwas Angst, da ihre Schwiegertochter hochschwanger war, aber diese hatte darauf bestanden mitzukommen. Noegroho beruhigte sie mit der Mitteilung, sie würden nicht direkt kommen, sondern eine Nacht bei ihrer Tante in Solo bleiben und dann morgens von dort aus den Zug nach Paliyan nehmen.

»Habt ihr schon das Tingkebi, die Opferfeier im siebenten Monat, gehalten oder noch nicht? Wenn nicht, dann richten wir die Opferfeier hier aus. Das darf nicht aufgeschoben werden, sonst gibt es ein Unglück, und Betara Guru frißt euer Kind!«

Alle lachten über die Besorgnis ihrer Mutter.

»Ja, ihr lacht. Ihr wißt doch, das Kind vom Salzkontrolleur in Sukolilo – das ist verwachsen! Das kam, weil sie die Opferfeier im siebenten Monat nicht gehalten haben. Wollt ihr noch andere Beispiele...?«

Und meine Frau zählte eine Reihe anderer Fälle von mißgebildeten Kindern auf, ihrer Meinung nach eine Folge davon, daß das Tingkebi nicht ordnungsgemäß begangen worden war. Noegroho besänftigte uns alle, die Zeremonie sei schon im Haus der Schwiegereltern in Yogya vollzogen worden.

Wir, die wir sonst ja nur zu zweit aßen, genossen das gemeinsame Abendessen im Kreis unserer Kinder sehr. Danach legte Soemini ihr Kind, das uns Großeltern am Nachmittag mit seiner Lebhaftigkeit bezaubert hatte, schlafen. Wir versammelten uns um den großen runden Tisch im Wohnzimmer, wo wir sonst mit unserem Kesukan-Kreis Karten spielten. Hardojo begann, über den Grund unserer Zusammenkunft zu sprechen, und zeigte ein Foto von Nunuk, seiner Auserwählten.

Soemini reagierte als erste: »Mas, du bist schlau, zeigst erst einmal ein Foto von deiner Liebe. Klar, daß du damit unsere Herzen auf deiner Seite hast. Ach, ist die aber hübsch. Ja? Was sagt ihr, Mutter, Mas? Los doch...!«

Alle lachten.

Schließlich begann Hardojo zu erzählen. In aller Ruhe, aber mit festem Ton und ungezwungen beschrieb er Nunuk. Ihr vollständiger Name war Maria Magdalena Sri Moerniati. Sie war Lehrerin an der Grundschule für Mädchen in Beskalan, einem Viertel von Solo. Ihr Vater war Lehrer an der HIS Margoyudan, ebenfalls in Solo. Sie hatten sich auf einer Hochzeitsfeier kennengelernt. Von da an hatte sie Hardojo häufiger besucht, ihre Bekanntschaft hatte sich immer enger gestaltet und schließlich auch ihre ganze Familie einbezogen.

»Ich gelte in der Familie nicht mehr als Fremder. Sie behandeln mich wie einen der ihren. Vater, Mutter und ihr alle, ich bitte euch um euren Segen, Nunuk zu heiraten.«

Wir hatten ihm bis zuletzt schweigend zugehört, als der Satz kam, den wir alle längst erwartet hatten. Ich merkte, daß nun alle auf meine Reaktion gespannt waren.

Ich fragte also: »Hast du denn Nunuk deine Absicht schon mitgeteilt, Junge?«

»Indirekt schon, Vater. Und ebenso hat sie mir ihre Zustimmung auch schon durch die Blume zu erkennen gegeben.«

Hm, wie glücklich doch die jungen Leute heute sind, wenn man sie mit denen früher vergleicht. Heutzutage können und dürfen sie sich ihre Zukünftige selbst aussuchen. Ja, sie können und dürfen sogar miteinander ausgehen, bevor sie verheiratet sind. Damals habe ich meine spätere Frau überhaupt erst am Tage des Heiratsantrags kennengelernt. Und heute können sie ihre eigenen Wünsche schon fast allein durchsetzen.

»Glaubst du denn, ihre Eltern werden eurer Heirat zustimmen und sie absegnen, Junge?«

Hardojo beantwortete meine Frage nicht sofort. Meine Frau, Noegroho mit seiner Frau, Mini und ihr Mann warteten gespannt auf seine Antwort. Er zögerte noch, dann entgegnete er: »Vater, Mutter, und auch ihr anderen, für mich ist entscheidend, ob ihr euren Segen dazu gebt, ob ihr einverstanden seid. Wollt ihr Nunuk als neues Mitglied in unsere Familie aufnehmen? Das ist für mich die Hauptfrage.«

Ja, die jungen Männer von heute, wenn sie sich schon in eine Frau verliebt haben! Dann haben sie keine Geduld mehr, dann drängen sie! Auch der sanfte Hardojo bildete da keine Ausnahme.

»Langsam, mein Junge, langsam. Ob wir Nunuk in unsere Familie aufnehmen wollen, ist wohl nicht die eigentliche Frage. Nachdem wir dir zugehört haben, ihr Bild gesehen haben, denke ich, daß wir alle hier sie sehr liebenswert finden. Aber darum geht es nicht, mein Lieber.«

»Ja, wieso, Vater?«

»Also. Ich habe immer gedacht, du bist so gescheit. Aber du hast offenbar noch nicht recht begriffen...«

Hardojo senkte den Kopf. Er fühlte sich wohl im Herzen getroffen.

»Ich meine es so, mein Lieber: Nunuk ist doch katholisch, oder?«

»Ja, sicher.«

»Na, ist sie denn auch bereit, Mitglied einer islamischen Familie zu werden?«

»Meinst du damit, Vater, und ihr anderen auch, daß sie zum Islam übertreten müßte?«

»Sicher.«

Hardojo schwieg. Er biß sich auf die Lippen. Fragend sah er uns an: »Meint ihr denn alle, daß wir eine islamische Familie sind, die den Islam wirklich ernst nimmt?«

»Was meinst du damit?« fragte Noegroho.

»Ich meine damit, ob wir uns an die Grundregeln des Islam halten.«

»Wenn du sagst Grundregeln und insbesondere an das fünfmalige Gebet am Tag ohne Ausnahme denkst, dann vielleicht nicht. Aber wir bekennen uns doch zum Islam. Vom Herzen her ist der Islam unsere Religion.«

»Ist denn in einer islamischen Familie wie der unseren kein Platz für jemanden, der katholisch ist?«

»Bei einer Ehe ist die Sache schon schwierig. Überleg doch mal. Wenn Nunuk zu uns kommt, müßte sie zum Islam übertreten, wenn du umgekehrt zu ihnen gehst, dann müßtest du katholisch werden. Das ist das Problem.«

Hier stockte das Gespräch. Hardojo wirkte bedrückt, er dachte angestrengt nach. Schließlich versuchte ich, den Faden wieder aufzunehmen: »Weißt du denn, ob Nunuk schon mit ihren Eltern gesprochen hat, so wie du jetzt mit uns?«

»Ich glaube nicht.«

»Na, wenn das so ist, dann ist es wohl das beste, wir warten erst einmal ab, was ihre Eltern sagen.«

Hardojo verstummte abermals. Dann seufzte er: »Ach, warum muß uns denn die Religion derart einschränken, daß zwei Menschen, die nicht demselben Glauben anhängen, nicht Mann und Frau werden können!«

Nun meldete sich Soemini zu Wort, die die ganze Zeit schweigend alles mit angehört und ihren Bruder voller Mitgefühl betrachtet hatte: »Geduld, Mas Yok. Ich glaube, Vaters Vorschlag, wir sollten erst einmal abwarten, macht Sinn. Warum sollen wir hier etwas entscheiden, ohne genau zu wissen, was ihre Familie eigentlich möchte.«

»Schon, aber haben wir nicht schon eines entschieden? Daß wir nämlich Nunuk aufnehmen, vorausgesetzt, sie tritt zum Islam über?«

»Was ist aber, wenn sie beispielsweise einverstanden sind, daß Nunuk deine Frau wird, ohne ihren Glauben aufzugeben? Müssen wir uns dann nicht noch einmal Gedanken machen und überlegen, was wir tun?«

An diese Möglichkeit hatte ich nicht gedacht. Was sollten wir machen, wenn dieser Fall wirklich einträte? Da meldete sich auf einmal Minis Mann, Harjono, von dem ich eigentlich erwartet hatte, daß er selbst schweigen und höchstens seiner Frau ein Zeichen zum Sprechen geben würde, und bat um das Wort: »Ich meine folgendes, Mas Yok. Wenn also der Fall eintritt, den Jeng Mini gerade angedeutet hat, daß nämlich Nunuks Eltern mit der Heirat einverstanden sind, Nunuk bei ihrem katholischen Glauben bleibt, und Mas Yok beim Islam, was ist dann? Dann gibt es keine kirchliche und auch keine Hochzeit vor dem Penghulu, vor dem Vorsteher der Muslim-Gemeinde, sondern nur eine vor dem Standesamt. Vielleicht ist das ja der Ausweg.«

Das war nun eine Wendung, die völlig außerhalb meiner Vorstellungen lag. Eine Hochzeit nicht vor dem Penghulu und auch nicht in der Kirche? Also nein! War das überhaupt denkbar? Wer sollte dann den Segen geben? Fast wäre ich meinem Schwiegersohn ins Wort gefallen, um zu sagen, daß ich das auf keinen Fall akzeptieren würde, aber ein Blick auf Hardojo hielt mich zurück. Er war ganz blaß geworden und wirkte verzweifelt.

»Ich glaube, wir brechen hier erst einmal ab. Es ist schon spät am Abend, und morgen wolltet ihr doch auf die Kähne und nach Karangdompol zur Festung, zum Benteng Pendem, übersetzen. Ich habe ja bei Mbok Soero schon Nasi Pecel zum Frühstück bestellt. Ich finde Vaters Ratschlag, wir sollten abwarten, bis Nunuk mit ihren Eltern gesprochen hat, ganz in Ordnung.«

Gegen die Aufforderung meiner Frau ließ sich schlecht etwas einwenden. Es war wirklich spät geworden, die Nachtwächter waren auf ihrer Runde schon zweimal bei uns vorbeigekommen und hatten ihr Warnzeichen vor Dieben ertönen lassen. Außerdem waren sowieso alle ziemlich müde, außer vielleicht Hardojo...

Einen Monat später erschien Hardojo wieder. An seinem traurigen Gesicht konten wir ablesen, daß er keine erfreuliche Kunde brachte.

110

»Vater und Mutter, mein Wunsch, Nunuk zu heiraten, geht nicht in Erfüllung. Sie haben darauf bestanden, daß es eine Hochzeit in der Kirche sein müßte und daß ich mich taufen lasse.«

Meine Frau nahm Hardojo in ihre Arme. Es war der mütterliche Instinkt, der sie »mit den Flügeln schlagen« ließ, wenn sie ihr Kind in Not sah und es beschützen wollte.

Ich mußte an seinen Seufzer von neulich denken: Warum muß uns denn die Religion derart einschränken...!

In dem Geschäft, meine Neffen und Nichten aufzuziehen und heranzubilden, hatte ich wenig Glück. Während aus meinen eigenen Kindern etwas rechtes wurde – sie hatten eine gute Ausbildung, hatten ihren Beruf, waren angesehen –, war das mit den Ziehkindern weniger befriedigend. Sri und Soedarmin waren vorzeitig von ihren Eltern wieder heimgeholt worden, weil ich offenbar nicht in der Lage war, ihnen die erwünschte religiöse Umgebung zu bieten.

Ngadiman war zwar inzwischen Schreiber beim Bezirksamt geworden, wenn auch nur in einer niedrigen Position. Er war von seinen Eltern mit einer Kusine verheiratet worden und wohnte nun in unserem Pavillon, wo früher alle Neffen und Nichten untergebracht waren. Aber das war auch alles. Sicher, er galt trotzdem als Priyayi, allerdings nur als einer der untersten Stufe. Sein Vater war mein Vetter, und er hatte gedacht, sein Sohn würde eines Tages eine ebenso angesehene Stellung besitzen wie meine eigenen Kinder. Aber Ngadiman war eben nicht der Klügste. Er begriff entsetzlich langsam und konnte in der Schule nur mühsam folgen. Zweimal war er sogar sitzengeblieben. Und selbst die Schreiberstelle hätte er kaum bekommen, wenn ich nicht nachgeholfen hätte, indem ich mich bei meinen Freunden in der Bezirksverwaltung und auch bei dem mit mir befreundeten Staatsanwalt für ihn verwandte. Er hatte jedoch auch seine guten Seiten. So hatte er zum Beispiel eine sehr schöne, klare Schrift, war fleißig und ehrlich. Das war immerhin schon eine hinreichende Mitgift für ein Leben in Wanagalih.

Wer mich jedoch wirklich belastete, das war Soenandar. Ich weiß auch nicht, welchen Teufel er im Leib hatte. Er hatte einen schlechten Charakter, war ungezogen, neigte zu Betrügereien und – das war ganz offenkundig – er vergriff sich an Mädchen. Er hatte ja damals Paerah belästigt, so daß sie wie besessen erschien, aber auch danach hatte er sie immer wieder so geärgert, daß sie drauf und dran war, in ihr Dorf zurückzukehren. Ich hatte ihn mit dem Rohrstock verdroschen, aber das hatte rein gar nichts geholfen. Im Gegenteil, er war nur noch aufsässiger geworden.

Mein Versprechen gegenüber seiner Mutter, ich würde ihn in Wanagalih behalten und sehen, daß aus ihm ein junger Mann würde, der sich in der Gesellschaft bewährte, hatte sich nicht erfüllen lassen. Nachdem wir ihn hatten aus der Schule nehmen müssen, hatte ich ihn mit der Aufsicht der Tagelöhner betraut, die unseren Garten und die Reisfelder bearbeiteten. Aber auch das war vergeblich. Sein Verhältnis zu den Leuten war schlecht, er schimpfte immer nur mit ihnen, und die Abrechnung der Einnahmen aus dem Verkauf von Gemüse und Reis stimmte selten. Ich und meine Frau wunderten uns oft, wohin nur das Geld wieder verschwunden war. Vielleicht hatte er es beim Spiel verloren oder bei Frauen ausgegeben.

Oft stellte ich mit die Frage, worin denn wohl mein Unvermögen betsand, meine Neffen zu erziehen. Was hatte ich falsch gemacht? Hatte ich ihnen etwa nicht die gebührende Zuwendung zukommen lassen, so daß sie sich schlecht behandelt fühlten? Nein, das konnte es nicht sein. Ich hatte ihnen allen doch genau wie meinen Kindern den Besuch der HIS ermöglicht. Sicher, ich hatte sie nicht in den Zimmern im Haupthaus untergebracht, weil da einfach nicht genügend Platz war. Dafür hatten wir aber einen geräumigen Pavillon mit schönen Zimmern gebaut. Und ihr Essen bekamen sie nicht nur im Pavillon, sondern oft auch drinnen bei uns.

Oder hatten sie vielleicht Angst vor uns? Fühlten sie sich uns gegenüber zu sehr zu Dank verpflichtet? Möglicherweise kam es daher, daß sie sich bei uns nicht frei vorkamen und sich deshalb nicht so recht entwickelten. Nun legt die Erziehung in einem javanischen Haus ja tatsächlich großen Nachdruck auf eine respektvolle Haltung, was oftmals dazu führt, daß die Kinder in einem Gefühl der Furcht aufwachsen.

Ich dachte an den Rat des Romo Seten Kedungsimo: »Ein wahrhaftiger Priyayi, mein Lieber, muß rücksichtsvoll sein. Wie schrecklich, wenn ein Priyayi keine Rücksichtnahme kennt«, hatte er gemeint, »wenn er keine Sensibilität für die Gefühle anderer hat und nicht spürt, wenn jemand leidet. Ein Priyayi, der nicht weiß, was Rücksichtnahme ist, der ist im tiefsten Herzen unbeherrscht und denkt nur an sich selbst. Aber vergiß auch nicht, daß rücksichtsvoll sein nicht bedeutet, passiv zu sein. Wenn man nämlich die nötige Sensibilität besitzt, dann weiß man auch genau, wann es Zeit zum Handeln ist und man die Rücksicht beiseite setzen muß.« Aber ob meine Neffen nicht vielleicht doch als Kinder vom Dorf, die nur bei uns zur Pflege waren, zu sehr von der Forderung zu Rücksichtnahme und Respekt beherrscht und daher zu ängstlich und schüchtern geworden waren? Soenandar allerdings, für den war Rücksichtnahme ein Fremdwort...

Eines Tages kam unvermutet ein Brief von Mas Martoatmodjo. Offenbar war er inzwischen pensioniert worden und wohnte nun in Surabaya. Er war dort im Viertel Plampitan Leiter einer privaten Schakel-Schule. »Anstatt herumzusitzen und nichts zu tun, Mas, habe ich damit eine soziale Aufgabe und kann den einfachen Leuten helfen.« Meine Frau und ich waren hocherfreut über die Nachricht von einem Menschen, den wir sehr schätzten. Wir antworteten ihm unverzüglich, wir seien sehr glücklich, von ihm zu hören, daß es ihnen gut ginge und die harte Zeit der Verbannung im äußersten Winkel von Ostjava hinter ihnen läge. Wir luden sie ein, uns gelegentlich, wenn sie Zeit hätten, in Wanagalih zu besuchen. Meine Frau meinte allerdings, sie würden sich wohl scheuen, unserer Einladung zu folgen, denn die Geschichte mit Karangjambu wäre ihnen noch immer peinlich. Ich mußte über den Einwand meiner Frau lachen. Frauen denken doch oft etwas seltsam.

Aber wenig später schrieb Mas Martoatmodjo tatsächlich zurück.. Sie entschuldigten sich, sie könnten im Moment unsere Einladung, nach Wanagalih zu kommen, nicht annehmen. Die Vermutung meiner Frau war doch richtig gewesen. »Siehst du«, sagte meine Frau, »ich hatte recht. Als ich das neulich sagte, hast du nur den Mund verzogen.« Ich mußte abermals lachen.

In seinem Brief äußerte er jedoch auch eine Bitte. Er habe von Pak Soetoredjo, dem Gemeindevorsteher in Wanalawas, der ein Vetter seiner Frau war, gehört, daß es dort noch immer keine Dorfschule gebe. Nicht einmal eine dreijährige, so daß die meisten Kinder dort keine Möglichkeit hätten, zur Schule zu gehen. Für die Bessergestellten sei das ja nicht weiter schlimm, denn die würden ihre Kinder in die Nachbarorte von Wanagalih zur Schule schicken. Pak Soeto habe gejammert, ob denn Wanalawas ewig nur ein Dorf für Tempe- und Teakblattverkäufer oder Arakbrenner bleiben sollte und niemals jemand die Chance bekäme, Beamter zu werden. Am Ende seines Briefes bat mich Mas Martoatmodjo, ob ich mich nicht einmal nach den Möglichkeiten erkundigen könne, in Wanalawas eine dreijährige Dorfschule einzurichten. »Mas, du hast doch gute Verbindungen zu den wichtigen Leuten im Bezirk«, schrieb er.

Ich erkundigte mich also und fragte meine Freunde im Bezirksamt, wie die Chancen stünden. Ich wandte mich in der Sache auch an einige der Assistenten des Wedana. Nirgendwo konnte ich jedoch eine befriedigende Antwort erhalten. Man vertrat die Auffassung, Wanalawas liege zu nahe an Wanagalih, und die übrigen Orte am Kali Madiun hätten ja allesamt schon Dorfschulen. Somit gebe es für die Gemeinde Wanalawas keine Notwendigkeit, eine eigene Schule einzurichten. Was für eine eigenartige Begründung, dachte ich.

Mas Martoatmodjo und ich korrespondierten noch mehrfach in der Angelegenheit, und schließlich fragte er mich, ob ich es mir zutraute, wenigstens eine kleine private Schule in Wanalawas zu eröffnen. »Mas, die Leute tun mir so leid«, meinte Mas Martoatmodjo.

Es war merkwürdig, ich konnte mich Mas Martos Bitte nicht entziehen, ich mußte etwas tun. Am Sonntag drauf nahm ich mir Ngadiman und Soenandar, und wir fuhren mit dem Fahrrad nach Wanalawas. Dort besuchten wir Pak Soetoredjo, den Gemeindevorsteher.

Ehe wir uns noch versahen, strömten die Dörfler herbei. Vor allem kamen Scharen von Kindern und versammelten sich vor dem Haus, darunter dreijährige Knirpse wie auch solche, die allmählich in die Schule gehörten. Was hatten sie bloß für Zeug an! Abgetragen und zerschlissen. Der Rotz triefte ihnen aus der Nase, die Augen waren gerötet, ihre Haare, trocken und wild zerzaust, zeigten einen rötlichen Schimmer – das typische Zeichen von Unterernährung. Ihre Beine und Füße waren von Schwären übersät, und bei denen, die kein Hemd trugen, sah man überall große helle Flecken auf der Haut. Aber ihre Augen strahlten. Sie balgten sich um die Plätze, drängten und schoben sich unter Freudenrufen nach vorn.

Nur bei den Halbwüchsigen, Jungen wie Mädchen, sah ich betrübte Gesichter, Verzweiflung, Ratlosigkeit. Sie hatten etwas Freudloses in ihrem Auftreten, standen herum, bewegten sich kaum. Ganz anders wieder die Alten, die rings um Pak Soeto saßen, sie hatten einen lebhaften Blick, fragend und hoffnungsvoll. Ich kam mir auf einmal vor wie in einem fremden Land, das nur aus herzzerreißender Armut bestand. Ein fernes Land, das freilich ganz in der Nähe lag, nämlich nur ein paar Kilometer von Wanagalih entfernt.

»Ja, Herr Schulleiter, die Leute von Wanalawas strömen zusammen und wollen Euer Gesicht sehen. Schon ewig lange war kein hoher Besuch aus Wanagalih mehr bei uns. Wir hoffen, Herr Schulleiter, Sie sind gesund, und es fehlt Ihnen nichts.«

»Ja, ja, Pak Dukuh, es geht mir gut. Vielen Dank für Eure freundliche Begrüßung. Auch ich hoffe, daß es euch selbst und allen im Dorf gut geht.«

So tauschten wir zunächst erst einmal eine Weile Höflichkeiten aus, nicht nur mit dem Gemeindevorsteher, sondern auch mit dem größten Teil der Umstehenden. Die Leute nötigten mir Bewunderung ab. So arm und elend sie waren, so legten sie doch größten Wert auf korrekte Sprache und höflichen Umgang.

Schließlich aber fragte ich doch, wie es mit dem täglichen Leben stünde und vor allem mit der Schulbildung. Pak Soetoredjo brachte nochmals alles das vor, was er bereits gegenüber Mas Martoatmodjo erklärt hatte. Die Bewohner von Wanalawas seien schon lange in großer Sorge, weil ihre Kinder immer noch keine Möglichkeit hätten, zur Schule zu gehen. Ich staunte über den Eifer, mit dem die kleinen Leute aus dem Dorf nach einer Schule verlangten. »Ich bewundere sie«, sagte ich zu Pak Dukuh, »denn beispielsweise in Karangdompol, wo es ja eine Schule gibt, weigern sich noch viele Bauern, ihre Kinder in die Schule zu schicken.«

»Ja, das ist es eben. In Karangdompol besitzen die Bauern viele Reisfelder, Herr Lehrer, deswegen lassen sie dort ihre Kinder ungern in die Schule. Sie brauchen sie, egal ob sie groß oder klein sind, bei der Arbeit auf den Feldern. Hier ist der Boden unfruchtbar, seit alters her bauen wir nur einfaches Gemüse an. Und die Gärten sind ganz auf Regenwasser angewiesen, denn die Brunnen geben kaum etwas her. Infolgedessen leben die Leute hier von der Tempe-Herstellung, vom Verkauf von Teak- und Plosoblättern und vom Arak-Brennen. Natürlich müssen die Kinder auch hier immer wieder ihren Eltern bei der Arbeit helfen. Ich sehe das aber nicht gern und schimpfe. So geht es doch in Wanalawas nicht weiter«, und indem er sich an die Umstehenden wandte: »Soll das immer so weitergehen?«

»Nein, nein, Pak Dukuh! Das wollen wir nicht, Pak Dukuh!«

riefen die Leute einmütig. Seltsam, ihre Stimmen muteten mich an wie die Rufe der Viehherde, die an bestimmten Tagen hinter meinem Haus vorbei zum Viehmarkt getrieben wurde. Aber ich wollte doch wissen, wie stark ihr Wunsch nach einer Schule war, und auch, welche Gründe sie dafür hatten.

»Pak Dukuh, sind sich da wirklich alle einig?«

»Aber ja.«

»Wollt ihr alle eine Schule hier?«

»Ja, sicher, Herr Lehrer, gewiß!«

»Ja, und wenn ihr eine Schule habt, was wollt ihr damit?«

Die Leute wußten erst nicht, was sie antworten sollten. Sie sahen sich ratlos an. Aber dann kamen einzelne Stimmen: »Schreiben lernen, Herr Lehrer.«

»Rechnen lernen.«

»Und wenn ihr schon lesen und rechnen könnt, was dann?«

Sie sahen wieder einander an. Dann rief einer: »Eine Stelle im Bezirksamt, Herr Lehrer.«

Ich blickte zu Ngadiman und Soenandar hinüber, die alles stumm mit angehört hatten. Ngadiman lächelte ganz leicht, er dachte wohl an sein eigenes Schicksal. Soenandar zeigte keine Reaktion. Schließlich bat ich den Dorfältesten, dazu einige weitere ältere Leute aus dem Dorf und meine beiden Neffen, sich zusammenzusetzen und sich darüber Gedanken zu machen, was getan werden könnte.

Der Dorfälteste schickte die anderen Leute nach Hause. Als ich sie so gruppenweise heimgehen sah, mußte ich wieder an eine Viehherde denken, die in den Stall getrieben wird. Ich wunderte mich, warum sie mir erst jetzt so erschienen. Warum nicht schon damals, als ich noch in Karangdompol war? Vielleicht weil ich zu der Zeit selbst noch ein dummes Rindvieh war.

Nachdem wir ausgiebig über alles gesprochen hatten, entschied ich, daß wir zunächst einmal in einer kleinen Klasse mit dem Unterricht im Lesen und Schreiben anfingen. Die Klasse sollte Kindern von sieben Jahren an aufwärts offen stehen, soweit diese sonst noch keine Gelegenheit zu irgendeinem Schulbesuch hatten. Wir erwogen auch die Möglichkeit, eine bestimmte Zeit für Erwachsene zur Verfügung zu stellen, die lesen und schreiben lernen wollten. Um dies in die Tat umzusetzen, entschloß ich mich, Soenandar in Wanalawas zurückzulassen. Seine Aufgabe sollte es sein, den Unterricht wahrzunehmen und die Organisation der Klasse zu überwachen. Ich und Ngadiman, die wir ja unseren Dienst in Wanagalih hatten, würden zweimal in der Woche unterrichten kommen, und zwar sonnerstags am Nachmittag und sonntags den ganzen Tag.

Soenandar wirkte etwas verdutzt, als er meine Entscheidung hörte, aber ich redete ihm zu, indem ich ihm zu erklären versuchte, daß es sich nicht nur um die ehrenvolle Verpflichtung handelte, den Leuten aus dem einfachen Volk zu helfen, etwas zu lernen, sondern auch um eine Übung für ihn, sich in der Gesellschaft nützlich zu machen: »Vergiß nicht, mein Junge, daß du auch vom Lande kommst und ein Bauernsohn bist, wie die Leute hier.«

Soenandar konnte nicht anders als ja sagen. Allerdings schien mir seine Bereitwilligkeit, die Aufgabe zu übernehmen, nicht von Herzen zu kommen. Er war gewöhnt, sein Geld rauszuwerfen, so daß ihm die Verpflichtung schwerfallen mußte, in einem so ärmlichen Dorf zu arbeiten. Aber, so dachte ich bei mir, wer weiß, vielleicht ist das eine gute Gelegenheit für Soenandar, und er lernt dabei, was Verpflichtung und Arbeit für die Belange einer größeren Zahl von Menschen bedeuten.

Ich wunderte mich selbst über die Leichtigkeit, mit der ich entschieden hatte. Ich hatte dabei überhaupt nicht an die möglichen Folgen und Belastungen für mich selbst gedacht. Wie auch immer, ich mußte erst einmal die erforderlichen Materialien beschaffen, Schiefertafeln, Griffel, Kreide und eine Wandtafel. Woher ich Bänke und Tische bekommen sollte, wußte ich vorerst noch nicht. Sicher war nur, daß das alles eine Menge Geld kosten würde. An wen sollte ich mich wegen einer Unterstützung wenden?

Ich wunderte mich auch, woher meine plötzliche Freude und Begeisterung kamen, eine Schule einzurichten. Das hing wohl mit Mas Martoatmodjo zusammen, dessen Vorbild mir großen Eindruck machte. Meine Frau unterstützte unsere Initiative ohne weitere Vorbehalte. Das war umso erstaunlicher, als sie bisher der Haltung und den Unternehmungen von Mas Martoatmodjo stets äußerst skeptisch gegenübergestanden hatte. Jetzt aber bewunderte sie ebenso wie ich den Mut und die Aufrichtigkeit der Familie Martoatmodjo, wenngleich sie doch bei aller Bewunderung nie ganz ein Gefühl von Angst und Besorgnis verlor. Mir selbst ging es ja im Grunde ebenso.

Ich verständigte alsbald meine Kinder von unserer Initiative. Hardojo war derjenige, der sofort positiv reagierte und etwas Geld zur Unterstützung schickte. Er bot sogar seine persönliche Hilfe an, falls er benötigt würde. Besonders berührte uns seine Erklärung, er sei sehr stolz auf die Aktivität seiner Eltern.

Wie üblich hielt sich Noegroho zunächst vorsichtig zurück und gab zu bedenken, man solle doch erst einmal das Für und Wider überlegen, dürfe nicht nur aus rein menschlichen Motiven handeln, sondern müsse kühl abschätzen, wie die Sache erfolgreich realisiert werden könne. Allerdings schickte auch er Geld, wenn auch mit der dringenden Bitte, es mit Bedacht auszugeben. Ja, er war von meinen Kinder dasjenige, das am meisten holländisch dachte, nämlich mit dem Kopf und weniger mit dem Herzen.

Soemini war ja nun die Ehefrau eines höheren Beamten, der als Assistent des Wedana nach oben strebte, und sie reagierte auch dementsprechend: »Sei bloß vorsichtig, Vater. Daß deine gut gemeinte Initiative bloß nicht mit Pak Marto in Verbindung gebracht wird. Pak Martoatmodjo mag zwar inzwischen Privatier sein, er wird aber – wie Mas Harjono meint – weiterhin von der holländischen Regierung observiert. Er steht jetzt sogar im Verdacht, Verbindung zu Leuten von der PNI, der Partai Nasional Indonesia, zu haben.«

Trotzdem schickte Soemini, die sehr sozial eingestellt war, ebenfalls eine finanzielle Unterstützung. Ich konnte mit meinen Kindern zufrieden sein.

Endlich waren alle Vorbereitungen so weit abgeschlossen, daß wir beginnen konnten. Bänke und Tische hatten die Leute aus Wanalawas mit einfachsten Werkzeugen in Gemeinsamschaftsarbeit hergestellt. Die nötigen Bretter und Balken hatten sie aus Holz rings um Wanalawas geschnitten. Als Klassenzimmer diente das Empfangszimmer im Haus des Gemeindevorstehers, denn es war der größte verfügbare Raum am Ort.

Soenandar wohnte im Haus von Mbok Soemo, einer alten Witwe mit einer Tochter, Ngadiyem, die Tempe herstellte und verkaufte. Ich ließ Soenandar nur sehr ungern dort, weniger, weil es um die Frage ging, ob es nun schicklich war oder nicht, sondern einfach, weil ich Soenandars Charakter zu gut kannte. Ich hatte versucht, diese Lösung zu umgehen, indem ich mit Pak Dukuh eingehend beriet, welche anderen Möglichkeiten sonst gegeben waren. Er meinte, Mbok Soemos Haus wäre die beste Lösung. Das Haus sei geräumig, sauber und habe, was das wichtigste sei und was es in einer so armen Gemeinde wie dieser sonst nicht gebe, getrennte Zimmer. Das Haus des Gemeindevorstehers selbst wäre zwar groß genug gewesen, war aber schon von den eigenen Kindern voll in Beschlag genommen. Das gleiche galt auch für die anderen Häuser im Dorf, alle waren voller Kinder. Jedenfalls war Pak Dukuh abgeneigt, Gus Soenandar, wie er ihn nannte, bei sich oder in einer der anderen kinderreichen Familien unterzubringen. Dafür sei das Haus der alten Witwe mit ihrer Tochter besser geeignet. Außerdem liege es nicht weit von seinem Haus entfernt. Ich gab schließlich nach, wenn auch mit gemischten Gefühlen.

Meine Besorgnisse wurden jedoch sehr bald durch die Freude vertrieben, die der Anfang unserer Unternehmung auslöste. Dennoch ermahnte ich Ngadiman, ein Auge auf seinen ungezogenen Vetter zu haben. Und Soenandar machte ich eindringlich klar, daß er ernsthaft und freudig bei der Sache sein müsse, denn die Familie setze ihren Stolz in die Initiative und sie diene einem hohen Ziel. Soenandar senkte zu allen diesen Ratschlägen und Ermahnungen wie üblich in schweigender Ergebenheit den Kopf, wie ein Schaf, das sich in alles fügt.

So war das also, und nach einigen Monaten war der Schulbetrieb auch ganz ordentlich angelaufen. Die Kinder folgten regelmäßig dem Unterricht im Lesen, Schreiben und Rechnen. Um kein Gefühl der Langeweile aufkommen zu lassen, nutzten wir Unterrichtspausen immer wieder zu gemeinsamem Singen von Liedern, die ihnen zu unserem Erstaunen ganz neu waren. Dabei waren es Lieder, die die Kinder in Wanagalih und auch in Karangdompol jeweils zur Zeit des Vollmonds sangen. Wenn wir mit ihnen die Lieder sangen, waren die Kinder mit Begeisterung bei der Sache. War also die Gemeinde Wanalawas wirklich so abgelegen? Der Ort war ja, wie es in alten Erzählungen hieß, einmal der Ursprung, der Anfang dessen gewesen, was nun Wanagalih darstellte, nämlich eine der wichtigsten Amtsstädte im Bezirk von Madiun.

Was uns jedoch am meisten anrührte, war das Interesse der alten Leute, die am Unterricht teilnahmen. Und sie kamen nicht nur regelmäßig, sondern beteiligten sich auch fleißig und mit großer Freude. Ihre alten und steifen Hände, an harte und grobe Arbeit auf dem Feld und anderswo gewöhnt, sollten nun mit einem Mal Griffel und Kreide halten. Hände und Finger mußten sich in einem fremden und ganz anderen Rhythmus bewegen. Mit großem Eifer, ohne zu verzweifeln, übten und übten sie die neuen Bewegungen, bis es ihnen endlich gelang, den Griffel zu führen. Jedesmal wenn es wieder einem gelungen war, ihn richtig zu halten, brachen die anderen in laute Freudenrufe aus.

Meine beiden Neffen waren aufrichtig bemüht, die Aufgabe zu erfüllen, die ich ihnen gestellt hatte. Ngadiman konnte schließlich seine Überlegenheit, nämlich elegant und schön zu schreiben, vor einem Publikum zeigen, das sehr viel einfältiger war als er. Das stärkte, glaube ich, ungemein seinen Eifer, in der Schule in Wanala-was zu arbeiten. Woher Soenandar diesen Eifer nahm, vermochte ich nicht zu sagen, aber auch er war ehrlich bemüht, seine Arbeit zu tun. Vielleicht war es das in ihn gesetzte Vertrauen, einen Schulbetrieb wie diesen in allen seinen Bereichen zu organisieren. Vielleicht auch war es das Gefühl, auf diese Weise der Leiter zu sein, dessen Autorität anerkannt wurde. Möglicherweise war es aber auch der Umstand, daß er in einem Haus mit Ngadiyem lebte, mit einem jungen Mädchen, das bei aller Armut doch schmuck aussah und schöne Augen hatte.

Der Schulbetrieb lief recht gut, aber Allah, der Allmächtige, erlaubte mir nicht, die Unternehmung weiter fortzusetzen. Nachdem es so etwa ein Jahr gegangen war, sah ich mich gezwungen, das Unternehmen, das der Stolz der Familie gewesen war, aufzugeben und den Unterricht einzustellen. Es war schrecklich, ich war zu Tode betrübt. Und wie mußte ich mich erst vor den Leuten in Wanalawas schämen! Vor dem Dorfvorsteher, vor Mbok Soemo, Ngadiyem und vor all den Leuten, die nun angefangen hatten, lesen und schreiben zu lernen, die auch schon ganz passabel rechneten und gelegentlich sogar Aufgaben von einigem Schwierigkeitsgrad lösten. Und wie stand ich vor den Kindern da, die jetzt solche Lieder wie »cempa ya rowa« oder »pakananmu iwak apa ya rowa« singen konnten, die Pyramiden bauen und Überschlag machen konnten?

Daß es so weit gekommen war, hatte zwei Gründe. Zum einen war eines Tages der Herr Schulinspektor unvermutet in meine Schule in Karangdompol erschienen und hatte mich ohne Umschweife gefragt: »Direktor, mir ist zu Ohren gekommen, daß Ihr eine Schule im Dorf Wanalawas eröffnet habt. Stimmt das?«

»Ja, das stimmt, verehrter Herr Inspektor.«

Der School Opziener war jünger als der, der damals Mas Martoatmodjo abgesetzt hatte, aber noch eingebildeter als dieser, und da er Raden war, ließ er sich stets mit Ndoro, verehrter Herr, anreden.

»Wißt Ihr auch, daß das gegen die Bestimmungen der Regierung von Indien verstößt?«

»Nein, verehrter Herr. Es handelt sich auch gar nicht um eine richtige Schule. Nur um eine kleine Klasse mit dem Ziel, den Leuten im Dorf und ihren Kindern etwas zu helfen, lesen und schreiben zu lernen. Ich mache das außerhalb meiner Dienstzeit hier, verehrter Herr.«

»Darauf kommt es nicht an. Für mich zählt nur eins, es ist eine wilde Schule. Und die ist nicht erlaubt!«

Schweigend nickte ich. Dann unternahm ich einen letzten Versuch, meine Unternehmung zu retten: »Was da in Wanalawas Schule genannt wird, ist ja nur ein Familienunternehmen. Wir sind Verehrer von Raden Adjeng Kartini, verehrter Herr. Wir folgen lediglich ihrem Vorbild.«

»Unmöglich! Was ist, wenn ich dir einen Bericht zeige, aus dem hervorgeht, daß deine Initiative auf einen Vorschlag von Martoatmodjo zurückgeht?«

»Also, verehrter Herr. Natürlich kenne ich Mas Martoatmodjo sehr gut. Er ist ja der Schulleiter, den ich hier abgelöst habe. Tatsächlich hat er mir von den traurigen Zuständen in Wanalawas erzählt.«

»Ach, leugnet nicht, Direktor! Ich möchte nur, daß euch nichts geschieht! Martoatmodjo ist einer von der ›Bewegung‹ und inzwischen in Surabaya inhaftiert. Schluß jetzt, mach deine Schule dort zu. Dann will ich die Sache nicht weiter verfolgen oder über deine Schule nach oben berichten. Und was wäre denn, Direktor, wenn deine Schule weiterliefe? Wenn die Leute und die Kinder erst lesen, schreiben und rechnen können, was wollen sie denn dann mit diesen Kenntnissen machen? Sie können doch nirgendwo hin in ihrer Armut.«

Abermals konnte ich nur mit dem Kopf nicken. Ich ärgerte mich schrecklich, war wütend und traurig zugleich. Aber ich mußte doch zugeben, daß die Frage, wie es denn weitergehen sollte, wenn sie erst lesen und schreiben konnten, ihre Berechtigung hatte. Anfangs hatte ich gedacht, ich und meine Kinder wären vielleicht in der Lage, ihnen Arbeit in der Stadt zu vermitteln. Und wenn erst einige von ihnen Arbeit hätten, dann, hoffte ich, würden sie schrittweise ihre Verwandten in die Stadt nachholen.

Aber nun, nach dem strengen Verweis durch den School Opziener war nichts mehr zu machen. Ich versuchte, mir die Folgen auszumalen. Wenn ich mich darauf versteifte, meine Unternehmung fortzusetzen, wäre mein Name gebrandmarkt. Meine Kollegen und meine Freunde würden mir vorwerfen, ich sei bei der Kolonialregierung und hätte gleichzeitig die Stirn, mich ihr zu widersetzen. Und schließlich mußte ich an die Stellung meiner Kinder denken, wenn mein Name in Verruf käme. Was würde aus ihnen werden, wenn ich stur an meiner Initiative festhielte, über die nun von meinem Vorgesetzten das »Todesurteil« gesprochen worden war? Über meine Kinder würde ebenfalls der Stab gebrochen werden, von ihrer Umgebung, von ihren Kollegen, ja vielleicht sogar von den Familien ihrer Schwiegereltern. Was sollte dann aus ihnen werden?

Mit einem Mal wurde mir bewußt, daß mein Verständnis der Sachlage und meine Überlegungen dazu etwas mit meinem Alter zu tun hatten. Ich weiß nicht wie, aber ich begann doch, meine Jahre zu spüren. Mein Augenmerk – und auch das meiner Frau – war mehr und mehr auf die Familien unserer Kinder und auf unsere Enkel gerichtet. Jedenfalls war ihr Wohlergehen für uns nun das wichtigste.

Dabei fielen mir dann wieder Mas Martoatmodjo und Menschen seines Schlages ein. Immer wieder dachte ich, wie unbeugsam sie waren, wie beharrlich sie an ihren Überzeugungen festhielten, ohne sich davon beirren zu lassen, welche Folgen ihre Haltung für ihre Ehefrauen, für ihre Kinder haben mochte. Doch was kam am Ende dabei heraus? Sie wurden ins Elend gestoßen, und ihren Kindern wurde jede Möglichkeit genommen, sich weiter zu entfalten. Alles nur, weil sie sich der Regierung widersetzten. Wahrhaftig, ich bewunderte ihren Mut und ihre Standhaftigkeit, konnte wiederum aber auch die Hartnäckigkeit nicht ganz begreifen, mit der sie das Schicksal ihrer Familie aufs Spiel setzten.

Abermals mußte ich an Romo Seten Kedungsimo denken. Er war ein Priyayi und ehrenhafter Kämpfer gewesen, der das Volk geliebt hatte, aber auch ein Kämpfer, der nicht übereilt und tollkühn, sondern stets bedacht und vornehm gehandelt hatte. Er hatte den Rückschlag, den seine Bemühungen erfuhren, hingenommen. Er hatte seinen guten Namen nicht aufs Spiel setzen und das Wohl seiner Frau und seiner Kinder nicht gefährden wollen. Er hatte die Niederlage stillschweigend ertragen, weil er seinen Kinder die Möglichkeit bewahren wollte, ihren eigenen Weg zu gehen.

Der zweite entscheidende Grund, weswegen ich die Schule in Wanalawas schließen mußte, war ein Vorfall am Ort selbst. Das Ereignis war für mich und die ganze Familie höchst beschämend. Eines Nachmittags kam der Dorfvorsteher von Wanalawas aufgeregt zu mir nach Haus in den Jalan Setenan: »Ein Unglück, Ndoro Mantri, Herr Direktor, ein Unglück. Ich bringe eine Unheilsbotschaft, Ndoro Mantri«

»Ja, was ist denn passiert, Pak Dukuh?«

Der Dorfvorsteher senkte den Kopf. Dann, nach einer guten Weile sah er wieder auf, das Gesicht ganz verzerrt, in den Augen den Ausdruck größter Unruhe: »Verzeihung, Ndoro Mantri, tausendmal Verzeihung, aber Gus Soenandar ist weg.«

»Weg? Wohin ist er denn?«

Wieder senkte der Dorfvorsteher den Kopf. Warum mußten nur die kleinen Leute immer den Kopf senken, wenn sie vor jemandem standen, den sie für mächtiger hielten? »Verzeihung, Herr Direktor, Gus Soenandar ist spurlos verschwunden.«

»Wie bitte? Verschwunden? Bist du sicher, daß er fortgelaufen ist? Vielleicht ist er nur nach Wanagalih gegangen.«

»Nein, Herr...«

Folgendes war passiert. Nachdem Soenandar einige Zeit im Haus von Mbok Soemos gewohnt hatte, hatte er Ngadiyems Zuneigung gewonnen. Mbok Soemo war nicht nur äußerst glücklich und stolz, als sie sah, wie sich Soenandars Verhältnis zu ihrer Tochter entwikkelte, sondern auch darüber, daß das Leben wieder in ihr Haus Einzug hielt. Nun war ja Mbok Soemo eine alleinstehende Frau. Ihr Mann hatte sie verlassen, war wer weiß wohin in die Fremde gegangen und nie wieder zurückgekehrt. Bisher waren die Tage in dem kleinen, stillen Haus damit vergangen, Tempe herzustellen, so daß die alleinstehende alte Frau das Gefühl gehabt hatte, das Leben bestünde nur aus der Zubereitung und dem Verkauf von vergorenen Sojabohnen. Sonst hatte es dort nichts gegeben, außer daß morgens im Osten die Sonne aufging, die Hähne froh zu krähen begannen, die Sonne abends im Westen wieder unterging und die Hühner abermals gackerten, wenn sie wieder in den Stall gingen.

Freude und Lebenslust hatten nun auch ihre Tochter erfaßt. Öfter war nun heiteres Lachen von ihr zu hören, und wenn man sie ansprach, zeigte sich in ihrem Gesicht ein fröhliches Lächeln. Selbst ihre Arbeit, die darin bestand, Sojabohnenkuchen zuzubereiten und zum Verkauf anzubieten, machte ihr offenkundig auf einmal richtig Spaß. Die Beziehung der beiden jungen Leute wurde immer enger. Bis Ngadiyem eines Tages merkte, daß ihre Tage nicht mehr regelmäßig kamen. Ihr weiblicher Instinkt sagte ihr, daß in ihrem Körper eine Veränderung vor sich ging. Als sie ihrer Mutter davon erzählte, schloß diese ihre Tochter glücklich in die Arme. »Ach, Kind, bejo kemayangan, was für ein großes Glück!« rief sie. »Mädchen, du trägst den Samen eines Priyayi in dir.«

Als Soenandar davon hörte, verstummte er. An den Tagen darauf wirkte er verdrossen und mißmutig. Er geriet grundlos in Wut und schimpfte oft mit Mbok Soemo und Ngadiyem. Da war es ihm im Haus zu heiß oder zu dumpf, das Essen war ihm zu einfach und schmeckte ihm auf einmal nicht mehr, Ngadiyem roch ihm zu muffig, meinte er wegwerfend, wie sauer gewordenes Tempe. Und eines Nachts war er schließlich auf und davon.

Mbok Soemo und Ngadiyem bemerkten sein Verschwinden erst am Morgen darauf, als sie sein Zimmer leer vorfanden und auch von seinen Kleidern, die sonst dort hingen, nichts mehr zu sehen war. Schlimmer noch war freilich, daß die gesamten Ersparnisse der beiden, die sie in einem Tonkrug auf einem Bambusregal im Wohnzimmer aufbewahrt hatten, ebenfalls verschwunden waren. Völlig aufgelöst und ratlos rannten sie eilends zum Dorfvorsteher und berichteten ihm alles, was sich zugetragen hatte.

»Das war die Geschichte, Ndoro Mantri. Tausendmal Verzeihung. Schimpfen Sie mich wegen meiner Nachlässigkeit ruhig aus, Ndoro Mantri.«

»Soenandar, bajingan tengik, du bist wirklich ein räudiger Hund!«

Ich konnte meine Zunge nicht mehr beherrschen, ich kochte vor Zorn. Was für eine Schande! Ich schämte mich unsäglich vor allen in Wanalawas.

»Genug davon, Pak Dukuh! Das ist weder dein Fehler noch der der anderen in Wanalawas. Aber dieser räudige Hund, Soenandar, ist mein Neffe. Ich werde ihn überall suchen, bis ich ihn gefunden habe. Und ich werde ihn nach Wanalawas schleifen und direkt mit Ngadiyem vermählen. Schluß damit, Pak Dukuh, geh zurück ins

Dorf. Sag Mbok Soemo und Ngadiyem, sie sollen gefaßt und zuversichtlich sein. Ich schaffe Soenandar wieder herbei.«

An den folgenden Tagen forschte ich gemeinsam mit Ngadiman nach Soenandar. Wir gingen jede einzelne Verkaufsbude ab, jeden Kiosk, jeden Stand mit Essen oder Getränken, jedes Spielzelt, die Häuschen am Flußufer mit den Huren, überall fragten wir eingehend nach Soenandar. Ein oder zwei Leute glaubten, jemanden gesehen zu haben, der meiner Beschreibung von Soenandar wohl ähnelte, aber keiner konnte mit Bestimmtheit sagen, wo wir Soenandar finden könnten. Schließlich übergaben wir die Sache der Polizei. Ich wandte mich sogar persönlich an den Polizeikommandanten von Wanagalih, den ich ja gut kannte, und bat ihn, uns bei der Suche nach meinem mißratenen Neffen zu helfen.

Wochenlang warteten und warteten wir. Wir machten uns immer wieder Vorwürfe, daß wir nicht vermocht hatten, ihn aufzuziehen und ihm etwas rechtes beizubringen. Wir zerbrachen uns den Kopf darüber, wo wohl unser Versagen gelegen haben mochte. Was mochte in seinem Hirn vorgegangen sein. Jeder Versuch, ihn auf diese oder andere Weise zu erziehen, hatte keinerlei Wirkung gezeigt. Uns war klar, der Junge wollte nur seinem eigenen Willen folgen. Aber, was war sein Wille? Undenkbar, daß es ein Kind gab, das nur zerstören wollte. Meine Frau meinte, es sei ja nur ein Segen, daß Soenandars Mutter schon gestorben sei. »Stell dir bloß vor, sie wäre noch am Leben und hätte mit ansehen müssen, was ihr Junge anstellt. Ihr wäre das Herz gebrochen.«

Eines Tages schließlich kam ein Bote von unserem Polizeikommandanten. Ich sollte zu ihm ins Büro kommen. Er zeigte mir wortlos eine Fotografie von einer Räuberbande, die von Samin Genjik angeführt wurde. Das war vielleicht ein Kerl! Er hatte einen verwachsenen Fuß und hinkte deshalb, aber er war unverwundbar. Auf dem Foto stand Samin aufrecht da, ohne Hemd, zu beiden Seiten zwei Polizisten, die ihn hielten, den Karabiner geschultert, ein Haumesser gezückt. Dahinter waren einige Mitglieder der Bande zu sehen, jeweils eingerahmt von Polizisten mit Gewehr und langem Messer. Einer von ihnen war Soenandar. Großer Allah, mein Neffe Soenandar, der Sohn meines Vetters, den er mir anvertraut hatte, damit er ein Priyayi würde, hatte sich den Banditen von Samin Genjik angeschlossen!

»Mas, sag mir, wo kann ich meinen Neffen finden?«

Kamas Mantri Polisi sagte zunächst gar nichts. Nach einigen Augenblicken entgegnete er in behutsamem Ton: »Verzeihung, Mas. Dieses Bild ist vor einigen Wochen aufgenommen worden, als die Räuber nach einem Überfall in der Gegend von Gorang-Gareng geschnappt wurden. Nachdem das Foto gemacht war, sollten sie nach Madiun gebracht werden. Unterwegs, ich weiß nicht wie, haben sie sich befreit und zur Wehr gesetzt. Nach einigem Hin und Her haben sie sich in einem nahegelegenen Dorf in einem leerstehenden Haus verschanzt, wo sie umzingelt wurden. Ein Dukun, der von Samin Genjiks Unverwundbarkeit wußte, riet, das Haus einzuäschern. Und so geschah es. Die Polizisten und die Leute aus dem Dorf steckten das Haus an, und es ging in Flammen auf.«

»Und die Räuber, Mas?«

»Verzeihung, Mas. Die sind alle verbrannt. Einschließlich, ja einschließlich deinem putro panjenengan, Mas, deinem ehrenwerten Pflegesohn.«

Mit schwerem Herzen begab ich mich auf den Heimweg. Oh Soenandar! Soenandar, was für ein böses Schicksal, was für eine elende Weise zu sterben! Was für ein Vergehen haben deine Eltern auf sich geladen, daß du ein derartiges Schicksal erleiden mußtest?

Am nächsten Tag hatte ich in Wanalawas eine noch ärgere und betrüblichere Sache zu erledigen, nämlich Mbok Soemo und Ngadiyem aufzusuchen. Was sollte ich ihnen sagen? Ich ging zu Mbok Soemo, der Gemeindevorsteher begleitete mich. Als wir vor dem Haus standen, kam es mir vor, als wäre es etwas eingesunken. Es schien verlassen und verwahrlost. In dem winzigen Vorgarten hatte sich Lalang-Gras breitgemacht. Mbok Soemo und Ngadiyem saßen drinnen und brüteten vor sich hin. An Ngadiyems Bauch konnte man deutlich sehen: Sie war schwanger.

»Hört doch auf zu grübeln, Mbok Soemo und Ngadiyem. Dies ist eine Geschichte, die Allah, der Allmächtige, bestimmt hat. Wir Menschen können nur der Weisung folgen, wie sie uns Allah, der Allmächtige, gibt. Mbok Soemo, Ngadiyem, seid geduldig und nehmt es ergeben hin.«

Die beiden konnten nur nicken. Die Tränen liefen ihnen über die Wangen.

»Was später dein Kind angeht, so mach dir keine Sorgen. Das ist ja doch mein Enkel. Ich übernehme auch alle Kosten, die nachher entstehen, ich regele alles mit Pak Dukuh. Macht euch keine Sorgen, ja? Wenn ihr etwas habt, dann sagt dem Dorfvorsteher Bescheid. Der nimmt alles in die Hand, ihr braucht nicht erst nach Wanagalih zu kommen, ja? Seid nur ruhig, wir beten alle füreinander, daß alles gut geht. So Allah will, kommt alles in Ordnung.«

Auch der Dorfvorsteher sprach tröstend auf sie ein: »Also, es ist ja alles klar, Mbok Soemo und Ngadiman. Alles hat der Herr Direktor in meine Hand gelegt. Ihr braucht euch keine Sorgen zu machen...«

Ich ging noch mit ihm nach Hause, um die Einzelheiten der finanziellen Unterstützung für Mbok Soemo und Ngadiyem durchzusprechen. Dann verabschiedete ich mich. Ich betrachtete das Empfangszimmer, unser ehemaliges Klassenzimmer. Die Bänke waren noch alle da und auch die Tafel. Alles war voller Staub, hier und dort hingen Spinnweben. Ich holte tief Luft und dachte an die ersten Tage, wie wir hier angefangen hatten zu unterrichten. Vor dem Haus des Gemeindevorstehers, auf den Dorfstraßen hatte sich schon der Schlamm breitgemacht, die Regenzeit hatte begonnen. Den Kindern war das egal, sie spielten Gobak Sodor, schubsten und rangelten sich um Kreise am Boden. Sie bemerkten mich nicht, als ich langsam auf meinem Fahrrad an ihnen vorbeifuhr. Nicht, weil sie mich etwa nicht mehr kennen wollten, sondern weil sie ganz in ihrem Spiel aufgingen – so hoffte ich wenigstens.

Ich habe danach Wanalawas nicht wieder besucht.

Lantip

An jenem Abend war Ndoro Guru Kakung, der verehrte Herr Lehrer, wieder nach Wanagalih aufgebrochen, ich hatte ihn zur Tür begleitet und kehrte nun nachdenklich ins Haus zurück. Die Gäste verabschiedeten sich einer nach dem anderen, zuerst von Pak Soeto und dann auch von mir. Schließlich blieben nur wir beide zurück.

Ich trat behutsam an Pak Soeto heran und bat ihn, in einem der drei Sessel, die es im Haus meiner Mutter gab, Platz zu nehmen. Pak Soeto hatte sich offenbar schon gedacht, daß der Abend für ihn noch nicht zuende wäre. Also nahm er in aller Ruhe Platz, holte Tabak und ein Blatt Klobot aus seinem Beutel, drehte sich eine Zigarette, steckte sie an und begann zu paffen. Er ließ große Qualmwolken aufsteigen. Das ging eine ganze Weile so, dann blickte er mich erwartungsvoll an.

»Pakde«, begann ich endlich, »ich habe da ein paar Fragen.«

»Worum geht es denn, mein Junge?

Ich brauchte einen Augenblick, um einen neuen Anlauf für meine Frage zu nehmen, die ich schon so lange vorhatte: »Pakde...«

Pak Soeto lächelte geduldig.

Ich zögerte, dann versuchte ich es noch einmal: »Pakde – wessen Kind bin ich eigentlich?«

»Na, das ist doch klar. Du bist der Sohn von Ngadiyem, die wir heute nachmittag gemeinsam beerdigt haben.«

»Ja schon, das ist meine Mutter. Aber wer ist mein Vater?«

Pak Soeto nahm einen langen Zug aus seiner Maiszigarette: »Was hat dir denn deine Mutter über deinen Vater erzählt? Sie hat dir doch von ihm erzählt, oder?«

»Ja, einige Male, wenn ich sie gefragt habe.«

»Ja und? Was hat sie gesagt?«

»Nun, sie hat gesagt, mein Vater wäre einer von hier. Und dann hat sie gesagt, er wäre weit weggegangen, um Geld zu verdienen.«

»Was willst du denn dann noch wissen, wenn dir deine Mutter das schon erzählt hat?«

»Sie haben recht. Eigentlich müßte ich mich damit begnügen. Nur als Ihr vorhin mit Ndoro Guru Kakung gesprochen habt, hatte ich doch den Eindruck, daß er Wanalawas sehr genau kennt, sowohl die Leute hier wie auch das Dorf. Und ihr habt ja auch die Schule erwähnt, die er hier gegründet hat. Davon hatte ich nichts gewußt, Pakde. Ich dachte immer, Ndoro Guru Kakung und seine Frau hätten meine Mutter nur durch den Tempe-Verkauf gekannt.«

Pakde Soeto schwieg und zog an seiner Maiszigarette.

»Und dann, Pakde, ich weiß noch von früher, daß Ndoro Guru, wenn er beim Kesukan verlor und ich nicht schnell genug Geld von seiner Frau holte, mich immer mit den Worten beschimpfte ›Sohn eines Strauchdiebs, Sohn eines Banditen, Sohn eines Halunken...‹ Ich bin jetzt ganz durcheinander, Pakde. Ich glaube, dahinter steckt ein Geheimnis, das mir meine Mutter und Ndoro Guru Kakung nie verraten haben. Auch wenn ich daran denke, wie gut mich Ndoro Guru und seine Frau in ihrem Haus im Jalan Setenan behandelt haben.«

Da Pakde Soeto immer noch schwieg, verlor ich langsam die Geduld: »Es ist, also ob ihr, Pakde, auch das Geheimnis kennt und nicht preisgeben wollt.«

Pakde machte seine Zigarette aus und sah mich lange an: »Wage, mein Lieber. Sei nicht böse, wenn ich dich heute abend Wage nenne und nicht Lantip. Das kommt daher, daß ich deine Bitte erfüllen möchte und dir etwas über deinen Vater erzählen werde. Gut, ich werde also ein Geheimnis lüften, das lange Zeit hier am Ort gehütet wurde. Aber vorher mußt du mir zweierlei versprechen.«

»Was ist das, Pakde?

»Erstens mußt du dein Herz fest in die Hand nehmen und mir zuhören, ohne mich zu unterbrechen. Und zweitens: Wenn du die Geschichte angehört hast, dann mußt du mir versprechen, niemandem, insbesondere nicht Ndoro Mantri Guru und Ndoro Guru Putri, etwas davon zu erzählen oder gar jemandem Vorwürfe zu machen. Versprichst du mir das?«

Mein Herz klopfte wie wild, als ich hörte, was ich da versprechen sollte. Es mußte sich um entsetzliche Dinge handeln.

»Ja, Pakde, ich will beides tun, ich verspreche es.«
Pakde drehte sich eine zweite Klobot-Zigarette, zündete sie an und begann mit tiefen Zügen zu rauchen.

Dein Vater, mein Lieber, war Den Bagus Soenandar, ein Neffe von Ndoro Mantri Guru Kakung...
 Den Bagus Soenandar war der Sohn einer Kusine von Ndoro Mantri Guru Kakung. Für dessen Kinder war Den Bagus Soenandar also ein Vetter zweiten Grades. Sein Heimatdorf lag ziemlich weit entfernt von Kedungsimo, dem Dorf, aus dem die Familie von Ndoro Mantri Guru Kakung stammt. Die Gegend um das Dorf am Fuße des Lawu war nicht sehr fruchtbar. Wie die anderen Verwandten auch waren die Eltern von Den Bagus Soenandar Bauern. Nur daß sie, anders als die anderen, ein elendes Leben führten. Ich weiß nicht aus welchem Grund, aber Den Bagus Soenandars Mutter wurde von ihren Brüdern und Vettern gemieden. Sie wurde mit einem ganz, ganz einfachen Bauern verheiratet, der nur gerade mal ein Bau Land besaß, während die anderen bis zu vier oder fünf Bau hatten. Und gemessen am Besitz der Familie von Ndoro Guru war der Abstand noch viel größer. Ndoro Mantri Guru hatte ohnehin das große Glück, daß er Eltern besaß, die zwar auch nur Bauern waren, aber fortschrittlich dachten. Er wurde in die Schule geschickt, wurde Lehrer und schließlich Leiter einer Schule. Es war keine Frage, Ndoro Mantri Guru war im Vergleich zu seinen Vettern, die im Dorf blieben und Bauern waren, ungeheuer angesehen.
 Den Bagus Soenandar hatte, soweit ich weiß, keine Geschwister. Er war also der einzige Sohn. Aber obwohl er das einzige Kind war, so war er eben doch der Sohn eines armen Bauern, der anders als seine Vettern und Kusinen in einer Umgebung aufwuchs, die rein gar nichts bot. Von klein auf mußte er hart arbeiten und seinen Eltern helfen, die schwer zu kämpfen hatten, um ihren Lebensunterhalt zu verdienen. Den Bagus Soenandar war schrecklich eifersüchtig auf seine Altersgenossen und Kinder aus der Verwandtschaft, die es viel besser hatten und von ihren Eltern verwöhnt wurden. Im Umgang mit seinen Kameraden fühlte er sich oft herabgesetzt. Sie hänselten ihn und ließen ihn oft nicht mitspielen. Da er das als ungerecht empfand, wehrte er sich dagegen und prügelte sich mit ihnen.
 Die bedauernswerte Lage der Familie verschlimmerte sich, als sein Vater eines Tages unvermutet von einem Darmfieber befallen wurde und starb. Soenandars Mutter war nach diesem Schicksalsschlag ratlos

und verzweifelt. Sie hatte jedoch Glück, denn als sie sich an Ndoro Mantri Guru, ihren Vetter, wandte, war er gleich bereit, ihr zu helfen. Er empfand großes Mitleid mit seiner Kusine, die von ihren eigenen Verwandten verachtet und im Stich gelassen worden war. Und so kam Den Bagus Soenandar nach Wanagalih, in das Haus im Jalan Setenan. Ndoro Mantri Guru Kakung und seine Frau nahmen ihn bei sich auf und kümmerten sich um seine Erziehung und Ausbildung, wie sie es auch mit anderen Neffen taten.

Aber, ich weiß auch nicht warum, Den Bagus Soenandar fühlte sich in der Umgebung der angesehenen Familie offenbar nicht recht wohl. Obwohl er ein gescheiter Kopf war, kam er in der Schule nicht voran. Er war ungezogen, ärgerte die Mädchen und suchte immerzu Streit mit seinen Kameraden. Schließlich stahl er einigen seiner Klassenkameraden das Taschengeld. Das war natürlich für Ndoro Mantri Guru äußerst peinlich, und so nahm er ihn von der Schule. Immerhin war es eine Schule für Priyayi-Kinder, und er saß damals gerade erst in der fünften Klasse.

Als wir dann Ndoro Mantri Guru baten, uns bei der Einrichtung einer kleinen Schule in Wanalawas zu helfen, nahm er Den Bagus Soenandar mit und übertrug ihm die Leitung der Klasse. Ich brachte ihn in dem Haus hier bei deiner Mutter und deiner Großmutter unter. Anfangs lief auch alles glatt und reibungslos. Die Klasse kam gut voran, und Den Bagus Soenandar zeigte großen Eifer.

Aber dann verliebte er sich in Ngadiyem, deine Mutter. Die erwiderte seine Liebe, und deine Großmutter gab ihren Segen dazu. Das ging so weiter, bis deine Mutter eines Tages merkte, daß sie schwanger war – mit dir! Deine Mutter und deine Großmutter waren keineswegs erschüttert, es war ihnen auch nicht peinlich oder so. Nein, sie waren sogar glücklich und stolz, einen Priyayi zum Nachkommen zu haben. Als Dorfvorsteher sah ich darin auch nichts Unziemliches, denn ich mußte natürlich annehmen, Den Bagus Soenandar würde irgendwann deine Mutter heiraten. So sehr er auch für seine Unarten bekannt war, so war er doch schließlich ein Neffe von Ndoro Mantri Guru Kakung, der sich um die Belange der Schule in Wanalawas kümmerte.

Da ich ja schon ein alter Mann bin, wußte ich, auch ohne daß mir deine Mutter oder dein Vater Bescheid sagten, wann die Schwangerschaft deiner Mutter weit genug fortgeschritten wäre. Wenn die Zeit dafür reif ist, so dachte ich, werde ich die beiden zu mir rufen und sie fragen, wie es mit ihren Plänen stünde. Erst danach wollte ich die Sache mit Ndoro Mantri Guru besprechen. Aber ach, bevor ich den Plan noch ausführen *konnte, standen deine Mutter und deine Großmutter eines frühen Morgens vor meiner Tür. Der Nebel hing noch dicht in den Bäumen und hüllte das Dorf ein. Beide weinten herzzerreißend.*

»Oh Allah, Pak Dukuh«, riefen sie, »ein Unglück, Pak Dukuh, ein Unglück ist über uns hereingebrochen!«

Bestürzt stand ich auf und führte sie ins Empfangszimmer.

»Was ist denn los, Mbok Soemo, Nduk Ngadiyem, was ist denn passiert?«

»Oh Allah, meine Tochter, Pak Dukuh, mein Kind, Genduk Ngadiyem hier, ihr Leben ist vernichtet, zerstört. Wir sind verloren. Der Sohn des Priyayi, ein Schuft und Dieb. Ein stinkender Schuft.«

Ich war völlig verstört, zu so früher Stunde derart gemeine und schändliche Ausdrücke aus dem Mund von Mbok Soemo zu vernehmen, die sonst so schweigsam war.

»Das können wir nicht hinnehmen, Pak Dukuh. Das Leben meiner Tochter ist zerstört.«

»Geduld, erst einmal Geduld, Mbok Soemo, Ngadiyem. Was ist denn eigentlich geschehen?«

Stockend berichtete deine Mutter, daß Den Bagus Soenandar auf und davon sei und die Ersparnisse des Hauses mitgenommen habe.

»Sowas nennt man einen Schuft, Pak Dukuh! Wie kann sich der Sohn eines Priyayi so aufführen! Oh, ein Schuft, ein Dieb.«

»Still, Mbok, nicht zu laut. Wenn das die Nachbarn hören! Es ist ja noch so früh. Still doch und habt Geduld. Ich selbst bin ja noch ganz erschrocken von eurer Nachricht. Hm, ich hätte nicht gedacht, daß Den Bagus Soenandar so mit euch verfährt. Ihr wart doch immer ein Herz und eine Seele, Kind, oder?«

Deine Mutter brach in lautes Schluchzen aus: »Oh Allah, Pak Dukuh. Natürlich, anfangs haben wir uns so gut verstanden. Aber als ich ihm sagte, ich wäre schwanger, wurde Gus Nandar mit einem Mal ganz verändert, wild und böse. Immer war er freundlich zu uns, aber plötzlich wurde aus ihm ein gemeiner und grober Kerl. Er beschimpfte mich, ich würde nach verfaultem Tempe riechen, unser Haus wäre dreckig, es würde nach Scheiße stinken, das Essen sei ungenießbar, denn es käme ja vom Dorf. Dabei hat er vorher stets alles gegessen, herrlich geschlafen und mich liebevoll behandelt. Ich weiß nicht, welcher Teufel in Gus Nandar gefahren ist, Pak Dukuh.«

Mbok Soemo schloß sich mit der Klage an: »Das können wir nicht hinnehmen. Ich werde mich bei Ndoro Mantri Guru beklagen.«

»Na, na, na! Langsam, langsam! Überlaß das mal lieber mir. Ich werde Ndoro Mantri Bericht erstatten. Ihr bleibt besser zu Hause und wartet ab, was weiter geschieht. Keine Angst. Ich müßt nicht denken, daß ich und Ndoro Mantri Guru euch im Stich lassen. Schluß jetzt, geht nach Haus – und daß ihr mir ja nicht die Nachbarn mit der Geschichte aufregt! Das müßt ihr mir versprechen.«

Beide nickten und wandten sich zum Gehen. Ich brach sofort in den Setenan auf, um Ndoro Mantri Guru zu berichten. Als der Herr Lehrer meinen Bericht hörte, lief er rot an. Er war zwischen Scham und Zorn hin- und hergerissen. Ndoro Putri, seine Frau, wurde kreidebleich und wäre fast in Ohnmacht gefallen.

Bald darauf machten sich Ndoro Mantri Guru und Gus Ngadiman auf die Suche nach Den Bagus Soenandar. Ich kehrte nach Wanalawas zurück, um das weitere abzuwarten. Deine Mutter und deine Großmutter warteten mit Hoffnung und Sorge auf neue Nachrichten. Sie machten sich Hoffnung, da Ndoro Mantri Guru die Suche persönlich in die Hand genommen hatte. Als jedoch auch nach zwei Wochen keine Kunde kam, verfielen sie in Kummer und Verzweiflung. Ich versuchte immer wieder, sie zu beruhigen und ihnen Mut zuzusprechen. Die Nachbarn und andere Leute aus Wanalawas kamen und fragten mich, was los wäre. Ich sagte, sie sollten Verständnis haben und mit deiner Mutter und deiner Großmutter Mitleid zeigen. Vor allem sollten sie sie in Ruhe lassen und nicht mit unguten Fragen quälen. Überhaupt wäre es das beste, die Sache auf sich beruhen zu lassen. Ich erinnerte sie daran, daß ja deine Großmutter, Embah Wedok, auch von ihrem Mann sitzengelassen worden war, ohne daß er je wieder aufgetaucht wäre. Macht ihnen das Leben nicht noch schwerer, bat ich.

Nach Wochen zeigte sich endlich Ndoro Mantri Guru wieder in Wanalawas. Was er zu erzählen hatte, übertraf an Schrecklichkeit meine anfänglichen Vermutungen bei weitem. Den Bagus Soenandar hatte sich der Räuberbande von Samin Genjik angeschlossen und war in der Gegend von Gorang-Gareng umgekommen, bei lebendigem Leib verbrannt.

Ja, so war das, mein Lieber. Das war die Geschichte von deinem Vater, so wie ich sie aus Erzählungen von Ndoro Mantri Guru und auch von deiner Mutter kenne und natürlich auch, wie ich sie selbst miterlebt habe. Ich habe nichts dazu erfunden und auch nichts weggelassen. Ich habe deinen Vater weder besser gemacht, als er war, noch schlechter – wie du ja selbst eben gehört hast. Jeder Mensch hat seine guten, aber auch seine schlechten Seiten. Dein Vater bildet da keine Ausnahme, mein Lieber. Nimm es gottergeben hin. Und wenn du dich abends zum Gebet zurückziehst, dann bitte für die Sünden deines Vaters um Vergebung, damit Licht auf seinen Weg da oben fällt, mein Junge. Sei fest und standhaft. Und vergiß unsere Abmachung nicht, daß die Geschichte nur für dich ganz persönlich bestimmt war. Erzähl sie nicht weiter, und stell Ndoro Mantri Guru und Ndoro Putri keine Fragen oder mach ihnen Vorwürfe...«

Das war die Erzählung von Pakde Soeto. Bis zum frühen Morgen wurde er nicht müde, mir Ratschläge zu erteilen und mich zu trösten. Erst als die Hähne zu krähen begannen und sich die Morgenröte am Horizont zeigte, endete unser Gespräch. Pakde Soeto verabschiedete sich. Ich bedankte mich dafür, daß er bereit gewesen war, das Geheimnis um meinen Vater zu lüften, von dem ich bisher nichts gewußt hatte.

Also da lag der Grund für alles! Ich war ein uneheliches Kind, ein Anak haram! Nun war es also klar, wer mein Vater war. Meine Mutter hatte er nicht heiraten wollen. Und vor allem: Mein Vater war ein Dieb, Mitglied einer Räuberbande. Wenn mich also Ndoro Guru Kakung beschimpfte und mich Sohn eines Diebes, eines Räubers, eines Banditen und ähnliches nannte, dann hatte er recht.

Ich saß noch eine ganze Weile in Gedanken versunken in meinem schäbigen Haus und ließ noch einmal die Geschehnisse an meinem inneren Auge vorbeiziehen. Mir wurde nun alles sehr viel klarer. Ich begriff, warum sich Mbah Wedok, meine Großmutter, so seltsam verhalten hatte. Warum sie immer den Blick weit in die Ferne gerichtet hatte, warum sie ständig den Mund verzog und Selbstgespräche führte. Ich verstand, was meine Mutter gemeint hatte, wenn sie mir erklärte, daß Embah Wedok so geworden sei, weil sie von allen Menschen, die sie geliebt hätte, im Stich gelassen worden sei. Mir wurde klar, warum meine Mutter so sehr darauf bedacht war, das Geheimnis, wer mein Vater war, vor mir zu wahren. Dabei wollte sie weniger ihre eigenen Schande verbergen als vielmehr mich vor der unangenehmen Wahrheit schützen. Ich sollte ein gutes Bild von meinem Vater haben.

Und nun war auch klar, warum meine Mutter so sehr darauf bestand, daß ich in das Haus im Jalan Setenan kam und in den Kreis der Familie dort aufgenommen wurde. Ich sollte dadurch einen gesicherten gesellschaftlichen Stand erhalten, zumindest ein klein wenig teilhaben am Ansehen der Familie.

Oh, Mutter und Großmutter, ihr tut mir leid! Was für ein Schicksal! Mir kamen die Tränen, als ich an die gemeinsame Zeit mit meiner Mutter dachte. Jetzt, da ich erfassen konnte, wie sehr sie hatte leiden müssen, bewunderte und verehrte ich sie für die Standhaftigkeit und Zähigkeit, mit der sie ihr Leben bewältigt hatte. Sie hatte sogar noch Zeit gefunden, mir die Lieder beizubringen, die wir mit den anderen Kindern zur Zeit des Vollmonds sangen. Was mir dabei so naheging, war der Umstand, daß es mein Vater war, der damals die meisten dieser Lieder den Kindern in der Dorfschulklasse beigebracht hatte.

Und obwohl der Tempe-Verkauf nicht viel abwarf, zweigte meine Mutter doch immer wieder ein, zwei Sen ab, um für mich auf dem Markt ein paar Leckereien zu kaufen, ab und zu sogar auch einfaches Spielzeug. Trotz ihrer traurigen Lage hatte sie, wenn sie mit mir zusammen war, stets ein Lächeln auf den Lippen oder konnte sogar aus vollem Herzen lachen. Sie war eine wunderbare Mutter, sie war einmalig! Und als ich mir jetzt ihr Leben noch einmal vergegenwärtigte, fand ich mich auch damit ab, daß sie in die jenseitige Welt gegangen war. Angesichts der Last, die sie zu tragen hatte, war es fast ein Segen, daß die Pilze sie so rasch hatten sterben lassen.

Und du, mein Vater? Wie schlimm war erst dein Schicksal! Von kleinauf blieben dir Glück und Chancen für ein besseres Leben versagt. Schon bei der Geburt warst du mit Armut geschlagen. Deine Eltern waren nicht stark und klug genug, um sich aus ihrer armseligen Lage herauszuarbeiten und dir ein besseres Leben zu ermöglichen. Daher warst du von Anfang an im Nachteil und konntest mit deinen Altersgenossen nicht mithalten. Vater, ich kann all deine schlimmen Taten und Gemeinheiten nur zu gut verstehen. Ich sehe nun, daß das alles von der Verzweiflung und Enttäuschung eines Menschen herrührte, der von Geburt an nicht wußte, wie er mit denen konkurrieren sollte, die ihm an Stärke und Klugheit überlegen waren. Und wenn dich auch die Leute verfluchen und einen gemeinen Schuft nennen, ich bin dir trotzdem dankbar, daß du mir zum Leben verholfen hast.

Und ihr, Ndoro Guru Kakung und Ndoro Putri, ich kann nicht anders, als euch aus tiefstem Herzen danken. Ich bin in eurer Schuld, die ich bis an mein Lebensende nicht begleichen kann. Ich kehre zurück nach Wanagalih, in das Haus Setenan, in eure Obhut. Ich werde ganz für euch und die ganze Familie dasein. Ndoro Guru Kakung, wenn du mich wieder einmal beschimpfst und ›Sohn eines Strauchdiebs, Sohn eines Banditen und Räubers‹ nennst, dann wird mir das nicht mehr wehtun. Im Gegenteil, es wird meinen Mut stärken, die Familie Sastrodarsono zu verehren, ›mikul duwur mendhem jero‹, was soviel heißt wie ihr Ansehen hochhalten, ihre Schande verbergen.

Nach der Trauerfeier am dritten Tag kam Kang Trimo und holte mich ab. Die Leute sahen mich mit leeren Blicken an.

Wie an anderen Orten in Java kamen die japanischen Truppen auch nach Wanagalih und nahmen es mit Leichtigkeit ein. Das holländische Militär hatte zwar die Jamus-Brücke, die einzige große Eisenbrücke in Wanagalih, die die Stadt mit anderen Städten auf der linken Seite des Kali Madiun verband, gesprengt. Aber das konnte die Wehrmacht von Großjapan bei ihrem Vormarsch nicht aufhalten. Ich hatte damals das Gefühl, als wären die japanischen Soldaten unvermutet gleichzeitig überall in der Stadt aufgetaucht. Sie übernahmen sofort sämtliche Behörden in der Stadt und ließen unverzüglich die Räder der Verwaltung wieder anlaufen. Überall wurden Anschläge angeheftet, die allen eventuellen Plünderern die Todesstrafe durch standrechtliches Erschießen androhten.

Erzählungen und Gerüchte von der Unvergleichlichkeit der großjapanischen Wehrmacht waren in den Kreisen der Bevölkerung bereits zu einem Mythos geworden. Man muß sich vorstellen, ein Heer von kleingewachsenen Männern, kahlgeschoren, krummbeinig, schlitzäugig, hatte so mir nichts dir nichts die großen holländischen Herren besiegt, die Java seit Jahrhunderten beherrschten. Die Kleinen waren sicher nicht irgendwer. Leute, die die Nachkommen des Riesen Murjangkung besiegen konnten, waren mit Sicherheit unverwundbar und sehr ernst zu nehmen. Daher war es kein Wunder, daß wir mit Bewunderung zu ihnen aufschauten, als sie einrückten, und daß wir ihren Weisungen sogleich nachkamen. Die japanischen Truppen erklärten uns gegenüber, daß sie gekommen seien, um uns vom Joch der holländischen Herrschaft zu befreien. Und wir glaubten ihnen.

In der ersten Zeit der Besatzung durften wir auch noch unsere Hymne »Indonesia Raya« singen, von der ich erst damals erfuhr, daß ein Mann namens Wage Rudolf Soepratman sie komponiert hatte. Wie stolz ich da auf meinen Namen Wage war! Offenkundig konnte dieser Name auch einen bedeutenden und verdienten Mann schmükken. Die Hymne wurde immer wieder im Radio gespielt. Dabei wurde der Gesang nur von einer Geige, einer Gitarre und einer Ukulele begleitet. »Indoneesch, Indoneesch, mulia, mulia«. Leider dauerte diese schöne Zeit nicht lange, denn »Indonesia Raya« wurde ebenso wie eine Menge anderer Dinge sehr bald von den Japanern verboten. So sah die Befreiung vom kolonialen Joch der Holländer durch die großjapanische Wehrmacht aus.

Für einige Zeit wurden alle Schulen in Wanagalih geschlossen, darunter auch die von Ndoro Guru Kakung in Karangdompol. Anscheinend brauchte die neue Verwaltung doch einige Zeit, um das Schulsystem des ehemaligen Holländisch-Indien auf ihre neuen Ziele umzustellen. Bis dahin waren die Grundschulen streng voneinander abgegrenzt gewesen, da gab es auf dem Dorf die Ongko-Loro-Schule mit zwei Stufen sowie die Schakel-Schule, dann die HIS, die Hollandsch-Inlandsche School, und die ELS, die Europeise Lagere School als Grundschulen für die holländischen Kinder und die Kinder der einheimischen Beamten. Die wurden alle sozusagen durcheinandergemengt, und was herauskam, war eine einheitliche Grundschule. Die Dorfschule in Karangdompol wurde auf diese Weise sozial aufgewertet, während die HIS und die ELS ihren bisherigen Rang einbüßten.

Zu dieser Zeit hatte ich die fünfjährige Grundschule in Karangdompol bereits abgeschlossen. Während ich darauf wartete, daß die Umstellung erfolgte und die Schulen wieder geöffnet wurden, half ich bei der Arbeit zu Hause. Ich putzte das Haus, fegte den Vorplatz, pumpte Wasser aus dem Brunnen, füllte das Becken im Badezimmer und half den Hausleuten bei den verschiedensten Verrichtungen. Ndoro Kakung und Ndoro Putri waren nun mehr als sonst im Garten und auf den Reisfeldern tätig. Sie beaufsichtigten den Gemüseanbau und kümmerten sich um das Setzen der Reispflanzen und deren Pflege. Jetzt, in der Zeit des Umbruchs und der Ungewißheit war ihr bäuerlicher Instinkt wieder erwacht, der ihnen sagte, wann die Zeit für die Aussaat gekommen war, und sie drängte, Vorräte für die Zeit bis zur nächsten Ernte anzulegen.

Die Bevölkerung hatte zwar gehofft, mit der Ankunft der japanischen Truppen würden die Preise sinken, aber diese Hoffnung trog.

Die Preise fielen keineswegs, die Lebensmittel und die anderen Waren wurden vielmehr knapp.

Eines Morgens erhielt Ndoro Guru Kakung plötzlich den Befehl, sich auf dem Bezirksamt einzufinden. Er berichtete, alle Lehrer seien gehalten, sich dort zu versammeln, um die Bestimmungen der neuen Schulordnung zur Kenntnis zu nehmen. Ich war höchst erfreut, das zu hören, da ich hoffte, nun würde die Schule bald wieder losgehen. Mittags kam Ndoro Guru Kakung jedoch in gedrückter Stimmung nach Haus. Ich erschrak. Wenn bloß die Schulen nicht für immer geschlossen würden und damit meine Hoffnung, meine Ausbildung nach dem Abschluß der Schule in Karangdompol fortzusetzen, in nichts zerrinnen würde! Nachdem Ndoro Guru Kakung sein Fahrrad an das Gitter neben dem Haus gelehnt hatte, ließ er sich in den Schaukelstuhl im Vorderzimmer fallen. Es war, wie gewöhnlich in Wanagalih, ein furchtbar heißer Tag. Ndoro Guru Putri brachte ihm Tee, aber er rührte ihn nicht an. Er befahl mir vielmehr, ihm ein Glas Kokosmilch mit javanischem Zucker zu machen. Wenn Ndoro Guru Kakung ein solches Getränk verlangte, das um diese Tageszeit nicht üblich war, dann war mir klar, er war völlig in seinen Gedanken versunken. Ich brachte ihm die Kokosmilch, und er leerte das Glas auf einen Zug. Er bat um ein zweites Glas. Ich holte es sogleich. Erst danach schien sein Durst gelöscht. Sein Blangkon, die javanische Kopfbedeckung, hatte er vor sich auf den Tisch gelegt, einige Knöpfe der Jacke aufgemacht. Ich hatte auch schon den Fächer geholt, damit er sich den Schweiß von Hals und Brust fächeln konnte. Ndoro Putri saß auf dem anderen Schaukelstuhl und betrachtete ihn gespannt. Sie war neugierig zu erfahren, welche Nachrichten er vom Bezirksamt mitgebracht hatte. Ich saß auf der unteren Stufe der Treppe und lauschte. Es dauerte eine Ewigkeit, bis Ndoro Guru Kakung sich Hals und Brust getrocknet hatte.

»Hm, schlimm.«

»Schlimm, was meinst du damit, Vater?«

»Diese Japaner eben. Die Schulen sind angewiesen, nächste Woche wieder aufzumachen.«

»Aber das ist doch gut, Vater. Die Kinder haben schon viel zu lange nichts zu tun. Sie werden immer frecher.«

»Warte nur erst ab! Ich habe ja noch nicht berichtet. Also: Die Versammlung auf dem Bezirksamt heute morgen war schon sehr eigenartig. Ich habe in meinem ganzen Leben noch nie ein Treffen erlebt, an dem so viele Leute mit so verschiedenen Rängen und Ämtern teilgenommen haben. Da waren drei japanische Herren und zwei javanische, die haargenau wie die Japaner gekleidet waren und sich auch genauso benahmen. Wie rasch sich doch unser Volk anpassen kann! Einer von den japanischen Herren, offensichtlich der mit dem höchsten Rang, hielt eine Ansprache auf japanisch, von der natürlich keiner von uns etwas verstand. Dann folgte die Ansprache eines anderen Japaners in einem sehr merkwürdigen Indonesisch. Es hörte sich an, als ob er schimpfte. Schließlich trat einer von uns auf. Aber ich weiß nicht, er folgte im Ton ganz dem Vorredner, so als wollte er schimpfen. Um es kurz zu machen, es ging in den Ansprachen darum, daß wir angewiesen wurden, von nun an die neue Schulordnung zu beachten. Jeden Morgen sollen wir uns, Lehrer wie Schüler, tief gegen Norden verneigen und dem Tenno Heiko, dem japanischen Kaiser, der von göttlichem Ursprung ist, unsere Ehrerbietung erweisen. Danach sind wir alle zum Taiso verpflichtet, d.h. zu sportlichen Übungen. Erst dann darf der Unterricht beginnen. Jeden Tag soll es nun Japanisch-Unterricht geben. Dafür werden Schnellkurse für ausgewählte Lehrer eingerichtet.«

Ndoro Guru Putri schwieg. Sie dachte über das Gehörte nach und versuchte sich vorzustellen, was das alles bedeutete. Ich hatte alles von der Treppe aus mit angehört und versuchte, mir ebenfalls vorzustellen, wie das wohl laufen sollte.

»Stell dir vor, Mutter, ein Mensch in meinem Alter soll sich jeden Morgen nach Norden verneigen, um einem Gott zu huldigen. Muß einen das nicht abstoßen? Wir sind noch nicht einmal in der Lage, die Gebete in unserer eigenen Religion ordentlich auszuführen, und da sollen wir den Gott anderer Menschen anbeten! Und auch noch eine fremde Sprache lernen. Ich kann noch nicht einmal Holländisch, wo doch die Holländer schon Jahrhunderte hier sind, und jetzt soll ich in Eile Japanisch lernen! Wie soll das möglich sein. Nein, Mutter, ich lasse mich pensionieren! In Wirklichkeit bin ich ja längst in Pension, nur daß mich die Regierung beauftragt hat, noch weiter in Karangdompol tätig zu sein.«

Schweigend hörte sich Ndoro Putri die lange Klage ihres Mannes an. Auch ich hatte das Klagen und die Seufzer von Ndoro Guru Kakung ängstlich mit angehört. Ob er sich wirklich im klaren darüber war, daß die Zeit der holländischen Kolonialregierung beendet war und nun die Japaner regierten? Ob seine Entscheidung, in Pension zu gehen, nicht als Widersetzlichkeit betrachtet werden würde? Offenbar hatte Ndoro Putri ähnliche Befürchtungen.

»Schluß jetzt, Vater. Mach dir nicht zu viele Gedanken. Jetzt iß erst einmal etwas, und dann machst du einen Mittagsschlaf.«

»Und noch ein weiteres Unglück, Mutter. Die Schüler müssen sich ab nächster Woche den Kopf kahlscheren! Stell dir das vor! Priyayi-Kinder müssen glatzköpfig herumlaufen wie die Kinder von Viehhirten...«

»Ja, Ja, Vater. Jetzt laß uns aber erst essen.«

Rasch lief ich nach hinten und richtete das Essen auf dem Tisch an. Ndoro Guru Kakung hatte keinen rechten Appetit. Saure Gemüsesuppe mit Kangkung und Tamarinde war eigentlich seine Leibspeise, aber heute nahm er nur ein paar Löffel.

Anscheinend stand Ndoro Guru Kakungs Entscheidung, in Pension zu gehen, schon fest. Als er von der Schule in Karangdompol heimkehrte, teilte er den Entschluß seiner Frau mit. Da mir befohlen worden war, mit in die Schule zu kommen, wußte ich genau, wie Ndoro Guru Kakung dort seinen Kollegen den Entschluß, sich pensionieren zu lassen, eröffnet hatte. Sie waren alle sehr überrascht und versuchten ihn zu bewegen, doch noch für eine Übergangszeit zu bleiben. Aber er hatte sich entschlossen und blieb dabei.

Ndoro Guru Putri nahm die Entscheidung ihres Mannes gelassen auf. Sie hatte wohl schon geahnt, daß sich daran nichts mehr würde ändern lassen. Ich selbst hatte es ja auch schon an seinem entschlossenem Gesicht und an der Art gemerkt, wie er festen Schrittes die Schule verließ. Und als wir dann im Kahn übersetzten, zeigte Ndoro Guru Kakung in Richtung auf die Boote, die auf die Mündung zuruderten, wo der Kali Madiun in den Bengawan Solo floß. Die Boote waren mit Gemüse, Teakblättern, Hühnern und Reissäcken voll beladen. Bauern saßen eingezwängt neben der Ladung. Ndoro Guru Kakungs Gesicht war gelassen und strömte Ruhe aus, entspannt beobachtete er den Verkehr stromauf und stromab. Die sind glücklich, mein Junge, rief er aus. Sie arbeiten hart, fleißig und haben ihre Freude. Sie haben es nicht nötig, sich jeden Morgen nach Norden zu verneigen, mein Junge...

Ungefähr eine Woche später erschien morgens mit einem Mal eine Gruppe von Leuten im Haus im Jalan Setenan. Ich erkannte einen Japaner in Uniform mit einer weißen Binde am rechten Arm, die die

Aufschrift »Nippon« trug. Das andere waren Indonesier. Unter ihnen war auch Menir Soetardjo. Ndoro Guru Kakung und seine Frau beeilten sich, die Gäste zu begrüßen. Etwas verstört bat Ndoro Guru Kakung sie, Platz zu nehmen. Menir Soetardjo wirkte nicht weniger verstört und aufgeregt. Er ergriff das Wort: »Verzeihung, Kamas Darsono. Wir kommen etwas überraschend.«

»Aber das macht doch nichts, Menir...«

Die üblichen Begrüßungsreden hatten kaum begonnen, da unterbrach der japanische Herr in einem Indonesisch, das sich sehr komisch anhörte: »Ano, Tuan Sas-turo-daru-sono dese ka? Sind Sie Herr Sas-turo-daru-sono?«

»Ja, ja, Herr Japaner.«

Ndoro Guru Kakung wurde immer aufgeregter. Menir Soetardjo beruhigte ihn etwas, indem er sagte, der japanische Herr sei Herr Sato vom Bezirksamt. Er habe einige Fragen zur Schule in Karangdompol.

»Tuan Daru-sono, sind Sie Lehrer in Karangdompol?«

In seiner Erregung konnte Ndoro Guru Kakung nur mit dem Kopf nicken.

»Hai? Ja?«

Menir Soetardjo sah Ndoro Guru Kakung an und flüsterte ihm schließlich zu: »Sag ›hai‹, Kamas. ›Hai‹.«

»Hai, hai, Tuan Sato.«

Mit einem Mal verfärbte sich Tuan Satos Gesicht, seine gelblich blasse Haut lief rot an. Wütend stieß er aus: »Daru-sono, warui desu ne! Schrecht! Stinkend schrecht!«

Alle verstummten vor Angst.

»Daru-sono, Sie wollen nicht saikere kita ni muke?«

Ndoro Guru Kakung wußte sich nicht mehr zu helfen. Stotternd wandte er sich an Menir Soetardjo: »Ja – was – meint – er, Dimas Menir Tardjo?«

»Ach, Kamas. Tuan Sato ist wütend, weil ihm berichtet wurde, ihr hättet euch geweigert, an der Zeremonie teilzunehmen und euch nach Norden zu verneigen.«

Plötzlich mischte sich einer der Indonesier ein und schrie: »Mach hier kein Theater. Gib es zu!«

Menir Soetardjo war sichtlich beleidigt: »Also, haltet euch zurück. Das ist mein Kollege. Kamas Darsono, sei ruhig, ich werde versuchen, Tuan Sato zu besänftigen.«

Menir Soeardjo bemühte sich nun, in aller Behutsamkeit dem Herrn Sato zu erklären, daß Ndoro Guru Kakung der Schulleiter sei, eigentlich schon pensioniert, aber gebeten worden sei, in Karangdompol noch auszuhelfen. Menir Soetardjo bat Tuan Sato um Verständnis, er möge doch Ndoro Guru Kakung verzeihen, da dieser die Neuerungen noch nicht ganz begriffen habe.

»Kamas Darsono, bitten Sie Tuan Sato um Verzeihung.«

»Um Verzeihung bitten?«

»Ja, begreifen Sie doch, Kamas. Es geht um Ihr Wohl und das Ihrer ganzen Familie!«

Ndoro Guru Putri mischte sich hastig ein: »Mach es doch, Vater. Gib nach, Vater, gib nach. Bitte um Verzeihung!«

Ndoro Guru Kakung schickte sich an, um Verzeihung zu bitten, noch immer verstört, aber doch mit deutlicher Stimme: »I-i-ch bitte um Verzeihung, Tuan«

Tuan Sato trat näher an Ndoro Guru Kakung heran. Dann packte er ihn an der Schulter und drückte ihn nach unten: »Los, bück dich, bück dich, Daru-sono, bück dich!«

Verzweifelt versuchte Ndoro Guru Kakung seinen steifen Rücken zu krümmen und sich so tief zu bücken, wie er nur konnte. Tuan Sato war das offensichtlich nicht genug. Plötzlich, gänzlich unvermutet für uns, holte er blitzschnell aus und ohrfeigte Ndoro Kakung links und rechts. Plack! Plack! Ndoro Kakung geriet ins Schwanken. Gemeinsam mit Menir Soetardjo versuchte ich, ihn aufzufangen und in den Schaukelstuhl zu setzen.

»Daru-sono, schrecht, stinkend schrecht! Genjimin bagero!« fluchte Tuan Sato noch, dann ging er. Die anderen folgten ihm.

Als im Vorderzimmer wieder Stille eingekehrt war, ließ die Spannung nach. Aber jetzt erst sah ich, wie totenblaß Ndoro Guru Kakung geworden war, nglokro, er wirkte völlig gebrochen. Tränen kamen ihm aus den Augen. Er weinte wie ein kleines Kind: »Oh Allah, Mutter. Noch nie bin ich von einem Menschen so beleidigt worden wie eben. Dieser Mensch hat mich ins Gesicht geschlagen, Mutter. Ins Gesicht!«

Und wieder schluchzte er auf. Er fühlte sich entwürdigt: »Auf den Kopf!«

Ndoro Guru Putri versuchte ihren Mann zu trösten. Sie winkte mich heran.

»Schon gut, schon gut, Vater. Sei nur ruhig. Denk nicht mehr daran. Und jetzt bringen wir dich nach hinten. Jetzt ruhst du dich auf dem Diwan aus. Nachher soll Lantip einen leckeren heißen Kaffee machen. Los, Vater.«

Ich half Ndoro Guru Kakung ganz langsam aufstehen, und zusammen mit Ndoro Putri brachten wir ihn ins Wohnzimmer. Auf dem Weg dorthin grollte er immer wieder: »Auf den Kopf! Der unverschämte Japaner. Haut mir auf den Kopf, auf den Kopf!«

Ich schlüpfte rasch nach hinten in die Küche und bereitete einen schönen heißen süßen Kaffee.

Am Tag darauf schickte mich Ndoro Guru Putri mit Briefen an ihre drei Kinder zur Post. Sie sollten alle möglichst bald nach Hause kommen.

Ihre Ankunft war für Ndoro Guru Kakung wie eine rasch wirkende Medizin. Seitdem er von dem japanischen Offizier geschlagen worden war, wirkte Ndoro Guru Kakung deprimiert, er aß kaum und sprach auch so gut wie nichts. Aber als er nun seine Kinder sah, begann sein Gesicht wieder zu strahlen. Ndoro Hardojo und seine Frau hatten ihren Sohn mitgebracht, Gus Hari, der einige Jahre jünger war als ich. Ndoro Noegroho und Ndoro Den Ajeng Soemini waren nur mit Frau bzw. Mann gekommen. Wie unglaublich stark doch das Band zwischen Eltern und Kindern war! Wenn ich doch jemals auch so eine Verbindung mit meinem Vater hätte genießen können!

Tagelang hallte das Haus im Jalan Setenan vom Geplauder und Gelächter der Familie wider. Schon früh am Morgen, noch bevor sie badeten, saßen sie schon um den runden Eßtisch herum und nahmen ihr Frühstück ein: Nasi Pecel von Mbok Soero, in Teakblätter eingewickelt. Sie stritten sich geradezu um die besten Stücke aus Mbok Soeros Küche. Anschließend zogen sie mit lauten Rufen hinters Haus, um im Garten nach dem Gemüse zu sehen, und dann weiter zu den Reisfeldern, wo sie sich in der Hütte niederließen und die Sittiche beobachteten, die überall herumflogen und ihr tet, tet, tet, tet hören ließen.

Mittags mußte ich ihnen manchmal das Essen in die Bambushütte bringen, wo es dann hoch herging, wenn sie den roten Reis mit Botok Ikan Teri, gewürzt mit Sambal Trasi verzehrten, dazu warmen Tempe und saure Kangkung-Suppe. Unter dem Gewicht so vieler Leute begann dann die Hütte zu schwanken und beängstigend zu quietschen. Wenn sie nicht in den Garten gingen oder zu den Reisfeldern, liefen sie zum Fluß hinunter und bestiegen die Kähne dort, um die Boote mit ihren zahlreichen Waren vorüberfahren zu sehen.

Abends verlagerte sich der Schauplatz ihrer Gespräche und Scherze an den runden Tisch im Wohnzimmer. Manchmal hörte Ndoro Guru Kakung dem Geplauder seiner Kinder vom Diwan aus zu, wo er sich zur Ruhe ausgestreckt hatte und meine Massage genoß. Ich kann nicht mehr sagen, wie oft ich Szenen dieser Art beiwohnte. Ich weiß nur, daß ich sie immer wieder gern sah und mir vorkam wie in einem schönen Film, den man mehrmals ansehen kann, ohne daß er einem langweilig wird. Und für Ndoro Guru Kakung Sastrodarsono war dies alles wie ein stärkendes Mittel, das seinen Gliedern allmählich wieder Kraft gab.

Ein paar Tage bevor die Kinder und der Enkel wieder nach Hause fahren wollten, kamen wir abends im Wohnzimmer zusammen. Anders als sonst, wenn Ndoro Guru Kakung sich lieber auf dem Diwan ausruhte und sich von mir die Füße massieren ließ, befahl er mir, die Schaukelstühle hereinzubringen. Er machte es sich in einem der Stühle bequem und bat mich, zu seinen Füßen Platz zu nehmen. Ich dachte, er wollte sich massieren lassen, aber nein, er hatte etwas anderes vor.

»Komm, Tip. Sing doch mal die erste Strophe von dem Lied ›Pocung‹ aus dem ›Serat Wedhatama‹ und dann weiter die erste Strophe von ›Kinanti‹ aus dem ›Serat Wulangreh‹.«

Ich geriet in Verlegenheit. Schon ewig hatte ich keine javanischen Verse mehr gesungen, weder in der Schule noch hinten mit Kang Trimo.

»Ach, Ndoro. Verzeiht, ich habe schon lange nicht mehr gesungen. Ich fürchte, ich werde euch alle enttäuschen.«

Sie wollten mir jedoch nicht glauben, drängten jetzt alle vielmehr, ich sollte doch etwas singen. Auch Gus Hari, der mich noch nie hatte singen hören, ließ mich nicht in Ruhe. So nahm ich denn meine Kraft zusammen, holte tief Luft und begann »Ngelmu iku, kalakone kanti laku... (Diese Kunst braucht harte Mühe...).« Ich betete im stillen, daß ich noch alle Worte im Kopf hatte. Und tatsächlich brachte ich die erste Strophe von Pocung aus dem Wedhatama noch hin. Dann kam die erste Strophe von Kinanti aus dem Wulangreh: »Pada gulangen ing kalbu, ing sasmita amrih lantip... (Übt im Herzen und in Zeichen, daß ihr fühlt...).« Alhamdulilah, die hatte ich auch noch gut zu Ende bringen können. Ich hob den Kopf und sah zu der versammelten Familie hinüber. Ich fühlte Erleichterung, denn sie nickten alle, was ich als Zeichen dafür nahm, daß ihnen mein Gesang gefallen hatte.

Gus Hari klatschte heftig in die Hände und fiel mir um den Hals: »Ganz toll, Tip. Du bist ja ein richtiger Sänger!«

Ndoro Guru Kakung und die anderen schütteten sich aus vor Lachen über die Art, wie Gus Hari das vorbrachte.

»Ja, ja, ausgezeichnet, Tip. Dankeschön!«

»Und dabei hat Vater Lantip doch ganz spontan, ohne Vorbereitung gebeten, etwas zu singen.«

»Na, also folgendes, Mini. Ich hatte natürlich schon einen Grund, ihn zu bitten. Erstens dachte ich, es ist ein besinnlicher Abend, die Stimmung ist ruhig und friedlich, da hört man gern zu. Zweitens habe ich gerade die Strophen ausgewählt, von denen ich meinte, daß ihr sie euch einmal zu Herzen nehmen solltet.«

Wir verstummten. Uns war klar, daß Ndoro Guru Kakung uns etwas Wichtiges und Ernstes mitzuteilen hatte.

»Eigentlich müßtet ihr auch das Serat Tripama, eine Liedersammlung des Fürsten Mangkunegara IV. hören. Aber das verschieben wir lieber auf später. Was jedoch die Lieder von eben angeht, so haben sie natürlich einen direkten Bezug zu unserer ernsten Situation heute. Mir ist nämlich durch die Ohrfeigen, die mir dieser unverschämte Japaner versetzt hat, klar geworden, wie kritisch die Lage in unserem Land ist.«

Ndoro Guru Kakung hielt einen Moment inne. Ich hörte den Wedang-Cemoe-Verkäufer draußen vorbeigehen, aber niemand wagte, ihn hereinzurufen. Normalerweise hätten alle an so einem Abend nach Pak To gerufen und Wedang Cemoe verlangt. Aber wer hätte an diesem Abend die Stimmung, die durch Ndoro Guru Kakung eine so ernste Wendung erfahren hatte, stören wollen, indem er von seinem Platz aufgestanden wäre!

»Die beiden Strophen, die ihr vorhin gehört habt, ergänzen sich gegenseitig. Das Lied Pocung sagt uns, daß wir zur Weisheit, Ngelmu, gelangen, indem wir Enthaltsamkeit üben und keine Mühe scheuen, uns innerlich dafür bereit machen. Wenn wir das tun, dann stärken wir unsere Kraft, dur angkara, das Böse in uns zu unterdrücken.«

Ndoro Guru Kakung unterbrach sich kurz und nahm einen Schluck von seinem heißen Kaffee. Er richtete den Blick auf seine Kinder und schließlich auf Gus Hari, seinen Enkel: »Das ist wichtig für dich, Hari, und auch für dich, Lantip. Ihr müßt noch lange zur Schule gehen und habt damit noch einen weiten Weg vor euch. Und wenn ihr auf der Schule was werden wollt, dann müßt ihr auch bereit sein, Enthaltsamkeit zu üben. Aber auch für euch, meine Kinder, haben die Strophen ihre Bedeutung. Ihr seid mittlerweile schon geachtete Priyayi. Damit ihr aber wirklich in der Gesellschaft Ansehen genießt, müßt ihr immer wieder aufs neue Weisheit zu gewinnen versuchen, indem ihr Enthaltsamkeit praktiziert.«

Die jungen Leute nickten. Ich fragte mich im stillen, ob sie sich etwas dabei dachten, wenn sie so nickten. Sie kannten doch die Lieder aus ihrer Kindheit und Jugend? Oder war die Erinnerung daran im Laufe ihrer Ausbildung auf der HIS und den anderen holländischen höheren Schulen verschwunden?

»Also, im Wulangreh erfahren wir etwas zum Verständnis dessen, was laku bedeutet, Enthaltsamkeit. Das Lied Kinanti lehrt uns, daß unser Verlangen nicht nur auf Essen und Schlafen gerichtet sein darf, wenn wir unsere Sensibilität entwickeln wollen. Denn dazu müssen wir unsere Empfindungen verfeinern und müssen lernen, die Zeichen zu verstehen. Übt also wirkliche Enthaltsamkeit, damit ihr Stärke erlangt. Das heißt weniger essen, weniger schlafen!«

Gus Hari kratzte sich hinter dem Ohr, als er den Ratschlag seines Großvaters hörte. Dann schüttelte er den Kopf. Lächelnd sah der Großvater die Reaktion seines Enkels.

»Hari, das gilt auch für dich!«

»Puuu, Großvater, das ist schwer!«

Alle lachten. Sein Vater, Ndoro Hardojo, half: »Ja, ja. Hari. du sollst cegah dahar lawan guling, weniger Nasi Goreng essen und nicht bis in den hellen Tag hinein schlafen. Kannst du dir das vorstellen, Hari?«

Wieder mußten alle lachen.

»Sieh mal, Hari. Du bist ja noch ein kleiner Junge, deswegen darfst du ruhig tüchtig essen und kriegst auch mal was Leckeres. Du darfst auch lange schlafen, weil du ja noch wachsen mußt. Aber du mußt im Gedächtnis behalten, was der Sinn der Enthaltsamkeit ist: Prihatin, innerliche Bereitschaft erlangen.«

Seine Eltern und die anderen nickten zur Bestätigung.

»So wie ich es sehe, Kinder, hat das Zeitalter des Wahnsinns, Zaman Edan, bereits begonnen. Nach der Weissagung im Jangka Jayabaya werden in dieser Zeit kleine Leute aus dem Norden kommen und herrschen. Aber nur für kurze Zeit, so lange wie der Mais braucht, um zu reifen.«

Ndoro Den Ajeng Soemini unterbrach ihn an dieser Stelle: »Also, ich weiß nicht, nur so kurz...«

»Ja, wahrscheinlich nicht sehr lange, Kind. Aber, was vielleicht nur kurze Zeit dauert, kann umso schwerer zu ertragen sein. Gerade erst vor einigen Tagen hat dein Vater hier Ohrfeigen hinnehmen müssen, Kind.«

Ndoro Guru Kakung lächelte, während er das sagte. Das war ein Zeichen, daß er den Vorfall mit den Schlägen auf den Kopf schon nicht mehr so schwer nahm. Ich atmete erleichtert auf. Ndoro Guru Putri und die anderen dachten wohl dasselbe, denn auf ihren Gesichtern zeigte sich auch ein Anflug von Lächeln.

»Also, auf Kinder! Begegnen wir der schlimmen Zeit mit laku prihatin. Ihr habt alle eure wichtigen Aufgaben. Seid wachsam und vorsichtig!«

Abermals nickten alle bestätigend. Diesmal wahrscheinlich etwas ehrlicher als vorhin, denn sicher dachte jetzt jeder an seine eigene Aufgabe unter dem Befehl der japanischen Herren.

»Hardojo, ich habe eine Bitte, mein Lieber.«

»Ja, Vater.«

»Wenn ihr einverstanden seid, dann nehmt Lantip mit. Für ihn ist es Zeit, daß er seine Schule fortsetzt. Ihr habt doch nur ein Kind, den kleinen Hari. Wenn ihr, Noegroho, auch nur ein Kind hättet, würde ich Lantip euch in Jogya anvertrauen oder auch euch, Nakmas Harjono, in Madiun. Wie ist es, Hardojo? Seid ihr einverstanden?«

»Aber sicher, Vater. Natürlich sind wir bereit. Wir hatten uns selbst schon Gedanken über diese Möglichkeit gemacht. Hari, freust du dich, daß du Lantip als Kameraden bekommst?«

Gus Hari antwortete nicht direkt, er packte mich vielmehr an den Schultern und wiegte mich hin und her. Für mich selbst war Ndoro Guru Kakungs Entscheidung völlig überraschend gekommen. Ich konnte nur stumm mit dem Kopf nicken.

Am nächsten Tag bat ich Ndoro Guru Kakung und Ndoro Putri um Erlaubnis, nach Wanalawas gehen zu dürfen, um dort die Gräber meiner Mutter und meiner Großmutter zu besuchen, und mich auch vom Gemeindevorsteher zu verabschieden. Ich nahm Gus Hari mit. Wir nahmen das Fahrrad, vergaßen auch die Schleuder nicht, damit wir unterwegs in den Reisfeldern nach Vögeln schießen konnten. Ich dachte, es wäre das beste, wir nähmen den Weg durch die Reisfelder, denn dort wäre es erstens für Gus Hari nicht so heiß und zweitens gäbe es dort eher Gelegenheit, Vögel wie Derkuku oder Balam, die kleinen Tauben, Joan oder Punai, zumindest aber die kleinen Gelatik und Emprit Sawah zu jagen. Ich hatte schon lange keine Vögel mehr gejagt, aber diesmal nahm ich die Schleuder vor allem deshalb mit, weil ich Gus Hari eine Gewohnheit der Dorfkinder zeigen wollte. Außerdem dachte ich, es wäre ganz schön, damit noch einmal nach Vögeln zu schießen, sozusagen als Abschied von den Reisfeldern, von den Vögeln und von der Vogeljagd. In Solo würde ich später kaum noch Gelegenheit zu so etwas haben.

Wir fuhren ganz langsam und hielten oft an, um die Schleuder aus der Tasche zu holen. Gus Hari hatte noch nie eine in der Hand gehabt. Nachdem er es ein paar Mal probiert hatte, ging es ganz gut. Als wir schließlich in Wanalawas ankamen, hatten wir immerhin fünf braune und sechs kleine grüne Tauben erlegt.

Inzwischen war es Mittag geworden, und so übergaben wir die Beute der Frau des Dorfvorstehers zum Rösten, als Bereicherung unseres Mittagessens. Wir aßen dann mit großem Appetit bei ihnen zu Mittag. Für Gus Hari war es das erste Mal, daß er in einem richtigen Dorfhaushalt aß, aber er fühlte sich dort sehr wohl und genoß es sichtlich. Dabei gab es doch nur Kangkung, eine Art Spinat mit Sambal, im Mörser gestampfte Pfefferschoten mit Salz, und eben die gerösteten Vögel.

Nach dem Essen ging ich mit Gus Hari zum Haus meiner Mutter, das jetzt leer war und furchtbar schmutzig aussah. Die Haustür hing schief in den Angeln, stand halboffen und war voller Spinnweben. Ähnlich war es auch mit dem Tisch und den Stühlen im Vorderzimmer, mit dem Schrank und dem Regal. Alles war verstaubt, und überall hingen Spinnweben. Zwischen Tisch und Stühlen liefen die kleinen Eidechsen herum, auch Mäuse, die sich natürlich jetzt dort eingenistet hatten. Gus Hari fürchtete sich etwas und wunderte sich über den Zustand im Haus.

»Ist das dein Haus«, fragte er erstaunt.

»Ja, Gus. Hier bin ich geboren und aufgewachsen. Hier in diesem Zimmer habe ich geschlafen, meine Mutter und meine Großmutter auch. Na, und das dort ist das Zimmer von meinem Vater.«

»Ach, dein Vater hat in seinem Zimmer allein geschlafen und du hier so eng zusammen mit deiner Mutter und der Großmutter?«

»Ja, ich weiß auch nicht, Gus.«

»Und sie sind alle schon gestorben, Tip?«

»Meine Mutter und meine Großmutter ja. Mein Vater ist weit weg in die Fremde und noch nicht wieder zurück.«

Ich wußte selbst nicht, warum ich lügen mußte, warum ich nicht sagte, daß mein Vater schon gestorben war. Ob es vielleicht daher kam, daß ich den Tod meines Vaters nicht miterlebt hatte? Oder weil es für mich angenehmer war, mir vorzustellen, mein Vater wäre noch am Leben, wenn ich auch nicht wußte wo?

»Komm, Gus, laß uns das Grab meiner Mutter und meiner Großmutter besuchen, ja?«

»Ja, los. Ich wundere mich nur, Tip. Das Haus steht hier einfach so leer, nur für Mäuse und Eidechsen. Und für Spinnen...«

»Ach, wer will denn hier noch wohnen, Gus!«

Dann gingen wir zum Dorffriedhof. Die Kamboja-Bäume waren ungepflegt, niemand hatte sie beschnitten, aber sie blühten über und über. Die Äste und Zweige wuchsen wild durcheinander und hingen überall herunter, so daß der Friedhof vor dichtem Laub, den vielen Blüten und dem Gewirr von Ästen ganz dunkel war. Fast hätten wir die Gräber meiner Mutter und meiner Großmutter nicht gefunden. Ich hatte ein schlechtes Gewissen, weil ich so lange nicht dort gewesen war. Nachdem ich etwas gebetet hatte, hockten wir noch eine Weile vor den beiden Gräbern.

»Als deine Mutter starb, hast du sicher geweint, Tip?«

»Ja, natürlich, Gus. Wenn man seine Mutter verliert.«

»Und als deine Großmutter starb?«

»Nein, ich nicht, Gus. Aber meine Mutter hat geweint, wenn ich mich recht entsinne.«

Gus Hari betrachtete betroffen die beiden Gräber. Dann sah er mich an: »Du tust mir wirklich leid, Tip. Du hast keine Großmutter und keine Mutter mehr, dein Vater ist fort. Und dann das verfallene Haus. Aber, später, bei uns in Solo wird es dir gut gehen, Tip.«

Seine einfachen Worte rührten mich. Er war wahrhaftig seinem Vater sehr, sehr ähnlich. Das Schicksal anderer bekümmerte ihn.

Bevor wir heimfuhren, kehrten wir noch bei Pak Dukuh ein, um uns zu verabschieden.

»Ja, schön, mein Lieber. Du bist folgsam. Du bist fleißig und arbeitest ehrlich. Auch in der Schule hältst du dich gut, mein Junge. Vergiß das Versprechen nicht, das du mir gegeben hast: Halte ihr Ansehen hoch, verbirg die Schande.«

Wir tauschten Grüße aus, dann radelten wir langsam durch den Ort. Genau wie damals, als ich das Dorf nach dem Begräbnis meiner Mutter verließ, hüpften die Mädchen ihr Sondah-Mandah, und die Jungen spielten Murmeln. Und obwohl mich wie damals sicher viele der Kinder erkannten, rief doch keins nach mir. Sie unterbrachen ihr Spiel nur einen Moment lang, guckten zu mir herüber – und spielten weiter. Ich bemerkte, wie Gus Hari sie genau beobachtete. Dann warf er noch einen Blick zurück auf das Dorf: »Dein Dorf ist schön, Tip.«

»Schön, Gus?«

»Aber es macht einen auch traurig, Tip.«

Wir traten in die Pedale und ließen das Dorf hinter uns. Ich fragte mich im stillen, wie wohl Gus Hari, der kleine Priyayi-Junge aus der Stadt, der noch nie Matsch auf einer Dorfstraße gesehen hatte, so etwas sagen konnte.

Am Tag darauf bestiegen wir den Pferdewagen zur Station Paliyan, um dort einen Zug der Staatsbahn nach Solo zu nehmen. Bevor wir abfuhren, blies Ndoro Guru Kakung zum Abschied über meine Haare, um mir Glück mit auf den Weg zu geben, und Ndoro Putri streichelte mir zärtlich den Kopf. Meine lieben Ndoro...

Hardojo

Als meine Heiratspläne mit Dik Nunuk gescheitert waren, war mein Lebensmut dahin. Wie anders war das gewesen, solange ich noch gehofft hatte! Erst recht, als alles anfing und ich merkte, daß meine Gefühle für Dik Nunuk keine einseitige Sache waren – was für eine Begeisterung mich erfüllte! Ich unterrichtete damals an der HIS in Wonogiri, und Dik Nunuk war Lehrerin in Solo. Die 30 Kilometer von Wonogiri nach Solo bedeuteten für mich keine Entfernung. Dabei mußte ich den Zug oder den Bus nehmen, wenn ich nach Solo wollte, gelegentlich sogar ein Taxi. Doch das war überhaupt kein Problem, nicht im geringsten. Denn erstens betrug damals mein Gehalt 110 Gulden – für einen ledigen Lehrer wie mich eine ganz hübsche Summe – und zweitens konnte ich bei Tante Suminah in Penumping übernachten.

Aber es war Dik Nunuk, die mir Weg und Entfernung zu einem Nichts schrumpfen ließ. Kaum hatte ich samstags den Unterricht beendet, da saß ich auch schon in dem kleinen Zug nach Solo. Und wenn ich wirklich in der Schule einmal noch etwas Besonderes zu erledigen hatte und weder Zug noch Bus erreichen konnte, dann bestellte ich mir eben ein Taxi. Es kam nur darauf an, Samstag nachmittags in Solo zu sein.

Tante Suminah lebte schon längere Zeit als Witwe und wußte nur zu gut, wie es um junge Leute stand, die verliebt waren. Jedesmal, wenn ich in aller Eile mein Bad nehmen wollte, mich umzog und nach einem Andong rief – damals gab es noch keine Becaks –, das mich zu Dik Nunuks Haus bringen sollte, lachte sie und versuchte, mich auf jede mögliche Weise aufzuhalten: »Als ob Jeng Nunuk allein ohne dich ausgehen würde, Har! Geduld, hab nur keine Eile! Es ist doch gerade erst früher Nachmittag.«

»Ach Tante, du kennst die Mädchen von heute nicht. Die sind

nicht mehr so geduldig wie zu deiner Zeit. Wenn ich nicht rechtzeitig komme, ist sie auf und davon!«

Es machte ihr sichtlich Spaß, auf meine scherzhaft gemeinten Befürchtungen einzugehen: »Wo will sie denn schon hin und mit wem?«

»Also hör mal, Tante, da sind viele, die hinter einem solchen Mädchen wie Dik Nunuk her sind. Und schon gar diese Katholiken. Das sind meine größten Rivalen. Wenn ich nicht schnell genug bin, dann ist sie weg. Wirklich!«

Meistens war ich bemüht, diese scherzhaften Reden abzukürzen, denn ich war ja tatsächlich in großer Eile. Ich wollte so rasch wie nur möglich in den Kampung Madiotaman, wo Dik Nunuks Elternhaus stand. Aber meine Tante ließ nicht locker. Oft genug hörte ich ihre Stimme noch, wenn ich schon in die Droschke stieg: »Paß unterwegs ja auf, Har! Daß du mir nur nicht stolperst, eingefangen vom Slendang einer der Töchter aus Solo...«

In der Droschke lachte ich leise vor mich hin: Tante Suminah hatte das Herz schon auf dem rechten Fleck.

Ich hatte die Gewohnheit entwickelt, unterwegs an einem Restaurant anzuhalten und als Mitbringsel chinesische Nudeln, Cap Cay, Hühner-Saté oder Martabak zu kaufen. In Dik Nunuks Haus warteten sie schon mit dem Essen auf mich und freuten sich natürlich über meine zusätzlichen Leckerbissen. Wir saßen in größerem Kreis beieinander und aßen gemeinsam, wobei es immer hoch herging. Da waren Dik Nunuks Eltern und ihre beiden jüngeren Geschwister. Manchmal erschienen auch ein paar ihrer Vettern und Kusinen und aßen mit. Die Stimmung war fröhlich und ausgelassen. Ich fühlte mich unter ihnen richtig zu Hause und hatte jegliche Scheu abgelegt. Sogar wenn sie auf katholische Art vor dem Essen beteten, schien mir das ganz normal. Ich war immer drauf und dran, das bismillah zu sprechen. Und ich hatte das Gefühl, sie würden es auch für ganz selbstverständlich halten, wenn ich vor dem Essen dieses Gebet spräche.

Nach dem Essen hockten wir jüngeren gewöhnlich noch etwas beisammen, während die Eltern im Wohnzimmer Radio hörten, Tee tranken und sich unterhielten. Ich und Dik Nunuk setzten uns auch wohl noch eine Weile zu ihnen und beteiligten uns an dem Gespräch, dann aber gingen wir spazieren – begleitet von einem der jüngeren Geschwister oder einem der Vettern –, sahen uns einen

Film an oder vergnügten uns auf andere Weise. Wenn wir nicht ausgingen und es abends auch nicht regnete, saßen wir auf der Terrasse und erzählten, oft bis spät in die Nacht.

Am Sonntagmorgen ging die ganze Familie natürlich in die Kirche. Ich holte sie meistens ab, wartete vor der Kirche, und wir kehrten gemeinsam zum Madiotaman zurück. Ich blieb dann noch zum Mittagessen bei ihnen und machte mich anschließend auf den Weg zum Bahnhof Sanggrah, wo ich den Zug nach Wonogiri nahm. Das war samstags und sonntags mein festes Programm. Es war nichts besonderes, aber merkwürdig, ich fand es nie langweilig. Ich sprach darüber mit Tante Suminah.

»Ja, so muß es sein, Har, es wird einem nicht langweilig dabei. Du bist eben bis über beide Ohren verliebt, schwer perlip, wie die Holländer sagen.«

»Ja, verliefd, das stimmt: verliefd, Tante, das gebe ich ja zu. Aber es ist doch komisch, daß ich immer wieder zum Madiotaman laufe und es mir nie zuviel wird.«

»Ja, das ist es ja gerade, das ist eben, was man Liebe nennt.«

»Aber macht denn die Liebe, daß es einem nie langweilig wird?«

»Na ja, eines Tages vielleicht doch. Aber so, wie es dir jetzt geht, da ist die Welt voller Glück, nicht wahr?«

Ich schwieg. Was mich bei der ganzen Geschichte beschäftigte, war die Frage, ob das kam, weil Dik Nunuk eine so anziehende Persönlichkeit besaß, die einen in ihren Bann schlug, oder ob es an der Familie Gregorius Dwidjosumarto lag, die insgesamt so liebenswürdig war, daß ich mir wie verzaubert vorkam. Tante Suminah hatte einen klugen Blick, mit dem sie einem ins Herz sehen konnte. Und so wußte sie auch diesmal, was mich bewegte. Sie lachte kurz auf, strich mir übers Haar und sagte: »Gut, gut, ich weiß Bescheid. Wie soll ich sagen? Es wird dir nicht leid, immer wieder zum Madiotaman zu gehen, weil dort deine Nunuk ist, so schön und stolz wie Sembadra, ja? Gib's nur zu!«

»Tante...«

Unter den Vettern von Dik Nunuk, die oft zu Besuch in den Madiotaman kamen, war auch einer, der mir mit Argwohn begegnete, sooft er mich sah. Ja, er wirkte geradezu böse. Anfangs achtete ich kaum auf seine abfälligen Bemerkungen. So etwa, wenn er meinte, Bakmi Goreng schmecke doch viel besser und herzhafter, wenn es mit Schweinefleisch und Schweinefett gemacht würde. Ich entgegnete in solchen Fällen einfach: »Schon möglich.« Aber als sich die Anspielungen auf derlei anstößige Dinge wie Schweinefleisch ständig wiederholten, hatte ich den Verdacht, daß Pran – eigentlich hieß er Franciscus Xaverius Suharsono – mir gegenüber eine bestimmte Absicht verfolgte. Das wurde eines abends nach dem Essen sehr deutlich. Wir saßen alle gemeinsam im mittleren Wohnzimmer, da begann er das Gespräch: »Ich muß schon sagen, ich wundere mich, Mas Har. Der Islam verbietet seinen Anhängern, Schweinefleisch zu essen. Dabei ist Schweinefleisch doch sehr lecker, und Schweine sind schließlich gute Tiere. Na, und der Schweinebandwurm ist doch heute längst kein Problem mehr. Die Tiere werden heutzutage im Schlachthaus unter hygienischer Kontrolle geschlachtet.«

Mir wollte das Blut in den Adern stocken, als ich diese Worte hörte. Wenn ich auch kein strenggläubiger Muslim war, ärgerte ich mich doch darüber, daß ein Anghöriger einer anderen Religion meinen Glauben kritisierte. Trotzdem, da ich im Haus von Leuten war, die ich verehrte und gern mochte, beherrschte ich mich und versuchte, meine Einstellung so nüchtern und neutral wie möglich zu erläutern. Dabei bemerkte ich, daß Dik Nunuk und ihre Eltern äußerst gereizt waren.

»Schweinefleisch gilt nicht nur im Islam als verboten. Es ist auch nach jüdischem Glauben verboten, Dik Pran, und das ist eine Religion, die älter ist als der Islam und das Christentum. Das heißt, daß dieses Verbot wahrscheinlich eine uralte Tradition im Mittleren Osten hat. Was den Umstand angeht, daß Schweinefleisch gut schmeckt, da magst du ja recht haben. Der Genuß von Schweinefleisch ist uns also untersagt, damit wir uns darin üben, Versuchungen zu widerstehen. Und Versuchungen haben doch die Eigenschaft, einen zu verführen, Dik Pran.«

Ich hatte mich bemüht, meine Worte in ganz ruhigem Ton zu äußern. Die Eltern und Dik Nunuk nahmen meine Worte mit Erleichterung auf. Sie hatten wohl befürchet, ich könnte meine Erregung nicht genügend bezähmen. Aber dieser Pran! Er ließ nicht locker: »Schon gut, Mas Har. Ich akzeptieren deine Erklärung. Aber wie willst du erklären, daß ihr bis zu vier Ehefrauen nehmen dürft?«

Der Kerl war wahrhaftig unausstehlich. Dennoch war ich bereit, ihm so ruhig und so klar wie möglich zu entgegnen. Doch Dik

Nunuks Vater fuhr dazwischen: »Still jetzt. Ich bitte dich, Pran, den Mund zu halten. Ich will nicht daß du noch weiter die Vorschriften einer anderen Religion angreifst. Jede Religion hat ihre eigene Entstehungsgeschichte und ihre eigenen Vorschriften. Wir sind doch davon überzeugt, daß alle Religionen gut sind, Pran. Sprechen wir also über etwas anderes!«

»Aber, Onkel! Die Frage, ob man vier Ehefrauen nehmen darf, ist doch wichtig, Onkel. Jedenfalls für Mbak Nunuk.«

»Pran! Was sagt dein Onkel? Still jetzt! Schluß! Was Nunuk angeht, so ist das schließlich allein meine Sache und die deiner Tante. Nak Har, verzeih deinem Vetter Pran, ja? Er hat es nicht bös gemeint.«

»Aber sicher doch, Vater. Ich bin ihm nicht böse.«

Mir ist noch ganz genau in Erinnerung, wie steif wir nach diesem Vorfall dasaßen. Auch Dik Nunuk war ihre gute Laune vergangen. Das Gespräch blieb in meinem Gedächtnis haften, nicht nur, weil ich mich so über Pran geärgert hatte, sondern vor allem auch, weil es auf Dik Nunuk nachwirkte. Das zeigte sich in der folgenden Woche, als wir einen Spaziergang zum Sriwedari-Park unternahmen. Wir betrachteten dort die Tiere in ihren Käfigen, fütterten sie mit Nüssen und unterhielten uns dabei. Dik Nunuk sah verführerisch schön aus, aber sie hatte auch etwas Melancholisches in ihrem Gesicht: »Was ist, wenn du mich eines Tages satt hast, Mas Har?«

Ich war verwirrt. Die Frage kam zu plötzlich. Ich war ganz damit beschäftigt gewesen, eine Horde Affen in ihrem großen Käfig zu beobachten. Die Besucher warfen ihnen Nüsse und die verschiedensten Früchte zu. Sonntag war für die Tiere ein großes Fest. Eine Äffin, die ihr kleines Baby an der Brust trug, scherzte mit einem Affen. Einmal schleckte dieser sie und das Baby ab, dann wieder fing er die Früchte und Nüsse von den Besuchern auf und fütterte die beiden damit. Das ging eine ganze Weile so, aber mit einem Mal ließ er davon ab, wandte sich um und ließ die Äffin mit ihrem Baby einfach stehen. Schließlich sahen wir ihn, wie er lustig an den Eisenstangen schaukelte, die quer durch das Gehege liefen, und mit anderen Affen balgte.

»Na, was ist? Ich frage dich etwas und du schweigst einfach, Mas. Träumst du denn?«

Ich lächelte still in mich hinein. Ich mußte mir eingestehen, daß ich voller Hingabe das Spiel der Affen beobachtet hatte.

»Na sicher habe ich deine Frage gehört. Dich satt haben? Wenn du so häßlich wärst, wie die Äffin dort, hätte ich dich vielleicht eines Tages satt. Aber so doch nicht. Tante Suminah sagt ja sogar, du bist so schön wie Sembadra, Arjunas Frau.«

»Also hör mal, als wenn Tante Suminah Sembadra kennen würde. Oder meint sie vielleicht die Sembadra aus dem Wayang Wong hier im Sriwedari-Theater? Oh weh! Möchtest du etwa, daß ich so eine so feine säuselnde Stimme hätte wie die Schauspielerin, Mas?«

»Aber ja doch, das wäre schön!«

Wir brachen bei diesem Gedanken beide in lautes Gelächter aus.

»Aber im Ernst, Mas...«

»Wie kommst du bloß plötzlich auf so eine Frage?«

»Na ja, ich dachte nur daran, daß dir deine Religion die Freiheit gibt, vier Frauen zu nehmen.«

Das war es also! Die Unterhaltung mit Pran vor einer Woche hatte sich tatsächlich in ihren Gedanken festgesetzt.

»Beschäftigt dich denn das, was Pran einfach so dahergeredet hat, noch bis jetzt?«

»Natürlich, das sollte es eigentlich nicht. Aber es ist einfach so, daß es mir nicht aus dem Sinn geht. Vielleicht weil diese Frage uns Katholiken und Protestanten so vollkommen fremd ist.«

»Ach, für die meisten Muslime ist sie das auch. Ich meine, obwohl wir diese Vorschrift kennen, wissen doch auch die meisten von uns, daß nur eine ganz kleine Minderheit in der Lage ist, die dabei gesetzten Bedingungen konsequent einzuhalten.«

»Was sind denn die Bedingungen?«

»Man muß in der Behandlung seiner Ehefrauen gerecht sein können, absolut gerecht. Und wer kann das schon! Absolut gerecht gegenüber vier Ehefrauen! Daher ist es für die meisten von uns höchstens ein Gedankenspiel, sich einmal vorzustellen, man hätte vier Frauen. Aber das hat mit der Wirklichkeit nichts zu tun.«

»Der Beweis dafür ist, daß viele Muslime doch sogar mehr als vier Frauen haben, oder?«

»Ach, nicht nur Muslime. Egal von welcher Religion, es gibt eben viele, die neben ihrer offiziell angetrauten Frau eine Freundin oder Geliebte haben. Das hängt doch alles vom Charakter eines jeden einzelnen ab. Ist es nicht so, Dik Nunuk?«

»Das mag ja sein, aber wie denkst du selbst darüber?«

»Jetzt hör doch mal auf damit, Dik Nunuk! Eine Frau, so schön und anziehend wie dich ›aufzulieben‹, das ist gar nicht möglich. Und wie soll man dann noch Augen für eine andere haben! Der Ausdruck stammt übrigens nicht von mir, sondern von meinem Vater. Er hat ihn immer wieder meiner Mutter gegenüber wiederholt. Aber ich denke, er trifft auch auf uns zu.«

Dik Nunuk zwickte mich in den Arm und lächelte. Sie war beruhigt und freute sich wohl über die Vorstellung, etwas zu sein, das man nie ganz aufessen konnte.

So wurde unsere Beziehung immer enger, und wir gingen immer vertrauter miteinander um. Das Haus in Madiotaman wurde mehr und mehr mein Zuhause. Manchmal übernachtete ich sogar dort, ich schlief dann im Zimmer von Dik Nunuks Geschwistern. Ihre Eltern, denen ich näher und näher kam, behandelten mich wie ihren eigenen Sohn. Pran, Dik Nunuks Vetter, machte zwar weiter seine Anspielungen auf meine Zugehörigkeit zum Islam, aber er versuchte nicht mehr, mich direkt herauszufordern. Auch schenkten die Familienmitglieder in Madiotaman diesen Reden keine weitere Beachtung.

Nun trug allerdings gerade das enge, herzliche und vertraute Verhältnis dazu bei, daß wir beide – ja die ganze Familie in Madiotaman – keinen Gedanken mehr darauf verschwendeten, daß unserer Heirat vielleicht doch Hemmnisse entgegenstanden. Und ich selbst dachte auch nicht weiter daran, den Zeitpunkt festzulegen, an dem ich um Dik Nunuks Hand anhalten sollte. Genauer gesagt mußte ich ja um die ganze Familie anhalten, denn nach javanischer Tradition heiraten nicht nur Braut und Bräutigam, sondern eine Familie die andere. Wir gingen ganz in unserem Verhältnis der Vertrautheit auf. Bis eines abends Dik Nunuk diesen Umstand zur Sprache brachte: »Mas Har, vor einigen Tagen haben mich meine Eltern zur Rede gestellt.«

»Weswegen?«

»Sie haben gefragt, wie ernst es uns mit unserer Verbindung sei. Es ist schon komisch mit den Eltern. Sie wissen doch längst, wie es mit uns steht. Was müssen sie da noch fragen!«

»Aha, sie wollen Gewißheit. Das kann ich schon verstehen. Und weiter?«

»Sie haben vorgeschlagen, daß du deine Eltern nach ihrer Meinung fragst.«

Mir wurde mit einem Mal klar, daß Dik Nunuks Eltern schon lange darauf warteten, daß ich in dieser Richtung etwas unternähme. Mir war es einigermaßen peinlich, dies jetzt von Dik Nunuk zu hören. Eigentlich hätte ich schon längst selbst die Initiative dazu ergreifen sollen. Die zukünftigen Schwiegereltern hatten die Sache nun höflicherweise durch ihre Tochter anstoßen lassen. Ich ging natürlich sofort auf den Vorschlag ein. Ich würde schleunigst meine Eltern in Wanagalih aufsuchen und mit ihnen sprechen. Um sie darauf vorzubereiten, schrieb ich ihnen einen ausführlichen Brief, in dem ich ihnen in vorsichtigen Worten von der Entstehung meiner Beziehung zu Dik Nunuk erzählte. Dabei ging ich auch lang und breit auf Dik Nunuks Familie ein, erwähnte ihren Glauben und andere Umstände, die mir mitteilenswert erschienen. Ich wollte mich bemühen, meine Eltern nicht zu sehr zu überraschen, wenn sie mich empfingen und meinen Bericht anhörten.

Und offenkundig waren auch meine Eltern bemüht, mich wohlvorbereitet zu empfangen. Das konnte ich ihrer Antwort entnehmen, mit der sie nicht nur mich zu sich riefen, sondern gleichzeitig auch meine Geschwister nach Wanagalih bestellten. Und so kam auch schon am Abend, bevor ich nach Wanagalih aufbrechen wollte, Mas Noegroho mit seiner Frau aus Yogya zu Tante Suminah herüber, um dem Ruf unserer Eltern zu folgen. Mein Bericht hatte Mas Noegroho bereits in Unruhe versetzt.

»Na, Yok, du bist mir vielleicht einer, erschreckst einen ja ganz schön. Sagst kein Wort davon, daß du dich in ein Mädchen verliebt hast, und ehe man etwas weiß, willst du heiraten. Und noch dazu eine Katholikin. Vater und Mutter werden sicher ganz aus dem Häuschen gewesen sein, als sie deine Nachricht bekommen haben.«

»Ach was! Mas, du kennst doch unsere Eltern. Sie sind vielleicht nicht besonders gebildet, aber sie sind doch großzügig. Da bin ich optimistisch. Und schließlich sehen unsere Eltern ja nun wirklich ihren Glauben nicht fanatisch eng.«

»Na, hoffentlich hast du recht, Yok.«

»Mas, du unterstützt mich doch, oder?«

»Jaa, das besprechen wir dann gemeinsam in aller Ausführlichkeit in Wanagalih.«

»Also, du bist doch mein Bruder, du hältst doch zu mir!«

»Na, ich sehe lieber erst selbst, wie das Gespräch verläuft. Im Moment möchte ich da noch nichts sagen.«

»Und du, Tante? Du unterstützt mich doch?«

»Also – ich komme ja nicht mit nach Wanagalih. Aber ich werde beten, daß dein Gespräch mit den Eltern und den Geschwistern gut verläuft und zu deinem besten ausgeht.«

Oh Allah! rief es in meinem Herzen. Warum nur reden sie alle so vorsichtig und diplomatisch! Gleichzeitig wurde mir jedoch bewußt, daß es da eine Reihe von Faktoren gab, mit denen ich nicht gerechnet hatte. Nämlich die Gefühle und Erwartungen meiner Geschwister und Eltern, was Eheglück, Heirat und den Unterschied im Glauben anbetraf. Bis dahin hatte ich es für eine Kleinigkeit gehalten, sich hierzu eine feste Meinung zu bilden. War es denn ein Irrtum von meiner Seite gewesen anzunehmen, ihre Einstellung gegenüber einer Religion, die sich von der unsrigen unterschied, wäre einfach tolerant? Ob sie möglicherweise nur tolerant gegenüber Leuten derselben Religion waren, nicht aber gegenüber solchen einer anderen? Da unsere ganze Familie den Islam nur halbherzig praktizierte, hatte ich stillschweigend angenommen, daß es ihnen nicht allzu schwer fallen würde, die Möglichkeit einer Heirat zwischen zwei Religionen hinzunehmen.

Angesichts der Reaktion meines älteren Bruders und seiner Frau jedoch, wie auch der von Tante Suminah, die bislang stets über meine Verbindung zu Dik Nunuk gescherzt hatte, als sie noch nicht allzu fest war, beschlich mich Angst. Der Gedanke, meine ganze Familie könnte sich mir widersetzen, beunruhigte mich und ließ meinen Mut sinken. Von der eigenen Mannschaft ausgeschlossen, von allen angefeindet werden? Wenn es dazu käme, wäre ich wie in Stücke gerissen. Das hätte ich nicht ertragen können.

Meine Besorgnis erwies sich beim großen Familientag in Wanagalih als nur zu berechtigt. Alle ohne Ausnahme wollten ihre Zustimmung nur geben, wenn Dik Nunuk zum Islam überträte oder – wenn nicht, dann käme als äußerstes Zugeständnis nur eine Heirat »im burgerlijke stand«, vor dem Standesamt, in Frage. Mein Herz schrumpfte zusammen. Ihre tröstenden Worte, ich sollte doch Dik Nunuks Eltern um Rat fragen, konnten meine Verzweiflung nicht mindern.

Ach, warum hatte ich diese Frage denn bloß nicht schon viel eher, in aller Vorsicht, langsam Schritt für Schritt mit Dik Nunuk besprochen. Hätte ich das getan, wäre Dik Nunuk jetzt vielleicht bereit gewesen, es sich noch einmal zu überlegen. Aber was hätten ihre Eltern gesagt? So liebenswürdig, wie sie waren, so sympathisch, und doch wieder so streng in ihrem katholischen Glauben? Bestimmt wollten sie, daß ich katholisch würde, und würden die Möglichkeit, vor dem Standesamt zu heiraten, nicht einmal in Erwägung ziehen. Die kirchliche Hochzeit war für sie ohne Zweifel die einzig angemessene Form.

Einen Moment lang erwog ich den Ausweg, zu ihrem Glauben überzutreten und mich taufen zu lassen. Aber – das war unmöglich! Wie hätte ich das tun können. Ich hatte ja noch nicht einmal als Muslim den Vorschriften genüge getan, war meinem Glauben noch einiges schuldig. Ich mußte ihm erst noch näher kommen, ihn begreifen und lieben. Wie sollte ich in dieser Situation alles das aufgeben und mich einem anderen Glauben zuwenden? Ich würde mich schuldig fühlen, ja als Verräter, wenn ich jetzt darauf beharrte, zu ihrer Religion überzutreten. Auch wäre es gegenüber ihrem Glauben nicht ehrlich, sondern geradezu heuchlerisch. Trotzdem mußte ich nun vor Dik Nunuks Eltern treten und offiziell um ihre Hand bitten.

Einige Tage bevor das geschah, traf ich mich mit ihr, um ihr das Ergebnis unseres Familienrats in Wanagalih mitzuteilen. Damit unser Gespräch so ungestört wie möglich verlief, bat ich Dik Nunuk, zu Tante Suminah zu kommen. Diese konnte sich denken, was wir zu besprechen hatten, und ließ uns allein. Während wir beratschlagten, zog sie sich in das hintere Zimmer zurück.

Es war ein außergewöhnlich schöner Spätnachmittag. Die Hitze war weniger drückend als sonst, die Luft geradezu frisch. Unter dem Schein der letzten Sonnenstrahlen begann sich der Himmel langsam zu röten, um später fahl zu werden. Dann erschien die Mondsichel am Firmament.

»Dik Nunuk, ich möchte, daß du meinen Bericht in aller Ruhe anhörst und mich nicht unterbrichst, bevor ich alles gesagt habe.«

Ich habe noch genau ihr Gesicht in diesem Moment vor Augen. Sie blickte erst etwas überrascht, gleichzeitig fragend, dann umspielte ein Lächeln ihre Lippen. Sie nickte. In diesem Augenblick preßte es mir das Herz zusammen. Ich zögerte, dann aber berichtete ich ihr alles. Während ich sprach, gab ich mir große Mühe, daß meine Stimme nicht von Gefühlen überwältigt zu zittern begann. Ich hoffte, ich würde wenigstens äußerlich ruhig wirken. Aber je weiter ich mit meinem Bericht kam, desto deutlicher verfärbte sich Dik Nunuks Gesicht. Sie wurde bleich und schien zu erstarren. Als ich schloß, konnte sie ihre Tränen nicht mehr zurückhalten. Sie holte ihr Taschentuch hervor und trocknete sich die Wangen. Obwohl mich meine eigenen Gefühle überwältigen wollten, bemühte ich mich doch, so ruhig und so gefaßt wie möglich zu wirken, bis sie sich wieder beruhigt hatte.

»Mas, ich habe schon manchmal gedacht, uns könnte etwas Schlimmes zustoßen, aber ich habe diese Gedanken immer wieder verjagen können. Unsere Beziehung war doch die ganze Zeit ungetrübt, wir waren so froh und glücklich. Das hat an dir gelegen, weil du ein Mann bist, der eine gemeinsame Basis des Vertrauens und Zutrauens schafft. Zusammen mit dir und mit unserer starken Bindung – so habe ich immer gemeint – könnten wir bestimmt alle Differenzen, die sich möglicherweise zeigen würden, überwinden. Und dazu habe ich auch den Unterschied unseres Glaubens gerechnet. Aber jetzt, Mas, wo du von eurem Familienrat erzählt hast, ist mir klar geworden: Wir haben uns selbst und unsere Familien falsch eingeschätzt. Wie unglaublich fest wir doch an unseren Glauben gebunden sind!«

So redete Dik Nunuk weiter, sie holte immer weiter aus. Sie wollte gar nicht wieder aufhören. Ich mußte gerecht sein, durfte sie nicht unterbrechen, denn ich hatte ja gleiches von ihr verlangt. Und indem ich geduldig ihre Worte anhörte, Satz für Satz, kam immer größere Verzweiflung über mich. »Wie unglaublich fest wir doch an unseren Glauben gebunden sind«, hatte sie gesagt. Ja, Allah, klagte ich im Herzen, warum läßt Du unsere reine und starke Liebe zunichte werden, nur weil die Art, wie wir zu Dir beten, verschieden ist? Richten sich denn unsere Gebete nicht schließlich alle an Dich, Allah? Bist Du denn eifersüchtig auf unsere Liebe? Ist es denn so, daß Du nur die Liebe zwischen denen segnest, die auf gleiche Weise zu Dir beten? Warum öffnest Du in unserem Fall nicht eine Tür, zeigst uns beiden einen Weg, oh Allah? So klagte ich, so protestierte ich.

Dik Nunuk verstummte. Und wie seltsam, ihre Tränen hörten auf zu fließen. Sie richtete ihre Augen auf mich. Mir stockte das Blut in den Adern. Mit einem Mal stieg wildes Verlangen in mir auf. Ich mußte ihren Körper in meinen Armen spüren, ihn küssen, ihn verschlingen und mich mit ihr vereinen. Wir fielen uns in die Arme, umarmten und küßten uns voller Lust und Gier. Wir küßten und küßten uns über und über. Als unsere Lust ihren Höhepunkt erreicht hatte, nahm ich Dik Nunuk auf die Arme und war drauf und dran, sie in mein Zimmer zu tragen. In diesem Moment – ich weiß nicht wie – hielten wir inne. Ganz langsam ließ ich sie aus meinen Armen auf die Erde sinken. Es war, als hätte eine unsichtbare Hand unsere innige Umarmung gelöst. Wie betäubt fielen wir beide im Vorraum in unsere Sessel. So saßen wir stumm eine Weile da. Dann aber richtete sich Dik Nunuk auf. Sie war ganz ruhig: »Mas Har, ich danke dir.«

»Wofür denn?«

»Für alles. Bitte bring mich heim, Mas.«

Als wir im Madiotaman ankamen, sagte ich zu Dik Nunuk, ich würde am Sonntag, wenn sie aus der Kirche zurückkämen, mit ihren Eltern sprechen. Dik Nunuk nickte. Wir wußten beide, damit würde am bevorstehenden Sonntag das Scheitern unserer Heirat offiziell besiegelt werden.

Zu Hause wartete Tante Suminah schon im hinteren Zimmer auf mich. Sie bat mich, mit ihr gemeinsam das Abendgebet zu sprechen: »Komm, Yok, bete mit mir.«

Ihr Wunsch überraschte mich. Tante Suminah wußte doch, daß ich nie betete.

»Du kannst doch wenigstens von dem Wasser dort nehmen und dich reinigen. Dann setzt du dich einfach hinter mich und bittest Allah um Rat, ja?«

Ich folgte ihr. Wie einfühlsam sie doch war! Und als sie beide Hände zum Zeichen des Grußes erhob, tat ich es ihr nach. Aus meinem Mund kamen freilich nur die Worte »Allahu Akbar, Allah ist groß, Allah ist groß«, die ich immerzu wiederholte. Als Tante Suminah ihr Gebet beendet und längst den Raum verlassen hatte, saß ich immer noch mit verschränkten Beinen auf der geflochtenen Matte und bat Allah um Verzeihung.

Jener Sonntag war ein sehr merkwürdiger Tag. Wir alle – ich, Dik Nunuk, ihre Eltern und Geschwister, die Vettern und Kusinen, ja selbst Pran – waren friedlich und entspannt. Ich brachte meinen Bericht vor, sie hörten ihn an und äußerten ihre Einwände. Alles das verlief normal und ungezwungen. Dik Nunuk hörte aufmerksam, aber in aller Ruhe zu. So auch ich und die übrigen Familienmitglieder. Alle wußten schon Bescheid und hatten sich darauf eingestellt, daß nun das Ende unserer Liebesgeschichte gekommen war. Dik Nunuk hatte selbstverständlich schon alles berichtet, und ihre Eltern hatten sich ihre Bedingungen bereits zurechtgelegt. Mit anderen Worten, wir waren allesamt bereit, gefaßt und ergeben hinzunehmen, daß es keinen Ausweg aus der Sackgasse gab. Wir nahmen noch gemeinsam das Mittagessen ein, dann verabschiedete ich mich.

Gegen Abend im Zug nach Wonogiri sah ich, tief in Gedanken versunken, aus dem Fenster: Reisfelder, Reisfelder, Reisfelder...

Ich unterrichtete nur etwa zwei Jahre an der HIS Wonogiri. Den größten Teil der beiden Jahre verbrachte ich damit, den Schmerz zu vergessen, den mir das Unglück mit Dik Nunuk verursacht hatte. Wie tief doch so ein Schmerz sitzen kann, wenn eine Liebe scheitert! Und wie lange es dauert, bis er verschwindet. Ich stürzte mich in die Arbeit an der Schule. Öfter als in der vorhergehenden Zeit besuchte ich nachmittags die Eltern meiner Schüler, so wie es früher Meneer Soetardjo, mein Lehrer an der HIS Wanagalih, gewöhnlich zu tun pflegte. Ich suchte auch engeren Kontakt zu meinen Schülern. Sie forderten mich auf, mit ihnen Fußball oder Schlagball zu spielen, und luden mich zu Ausflügen in die Umgebung ein, zum Gandul oder Alas Ketu, zu Bergen in der Nähe, und gelegentlich auch an die Küste im Süden.

Meine Eltern, die ja so gütig waren, besuchten mich mehrfach, immer in Sorge, das abgelegene Wonogiri und mein stilles Haus würden mich melancholisch werden lassen. Selbstverständlich beruhigte ich sie stets damit, daß sie sich bloß keine Sorgen machen sollten. Da sie selbst ja nie ein ähnliches Mißgeschick wie ich erfahren hatten, konnten sie es nur als eine riesige Katastrophe ansehen. Ihre Heirat war von ihren beiden Familien gut vorbereitet, nach hergebrachter Ordnung geregelt und ausgerichtet worden, so daß sie wohl nur die Vorstellung haben konnten, eine Liebe, die in die Brüche ging, wäre eine Katastrophe. Und es war ja auch tatsächlich eine Katastrophe. Allerdings war die Vorstellung, die sie davon hatten, und das, was ich erlebt hatte und worunter ich litt, doch einigermaßen verschieden.

»Junge, das Unheil, das du gerade erfahren hast, zeigt, daß nicht alle modernen Wege für unser Volk gut sind.«

»Was meinst du damit, Vater?«

»Ja, ich meine, sich selbst eine Braut zu suchen, Yok. Wenn man nach einer geeigneten Braut sucht, wie wir das früher getan haben, dann kann es gar nicht zu so einer Katastrophe kommen. Wir haben lange vorher in der ganzen Familie angefangen zu beratschlagen, Vergleiche anzustellen und alles eingehend zu besprechen, so daß dann, wenn wir uns einig waren und auf eine Person festgelegt hatten, die Brautwerbung eigentlich nur noch eine Formalität war.«

»Aber gab es nicht auch viele Enttäuschungen, Vater?«

»Ja, die gab es auch, aber nicht viele. Schau, wenn du dich zum Beispiel sehr viel früher mit uns beraten hättest, dann wäre dir diese unglückliche Erfahrung erspart geblieben, mein Junge.«

»Aber Vater, wäre es nicht genauso schwer gewesen, die Mauer zwischen den beiden Religionen zu überwinden, wenn ich mich von Anfang an mit euch allen beraten hätte?«

»Das ist ja gerade der Punkt, mein Junge. Dann hätten wir dir nämlich schon gleich geraten, dir keine Braut auszusuchen, die einer anderen Religion angehört. Und weil wir dir schon von Anfang an abgeraten hätten, hättest du auch schon frühzeitig deine Annäherung an Nunuk aufgeben können. Dann wäre es nicht erst zu einer näheren und festen Beziehung zu Nunuk gekommen. Und der Rückzug wäre nicht so schmerzhaft für dich geworden.«

Eigentlich hätte ich nur zu gern diese Frage nochmals mit meinem Vater erörtern wollen, denn ich hatte trotzdem immer noch das Gefühl, richtig gehandelt zu haben. Aber ich ließ es sein, denn es hat ja keinen Zweck, mit den Eltern zu streiten. Ich wußte nur zu gut, meine Eltern hatten es mir übelgenommen, daß ich sie nicht frühzeitig genug in die Art meiner Beziehung zu Dik Nunuk eingeweiht hatte. Ich selbst dagegen sah den Mißerfolg, so sehr er mich auch schmerzte, immerhin als eine sehr wertvolle Erfahrung. Ich hatte das Gefühl, etwas getan zu haben, was ich einfach tun mußte, nämlich aus eigener Initiative das Herz eines Mädchens zu erobern, ohne auf das hilfreiche Netz der Familie zurückzugreifen. Ich hatte die Reinheit, das Glücksgefühl und schließlich auch die tiefe Enttäuschung dieser Beziehung durchlebt, ja regelrecht genossen. Die Verbindung zu Dik Nunuk und zu ihrer ganzen Familie war eine unvergleichliche Erfahrung. Sie hatte einfach mein Leben bereichert. Daß ich letztlich keinen Erfolg hatte, daß ich sie nicht heiraten konnte, das nahm ich als mein Schicksal hin.

Und wenn ich diese Erfahrung mit der meiner Eltern verglich, dann wurde mir deutlich, wie sehr sich die Zeiten geändert hatten. Mein Vater war davon überzeugt, daß die Art und Weise, wie seine Brautwerbung vonstatten gegangen war, viel richtiger und glücklicher gewesen war. Die Eltern meines Vaters hatten meine Mutter gewählt, nachdem sie mit deren Verwandten beratschlagt hatten. Und ihre Wahl war auf ein Mädchen gefallen, das noch zur entfernten Verwandtschaft meines Vaters gehörte.

Natürlich muß man zugeben, mein Vater und meine Mutter waren wirklich ein glückliches Paar. Sie hatten alle diese Stationen übersprungen, ohne sich vorher kennenzulernen, ohne eine lange Wartezeit vor der Hochzeit. Und trotzdem war ihre Ehe mustergültig und voller Eintracht bis in ihre alten Tage. Waren sie etwa vom Schicksal besonders begünstigt, während mein Schicksal unter einem schlechten Stern stand? Sicher würden es meine Eltern weit von sich weisen, wenn es hieße, alles dies sei nur Schicksal. Als gute Javaner vertrauten sie zwar ihrem Schicksal und legten es fest in Allahs Hand. Aber sie waren selbstverständlich auch davon überzeugt, daß jeder Mensch sein möglichstes und bestes tun müsse, insbesondere auch bei der Vorbereitung der Ehe.

Vielleicht traf in den Augen meiner Eltern Soeminis Hochzeit damals am ehesten das Ideal der heutigen Zeit. Sie war von der Verwandtschaft gemeinschaftlich vorbereitet worden, die jungen Leuten hatten aber auch ausreichend Gelegenheit erhalten, einander kennenzulernen. Ich nahm mir vor, mich in Zukunft danach zu richten.

Eines Nachmittags beaufsichtigte ich meine Schüler der siebten Klasse beim Schlagball. Wie gewöhnlich waren sie mit Feuereifer dabei und hatten viel Spaß. Schließlich kam auch Sumarti an die Reihe und sollte den Ball schlagen. Die Art, wie sie die Schläge anging, war nicht gerade besonders geschickt, eher langsam und ungelenk. Sie traf den Ball selten, denn sie holte schon mit dem Schläger zu kurz aus. So war es auch diesmal: Sie verfehlte den Ball. Rasch warf sie den Schläger fort und begann, so schnell sie konnte, in Richtung auf den ersten Hong, die erste Marke, zu rennen.

Der Sportplatz vor unserer Schule, wo wir Schlagball spielten und anderen Sport trieben, war alles andere als eben, er hatte vielmehr überall Löcher, denn er war früher einmal Gemüseacker gewesen.

Obwohl Sumarti ziemlich langsam lief, schwankte sie hin und her und konnte die Unebenheiten vor der Marke nicht recht wahrnehmen. Der Mitschüler mit dem Ball in der Hand verfolgte sie und trieb sie mit lautem Geschrei an. Bevor sie nun die Marke erreichte, rutschte sie aus und fiel der Länge nach hin. Der Mitschüler kam heran und schleuderte ohne eine Spur von Mitleid den Ball auf sie. Sie hielt sich mit der Hand den Fuß und schrie vor Schmerz laut auf. Ich unterbrach sofort das Spiel, um nachzusehen, was mit der Schülerin passiert war.

Sie hatte sich bei dem Sturz auf dem unebenen Gelände offenbar den Fuß verstaucht. Als ich ihr beim Aufstehen half und sie beim Gehen stützte, stöhnte Sumarti. Sie hatte starke Schmerzen und konnte ihren rechten Fuß nicht bewegen. Wir riefen einen Andong herbei und brachten sie zum Arzt. Nachdem er ihren Fuß untersucht und behandelt hatte, legte er ihr über die Schwellung einen Verband. Dann brachte ich sie persönlich nach Hause. Ihre Eltern erschraken natürlich, als sie sahen, daß ihre Tochter vom Lehrer mit dem Andong gebracht wurde und daß sie an seinem Arm zum Haus humpelte. Sie kamen uns aufgeregt in den Vorgarten entgegen. Ich erklärte ihnen den Vorfall und beruhigte sie damit, daß der Fuß nur etwas verstaucht sei. Sumarti müsse nur ein paar Tage ruhig liegen.

Der Unfall brachte es mit sich, daß ich öfters kam, um nach Sumarti zu sehen. Ihr Vater war ein pensionierter Panewu, ein Beamter etwa im Rang eines stellvertretenden Wedana. Er kam aus Selogiri und hatte sich nun mit seiner Familie, die nur aus seiner Frau und der einzigen Tochter, eben Sumarti, bestand, nach Wonogiri zurückgezogen, um dort seinen Ruhestand zu verbringen. Das Kind war offenbar sehr spät gekommen, und so mußten sie sich noch im Rentenalter um die Erziehung des Mädchens kümmern, das erst die siebte Klasse der HIS besuchte.

Sumarti war eine mäßige Schülerin. Ihre Benotungen waren nirgends hervorragend, aber sie hatte doch immerhin einen Durchschnitt von 7. Und das war ja keineswegs schlecht. Für ein Mädchen aus einem abgelegenen Provinzort wie Wonogiri jedenfalls war dies sogar eine beachtliche Leistung, erst recht, wenn man bedenkt, daß dabei auch der Unterricht in Holländisch, Geschichte und Geographie mitgerechnet war. Denn das waren immerhin Fächer, die halfen, die Schranken zu überwinden, die dem Denken eines Mädchens in der Provinz sonst enge Grenzen setzten. Die Erziehung der meisten von ihnen war ja lediglich darauf ausgerichtet, einmal einen einfachen Haushalt führen zu können. Ein Mädchen aus Wonogiri jedoch, das den HIS-Abschluß hatte, besaß damit eine ausreichende Vorbildung, um eines Tages in das Haus eines Priyayi aufgenommen zu werden. Wenn ein Mädchen Holländisch sprach, sich in Geschichte und Erdkunde auskannte, dann konnte es für sich in Anspruch nehmen, »algemeen ontwikkeld« zu sein, eine gute Allgemeinbildung zu besitzen. Und wenn sie einen Beamten ehelichte, dann war sie durchaus in der Lage, mit der Gattin eines Vorgesetzten oder sogar mit der Madame Kontrolleur zu verkehren.

Soemini, meine jüngere Schwester, konnte als gutes Beispiel dafür gelten, obgleich sie natürlich durch ihre zusätzliche Ausbildung in der Van Deventer Schule weitere Vorteile besaß. Als Ehefrau eines stellvertretenden Wedana stellte sie geradezu ein Idealbild dar: elegant, redegewandt, sprach fließend Holländisch, beherrschte die Wertordnung der Priyayi. Sicher, Sumarti war keine Soemini. Sie war ja ein ganz einfaches Mädchen, aber sie war ohne Frage ebenso fein, bescheiden und liebenswürdig wie meine Schwester. Ihr Gesicht war nicht ausgesprochen schön, allerdings auch keineswegs häßlich, sondern durchaus anziehend. Wenn ich sie mit Dik Nunuk verglich – aber ach, lassen wir das!

Also, im Laufe der Zeit kam ich der Familie Brotodinomo, Sumartis Eltern, näher. Wenn ich nachmittags das Haus hinter dem Gefängnis von Wonogiri besuchte, so geschah das anfangs mehr aus dienstlichem Anlaß. Schließlich gehört es zu den Pflichten eines Lehrers, sich ein Bild von der Herkunft eines Schülers oder einer Schülerin zu machen und – wenn nötig – Schwierigkeiten auf den Grund zu gehen, die ihn oder sie beim Lernen behindern. Bei Sumarti kam dazu, daß sie diesen Unfall während meines Unterrichts gehabt hatte.

Allmählich verloren meine Besuche ihren dienstlichen Charakter und nahmen eher die Form von Freundschaftsbesuchen an. Es gab Tee und die üblichen Kleinigkeiten wie gebratene Bananen oder Süßkartoffeln. Gelegentlich wurde ich dann auch zum gemeinsamen Abendessen eingeladen. Es gab nichts Besonderes zu essen, aber trotzdem schmeckte es mir sehr viel besser als zu Hause, wo ich als Junggeselle auf das angewiesen war, was mir eine Dienerin zubereitete. Dazu kam die Einsamkeit der dortigen Umgebung, die nicht gerade dazu beitrug, daß man großen Appetit bekam. Im Haus von

Sumartis Eltern dagegen herrschte eine freundliche Atmosphäre, da langte man gerne zu. Es war wie früher im Haus von Dik Nunuk im Madiotaman. Ja, war es nicht auch zu Hause in Wanagalih so gewesen? Gemütlich und friedlich. Warum mußte ich nur immer wieder Dik Nunuks Haus zum Vergleich heranziehen?

Wenn ich bei der Familie Brotodinomo zu Besuch war, saß Sumarti in den seltensten Fällen mit bei uns. Und in den wenigen Fällen, wo das geschah, begegnete sie mir mit großer Ehrerbietung. Für sie war ich einfach Meneer Hardojo, in der Schule ebenso wie zu Hause. Oftmals sprach ich Sumarti auf Holländisch an, um ihr Gelegenheit zu geben, ihre Fortschritte zu zeigen und ihre Begabung unter Beweis zu stellen. Ganz so, wie das früher bei Soemini war, als Meneer Soetardjo zu uns kam. Und was freuten sich doch die Eltern darüber, daß ihre Tochter Holländisch sprechen konnte. Sumarti saß auch nicht mit am Tisch. Sie saß vielmehr in einiger Entfernung, um uns zu bedienen. Dann rief sie »Haben Sie noch Hunger, Meneer?«, »Nehmen Sie noch etwas Gemüse, Meneer?« oder »Ach, sind Sie schon satt, Meneer?« und dergleichen. Alles dies brachte sie in einer Art und einem Tonfall vor, wie sie für javanische Priyayi-Töchter typisch waren.

Eines Morgens rief mich mein Schulleiter in sein Büro. Als ich eintrat, sah ich einen Besucher, der seiner Kleidung nach zu urteilen zum Kreis der Hofbeamten gehören mußte. Das war vor allem an seiner langen Jacke in der Form einer Beskap Landung und an dem Blangkon zu erkennen, den er auf dem Kopf trug. Meneer Soedirdjo, unser Schulleiter, erklärte mir, es sei der Abdi Dalem Wedana vom Mangkunegaran, der von seiner Durchlaucht, dem Fürsten, geschickt sei, um nach einem Lehrer Ausschau zu halten, der bereit sei, an dessen Hof das neu eingerichtete Amt für Erwachsenenbildung und Jugendgruppen zu übernehmen.

»Dimas Hardojo, Sie sind meiner Meinung nach gut geeignet für dieses Amt, vorausgesetzt, Sie haben Lust dazu.«

Ich antwortete nicht sogleich. Dieses Angebot kam einfach zu überraschend. Allerdings war ich nicht abgeneigt, mir die Sache zu überlegen: »Aber warum bin ich der erste, dem diese Stelle angeboten wird?«

Meneer Soedirdjo lächelte, er konnte meinen Wunsch verstehen, daß mir die Gründe dafür in Gegenwart unseres Besuchers erläutert würden. Die Höflichkeit gebot, daß ich mich als der Betroffene in einer solchen Sache nicht direkt an den Gast wandte. Das wäre saru, peinlich, gewesen, wie die Javaner sagen. Daher übernahm mein Direktor weiter die Vermittlung: »Also, Dimas Hardojo, wir hatten genug Zeit, Sie zu beobachten. Nach meiner Einschätzung besitzen Sie ein besonderes Talent im Ausbilden und Organisieren. Sie treiben gern Sport, Sie machen mit Ihren Schülern gern Exkursionen und gehen mit ihnen zelten. Sie haben eine Vorliebe für die Künste und verstehen es auch, die jungen Leute dafür zu interessieren.«

Da mischte sich unser Besucher in das Gespräch ein: »Ja, verzeihen Sie, Meneer Hardojo, wenn ich hier ganz offen rede. Ich habe Sie schon lange gemeinsam mit Meneer Soedirdjo beobachtet. So wie wir beide das sehen, sind Sie derjenige, den wir brauchen.«

»Ach, Sie machen mich ganz verlegen. Trotzdem sage ich Ihnen vielen, vielen Dank!«

»Aber, Meneer Hardojo, wie denken Sie denn darüber? Ich hoffe, unser Angebot reizt Sie. Allerdings muß ich hier ganz offen von Anfang an darauf hinweisen, daß das Gehalt, das wir Ihnen zahlen können, etwas niedriger ist als Ihr jetziges. Doch müssen Sie wissen: Hier beziehen Sie ein Gehalt von der Kolonialregierung, in Solo dagegen von Seiten des Mangkunegaran, der einen kleineren Etat hat.«

Ich überlegte im stillen. Die Gehaltsfrage berührte mich nicht wirklich, da ich noch allein lebte. Wenn ich vielleicht auch etwas weniger bekam, so würde das doch allemal für meine bescheidenen Bedürfnisse ausreichen. Einen Moment lang wurde mir freilich bei dem Gedanken bange, in Solo zu wohnen, in einem Ort, an den sich für mich schmerzliche Erinnerungen knüpften. Doch wischte ich diese Bedenken rasch beiseite. Sollten denn etwa die zwei Jahre seither nicht genug gewesen sein, um darüber hinwegzukommen, dachte ich. Was bist du bloß für ein Kerl! Das Angebot ist doch wirklich eine Chance! In jedem Fall bedeutet es eine neue Herausforderung. So sehr mir das Unterrichten lag, so war es mir doch in dem Provinznest Wonogiri allmählich zu langweilig.

»Was meinen Sie, Meneer Hardojo? Wie wäre es, wenn Sie mit mir nach Solo kämen? Dann könnten Sie sich persönlich bei meinen Vorgesetzten vorstellen, beim Kanjeng Bupati Anom, vielleicht auch beim Kanjeng Pepatih Dalem, und – wer weiß – möglicherweise empfängt Sie sogar seine Durchlaucht, der Fürst, selbst. Auf diese

Weise erfahren Sie im persönlichen Gespräch mit den Herren alles Nähere, was die Aufgabe betrifft.«

»Ja, wenn Sie den Vorschlag des Herrn Wedana annehmen«, so fiel Meneer Soedirdjo ein, »dann bin ich gern bereit, Ihnen ein paar Tage Urlaub zu geben.«

Was für ein gütiger und großzügiger Mensch Meneer Soedirdjo doch ist, dachte ich bei mir. Kurz, ich stimmte zu und versprach, am nächsten Tag nach Solo nachzukommen. Noch am selben Abend schrieb ich meinen Eltern einen langen Brief, verständigte auch meine Geschwister und brachte die Briefe sofort zum Briefkasten. Meinen Eltern teilte ich gleichzeitig mit, ich würde nach Wanagalih kommen, nachdem ich mich im Mangkunegaran vorgestellt hätte.

Im Zug von Wonogiri nach Solo, als ich meinen Blick über die Reisfelder schweifen ließ, erschien mir immer wieder Sumartis Gesicht. So ging es mir die ganze Fahrt über, bis der Zug in den Bahnhof Sangkrah in Solo einfuhr – Sumartis Anblick reiste mit. Seltsam.

Tatsächlich, der Herr Wedana, der Abgesandte des Mangkunegaran, hatte nicht gelogen. Nicht nur, daß ich freundlich empfangen wurde und daß mir die hohen Beamten des Mangkunegaran alle Einzelheiten meiner Aufgabe erklärten, sondern am letzten Tag meines Besuchs rief mich auch der hohe Fürst persönlich zu sich.

Als man mir das ausrichtete, erschrak ich ordentlich. Denn ich war zwar der Sohn eines Priyayi, aber man darf ja nicht vergessen, daß mein Vater nur ein niederer Priyayi war, gerade einmal Leiter einer Dorfschule, und daß er nicht aus der Fürstenstadt Solo stammte, sondern nur aus der Region Madiun, das einstmals dem Königreich Mataram tributpflichtig war. Auch war ich durch meine Ausbildung in der HIS, der Kweekschool und der Hogere Inlandsche Kweekschool keineswegs zu einem modernen und holländisch gebildeten Mann geworden. Mir wurde mit einem Mal bewußt, daß ich einem javanischen Herrscher, einem König, gegenübertreten sollte. Wenn es auch nur ein kleiner König war, der lediglich über ein Gebiet herrschte, das nicht einmal halb so groß war wie das von Surakarta, ein winziger Teil des alten Reiches Mataram. Aber war der Fürst nicht trotzdem ein javanischer König, genauer gesagt, mein König, so begrenzt sein Machtbereich auch war?

Ich wurde gerufen, mich zu einer Audienz im Prangwedanan,

einem kleinen Pendopo östlich vom Hauptpalast des Mangkunegaran, einzufinden. Der Herr Wedana, zu dessen Aufgaben es gehörte, Gäste zu empfangen und die Ordnung im Palast zu überwachen, begleitete mich. Der Pendopo war nicht sehr groß, aber er hatte etwas Ehrfurchtgebietendes. Wie es hieß, war der Prangwedana das Gebäude für den Prinzen, der dort auf sein zukünftiges Amt als Kronprinz vorbereitet wurde. Eine Gruppe von jungen Tänzern und Tänzerinnen, vermutlich Schüler der Van Deventer-Schule oder der Siswo Rini, hatten gerade ihre Probe beendet.

Wir nahmen in der Westecke des Pendopo Platz. Wenig später erschien der Fürst aus dem Inneren des Palastes. Er trug javanische Kleidung, einen Kain, eine lange elfenbeinfarbene Jacke, eine Beskap Landung, auf dem Kopf den Blangkon. Wir erhoben uns sogleich und begrüßten ihn ehrerbietig, wie es sich gehörte. Der Fürst bat uns, wieder Platz zu nehmen. Wir saßen beide in der Haltung größter Ergebenheit. Kanjeng Gusti Pangeran Adipati Arya Mangkunegara VII. war ein gut aussehender schlanker Mann mit einem kleinen, aber dichten Schnurrbart. Seine hoheitliche Würde teilte sich einem unmittelbar mit, aber sie erdrückte nicht, sondern erweckte Achtung. Mir fuhr richtig der Schreck in die Glieder, als mich der hohe Herr schließlich auf Holländisch anredete: »Hoe gaat't met U, Meneer Hardojo? Wie geht's, Herr Hardojo?«

Ich antwortete in der höchsten Form der javanischen Hochsprache, die man Höherstehenden gegenüber benutzt, dem Kromo Inggil, wobei ich bemüht war, mich so fein wie möglich auszudrükken.

Das Gespräch entwickelte sich rasch zum Monolog eines Herrschers, der seinen Ratgebern und Ministern seine Pläne und Visionen vortrug. Für seine Schilderung bediente er sich einer Mischung aus gehobenem Javanisch und Holländisch, verfiel jedoch nie in das einfache Ngoko, obwohl es ihm als Fürsten gegenüber seinen Untertanen durchaus angestanden hätte. Ich fühlte mich äußerst geehrt, als Mensch ernstgenommen.

Sein Vortrag erwies sich als außerordentlich interessant. Sehr anschaulich führte er uns alle Gegenden seines Herrschaftsbereichs Mangkunegaran vor Augen. Es entstand das Bild von einem Reich, das bei aller seiner Kleinheit doch Bewunderung erwecken konnte und das nun dabei war, sich dem Wandel der modernen Zeit zu stellen. In Tasikmadu und Colomadu standen zwei Zuckerfabriken von beträchtlicher Größe, die gut liefen. Die Reis- und Gemüseernten waren zufriedenstellend. Das Viertel des Mangkunegaran im Stadtgebiet von Solo galt als sauber, die Kanalisation funktionierte einwandfrei. Das Erziehungswesen befand sich auf gutem Stand. Die HIS Siswo in Solo war dank der gut ausgebildeten Lehrer vorbildlich, die meisten hatten einen Abschluß von der HIK, der HKS, der Van Deventer, einige besaßen sogar das Zertifikat der Hoofd-Akte. Auch um die Künste stand es gut. Es gab verschiedene Gamelan- und Tanzgruppen. Regelmäßig fanden Aufführungen des Wayang Orang statt, ebenso Tanzvorführungen im Pendopo des Mangkunegaran. Über javanische Literatur und Philosophie wurden Seminare abgehalten, im Pendopo Prangwedanan wurden immer wieder javanische Volkstänze und andere Formen der einheimischen Kunst gezeigt.

All dies, meinte der hohe Herr, diene dazu, das Leben im Herrschaftsbereich voranzubringen und der modernen Zeit zu öffnen. Sorge machten ihm jedoch die Bildung der älteren Generation auf dem Lande und die unzureichende Betreuung der Jugend. Er wolle, daß das Volk, alt und jung, die Stütze seines kleinen Reiches würde, das zwar räumlich begrenzt war, aber fortschrittlich sein sollte. Daher hatte er den Wunsch, daß die Erwachsenenbildung so rasch wie möglich angepackt würde. Dabei sollte es um die Beseitigung des Analphabetentums gehen, um Aufklärung im medizinischen und hygienischen Bereich, um die Entwicklung handwerklicher und kunsthandwerklicher Fertigkeiten und die Organisation der Pfadfinder und des Jugendsports.

Als er mit seinem Vortrag zu Ende war, blickte der hohe Herr auf mich. Obwohl ich ja während seines Monologs meine Augen ehrerbietig gesenkt gehalten hatte, spürte ich doch seinen Blick auf mir ruhen: »Wie ist es, Meneer Hardojo, haben Sie Interesse? Reizt Sie die Aufgabe?«

»Sie reizt mich sogar sehr, Kanjeng Gusti.«

»Sind Sie denn auch bereit, Ihre Anstellung bei der Kolonialregierung aufzugeben und zum Mangkunegaran überzuwechseln?«

»Ja, ich bin bereit dazu.«

»Da ist nur noch eines. Aber ich nehme an, Patih Sarwoko hat Sie bereits darüber informiert. Unsere Bezahlung ist nicht so hoch wie bei der Kolonialregierung.«

»Das weiß ich bereits, Kanjeng Gusti. Mir ist es recht so.«

»Sehr schön. Ich hoffe, Sie werden sich bei uns wohlfühlen.

Jedenfalls sind Sie hier für unsere einheimische Herrschaft tätig und nicht für die Kolonialregierung.«

So hatte ich mich also entschieden. Ich würde zum Mangkunegaran gehen. Man gab mir Zeit bis zum Ende des Schuljahres. Das bedeutete ein weiteres Quartal.

Auf der Fahrt nach Wanagalih, in der Staatsbahn nach Paliyan, dachte ich über den Weg meines Lebens nach. Wie seltsam doch ein Leben verlaufen kann. Wer hätte vorhersagen wollen, daß ich eines Tages meine Stelle als Lehrer an einer Regierungsschule aufgeben und eine ganz andere Lehraufgabe übernehmen würde, in der ich es mit Erwachsenen und Jugendlichen vom Dorf zu tun hätte.

Als ich aus dem Fenster sah, erschien mir abermals Sumartis Gesicht. Ich war etwas verwundert. Hatte ich mich denn etwa schon in Sumarti verliebt? In ein so einfaches Mädchen, mindestens acht Jahre jünger als ich? Aber ich mußte mir eingestehen, daß ich ein Auge auf sie geworfen hatte. Das hatte sich ganz langsam und in unmerklichen Schritten entwickelt. Angefangen hatte es damit, daß ich sie wegen ihres verstauchten Fußes nach Hause begleitet hatte. Daraus hatten sich dann regelmäßige Besuche in ihrem Haus ergeben. Seltsam genug, ich hatte bis heute nicht bemerkt, daß etwa mein Herz schneller klopfte – wie früher bei Dik Nunuk. Ich war Sumarti gegenüber immer höflich, ruhig und gelassen. Wir waren ja auch nie zu zweit ausgegangen, und von Liebe war erst recht keine Rede gewesen. Trotzdem, es war nicht zu leugnen, meine anfänglichen Gefühle nach der ersten Begegnung mit Sumarti hatten sich gewandelt. Und ich spürte auch, daß Sumarti mir besondere Beachtung schenkte. Oder täuschte ich mich darin?

Wie auch immer, ich mußte den Mut aufbringen, mit ihr darüber zu sprechen. Oder sollte ich gleich bei ihren Eltern um ihre Hand anhalten? Aber wie alt war denn Sumarti überhaupt? Höchstens doch vierzehn, allenfalls, wenn sie später eingeschult worden war, gerade mal fünfzehn. Ich erinnerte mich an damals, als die ganze Familie zusammengekommen war, um Soeminis Heirat zu besprechen. Da war ich es gewesen, der ihre Bitte bei unserem Vater unterstützte, erst noch die Van Deventer-Schule besuchen zu dürfen, um ihre Ausbildung zu vervollständigen und um bei der Hochzeit etwas älter zu sein. War ich denn bereit, jetzt schon um Sumarti anzuhalten?

Nein, ich entschloß mich, erst einmal die weitere Entwicklung der Dinge abzuwarten.

Meine Eltern in Wanagalih empfingen mich mit großer Freude. Meine Meldung, daß ich zum Mangkunegaran gehen würde, überraschte sie zwar, aber sie fanden dies doch höchst erfreulich.

»Das ist eine richtige Entscheidung, mein Junge. Wir sind stolz auf dich. Und das hat seinen Grund: deine Bereitschaft, das Gehalt von 110 Gulden aufzugeben, das du bisher von der holländischen Regierung bekommen hast, um am Hof des Mangkunegaran zu dienen, rechne ich dir hoch an.«

»Aber die Aufgabe, die mir angeboten wurde, ist ja auch interessant genug, Vater.«

»Ja. Kanjeng Gusti Mangkunegara VII. ist ja, wie es heißt, ein besonderer Herrscher, mein Junge. Vielleicht folgt er dem Vorbild seines Urgroßvaters Mangkunegara IV.«

»Aber was war denn das Besondere an Kanjeng Gusti IV, außer daß er die Dichtungen Wedhatama und Tripama hat aufzeichnen lassen?«

»Na, er war es doch, der die beiden Zuckerfabriken Colomadu und Tasikmadu gegründet hat. Er war nicht nur ein weiser Herrscher, sondern wußte vor allem auch zu wirtschaften. Er dachte weit voraus und wollte, daß seine Herrschaft Wohlstand brachte und seine Enkel reich wären. Und wenn jetzt der Siebente aus der Herrscherfamilie Pläne hat wie den, dessen Ausführung dir anvertraut wird, dann folgt er damit den Spuren seines Urgroßvaters, mein Junge.«

Bevor ich wieder nach Hause fuhr, berichtete ich Vater und Mutter von meiner Absicht, um Sumarti anzuhalten.

»Ja, wir sind gern einverstanden, mein Junge. Einmal hast du eine falsche Wahl getroffen, und sicher hast du daraus deine Lehre gezogen. Sag uns also Bescheid, wann wir uns nach Wonogiri aufmachen sollen, um dort um die Braut zu werben.«

Als ich Abschied nahm, legte mir mein Vater nochmals ans Herz, nur ja aufmerksam zu sein, meine Arbeit für den Fürsten fleißig und ordentlich zu erledigen: »Wenn der hohe Herr auch nur ein kleiner Herrscher ist, so ist er doch ein Herrscher deines eigenen Volkes. Diene ihm nur mit ganzem Vermögen, Yok. Und keine Nachlässigkeiten! Der Herrscher ist malati, vom Glück gesegnet, mein Junge.«

Um Sumartis Gefühle zu erforschen, dachte ich schließlich, es wäre das beste, ihr einen Brief zu schreiben. Den überreichte ich ihr nach Schulschluß. Ich trug ihr auf, sehr vorsichtig damit umzugehen, er sei nur für sie bestimmt, sie solle ihn gut aufbewahren und ja nicht ihren Eltern zeigen. Ich fügte noch hinzu, sie sollte mit der Antwort nicht zu lange warten. Und tatsächlich, die Antwort kam wenige Tage später. Ihr Brief war nur kurz. Sie ging auch nicht auf meine Liebeserklärung ein. Es war einfach die Einladung, am folgenden Samstag zum Abendessen zu kommen. Au weh, dachte ich, bestimmt hat sie mit ihren Eltern gesprochen.

Am Samstag ging ich mit gemischten Gefühlen zu ihrem Haus hinter dem Gefängnis von Wonogiri. Ich schämte mich, hatte eine unbestimmte Angst und war aufgeregt. Aber der Abend verlief in bester Stimmung. Das Essen war einfach, wie immer, aber sehr lecker. Es gab geschmortes Huhn, gebratenen Tempe, frisches Gemüse, roten Pfeffer und Oseng-Oseng Kangkung mit kleinen Fischen. Unsere Unterhaltung wandte sich bald diesem, bald jenem zu, kreiste um Nord und Süd, wie die Javaner sagen. Bis sich schließlich, als wir schon vorn auf der Veranda saßen, heißen Tee tranken und Nüsse knabberten, Sumartis Vater in seinem Sessel aufrichtete, mich ansah und sagte: »Meneer Hardojo, wenn Ihr wirklich unsere Sumarti weiterhin unterrichten und führen wollt, bis sie alt und grau ist, dann haben ich und meine Frau nichts dagegen. Unsere Tochter hat jedenfalls schon ihre Bereitschaft erklärt, sich weiter von Ihnen unterrichten und führen zu lassen...«

Ich weiß noch ganz genau, wie ich, als ich diese einfachen Worte von Sumartis Eltern vernahm, zur Tür hinüberblickte, die die Veranda vom Wohnzimmer trennte. Da stand Sumarti auf der Schwelle und lächelte mich an. Du listiges Mädchen. Du weißt, wie du deine Eltern nehmen mußt.

Wir kamen überein, daß unsere Hochzeit stattfinden sollte, nachdem ich mich ein Jahr in Solo eingearbeitet hätte.

Die Zeit verging und, ohne daß man es bemerkt hätte, war das Jahr 1940 gekommen. Das bedeutete, wir lebten bereits sechs Jahre in einem eigenen Hausstand und ich war schon sieben Jahre im Mangkunegaran tätig. Unser Sohn, Harimurti, war inzwischen fünf. Wir hatten ihn Harimurti genannt, weil er bei der Geburt eine ganz rote Haut hatte. Die Leute sagen nämlich, wer als kleines Kind rote Haut hat, der wird später schwarz. Also nannten wir ihn Harimurti in der Hoffnung, er würde einmal so schwarz wie Betara Krisna, die Inkarnation von Wisnu.

Natürlich war uns klar, daß er keine Inkarnation vonWisnu war, aber er sollte doch wenigstens so klug und weise werden wie König Kresna von Dwarawati. Und auch so sensibel und hellsichtig, um den Wandel der Zeit zu spüren. Vor allem das hoffte ich, denn die Zeiten würden sich von Grund auf wandeln. In Europa braute sich etwas zusammen. Mit Hitler begann Deutschland sich zu regen. Unzweifelhaft würden auch die Niederlande bald vom Krieg überzogen werden. Und wenn die Niederlande fielen, was wurde dann aus Niederländisch-Indien? Und was aus der Herrschaft des Mangkunegaran?

Die zurückliegenden sechs Jahre mit eigenem Hausstand und die sieben Jahre Dienst am Hof, an dem ich fast unmittelbar unter dem Fürsten selbst gearbeitet hatte, waren glücklich gewesen. Zu Hause ging es kaum anders zu als bei meinen Eltern. Ich hätte das früher nie geglaubt, und es lag auch außerhalb der Vorstellungen, die man sich heutzutage von einer Ehe macht. Meine Eltern hatten mir damals zugeredet, hatten mich sogar indirekt gezwungen, ihrem Beispiel zu folgen. Obwohl ich nach außen hin zugestimmt hatte, mantuk-mantuk inggih, hatte ich ihnen nicht so recht geglaubt und mich nur widerwillig gefügt.

Aber, wer hätte das gedacht, mein Lebensweg führte mich zu Sumarti, und wir fanden – nahezu ohne eine vorausgehende Romanze, wie sie heute üblich ist – zu einer einträchtigen und glücklichen Ehe. So jung Sumarti war, hatte sie sich rasch zu einer Frau entwickelt, die mir ebenbürtig war. Sie hielt unseren Hausstand mit fester Hand zusammen, und in ihrer Klugheit hatte sie keine Schwierigkeit, meine Pflichten als Hofbeamter des Mangkunegaran zu verstehen und mich in meiner Stellung zu unterstützen. Unser Eheleben war das von Verliebten. Manchmal hatte ich das Gefühl, als ob meine Eltern den Gang unserer Ehe durch das Moskitonetz beobachteten, das um unser Bett hing, und mir war, als ob sie mir zuflüsterten: Hatten wir mit unserem Rat nicht doch recht?

Meine Arbeit im Mangkunegaran machte mir Freude und war voller interessanter Anregungen. Oft mußte ich Inspektionsreisen zu den Kepanewon und Kawedanan in den verschiedensten Dörfern unternehmen. Dabei hatte ich mittlerweile alle Gegenden in den

Bezirken Wonogiri und Karanganyar kennengelernt. Ich hatte Ortschaften wie Wuryantoro, Jumapolo, Ngadirojo, Jatisrono, Eromoko, Mojogedang, Matesih, Tawangmangu bereist. Im Programm zur Beseitigung des Analphabetentums hatte ich die Dorfschullehrer beraten und sie dafür gewonnen, Vereine zur Erwachsenenbildung ins Leben zu rufen.

Um ihnen lesen und schreiben beizubringen, waren wir bemüht, den Unterricht so zu gestalten, daß er nicht zu eintönig war. Dazu mußte der Stoff natürlich stets mit den Dingen des täglichen Lebens verbunden sein, mit denen sie umgingen und die ihnen vertraut waren. Wir mußten also Wörter und Sätze verwenden, die sie auch Tag für Tag in ihrer bäuerlichen Umgebung hörten, die ihnen zu Hause, bei der Arbeit auf dem Reisfeld, auf dem Markt und in ihrem Dorf begegneten und mit denen sie vertraut waren.

Es machte einen stolz, hatte zugleich aber auch etwas Rührendes, die Gesichter der Menschen in den Dörfern, der Bauern und Bäuerinnen, zu betrachten, wenn sie angespannt und voller Neugier dem Unterricht folgten. Die Bauern beendeten ihre Arbeit auf den Reisfeldern früher als sonst und kamen oftmals direkt vom Feld in die Klasse, die Hacke und andere Feldwerkzeuge draußen an die Wand gelehnt. Die Bäuerinnen stellten sich noch früher ein als ihre Männer und brachten gelegentlich auch ihre Kinder mit, wenn diese zu klein waren, als daß sie hätten allein zu Hause bleiben können. Die Gesichter einfältig, ehrlich, bescheiden, aber in den Augen stand die Begeisterung. Ich hatte oft Mühe, die Tränen zurückzuhalten. Vielleicht kam das daher, daß ich aus eigener Anschauung wußte, wie schwer ihr Leben war, wie armselig und oft genug geradezu elend. Möglicherweise auch, weil mich die Befürchtung plagte, lesen und schreiben und alles, was sie da lernten, könnte nur überflüssiges Wissen darstellen, hätte keinen rechten Nutzen für sie.

Ich sprach auch einmal mit meinem Vater darüber, denn ich dachte daran, daß er ja etwas Ähnliches in Wanalawas erlebt hatte, auch wenn es sich um eine Erfahrung handelte, die meinen Eltern damals schwer zu schaffen gemacht hatte.

»Ja, mein Junge. Dieses Gefühl kenne ich. Die Frage nach dem Sinn meines Tuns habe ich mir damals auch gestellt.«

»Und zu welchem Ergebnis seid Ihr gekommen, Vater?«

»Ich habe mir gesagt: Es ist besser, ich helfe den kleinen Leuten, auch wenn ich nicht weiß, was am Ende dabei herauskommt, als daß ich gar nichts tue. Irgendetwas vom dem, was ich ihnen gebe, werden sie schon gebrauchen können.«

»Aber habt Ihr nicht bedauert, daß Eure Bemühungen auf halbem Weg ins Stocken kamen?«

Mein Vater seufzte tief und dachte nach. Sein Blick ging in eine Zeit, die schon lange zurücklag: »Junge, ich habe das damals sehr bedauert, vor allem deshalb, weil die Ursache dafür in dem ungehörigen Verhalten von Soenandar lag, dem Kerl, der falsch auf die Welt gekommen war. Doch ich bereue keineswegs, daß ich die Sache angefangen habe. Dafür, daß er mich dazu angeregt hat, bin ich deinem Onkel Martoatmodjo sehr dankbar, der ein tüchtiger und unbeugsamer Mann war und der deinem Vater die Augen geöffnet hat. Aber es hat mir damals an Mut gefehlt, es darauf ankommen zu lassen, daß mich dieser verdammte School Opziener aus dem Dienst entließ. Das bedauere ich noch immer.«

Abermals seufzte mein Vater: »Aber, mein Junge, ich habe mich damals so verhalten, weil ich und deine Mutter an euch dachten, an dich, an Noegroho und Soemini. Ihr wart ja damals noch zu klein. Wenn ich gefeuert worden wäre, hätte ich mir auch wieder den Vorwurf machen müssen, meine Hauptaufgabe als Vater vernächlässigt zu haben, nämlich euch aufzuziehen, damit aus euch was werden konnte, mein Junge.«

Meine Augen wurden feucht, als ich diese Worte von meinem Vater hörte, halb Begründung, halb Verteidigung. Eltern sind in einem Dilemma. Ich machte mir Vorwürfe, die Sache überhaupt aufgerührt zu haben: »Vater, Ihr braucht das nicht zu bereuen. In unseren Augen seid ihr beide, Vater und Mutter, mutig genug gewesen. Wir sind glücklich darüber, wie ihr uns so aufgezogen habt.«

Jetzt war es mein Vater, dem die Tränen in die Augen traten. Aber wie üblich erschien meine Mutter zur rechten Zeit, um die Situation zu retten: »So, kommt – das Abendessen ist fertig, Reis und Rawon werden sonst kalt.«

Hari, wie wir ihn meistens nannten, blieb unser einziges Kind. Seine Geburt war mit einigen Schwierigkeiten verbunden gewesen, so daß wir schon Angst hatten, es könnte schlimm ausgehen. Er war im Mutterleib arg groß, so daß Sumarti, die ja schmächtig war, mit der Schwangerschaft fast überfordert gewesen wäre. Und so war dann auch die Geburt selbst für Sumarti sehr schmerzhaft. Zum Glück ging aber alles gut. Daß Hari unser einziges Kind bleiben sollte, hatte jedoch weniger seinen Grund darin, daß ich es Sumarti ersparen wollte, nochmals eine so schwere Geburt auf sich zu nehmen. Keineswegs. Es zeigte sich eben auch nach zwei oder drei Jahren keine Schwangerschaft mehr. Da dachten wir ganz einfach, der Herr wollte uns eben nur mit einem Sohn segnen. Und kam nicht auch Sumarti aus einer kleinen Familie? Wir gaben also die Hoffnung auf, schätzten uns jedoch glücklich, wenigstens einen Sohn zu haben.

Und dieses Glücksgefühl war durchaus berechtigt. Hari wuchs als gesundes Kind heran, bekam, wie von Anfang an angenommen, dunkelbraune Haut, es war ein intelligenter Bursche, der auch recht feinfühlig war. Mit vier Jahren konnte er schon einzelne Buchstaben lesen – so wirkte sich ein Vater aus, der das Analphabetentum bekämpfte – und sogar schon ein wenig rechnen. Seine große Liebe waren Tiere, große wie kleine. Unser Haus glich einem Zoologischen Garten. Da waren zwei Hunde, wobei wir schon jedesmal, wenn ein neuer Wurf kam, die Jungen weggaben, eine Katze, in den Ställen eine Unzahl von Kaninchen und alle möglichen Hühner und Vögel – wie Lachtauben, ein schöner Cocak Rawa und mehrere Singdrosseln. Alle diese Tiere mußten unsere Hausgehilfen versorgen, wobei ihnen Hari nach Kräften half.

Was uns Eltern jedoch am meisten beeindruckte, waren die Freunde, die er sich suchte. In der Schule waren es natürlich seine Kameraden. Und da er in die HIS Siswo Mangkunegaran ging, in die Schule der Priyayi, waren das Kinder aus diesem Kreis. Zu Hause jedoch verkehrte Hari mit den Kindern aus dem Kampung hinter uns. Wir wohnten in Punggawan. Vorn stand eine Reihe von Häusern, die man Rumah Gedong nannte, also einzeln stehende Häuser aus Stein jeweils mit einem Garten nach vorn und zu beiden Seiten hin. Dahinter lag der Kampung Punggawan, in dem Leute der verschiedensten Schichten wohnten. Während die vordere Reihe aus Steinhäusern bestand, die zum größten Teil von Priyayi bewohnt waren – teils arbeiteten sie im Mangkunegaran, teils bei der Kolonialregierung – war die Mehrheit der Leute im Kampung dahinter Arbeiter aus einer der Fabriken oder aus anderen Betrieben, Heimarbeiter in der Batikindustrie, Fahrradmechaniker oder sonstige Monteure, Essensverkäufer und was weiß ich sonst noch. Die Häuser standen oft dicht an dicht beisammen, hatten höchstens einen winzigen Vorgarten, viele bestanden sogar nur aus dem Seitenteil eines etwas größeren Hauses, was man »magersari« nannte.

Die Kinder aus dem Kampung spielten einfach überall, wo sie Platz fanden, in den schmalen Gängen zwischen den Häusern oder auf den Wegen. Hari, ich weiß nicht, warum, hatte es gern, mit ihnen herumzutollen. Die Kampung-Kinder spielten schon mit vier Jahren, manche waren sogar noch viel jünger, vor den Häusern in den kleinen Vorgärten oder auf den Gassen. Das war ja auch die einfachste und praktischste Art, um miteinander zu spielen oder auf die jüngeren Geschwister aufzupassen.

Haris Bekanntschaft mit den Kindern aus dem Kampung hatte damit begonnen, daß in unserem Vorgarten die Kedongdong- und Jamu-Bäume überreichlich trugen. Hari war damals gerade fünf Jahre alt und, wie das bei Kindern von Priyayi üblich war, durfte er nur im Garten ums Haus spielen. Wir erlaubten ihm nicht, das umzäunte Gelände zu verlassen. Natürlich luden ihn die Schulkameraden ab und zu ein, mit ihnen zu Hause zu spielen. Das war uns recht, vorausgesetzt daß ihn jemand begleitete. Eines Tages nun spielte Hari mit Sadimin, einem Hausangestellten, der sich auch sonst um ihn kümmern sollte, unter dem Kedongdong-Baum. Plötzlich erschien eine Gruppe von Kindern aus dem Kampung. Sie standen wartend am Zaun: »Gus, Gus! Gib uns doch ein paar Kedongdong!«

Als Hari die Kinder sah, bekam er erst Angst. Dann aber winkte er ihnen zu und lachte. Die Kinder winkten zurück und riefen: »Ja, Gus, ja doch! Gib uns doch eine Handvoll Kedongdong, Gus!«

»Warum nur eine Handvoll? Kommt rein und holt euch selber welche.«

Sadimin hatte Bedenken und versuchte Hari davon abzubringen: »Ach, Gus, laß das lieber, nachher kriegst du nur Ärger mit deinem Vater und deiner Mutter. Die Kinder aus dem Kampung sind alle schrecklich ungezogen.«

»Ach, laß sie doch, Min. Bei ihnen gibt es ja keine Obstbäume. – Kommt nur her!«

Ohne noch weitere Aufforderungen abzuwarten, stürzten sie herein und kletterten auf den Kedongdong-Baum. Sadimin kam zu mir gelaufen und meldete mir die Ungehörigkeit meines Sohnes. Ich und Sumarti gerieten in Verlegenheit. Hari, mit seinen schönen sauberen Kleidern, umringt von schmutzigen Kampung-Kindern, die zum Teil nur Fetzen am Leib trugen und wer weiß wie lange ungewaschen waren. Sicher hatten sie Ausschlag, Krätze, Flecken auf der Haut, von Krankheiten ganz zu schweigen.

»Sum, sieh doch deinen Sohn, jetzt läßt er sich mit den Kindern aus dem Kampung ein, holt sie auch noch in den Garten!«

»Ja, und? Er braucht doch Spielkameraden. Die Kinder da wachsen rasant schnell. Sie sind vielleicht erst fünf, benehmen sich aber schon wie Siebenjährige.«

»Aber die Kinder aus dem Kampung sind doch nun wirklich anders als unser Hari, Sum. Sie führen schmutzige Reden und haben die schlimmsten Schimpfworte auf der Zunge. Wir sind doch Leute vom Mangkunegaran, Sum! Was ist, wenn unser Sohn schon von klein auf diese ungehörige Sprache annimmt?«

»Mas, Mas! Was sind wir denn? Leute aus Wanagalih und Wonogiri! Wir kommen aus Kleinstädten, die nicht viel anders sind als Dörfer.«

»Na, und?«

»Na, wir hier und auch Hari, sind wir denn so verschieden von den Kampung-Kindern?«

»Also hör mal, Sum. Die Dorfkinder sind vielleicht arm, aber sie führen keine schmutzigen Reden und kennen nicht diese Schimpfwörter! Aber noch schlimmer finde ich die Krätze und die fleckige Haut, die sie haben.«

Sum lächelte abermals: »Du hast zuviel Angst, Mas. Es ist besser, dein Sohn lernt ein paar Frechheiten, als daß er allein in der Ecke steht! Wenn er wirklich von ihnen angesteckt wird und mit schmutzigen Reden und Schimpfwörtern kommt, dann kriegen wir das schon hin.«

Ich gab nach. Im stillen mußte ich die Großzügigkeit meiner Frau loben. Sie hatte ja recht damit, Hari und den Kindern aus dem Kampung Gelegenheit zu geben, miteinander zu spielen. Und so willigte ich ein. Die Kinder kamen also nun immer nachmittags und spielten in unserem Vorgarten Gobak Sodor, ein Spiel, bei dem sich die Jungen um einen leeren Kreis rangeln, Murmeln und alle möglichen andere Spiele. Weniger lieb war mir, was mit unseren Obstbäumen geschah. Sie ließen die Früchte nicht mehr reifen. Die Kinder kannten keine Geduld, sie plünderten die Bäume, bevor die Früchte reif waren.

Verglichen mit seinen Spielkameraden aus dem Kampung war

Hari noch klein. Trotzdem, ich weiß nicht warum, hörten sie auf ihn. Dabei war er doch gerade erst fünf Jahre alt. Seine Vorschläge galten. Ob das daher kam, daß Hari der Sohn von Priyayis war, sie aber nicht? Oder weil er eine HIS besuchte, während sie nur auf eine einklassige Volksschule oder überhaupt nicht zur Schule gingen? Meine Sorge, Hari könnte sich die Sprache der Kampung-Kinder angewöhnen oder von ihren Hautkrankheiten angesteckt werden, legte sich allmählich und schwand schließlich ganz. Hari erweiterte seinen Wortschatz ganz erheblich, oftmals waren es nicht gerade die feinsten Redewendungen, mit denen er nun ankam, aber wir konnten ihm immerhin die schlimmsten Schimpfwörter wieder abgewöhnen. Umgekehrt war es interessant zu beobachten, wie sich die Kampung-Kinder langsam unseren Umgangsformen anzupassen begannen und ein Gespür für die feinere Form des Javanischen bekamen. Daran hatte freilich Sumarti einen großen Anteil, indem sie sie immer wieder ins Gespräch zog. So holte sie beispielsweise die Kinder nachmittags oft ins Haus, um ihnen Kolak Pisang, eine Art Bananenkompott, anzubieten. Dabei ergab sich dann genügend Gelegenheit, mit ihnen zu schwatzen.

Schon bei seiner Geburt hatten wir uns gewünscht, daß Hari einmal ein Junge würde, der ein Gefühl für seine Mitmenschen, ja für alle Lebewesen hätte. Mit großer Freude beobachteten wir, wie sich sein Charakter tatsächlich in diese Richtung entwickelte. Er nahm regen Anteil an allem, was um ihn herum passierte, was mit seinen Kameraden geschah. Auf sein Mitgefühl konnten sie zählen.

Ich kam immer mehr zu der Überzeugung, daß der Junge – wie wohl jedes Kind – bestimmte Anlagen und Eigenschaften besaß, seien sie nun körperlich, seelisch oder intellektuell, die er selbst zu seinem Besten entwickeln würde. Man mußte ihn nur gewähren lassen. Eines allerdings erlaubten wir Hari nicht: mit den anderen Kindern außerhalb des Hauses loszuziehen, auf der Straße herumzutollen oder gar in den Abwasserkanälen Kaulquappen und Fische zu fangen...

Eines Abends nahm ich an einer Diskussion teil, in der es um die Entwicklung der javanischen Sprache ging. Sie wurde von führenden Literaten und Lehrern veranstaltet und fand im Pendopo Prangwedanan statt. Der Fürst war persönlich anwesend. Er hörte die meiste Zeit schweigend zu, ergriff aber auch selbst das Wort. Einer der

interessantesten Sprecher an jenem Abend war Raden Mas Pringgo-
kusumo. Er führte aus, daß die Jugend heutzutage immer weniger in
der Lage sei, das Javanische richtig zu beherrschen. Die Jugendlichen
hätten seiner Beobachtung nach die größten Schwierigkeiten, wenn
sie die javanische Hochsprache des Kromo und Kromo inggil gebrauchen müßten. Sie machten es sich leicht und wichen stattdessen
einfach auf das Kromo madya oder das Ngoko aus. An der Feststel-
lung von Denmas Pringgo entzündete sich schließlich eine längere
Debatte. Sie kreiste vor allem um die Frage, wer denn eigentlich für
die Erziehung in der javanischen Sprache verantwortlich sei. Die
Meinungen gingen auseinander. Es endete jedoch mit dem nahelie-
genden Schluß, das sei in erster Linie Aufgabe der Lehrer und Eltern.
Zum Abschluß sprach der Fürst von der Schönheit und dem
Reichtum der javanischen Sprache. Sie sei das Erbe unserer Vorfahren und bilde einen Teil der hohen javanischen Kultur. Wir alle
müßten sie vor dem Verfall oder gar dem Aussterben schützen. Er
ging sogar so weit vorzuschlagen, selbst die Jugendlichen sollten sich
angewöhnen, gegenüber ihren Freunden und Geschwistern das Kromo, das Hochjavanisch, zu benutzen. Auf diese Weise würden sich
die jungen Leute auch in einer feinen Lebensart und in den Regeln
des Anstands üben. Eine edle Sprache und feine Umgangsformen
seien ein Spiegel hoher Kultur, so schloß der Fürst seine Rede.
    Als ich auf meinem Fahrrad nach Hause fuhr, war ich noch tief
beeindruckt von der Zusammenkunft im Prangwedanan. Ich dachte
an die Dörfer in den beiden Bezirken des Mangkunegaran, die ich auf
meinen Inspektionsreisen kennengelernt hatte. Ich hatte selbst in den
entlegensten Gemeinden gesehen und auch gehört, wie die Leute dort
noch einen hohen Stand in der Beherrschung des Javanischen besaßen. Selbst in den schwierigeren Stufen des Hochjavanisch waren sie
ziemlich sicher. Ich hatte mich oft gefragt, woher die einfachen
Bauern diese Kenntnisse hatten. Denn in den Dörfern um Wanagalih
herum waren die Bauern in der javanischen Hochsprache des Kromo
keineswegs so zu Hause, und erst recht nicht im Kromo inggil.
    Wahrscheinlich lag es daran, daß das Gebiet, das ich zu besuchen
hatte, unmittelbar der javanischen Herrschaft unterstand, was sich
positiv auf die Sprache auswirkte, während das Gebiet um Wanagalih
von der Kolonialregierung verwaltet wurde und somit außerhalb der
Einflußsphäre von König und Hof lag. Oder sollten etwa dort die
feineren Differenzierungen der Ausdrucksweise für weniger wichtig

gehalten werden? Wenn das der Fall wäre, wie kam es dann, daß diese bei uns zu Hause und im Kreis der Freunde meines Vaters so ernst genommen wurden? Lag das etwa nur daran, daß für meine Eltern und für ihre Freunde vom Kesukan die Beherrschung der javanischen Hochsprache eine wichtige, wenn nicht die Grundvor-aussetzung dafür bildete, als Priyayi zu gelten? Auch für die Priyayi, die in der Kolonialverwaltung dienten? Was waren das überhaupt für Leute, die Priyayi? Wer als Javaner das Glück hatte, ein Amt innezuhaben, für den spielte es keine Rolle, von welcher Art die Obrigkeit war, der er diente – Kolonialregierung oder königliche Herrschaft galten da gleich viel.

Mir fiel das berühmte Streitgespräch zwischen Soetan Takdir Alisjahbana, Sanoesi Pane und Ki Hadjar Dewantara mit seiner scharfen und hochinteressanten Polemik ein. Ich war damals persönlich dabei gewesen. Wie großartig, wie kühn diese Männer waren! Was sie über unsere Kultur dachten, hatte eine beeindruckende Perspektive. Ob die Eigenart der javanischen Sprache und Kultur bewahrt werden konnte, wenn die Entwicklung in die Richtung ging, die Takdir Alisjahbana vorschwebte? Und was wäre, wenn Ki Jadjar Dewantara recht behielt?

Ich bewunderte Kanjeng Gusti, meinen weisen Fürsten, und verstand sehr gut, warum er heute abend seine Bitte so vorsichtig, aber gleichzeitig doch auch sehr deutlich geäußert hatte. Mangkunegaran war ja nur ein winziger Teil des alten Reiches Mataram, dazu ein Tiger ohne Zähne, und der große Herr von der Kolonialregierung neben dem Purbayan dort drüben überwachte scharf jede Bewegung im Reich des Sultans und des Mangkunegaran.

Da es noch nicht allzu spät war, konnte ich gerade noch bei Pak Kromo im Keprabon vorbeischauen und Bakmi Goreng mitnehmen. Als kleine Aufmunterung für Sumarti. Wer weiß, vielleicht schlief sie ja noch nicht. Doch, wen sah ich da gerade den Essenskarren von Pak Kromo verlassen? Oh je, Dik Nunuk mit ihrem Mann. Waren sie denn nicht in Semarang? An diesem Abend schmeckte mir das Bakmi Goreng von Pak Kromo längst nicht so herzhaft wie sonst. Lange noch betrachtete ich die Schlafzimmerdecke, bis ich endlich einschlafen konnte.

Eyang Kusumo Lakubroto war eigentlich ein weit entfernter Onkel von mir. Wenn ein Javaner einen Verwandten einen entfernten

Onkel oder Vetter nennt, oder sonst jemanden in der weiteren Familie als entfernten Verwandten bezeichnet, dann bedeutet »entfernt« wahrhaftig sehr weit entfernt. Dieses »entfernt« heißt dann auch, daß das Verwandtschaftsverhältnis zu diesem entfernten Onkel oder Vetter nicht näher zu bestimmen ist. Eyang Kusumo Lakubroto jedenfalls wurde eines Tages einfach zur weiteren Familie hinzugerechnet. Es war schon viele, viele Jahre her – ich ging noch in die HIS Wanagalih –, als er kam, um bei uns im Jalan Setenan über Nacht zu bleiben. Mein Vater stellte ihn uns zunächst nur als Eyang Kusumo Lakubroto vor, fügte dann aber hastig hinzu, er sei ein entfernter Onkel von uns. Mein Vater beschrieb damals des langen und breiten den Stammbaum unserer Großfamilie und erklärte uns auch den Platz, den Eyang Kusumo Lakubroto in diesem Verwandtschaftnetz einnahm. Keiner von uns, weder Mas Noeg, noch ich oder Soemini, vermochte den umständlichen Erklärungen unseres Vaters zu folgen. Doch wie auch immer, für uns war Eyang Kusumo Lakubroto damit eben unser entfernter Onkel.

Der Beiname Eyang rührte, wenn ich mich noch recht erinnere, davon her, daß er ein Mystiker war, ein Mensch von besonderen spirituellen Fähigkeiten. Er kam, um in Wanagalih im Fluß Ketangga zu baden. Der Ketangga war ja, wie gesagt, ein kleiner Fluß oder besser ein Bach, viel, viel kleiner als der Bengawan Solo oder der Kali Madiun, die die Stadt Wanagalih umflossen. Der Ketangga hatte jedoch, wenn man den alten Geschichten glauben will, magische Kräfte und konnte angeblich auf geheimnisvolle Weise Glück bringen. Und da der alte Mann in diesem heiligen Gewässer zu baden und zu meditieren pflegte, außerdem auch der Name Kusumo Lakubroto dafür besonders geeignet schien, hatte er wohl den Beinamen Eyang erhalten. Dieser Beiname jedenfalls war es, der sich uns allen tief einprägte.

Solange Eyang Kusumo sich in Wanagalih aufhielt, stand er im Mittelpunkt unseres Interesses und unserer Verehrung. Meine Eltern behandelten ihn wie einen Weisen, dem man größte Hochachtung entgegenbringen mußte. In seiner Gegenwart hätten meine Eltern nie gewagt, die einfache Sprache des Kromo madyo zu benutzen, geschweige denn das Ngoko. Der ehrenwerte Mann stand morgens nie vor zehn auf. Um diese Zeit waren nur noch meine Mutter und die Hausleute da. Der Vater war schon am frühen Morgen zur Schule aufgebrochen, um seinen Unterricht zu geben.

»Na, dein Mann ist schon weg?« fragte er die Mutter jeden Morgen.

»Ja, Eyang. Aber was möchten Sie heute morgen trinken?«

»Na ja, starken Kaffee mit Zucker, wie üblich, Nduk. Da mußt du noch fragen?«

Meine Mutter lächelte ihn an: »Na ja, wer weiß, Eyang.«

»Ach, jeden Morgen möchte ich ganz früh aufstehen, um deinen Mann auf seinem Spaziergang zu begleiten, aber nie kommt es dazu, schrecklich. Dabei braucht dein Mann dringend meine Hilfe. Wenn dein Mann morgens spazierengeht, dann macht er doch bestimmt auch Meditationsübungen, Nduk.«

»Nein, er genießt nur die frische Luft, das ist alles, Eyang.«

»Was soll das heißen, die frische Luft genießen? Du hast bloß keine Ahnung, Nduk. Wenn einer morgens vor die Tür geht, dann sieht es vielleicht so aus, als ginge er nur einfach vor die Tür, aber in Wirklichkeit tut er etwas, was Segen bringt. Aber er weiß es vielleicht gar nicht, ebensowenig wie du. Und daher muß ich mit deinem Mann gehen. Aber – immer stehe ich zu spät auf. Wenigstens frühstücken sollte ich mit deinem Mann, bevor er zum Unterricht geht.«

»Ach, Eyang, ihr könnt doch unmöglich so früh aufstehen. Sitzt ihr denn nicht jede Nacht bis zum Morgengrauen im Kali Ketangga und meditiert? Dem Vater und mir macht es nichts aus, Eyang, wenn ihr erst gegen Mittag aufsteht. Ihr sollt es doch angenehm haben wie zu Hause.«

»Ja, ja, Nduk. Ist der Kaffee schon fertig?«

»Aber ja doch. Und Gebäck ist auch dabei.«

»Ja, so werde ich von meiner Großnichte verehrt. Zum Frühstück hätte ich gern Nasi Goreng, ist das recht? Der Nasi Pecel vom Wagen ist mir auf die Dauer doch etwas zu eintönig.«

»Nasi Goreng? Geht in Ordnung.«

Voller Ergebenheit erfüllte meine Frau Eyangs Wünsche. Aber mit der Zeit hatte sie es doch leid, ihn zu bedienen. Meinem Vater ging es ebenso. Eyang blieb ja manchmal über mehrere Wochen bei uns, und dann wurde die Stimmung allmählich gereizt. Und wenn dann der verehrte Mann eines Tages erklärte, nun müsse er weiterziehen, auf die Wanderschaft gehen, zu einem anderen heiligen Ort, zum Lawu, zum Merapi, zum Kelud oder zu wer weiß nicht noch zu welchem Berg, dann wurde uns allen wohl ums Herz. Der Vater drückte ihm dann etwas Geld in die Hand, das er anfangs empört zurückwies, schließlich aber doch mit einem gespielten Seufzer nahm.

Ein, zwei Monate später kehrte er zurück. Ich erinnere mich noch genau, wie sehr er uns dann wieder in Atem hielt. Besonders Mutter, denn die hatte die Hauptlast zu tragen. Auch meine Schwester Soemini mußte, da sie ja ein Mädchen war, überall einspringen, um Eyang Kusumos Wünschen nachzukommen.

Als wir älter wurden und auch nicht mehr in Wanagalih zur Schule gingen, kamen wir zu Eyang Kusumo in ein immer vertraulicheres Verhältnis, ja manchmal fielen wir ihm richtig zur Last. Zu dieser Zeit war Lantip zwar noch klein, aber er steckte schon ständig mit uns zusammen. So war es auch mit den anderen Kindern aus unserer Verwandtschaft, die mit im Haus lebten: Nachmittags hockten wir um Eyang Kusumo herum, bevor er sich auf den Weg zum Kali Ketangga oder sonstwohin machte, um seinem »Weg der Einkehr« nachzugehen. Diese Nachmittage bildeten für uns Kinder wie auch für Eyang Kusumo Stunden der Freude. Schade war nur, daß Eyang Kusumo nicht viel Geld besaß, das er mit uns hätte teilen können. Geschichten jedoch, vor allem solche voller Wunder und furchterregender Vorkommnisse, hatte er genug auf Lager.

»Eyang, ihr werdet doch sicher oft von Geistern, Gespenstern und Hexen besucht, wenn ihr im Ketangga sitzt und meditiert, oder?«

»Ja sicher, meine Lieben.«

»Oft, Eyang? Und wie sehen die aus?«

»Oh je, schrecklich, furchterregend. Obwohl die Hexen ja wunderschön aussehen, wenn sie sich zeigen. Aber nur für einen Moment, meine Lieben. Dann zeigen sie ihre Krallen und das Blut tritt heraus. Es ist zum Fürchten.«

»Habt ihr dann keine Angst, Eyang?«

»Im ersten Augenblick schon, aber dann nicht mehr. Euer Eyang weiß nämlich Zauberformeln, um ihnen zu begegnen. In dem Moment, wenn sie die vernehmen, verschwinden sie.«

Wir bewunderten Eyang, daß er solche Zauberformeln wußte. Mas Noeg wollte auch solche Formeln kennen und bettelte, er möge sie ihm doch beibringen.

»Heh, heh, heh! Nicht jetzt, mein Junge. Noch ist die Zeit dafür nicht gekommen. Später, wenn ihr erst einmal die Mittelschule hinter euch habt, bringe ich sie euch bei.«

Leider waren unsere Nachmittage mit Eyang Kusumo nicht von allzu langer Dauer. Die aufregenden Gespräche mit ihm fanden ein Ende, denn eines Tages verließ uns Eyang Kusumo Lakubroto und kam nicht mehr zurück nach Wanagalih. Erst sehr viel später, als ich schon die HIK besuchte, hörten wir, daß Eyang Kusumo Lakubroto inzwischen Bas geworden war, Leiter einer Ketoprak-Truppe, und nun einige Geliebte besaß, die er sich aus den schönsten und besten Ketoprak-Tänzerinnen ausgesucht hatte.

Und wiederum viel später, ich war schon selber Familienvater, war schon Hofbeamter des Mangkunegaran, hatte mittlerweile auch Lantip bei uns aufgenommen, da kam eines Nachmittags langsam ein Andong in unseren Hof gerollt. Und wer saß in diesem Andong? Niemand anderes als Eyang Kusumo Lakubroto. Kein Zweifel. Es war seine Gestalt, es war Eyang! Nur, als der Andong vor unserer Veranda hielt, oh Allah, Eyang war ja schon immer alt gewesen, aber jetzt sah er aus wie ein Greis. Früher sah er betagt aus, aber stattlich, nun aber bestand sein Gesicht nur noch aus Falten. Wir hatten uns den ehrenwerten Mann die ganze Zeit über als Ketoprak-Boss vorgestellt, umgeben von schönen Frauen, ein Gesicht wie König Anglingdarma – jetzt erschraken wir ordentlich über sein Aussehen. Bestürzt eilte ich ihm entgegen, gefolgt von meiner Frau, Hari und Lantip.

»Hilf mir, mein Junge. Bezahl den Andong.«

Eilends zog ich meine Börse. Dann halfen wir Eyang aus dem Wagen und begleiteten ihn ins Haus. Er hatte nur einen Koffer mit und der fiel schon fast auseinander. Lantip und Hari schnappten ihn sich und brachten ihn ins Haus. Als wir ins Wohnzimmer traten und den alten Mann baten, Platz zu nehmen, fiel er mir um den Hals und begann zu schluchzen: »Oh, Allah, mein Enkel, mein Urenkel! Mit eurem Eyang ist es aus. Was bleibt, ist ein Skelett, nur noch Haut und Knochen: Es ist aus, meine Lieben, alles ist aus.«

»Eyang, jetzt ruht Euch doch erst einmal aus. Deine Enkelin hier, Sumarti, macht Euch einen heißen Tee mit Zucker.«

»Kaffee, Nduk, starken schwarzen Kaffee, mit Zucker, ja!«

»Gern, Eyang, gern.«

Zum Glück hatte ich Marti schon viel von Eyang Kusumo erzählt. Sie lächelte, als sie nach hinten ging, um seine Bitte zu erfüllen.

»Ist das deine Frau?«

»Ja, Eyang.«

»Sie ist schön, sie paßt zu dir. Ja, und wer ist das?«

»Das ist Hari, unser Sohn.«

»Hm, natürlich. Und wer ist das? Oh, ja, ich erinnere mich. Das ist doch dieser Junge aus Wanalawas, den dein Vater nach Wanagalih geholt hat, oder? Du bist ja schon groß und siehst aus wie ein Priyayi-Kind, mein Junge!«

Lantip lächelte verlegen: »Dankeschön, Eyang.«

»Also hör mal! Du kannst mich doch nicht einfach Eyang nennen wie die anderen. Früher, als du noch so klein warst wie ein Affe im Wald Randublantung, wußtest du, was sich gehört und hast mich mit ›Ndoro Sepuh‹ angeredet. Und jetzt, wo du groß geworden bist, sagst du ungehörigerweise Eyang zu mir!«

Ich wollte Eyang in aller Eile über Lantip aufklären: »Verzeiht, Eyang. Wir haben Lantip inzwischen als unseren Sohn hier aufgenommen. Er ist jetzt Haris älterer Bruder.«

»Wie schön! Yo wis karepmu. Aber für mich ist er halt der Dorfjunge aus Wanalawas. So wie dein Eyang eben auch weiterhin Raden Mas ist, mein Junge.«

Ich wagte nicht, mehr über Lantip zu sagen. Eyang Kusumo war und blieb Eyang Kusumo. Als er seinen heißen Kaffee geschlürft hatte, fing er an, von seinem Unglück zu erzählen, das ihn getroffen hatte, nachdem es mit der Ketoprak-Truppe zu Ende gegangen war. Überall hatten sie Schulden, bis die Truppe schließlich Bankrott ging. Seine schönen Frauen verlor er an die anderen Schauspieler: »Alle, alle haben Eyang verlassen, mein Junge. Alle, denen Eyang geholfen hat, denen Eyang die Technik der inneren Einkehr beigebracht hat, die Technik des Ketoprak, alle haben Eyang einfach im Stich gelassen, alle haben Eyang vergessen. Oh, Allah, mein Junge, Nduk!«

»Seid doch ruhig, Eyang. Ihr seid doch jetzt bei uns hier.«

Mit einem Mal hellte sich sein Gesicht auf, er glich nun fast wieder König Anglingdarmo: »Wirklich, mein Junge, meinst du das ernst? Ich darf ein paar Tage hier bleiben und mich erholen?«

Sumarti und ich sahen uns verlegen an. Dann fanden wir unser Lächeln wieder und nickten zustimmend. Eyang erhob sich rasch und küßte uns beiden die Wangen. Dann strich er Hari und Lantip liebevoll über das Haar: »Ja, und wo ist mein Zimmer, Nduk?«

Wieder mußten Sumarti und ich lächeln: Eyang Kusumo war immer noch der alte. Es blieb nichts übrig, wir mußten uns darauf einstellen, ihn bei uns aufzunehmen, auf unbestimmte Zeit.

So schwer es mitunter auch war, seinen Wünschen nachzukommen, und so oft er uns auch an den Rand der Verzweiflung brachte, das Zusammenleben mit ihm hatte auch viele angenehme Seiten. Vor allem für Hari und Lantip, die nicht genug bekommen konnten von den Geschichten über die Ketoprak-Stücke. Von dem unbesiegbaren König Anglingdarma, der Wunderdinge vollbrachte, von dem grausamen Anggang-Anggang Siluman und von Raden Ronggo, dem Sohn von Panembahan Senapati und Ratu Kidul, der Königin des Südens, einem unbeugsamen und gefährlichen Helden, der mit magischen Kräften ausgestattet war.

Wenn Eyang erzählte, war er voller Begeisterung und seine Bewunderung für die Helden teilte sich seinen Zuhörrern mit. Hari vor allem saß mit glühenden Augen da, wenn er zuhörte. Eyang mochte aber auch Lantip gern, denn der verstand es, sich zurückzunehmen. Er redete Eyang mit »Ndoro Sepuh« an, ehrenwerter Herr, und er meinte es durchaus ernst. Wie er auch sonst ihm gegenüber ungemein höflich war.

So ging es wohl drei Monate lang, da kam Sumarti eines Tages mit düsterem Gesicht in mein Büro und ließ den Kopf hängen: »Mas, Eyang Kusumo!«

»Was ist denn mit Eyang Kusumo?«

»Er hat uns verlassen.«

»Na, was soll das heißen, hat uns verlassen? Ist er etwa von uns gegangen? Gestorben?

»Nein, nein, das nicht! Er ist einfach abgereist und hat einen Zettel hinterlassen.«

Sumarti zeigte mir den Zettel. Darauf stand: »Nggeer, meine lieben Urenkel. Es ist Zeit für Eyang, wieder weiterzuziehen. Entschuldigt bitte. Sucht mich nicht, lauft mir nicht nach. Eines Tages sehen wir uns wieder.«

Ich ging mit Sumarti nach Hause. Dort fanden wir Hari weinend vor, und auch Lantip saß betrübt da.

Ich machte mich sofort auf den Weg nach Wanagalih, um dort nach ihm zu forschen. Wer weiß, vielleicht war er ja im Jalan Setenan. Aber das war nicht der Fall. Vater nahm die Sache gelassen: »Laß es sein, Hardojo. Such nicht nach ihm. Er ist wahrhaftig eine

Persönlichkeit für sich. Er fühlt sich frei wie ein Vogel. Wie ein Vogel, der auch nur mal kurz in den Bäumen halt macht und dann weiterfliegt, niemand weiß wohin und warum. Das macht ihn glücklich.«

Ich konnte nur nicken.

In der Kutsche nach Paliyan sah ich immer wieder Eyang Kusumos Gesicht. Er sah aus wie Anglingdarmo, der König, der von so vielen Geheimnissen umgeben ist.

Noegroho

Nach meiner Rückkehr aus Wanagalih, wo ich meinen Vater getröstet hatte, der die Ohrfeigen des Japaners nicht verwinden konnte, arbeitete ich weiter wie bisher an der Volksschule Sempurna in Jetis. In der Zeit von Niederländisch-Indien war die Schule die koloniale HIS Jetis gewesen. Jetzt, nach dem Einmarsch der Japaner, war die Schule natürlich umbenannt worden.

Ich für meinen Teil war nicht so kühn wie mein Vater, der sich geweigert hatte, die Zeremonie des saikere kita ni muke mitzumachen und sich tief in Richtung Norden zu verneigen. Wie alle meine Lehrerkollegen führte ich diesen Befehl gehorsam aus. Ebenso kamen wir der Anweisung nach, jeden Morgen gemeinsam mit unseren Schülern Taiso zu üben, Gymnastik nach Klaviermusik aus dem Radio. Vielleicht war mein Vater der Ansicht, weil er schon älter war und ohnehin bald pensioniert werden würde, gäbe es für ihn nicht mehr viel zu befürchten und er könnte dies alles verweigern.

Aber ich? Ich hatte drei Kinder, die aufgezogen werden mußten. Da wäre das Risiko zu groß gewesen, diese Anordnungen zu mißachten. Obwohl mein Vater ja immerhin schon ein alter Mann war, hatte er die Ohrfeigen hinnehmen müssen. Angenommen, ich hätte als Lehrer, der noch aktiv im Unterricht stand, rebelliert wie er, dann wären die Folgen nicht auszudenken gewesen. Die Augen und Ohren der Kempetai, der japanischen Geheimpolizei, waren allgegenwärtig. Und die Geschichten von ihren Grausamkeiten und Mißhandlungen machten überall die Runde. Wozu sich also auflehnen? Der Preis dafür wäre zu hoch gewesen. Und schließlich ging es ja um Forderungen, die nicht allzu schwer wogen. Sich verneigen und jeden Morgen Taiso zu üben, war das nicht sogar gesund? Und war es denn wirklich so schlimm, sich vor der Sonnengöttin zu verneigen, auch wenn man nicht mit dem Herzen dabei war? Zu Hause beteten wir ja unser

Sholat wie immer. Für uns war selbstverständlich Allah unser Gott und Muhammad sein Prophet. Sich verneigen hieß einfach sich verneigen, während das Sholat das Sholat war.

Die Veränderungen durch die Japaner gingen unglaublich schnell vonstatten. In der Schule mußten wir praktisch über Nacht die Unterrichtssprache wechseln und unsere Schüler nun auf Indonesisch unterrichten. Die holländischen Lehrbücher mußten aus dem Verkehr gezogen werden und sollten durch indonesische ersetzt werden. Obwohl wir Lehrer ja Melayu, die malayische Sprache konnten, hatten wir sie bisher im täglichen Umgang nur selten benutzt und im Unterricht praktisch überhaupt nicht. Und nun verwendeten wir also Indonesisch, mußten diese Sprache aber gleichzeitig selbst erst einmal korrekt beherrschen lernen. Allerdings gelang es uns rasch, die anfängliche Unbeholfenheit zu überwinden, in unserer eigenen Sprache zu unterrichten. Und so sprachen Lehrer wie Schüler die Sprache binnen kurzem auch fehlerlos. Das war insofern erstaunlich, als es sich bei dem Indonesischen, das wir jetzt eingeführt hatten, nicht etwa um das primitive Malaiisch der Marktleute handelte, sondern um eine Adaption des Hochmalaiischen.

Erstaunlich schnell gewöhnten wir uns auch daran, Japanisch zu lernen und die militärischen Übungen mitzumachen. Ich selbst wurde ausgewählt, an Sonderkursen in Japanisch und an Militärübungen teilzunehmen. Ich muß offen zugeben, daß mich Japanisch interessierte. Und die militärischen Übungen hatten für mich etwas von einem neuartigen Abenteuer.

Trotzdem war nicht zu leugnen, daß das Leben zunehmend schwieriger wurde. Die wirtschaftlichen Verhältnisse während des Krieges schränkten unser Leben mehr und mehr ein. Die verschiedensten Waren, und zwar nicht etwa nur Luxusartikel, sondern vor allem die Waren des täglichen Bedarfs, wurden immer knapper. Nun erhielten die Beamten ja regelmäßig ihre Zuteilung von Reis und anderen Lebensmitteln, aber die war keineswegs ausreichend.

Wir selbst hatten vor dem Einmarsch der Japaner ziemlich aufwendig gelebt. Mit den 110 Gulden, die die Kolonialverwaltung den Lehrern monatlich zahlte, konnte man gut auskommen. Meine Frau liebte seit jeher holländische Gerichte, außerdem war sie von ihrer Mutter verwöhnt, die als ehemalige Pflegerin am Elisabeth-Krankenhaus eine Pension bekam. Jetzt war sie von der Notlage besonders betroffen. Bei dem herrschenden Mangel wußte sie oft nicht, wie sie unseren Haushalt führen sollte. Bisher hatte sie uns immer nur das beste auf den Tisch gesetzt. Beefsteak mit den verschiedensten Beilagen, Kartoffeln, Soße und Husarensalat waren bei uns keineswegs seltene Gerichte. Zum Frühstück gab es außer Nasi Goreng Käsescheiben und Rühreier, die Kinder bekamen regelmäßig ihre Butterbrote mit in die Schule, Weißbrot mit holländischer Butter, Gelee von Betuwe und wer weiß nicht noch was.

Auch legte meine Frau größten Wert auf anständige Kleidung für uns alle. Was wir anzogen, mußte von guter Qualität sein, mußte sich in farblicher Abstimmung und Schnitt von den Sachen der einfachen Leute aus dem Kampung abheben. Ein oder zwei Mal im Monat gingen wir mit den Kindern zum Essen ins Restaurant Oen oder zum Eissalon Tiptop. Man kann sich also vorstellen, wie empfindlich uns jetzt die Einschränkungen im Lebensstil trafen.

Sus, meine Frau – ihr eigentlicher Name war Susanti, sie wurde aber von ihrer Mutter gewöhnlich Suzie genannt –, hörte nicht auf, sich über die jetzige Situation bitter zu beklagen. Ich war ständig bemüht, sie mit dem Hinweis zu besänftigen, daß jetzt eben Krieg sei und alles von den Erfordernissen des Krieges beherrscht würde.

Ohne daß ich vorher die geringste Ahnung gehabt hätte, kam dann eines Tages die Einberufung. Ich war ausgewählt worden und erhielt den Ruf, mich den Truppen der Peta, der Heimwehr, anzuschließen. Ich mußte Hals über Kopf nach Bogor aufbrechen, um dort an Übungen teilzunehmen. Nach deren Beendigung sollte eine Auslese stattfinden, und wir sollten dann einem der Daidan, der Bataillone in Java, zugeteilt werden. Die Einberufung versetzte uns alle in Aufregung, besonders aber Sus. Mir wurde rasch klar, wie schwierig es angesichts der derzeitigen Notlage für sie sein würde, den Hausstand weiterzuführen. Sie hatte ja immer eine gute Figur gehabt und war kerngesund gewesen, aber nun war sie bleich und abgemagert. Wir ernährten uns ja auch größtenteils nur noch von Reisbrei.

Aber ich mußte der Einberufung Folge leisten und abreisen. Ich schrieb also meinen Eltern in Wanagalih einen Brief, berichtete ihnen, was vorgefallen war, und bat sie, sich etwas um meine Familie zu kümmern und ihr im Notfall auch zu helfen. Dasselbe schrieb ich auch meinen beiden jüngeren Geschwistern, insbesondere Hardojo, der ja in Solo wohnte, lediglich gute 60 km von Yogya entfernt.

Allen versprach ich, nach meiner Rückkehr aus Bogor, bevor ich meinen Dienst bei der Truppe aufnehmen würde, einen Abschiedsbesuch in Wanagalih zu machen.

Auf dem Weg nach Bogor konnte ich mir noch keine rechte Vorstellung davon machen, was der Wechsel für mich bedeutete. Ich sollte also Soldat werden. Soviel ich wußte, gab es in unserer Familie keinen, der Soldat geworden wäre. Ab und zu hatte ich früher Geschichten von meinen Schulkameraden gehört – die sich anhörten wie Märchen –, daß einer der Nachkomme eines Freiheitskämpfers war, der mit Diponegoro gegen die Holländer gezogen war, einer der Nachfahre eines Soldaten der Legion Mangkunegaran aus dem Aceh-Krieg war, oder auch daß einer irgendeinen Onkel bei der KNIL hatte, der holländischen Kolonialtruppe.

Aber derlei Geschichten gab es im Kreis unserer Familie nicht, wir stammten allesamt von Bauern ab. Ich war also der erste unserer Familie, der Soldat werden würde. War ich denn darauf auch entsprechend stolz? Eigentlich schon. Und war denn ein echter Priyayi nicht in Wirklichkeit ein Ritter und damit ein Soldat? Aber für wen würden wir kämpfen? Gatot Mangkupradja, der Gründer der Heimwehr, hatte in einem Schreiben an Bung Karno hervorgehoben, daß es für Indonesien wichtig sei, eigene Truppen zur Verteidigung der Heimat zu besitzen. Danach, dachte ich, dürfte die Heimwehr nur im Land selbst eingesetzt werden, wenn die Inselwelt eines Tages von einem äußeren Feind angegriffen würde. Ich folgerte weiter, daß die Heimwehr daher nicht dazu da wäre, außerhalb des Landes zu kämpfen, wie etwa die Heiho, die zwar auch aus Landsleuten bestand, aber einen Teil des großjapanischen Heeres bildete. Ich kam zu dem Schluß, ich würde also für mein eigenes Vaterland kämpfen.

Mit dieser Überzeugung traf ich auf dem Gelände der Militärschule in Bogor ein. Dort waren nicht nur Lehrer wie ich versammelt, sondern auch Persönlichkeiten aus dem öffentlichen Leben und aus religiösen Kreisen, vor allem aber viele junge Leute. Nach Beendigung der Wehrübungen wurde ich zum Chudancho ernannt, zum Kompaniechef, und dem Bataillon Jebukan in Bantul zugeordnet.

Wie versprochen machte ich nach meiner Rückkehr aus Bogor mit meiner Familie einen Abschiedsbesuch in Wanagalih. Auch meine Geschwister kamen mit ihren Familien herüber. Wie stark doch der

Zusammenhalt in unserer Großfamilie war! In entscheidenden Augenblicken, wenn wir das Gefühl hatten, es stehe etwas auf dem Spiel, trafen wir uns alle in Wanagalih. Und dann standen Vater und Mutter für uns im Mittelpunkt. Wir waren ja schon selbständig, hatten eigene Kinder und anderen Anhang, besetzten in der Gesellschaft eigene Positionen, unsere Eltern jedoch, vor allem aber unser Vater, waren wie die Sonne, um die sich alles drehte. Wie die Sonne, so blendete Vater unsere Augen. Vor ihm waren wir allesamt die Kinder. Aus seinem Munde kamen die Ermahnungen, die für uns voller Bedeutung und Weisheit waren. Wir nahmen seine Mahnungen oder Ratschläge ohne Vorbehalte hin und wagten nicht, daran zu zweifeln.

Nachdem jedoch jeder von uns sein eigenes Nest hatte, machten wir uns bei seinen Worten schon auch unsere eigenen Gedanken, schlugen schließlich auch oftmals seine Ratschläge in den Wind. Das war wohl, was im Volksmund »inggih, inggih boten kepanggih« hieß. Man sagt ja, ja, hält sich aber doch nicht daran. Da kann das Ansehen der Menschen, die man verehrt, auch noch so groß sein, leichtfertig wie wir sind, mißachten wir nur allzu oft ihre Autorität! So zum Beispiel Vaters Entschlossenheit, den Japanern entgegenzutreten. Wir bewunderten sie, aber wir mochten ihm nicht darin folgen. Immerhin war ich jetzt Chudancho, ein Offizier, dem durch die Kyoikutai in Bogor Disziplin und Soldatengeist beigebracht worden war und für den nun Gehorsam und Treue ganz oben standen. Da konnte die Autorität der eigenen Eltern problematisch werden. Wie sollte ich mich nun ihnen gegenüber verhalten? Ach was! Wichtig waren einzig und allein die Liebe und die Dankbarkeit, die wir für sie empfanden.

Wie gewöhnlich, wenn wir in Wanagalih zusammenkamen, würden wir wieder die spezielle Atmosphäre dort genießen, das Haus unserer Familie im Jalan Setenan mit seiner Behaglichkeit, die dahinter gelegenen Reisfelder, die Stadt, die sich nicht wie andere nach allen Seiten ausdehnte, die uns dafür mit ihrer Hitze plagte, die Flüsse Madiun und Solo und alle die anderen Besonderheiten. Freilich: Wer nicht in Wanagalih geboren oder aufgewachsen war, für den hatte die Stadt rein gar nichts zu bieten. Für uns aber war sie stets der letzte Zufluchtsort gewesen. Vielleicht weil es die Stadt unserer Eltern war, vielleicht auch, weil wir hier geboren und aufgewachsen waren, für uns hatte alles, was nach Wanagalih roch, etwas Besonderes. Unsere Kinder, die Neffen und Nichten waren jedenfalls auch selig, wenn sie dort die Großeltern besuchen konnten.

Als wir aus der Droschke stiegen, standen meine Eltern und Geschwister schon auf der Veranda. Es war ihnen anzusehen, daß sie neugierig waren, mich als Chudancho auftreten zu sehen. Ich war natürlich gehalten, die Uniform der Heimwehr zu tragen, dazu Käppi, Stiefel mit Gamaschen und den japanischen Degen. Sie waren perplex, einen Moment lang schienen ihnen die Augen aus den Höhlen treten zu wollen. Hardojo war der erste, der sich faßte und rief: »General Tojo kommt, General Tojo kommt!«

Dann fielen alle ein: »Ja, General Tojo kommt, General Tojo kommt!«

Ihr Dummköpfe! dachte ich bei mir. Macht ihr euch denn nicht klar, wie gefährlich es ist, so was zu rufen! Jetzt war Japan an der Macht, und die Japaner hatten eine andere Auffassung von Stolz als die Holländer. Wenn es irgendetwas gab, wodurch sie sich herabgesetzt fühlten, zögerten sie nicht, die schlimmsten Strafen zu verhängen. Das hatte ich zur Genüge bei der Ausbildung in Bogor erleben müssen. Nahezu sämtliche Strafen dort hatten damit zu tun, daß sich die Japaner durch irgendetwas herabgesetzt fühlten. Und war es nicht gerade unser Vater gewesen, der als erster eine Strafe auf sich zog, weil ein Japaner meinte, die Ehre Japans sei verletzt worden? Vater wurde geohrfeigt, weil er angeblich die Sonnengöttin beleidigt hatte. Und ausgerechnet er war jetzt mit in den Ruf General Tojo ausgebrochen! Unglaublich!

»Psst! Nicht so laut, wenn ihr General Tojo ruft! Wenn erst die japanische Geheimpolizei kommt, dann wißt ihr, was ich meine!«

Da verstummten sie. Sie dachten wohl an die bittere Erfahrung, die Vater kürzlich gemacht hatte.

Wir setzten uns auf die Veranda und schwatzten miteinander. Alle waren neugierig zu erfahren, wie ich Offizier der Heimwehr geworden war. Meine Neffen und Nichten und auch Lantip, der seit einiger Zeit bei Hardojo lebte, umringten mich, die einen standen, die anderen hockten auf dem Boden. Sie tasteten nach dem Samurai-Schwert und faßten das Käppi an. Was sie jedoch am meisten in Erstaunen versetzte, war mein kahlgeschorener Kopf. Wie gewöhnlich war es Hari, Hardojos Sohn, der im Vergleich zu meinen

Kindern und seinen Vettern der frechste war und immer am offensten sagte, was er dachte: »Onkel, ihr seid ja wirklich so kahlgeschoren wie die Japaner.«

Ich mußte lächeln, aber sein Vater ermahnte ihn: »Laß das, Hari! Mach dich ja nicht über den Kopf deines Onkels lustig!«

»Wieso denn, Papa? Ich wollte doch nur sagen, Onkel ist jetzt so mächtig wie ein japanischer Offizier.«

»Ja, ja, Hari. Dankeschön, daß du gesagt hast, ›wie‹ ein Japaner.«

Alle brachen in Lachen aus. Hari wußte gar nicht, wie ihm geschah, als nun alle lachten.

»Meine Freunde im Kampung Punggawan sagen immer, die japanischen Soldaten sind im Kampf einmalig, stimmt das?«

»Ja, mein Junge. Sie sind sehr tapfer und weichen im Kampf nie zurück.«

»Und haben euch die Japaner auch gezeigt, wie man kämpft?«

»Ja, ja, mein Junge.«

»Na, Onkel, seid ihr jetzt im Kampf auch so toll und mutig wie die Japaner?«

»Ja, mein Junge, das hoffe ich.«

Jetzt fuhr aber Tante Sumarti dazwischen und untersagte ihrem Sohn das hartnäckige Fragen: »Also Hari, jetzt ist Schluß. Dein Onkel ist doch gerade erst gekommen, er möchte sich jetzt ausruhen. Und außerdem – wir Erwachsene haben den Onkel noch gar nichts gefragt, und da fängst du kleiner Frosch schon an, ihn zu löchern. Los, geh zu den andern und spiel mit ihnen!«

Ich war Sumarti dankbar für diese Worte, denn ich war tatsächlich furchtbar müde. Erschöpfung und Gliederschmerzen vom Ausbildungslager in Bogor machten sich erst jetzt so recht bemerkbar, nachdem ich zu einem kurzen Urlaub heimgekommen war.

Nach dem Mittagessen zogen wir uns zurück, um etwas auszuruhen. Allerdings brachte der Mittagsschlaf in Wanagalih keine rechte Erholung, dafür war es in der kleinen Stadt am Fuße des Kendeng mit seinem Kalkgestein einfach zu heiß. Aber wir schliefen sowieso nur höchstens eine halbe bis dreiviertel Stunde.

Erst am Abend kamen wir dann wieder im Wohnzimmer zusammen, saßen um Vaters Spieltisch herum und unterhielten uns. Die Enkel umringten ihren Großvater und rangelten sich darum, ihm die Füße zu massieren, denn dafür gab es als Belohnung ein paar

Geldstücke für Naschereien und Geschichten vom Schattenspiel. Vater war ein hervorragender Märchenerzähler.

»Nun ist aber Schluß, Kinder. Euer Großvater möchte jetzt von Noegroho hören, was er zu erzählen hat.«

Die Kinder rannten nach vorn auf die Veranda und warteten auf den Wedang-Cemoe-Verkäufer, der bald vorüberkommen mußte.

»So, so, Noegroho, mein Junge. Es war also dein fester Wille, Offizier zu werden?«

»Ja, was wäre denn gewesen, wenn ich es nicht gewollt hätte? Hatte ich denn eine andere Wahl, Vater?«

Meine Geschwister mußten lachen.

»Natürlich nicht. Ich wollte ja nur wissen, ob du dich dabei wohlfühlst, ob du das erreicht hast, was du dir vorgestellt hast.«

»Ja, schon, Vater.«

»Dann können wir ja froh sein.«

Vater schlürfte seinen Kaffee. An seinem Gesicht war zu sehen, daß er über etwas Wichtiges nachdachte.

»Lantip! Lantip! Komm mal gerade her, mein Junge.«

»Inggih – Ja.«

Lantip kam von der Veranda her gelaufen, wo er auf die anderen Kinder aufgepaßt hatte. Soeminis und meine Kinder warteten draußen weiter auf das Wedang Cemoe, nur Hari kam ebenfalls herein und ließ sich zu Füßen der Großmutter nieder.

»Ja, wenn Hari auch mit zuhören will, in Ordnung. Aber hör mal, Tip, ich möchte dich prüfen, ob du jetzt, wo du in Solo wohnst, noch so schön Lieder singen kannst.«

Lantip wurde ganz verlegen: »Ach, was soll ich denn singen, Embah?«

Ich muß zugeben, daß es in meinen Ohren doch noch etwas fremd klang, wenn Lantip meine Eltern mit Embah anredete oder mich mit Pakde und die Mutter meiner Kinder mit Bude. Aber wie sonst? Lantip war jetzt von Hardojo an Kindes statt angenommen, und mein Bruder hatte uns gebeten, Lantip genauso zu behandeln wie unsere eigenen Kinder. Und Vater und Mutter hatten das auch abgesegnet.

»Versuch doch mal, ob du das Tripama noch kannst. Es stammt doch von daher, wo dein Vater Hardojo tätig ist.«

»Vielleicht kann ich's noch, Wenn nicht, so helft mir bitte.«

»Aber ja doch, fang nur an!«

Und Lantip begann mit seiner schönen Stimme zu singen, wie an dem Abend letztes Jahr, als Vater von dem Japaner geschlagen worden war: «Yogyanira kang para prajurit, lamun bisa sira anulada... (Auf, auf, ihr Krieger, wenn ihr euch ein Vorbild sucht...)»

Lantips sanfte Stimme erklang richtig edel an jenem stillen Abend, an dem sonst nur die Erdgrillen zu hören waren. Strophe auf Strophe erzählte von Sumantris Treue zu König Arjuna Sasrabahu, von Karnas Treue zu König Suyudana und von Kumbakarnas Treue zum Königreich Alengka. Nachdem Lantips Gesang verklungen war, saßen wir eine Weile stumm da, bis schließlich Hari Beifall klatschte und wir alle wie aus einem wunderbaren Traum erwachten.

»Kinder, erinnert ihr euch noch, wie ihr hier gesessen habt und Lantip das Wedhatama und Wulangreh gesungen hat? Damals habe ich euch versprochen, eines Tages würden wir gemeinsam das Tripama hören? Na, das ist heute.«

Wir gaben mit einem Kopfnicken zu verstehen, daß wir uns noch sehr gut daran erinnerten. Wir warteten nun auf Vaters Auslegung. Ich war sicher, sein Kommentar würde sich auf meine Stellung als Offizier der Heimwehr beziehen.

»Das Tripama habe ich euch vortragen lassen, weil es meiner Meinung nach für die heutige Gelegenheit besonders gut paßt. Das gilt für dich, Noegroho als Soldat, für dich, Hardojo, als Priyayi am Mangkunegaran, aber auch für dich Nakmas Harjono, nachdem du ja nun in der Bezirksverwaltung von Madiun einen hohen Posten hast.«

Alle waren gespannt auf Vaters Worte, da wurde die Stille durch ein Stimmengewirr der Kinder gestört, die von der Veranda her den Cemoe-Verkäufer heranriefen. Vater war gezwungen innezuhalten, da die Kinder jetzt zwischen der Veranda vorn, dem Wohnzimmer und dem Eßzimmer hinten hin- und hersausten. In dieser Situation konnten nur die Mütter eingreifen, um die Cemoe-Krise rasch zu beenden, was auch geschah. Wenige Augenblicke später saßen die Kinder im Eßzimmer und machten sich über das Cemoe her. Wir Erwachsenen nahmen wieder im Wohnzimmer Platz, um weiter zuzuhören, wobei wir natürlich auch unser Wedang Cemoe schlürften. Lantip und Hari setzten sich ebenfalls zu uns.

»Es sieht zwar auf den ersten Blick so aus, als richtete sich das

Tripama vor allem an Soldaten, aber in Wirklichkeit sind auch alle Priyayi angesprochen. Im Mittelpunkt des ganzen steht die Treue zu König und Reich. Wir werden alle daran gemahnt, uns die Treue der drei Helden, nämlich Sumantri, Karna und Kumbakaran, zu Herzen zu nehmen. Wenn sie sich auch in ihrer Eigenart unterscheiden, so geht es doch im Kern um dasselbe Thema, Treue zu zeigen als Beweis dafür, daß man seine Verpflichtung gegenüber König und Reich erfüllt.«

Hardojo war damit nicht ganz einverstanden: »Aber Vater, eine Auffassung von Treue wie bei Sumantri macht mir Schwierigkeiten.«

»Aber wieso denn, mein Junge?«

»Für mich ist Sumantri kein Vorbild als Priyayi und Ritter. Er stellt doch eher ein Beispiel für einen Priyayi dar, dessen Ritterlichkeit voller Mängel ist.«

»Na, Mas Hardojo, das ist aber sehr kühn!« warf Soemini ein.

»Überhaupt nicht, Mini. Es geht mir nur darum, diese Figur zu verstehen. Indem Sumantri seinem Leitbild nachjagt, ein Führer im Königreich Maespati zu werden, ist er so besessen, daß er sogar seinen Bruder opfert. Und als er seine Aufgabe erfüllt hat, tausend Länder zu erobern, und deren Prinzessinnen gewonnen hat, fordert er auch noch seinen König heraus. Er zweifelt die Überlegenheit des Königs an. Was für eine Überheblichkeit. Sicher, später findet er bei der Verteidigung seines Königs den Tod. Da zeigt er dann schon seine Treue, aber es ist doch eine Treue mit Flecken.«

Vater lächelte und nickte. Mein jüngerer Bruder konnte schon reden. Mitreißend und oftmals sehr überzeugend.

»Schön, Yok. Ich muß vielleicht noch etwas erwähnen, was ich euch noch nicht erzählt habe. Damals, bei unserer Hochzeit, hat dein Onkel, Seten Kedungsimo, aus diesem Anlaß uns zu Ehren ein Schattenspiel aufführen lassen. Und der Lakon war eben Sumantri Ngenger. Romo Seten hatte mit Bedacht dieses Stück ausgewählt, als ›Wegzehrung‹ für mich, der ich ein Priyayi werden sollte.«

»Aber, nochmals zurück zum Anfang: Warum hat Kanjeng Gusti Mangkunegara IV. Sumantri als Vorbild gewählt?«

»Ich denke, weil er den Mut hatte, gegen Rahwana zu kämpfen, bis er ihn getötet hatte. Dann hat er Karna als weiteres Vorbild ausgesucht, weil dieser es wagte, sich auf die Seite der Kaurawas zu stellen, obwohl das die Bösen waren.«

»Wie?«

»Es ist doch so, Mini. Karna ist in Wirklichkeit der Älteste von den Pandawas. Weil er aber ein illegitimer Sohn von Batara Surya und Kunti, der Mutter der Pandawas, ist, wird er schon als Kind weggeschickt. Da findet ihn ein Kutscher aus dem Reich Ngastina, dem Reich der Kaurawas. Na, und so dient er dann von klein auf den Kaurawas. Und weil er unbesiegbar ist, wird er zum mächtigsten Krieger der Kaurawas. Als dann der Krieg Baratayuda ausbricht, versucht ihn seine Mutter ins Lager der Pandawas herüberzuziehen. Das lehnt er aber ab, weil er der Meinung ist, daß ein guter Krieger seine Verpflichtungen gegenüber dem Herrscher und dem Reich, denen er seine Stellung und sein Leben verdankt, erfüllen muß.«

»Auch dann, wenn er gegen seine eigenen Brüder zu Feld ziehen soll?«

»Auch dann. Ja, er stirbt sogar durch den Pfeil Pasopati Arjunas, seines Bruders und Rivalen.«

»Ist die Wertordnung eines Kriegers nicht doch zu rigide, Vater?«

»Ja, natürlich, aber so ist die Wertordnung der Soldaten, Yok. Bei unserer Ausbildung in Bogor stand auch die Treue zu König und Vaterland im Mittelpunkt, im Geist der Samurai, der japanischen Ritter. Wenn ein Samurai seine Pflicht gegenüber seinen Vaterland nicht zu erfüllen vermochte, dann beging er Harakiri, Selbstmord.«

»Und Mas Noeg, hältst du das nun auch für richtig?«

»Für mich geht es nicht darum, ob ich das richtig finde oder nicht, Yok. Für mich geht es um die Erfüllung meiner Pflicht.«

Im Haus war es still geworden. Die Kinder, die kurz vorher noch ihr Cemoe gegessen und herumgetollt hatten, lagen nun in ihren Betten und schliefen. Nur Hari und Lantip saßen noch bei uns. Hari lauschte unserem Gespräch mit weit aufgerissenen Augen. Auch Lantip hörte gespannt zu, saß jedoch, obwohl er längst in unsere Familie aufgenommen war, in ergebener Haltung auf dem Boden, die Beine über Kreuz.

»Na, Kinder, das dritte Beispiel ist ebenfalls interessant. Ich meine Kumbakarna, den Riesen mit dem sanften Herzen, den jüngeren Bruder des wilden Rahwana. Ihm widerstrebte die Wildheit seines Bruders, aber er nimmt dann doch den Kampf gegen Rama auf, nicht aus Treue gegenüber seinem Bruder, sondern gegenüber seinem Land. Und er fällt ja dann auch in diesem Kampf. In seinem Fall also steht die Treue zum Vaterland im Vordergrund. Was auch immer geschehen mag: Das Vaterland muß man verteidigen.«

»Wenn aber nun das Vaterland im Unrecht ist, dann doch, weil die Regierung oder der Herrscher im Unrecht ist, oder? Müssen wir es dann auch verteidigen?«

»Yok, als Krieger hat er keine andere Wahl, als die Sache seines Vaterlandes zu vertreten. Das ist seine oberste Pflicht.«

»Und wenn einer kein Krieger ist, hat er dann nicht die Freiheit, sich anders zu entscheiden, Mas Noeg?«

»Also, ich bin der Meinung, er handelt richtig – oder genauer gesagt: Er hat die Verpflichtung, sein Vaterland zu verteidigen.«

Harjono, Minis Ehemann, hielt sich ja sonst stets zurück und schwieg lieber. Jetzt aber meldete er sich zu Wort: »Ich finde, Mas Noeg hat recht. Wir alle hier sind doch Diener des Staates, die einen als Soldaten, die anderen als Zivilisten. Gleichviel, wir stehen im Dienst des Vaterlandes. Wenn das Land also im Krieg steht, dann müssen wir für das Land kämpfen. Das ist eine Sache der Pflicht.«

Hier unterbrach uns Mutter. Es sei schon spät und wir müßten uns ausruhen.

»Ja, Mutter, du hast recht. Laßt uns schlafengehen. Nur möchte ich unser Gespräch zuvor für die Kinder noch kurz zusammenfassen: Noegroho und ihr anderen, denkt an die Prophezeihung, die Japaner werden nur für kurze Zeit hier sein, seumur jagung, solange wie der Mais braucht, um heranzureifen. Auch mein Gefühl sagt mir, nur noch kurze Zeit. Die Holländer sind wir schon los, und es wird nicht mehr lange dauern, dann sind wir auch die Japaner los. Und wenn wir vorhin von der Treue zum Vaterland gesprochen haben, dann war damit natürlich die Treue gegenüber unserem Land und unserem Volk gemeint. Wie unser Land eines Tages aussehen wird, das wissen wir noch nicht. Aber das Entscheidende ist, meine Lieben, die Treue zu unserem Volk. Und was Sumantri, Karna oder Kumbakarna angeht, so überlasse ich es euch, welchen ihr euch zum Vorbild nehmen wollt...«

Wir blieben nur wenige Tage in Wanagalih. Ich mußte so schnell wie möglich zu meinem Daidan, meinem Bataillon in Bantul.

Das Leben im Daidan war nicht so schlecht. Wir Offiziere wohnten nicht in den Unterkünften in der ehemaligen Zukkerfabrik, wir waren in den Villen der früheren Angestellten der

Fabrik untergebracht. Es waren sehr ansehnliche und außerordentlich geräumige Häuser. Und als Offiziere der Heimwehr hatten wir es unter den Japanern im Vergleich zu den zivilen Bediensteten, wie beispielsweise Lehrer, wesentlich besser. Zumindest die Lebensmittelrationen waren reichlich bemessen.

Hardojo als Hofbeamter im Mangkunegaran beklagte sich bitter über die schwierigen Lebensverhältnisse und mußte von den Eltern in Wanagalih mit Lebensmitteln unterstützt werden. Soemini und ihr Mann waren etwas besser dran, denn Harjono besaß in seinem Dorf noch Reisfelder, auf die er zurückgreifen konnte. Sus, meine Frau, blühte jetzt wieder auf, seitdem ich Offizier der Heimwehr war. Wenn sie auch nicht mehr so ganz nach holländischem Geschmack leben konnte, so hatte sie doch hie und da die Gelegenheit, sich einen kleinen Luxus zu leisten. Für meine Kinder jedenfalls war es kein Nachteil, nun in Jebukan zu wohnen. Zur Schule in der Stadt konnten sie den Zug von Bantul nehmen, und das auch, wenn sie etwas in der Stadt vorhatten.

In der Kaserne war der Dienst eines Chudancho als Kompaniechef nicht so anstrengend wie der der Shodancho oder gar der Bundancho, der Gruppen- und Rottenführer, denn das waren die Infanteriesoldaten, die im Feld standen. Allerdings war ich eben auch für meine Kompanie verantwortlich.

Die Shodancho kamen in der Regel von der holländischen Mittelschule, der MULO, oder von der HIS und waren auch jünger als die Kompaniechefs, die ihrerseits meist schon die HKS oder mindestens die HIK absolviert hatten und Lehrer gewesen waren. Die Bundancho waren im allgemeinen ehemalige Schüler der Grund- oder Mittelschule, während die einfachen Soldaten allesamt nur die Grundschule besucht hatten. Nach meiner Erfahrung kam die Mehrheit der Bundancho und der einfachen Soldaten direkt vom Dorf, während die Shodancho, Chudancho und Daidancho meistens aus dem Kreis der Priyayi stammten oder Lehrer an einer Koranschule gewesen waren. Mir wurde auch klar, daß wir Chudancho und Shodancho, wenn eines Tages unser Vaterland unabhängig würde, das Rückgrat des indonesischen Heeres bilden würden. Jedenfalls waren wir alle davon überzeugt.

Was niemand erwartet hätte, Japan verlor den Krieg, und die Peta, die Heimwehr, wurde aufgelöst. Wir mußten unsere Waffen abgeben und wurden nach Hause geschickt. So einfach war das. Ich zog mit meiner Familie vorübergehend zur Mutter von Sus, die nach ihrer Pensionierung von Semarang nach Yogya gezogen war und seitdem dort wohnte. Ihr Haus war nicht allzu groß und lag im Viertel Jetis, nicht weit von der Grundschule, in der ich früher unterrichtet hatte. Obwohl meine Schwiegermutter sich freute, von ihren Kindern und Enkelkindern umgeben zu sein, hatten wir doch Bedenken, bei ihr in diesem kleinen Haus zu wohnen. Es war nur ein Glück, daß wir von unserer Truppe genug Vorräte mitbrachten, vor allem ausreichend Lebensmittel.

Unmittelbar nach Ausrufung der Unabhängigkeit machten wir uns daran, eine Volkswehr aufzubauen, den Badan Keamanan Rakyat. Ich schloß mich sofort den Kameraden der ehemaligen Heimwehr, der Heiho, der Polizei und anderen jungen Leuten an, um in Yogya die Volkswehr zu bilden. Aber schließlich brauchten wir auch Waffen, und die mußten wir uns von den Japanern erkämpfen. Im Gefecht mit den Japanern konnte ich all das anwenden, was ich in der Kriegsschule in Bogor gelernt hatte und was wir dann auch bei der Heimwehr geübt hatten. Es kam zu einem erbitterten Kampf in Kotabaru, in der Gegend von Yogya, wo die feinen Leute wohnten. Es war mein erster vuur test, meine erste Feuerprobe.

Das Gefecht war alles andere als ein geordneter Kampf, denn unsere Reihen setzten sich nicht vollständig aus ehemaligen Kämpfern der Heimwehr oder der Heiho zusammen, die bereits eine militärische Ausbildung hinter sich hatten. Die Mehrheit bestand aus jungen Leuten und einem bunt zusammengewürfelten Haufen von Zivilisten, die alle nicht felderfahren waren, aber mitzogen, weil sie einfach ihren Mut im Kampf gegen die Japaner zeigen wollten. Die Kugeln pfiffen uns um die Ohren, überall schrien Verwundete. Als sich die Japaner ergaben, waren mehr als zwanzig von unseren jungen Leuten gefallen. Die meisten von ihnen waren blutjunge Burschen aus den Kampungs von Yogya. Die Davongekommenen stürmten das Lager der Japaner in Kotabaru, durchwühlten alles, nahmen Waffen, wo sie sie finden konnten, und verteilten sie.

Für die jungen Leute war es einfach so, daß sie sich als große Helden vorkamen, wenn sie Gewehre trugen oder Pistolen im Gürtel stecken hatten. Sie liefen kreuz und quer durch die Stadt und patrouillierten in den Kampungs. Uns hingegen, die wir nun die

Keimzelle der künftigen Armee des Unabhängigen Indonesiens bildeten, sträubten sich die Haare, als wir mit ansehen mußten, wie alle diese Waffen nun in die Hände der unterschiedlichsten Leute gerieten. Am Ende jedoch gelang es uns, Schritt für Schritt die Truppe wieder zu ordnen und gleichzeitig auch die Waffen wieder einzusammeln.

Meine erste wirkliche Kriegserfahrung machte ich jedoch erst im Kampf gegen die Engländer. Ich hatte den Befehl, mit meinen Truppen das englische Militär, das schon bis Magelang vorgerückt war und dem sich die Holländer angeschlossen hatten, am weiteren Vordringen zu hindern. Wir waren völlig unzureichend ausgerüstet und verfügten auch praktisch über keinerlei strategische Erfahrung. Aber wir schlugen die Feinde mit einer Mischung aus Kenntnissen vom Krieg, wie wir sie in den Kasernen der Heimwehr gelernt hatten, und gesundem Menschenverstand. Was jedoch den Ausschlag gab, waren unser unbändiger Wille zum Widerstand und die blinde Kampfeswut der Revolution. Wir verfolgten die Feinde bis Ambarawa und trieben sie weiter bis nach Semarang, wo sie sich verschanzten.

Als wir wieder nach Yogya zurückgekehrt waren, lud ich Sus und die Kinder in unser Auto, und wir fuhren, nachdem ich mir die Erlaubnis dazu verschafft hatte, nach Magelang und Ambarawa. Ich wußte selbst nicht, was mich dazu trieb, meine Familie in dieser unsicheren Zeit auf einen solchen Ausflug mitzunehmen. Vielleicht wollte ich nur, daß sie einen Eindruck von unseren Heldentaten bekämen, wobei natürlich auch meine eigenen Leistungen hervortreten sollten. Den ganzen Weg lang zeigte ich ihnen rechts und links der Straße die Orte, wo noch die Spuren unserer Kämpfe und Gefechte zu sehen waren. Da waren überall zerstörte oder halbzerstörte Häuser, die einen waren der Taktik der verbrannten Erde zum Opfer gefallen, die anderen von Granaten getroffen worden. Die luxuriösen Landhäuser, in denen früher die Holländer gewohnt hatten und die dann von den Japanern okkupiert worden waren, standen alle leer.

Wir hielten an und betraten einige der leeren Gebäude. Da lag alles wild durcheinander, aber einiges war doch noch gut erhalten. Darunter war auch eine Menge europäischer Einrichtungsgegenstände, aber alles in größter Unordnung. Sus schlug vor, wir sollten doch die Sachen mitnehmen. Sie seien ja herrenlos, meinte sie. Und wenn wir sie nicht an uns nähmen, dann kämen bestimmt die Leute aus dem Kampung und schleppten sie weg. Da hatte sie recht, dachte ich. Kurzentschlossen befahl ich einigen der Soldaten, die zu unserer Sicherheit mitgekommen waren, die Sachen, die sich Sus aussuchte, ins Auto zu laden. Als wir heimfuhren, war unser Wagen mit allen möglichen Dingen vollgestopft, die wir aus verschiedenen Villen in der Umgebung von Ambarawa zusammengesucht hatten. Wir betrachteten es als Kriegsbeute. Waren wir denn damals nicht die Sieger?

Die Zeit der Revolution brachte eine Verlängerung der Leiden aus der Zeit der japanischen Besetzung. Der Unterschied war lediglich, daß es sich in der Japanerzeit um die Leiden eines Volkes gehandelt hatte, das im Krieg von einem anderen Land mit äußerster Härte unterjocht worden war, während die Leiden in der Revolutionszeit vom Volk bewußt in Kauf genommen wurden, um die Unabhängigkeit zu gewinnen. Und die Entbehrungen wogen in der Tat schwer. Die Städte waren finster, entweder weil es keinen Strom gab oder weil Strom gespart werden mußte. Waren des täglichen Bedarfs wurden von Tag zu Tag knapper. Das bedeutete jedoch nicht, daß wir »orang kiblik«, wie wir Republikaner genannt wurden, keinerlei Abwechslung mehr gehabt hätten.

Trotz des Mangels und der herrschenden Armut ging das Leben weiter. Malioboro, die Hauptstraße und der Lebensnerv von Yogya, lag zwar abends im Dunklen, war aber ständig voller Menschen, die herumschlenderten. Die Angehörigen der Laskar, der paramilitärischen Rotten mit ihren wilden Bärten und langen Haaren, patrouillierten die Malioboro auf und ab, die Pistole im Gürtel und stolz darauf, von den Holländern als Extremisten bezeichnet zu werden. Fahrräder, Pferdefuhrwerke, Becaks kamen die Hauptstraße entlang wie Leuchtkäfer in Reisfeldern, denn sie waren nur notdürftig von Kokosfunzeln erleuchtet.

Abermals waren wir vom Glück verfolgt und brauchten nicht so sehr unter dem Lebensmittelmangel zu leiden wie die Bediensteten im zivilen Sektor. Mir wurde nämlich im Regiment die Intendanz übertragen, die Versorgungsabteilung. Stets blieben Lebensmittel oder andere Sachen übrig oder wurden eben irgendwie abgezweigt und nach Hause mitgenommen. Daher hatte Sus in der Küche keine Not, ja sie konnte sogar ab und zu unseren notleidenden Verwandten etwas zukommen lassen.

Allerdings nahmen die politischen Spannungen zu, der Druck von seiten der Holländer wurde immer spürbarer. Wir waren geradezu in ihrem Würgegriff. Wir Militärs waren ratlos und oft sogar wütend über die Verhandlungspolitik unserer Regierung. Ein Kabinett nach dem anderen wurde umbesetzt in der Hoffnung, die jeweils neue Regierung wäre in der Lage, den Holländern Paroli zu bieten.

Tatsächlich aber wurde unser Verhandlungsspielraum immer enger. Was den Holländern im Vertrag von Linggajati und in der Vereinbarung auf der Renville abgehandelt werden konnte, lief in Wirklichkeit auf eine weitere Verkleinerung des Gebiets der Republik hinaus. Unsere Truppen waren in einigen Gegenden in Gefahr, von den Holländern abgeriegelt zu werden, und mußten in das schwindende Kerngebiet der Republik zurückgezogen werden. Die Flüchtlinge aus den verschiedensten Gegenden strömten in die wenigen verbleibenden Städte der Republik. Der heftige Streit zwischen den einzelnen Parteien wurde immer schärfer und erbitterte uns außerordentlich. Was uns im Militär aber noch größere Sorgen machte, war der Umstand, daß es bestimmten Parteien gelang, die Truppen zu beeinflussen oder sogar ihre Mitglieder in die Armee einzuschleusen.

Unsere Sorge und unser Ärger erreichte schließlich den Gipfel, als die Regierung Hatta ein Rationalisierungsprogramm beschloß, nach dem die Truppenstärke herabgesetzt werden sollte. In der Armee erhob sich ein Sturm der Entrüstung. Alle waren aufs höchste besorgt. So erging es auch mir, denn wer konnte es wissen: Möglicherweise war ich auch von der Rationalisierung betroffen. Es wäre ja noch hinzunehmen gewesen, wenn ich nur degradiert worden wäre, vom Oberstleutnant zum Major. Aber wenn ich nun überhaupt entlassen würde, was dann? Wie hätte ich denn in dieser Notzeit meine Familie ernähren sollen, wenn ich meine Position bei der Armee verlieren würde? Als dann die Neuordnung kam, hatte ich noch einmal Glück, ich durfte als Major bleiben. Ich tröstete mich damit, daß auch der Oberkommandierende der Armee seinen alten Rang verlor.

Besorgniserregend war wenig später die Entwicklung der Kommunistischen Partei, der PKI, die nun auch Einfluß innerhalb der

Armee gewonnen hatte, vor allem in Solo. Sowohl aus Berichten vom Sicherheitsdienst wie auch aus Hardojos Erzählungen war zu entnehmen, daß die Situation in Solo dem Siedepunkt entgegenging. Es gab Entführungen und Schießereien, schließlich kam es auch zu Gefechten zwischen Truppeneinheiten, die der Rationalisierung nicht nachkommen wollten, und anderen Einheiten.

Und dann kam der Aufstand der Kommunisten in Madiun, in dem alles gipfelte. Ich dachte sofort an Madiun und Wanagalih, das mit Sicherheit zum Schauplatz der Auseinandersetzungen werden würde. Was sollte aus meinen Eltern werden? Bestimmt würden die Beamten der staatlichen Verwaltung abgeholt und umgebracht werden. Was würde aus Soemini, Harjono und ihren Kindern? Ich nahm Kontakt zu Hardojo auf und beriet mit ihm, ob es ratsam wäre, nach Wanagalih und Madiun zu fahren. Hardojo riet ab und meinte, wir sollten erst einmal warten, bis sich die Lage wieder etwas entspannt hätte. Er jagte mir mit seiner Warnung Angst ein, ich sollte bloß nicht versuchen, mir eine Order zum heimlichen Einrücken in Madiun geben zu lassen. Er sagte mir aber, daß Lantip zufällig in Wanagalih sei, weil ihn Vater gebeten hatte, die Scheune zu reparieren. Und da gerade Ferien waren, hatte sich Lantip dafür freimachen können. Hardojo meinte, es sei genug, wenn Lantip bei Vater und Mutter sei. So einigten wir uns darauf, unsere Fahrt so lange aufzuschieben, bis die Lage wieder überschaubar wäre.

In der Zwischenzeit versuchte ich, die weitere Entwicklung über Informationen zu verfolgen, die ich von Kameraden im Sicherheitsdienst erhielt. Auf diesem Weg erfuhr ich, daß eine ganze Reihe von Leuten entführt und umgebracht worden waren. Sie hatten sogar Gouverneur Surjo ermordet, und zwar ganz in der Nähe von Wanagalih. Mir und Hardojo waren immer mehr davon überzeugt, daß Wanagalih einer der Hauptschauplätze der Kämpfe war. Schließlich rückten die Siliwangi-Einheiten an und warfen den Aufstand der Kommunisten in Madiun, Solo und Pati nieder.

Als die Lage wieder sicher schien, erbat ich von meinem Vorgesetzten im Hauptquartier die Erlaubnis, rasch nach Wanagalih und eventuell auch nach Madiun fahren zu dürfen, um nach meinen Eltern zu sehen. Mir wurden drei Tage gewährt. Für Hardojo, der beim Erziehungsministerium arbeitete, war es leichter, eine solche Erlaubnis zu erhalten, denn er lag ja nicht in Bereitschaft wie wir von der Armee.

Als wir in Wanagalih ankamen, fielen uns unsere Eltern weinend um den Hals, ebenso Soemini und ihr Mann, die auch schon da waren. Es waren Glückstränen, weil wir alle wohlauf waren und keinem etwas passiert war. Unser Glücksgefühl galt vor allem unseren Eltern und Soemini mit ihrem Mann. Was sie – und auch Lantip – zu erzählen hatten, erregte jedoch bei Hardojo und mir abwechselnd Mitleid und Wut. Ein unbändiger Zorn stieg in mir auf, als ich hörte, wie brutal die Truppen und die Anhänger der Kommunistischen Partei in Wanagalih gehaust hatten, wie sie Beamte hingeschlachtet hatten, führende Vertreter des Islam und der javanischen Mystik, schließlich auch Mitglieder der Muslimpartei Masyumi. Erst recht schockiert war ich, als ich hörte, daß mein Vater, der pensionierte Schulleiter, der rein gar nichts mit der Revolution zu tun hatte, auch auf die schwarze Liste gesetzt worden war und mit anderen hätte zum Stadtplatz von Wanagalih gebracht werden sollen.

Aus dem, was meine Eltern, was Harjono, Soemini und Lantip über den Aufstand erzählten, sowie aus Informationen, die ich von Freunden im Sicherheitsdienst bekam, setzte sich mir folgendes Bild zusammen: Schon geraume Zeit, bevor der Aufstand ausbrach, waren Stimmen in Umlauf gesetzt worden, unsere Revolution wäre nicht mehr auf dem richtigen Weg, denn man hätte es zugelassen, daß deren Führung auf Bourgeois, auf feudalistische Beamte und auf islamische Großgrundbesitzer übergegangen wäre. Die Revolution müßte durch das Volk geführt und verwirklicht werden. Und wer das Volk in Bewegung setzen müsse, das sei die Front Demokrasi Rakyat, die Demokratische Volksfront unter der Leitung der Kommunistischen Partei Indonesiens.

Es war eine Reihe riesiger Volksversammlungen veranstaltet worden, um diese Agitation voranzubringen, insbesondere, nachdem Muso aus Rußland zurückgekehrt war und die Leitung der PKI übernommen hatte. In Wanagalih hatten auch Einheiten der Armee, durchsetzt mit Elementen der Volkswehr Pesindo, daran mitgewirkt, den Aufstand vorzubereiten. Schließlich war Sumarsono, der Anführer der Pesindo-Truppen an der Ostfront, mit seinen Einheiten und denen Dachlans in Madiun eingerückt und hatte die Bildung einer Regierung der Nationalen Front verkündet, die sich von der Republik losgesagt hatte.

Daraufhin war der Aufstand der Kommunisten ausgebrochen. In

Madiun selbst wie auch in den Städten der Umgebung, in Wanagalih, Magetan und anderen, waren Säuberungsaktionen durchgeführt worden. Leute wurden verhaftet, ins Gefängnis geworfen und umgebracht. Das schlimmste aber war dann das Schlachten auf dem Alun-Alun in der Stadtmitte. Harjono war sofort klar, daß er als Beamter zu den Verfolgten gehören würde. Er tauchte mit seiner Familie unter und suchte Zuflucht im Dorf seiner Eltern. Wie durch ein Wunder entging er dort den Säuberungsaktionen der Kommunistischen Partei.

Ausgerechnet meinen Eltern wie auch allen Nachbarn im Jalan Setenan in Wanagalih widerfuhr Schlimmes. Pak Martokebo, der Viehhändler, unser Nachbar, inzwischen ein alter Mann, entpuppte sich als Parteigänger der PKI und leitete die Säuberungen in Wanagalih. Dieser alte Kerl erschien eines Tages mit einem Trupp von Kommunisten im Haus meiner Eltern. In ihrer Mitte brachten sie eine Gruppe von Nachbarn mit, die sich der Alte offenbar schon lange als Opfer ausgesucht hatte. Darunter waren Pak Kaji Mansur, der Pensionär Romo Seten Sunoko, Romo Jeksa wie auch einige andere Bewohner unserer Straße. Indem er sein Haumesser schwang, beschimpfte Pak Martokebo die alten Leute, die schon längst ergraut waren. Meinem Vater kam der Auftritt anfangs reichlich komisch vor, und er mußte über Martokebo lachen, wie er mit seinem Messer wild herumfuchtelte. Martokebo aber fand das gar nicht komisch. Blinder Zorn packte ihn, und mit weit aufgerissenen Augen setzte er meinem Vater die Spitze seines Haumessers auf die Brust. Er, der Vater sonst im höflichen Kromo anredete, herrschte ihn nun im gemeinen Ngoko an: »Was ist los, Darsono? Du lachst? Lachst du wirklich?«

Mein Vater erschrak zu Tode. Er spürte die kalte Spitze des Messers auf seiner Brust.

»Versuch es nur und lach noch einmal! Versuch es doch! Gemeiner Blutsauger du! Denkst du etwa, ich weiß nicht, wie du den armen Bauern das Blut aussaugst? Ja? Dabei kommst du selbst vom Land! Und jetzt bist du der Feind des Volkes.«

Mein Vater war stumm. Kalter Schweiß lief ihm über den ganzen Körper. Martokebo schien in den Augen meines Vaters wie ein Verhexter. Einer, der sonst so höflich war, so freundlich und mit einem Mal derart aggressiv und toll, dachte mein Vater. Alle hatten schreckliche Angst. Pak Kaji Mansur murmelte angstvoll eine Geisterbeschwörung, wurde aber von Martokebo sofort angefahren:

»Du bist auch so ein Korangelehrter! Murmelst arabische Gebete! Willst du zur Hölle fahren?«

Und Martokebo rannte wieder auf und ab und schwang wild sein Haumesser. Plötzlich, in der Stille war nur das Quietschen von Martokebos Sandalen zu hören, trat meine Mutter auf Martokebo zu. Mein Vater bekam einen furchtbaren Schreck und versuchte, sie an der Hand festzuhalten. Vergeblich. Völlig unvermutet redete meine Mutter Martokebo ganz ruhig, aber bestimmt in höflichstem Kromo an: »Pak Martokebo, sei doch ruhig. Wir sind doch immer gute Nachbarn gewesen und haben immer einträchtig miteinander gelebt. Pak Marto, was willst du denn? Sei doch ruhig. Setz dich doch, nimm erst einmal Platz. Und dann sag uns bitte, was du vorhast? Lantip, sei doch so gut und hol noch ein paar Stühle, damit sich unsere Gäste setzen können.«

Es war wie ein Wunder. Pak Martokebo hatte wohl nicht mit einer solchen Reaktion meiner Mutter gerechnet. Er beruhigte sich tatsächlich etwas und nahm sogar auf einem Stuhl Platz. Das Haumesser allerdings hielt er weiter gezückt in der Hand: »Es ist folgendes: Die Regierung der Nationalen Front«, er sagte Pron, »im Bezirk Madiun ist bereits zusammengetreten. Das ist jetzt unsere legale Regierung, denn es ist die Vertretung des revolutionären Volkes. Die in Yogya ist ungesetzlich, denn sie wird von Sukarno und Hatta geführt, und die sind die Sklaven der amerikanischen und – was noch schlimmer ist – der holländischen Bourgeoisie und des Kapitalismus.«

Meine Eltern hörten sich das mit Stirnrunzeln an und fragten sich im stillen, worauf Martokebo mit seinem Gerede wohl hinauswollte.

»Daher muß unsere Gesellschaft von solchen Leuten gereinigt werden, die gegen die Revolution sind. So wie ihr! Islamgelehrte, Staatsbeamte, Lehrer der Oberklasse und dieses ganze Volk!«

Wähend Martokebo das sagte, wurden alle im Zimmer leichenblaß. Und erst recht, als Martokebo wieder aufsprang und sein Haumesser schwang: »Pak Kaji Mansur, Pak Seten, Pak Jeksa, los, ihr alle kommt jetzt mit mir!«

Zitternd fragte Romo Seten: »Wohin denn nur, Pak Marto?«

»Fragt nicht soviel! Ihr kommt jetzt mit!«

Und damit zeigte er mit seinem Messer auf die genannten Leute und befahl seinen Begleitern, die unglücklichen alten Männer in ihre Mitte zu nehmen und abzuführen.

Und nun meine Mutter! Abermals trat sie Pak Martokebo in den Weg: »Pak Marto, Pak Marto. Ich bitte dich, denk doch, Pak Marto. Das sind doch alles anständige Leute, Pak...?«

»Jetzt hör mal, Bu. Misch du dich bloß nicht ein. Willst du, daß ich deinen Mann auch gleich mitnehme?«

Diese Drohung brachte meine Mutter sogleich zum Schweigen. Der Trupp nahm die Unglücklichen und führte sie ab. Lantip, der die ganze Zeit neben der Treppe vor dem Haus gehockt hatte, schlich ihnen heimlich nach. Sie gingen also tatsächlich zum Gefängnis an der Südseite des Alun-Alun.

Von nun ab ging Lantip jeden Tag unter dem Vorwand zum Alun-Alun, er brächte die Büffel zur Weide, und verfolgte, wie die Leute der PKI ihre Häftlinge exekutierten. Sie führten sie vom Gefängnis auf die Mitte des Stadtplatzes, wo sie sie umbrachten. Den einen wurde der Kopf abgehauen, andere wurden erschossen. Eines Tages mußte Lantip sehen, wie Pak Kaji Mansur mit einigen anderen Ulamas sowie einem in Wanagalih sehr bekannten Dukun, einem Weisen, aus dem Gefängnis herausgebracht und zur Mitte des Alun-Alun geführt wurden. Er dachte daran, daß Pak Kaji Mansur ein Pencak-Silat-Lehrer war, daß er den Jungen im Jalan Setenan das Koran-Lesen beigebracht hatte. Für ihn war Pak Kaji ein frommer und geduldiger Mann. Er konnte sich nicht erinnern, daß er sich mit irgend jemandem im Jalan Setenan gestritten hätte. Der unglückliche Pak Kaji Mansur, murmelte Lantip vor sich hin. Und als er sah, wie dieser in die Reihe der Todeskandidaten aufgestellt worden war, die erschossen werden sollten, konnte er das nicht mit ansehen. Er wandte das Gesicht ab. Er hörte nur noch, wie die Ulamas mehrmals Allahu Akbar riefen, dann krachten die Schüsse.

Als er sich wieder umwandte, lagen sie schon alle dahingestreckt auf dem Boden. Nur ein einziger stand noch aufrecht und lächelte. Das war Denmas Kusumo, der Dukun und Weise, den fast alle in der Gegend von Wanagalih kannten. Er war auch Pencak-Silat-Lehrer, aber für Pencak Silat Setrum, zu dem man mystische Kräfte braucht. Außerdem hatte er eine besondere Gabe, Heiraten zu vermitteln, und konnte Krankheiten heilen, die durch bösen Zauber verursacht waren. Lantip und seinen Kameraden stand vor Erstaunen der Mund weit offen, als sie sahen, wie Denmas Kusumo ganz ruhig seinen kommunistischen Henkern ins Gesicht blickte. Abermals ertönte für das Erschießungskommando das »Achtung«. Aber als der Befehl »Schießen!« kam und die Schüsse verhallt waren, stand Denmas Kusumo immer noch aufrecht da und lächelte. Als wollte er die Todesschützen verachten, nahm er seine Hand, die nicht gefesselt waren, und rieb sich seine Jacke, um sie vom Pulverstaub zu reinigen. Der Kommandant war außer sich vor Wut. Er trat an Denmas Kusumo heran: »Stehst du mit einem bösen Geist im Bund, mit einem Dämon oder was?«

Denmas Kusumi lächelte nur: »Sie möchten, daß ich tot bin?«

»Ja. Tak jaluk patimu. Ich will deinen Tod!«

»Ganz einfach, Pak. Ich bin bereit, aber unter einer Bedingung.«

»Was für eine Bedingung?«

»Zuerst müßt ihr den Großen Allah um Verzeihung bitten, dann mich und schließlich das ganze umstehende Volk.«

»Das kommt nicht in Frage. Du bist es doch, der das Volk um Verzeihung bitten muß. Du hast sie doch alle viel zu lange hintergangen mit deinen falschen Vorspiegelungen.«

»Ja, wenn ihr meint, aber dann kann ich nicht in meinen Tod einwilligen.«

Der Kommandant fluchte: »Wahnsinniger Dukun, du. Hundsfott. Gut, ich werde deinen Wunsch erfüllen. Aber dann mußt du auch wirklich tot sein!«

Und tatsächlich bat der Kommandant Allah um Verzeihung, ebenso Denmas Kusumo und danach auch das ganze umstehende Volk. Jetzt bat Denmas Kusumo den Kommandanten noch, daß er die Mündungen der Gewehre über die Erde schleifen ließ. Danach legte Denmas seine beiden Hände sorgfältig über Kreuz vor seine Scham und sagte, nun sei er bereit zu sterben. Der Kommandant gab den Befehl zum Schießen. Die Gewehre krachten, und der Körper von Denmas Kusumo fiel der Länge nach auf die Erde.

Ich und Hardojo mochten Lantips Geschichte über die geheimen Kräfte von Denmas Kusumo keinen rechten Glauben schenken. Sie klang ganz wie eine Erzählung im Ketoprak. Aber Lantip wollte darauf schwören, daß er die Wahrheit gesagt hätte. Wir könnten ja die Leute fragen, die auf dem Alun-Alun dabei gewesen seien.

Bald darauf kamen die Einheiten von Siliwangi und griffen Wanagalih an. In kürzester Zeit hatten sie die Stadt zurückerobert. Und jetzt waren es die Kommunisten, die von den Siliwangi-Truppen verhaftet wurden. Nun wurden die Leute der PKI auf den Stadtplatz geführt. Lantip beobachte die ganze Zeit über, was auf dem Alun-Alun passierte.

Eines Tages war Pak Martokebo an der Reihe. Er wurde mit anderen PKI-Leute von dem Erschießungskommando herausgeführt und mußte sich zur Hinrichtung aufstellen. Und wie schon an dem Tag, als er dabei war, wie Kaji Mansur erschossen wurde, konnte auch diesmal Lantip nicht mit ansehen, wie Martokebo zu Boden fiel und zum letzten Mal zuckte. Er mußte sein Gesicht abwenden. Er mußte daran denken, daß er ihn von klein auf kannte, wie er die Kinder aus dem Setenan gelegentlich zum Viehmarkt hinter unserem Haus mitgenommen hatte, wie er sie zu den Verkäufern mit Naschwerk gebracht hatte, wie er ihnen auf dem Markt Wedang Cemoe gekauft hatte, wenn er beim Viehhandel einen Gewinn gemacht hatte. Martokebo fiel. Martokebos Leben war ausgelöscht. Aber so war es auch mit Pak Haji Mansur gewesen.

Romo Jeksa und Romo Seten Sunoko dagegen hatten Glück, sie waren noch nicht von den Todeskommandos vorgeführt worden, als die Siliwangi-Einheiten Wanagalih eroberten. Ihre Familien richteten sogleich einen Selamatan aus, um ihr Glück zu feiern.

Am Abend, bevor wir wieder zurückkehrten, saßen wir nach dem Essen noch im Wohnzimmer und erzählten. Natürlich ging es dabei um den Aufruhr, um die Ereignisse des Kommunistenaufstands.

»Ich kann immer noch nicht begreifen, wie es dazu kam, daß Pak Martokebo der PKI beigetreten ist und daß er sich derart unmenschlich verhalten hat, Vater.«

»Ja, wirklich, mein Junge. Dabei war er doch immer ein guter Nachbar gewesen.«

»Ist er nicht früher von den Holländern nach Digul gebracht worden, oder wie war das?«

»Meines Wissens nicht. Ich glaube, er stand unter dem Einfluß seines Schwiegersohns. Der war bei der Volksarmee und kam aus Solo. Das war ein Linker.«

»Na, gut, es mag sein, daß er von dieser Seite beeinflußt worden ist. Aber das erklärt doch noch nicht, daß er derart rücksichtslos geworden ist, daß er ohne jedes Mitgefühl seine Nachbarn opfern konnte. Das will mir nicht in den Kopf, Pakne.«

»Ach, Ibu, wenn einer fanatisch ist, dann hört er auf die Einflüsterungen des Teufels.«

Hardojo, sonst stets beredt und aktiv bei unseren Unterhaltungen, dachte angestrengt nach. Ihm ging offenbar etwas im Kopf herum. Dann fragte er: »Pak Martokebo war doch als Viehhändler ziemlich wohlhabend?«

»Ach nein. Das Geschäft ging oft miserabel. Es hieß sogar, er hätte überall Schulden, er müßte von einem zum anderen laufen. Und aus seinen Kindern ist auch nichts rechtes geworden. Sie handelten auch mit Vieh, der eine in Kedunggalar, der andere in Paliyan, aber ohne Erfolg. Auch sollen sie gespielt haben. Wenn ich daran denke, packt mich wirklich das Mitleid.«

Wir schwiegen. Jeder war mit seinen Gedanken beschäftigt. Wir hingen alle der Erinnerung an Pak Martokebo nach.

»Wahrscheinlich litt er unter seinem Unglück. Wenn einer im Leben überhaupt kein Glück hat, dann kann er schon so werden. Er war sicher neidisch, sogar extrem neidisch. Und weil er vor Neid brannte, wurde er zu den Nachbarn gehässig, weil er meinte, sie wären in ihrem Leben vom Glück begünstigt.«

»Also jetzt hör mal, Yok, was hätte ihn denn bei uns neidisch machen können? Unser Leben verlief doch wirklich bescheiden.«

»Natürlich, von euch aus gesehen sicher, Vater, Mutter. Aber er hatte eben von seiner Seite immer das Gefühl, keinen Erfolg zu haben, während ihr, Pak Kaji, Romo Seten, Romo Jeksa immer erfolgreich wart. Adem ayem war euer Leben, ruhig und sicher, ihr konntet von eurer Pension leben, ihr hattet eure Reisfelder und ihr konntet euch über eure Kinder freuen.«

»Aber wie er diese aggressive Rede über die Bourgeois, die Kapitalisten, über das Volk hielt, das nichts als ausgesaugt würde, Yok, das hatten sie ihm eingetrichtert, bis er es selbst glaubte.«

»Das hat er von seinem Schwiegersohn, der bei der Volksarmee war, Mas. Das waren alles überzeugte Kommunisten, die in Madiun hockten und die Republik der Nationalen Front gründeten, Mas.«

Alle nickten zustimmend.

»Es ist nur ein Segen, daß wir eine Armee haben. Was würde bloß aus unserer Republik, wenn wir die nicht hätten.«

»Ach, Mas Noeg, nur weil du Offizier der Armee bist, bildest du dir wer weiß was darauf ein, die Kommunistische Partei zerschlagen zu haben. Wir als zivile Beamte haben aber auch Widerstand geleistet, Mas. Leider ist dabei der Gouverneur Soerjo auf grauenvolle Weise umgebracht worden. Opfer hat es genug gegeben.«

»Sicher, sicher, Mini. Aber die entscheidende Waffe, das war doch die Armee, oder?«

»Du hast ja recht, Mas Noeg.«

Alle mußten lachen.

»Aber war es denn nicht auch die Armee, die den Aufruhr angezettelt hat, Mas Noeg.«

»Ja, aber eine Armee, die von der PKI unterwandert war.«

»Also keine Armee?«

»Aber ja doch, die Armee.«

Abermals mußten alle lachen.

Ich habe noch nicht von meinen Kindern erzählt. Damals im Jahr 1948 war Suhartono, unser Ältester, den wir Toni nannten, 16 Jahre alt. Unsere Tochter Sri Sumaryati, die in der Familie nur Marie hieß, war gleichaltrig mit Harimurti, Hardojos Sohn. Unser Jüngster war Sutomo, genannt Tommi, mit gerade 11 Jahren.

Toni und Marie waren noch auf die holländische HIS in Jetis gegangen, zu der Zeit, als ich dort als Lehrer tätig war, aber sie waren doch eher Kinder der Japanerzeit und der Revolution. Toni hatte noch etwas Holländisch mitbekommen, denn als die Japaner kamen, saß er schon in der 5. Klasse und hatte neben der Anthologie Kembang Setaman immerhin noch solche Lektüre wie »Voor Jong Indie« kennengelernt. Marie war aber erst auf der Stufe, wo man so einfache Geschichten wie »Din en Roes«, »Pim en Mien« las, und hatte daher nur eine ganz schwache Erinnerung an die holländische Sprache. Sus, ihre Mutter, sprach zwar meistens holländisch mit mir, vor allem wenn sie über andere Leute herzog, das hatte jedoch kaum auf die Holländischkenntnisse unserer Kinder abgefärbt. Tommi war vom Holländischen in der Kolonialzeit sowieso gänzlich unberührt geblieben.

So wie wir Toni erzogen hatten, war er ein folgsamer und höflicher Junge geworden, der in der Schule fleißig lernte. Aber als die Revolution kam, konnte er sich der Aufbruchstimmung nicht entziehen. Die Begeisterung erfaßte einfach alle, und das allgemeine Durcheinander tat ein übriges. Von regelmäßigem Schulbesuch konnte zu der Zeit ohnehin nicht mehr die Rede sein. Viele seiner Schulkameraden teilten sogar ihre Zeit zwischen Schule und Front. Selbstverständlich ließen wir Toni noch nicht an die Front, aber wenn es darum ging, bei der Bewachung der Militärposten mitzumachen, im Viertel zu patrouillieren oder gelegentlich auch die Häuser der Chinesen zu durchsuchen, dann konnten wir ihm die Erlaubnis dazu nicht versagen. Er war ja immerhin schon fast erwachsen, und seine Altersgenossen, die oft zu uns ins Haus kamen, hatten längst ihre Erfahrungen bei solchen Einsätzen hinter sich, hatten Wache gestanden, waren auf Patrouille gegangen und hatten bei der Durchsuchung von verdächtigen Häusern mitgemacht.

Sus hatte natürlich ständig Angst um unseren Ältesten, der ihr Liebling war. Ich versuchte jedoch, sie zu beruhigen, indem ich darauf hinwies, daß ein Junge im Alter von Toni ein Ventil für seine Energie und seinen Kampfeseifer brauchte. Wenn wir ihm also erlaubten, sich aktiv zu beteiligen, dann wären seine Energien kanalisiert. Und außerdem waren diese Unternehmungen ja auf Yogya beschränkt, fanden also hinter der Front statt.

Mit den anderen Kindern hatten wir damals noch keine derartigen Sorgen. Sie waren ja auch noch Kinder, die brav zu Hause blieben. Höchstens Marie, die so langsam anfing groß zu werden, beklagte sich immer wieder, daß sie zuwenig anzuziehen hätte. Wir wußten das natürlich auch, und soweit sich das einrichten ließ, baten wir immer mal wieder jemanden, der Gelegenheit hatte, in das Gebiet der Holländer zu fahren, uns etwas Gutes mitzubringen. Abermals kam uns dabei meine Stellung bei der Heeresintendanz zustatten. Und was war es doch für eine Freude, wenn wir uns – obwohl mitten in der Revolution oder vielleicht gerade deswegen – an selten gewordenen Sachen delektierten.

Wenn unser Kurier aus den besetzten Gebieten kam und Weißbrot, Butter, Käse und Gelee mitbrachte, manchmal auch ein paar Kleidungsstücke, dann herrschte bei uns in der Familie Riesenfreude. Brot und Butter, Käse und Gelee wurden mit einer Sorgfalt ausgepackt, als wären es Päckchen mit Antiquitäten, Millionen wert. So schätzten wir die holländischen Eßwaren. Die Kinder und Sus aßen das alles mit größtem Bedacht in der Sorge, der Genuß könnte zu schnell vorbei sein. Als Offizier der Armee der Republik hatte ich nicht das Gefühl, es wäre meiner republikanischen Einstellung abträglich, wenn ich uns feine Sachen aus den besetzten Gebieten mitbringen ließ. Ich teilte diese Sachen ja auch stets mit meinen Freunden, ob es nun Zivilisten waren oder Angehörige der Armee, und diese nahmen sie mit dem größten Vergnügen an. Die Hauptsache war doch, wir standen treu zur Republik.

Allerdings erhielt ich einmal einen anonymen Brief mit der Drohung, ich würde entführt, wenn wir allzu oft Weißbrot und Käse äßen. Das würde unsere Kampfkraft herabsetzten, hieß es. Das war mit Sicherheit ein übler Scherz von seiten der jungen Leute von der Volkswehr, dachte ich bei mir. Aber ich wurde daraufhin doch etwas vorsichtiger. In der Revolutionszeit war es gefährlich, als Nichtrepublikaner gebrandmarkt zu werden oder gar als Spion im feindlichen Dienst zu gelten.

Am Ende aber griffen die Holländer Yogya an. Es war wie der Stich in eine reife Eiterbeule. Diesen Eindruck hatte man jedenfalls, als die holländischen Flugzeuge kamen, die Luft über Yogya von ihrem Motorenlärm erdröhnte, und sie begannen, den Flugplatz Maguwo zu beschießen und mit Bomben zu bewerfen. Da flohen die Leute von Entsetzen gepackt in alle Richtungen.

Obwohl wir ja schon längst mit einem Angriff der Holländer gerechnet hatten, waren unsere Kampfgruppen überall in der Stadt verstreut. Ich schloß mich der Einheit an, die am Tag des Angriffs in Richtung Norden und Osten von Yogyakarta ausrückte. Noch bevor ich aufbrach, rief ich meine Familie zusammen und schärfte ihnen ein, stets zusammenzubleiben und größte Vorsicht walten zu lassen. Ich ließ ihnen auch noch einen ausreichenden Vorrat an Lebensmitteln zurück. Ein Schock für uns alle war jedoch, daß Toni verschwunden war. Unsere Dienerin kam und zeigte uns einen Zettel mit einer eilig hingeworfenen Nachricht von Toni: »Ich gehe mit meinen Kameraden von der TP an die Front im Süden.« Oh, dieser Kerl! Ich hatte doch in der Tat erwartet, er würde in der Stadt bleiben, um seine Mutter und seine Geschwister zu beschützen. Und nun war er einfach losgezogen, ohne um Erlaubnis zu fragen! Sus war in Tränen aufgelöst.

»Mein Sohn, mein Sohn. Was ist, wenn ihn nun eine Kugel trifft! Vater!«

»Laß deinen Sohn nur ziehen. Wir können ihn sowieso nicht wieder zurückrufen. Du mußt jetzt stark sein, Bu. Du mußt deinen Kindern ein Vorbild sein und mußt sie beschützen. Und ihr, Marie und Tommi, paßt gut auf euch auf und helft eurer Mutter. Still jetzt, euer Vater muß jetzt ausrücken. Die Holländer sind schon bis Maguwo vorgedrungen.«

Ohne weitere Abschiedsförmlichkeiten umarmte und küßte ich

Frau und Kinder. Dann begab ich mich in aller Eile zu meiner Einheit und half dabei, die Waffen und Gerätschaften, die überall verstreut waren, wieder zusammenzuführen und zu ordnen.

Eines Mittags, ich war gerade von meinem Auftrag zurückgekehrt, die Koordinierung mit den verschiedenen Gemeindevorstehern zur Bereitstellung von Proviant und Geräten für die Truppe sicherzustellen, da kam die Schreckensmeldung. Sie kam mit einem Kurier aus der Stadt. Toni war gefallen, von den Holländern erschossen, als er versuchte, nach Hause zu gelangen, um nach seiner Mutter und seinen Geschwistern zu sehen. Großer Allah! Inna lillahi wa inna illaihi rojiun... Mein ältester Sohn, mein Sohn war tot! So jung wie er war!

Die Tränen liefen mir ungehemmt über die Wangen. Gleichzeitig dachte ich an Sus und die anderen Kinder. Wie verzweifelt mußten sie sein! Oh Allah, Mutter, so ein Unheil! Meine Kameraden umringten mich, umarmten mich, versuchten mich zu trösten und versicherten mir ihr Mitgefühl. Aber fast alle waren der Meinung, ich dürfte jetzt auf keinen Fall nach Hause. Das sei viel zu gefährlich. Der Kurier berichtete, die Gegend von Trimargo, wo ich wohnte, sei von den Holländern umzingelt und werde gerade durchsucht. Es sei Tonis Unglück gewesen, daß er genau in dem Moment gekommen sei, als alles durchsucht wurde. Als er das gemerkt habe, sei er in Panik geraten und habe davonlaufen wollen. Und so sei er ohne Rücksicht erschossen worden.

Aus dem Bericht wurde nicht klar, wer geschossen hatte, holländische Soldaten, holländisch-indonesische oder einheimische Soldaten, Angehörige unseres eigenen Volkes. Wenn ich dorthin ging, würde ich zweifellos erkannt und gefangengenommen werden. Ich war gleichermaßen verzweifelt und von maßlosem Zorn erfüllt. Ich wußte, der Rat meiner Kameraden, erst einmal in der Nähe von Godean zu bleiben, war völlig richtig. Aber was für ein Unglück, ich als Vater konnte den Leichnam meines eigenen Sohnes nicht sehen, ihn nicht waschen, wie es die Vorschrift verlangte! Dabei waren wir keine 20 Kilometer voneinander entfernt. Verrückt! Ich zog mich in meine Stube zurück, streckte mich auf meine Bambuspritsche und starrte die ganze Nacht lang stumm an die Decke.

Am nächsten Morgen begab ich mich zum Befehlsstand, denn ich konnte es einfach nicht mehr länger aushalten. Ich bat um Verständnis und um Erlaubnis, ganz kurz nach Hause zu dürfen. Ich erklärte, mein Kopf sei völlig durcheinander, weil ich immerzu an meine Familie denken müsse, die von der Katastrophe gänzlich unerwartet ereilt worden sei und nun in völliger Ratlosigkeit säße. Unser Bezirkskommandant war ein Major aus Manado. Er hörte sich meine Bitte voller Verständnis an. Dann gab er mir einen Tag Sonderurlaub, um rasch nach Yogya zu eilen. Ich sollte allerdings äußerste Vorsicht walten lassen, da ich ja Offizier der Armee der Republik sei. Sollte ich nämlich von den Holländern gefangengenommen werden, dann wäre das für uns alle eine Katastrophe. Ich gab mein Wort, äußerst vorsichtig zu sein und – falls ich doch ergriffen würde – auf keinen Fall unsere Stellungen zu verraten.

Noch am gleichen Mittag brach ich auf. Man gab mir einen Begleiter von der Truppe mit, der die Schleichwege in die Stadt und zurück kannte. Insbesondere wußte er, wo die holländischen Posten auf dem Weg in die Stadt standen und wie man sie umgehen konnte. Wir entschlossen uns, die Sache über Mittag zu wagen, denn diese Zeit war noch am sichersten. Es war eine Vielzahl von Leuten unterwegs, die teils aus der Stadt kamen, teils dorthin wollten, so daß wir uns ohne weiteres als normale Bürger unter sie mischen konnten. Wir hatten unseren Sarung angelegt, trugen kurzärmelige Hemden und auf dem Kopf das Peci. Sonst hatten wir nichts bei uns, nicht einmal Geld.

Schon von weitem war es deutlich zu erkennen, mein Haus zeigte Trauer. Es wirkte still und verlassen, einsam. Meine Frau und die beiden Kinder saßen vorn auf der Veranda und rührten sich nicht. In der Art, wie sie teilnahmslos dasaßen, machten sie fast den Eindruck wie große Puppen in einem Schaufenster. Seelenlos, leblos. Und selbst als sie mich allmählich wahrnahmen, blieben sie so. Erst nach einer Weile erhoben sie sich langsam, um ja keine Aufmerksamkeit zu erregen. Drinnen dann fielen wir uns in die Arme und küßten uns. Kein lautes Weinen, wir schluchzten nur immer wieder auf.

»Jouw zoon, Vater, jouw zoon! Was soll nur werden! Dein Kind, Vater!«

»Ja, ja, Mutter. Sei nur ruhig. Sei gefaßt, Mutter. Wir müssen bereit sein, unser Kind gehen zu lassen, ja, Mutter? Und ihr auch, Marie und Tommi, seid bereit und laßt euren geliebten Bruder ziehen.«

Sie schluchzten nur und nickten.

»Oh, Allah, Vater. Was soll bloß werden! Dein guter Junge, so rasch mußte er sterben. Wahrhaftig, Allah, der Große, hat unser Kind allzu schnell zu sich gerufen...«

»Schon gut, schon gut, Mutter. Vergiß nicht, vertrau auf Allah, Mutter. Uns Menschen sind unsere Kinder von Allah nur vorübergehend anvertraut. Wenn Er sie wieder zu sich nehmen will, dann nimmt Er sie wieder zu sich. Und bestimmt hat Er einen Grund. Es ist bestimmt zu Tonis Bestem.«

So versuchte ich, Sus wortreich zu trösten. Und wirklich, sie wurde ruhiger dabei. Doch wenn sie gewußt hätte, wie es in meinem Herzen aussah! Es war voller Schmerz und Unruhe. Ich mußte meine Frau und meine Kinder in diesem Zustand erleben und hatte selbst keine Gelegenheit gehabt, den Leichnam meines Sohnes noch einmal zu sehen.

Es war Nachmittag geworden und allmählich hatten wir unsere Fassung wiedergewonnen. Erst jetzt bemerkte ich den Zustand, in dem sich meine Familie befand. Wie schmal sie alle aussahen, bleich und eingefallen. Das Haus war nicht aufgeräumt.

Dann erzählte Sus, wie die Nachbarn und Bekannten sich gemeinschaftlich um Tonis Leichnam gekümmert, ihn hergerichtet und zum Friedhof in Blunyah begleitet hätten. Alles sei gut verlaufen, es habe keinerlei Schwierigkeiten gegeben. Allerdings hätten sie wegen der holländischen Soldaten und der herumstreichenden Spione sehr vorsichtig sein müssen. Die Vorbereitungen zur Beisetzung seien ganz unauffällig geschehen. Auch die Überführung zum Friedhof sei in aller Heimlichkeit und in großer Eile erfolgt.

Ich bat sie, Verständnis dafür zu haben, daß ich nur eine Nacht bei ihnen bleiben könnte und daß ich auch auf dem Rückweg an die Front ganz allein am Grab vorbeischauen würde, ohne sie. Es war ihnen recht. Ich verbrachte die Nacht mit meiner Frau und den Kindern in zärtlicher Umarmung. Es war eine unerwartete Wonne mitten in der Trauer um unseren toten Toni.

Am nächsten Tag mußte ich erst warten, bis mein Begleiter unseren Rückweg gesichert hatte. Ich sollte ja nicht vergessen, in Blunyah vorbeizuschauen. Aus Vorsicht nahmen wir schon im Wohnzimmer voneinander Abschied. Sie winkten mir dann auch nur durch das Fenster nach. Wir mußten alles Auffällige vermeiden. Vor dem frischen Grab, die rote Erde noch aufgeworfen, ohne Blüten, die ich hätte verstreuen können, sprach ich die Al Fatihah

und die Al Ikhlas, die Suren aus dem Koran. Schließlich kam mir ein
»Dein Vater läßt dich ziehen, mein Junge« von den Lippen.

Nachdem ich meinem Kommandanten im Hauptquartier Bericht
erstattet hatte, erhielt ich die Weisung, bei den Dorfältesten noch
genauer und strenger auf die Koordinierung des Nachschubs zu
dringen. Ich hatte das Gefühl, daß etwas Entscheidendes bevorstand,
Gefahr lag in der Luft. Und in der Tat wurde wenige Tage später in
der Einsatzbesprechung bekanntgegeben, daß der Kommandant des
Wehrkreises III den Tag H für den Sturm auf Yogya festgesetzt habe.
Schließlich kam der historische Tag. Als Offizier, der für die Koordinierung der Versorgung in der Etappe verantwortlich war, wurde ich
beim Angriff nicht eingesetzt. Ich konnte ihn nur vom Hauptquartier aus in Gedanken verfolgen. Bestimmt würden unsere Truppen
von Norden aus durch die Gegend von Trimargo und Cemara Jajar
vorstoßen. Ich betete, daß keine verfehlte Kugel mein Haus in
Trimargo träfe.

Die Frauen

Es war drei Uhr morgens, als mich Marman, Ngadimans Sohn, mit der Kutsche abholte. Mein lieber Mann wollte noch nicht heim, er hatte noch nicht genug vom Kartenspielen mit seinen Freunden, die er so lange nicht gesehen hatte. Außerdem lief eine Wayang-Aufführung mit einem, wie er sagte, sehr beliebten Dalang aus Solo. Den Namen habe ich vergessen, ich weiß nur noch, daß in dieser Nacht der Lakon Parto Kromo gespielt wurde.

Wir waren an diesem Abend vom Lurah in Ngale, einem ehemaligen Schüler meines Mannes, zur Hochzeit seiner ältesten Tochter eingeladen worden. Ngale liegt etwa fünf Kilometer von Wanagalih entfernt. Der Ort wirkte um diese frühe Morgenstunde wie ausgestorben. Anders war es dann auf der Hauptstraße. Dort herrschte lebhafter Betrieb, denn es war Markttag. Die Händler und Bauern waren unterwegs in die Stadt, um dort die Erträge ihrer Gemüsegärten oder Felder zum Verkauf anzubieten. Es war ein endloser Zug, von Fackeln spärlich erleuchtet. Und von den Ochsenkarren, die sich in den Zug mischten, ertönte ein dumpfes kluntung-kluntung durch das nächtliche Dunkel. Es kam von den Glocken, die den Rindern um den Hals hingen.

Es war noch ziemlich kühl. Glücklicherweise hatte ich den Schal mit, den mir Soemini vor einiger Zeit aus Jakarta mitgebracht hatte. So war mir warm um Hals und Brust. Immerhin war ich ja schon 70 und hätte in diesem Alter eigentlich nicht mehr zu solchen Festen gehen dürfen. Ich spürte deutlich, meine Glieder waren schwach geworden. Aber was hätte ich sagen sollen. Mein lieber Mann fühlte sich noch jung, obwohl er ja nun schon stark auf die 80 zuging. Er nahm fast alle solche Einladungen an, und das bedeutete, daß ich ihn als seine Frau begleiten mußte. Die Javaner sagen ja, garwa, sigarane nyawa, das heißt, die Ehefrau ist die eine Hälfte der Seele. Und hätte ich es vielleicht zulassen sollen, daß die eine Hälfte der Seele von der anderen getrennt gewesen wäre?

Wenn es um ein Kesukan-Spiel ging, war mein Mann immer dabei, wenn auch nicht mehr wie früher bis zum Morgengrauen. Wir gingen aber auch zu Festen, bei denen Tayuban getanzt wurde, obwohl dann mein lieber Ehemann wegen seines Alters den Jungen nicht mehr auf die Tanzfläche folgte. Aber aus seinen Blicken, aus der Art, wie er Beifall klatschte oder auch aufmunternd ha-e, ha-e, ha-e rief, ging nur allzu klar hervor, daß er im Herzen noch mit den Frauen tanzte, die so schöne Augen machen konnten. Ich freute mich im stillen, wenn ich meinen Mann so sah, wie er ihnen Blicke zuwarf. Es machte mir überhaupt nichts aus, es bestärkte mich lediglich in meiner Erfahrung, daß Ehemänner wirklich wie Kinder sind, die nie erwachsen werden. Spielen ist ihr ein und alles. Karten spielen, tanzen und – natürlich – sich mit Frauen einlassen. Sich mit Frauen einlassen? War da mein lieber Mann frei von jeder Anfechtung? Wer weiß! Aber ich habe jedenfalls nie etwas derartiges bei ihm beobachtet. Auch ist mir niemals zu Ohren gekommen, daß andere Leute gesagt hätten, er hätte etwas mit Frauen. In dieser Hinsicht war mein lieber Mann doch ein guter Ehemann.

»Werd mir nur nicht müde!« rief ich dem Kutscher zu. Das Pferd trottete immer langsamer dahin, wahrscheinlich war es auch müde.

»Nicht doch, Ndoro«, antwortete er mit einer etwas zu lauten Stimme, offenbar um damit zu zeigen, daß er keineswegs schläfrig war. Marman, mein Enkelsohn, der neben dem Kutscher saß, hatte jedenfalls sehr mit dem Schlaf zu kämpfen. Sein Kopf fiel ihm immer wieder nach vorn. Es tat mir leid, daß er an diesem Samstagabend die Wayang-Aufführung nicht bis zu Ende sehen konnte. Aber vielleicht hatte er ja doch auch etwas Freude gehabt, indem er noch das Goro-Goro hatte sehen können, dieses Zwischenspiel um Mitternacht, mit dem der Dalang Heiterkeit unter den Zuschauern verbreitet, indem er die drei Punakawan Semar, Gareng und Petruk ihre Späße machen läßt.

Ich mußte nochmals an meinen lieben Mann denken und an die Möglichkeit, daß er sich mit anderen Frauen eingelassen haben könnte. Nein, abermals kam ich zu der Überzeugung, in dieser Hinsicht war mein Mann unschuldig. Aber dann kam mir auch wieder der verstorbene Mas Martoatmodjo in den Sinn. Ein so guter Mann, ehrlich und mutig, immer auf das Wohl der kleinen Leute bedacht, und doch auf den falschen Weg geraten mit dieser Tänzerin aus Karangjambu! Liegt es daran, daß die Männer immer darauf aus sind, etwas mit Frauen anzufangen, und daß auch Mas Martoatmodjo nicht frei war von dieser Versuchung? Und weil sie das nur so als Spiel betrachten, als Vergnügen, kehren ja die meisten Männer schließlich zu uns, zu ihren Ehefrauen, zurück. Und so warten wir eben treu und geduldig, bis sie wieder zurückkommen! Wenn aber eine Frau nicht die Geduld aufbringt und nicht wartet, bis ihr Mann wiederkommt, dann verliert sie ihn am Ende ganz. Und würden sich die Kinder nicht dagegen wehren und protestieren, wenn dem Vater die Rückkehr verwehrt würde?

Vielleicht kommt es daher, daß all diese Stücke aus dem Wayang wie Parto Kromo nie veralten und immer wieder gerade für Hochzeitsfeiern ausgesucht werden. Die Javaner haben die Vorstellung, das ideale Paar müßte sein wie Parto oder Arjuna und Lara Ireng oder Sembadra. Arjuna streift umher und hat das Wohlergehen der Welt im Auge, er bekriegt Riesen und hinterlistige Feinde, verliebt sich daneben in eine Unzahl schöner Frauen und heiratet sie, egal ob in der fernen Wildnis oder im eigenen Reich. Am Ende aber kehrt er immer wieder in den Palast von Madakura zurück, wo Sembadra und Srikandi und Larasati treu auf ihn warten.

So schaukelte die Kutsche langsam weiter und langte schließlich doch zu Hause an. Wie viele Male war ich nicht schon aus der Kutsche gestiegen, zurück von einer der vielen, vielen Einladungen! Und wie oft hatte ich nicht das Haus vor mir betrachtet! Es war alt, wirklich. Dabei hatten wir es immer wieder in Ordnung gebracht, ausgebessert, neu gestrichen. Aber es war nicht zu leugnen, es wurde immer unansehnlicher. Und die beiden Schaukelstühle standen noch immer im Vorderzimmer, das zur Straße ging. Ebenso die Hirschgeweihe, sie hingen noch immer an ihrem Platz, nun schon seit wer weiß wie vielen Jahren.

Das Gehen fiel mir schwer. Marman mußte mich stützen. Endlich waren wir im Wohnzimmer. Erst als ich mich hingesetzt hatte, spürte ich so recht die Müdigkeit im ganzen Körper. Der Schlaf wollte mich übermannen. Ich mußte unablässig gähnen. Die treue Paerah war ja nun auch schon alt, aber sie machte mir, wie gewöhnlich, wenn ich vom Wayang oder vom Kesukan-Spiel heimkam, einen heißen schwarzen Kaffee mit viel Zucker. Sie wußte schon, ich würde nicht sofort zu Bett gehen.

Immerhin ging es langsam auf fünf Uhr morgens zu. Das war die Zeit, zu der ich normalerweise aufstand, um den Kaffee vorzubereiten, einen kleinen Imbiß zu richten, heißes Wasser zu machen und das Frühstück hinzustellen. Währenddessen pflegte mein lieber Mann seinen Spaziergang zum Alun-Alun zu unternehmen. Diese Gewohnheiten hatten wir die ganzen Jahre über beibehalten, ohne daß es uns dabei langweilig geworden wäre. Das kam wohl daher, daß wir es einfach so gewöhnt waren.

Selbstverständlich brauchte ich das alles nicht selbst zu tun. Paerah tat es für mich. Aber ich wollte immer dabei sein, wollte sehen, daß auch alles richtig war. Ich genoß es geradezu, die ganzen Vorbereitungen direkt zu beaufsichtigen. Ich hätte keine Ruhe gehabt, wenn ich nicht mit eigenen Augen gesehen hätte, wie Paerah diese Arbeiten verrichtete. Undenkbar, daß ich es mir im Bett hätte wohlsein lassen. Ich wäre ja vor Neugier vergangen, ob auch wirklich alles in Ordnung wäre. Im Bett hätte ich dann immerfort daran gedacht, ob Paerah denn auch die richtige Menge Kaffee vorbereitet hätte, daß er weder zu stark noch zu schwach würde. Auch der Zucker mußte genau abgemessen werden, damit der Kaffee ja nicht zu süß schmeckte. Endlich mußte Paerah auch das Nyamikan am Warung kaufen, die Kleinigkeiten zum Frühstück, Klebreis mit Kokosflocken und Sojamehl, Lopis, Klebreiskuchen mit Kokosflocken und Sirup aus Palmzucker, sowie Bananen und Süßkartoffeln, die wir selber braten mußten. Und dann mußte sie zum Frühstück Nasi Pecel bei Mbok Suro besorgen und anrichten, außerdem heißes Wasser machen. Alles das ließ sich natürlich nicht vom Bett aus verfolgen oder beaufsichtigen. Da mußte ich schon selbst dabei sein. Und geschah das nicht alles, damit mein Mann und ich es ordentlich gut hatten?

»Rah, daß du mir bloß nicht wieder schlafengehst. Bald kommt Ndoro Kakung von seinem Treffen.«

»Aber nicht doch, gnädige Frau. Der Kaffee für den Großvater braucht nur noch aufgegossen zu werden. Gleich gehe ich auch zum Warung.«

»Also gut!«

Meine Kinder und Schwiegersöhne zogen mich oft auf, indem sie sagten, ich würde ihren Vater viel zu sehr verwöhnen, ich würde mich für ihn aufopfern. Was die Kinder heutzutage bloß denken! Zu sehr verwöhnen! Aufopfern! War es nicht vielmehr eine faire Arbeitsteilung zwischen uns? Er strengte sich an, unseren Lebensunterhalt zu verdienen, ich war sozusagen hinter der Linie tätig und kümmerte mich darum, daß alles seinen Gang ging. Wenn das nämlich nicht der Fall gewesen wäre, dann hätte er sich aufgeregt, hätte geschimpft und hätte auch nicht in Ruhe arbeiten können. Hätten wir etwa so lange Zeit einträchtig miteinander leben können, wenn wir nicht so eine gute Arbeitsteilung gehabt hätten?

Selbstverständlich ist eine faire Aufgabenteilung noch lange keine Garantie dafür, daß in der Familie Frieden herrscht. Auch in unserer weiteren Familie und im Bekanntenkreis gab es genügend Beispiele, daß das Leben weniger friedlich und einträchtig verlief, obwohl die Frau ihre Aufgabe hinter der Linie sehr gut wahrnahm. Aber es gibt eben Ehemänner mit Forderungen, die sich nicht erfüllen lassen. Aber muß man nicht auch ehrlicherweise zugeben, daß manche Frau nicht so recht weiß, wie sie ihre Weiblichkeit einsetzen kann? Ich meine damit, wie sie ihren Körper pflegt, wie sie versucht, angenehm zu riechen, sich charmant und elegant zu geben. Ein Ehemann wird stets glücklich und zufrieden sein, wenn seine Frau bewußt auf alle diese Dinge achtet. Doch um gerecht sein: Gibt es nicht auch viele Ehemänner, die allzu oft ihre eigenen Vorstellungen und Wünsche durchsetzen wollen? Oft genug möchte der Mann einfach bestimmen, wie unsere Weiblichkeit sein soll, unser Körper, unser Geruch, unsere Haltung und unser Auftreten.

Ob mein Mann auch zu dieser Sorte gehört? In einer Hinsicht schon, in anderer aber nicht. Soweit es um die Weiblichkeit im engeren Sinn ging, um Düfte und ähnliches, da hat er mich nie kritisiert. Was aber mein Auftreten in der Gesellschaft anlangt, wie ich anderen begegnete, wie ich andere einschätzte, je nachdem, ob es sich um Bekannte oder Verwandte handelte, da hat mein Mann allerdings großen Einfluß auf meine Entwicklung genommen. Natürlich war es nicht so, daß ich mich in allen Fällen ganz nach ihm gerichtet hätte. Und gelegentlich mußte ich auch protestieren. Meistens aus gutem Grund, einfach, um der Eintönigkeit vorzubeugen und auch, um genauer herauszufinden, wo die Vorlieben meines Mannes lagen. Letztlich habe ich mich natürlich anpassen und fügen müssen. Wie hätten wir sonst die Harmonie unserer Beziehung wahren können? Ich glaube nämlich fest an die Kraft von Harmonie und Eintracht.

Die Hähne begannen zu krähen, am Himmel zeigte sich die erste Morgenröte. Es war Viertel vor fünf. Die Droschke mit meinem lieben Mann fuhr – ganz wie ich es angenommen hatte – um Punkt fünf vor und hielt vor dem Haus. Beim Aussteigen brauchte ihm niemand zu helfen, er kam mit festem Schritt herein. Er setzte sich in seinen Schaukelstuhl, nahm das Blangkon ab und öffnete die oberen Knöpfe seiner Jacke. Paerah eilte heran, um ihm seinen Morgenkaffee zu servieren.

»Mutter, heute morgen gehe ich nicht aus. Es wird schon hell, ich bin müde und möchte schlafen.«

»Na, das ist kein Wunder, du bist ja auch schon alt, Vater, und solltest nicht bis zum Morgen beim Kesukan sitzen.«

»Tatsächlich habe ich aufgehört zu spielen, kaum daß du heimgefahren warst, Mutter. Aber der Dalang aus Solo hat mich noch gefangengehalten.«

»Aber die Geschichte war doch wie immer: Arjuna möchte Sembadra heiraten, und die wünscht sich als Hochzeitsgeschenk das göttliche Gamelan Lokananta und möchte von dem Büffel der Götter begleitet werden.«

»Ja, das ist der Kern der Geschichte. Nur die Art und Weise, wie der Dalang die Geschichte erzählt und wie er gespielt hat, Mutter, läßt so ein Stück wie Parto Kromo immer wieder anders erscheinen.«

»Und was war diesmal das Besondere?«

»Sembadra war diesmal nicht das verwöhnte Geschöpf, das alle möglichen Nichtigkeiten haben möchte, sondern sie trat als selbstbewußte Frau auf. Dagegen wurde Arjuna als geduldiger, ruhiger Charakter geschildert, der sicher ist, daß er die Wünsche seiner Frau erfüllen kann.«

»Interessant! Meistens tritt ja Sembadra in diesem Lakon als verwöhnte Frau auf, die sich gern anmaßend gibt, während Arjuna als der große Held erscheint.«

»Aber ich fand es nicht so ganz passend, daß Sembadra so selbstbewußt auftrat. Also hör mal, als selbstbewußte Frau! Sie muß doch fein und edel wirken.«

»Auch selbstbewußt kann fein und edel sein, Vater. Und wenn Sembadra so stark auftritt, dann weil sie Arjuna auf die Probe stellen möchte. Sie möchte wissen, wie stark seine Liebe zu ihr ist und ob ihr zukünftiger Mann wirklich etwas darstellt. Der Beweis ist doch, daß Sembadra nach ihrer Hochzeit schweigend erträgt, wie Arjuna auf Wanderschaft geht und sie allein läßt.«

Mein Mann lächelte fein.

»Du bist heute morgen vielleicht redselig, Mutter, ganz anders als sonst.«

Nun mußte ich auch lächeln. Die Männer. Sie wundern sich, wenn ihre Frau mal redet.

Er machte sich daran, den Morgenimbiß zu verzehren, Klebreis, Lopis, gebratene Bananen. Für einen Mann in seinem Alter hatte er wahrhaftig einen gesegneten Appetit. Und es war erstaunlich, so ein einfaches Frühstück war ihm keineswegs zu fad. Ich weiß nicht wie viele Jahrzehnte er schon diesen bescheidenen Imbiß immer wieder mit offensichtlichem Behagen verzehrte.

»Rah, ist das heiße Wasser schon bereit?«

»Es steht schon in der Badekammer, Ndoro Kakung.«

»Gut. Mutter, nach dem Bad esse ich noch mein Nasi Pecel und dann möchte ich etwas schlafen.«

»Ich auch. Mein Rücken ist ganz steif.«

Wir nahmen ein Bad, aßen unseren Nasi Pecel von Mbok Suro – der freilich nun von ihrer Tochter kam, da sie mittlerweile gestorben war – und begaben uns ins Schlafzimmer. Die Tauben von Ngadimans Kindern begannen zu rufen. Auch der Kampfhahn von Ngadiman begrüßte den Morgen mit lautem Krähen, heute viel später als sonst. Ein Morgen war für mich und meinen lieben Mann vergangen...

Wir waren völlig überrascht, als eines Tages Soemini vor der Tür stand. Es war Mittag. Sie kam einfach so, ohne ihren Mann, ohne ihre Kinder. Sie hatte nur einen Koffer mit.

»Was ist denn mit dir los, so plötzlich, ohne Mann und Kind?«

»Ja, ein spontaner Entschluß.«

Kaum hatte sie das gesagt, brach sie in Tränen aus und fiel mir um den Hals.

»Ja, was ist denn, Nduk? Komm, komm erst einmal rein. Setz dich und komm wieder zu dir, Nduk!«

Mein Mann wußte nicht, was er sagen sollte. Wir setzten Soemini auf einen Stuhl und gaben ihr ein Glas Wasser. Sie schluchzte noch immer, und wir konnten nichts anderes tun, als zu warten, bis sie sich wieder beruhigt hatte.

»Wo kommst du denn jetzt her, Nduk?«

»Aus Madiun. Gestern abend bin ich mit dem Zug aus Jakarta gekommen.«

»Und wo sind denn dein Mann und deine Kinder, sind sie nicht mit?«

Soemini weinte wieder. Ich gab meinem Mann ein Zeichen, er möchte sie doch beruhigen. Er nickte auch, aber seltsam, es geschah nichts. Er war ja schon einige Male in unerwartete Situationen geraten, aber bisher hatte er stets ruhig und gefaßt reagiert. Außer damals, als ihn der Japaner schlug oder als der verrückte Martokebo kam und vor uns mit seinem Haumesser herumfuchtelte. Aber angesichts seiner eigenen Tochter, die so plötzlich gekommen war und unvermittelt zu weinen begonnen hatte, war er völlig hilflos.

Wir saßen also zu dritt im Wohnzimmer und schwiegen. Nur ab und zu war ein unterdrücktes Schluchzen von Soemini zu hören. Endlich faßte sich Soemini und fing an zu erzählen:

Eigentlich schäme ich mich, euch das zu erzählen, Vater und Mutter. Es ist einfach, daß es sich um eine Sache handelt, die eigentlich nur in Kreisen von Leuten mit unzureichender Bildung vorkommt, bei Leuten ohne besondere Stellung in der Gesellschaft, ohne rechte Erfahrung im gesellschaftlichen Umgang. So etwas kann sonst nur in Kleinstädten passieren und auch nur in einer Zeit, als ihr, Vater und Mutter, noch jung wart, wie damals, als Vater noch in Karangdompol arbeitete.

Also, Mas Harjono hat heimlich in Rawamangun eine Geliebte. Ich habe das durch Zufall von einer Kollegin in unserer Organisation erfahren. Die ist nämlich die Kusine dieser Frau. Wie sie mir anvertraute, hätten sich die beiden, Mas Harjono und diese Frau, bei einer Party im Büro getroffen, bei der einige ältere Kollegen verabschiedet werden sollten, bevor sie in Pension gingen. An diesem Tag konnte ich nicht mit, weil ich krank war. Ich hatte Grippe. Es war ja auch nur eine kleine Feier für die Kollegen im Büro. Um aber die Stimmung zu beleben, sei das Kroncong-Orchester des Ministeriums eingeladen worden. Diese Frau eben war eine der Sängerinnen des Orchesters. Nach der Erzählung meiner Kollegin hätte er diese Frau dann nach der Party nach Hause gebracht, weil das Fahrzeug des Orchesters angeblich schon voll gewesen wäre.

Von da hat offenbar die Beziehung zwischen Mas Harjono und dieser Frau ihren Anfang genommen und ist dann immer enger und intimer geworden. *Unter dem Vorwand, er müsse an einer Sitzung teilnehmen oder müsse Überstunden machen, weil es dringende Angelegenheiten gebe, einmal wegen West-Irian, ein andermal wegen subversiver Aktivitäten oder wegen sonstwelcher Sachen, ging er immer häufiger abends fort, manchmal fast bis zum Morgen. Anfangs nahm ich das hin und dachte mir nichts dabei. Die Lage war ja wirklich ernst und für Mas Harjono als hohen Beamten, als Abteilungsleiter im Innenministerium, war es ganz in Ordnung, daß er oft Besprechungen hatte und bis spät in die Nacht arbeiten mußte. Ich war auch nicht weiter mißtrauisch, denn ich hatte selbst mit meiner Organisation viel zu tun. Aber dann wurde mir diese Information zugetragen. Nach einer Sitzung unserer Organisation kam eines Tages meine Kollegin und wollte mich einen Moment sprechen.*

»Was gibt es denn, Mbak?«

»Ja also, Bu, mh...«

»Was soll das heißen, Mbak?«

»Es ist mir arg peinlich, mit Ihnen darüber zu sprechen, Ibu. Aber es ist doch wichtig.«

»Ja, reden Sie nur, Mbak, wenn es so wichtig ist.«

»Ich möchte niemanden verleumden, ja, Bu, es ist aber die Wahrheit – und es betrifft Sie.«

Ich wurde langsam nervös. Was wollte sie bloß loswerden? Sicher eine Eifersüchtelei unter den Kollegen der Organisation wegen der Aufteilung der Arbeit.

»Meine Kusine, Sri Asih, ist Angestellte im Innenministerium und Kroncong-Sängerin beim Verein der Mitarbeiter im Ministerium...«

Und dann folgte die Geschichte über die Beziehung zwischen Mas Harjono und dieser Sri Asih.

»Verzeihen Sie mir, Bu. Aber ich mußte Ihnen dies sagen, Ibu. Es geht schließlich um den Ruf unserer Familie und auch um den Ruf Ihrer Familie.«

Ein jäher Schmerz durchzuckte mein Herz – mir flimmerte es vor den Augen. Ich konnte mich gerade noch bei ihr bedanken.

Zu Hause legte ich mich sofort aufs Bett. Ich mußte mich erst einmal ausstrecken und über die Nachricht nachdenken. War es möglich, daß das alles nicht stimmte? Aber wozu ein solcher Bericht, wenn er nicht wahr war?

Nach einer Weile versuchte ich zu begreifen, warum sich Mas Harjono so weit mit einer Kroncong-Sängerin eingelassen hatte. Wir haben nun so *lange miteinander gelebt, ohne daß es irgendwelche Probleme in dieser Richtung gegeben hätte. Warum braucht Mas Harjono ausgerechnet jetzt, wo wir alt werden, wo unser ältester Sohn schon selbst eine Familie hat, wo wir schon Enkel haben, wo unsere anderen Kinder bald ihren eigenen Hausstand gründen werden, warum braucht er ausgerechnet jetzt eine Geliebte? Ist das nicht der Instinkt der Staatsdiener aus der alten Zeit, der plötzlich in Mas Harjono wieder wach wird? Ich mußte an eure Erzählungen von Pakde Martoatmodojo denken, der als Lehrer voller Idealismus war und doch auch eine Tayub-Tänzerin als Geliebte haben mußte. Immerhin lebte Pakde Martoatmodjo in einer Zeit, wo es unter Priyayi als normal galt, eine Nebenfrau zu haben. Auch war Pakde Marto damals noch ziemlich jung. Aber Mas Harjono? Er ist doch hoher Beamter im Ministerium einer modernen Republik. Er ist jetzt 51 Jahre, in vier oder fünf Jahren geht er in Pension. Wahrhaftig höchst unpassend.*

Oder liegt der Fehler etwa bei mir? Es stimmt, Mas Harjono wirkte in letzter Zeit oft unzufrieden und beschwerte sich jedesmal, wenn er heimkam und ich noch nicht da war, weil ich noch dies und das in der Organisation erledigen mußte. Und erst recht, wenn er allein zu Mittag essen mußte. Aber das kam doch nicht alle Tage vor, und im übrigen habe ich doch wirklich das Haus versorgt, so gut ich konnte. Es ist immer aufgeräumt, die Hausgehilfinnen tun ihre Pflicht, die Kinder entwickeln sich bestens. Was fehlt Mas Harjono denn noch?

Schließlich fragte ich ihn direkt: »Mas Har, hast du eine Freundin, die Sri Asih heißt?«

Er erschrak: »Ja, das stimmt. Woher weißt du das?«

»Jemand hat es mir gesagt. Was ist das für eine Beziehung, die ihr habt?«

»Wir sind befreundet.«

»Du lügst. Die Beziehung zu ihr ist mehr als bloß Freundschaft.«

Mas Harjono schwieg. Er suchte offensichtlich nach einem passenden Ausdruck, mit dem er antworten oder mich sogar in Verlegenheit bringen konnte: »Also gut. Ich gebe zu, daß meine Beziehung zu Sri nicht nur einfach Freundschaft ist.«

»Was heißt das konkret?«

»Konkret heißt das, ich brauche eine Freundin, mit der ich intim sein kann.«

Das war deutlich. Jetzt war ich in die Ecke gedrängt. Seine Erklärung war für mich ein Schlag ins Gesicht, denn er hatte – mit anderen

Worten – ganz klar gesagt, daß ich nun keine Gefährtin mehr war, die er wirklich brauchte.

»Heißt das also, daß ich, deine Frau, nun als deine Gefährtin ausgedient habe?«

Darauf schwieg er.

»Es ist doch so. Du bist meine Frau, und du bist eine sehr, sehr gute Ehefrau. Aber, jetzt, vielleicht weil wir beide so beschäftigt sind, vielleicht auch weil ich in meiner Arbeit arg unter Streß stehe, brauche ich einfach auch eine andere Gefährtin. Etwas völlig anderes. Und Sri erfüllt dieses Bedürfnis.«

Das war grob. Ich war erst einmal still. Das war ja unerhört, er sah eine Frau als Bedürfnis des Mannes.

»Aus deiner Erklärung, Mas Har, wird deutlich, daß du mich nicht mehr brauchst.«

»Aber das ist nicht wahr! Du bist meine Frau, die ich innig liebe. Und ich denke auch nicht daran, dich zu verlassen.«

Und so ging es weiter. Wir stritten uns, und jeder versuchte, den anderen davon überzeugen, daß er recht hatte. Endlich hatte ich genug und faßte meinen Entschluß: »Schluß jetzt. Wenn es so ist, was soll ich da noch sagen? Ich habe genug. Morgen früh fahre ich nach Wanagalih. Ich brauche Ruhe, um meine Gedanken zu ordnen. Ich möchte allein fahren. Du brauchst nicht mitzukommen. Ich bitte dich darum, mir nicht nachzureisen. Die Kinder sind schon groß genug, sie können für sich selbst sorgen.«

»Und wenn Sumi und die anderen nach der Großmutter fragen?«

»Ich überlasse es dir, eine passende Antwort zu finden. Es steht fest, ich fahre allein.«

Bis hierher kam Soemini in ihrer Erzählung, dann brach sie wieder in Tränen aus. Wir versuchten, sie zu beruhigen. Ich hatte nun ein klares Bild davon, wie die Dinge standen. Ich hoffte nur, mein Mann hätte denselben Eindruck gewonnen wie ich. Es war das Bild einer Ehe, in der sich beide leid hatten. Ich wunderte mich nur. Ihnen fehlte es doch an nichts. Seine Karriere hatte fast ihren Höhepunkt errreicht. Ihr Gehalt und ihre Einkünfte waren doch sicher mehr als ausreichend. Ihre Kinder entwickelten sich bestens. Sie hatten sogar schon einen Enkel, einen ganz reizenden dazu. Woher kam also der Überdruß?

Wenn ich das mit uns beiden verglich, die wir die ganzen Jahre immer nur hier im Jalan Setenan in Wanagalih verbracht hatten. Morgens vom Frühstück bis abends zum Schlafengehen hatten wir unser gemeinsames Leben gelebt, ohne daß es uns jemals langweilig geworden wäre. Möglicherweise, weil uns beiden die Haltung des nrimo, des geduldigen Hinnehmens, so selbstverständlich war, war uns Langeweile fremd. Vielleicht ist der Überdruß etwas, was nur diejenigen empfinden, die immer nur nach oben blicken. Oder weil Soemini und Harjono sich immer nur um ihre eigene Familie gekümmert hatten. Nicht so wie wir, die wir immer auch für die ganze Verwandtschaft gesorgt hatten, von Sri und Darmin angefangen, die so angenehm und folgsam waren, bis zu Soenandar, der uns ewig Verdruß bereitet hatte, bis zu seinem Tod. Und bis jetzt kümmerten wir uns um Ngadiman, der mittlerweile schon alt geworden war, und um seine Kinder. Soemini und Harjono fühlten sich vielleicht von ihrer Verwandtschaft gestört und stürzten sich deshalb in ihre eigenen Aktivitäten, damit sie sich nicht um sich selbst kümmern mußten und um ihre Kinder, die ja schon selbständig waren.

Meinem lieben Mann hatte es offenbar die Sprache verschlagen. Der Ehezank und der Umstand, daß seine Tochter, stolz wie sie war, Knall auf Fall nach Hause gekommen war, hatten ihn stumm gemacht. Damals, als Hardojo so ratlos war, weil er Nunuk nicht heiraten durfte, hatte mein Mann in aller Ruhe und Umsicht mit ihm geredet. Soemini gegenüber wirkte er dagegen hilflos, wußte nicht, wie er reagieren sollte. Das lag wohl daran, daß Soemini unsere einzige Tochter war und von Kind an widerspenstig gewesen war. Immer hatte sie ihren Willen durchsetzen wollen. Und wenn sie die Art und Weise beschrieb, mit der sie ihrem Mann entgegengetreten war, dann war klar: Sie war immer noch unsere Soemini von früher. Angesichts dieser Situation sagte ich ganz vorsichtig zu ihm, daß ich erst einmal allein mit unserer Tochter reden wollte.

»Das kann so nicht weitergehen, Vater. Es geht doch auch nicht, daß sie hier bei uns bleibt.«

»Nein, das geht nicht. Nur, wie sollen wir ihr das sagen, Mutter? Ich habe keine Ahnung. Soeminis alter Fehler – sie ist zu stolz. Deine Tochter ist einfach zu unnachgiebig. Lange erwachsen, hat sogar schon Enkel, und doch bricht es immer wieder durch.«

»Paß auf, Vater. Ich versuche, erst einmal mit ihr zu reden, ja? Dann bringen wir sie allmählich wieder von ihrem Entschluß ab. Ich fürchte, wenn du jetzt mit ihr sprichst, wird sie eher noch widerspenstiger.«

»Ja, gut. Ich überlasse das dir. Aber sei bloß vorsichtig, Mutter. Wir müssen sehen, daß wir den Fisch fangen, ohne daß sich das Wasser trübt.«

Gesagt, getan. Ich sollte also Soemini zum Einlenken bewegen.

Ich redete mit ihr, aber nicht im Haus, sondern draußen auf dem Feld und in der Hütte an den Reisfeldern. Es war eine alte Gewohnheit von mir, daß ich, um mir Bewegung zu verschaffen, auf dem Feld und am Zaun hinter dem Haus Gemüse zupfte und Kräuter pflückte. Von kleinauf hatte ich auch Soemini dazu angehalten, Gemüse und Blätter zu suchen. Und siehe da, was sie in ihrem Garten in Jakarta nicht tun konnte, das tat sie nun wieder hier in Wanagalih. An jenem Morgen kam sie mit mir auf das Feld hinter dem Garten: »Mutter, du bist aber noch gut zu Fuß auf dem Feld.«

»Ja, schon, aber nicht mehr so wie früher. Es geht eben langsam.«

»Aber sei bloß vorsichtig, Mutter. Die schwarze Erde von Wanagalih ist brüchig und rissig. Da kann man leicht ausrutschen. Wenn du Gemüse und Blätter pflücken gehst, dann bitte nicht allein. Nimm Paerah mit oder jemand anderes.«

Wir suchten den Zaun ab, der Garten und Reisfelder trennte. Wir pflückten verschiedene Bohnensorten, wie Kacang Panjang und Kacang Koro und Kräuter, die am Bambuszaun hochrankten. Dann sah ich zwischen den Süßkartoffelstauden eine Unzahl von kleinen gelblichen länglichen Früchten: »Ach, sieh mal, da sind ja lauter reife Kontol Jembutan.«

»Also Mutter, was für ein unanständiges Wort!«

»Was ist denn daran unanständig? Die Früchte heißen eben Kontol Jembutan, weil sie so eine behaarte Haut haben.«

»Na, du kannst es nicht lassen, Mutter, mußt immer weiter diesen schmutzigen Namen nennen!«

Beide mußten wir furchtbar lachen.

»Der Name stammt ja schließlich nicht von mir. Die Kuhhirten nennen die Früchte so. Also, wenn ich Kontol Jembutan sage, dann hat das nichts weiter zu bedeuten, Nduk. Und zum Glück sind wir beide ja allein, kein Mann ist in der Nähe. Da können wir ruhig so reden.«

Soemini kniff mich in den Arm. Wir kicherten wie zwei junge

Mädchen, die Spaß daran haben, über unanständige Sachen zu sprechen, weil ihre Eltern sie nicht hören können. Wir pflückten die Früchte, und während wir davon aßen, gingen wir einen schmalen Pfad zwischen den Reisfeldern entlang, um uns in der Hütte niederzulassen. Ich bemerkte den kleinen Trimo, der auf den Reisfeldern arbeitete. Seit wir älter geworden waren und uns nicht mehr in der Lage fühlten, die Arbeiter auf den Reisfeldern zu beaufsichtigen, kümmerte sich Trimo um unsere Reisfelder und bekam dafür seinen Anteil vom Ertrag. Ich gab ihm den Auftrag, ins Haus zu laufen und Tee mit ein paar Kleinigkeiten zu essen an die Böschung zu bringen.

»Ach! Die Reisfelder sind aber still. Sonst saßen doch immer so viele Sittiche im Bambus und auf den Dadap-Bäumen hier.«

»Ich weiß auch nicht, Nduk. Schon seit einigen Jahren kommen nur noch selten Sittiche, und auch die anderen Vögel wie Sperlinge, die kleinen gelben Gelatik oder die grünen Wildtauben sind selten geworden. Wahrscheinlich haben die Kinder sie alle mit ihren Zwillen abgeschossen, entweder um sie zu verkaufen oder um sie selber zu essen. Das Leben wird ja immer schwieriger.«

Wir ließen uns nieder und betrachteten unsere Reisfelder. Sie waren ja nicht gerade groß, aber sie hatten uns doch stets einiges für unseren Lebensunterhalt abgeworfen. Der kleine Trimo kam zurück und brachte uns heißen Tee mit gedämpften Bananen. Wir aßen und tranken mit Behagen.

»Hast du denn Harjono schon geschrieben?«

»Noch nicht. Das hat noch Zeit.«

Wie unnachgiebig sie bloß war!

»Harjono und die Kinder können einem wirklich leid tun. Sie werden sich doch ohne dich einsam und verlassen vorkommen.«

»Einmal sollen sie das nur spüren.«

»Hast du denn keine Sehnsucht nach ihnen? Es wird dir hier in Wanagalih bestimmt bald langweilig werden.«

Soemini sagte eine Weile gar nichts, dann: »Ich bin noch böse auf ihn.«

»Na hör mal, willst du denn ewig böse auf ihn sein?«

»Ich bin einfach maßlos enttäuscht. Es ist verrückt! Die ganzen Jahre hat er mich nie so gedemütigt wie jetzt. Wer bin ich denn noch in seinen Augen? Und dann nimmt er sich eine Kroncong-Sängerin zur Geliebten! Ich bin wirklich völlig fertig, am Ende.«

»Wahrhaftig, du hast ja einen rechten Zorn im Leib!«

Sie schwieg.

»Ich habe ja nie so etwas erlebt wie du jetzt, aber ich kann deine Gefühle und deine Haltung schon nachempfinden. Natürlich hast du recht mit deinem Groll. Aber – du darfst dich nicht mißachtet fühlen, bloß weil sich dein Mann in eine Kroncong-Sängerin verliebt hat. Und was heißt Sängerin! Das betrifft doch nur die Schale, Nduk, auf den Kern kommt es an. Und der ist ein Weibsbild! Das ist doch der Punkt. Also, das Entscheidende ist doch, daß dein Mann in eine andere Frau vernarrt ist, oder?«

»Ja, das hat er ja ganz offen zugegeben. Er braucht eine Freundin, hat er gesagt.«

»Hast du dich eigentlich schon mal ernsthaft gefragt, warum sich wohl dein Mann mit einer anderen Frau eingelassen hat?«

Schweigen. Schließlich: »Ja, das habe ich, aber ich habe noch keine befriedigende Antwort dafür gefunden.«

»Das glaub ich nicht, Nduk. Geh doch nochmal in dich und sei ehrlich mit dir! Auch wenn dir die Antwort vielleicht nicht gefällt.«

Soemini fing wieder an zu weinen: »Er hat mich satt, Mutter!«

»Vielleicht hat er nicht nur dich satt, sondern auch das Haus und die Familie – und wer weiß – am Ende mag er auch sich selbst nicht mehr. Die Männer sind einfach so, Nduk.«

Soemini weinte noch immer.

»Keine Angst! Er wird auch von seinem neuen Spielzeug bald genug haben, vorausgesetzt...«

»Vorausgesetzt was, Mutter?«

»Vorausgesetzt, du hast Geduld und Verstand. Du darfst dich ja nicht zu sehr in deinem Groll verlieren. Ich rechne damit, daß dein Mann irgendwann in den nächsten Tagen hier auftaucht. Zumindest wird er schreiben. Egal. Wenn ein Brief kommt oder auch wenn er selbst kommt, dann verschließ dein Herz nicht, sei nicht zu stolz! Und nimm ihn gut auf.«

»Und wenn er nicht kommt?«

»Er wird kommen. Wetten?«

Soemini mußte lächeln. Ich atmete auf, sie lächelte also wieder.

»Wenn er kommt, zeigt dir das, daß es ihm leid tut. Verlang nicht, daß er dich um Verzeihung bittet. Sein Kommen heißt ja schon, daß er um Verzeihung bittet. Du behandelst ihn einfach ganz normal. Und wenn er mit dir heimfahren will, dann fährst du eben mit, so einfach ist das, Nduk.«

»Wirklich, Männer machen es sich leicht!«

»Was heißt schon leicht! Die Frage ist nur, was für alle das beste ist, Nduk. Wenn ihr dann wieder in Jakarta seid, dann gehst du erst mal weniger oft in deinen Verein. Kümmere dich besonders lieb um deinen Mann und deine Kinder, selbst wenn sie auch ohne dich zurechtkommen. Aber zeig ihnen, laß sie spüren, was es bedeutet, wenn du da bist. Na, und später dann bringst du ganz langsam deinen Mann dazu, daß er diese Sängerin sein läßt. Möglicherweise tut er das ja auch von selbst, ohne daß du ihn drängst. Also los, vertrau deiner Mutter!«

Soemini schüttelte lächelnd den Kopf: »Mutter, du kennst dich aus und weißt, wie die Männer sind. Dabei hat sich doch Vater nie mit anderen Frauen eingelassen, Mutter.«

»O Allah, dein Vater! Dein Vater, Nduk, ist ein schlichter Bauer, ein guter Mensch. Weibergeschichten hatte er nie im Kopf. Dazu muß einer wohl schon ein echter Priyayi sein.«

Unbemerkt war es Mittag geworden. Paerah erschien, um zu melden, mein lieber Mann warte schon mit dem Mittagessen auf uns.

Meine Vermutung war richtig, Harjono kam. Aber nicht etwa allein, nein, mit einer ganzen Hilfstruppe. Da war Sumi, ihre älteste Tochter mit meinem kleinen Urenkel, gerade mal zweieinhalb. Da waren ihre anderen Kinder, die schon fast vor dem Examen standen. Alle waren sie gekommen. Wirklich, das Haus im Jalan Setenan war voller Leben. Mein Mann, dem ich natürlich berichtet hatte, wie mein Gespräch mit Soemini verlaufen war, strahlte. Die Enkel drängten sich an ihn heran, und der kleine Urenkel küßte ihn. In seinen Augen konnte man lesen, daß für ihn Soeminis häusliche Probleme erledigt waren.

Oh, du guter Vater und Großvater! Was weißt du schon, wie verschlungen die Wege einer Ehe sind, wie kompliziert sie manchmal sein können! Unsere Ehe war ja immer ganz gradlinig verlaufen, so daß mein lieber Mann vermutlich dachte, ein Eheproblem, wie es Soemini und Harjono momentan erlebten, wäre einfach mit so einem Treffen wie an diesem Tag aus der Welt geschafft. Er konnte sich nicht vorstellen, daß da noch große Anstrengungen nötig waren, um allmählich wieder eine gegenseitige Annäherung herbeizuführen, ja daß der Konflikt sogar abermals aufbrechen könnte. Wie dem auch sei, im Augenblick jedenfalls war es herzerfrischend und eine große Erleichterung, sie alle wieder beisammen zu sehen. Man konnte Soemini richtig ansehen, wie sehr sie ihre Kinder und ihren Enkel vermißt hatte. Ihrem Mann gegenüber zeigte sie sich freilich noch sehr zurückhaltend.

Einige Tage lang schien es, als erlebte die ganze Familie einen zweiten honey moon. Nur daß dieser honey moon keine Flitterwochen für ein jungverheiratetes Paar waren, sondern für die ganze Familie mit Kind und Kindeskindern. Mit größter Begeisterung besuchten sie alles, was sie schon längst kannten, als wäre es das erste Mal. Unter normalen Umständen wäre es ihnen rasch langweilig geworden. Kein Wunder, denn was war schon interessant an unserem kleinen Gemüsegarten? An unseren Reisfeldern? Nichts als klumpige Erde. Und der Kali Madiun oder der Bengawan Solo, die beiden Flüsse mit ihrem ewig braunen Wasser, mit den menschenüberladenen Kähnen darauf, dazwischen das alte holländische Fort, das Benteng Pendem, das halb in der Erde versunken war. Aber sie waren so glücklich, daß ihnen alles in einem neuen Licht erschien und auf einmal viel schöner vorkam als früher.

Wie kommt es, daß man in derselben Umgebung das eine Mal Langeweile empfindet und das andere Mal Sehnsucht und Verlangen? Vielleicht ist das ja eine Gabe Allahs, mit der Er die Menschen vor anderen Geschöpfen ausgezeichnet hat. Selbst ein Schuft wie Soenandar oder auch jener Viehhändler vom Markt, der verrückteste von allen, nämlich Martokebo, waren mit dieser Mitgift Allahs gesegnet. Beide, Soenandar wie Martokebo, kannten in ihrer ganzen Schlechtigkeit doch das lähmende Gefühl der Langeweile und das schmerzende Glücksgefühl der Sehnsucht. Davon bin ich überzeugt.

Wie dem auch sei, jedenfalls liefen Soemini und ihre Kinder zu all den Orten, ganz wie Kinder, die zum ersten Mal die Wärme in einer Familie genießen.

Als schließlich der Augenblick kam, wo sie wieder nach Jakarta aufbrachen, küßte mir Harjono voller Dankbarkeit die Hand: »Vater, Mutter, ich wünsche euch zum Abschied Glück und Segen.«

»Ja, Nakmas. Alles Gute euch allen. Und vertragt euch, ja?«

Soemini küßte ihren Vater. Sie umarmte mich ganz fest und küßte mich. Dann flüsterte sie mir auf Holländisch etwas zu, was ich nicht verstand. Ich konnte nur vermuten, daß sie mir, ihrer Mutter, auf diese Weise danken wollte.

»Es ist schon gut, Nduk. Alles Gute. Und paßt gut auf euch auf, ja?«

Die Enkel küßten ihrem Großvater ehrerbietig die Hand, mir drückten sie immer wieder Küsse auf die Wangen.

»Auf Wiedersehen, Mbah. Komm doch auch mal nach Jakarta.«

»Ja, wenn es sich ergibt. Gut, gut, auf Wiedersehen ihr alle.«

Am Schluß nahm Soemini unseren Urenkel hoch und ließ ihn noch seine Urgroßeltern küssen, dann brachen sie nach Yogya auf, wo sie noch in Harjonos Haus vorbeischauen wollten.

Kinder bringen ihren Eltern immer wieder Aufregungen. Da gibt es kein Ende, auch wenn die Eltern schon Großvater und Großmutter oder – wie in unserem Fall – sogar schon Urgroßeltern sind. Immer wieder gibt es neue Überraschungen. So war es auch, nachdem die Sorge um Soemini und Harjono ausgestanden und ihre Ehekrise friedlich beigelegt war. Harjono hatte es über sich gebracht, sich von der Sängerin zu trennen. Jetzt aber war es Sus, die einen Expressbrief schickte und ankündigte, sie wolle nach Wanagalih kommen. Wir beide wußten sofort, da war etwas vorgefallen.

»Was mag da nur los sein, Bune? Das ist zum ersten Mal, daß Sus allein herkommt. Wahrscheinlich ist es etwas ähnliches wie neulich bei Soemini.«

»Ach, das glaube ich nicht, Pakne. Sus ist anders als Soemini. Sus ist anziehend und zärtlich, nicht so wie deine Tochter, hart und unnachgiebig. Und gerade diese Mischung aus Sinnlichkeit und Charme macht, daß Noegroho so sehr an seiner Frau hängt.«

Mein Mann brach in Gelächter aus: »Du, also wirklich, Bune! Du siehst die Menschen mit scharfem Blick, wahrhaftig.«

»Ich sage einfach, was ist. Und ich mag Sus auch sehr. Ich liebe alle meine Kinder und Schwiegerkinder. Hast du nicht selbst immer gesagt, so müßte es sein?«

»Ja, ja.«

»Also gut, warten wir ab, bis sie hier ist.«

Ein paar Tage danach erschien nun Sus. Noegroho war ja jetzt der angesehenste unter seinen Geschwistern. Er war inzwischen Direktor eines staatlichen Betriebes. Daher kam Sus mit einem Mietwagen von Surabaya. Von Jakarta aus hatte sie ein Flugzeug der Garuda genommen. Trotzdem wirkte sie etwas abgespannt und durcheinander. Aber weil sie eben eine anziehende Person war, sah sie trotz allem noch immer gut aus. Sie küßte meinem Mann die Hand, dann nahm sie mich zärtlich in die Arme und küßte mich links und rechts.

»Es ist ja gut. Setz dich erst einmal. Tee oder Kaffee, Sus? Oder lieber etwas kaltes Wasser aus dem Krug? Die Leute aus der Stadt haben das ja so gern.«

»Ja, zuerst etwas Wasser, Mutter. Danach nehme ich gern einen heißen Kaffee.«

»Aber gewiß doch!«

Ich rief nach Paerah: »Raah, Wasser aus dem Krug, Rah!«

»Du bist allein gekommen, Nduk. Wo ist denn dein Kamas?«

»Mas Noeg ist zur Zeit auf Dienstreise in Europa, Vater.«

»Dein Kamas ist aber viel unterwegs. Er fliegt dahin und dorthin, so wie wir gerade mit der Kutsche nach Wanalawas oder Ngale fahren. Und von den Kindern konnte auch keins mitkommen?«

Sus antwortete nicht sogleich. Ihr Blick wurde verhangen, Tränen rollten ihr über die Wangen.

»Ja, was ist denn, Sus? Sei nur ruhig. Trink erst mal den heißen Kaffee hier, dann erzählst du uns, was dich bedrückt.«

Langsam schlürfte sie den Kaffee. Nachdem sie sich etwas beruhigt hatte, begann sie zu erzählen.

Marie ist doch dieses Jahr 27 geworden. Wenn es nach der Sitte von früher gegangen wäre, müßte sie eigentlich schon verheiratet sein und vielleicht sogar schon Kinder haben. Aber Marie ist ja nun ein Kind der heutigen Zeit. Sie möchte nicht so schnell heiraten, obwohl wir beobachten mußten, daß sie schon eine Reihe von engen Freunden hatte, die aber immer wechselten. Jedesmal, wenn sie mit einem solchen jungen Mann öfter ausging, dachten wir natürlich, den würde sie vielleicht heiraten. Aber daraus wurde nichts. Und ihr Studium, Vater und Mutter, das wißt ihr ja, hat sie auf halbem Weg aufgegeben. Es hat sie einfach nicht interessiert. Und wir konnten sie weder überreden und schon gar nicht dazu zwingen, ihr Studium fortzusetzen.

Sicher, ich muß gestehen, wir waren mit unseren Kindern nicht streng genug, wir haben sie eher verwöhnt. Seitdem Toni damals gefallen war, hatten wir, vor allem aber ich, immer Angst, wir könnten abermals eines der Kinder verlieren. Ich konnte den Schock und meine Trauer über den Tod von Toni einfach nicht vergessen. Dieses Gefühl der Leere damals, als wir ihn verloren, war furchtbar. Daher war mein einziger Gedanke, ich wollte nicht noch ein Kind verlieren. Wir hüteten sie, so gut wir konnten. Wir ließen ihnen ihren Willen, Hauptsache war, sie fühlten sich wohl und waren glücklich. Und Mas Noeg, wenn er sich auch Tonis Tod nicht ganz so sehr zu Herzen nahm wie ich, hatte großes Verständnis für meine Gefühle und meine Haltung. Mit anderen Worten, er hatte nichts dagegen, daß ich die Kinder verwöhnte. Trotzdem beobachteten wir natürlich schon, was sie taten.

Marie arbeitete als Sekretärin im Büro ihres Vaters, aber sie nahm ihre Arbeit nicht allzu ernst. Sie ging oft während der Arbeit weg, zum Beispiel mit einem Freund zum Mittagessen, und kehrte anschließend nicht mehr zurück. Oft ging sie überhaupt nicht zur Arbeit mit der Ausrede, sie fühle sich nicht wohl. Mittags aber ging sie dann mit einem Freund aus und blieb bis abends weg. Wenn ich das so sah, war ich wirklich zutiefst besorgt. Ich hatte Angst, ihr könnte wer weiß was passieren. Ich wollte sie zur Rede stellen, fürchtete dann aber, sie könnte aufsässig werden oder auch betrübt sein, wenn ich ihr Vorhaltungen machte. Aber eines Tages nahm ich doch allen Mut zusammen und fragte sie vorsichtig: »Marie, macht es dir denn Spaß, bei deinem Vater im Büro zu arbeiten?«

»Das ist aber komisch, Mama. Was fragst du nach meiner Arbeit! Ja, sicher macht es mir Spaß. Man ist frei, und ich kann machen, was ich will.«

»Arbeiten, wie man will, na hör mal! Du hast doch Vorgesetzte, die dir Aufträge geben und deine Arbeit regeln, oder?«

»Ja, natürlich. Oom Narto und Mbak Tri sind meine Vorgesetzten. Sie haben mich aber noch nie ermahnt, und böse mit mir waren sie schon gar nicht.«

»Haben sie dir denn nie Aufträge gegeben, die deine Verantwortung gefordert haben? Ich sehe immer nur, daß du sehr frei und großzügig mit deiner Zeit umgehst.«

Marie lachte hell auf: »Mama! Meine Aufgabe im Büro ist doch nicht weiter schwer. Ich tippe Briefe. Und ich bringe Briefe in andere Büros, das ist dann Außendienst.«

»Wenn es vielleicht auch nicht weiter schwer ist, so kannst du doch trotzdem nicht einfach machen, was du willst.«

»Die Hauptsache ist doch, daß meine Arbeit in Ordnung ist. Meine Zeit kann ich selbst einteilen.«

»Marie, Marie. Bringt es denn der Abteilung deines Vaters keinen Nachteil, wenn sie dich für so etwas bezahlen?«

Sie lachte abermals auf: »Mama. Es ist doch so: Oom Narto und Mbak Tri haben im Grunde genommen Angst vor Vater. Wenn er jetzt auch kein aktiver Offizier mehr ist, so hatte er doch einen ziemlich hohen Rang inne. Er war immerhin Oberst! Oom Narto ist auch ehemaliger Offizier. Aber er war eben nur Major. Glaubst du vielleicht, ein Major würde wagen, einem Oberst zu widersprechen? Außerdem ist er der Chef des Betriebes!«

Ich betrachtete Marie mit Sorge. Meiner Meinung nach hatte das Kind doch eine allzu leichtfertige Einstellung ihrer Arbeit gegenüber. Ob denn wohl der Vater wußte, wie sich seine Tochter im Büro benahm? Aber ich schwieg. Ich nahm mir vor, bei nächster Gelegenheit mit ihm darüber zu sprechen.

»Es ist schon in Ordnung, Mama. Keine Angst. Ich bin schon o.k. im Büro.«

Irgendwie mußte ich innerlich lächeln. Das Kind war wirklich frech, aber es wußte, was die Leute dachten. Das war ja allerhand! Aber ich war doch weiter vorsichtig und besorgt. Und was war mit den Freunden, mit denen sie sich verabredete und die nur kurz bei uns zu Haus auftauchten, um sie abzuholen oder zurückzubringen? Was waren das für Jungen? Das war schon lange so gegangen, bis ich endlich einmal eine Gelegenheit fand, mit meinem Mann über Marie zu sprechen.

»Ja wieso denn, machst du dir etwa Sorgen um deine Tochter? Die ist schon mehr als erwachsen. Die kann doch auf sich selbst aufpassen, oder?«

»Ja schon, aber wer sind eigentlich die Freunde, mit denen sie ausgeht? Kennst du die?«

»Nein, nicht alle. Ein oder zwei von ihnen arbeiten in unserem Büro.«

»Ich versteh dich nicht. Wie kannst du denn mit Marie so sicher sein? Findest du nicht, daß deine Tochter ein allzu freies Leben führt?«

»Ja, ich weiß. Und du weißt das doch auch. Haben wir nicht selbst ihr diese Freiheit gelassen?«

»Ja, das stimmt. Sie ist das Kind, das wir am meisten verwöhnt haben. Aber das heißt doch nicht, daß wir sie ohne jede Richtung, ohne jeden Plan laufen lassen. Weißt du denn auch, daß sie im Büro arbeitet, wie es ihr gerade gefällt?«

Mas Noeg wurde still: »Ich weiß Bescheid. Narto hat mir die ganze Zeit vertraulich berichtet. Ich habe ihn auch gebeten, sie nicht zu streng zu tadeln, sie jedoch unauffällig zu kontrollieren.«

»Das heißt, du hast keine Angst um deine Tochter?«

»Nein. Eines Tages wird ihr diese Art langweilig werden, sie wird genug davon haben. Dann wird sie kündigen, weil sie mit Mann und Kindern leben möchte.«

Die Antwort von Mas Noeg, die voller Überzeugung war, beruhigte mich einigermaßen. Nur tief drinnen in meinem Herzen blieb die Frage, wann es denn wohl soweit sein würde, daß Marie genug davon hatte, sich mal mit diesem, mal mit jenem zu verabreden.

Und dann tauchte eben dieser Junge auf. Er hieß Maridjan. Zum ersten Mal, seit Marie mit jungen Männern ging, hatte sie einen aufgefordert, länger als nur einen Augenblick bei uns zu Haus zu bleiben. Ja, sie stellte ihn mir sogar vor und später dann auch Mas Noeg. Der junge Mann, das mußte man zugeben, hatte eine starke männliche Ausstrahlung. In der Sprache der heutigen Jugend konnte man ihn »sexy« nennen. Im javanischen würden wir wohl »ganteng« sagen. Allerdings schon vom Namen her war klar, es war kein Priyayi-Kind.

Es war ganz offensichtlich, Marie mochte ihn wirklich gern. Mit ihren früheren Freunden ging sie nun immer seltener weg. Jetzt verabredete sie sich praktisch nur noch mit Maridjan. Angeblich war er, wie uns Marie sagte, Mitarbeiter einer staatlichen Firma, die eng mit dem Betrieb von Mas Noeg zusammenarbeitete. Marie hatte ihn kennengelernt, als sie einmal dem Direktor der Firma, bei der Maridjan tätig war, Unterlagen überbringen sollte. Der Junge war in der Tat sehr anziehend, aber seine Sitten waren doch etwas weniger fein. Vielleicht kam das von seiner Herkunft. Wenn er saß, dann streckte er die Beine einfach in die Gegend, und manchmal zog er auch die Füße ganz auf den Stuhl hoch. Die Haare trug er arg boheme-artig, jedenfalls nicht so, wie es sich für einen Angestellten eines staatlichen Betriebes gehörte.

»Marie, was findest du denn eigentlich an Maridjan?«

Marie lachte hell auf: »Ja, alles. Warum fragst du, Mama?«

»Der Junge hat aber doch offensichtlich wenig Anstand.«

»Zum Beispiel?«

»Wenn er sitzt, zieht er die Beine hoch. Wenn ich aus dem Zimmer gehe, denkt er nicht daran, aufzustehen. Die Zigarettenasche läßt er überall fallen.«

»Ha, ha, ha, Mutter! Wichtig ist halt dies und dies. Und dann das!«

Dabei zeigte sie auf ihre Stirn, auf ihren Busen und – zum Schluß auf den unteren Teil ihres Körpers.

»Marie! Was bist du doch für ein Mädchen! Schmutzig!«

Aber Marie brach wieder nur in Gelächter aus. Ich konnte nur noch ein stilles »Großer Allah« hervorbringen.

»Marie, Maridjan ist kein Umgang für dich.«

»Was meinst du damit, Mama, kein Umgang für mich, wer sind wir denn?«

»Ich meine ganz einfach die Herkunft seiner Familie. Er stammt doch aus einer Bauernfamilie, oder etwa nicht? Und du bist die Tochter eines Obersten mit einer holländischen Bildung, Marie. Wir haben dich als Kind fortschrittlicher Priyayis erzogen, europäisch.«

Marie lachte und lachte über diese Erklärung meinerseits. Ich ärgerte mich maßlos und fühlte mich verletzt. Ihre Geringschätzung gegenüber uns Eltern übertraf jedes Maß.

»Mama, Mama. Was ist denn unsere Familie? Es stimmt, Vater war Oberst und ist holländisch gebildet. Aber: Wessen Sohn ist denn unser Großvater in Wanagalih? War der vielleicht kein Bauer? Natürlich seid ihr, Vater und Mutter, fortschrittliche, europäisch gebildete Priyayi. Und wenn ihr redet, dann gespickt mit vielen holländischen Wörtern. Trotzdem sind wir alle doch Abkömmlinge von Bauern, oder?«

»Ach, was weiß ich! Nur eines: Ich sehe es nicht gern, wenn du mit diesem Jungen zu intim bist. Ist er nicht auch viel jünger als du? Und er sieht nicht so aus, als hätte er viel Geld.«

Marie lachte und ging fort, irgendwohin. Natürlich um sich mit Maridjan zu treffen. Es war in der Tat keine Übertreibung, wenn ich gesagt habe, daß Maridjan wenig Geld hatte. Eines war mindestens klar: Seitdem Marie mit ihm ging, bat sie um mehr Taschengeld. Daraus zog ich die Folgerung, daß sie diejenige war, die bezahlte, wenn sie ausgingen. Für Zigaretten, für das Kino, für Leckereien und was weiß ich noch alles. Der Grund war einfach, der Junge hatte kein Geld! Ich machte ihren Vater auf die Beziehung der beiden aufmerksam. Aber Mas Noeg lachte mich nur aus und meinte, meine Besorgnis wäre übertrieben.

Eines Tages, es war sehr heiß und ich machte gerade einen Mittagsschlaf, da kam Marie wortlos ins Zimmer und legte sich neben mich. Mas Noeg war damals gerade auf einer Auslandsreise. Eine Weile lang lagen wir nebeneinander auf dem Bett und sagten nichts. Es war unerträglich heiß, und ich schwitzte furchtbar. Ich ahnte, Marie war gekommen, um mir etwas anzuvertrauen, denn normalerweise kam sie um diese Tageszeit nicht ins Schlafzimmer. Früher ja, als sie noch klein war und gern mit uns schmuste, war sie oft ins elterliche Schlafzimmer gekommen.

»Ma!«

»Ach!«

Dann war es wieder eine Weile still. Marie vollendete ihren Satz nicht: »Ma, ich wollte sagen...«

»Ja, sprich nur.«

Ich sah weiter an die Zimmerdecke. Mit einem Mal drehte sich Marie zu mir herum und brachte ihr Gesicht ganz nahe an meins. Ich erschrak. Ihr Blick war verstört, sie hatte dunkle Ringe unter den Augen. Tränen traten ihr in die Augen. Die sonst so aufsässige Marie weinte doch nicht etwa?

»Ma, ich habe Schwierigkeiten.«

Ich versuchte, in den Augen meiner Tochter zu lesen.

»Ma, ich, ich... bin wahrscheinlich schwanger.«

Ich wollte etwas sagen, aber mir versagte die Stimme. Mir war, als wenn sich vor mir eine Betonwand aufrichtete, die meine Frage zurückhielt. Und dann erst Maries verzweifeltes Gesicht. Wir umarmten uns und weinten.

Sus hielt in ihrer Erzählung inne und brach nun selbst wieder in Tränen aus. Ich sah zu meinem Mann hinüber. Gedankenverloren saß er in seinem Sessel. Er blickte zum Fenster hinaus, aber ich war sicher, er nahm nichts von dem wahr, was auf der Straße vorging. Er war wohl einerseits von der Geschichte ergriffen, die Sus erzählt hatte, andererseits war er betäubt von dem harten Schlag, der ihn so unvermutet getroffen hatte. Für einen Menschen wie meinen Mann, der ja eine Autorität darstellte und der den Mittelpunkt unserer ganzen weitläufigen Familie bildete, war der Bericht, den Sus von seiner Enkeltochter gegeben hatte, eine ganz furchtbare Sache. Es war ein Ereignis, das unmittelbar das Ansehen unserer Familie berührte.

Auch für mich war es ein besonderes Ereignis. Nur daß ich eben sofort an das Wohlergehen meiner Enkelin dachte. Ob die Schwangerschaft gut verlaufen würde und ob das Kleine im Mutterleib schließlich auch wohlbehalten auf die Welt kommen würde. Mein Mann dagegen beschäftigte sich wohl eher – nein, sogar ganz gewiß – mit dem Gedanken, wie Noegrohos guter Name gewahrt werden konnte, der Name seines ältesten Sohnes, der ja als Oberst a.D. und Direktor eines staatlichen Betriebes einiges zu verlieren hatte. Natürlich würde ihm auch das Wohl seiner Enkeltochter am Herzen liegen, aber das war doch, verglichen mit der Frage des verletzten Ansehens, für ihn eine nachgeordnete Sorge.

»Vater, Mutter, verzeiht mir vielmals, daß ich nicht vermocht habe, auf eure Enkeltochter aufzupassen. Es ist mein Fehler, ich war zu sorglos und habe ihr zu sehr ihren Willen gelassen. Was wird bloß, wenn Mas Noeg davon hört! Er wird mich schrecklich ausschimpfen.«

Sie endete mit einem unterdrückten Schluchzen. Mittlerweile hatte sich mein Mann wieder gefaßt: »Es ist ja gut, Sus. Weine nicht immerfort. Wichtig ist im Augenblick zu erfahren, ob du weißt, wer deiner Tochter das Kind gemacht hat.«

»Ja, Pak. Es war Maridjan.«

»Und gibt er es zu?«

»Das tut er, Pak.«

»Wenn das so ist, dann ruf schleunigst deinen Mann nach Haus. Und anschließend regelst du alles Nötige mit Maridjan. Das ist wichtig, Nduk. Aber noch einmal, Maridjan will doch deine Tochter heiraten, oder?«

»Ja, das hat er gesagt.«

»Also, das hat er gesagt! Du mußt rasch Gewißheit haben. Das ist eine Sache unserer Ehre, Nduk. Unseres Namens.«

Gerade erst hatte sich Sus etwas beruhigt, doch bei den drängenden Worten meines Mannes brach sie wieder in Tränen aus.

»Das ist es ja gerade, Pak, was ich fürchte. Vielleicht... «

»Vielleicht was, Sus?«

»Vielleicht macht er sich am Ende aus dem Staub.«

Mein lieber Mann verstummte. Vermutlich dachte er an Soenandar, der sich auch aus dem Staub gemacht hatte, nachdem er Lantips Mutter geschwängert hatte. Ich meldete mich zu Wort und versuchte, die Befürchtungen der beiden zu zerstreuen: »Gut, Sus. Vorläufig ist es das beste, wir behalten einen klaren Kopf. Und wir sollten uns erst einmal wegen Maridjan keine Sorgen machen. Es ist richtig, was Vater sagt. Du mußt schleunigst deinen Mann zurückrufen. Jetzt aber ruhst du dich da drinnen aus.«

Sus war wirklich ziemlich erschöpft und folgte meinem Rat. Gleich nach dem Essen zog sie sich zum Schlafen in ihr Zimmer zurück. Wir gingen auch in unser Zimmer, beratschlagten aber halblaut weiter.

»Also wirklich, Bune, in diesem Jahr folgt eine Herausforderung der anderen. Kaum ist der Streit zwischen Soemini und Harjono beigelegt, da kommt die Geschichte mit der Enkeltochter. Was haben wir denn verbrochen, daß wir so heimgesucht werden?«

»Ach, Bapakne. Übertreib doch bloß nicht zu sehr. Das ist ein Unglück, wie es jeden treffen kann, Pakne. Warte nur, wenn nachher Noegroho zurück ist, kommt bestimmt alles wieder in Ordnung.«

Doch mein lieber Mann fing nach einer Weile wieder an zu seufzen: »Also Noegroho, Bune. Da ist er nun schon älter und muß das erleben.«

»Wie meinst du das, Pakne?«

»Da ist er schon beinahe General...«

»Oberst a.D., Pakne.«

»Ja gut. Aber doch immerhin ein sehr hoher Dienstgrad in der Armee, oder?«

»Und weiter?«

»Na, ein so hoher Offizier ist nicht in der Lage, seine Tochter und seine Frau zu bändigen!«

»Ssst, Pakne, nicht so laut! Wenn das nun Sus hört, das wär doch peinlich.«

»Die Frau und die Kinder einfach so laufen lassen. Und was jetzt?«

»Sus hat doch schon selbst zugegeben, daß sie ihren Kindern gegenüber zu nachgiebig waren. Sie hat uns sogar um Verzeihung gebeten.«

»Was mich ärgert, ist, daß Noegroho, der früher so fest und stark war, nun auf einmal so kraftlos ist, mlempem, er kann nicht einmal sein Haus zusammenhalten. Kommt das von seinem Reichtum und seiner Stellung, daß er so geworden ist, Bune?«

»Ich habe wirklich Mitleid mit Noegroho und Sus, Pakne. Es ist, als ob sie den Verlust von Toni noch nicht überwunden hätten. Und so suchen sie ihr Heil darin, ihre Familie durch Besitz und Güter aller Art zu verwöhnen. Schlimmer noch, sie werden sorglos. Dabei beten sie regelmäßig, vor allem Noegroho.«

»In der Tat, es ist, als ob all unsere Erziehungsversuche über das Wedhatama, Wulangreh und Tripama bei Noegroho keine Spuren hinterlassen hätten. Und jetzt? Wenn im Hof ein Krug zerbricht, wie will er ihn wieder ganz machen? Dabei hat er nur zwei Krüge, und ausgerechnet der weibliche ist zerbrochen, ach!«

Wahrhaftig, ich fühlte Mitleid mit meinem Mann. Ich mußte

mitansehen, daß ein so ehrlicher und aufrichtiger Mensch wie er auf seine alten Tage noch gezwungen war, über die Probleme seiner Kinder nachzudenken. Unsere Gewohnheit, stets zusammenzukommen und inmitten der Familie Freud und Leid zu teilen, hatte nicht nur die gute Seite, daß wir dadurch so vertraut und so einträchtig miteinander waren, sondern hatte auch zur Folge, daß die Kinder immer noch von uns abhängig waren.

»Lassen wir das, Pakne. Jetzt schlafen wir erst mal. Morgen werde ich Sus trösten, und dann suchen wir gemeinsam einen Ausweg für sie.«

Es war wirklich schon spät geworden.

Am nächsten Tag berieten wir weiter mit Sus, was zu tun war. Wir schlugen vor, daß sie in Begleitung von Lantip nach Jakarta zurückkehren sollte. Wir dachten, Lantip würde Sus zur Seite stehen, solange ihr Mann noch nicht zurück war, und er könnte außerdem möglichst rasch Kontakt zu Maridjan aufnehmen und alle notwendigen Einzelheiten regeln. Sus war einverstanden, und so benachrichtigten wir sogleich Lantip in Yogya.

Ein paar Tage darauf kam er. Auf den Jungen konnten wir uns stets verlassen. Er war ja nun schon fast 30, hatte aber noch keinen eigenen Hausstand gegründet. Dabei hatte er mittlerweile sein Examen an der Universität Gadjah Mada gemacht und war schon Dozent. Es hieß sogar, er werde möglicherweise bald nach Jakarta versetzt, um dort eine wichtige Stelle zu übernehmen. Obwohl er sein Studium abgeschlossen und eine gute Position inne hatte, wohnte er immer noch bei Hardojo und galt als treuer Sohn des Hauses. Was man ihm auch auftrug, ob er im Haus mithalf oder ob er Hari begleitete, alles übernahm er willig, mit Freude und erledigte es zuverlässig.

Daher hielten wir es auch für das beste, wenn er mit Sus nach Jakarta fuhr und dort die Sache mit Marie in Ordnung brachte. Tommi nämlich, Maries jüngerem Bruder, war nicht allzu viel zuzutrauen. So wie Sus es darstellte, war er nicht weniger verwöhnt und unerzogen als Marie. Sein Studium hatte er ewig nicht beendet, war auch – wie es hieß – von einer Hochschule zur anderen gezogen. Wir hofften, wenn Lantip da wäre, würde die Situation in Noegrohos Haus wieder etwas ruhiger und ausgeglichener.

Wir ermunterten Sus noch, sie und Noegroho sollten sich nicht scheuen, ihre Geschwister, Hardojo, Sumarti, Soemini und ihren

Mann, um Rat und Hilfe zu bitten. Ihr Kummer wäre dann sicher leichter zu ertragen, meinten wir. Und wir wünschten ihr natürlich, daß sich die Schwierigkeiten bald lösen ließen.

Am nächsten Tag machten sich Sus und Lantip auf die Reise. Wir verabschiedeten sie noch vor dem Haus. Als sie weg waren, fragte mein lieber Mann halblaut vor sich hin, ob wir beide wohl noch kräftig genug wären, später einmal zu Maries Hochzeit nach Jakarta zu fahren. Ich mußte lächeln. Mein Mann war noch voller Kraft und meinte immer, er wäre noch jung.

Bei seinem letzten Besuch hatte mir Dr. Waluyo geraten, ich sollte etwas vorsichtiger mit meiner Gesundheit sein. Seine Untersuchung zeige, daß ich einen ziemlich hohen Blutdruck hätte. Ich sollte viel ruhen und wenig Salz zu mir nehmen. Offenbar hatte der Besuch von Soemini und Sus in den vergangenen zwei Monaten seine Spuren hinterlassen. Allerdings spürte ich keine wesentliche Veränderung in meinem Zustand. Nur mit dem Schlafen hatte ich in der letzten Zeit meine Schwierigkeiten. Aber war das nicht ganz normal für ältere Leute? Auch daß das Kreuz immer steifer wurde, war etwas, was alle alten Leute hatten. Ebenso, daß es einem schwindelig wurde, daß man sich am ganzen Körper unwohl fühlte, was sich zwar durch Kerokan, durch Massieren, schnell verjagen ließ, aber gehörte das nicht eben auch zur Würze des Alters? Der Doktor sagte, das hinge alles mit meinem hohen Blutdruck zusammen.

Ich habe immer dem Willen meines Körpers nachgegeben. Mir war bewußt, daß mir Gusti Allah mit meinen 70 Jahren ein recht langes Leben geschenkt hatte. Ich mußte wirklich dankbar sein. Und noch viel dankbarer mußte ich sein, wenn ich die Gesundheit meines Mannes und seine körperliche Kraft betrachtete. Seine nunmehr fast 80 Jahre waren ihm kaum anzusehen. Deswegen hatte ich lächeln müssen, als er mir kürzlich die Frage zuraunte, ob wir wohl bei der Hochzeit unserer Enkelin in Jakarta dabeisein könnten. Für ihn war die Gesundheit nie etwas, worauf man Rücksicht nehmen mußte, denn er war einfach immer gesund. Und ich? Ich mußte bescheidener sein. Die Ermahnung des Doktors waren für jemandem in meinem Alter doch ein Zeichen, daß das Ende nicht mehr allzu fern war. Aber ich nahm es als etwas Gegebenes hin. Ich fühlte mich jedenfalls glücklich, daß ich noch die Gelegenheit hatte mitzuhelfen, meinen Kindern Schwierigkeiten aus dem Weg zu räumen.

Wenn ich meine Kinder betrachtete und ihre Familien, dann konnte ich nur Gusti Allah danken. Seitdem wir sie aufgezogen hatten, standen die Kinder unter Allahs Schutz. Bis heute. Sicher, Soemini hatte ihre Prüfung mit ihrem Mann erlebt, Noegroho hatte seinen Sohn verloren, auf den er die größten Hoffnungen gesetzt hatte, und er hatte ein schwerwiegendes Problem mit seiner Tochter. In all dem aber sah ich Gusti Allahs Absicht, seine Diener zu prüfen. Es blieb nur zu hoffen, daß sie die Prüfung bestanden.

Auch mir und meinem lieben Mann waren ja Prüfungen nicht erspart geblieben. Alkamdulilah, zum Glück hatten wir sie alle bewältigen können. Wen ich allerdings bewunderte, das war Hardojo. Er wirkte mit seiner Familie immer fest und sicher. Die einzige wirklich schwere Prüfung, die er nach meiner Erinnerung zu bestehen hatte, war damals, als seine Brautwerbung um das Mädchen, das christlich war, scheiterte. Doch als er dann die Ehe mit Sumarti eingegangen war und sein Sohn Hari kam, verlief ihr Leben glücklich. Dazu hatten sie noch in Lantip einen Adoptivsohn, der sich so sehr um sie kümmerte. Jedesmal wenn ich an ihn denke, kann ich nicht anders als dankbar sein. Gusti Allah, der Allmächtige und Gerechte! Das uneheliche Kind wuchs zu einem Jungen heran, der wirklich gütig war und der sich für unsere ganze Familie aufopferte.

Ich fühle es, ich werde bei Maries Hochzeit nicht dabeisein können. Doch das macht nichts. Von Wanagalih aus werde ich beten, daß du glücklich wirst, Nduk...

Lantip

Als ich aus Wanagalih abreiste, um Tante Sus nach Jakarta zu begleiten, war ich ziemlich bestürzt über Großmutters Aussehen. Sie wirkte nicht wie sonst. Gewöhnlich hatte ich ihr Gesicht immer bewundert, weil es schön war, frisch und gesund. Ich hatte mich immer gewundert, wie eine Hausfrau, die hart arbeitete und dabei gleichzeitig einem gesellschaftlich so aktiven Ehemann wie Großvater Sastrodarsono zur Seite stand, die außerdem Garten und Reisfelder bestellte und die sich auch noch im Haus um so viele Leute kümmerte, bis ins Alter von 70 Jahren so gesund bleiben und sich ein so frisches Antlitz bewahren konnte. Und bei alledem sah sie immer noch gut aus. Das kam sicher nicht nur davon, daß sie regelmäßig Jamu Java trank. Die Heiterkeit, mit der sie alle diese Aufgaben wahrnahm, dazu ihre Umgänglichkeit und Güte hatten die Großmutter so jung erhalten. Jamu beeinflußt ja nur das Äußere eines Menschen. Doch um Lebensfreude und Schönheit zum Strahlen zu bringen, bedarf es anderer Mittel. Eben einer inneren Heiterkeit und Ergebenheit.

Diesmal allerdings erschrak ich. Ihre Erscheinung war nicht mehr die alte. Ob ihr die Schwierigkeiten mit Tante Soemini und Onkel Harjono und nun das Problem mit Marie so viel von ihrer Kraft und Frische geraubt hatten? Ich beschloß, nach Wanagalih zurückzukehren, sobald ich meinen Auftrag erledigt hatte, dabei mitzuhelfen, die Sache mit Marie und Maridjan ins reine zu bringen. Ich mußte in ihrer Nähe sein und sie beschützen. Ich würde mich glücklich fühlen, wenn sie durch meine Anwesenheit wieder etwas von ihrer alten Heiterkeit und Lebensfreude zurückgewinnen könnte.

In Onkel Noegrohos Haus in Jakarta traf ich gleich auf Marie und Tommi. Sie waren ja nun mein Vetter und meine Kusine, aber wie hochfahrend und eingebildet sie mir begegneten! Sicher, schon früher war ihre Haltung mir gegenüber nie besonders freundlich gewesen. Vermutlich war ich in ihren Augen eben der Sohn von Soenandar, der der Familie großen Ärger gebracht hatte. Und dann war ich für sie eben auch der Sohn von Ngadiyem, der Tempe-Verkäuferin aus Wanalawas. Sie hatten wohl immer noch ihre Schwierigkeiten damit, mich als ihren Vetter zu akzeptieren. Aber ich machte mir nichts weiter daraus. Für mich war es eine Gegebenheit, die ich einfach hinnahm und mit der ich zu rechnen hatte, seitdem mich Bapak Hardojo als Sohn angenommen hatte. Nur fragte ich mich manchmal, warum es so lange brauchte, mich als Vetter zu betrachten, da ich ja doch in die Familie Sastrodarsono aufgenommen war und sonst von allen als Familienmitglied behandelt wurde.

Tante Sus erklärte ihren Kindern kurz, warum ich aus Wanagalih mitgekommen war. Ich sollte, so sagte sie, zunächst mit auf die Rückkehr ihres Vaters aus dem Ausland warten und dann dabei mithelfen, Maridjans Familie zu finden und alles Nötige zu regeln.

»Warum müssen wir denn Lantip bemühen? Bald kommt doch Maridjan von selbst.«

»Also hör mal, Marie! Stell dich bloß nicht so an! Eins ist doch klar, Maridjan ist bis heute noch nicht aufgetaucht. Und du hast doch selbst Angst, daß er nicht wiederkommt, oder? Also los. Sehen wir zu, daß alles schleunigst in Ordnung kommt.«

Ich wunderte mich, wie scharf Tante Sus Marie anfuhr. Wie ich sie kannte, hatte sie sich nie getraut, gegenüber ihren Kindern so aufzutrumpfen. Das war aber wohl damit zu erklären, daß sie sich in die Enge getrieben fühlte und unter Streß stand. Ich war bemüht, die Situation dadurch zu entspannen, daß ich mich so offen wie möglich gab und mich bereit erklärte, sie in jeder Hinsicht zu unterstützen.

»Mbak Marie, sei nur ruhig. Laßt uns erst einmal in Ruhe beratschlagen. Mbak, wo hält sich denn Maridjan jetzt wohl auf? In seinem Haus hier oder ist er womöglich nach Hause zu seinen Eltern gefahren?«

Marie, anfangs sehr zurückhaltend, weil sie mir gegenüber wohl Hemmungen hatte, beruhigte sich. Auch Tommi, erst noch sehr gereizt, da ihn die Situation offensichtlich überforderte und er nicht wußte, welche Haltung er einnehmen sollte, begann jetzt zuzuhören.

»Ich weiß es auch nicht mit Sicherheit, Tip. Möglicherweise ist er noch hier in seinem Haus. Wenn nicht, dann ist er ganz sicher bei seinen Eltern in Wonosari.«

»Wenn es so ist, dann versuchen wir es doch erst einmal hier. Mas Tommi kommt am besten gleich mit.«

»Ach, geh du nur erst allein, Tip. Ich fürchte, ich kann mich nicht beherrschen. Nachher mache ich was falsch.«

Ich konnte ein Lächeln nicht unterdrücken. Im stillen aber wunderte ich mich über die Reaktion des Jungen. Selbst in diesem kritischen Moment war ihm alles gleichgültig. Ich meinerseits, das war sicher, hätte ihn nicht zwingen können mitzukommen. Was mich aber genauso verwunderte war, daß Marie sich keineswegs über ihren Bruder ärgerte oder ihm seine Gleichgültigkeit übelnahm. Wahrscheinlich dachte sie einfach, sie könnte sich ja nun auf meine Hilfe verlassen. Wie auch immer, ich war bereit zu helfen.

»Du wartest hier im Haus, Mbak Marie. Ich werde erst einmal in Maridjans Haus vorbeischauen. Hast du die Adresse?«

Marie gab mir sofort seine Adresse, und am Nachmittag war ich bereits unterwegs dorthin. Und tatsächlich, er war zu Hause. Mir trat ein junger Mann entgegen, der einige Jahre jünger war als Marie. Er sah gut aus, hatte strahlende Augen, aber es war der Blick eines Jungen, der noch nicht so recht erwachsen war. Im übrigen sah er ziemlich unordentlich aus. Die Haare ungekämmt, wahrscheinlich hatte er den ganzen Tag noch nicht gebadet, Hose und Hemd waren schmutzig und ungebügelt.

Ich stellte mich vor und erklärte kurz, warum ich gekommen sei. Dann kamen wir langsam ins Gespräch, unterhielten uns über dies und das. Um ihn zu beruhigen, sprach ich über Wanagalih und schließlich auch über Wanalawas. Über die trockenen Reisfelder dort, die selten wirklich leuchtend grün waren. Über den Tempe aus Wanagalih und Wanalawas, der in der ganzen Gegend von Madiun gerühmt wurde, über die Büffel, über den Kali Madiun und den Bengawan Solo.

Anscheinend konnte ich mit meiner Erzählung von der Gegend, in der ich geboren war, sein Zutrauen gewinnen. Er begann nun seinerseits, von Wonosari zu sprechen, das ebenfalls unfruchtbar sei, womöglich noch trockener und unfruchtbarer als Wanagalih oder Wanalawas. In der Gegend dort gebe es kaum Wasser. Um welches zu holen, müßten die Leute kilometerweit zum nächsten Wasserloch laufen. Das Wasser dort sei aber nicht sauber, vielmehr durch roten Ton verunreinigt. Seine Eltern wohnten am Gunung Kidul, einige Kilometer von Wonosari entfernt, nicht weit von Baron an der

Südküste. Ich kannte die Gegend aus meiner Studentenzeit, denn einige meiner Freunde stammten von dort.

»Also, Mas Maridjan, was ist nun das beste?«

Maridjan verstummte. Mit der rechten Hand kratzte er sich am Kopf, mit der linken rieb er sich die Nase.

»Mas Maridjan, du hast wohl deinen Eltern im Dorf noch nichts erzählt, oder?«

»Noch nicht, aber das ist kein Problem, Mas. Meine Eltern werden einverstanden sein. Erst recht, wenn ich ihnen sage, daß ihre zukünftige Schwiegertochter das Kind eines ehemaligen Oberst und Direktors eines staatlichen Betriebes ist.«

»Ja, was hält dich also zurück?«

Er lächelte verlegen und kratzte sich wieder am Kopf. Dieses Lächeln, dieser strahlende, etwas kindliche Blick, die Art, sich am Kopf zu kratzen und sich die Nase zu reiben, damit hatte er wohl Maries Herz erobert.

»Was mich zurückhält, das bin ich selbst, Mas.«

»Was meinst du damit, Mas Maridjan?«

»Ja, wie soll ich denn Marie und das Kind ernähren?«

»Ach so! Darüber können wir nachher noch in Ruhe nachdenken, Mas. Da kannst du ganz ruhig sein. Hab nur Mut, Mas. Wir finden schon einen Weg.«

»Also, Mas Lantip, meinen Sie damit etwa, das würde der Schwiegervater richten? Nein, das wäre mir nicht recht, da würde ich mich schämen. Noch ist gar nichts geschehen, und da soll ich schon vom Schwiegervater abhängig sein?«

»Also hör mal, es geht um einen Notfall. Und, verzeih, Mas Maridjan, wer hat denn den Notfall geschaffen? Ihr beide! Das hättet ihr früher bedenken sollen. Und wenn die Eltern in so einem Fall ihre Hilfe anbieten, dann ist das doch ganz natürlich!«

Da schwieg Maridjan wieder. Diesmal allerdings kratzte er sich nicht am Kopf. Er schien heftig nachzudenken und etwas zu erwägen: »Ja, gut, ich folge Ihrem Rat, Mas Lantip.«

Ich jubelte im stillen. Ich wußte, fürs erste hatte ich gewonnen.

»Folgendes, Mas Maridjan. Morgen früh hole ich dich ab und dann machen wir einen Besuch bei der Mutter und treffen Mbak Marie. Und heute abend schreibst du einen Brief an deine Eltern in Wonosari und berichtest ihnen.«

Maridjan nickte zustimmend.

Das Treffen mit Tante Sus und Marie am nächsten Tag verlief friedlich, wenn auch etwas steif. Das konnte ich gut verstehen. Tante Sus, die sonst heikle Angelegenheiten ihrem Mann überließ, wirkte aufgeregt. Man darf ja nicht vergessen, daß ihr der zukünftige Schwiegersohn gegenübersaß, der keineswegs ihre Wahl war und der dazu noch ihrer Tochter ein Kind gemacht hatte. Ich konnte mir gut vorstellen, was in ihr vorging. Da saß der Junge aus dem Dorf bei Wonosari vor ihr, der in ihren Augen ungebildet war und der sich bis jetzt nicht richtig eingeführt hatte. Aber auch Marie, die verwöhnte Tochter, der sonst meist alles egal war, wirkte ziemlich nervös. Nur war eben Maries Nervosität die eines Mädchens, das froh war, gerade noch durch das Nadelöhr geschlüpft zu sein.

»Also, ist das klar, Nak Maridjan? Sie müssen sich bereit erklären, Marie so bald wie möglich zu heiraten.«

»Ja, Bu. Ich bin bereit, ich tue, was Sie wollen.«

»Was heißt da, was Sie wollen! Es muß doch Ihr Entschluß sein, meine Tochter zu heiraten.«

Mir wurde heiß. Tante Sus geriet in Zorn, kaum daß sie begonnen hatte.

»Ja, Bu. Ich bin bereit, Marie zu heiraten.«

Ich war erleichtert. So schlau Maridjan auch war, jetzt war er in der Falle. Auch Tante Sus war nun froh. Ein Lächeln huschte über ihr Gesicht. Auch Marie mußte lächeln, denn sie wußte ja, wie kindlich frech ihr zukünftiger Mann sonst war.

»Haben Sie schon mit Ihren Eltern in Wonosari gesprochen?«

»Heute früh habe ich einen Brief an sie zur Post gebracht, Bu.«

An jenem Tag wurde Maridjan zum ersten Mal mit zu Tisch gebeten und aß gemeinsam mit der Familie Noegroho.

Einige Tage danach, bevor wir Onkel Noegroho aus dem Ausland zurückerwarteten, wurde die Situation wieder gespannter. Je näher der Tag seiner Rückkehr kam, desto unruhiger wurde Tante Sus, die sich nach dem Gespräch mit Maridjan erst ganz heiter gegeben hatte. Eindringlich schärfte sie ihren Kindern ein, ja vorsichtig zu sein, falls ihr Vater seinen Zorn nicht beherrschen könnte. Wenn das ganze Haus die Folgen seiner Wut zu ertragen hätte, so sei das etwas, was wir eben hinnehmen müßten. Das Wichtigste sei, daß wir keine Atmosphäre schafften, die Vaters Zorn nur noch anstacheln könnte. Diesen Wunsch wiederholte Tante Sus praktisch jeden Tag vor seiner Rückkehr aufs neue. Es tat mir richtig leid, Tante Sus in diesem Zustand zu sehen. Das Schicksal, das Marie getroffen hatte, bedeutete für Tante Sus eine riesige Last. Zudem fühlte sie sich wahrscheinlich ihrem Mann gegenüber schuldig.

Am entscheidenden Tag fuhren wir alle zum Flughafen Kemayoran, um Onkel Noegroho abzuholen. Maridjan kam auch mit. Als der Onkel dann schließlich aus der Zollabfertigung herauskam, fielen ihm seine Frau und die Kinder um den Hals und küßten ihn. Ich sah sein Gesicht und fühlte große Erleichterung, allerdings auch Mitleid, denn er mußte sich offenkundig große Mühe geben, Freude zu zeigen. In seinen Augen waren Unsicherheit und Ratlosigkeit zu lesen. Als Tante Sus ihren Mann und Maridjan einander vorstellte, hatte ich ganz den Eindruck, als wollte er seinem künftigen Schwiegersohn die Hand schütteln und ihm die Hand auf die Schultern legen, er zögerte dann aber. Maridjan – wie konnte es anders sein – lächelte und kratzte sich am Kopf. Marie beobachtete die erste Begegnung zwischen ihrem Vater und ihrem Zukünftigen mit sichtlicher Erleichterung. All die Angst, die Tante Sus vorher ihrer Familie eingeflößt hatte, schien verschwunden zu sein – wenigstens für den Moment.

Nachdem dann zu Hause die Geschenke ausgepackt waren und das Abendessen vorüber war, übernahm Onkel Noegroho die Führung des Gesprächs mit mir und Maridjan. Er ging ganz direkt und ohne Umschweife vor. Da kam sein Instinkt als Oberst hervor. Er befragte Maridjan wie ein Geheimdienstmann, der aus jemandem Informationen herausholen will: »Also, Nak Maridjan, hast du deine Eltern über alles informiert?«

Maridjan antwortete mit ausgesuchter Höflichkeit: »Ja, Pak.«

»Gut. Dann sollten, wie es in solchen Fällen üblich ist, nun deine Eltern hierher kommen und um Marie anhalten. Das ist zwar nur eine Formalität, aber wichtig. Klar?«

»Ja, Pak.«

»Wann kann das denn deiner Einschätzung nach geschehen?«

So direkt gedrängt, einen Termin zu nennen, geriet Maridjan in Verlegenheit. Er schwieg.

»Wann, Nak Maridjan? Je eher, desto besser. Klar?«

»Ja, Pak. Ich werde sofort meine Eltern benachrichtigen, Pak.«

»Gut. Marie, wie lange bist du schon schwanger?«

Marie und Tante Sus traf die unvermittelte Frage von Onkel Noeg wie ein Blitz. Sie fuhren vor Schreck zusammen.

»D... d... drei Monate, Vater.«

»Hat das der Doktor gesagt, oder ist das deine eigene Schätzung?«

»Das sagt der Doktor, Vater.«

»Na, Nak Maridjan, du siehst also selbst, die Zeit drängt.«

»Ja, Pak. Das sehe ich völlig ein.«

Damit war das Gespräch beendet. Onkel Noeg, Tante Sus und Marie atmeten auf. Maridjan verabschiedete sich und ging nach Hause. Kaum aber war er gegangen, war bei der im Wohnzimmer versammelten Familie ein totaler Stimmungswandel zu beobachten. Es war, als nähme der Onkel seine Maske als Oberst ab und würde sich wieder zurückverwandeln. Nun zeigte er das Gesicht eines Vaters, der traurig war, sich schämte und nicht weiterwußte.

»Oh Allah, Nduk, Nduk. Wie konnte dir nur solches Unheil geschehen! Buu, Bu, wie konnte es geschehen, daß wir unsere einzige Tochter nicht besser beschützt haben...«

Noch nie hatte ich Onkel Noeg weinen sehen. Jetzt bekam er rote Augen. Von dem Augenblick an, als der Onkel Tante Sus mit »Bu« anredete, war mir klar, nun kehrte er zum Grund seiner Persönlichkeit zurück. Sonst nannte er sie doch »Mam« oder auch »Mama«. Und auch Marie gegenüber war es ganz ungewöhnlich, sie »Nduk« zu nennen. Vielleicht meldete sich damit der alte bäuerliche Instinkt wieder zu Wort.

»Wo können wir nur unser Gesicht verbergen, Bu? Wirklich, ich schäme mich ja so vor allen, Bu...«

Onkel Noeg wirkte wie eine Figur auf der Bühne, die in einem Monolog weinte und klagte. So jedenfalls klagte und weinte er minutenlang. Tante Sus schluchzte ununterbrochen. Marie sah ganz ruhig aus, aber auch sie konnte die Tränen nicht zurückhalten. Tommi allerdings tat wie gewöhnlich, als ginge ihn das alles nichts an, und verschwand in seinem Zimmer.

Mir wurde selbst ganz traurig zumute. Nicht so sehr deswegen, weil Marie von jemandem geschwängert worden war. Dieses Problem war für mich insofern gelöst, als Maridjan bereit war, Marie zu heiraten. Meine Traurigkeit rührte von dem Gefühl, daß die ganze Familie Sastrodarsono betroffen war. Vor meinen Augen erschienen Großvater und Großmutter Sastrodarsono, die Gründer der Priyayi-Familie Sastrodarsono, das Ehepaar, das mit solcher Zähigkeit, mit solchem Fleiß, mit solcher Hartnäckigkeit und stets mit einem Ideal vor Augen seine Kinder aufgezogen hatte, bis sie angesehene Leute in der Gesellschaft wurden. Wenn es den beiden nicht gelungen wäre, ihren Traum zu verwirklichen, dann wäre möglicherweise die ganze Familie in Kedungsimo geblieben und alle hätten dort als Bauern ein einfaches Leben geführt.

Nun saß Onkel Noegroho vor mir, ihr ältester Sohn, den sie gehegt und gepflegt hatten, damit er einmal das Oberhaupt der Familie würde. Er, der älteste Sohn, der sich in glänzender Weise als Offizier in der Armee bewährt hatte, war nun in Tränen aufgelöst, weil ihn die Unart seiner Tochter wie ein Schlag ins Gesicht getroffen hatte. Ich war zutiefst bekümmert. Vor meinem inneren Auge erschien das Haus im Jalan Setenan in Wanagalih, ich sah das Floß vor mir, das den Großvater nach Karangdompol übersetzte. Ich sah uns alle im Wohnzimmer sitzen und Großvaters Ratschlägen zuhören. Da packte mich mit einem Mal neuer Mut, oder war es einfach mein Widerwille, der mich dazu brachte, das Weinen, Klagen und Schluchzen zu beenden, das Onkel, Tante und Marie erfaßt hatte: »Ich bitte vielmals um Verzeihung, Pakde und Bude. Entschuldige, Marie. Es ist besser, wir verlieren uns nicht zu sehr in Kummer und Klagen. Es hat doch keinen Sinn...«

»Lantip...«

Onkel und Tante sahen mich lange an. Dann aber nickten sie mir zu.

»Was geschehen ist, ist geschehen. Mas Maridjan hat seine Bereitschaft erklärt. Ich denke, darauf sollten wir erst einmal bauen. Nun ist es das beste, wenn wir unsere ganze Aufmerksamkeit auf die Vorbereitung der Hochzeit konzentrieren. Wir müssen Mas Maridjan und Marie verheiraten und die Hochzeit angemessen begehen. Dazu muß noch viel getan werden, und die Zeit drängt. Bitte denkt daran!«

Sie schwiegen wieder. Ich war froh und erleichtert, daß sie nun wenigstens nicht mehr weinten und schluchzten. Plötzlich faßte mich Onkel Noegroho an der Schulter und schüttelte mich kräftig: »Lantip, mein Junge, Mann! Was für ein Glück, daß du da bist! Ich danke dir, daß du uns aufgerüttelt hast, wo wir uns so hängen ließen.«

»Ja, Lantip, mein Lieber. Deine Tante ist dir ja auch so dankbar. Ich bin dir sicher vorhin schrecklich vorgekommen, mein Lieber?«

Ich schüttelte den Kopf und war ganz erstaunt über ihre Reaktion. Ich war richtig gerührt, denn als uneheliches Kind war ich ja nie ganz in der Familie akzeptiert gewesen, und nun erlebte ich, wie meine Stimme gehört und beachtet wurde.

»Nicht doch, Pakde und Bude! Da war doch überhaupt nichts falsch heute abend. Was ich gesehen habe, das war die elterliche Liebe zu eurer Tochter und ein Gefühl von großer Selbstachtung. Das war doch etwas sehr Schönes.«

Ihre Gesichter hellten sich auf, sie gaben mir recht.

»Also gut, Tip. Ab morgen krempeln wir die Ärmel auf und bereiten uns auf ein großes Hochzeitsfest vor!«

Tante Sus nickte zustimmend, Marie strahlte vor Freude. Aber – Allmächtiger Allah! Die Klingel an der Tür schrillte. Ein Telegrammbote überbrachte eine Nachricht: Embah Putri Sastrodarsono, die Großmutter in Wanagalih, war gestorben.

Als wir im Jalan Setenan ankamen, war auf dem Vorplatz bereits ein Zelt aus Segeltuch aufgerichtet, Stühle standen in mehreren Reihen, und es waren schon zahlreiche Leute gekommen, um ihr Beileid zu bekunden. Eilig gingen wir nach drinnen. In der Nacht zuvor waren wir mit zwei Wagen von Jakarta gekommen, wir mit unserem und Tante Soemini und Onkel Harjono mit ihrem, waren fast ohne jeden Halt durchgefahren, nur in Semarang hatten wir kurz Station gemacht, um etwas zu essen. Wir waren müde und übernächtigt, aber wir spürten es kaum.

Drinnen saß nun der Großvater in seinem Schaukelstuhl, neben ihm Bu – oder besser – Frau Hardojo und Vater mit Gus Hari, die geschäftig hin und herliefen. Da sie ja in Yogya wohnten, waren sie natürlich früher als wir in Wanagalih. Wir ergriffen Großvaters Hand, küßten sie und umarmten ihn. Er sah sehr schwach aus und wirkte sehr müde. Mit seinen 80 Jahren, mit all den Runzeln, die sich nun zeigten, waren seine Schwäche und Abgeschlagenheit nun allzu deutlich. Bei meinem letzten Besuch dagegen, als ich Tante Sus abgeholt hatte, und das war ja erst vor kurzem gewesen, hatte er noch frisch und kräftig ausgesehen. An diesem Mittag allerdings war von Großvaters aufrechter und jugendlicher Gestalt nichts mehr zu sehen. Seine Kinder und deren Ehemänner und -frauen versuchten ihn zu trösten. Er nickte aber nur von Zeit zu Zeit leicht oder schüttelte den Kopf, während aus seinem Mund nur die Worte »Dik Ngaisah, Dik Ngaisah« kamen.

Mit Eifer beteiligten sich die Kinder und ihre Ehepartner daran, Embah Putris Leichnam zu reinigen, während die Enkelkinder sie mit Wasser besprengen durften. Als sie gereinigt und in das Leichentuch gewickelt worden war und nur noch das Gesicht herausschaute, sah sie viel frischer und schöner aus, als bei unserer letzten Begegnung. Ich bedauerte jetzt zutiefst, daß ich mein Versprechen, das ich mir selbst gegeben hatte, nicht wahrgemacht hatte und nach Wanagalih gekommen war, um die alte Dame zu pflegen. Was ich kürzlich befürchtet hatte, war nur zu begründet gewesen, denn Gus Hari, und der hatte es wieder von seinem Vater, sagte mir, Embah Putri hätte schon lange etwas an der Leber gehabt. Doktor Waluyo hätte sogar seinen Vater, Onkel Noeg und andere auch dringend gebeten, nur ja nichts dem Großvater zu verraten. Und wenn man ihn jetzt so sah, wie er schwach und traurig da saß, hätte sich niemand getraut, ihm etwas davon zu sagen.

Etwa gegen zwei Uhr mittags wurde der Leichnam zum Friedhof gebracht. An der großen Zahl von Trauergästen konnten wir sehen, wie beliebt und geachtet die Großmutter Sastrodarsono in Wanagalih war. Der Friedhof liegt ja außerhalb der Stadt und ist nur über die Brücke Jamus zu erreichen. Ich kannte den Weg sehr gut, denn er führte auch nach Wanalawas. Ich mußte daran denken, daß ich schon ziemlich lange nicht mehr die Gräber meiner Mutter und meiner Großmutter besucht hatte. Vielleicht, so dachte ich, wäre jetzt eine günstige Gelegenheit, einmal kurz nach Wanalawas zu laufen. Der Großvater war mit Onkel Noegs Wagen gefahren und schon vor uns dort. Gegen den heftigen Protest von Tante Soemini und seinen Schwiegertöchtern, die meinten, er müsse zu Hause bleiben, hatte der alte Herr darauf bestanden mitzufahren. »Ich möchte Blumen auf das Grab von Dik Ngaisah werfen«, sagte er.

Ich war richtiggehend gerührt, wie Embah Kakung jetzt »Dik Ngaisah« sagte. Wie lange hatte ich diesen Namen nicht mehr aus seinem Munde gehört! Damals, als ich noch in Wanagalih war, als ich noch in Karangdompol in der Dorfschule saß, da hatte er ihn oft gebraucht. Aber in dem Augenblick, als ihm zu Bewußtsein kam, daß seine Frau, die er so sehr geliebt hatte, für immer von ihm gegangen war, da wurde ihm noch einmal so recht klar, was sie, eben Dik Ngaisah, für ihn bedeutet hatte, seine Frau, die stets Freud und Leid mit ihm geteilt hatte. Das wurde noch einmal daran deutlich, wie er Blumen auf Embah Putris Grab warf. Er warf sie mehrfach in ganz langsamen Handbewegungen, jeweils zuerst nach Norden, wo sich Embah Putris Kopf befand, und dann nach Süden, wo ihre Füße lagen. Dabei bewegte er unhörbar die Lippen. Wir standen alle da und warteten ehrerbietig, bis der alte Herr die Blumen aufs Grab geworfen hatte, gleichzeitig spitzten wir aber die Ohren, um zu verstehen, was er vor sich hinmurmelte. Wahrscheinlich konnte damals jedoch keiner etwas davon mitbekommen.

Als wir dann nach der Rückkehr vom Friedhof nachmittags beisammensaßen, war der Großvater – es war kaum zu glauben – wieder gesund und kräftig wie früher. Während er seinen heißen, süßen Kaffee schlürfte, den er so schätzte, kehrte allmählich die frische und rosige Farbe wieder sein Gesicht zurück. Schließlich sah er mit festem Blick in die Runde, in der wir alle um ihn saßen. Der alte Herr lächelte. Wir erwiderten alle sein Lächeln.

»Also hört mal, meine Kinder, meine Enkel. Gusti Allah hat nun Embah Putri zu sich gerufen. Und da niemand von uns diesem Ruf widerstehen kann, müssen wir bereit sein, Embah Putri ziehen zu lassen, ja? Seid ihr alle bereit dazu?«

Wir anworteten alle wie mit einer Stimme »Inggiiih! Jaaa!«

»Also gut. Dann darf auch niemand mehr weinen und klagen, ja?«

»Inggiiih.«

»Dann wollen wir uns alle von nun an nur an das erinnern, was an Embah Putri gut war, was lustig war und schön.«

»Inggiiih.«

Einen Augenblick lang trat Stille ein. Jeder von uns versuchte wohl, sich an etwas Schönes im Leben der Großmutter zu erinnern. Auf einmal fing der Großvater an zu lachen. Wir wußten ja, daß er es war, der mit einer solchen Erinnerung beginnen mußte.

»Hi, hi hi. Eure Großmutter. Hi, hi hi.«

Gespannt warteten wir alle auf irgendeine komische Geschichte.

»Hi, hi, hi. Eure Großmutter, nein! Hi, hi hi.«

Wir warteten weiter.

»Als ich eure Großmutter nach Kedungsimo zu uns nach Haus brachte, bot uns eure Urgroßmutter als erstes Pepes Cabuk, also in Bananenblätter eingewickelten marinierten Fisch, an. Eure Groß-mutter hatte angenommen, sie bekäme Pepes Botok Teri, die kleinen marinierten Fische mit Kokosflocken, oder so etwas in der Art. Als sie nun die Bananenblätter aufmachte und den schwarzen Cabuk Wijen sah, erschrak sie furchtbar. Hi, hi, hi. Eure Großmutter machte ein Gesicht, wirklich komisch. Sie legte den Cabuk zurück auf den Teller. Eure Urgroßmutter wunderte sich einigermaßen über die Reaktion, denn unter Bauern galt Pepes Cabuk als besonderer Leckerbissen. Halb ermunterte sie, halb zwang sie eure Großmutter, den leckeren Cabuk zu essen. Und weil sie ja gerade erst einen Tag ihre Schwiegertochter war, gab eure Großmutter nach. Als sie aber in den Fisch biß,... hi, hi, hi, verzog sich ihr Gesicht, sie tat mir richtig leid, aber es war derart komisch. Aus Angst vor dem Geschmack und aus Ekel vor der schwarzen Farbe, die der Fisch hatte, riß sie ihre Augen weit auf. Aber es blieb ihr ja nichts anderes übrig, als den Bissen herunterzuschlucken und den Cabuk aufzuessen. Oh, wie war das komisch! Hi, hi, hi, weil sie den Cabuk möglichst schnell weghaben wollte, schluckte sie und schluckte, bis sie endlich eine Portion Pepes aufgegessen hatte. Aber ihr Gesicht, das kann ich nicht vergessen, hi, hi, hi.«

Wir lachten alle mit über die Geschichte, die der Großvater von der Szene mit dem Cabuk erzählte. Nur, worin lag die Komik, wenn jemand gezwungen wird, Cabuk zu essen? Das war mir nicht ganz klar. Vielleicht lachten wir ja bloß dem Großvater zuliebe mit. Währenddessen dachte ich nach, ob mir nicht das eine oder andere lustige Erlebnis mit Embah Putri einfiele, und die anderen taten gewiß dasselbe. Der Großvater kicherte immer noch.

»Hi, hi, hi, diese Embah Putri! Hi, hi, hi.«

Mit einem Mal wurde mir ganz unheimlich bei dem Gekicher des alten Herrn, das überhaupt nicht mehr aufhören wollte. Ich weiß auch nicht, aber seine Augen blickten völlig ratlos ins Leere. Oh, was tat mir der Großvater leid! Und tatsächlich, er lachte nochmals auf: »Hi, hi, hi, diese Embah Putri, diese Embah Putri. Dik Ngaisah, Dik Ngaisah, Dik Ngaisah...«

Und damit fiel der Großvater in Weinen und Schluchzen. Wir erschraken alle. Die Schwiegertöchter und Tante Soemini gerieten in Panik. Onkel Noeg, mein Vater, Onkel Harjono und wir Enkel brachten den Großvater rasch ins Schlafzimmer und legten ihn aufs Bett. Ich holte frisches Wasser aus dem Krug. Glücklicherweise trank er auch ein, zwei Schlucke. Tante Sus und Tante Soemini fächelten ihm Luft zu, denn im Schlafzimmer war es schrecklich heiß. Allmählich wurde der Großvater wieder ruhig und schlief ein. Leise zogen wir uns zurück.

Nachdem wir noch eine Woche in Wanagalih verbracht hatten, nahmen wir Abschied, um wieder nach Jakarta zurückzukehren. Onkel Harjono und seine Kinder, mein Vater, Tante Soemini, meine Mutter und – erstaunlich genug – auch Gus Hari wollten noch länger in Wanagalih bleiben, um sich um den Großvater zu kümmern. Obwohl ich nur gar zu gern noch mit ihnen dageblieben wäre, war ich gezwungen, diesen Wunsch zu unterdrücken, denn in Jakarta wartete auf mich schon die Aufgabe, die Hochzeit von Marie mit Maridjan vorzubereiten. Daß Gus Hari bereit war, mit den anderen dazubleiben, beeindruckte seine Onkel und Tanten und auch seine Mutter sehr. Ich selbst war keineswegs überrascht. Und so mußte es auch Vater und Mutter gehen. Denn wir kannten doch die Art von Gus Hari, meinem Schützling. Er war äußerst mitfühlend und betrübt, wenn er jemand anderen leiden sah, schon gar, wenn es sich um seinen Großvater handelte, den er so gern hatte. Was mich jedoch wieder wunderte, war, daß er, obwohl er noch Zeit übrig hatte, in Wanagalih zu bleiben, sich in letzter Zeit stark bei Lekra, dem linksorientierten Literaturverband, engagiert hatte, der in Mitteljava und im Gebiet von Yogyakarta verschiedene Ketoprak-Gruppen gegründet hatte, ebenso Chorvereine, ganz zu schweigen von den Diskussionen, die er organisiert hatte. Ich rechnete ihm diese Bereitschaft hoch an, denn damit zeigte er doch seine Solidarität mit der Familie Sastrodarsono.

Als die Zeit herangerückt war, verabschiedeten wir uns im Wohnzimmer von Embah Kakung. Wir küßten ihm die Hand und umarmten ihn.

»Noegroho, mein Junge, und du, Nduk Sus. Ihr habt eine große Aufgabe vor euch, ihr müßt eure Tochter verheiraten, Marie, meine Enkelin, die nun als erste heiratet. Habt acht auf alles und denkt an eure Selbstachtung. Seid ruhig, seid stark, wenn ihr das tut. Ich selbst kann ja nicht dabei sein, denn ich habe das Gefühl, daß ich derzeit keine weite Reise unternehmen kann. Ich gebe euch meinen Segen.«

Dann richtete Embah Kakung seinen Blick auf Marie: »Nduk Marie, meine Enkelin. Bald bist du Ehefrau und sogar Mutter. Erfülle diese Aufgabe gut und mit Umsicht. Sei deinem Mann treu und sieh zu, daß er es auch ist. Und das wichtigste: Richte dein Augenmerk immer darauf, daß ihr eine einträchtige und glückliche Familie aufbaut. Also, ich segne dich.«

Pakde, Bude, Marie und Tommi küßten dem Großvater die Hand

und umarmten ihn. Als die Reihe an mich kam, ihm die Hand zu küssen und ihn zu umarmen, flüsterte der Großvater: »Sieh zu, daß die Hochzeit glatt verläuft, ja?«

Ich nickte und antwortete genauso leise: »Ich werde alles dransetzen, Embah.«

»Ja, dann. Brecht nur auf.«

Wir fuhren ab. Meine Gedanken waren zwiespältig, einerseits war ich zwar noch besorgt wegen Großvaters Zustand, andererseits sah ich die schwierige Aufgabe vor mir, Maries Hochzeit auszurichten.

Es war etwa zwei Wochen vor der Hochzeit, da brach im Haus Noegroho abermals Panik aus. Maridjan hatte sich schon ziemlich lange nicht mehr sehen lassen. Ich fragte in seinem Haus nach, um von seiner Wirtin etwas über ihn zu erfahren. Offenbar war er schon vor mehr als einer Woche ausgezogen. Alle seine Sachen hatte er aus seinem Zimmer mitgenommen. Seine Wirtin hatte keine Ahnung, wohin Maridjan gegangen war. Als er sich verabschiedete, hätte er gesagt, er wollte zu einem Freund ziehen. Ich fragte, ob er denn nichts davon gesagt hätte, daß er bald heiraten wollte. Die Wirtin wunderte sich: »Heiraten? Will Maridjan denn wieder heiraten?«

Jetzt war ich es, der perplex war: »Wieder heiraten? Also hören Sie, Bu. Maridjan will in einer Woche meine Kusine heiraten, die Tochter eines pensionierten Offiziers der Armee.«

»Na, es mag ja sein, daß er ihre Kusine heiraten möchte, wenn sie die Tochter eines Generals oder wer weiß wer ist. Das einzige, was ich weiß ist, daß er mit meiner ehemaligen Hausgehilfin verheiratet ist. Und ein Kind hat er auch schon. Im Augenblick hat er seine Frau in Java bei seinen Eltern untergebracht.«

Großer Allah! Dieser Kerl! Oh, Marie, was für ein Unglück, daß du dir so einen Menschen zu deinem zukünftigen Mann ausgesucht hast. Ohne lange zu zögern, verabschiedete ich mich. Unterwegs dachte ich verzweifelt darüber nach, wie ich das Maries Eltern beibringen sollte. Sie wären alle maßlos schockiert, wenn ich ihnen die Nachricht überbrächte, die ich von seiner Wirtin hatte. Aber sollte ich lügen und mir eine andere Geschichte einfallen lassen, um einen furchtbaren Aufruhr zu vermeiden? Das würde doch zweifellos früher oder später herauskommen. Und wären die Folgen dann nicht noch viel schlimmer? Ich war am Ende. Endlich entschloß ich mich, ihnen dies alles ganz ruhig und möglichst diplomatisch zu erklären.

»Was?! Maridjan hat schon Frau und Kind? Oh, Maridjan, dieser Hund, dieser stinkende Bastard!«

Tante Sus war einer Ohnmacht nahe, als sie meinen Bericht hörte. Onkel Noegroho wurde abwechselnd rot und blaß. Marie war aschfahl im Gesicht, sie stand da wie angewurzelt und starrte ins Leere. Tommi, dem ja sonst alles egal war, wirkte diesmal gereizt.

»Das ist mir ein schöner Bauernjunge, dieser Bastard. Da macht er ein Gesicht, als könnte er kein Wässerchen trüben. Doch Marie! Das hast du dir durch deine Unart eingehandelt, überall herumzuziehen. Das ist der Lohn dafür, daß du als Mädchen herumvagabundierst. Und was jetzt? Ich frage, was jetzt! Wo sollen dein Vater und deine Mutter ihr Gesicht verbergen? Wo?«

Marie schrie plötzlich hysterisch auf und verfiel in einen Weinkrampf. Jetzt waren die Eltern völlig außer Fassung. Ich mußte irgendwie versuchen, die Situation etwas zu entspannen. Zuerst aber mußte Marie wieder zur Ruhe kommen. Ich redete ihr gut zu, ich führte sie zu einem Stuhl und setzte sie hin. Dann brachte ich sie dazu, etwas von dem Tee zu trinken, der vor ihr stand.

»Pakde, Bude. Verzeiht, daß ich eine so schlechte Nachricht überbracht habe. Aber, was können wir denn jetzt tun?«

Der Onkel schäumte immer noch vor Wut, gleichzeitig aber wirkte er völlig hilflos. Die Tante konnte kein Wort hervorbringen. Von Tommi war nichts zu erwarten. Mir blieb also nichts übrig, als selbst einen Ausweg aus der Situation zu suchen. Ich schlug also vor, daß ich Maridjan so rasch wie möglich bei seinen Eltern in Wonosari aufsuchen und befragen würde. Ich hielte es für das beste, sie alle ganz offen zu fragen, wie die Dinge eigentlich lagen. Ich gab zu, daß auch ich nicht wußte, was da eigentlich los war. Aber ich bat Onkel und Tante, mir Vollmacht zu geben, alles zu regeln.

»Gut, mein Junge. Wir überlassen das dir. Eigentlich möchte ich Maridjan dort selbst zur Rede stellen, aber ich könnte für nichts garantieren.«

Ich nickte zustimmend. Aber ich war doch einigermaßen enttäuscht von der Haltung, die der Onkel einnahm. Sein Gefühl dafür, was angemessen war, reichte also nicht allzu weit. Wie auch immer, ich war bereit, meine Aufgabe in Wonosari zu erfüllen, einfach aus Achtung vor der Großmutter und dem Großvater, die das von mir erwarteten. Natürlich auch, weil es für alle das beste war.

Für die Fahrt nach Wonosari wollte ich Gus Hari um den

Gefallen bitten, mich zu begleiten. Vater und Mutter in Yogya konnten kaum fassen, was ich zu berichten hatte. Ich bat um die Erlaubnis, Gus Hari mitzunehmen, womit sie sofort einverstanden waren.

»Und Tommi hast du gar nicht erst gebeten, mitzukommen, Junge?«

»Ach, Tommi. Ihr wißt doch selbst, wie der Junge ist. Selbst wenn er gewollt hätte, wäre alles nur schwieriger geworden, Vater.«

»Na ja. Dein Onkel und deine Tante sind ja geprüft genug. Erst haben sie ihren Ältesten viel zu früh verloren, dann rennt Marie in ihr Unglück. Lantip und Hari, ihr beiden, seid nur vorsichtig bei eurer Aufgabe. Seht zu, daß ihr Erfolg habt und alles doch noch in Ordnung kommt.«

Ohne uns noch lange aufzuhalten, nahmen wir Abschied und brachen nach Wonosari auf. Zum Glück kannte Gus Hari die Gegend um Wonosari sehr gut, denn er hatte schon verschiedentlich die Ketoprak-Gruppe »Mardi Budaya« der Lekra, die aus einer Verbindung von Schülern, Studenten und Künstlern aus dem Volk bestand und in der Region von Yogyakarta äußerst populär war, in die Gegend des Gunung Kidul im Süden begleitet. Daher hatten wir keine Schwierigkeiten, Maridjans Dorf in der Nähe von Baron zu finden. Und tatsächlich, Maridjan war bei seinen Eltern. Wir begrüßten seine Eltern, die ich von ihrem Besuch in Jakarta her kannte, als sie um Maries Hand angehalten hatten. Ich stellte ihnen und Maridjan Gus Hari vor, dann fragte ich direkt, wie es jetzt mit Maridjan stand. An ihren Gesichtern war deutlich abzulesen, wie peinlich ihnen das war und wie unsicher sie waren.

»Verzeiht vielmals, Nak Lantip und Nak Hari. Wir haben die Familie von Herrn Noegroho in solche Verlegenheit gebracht. Aber es hatte eben seinen Grund, daß wir uns nicht mehr gemeldet haben, seitdem wir damals dort waren, um unsere Aufwartung zu machen.«

Wir hielten uns zurück und sagten nichts. Ich wollte, daß Maridjans Vater, Bapak Wongsokarjo, erst einmal alles erklärte.

»Wahrscheinlich haben Sie, Nak Lantip, und die ganze Familie von Herrn Noegroho inzwischen erfahren, daß Maridjan eigentlich schon eine Frau hatte.«

»Hatte? Oder noch hat, Pak Wongso?«

Pak Wongso hielt einen Moment inne und sah zu Maridjan hinüber, der keinen Laut von sich gab.

»Wirklich, Nak, hatte. Jetzt nicht mehr.«

»Was soll das heißen, Bapak?«

»Maridjan war mit Suminten verheiratet, einem Mädchen aus Sleman. Und er hat ein Kind von ihr. Aber er hat sich inzwischen von Suminten scheiden lassen, Nak.«

Gus Hari und ich sahen uns an. Ich überlegte, wann die Scheidung wohl erfolgt sein konnte. Gus Hari stellte wahrscheinlich dieselbe Überlegung an.

»Wann hat sich denn Mas Mardjan von Suminten scheiden lassen?«

Bevor Maridjan anwortete, sah er zu seinem Vater und seiner Mutter hinüber. Dann war es der Vater, der antwortete: »Folgendermaßen, Nak Lantip. Eigentlich bestand der Plan schon lange, nur...«

»Mangke rumiyin, einen Augenblick, Pak Wongso«, unterbrach an dieser Stelle Gus Hari. »Lassen Sie doch Mas Maridjan selbst uns das erklären.«

Ich war etwas überrascht, daß Gus Hari einfach unterbrach. Auch war seine Stimme sehr bestimmt. Aber ich fand es richtig und freute mich auch über Gus Hari, denn ich war selbst neugierig darauf, was Maridjan zu sagen hatte. Ich wurde immer ungehaltener über diesen Jungen. Die Einwilligung, die er mir und Onkel und Tante damals gegeben hatte, war doppelzüngig. Einerseits war er bereit, Marie zu heiraten, andererseits machte es ihm nichts aus, mit der Wahrheit hinterm Berg zu halten, daß er mit Suminten verheiratet war und daß er auch schon ein Kind hatte.

Maridjan wußte nicht, was er sagen sollte: »Tausendmal Verzeihung, Mas Hari und Mas Lantip. In euren Augen und in den Augen von Herrn und Frau Noegroho, erst recht von Marie, bin ich jetzt nichts mehr wert, ja vielleicht sogar weniger als das. Aber damit muß ich mich abfinden. Ich habe nichts von meiner Ehe mit Suminten gesagt, weil damals eben gerade die Scheidung von ihr lief. Ich hatte einfach Angst, das zu erwähnen, denn das hätte die Situation für die Familie von Bapak Noegroho nur noch weiter erschwert.«

»Ja, aber das hat doch nicht verhindert, daß wir von deiner Ehe erfahren haben, oder? Und die Situation bei uns zu Hause in Jakarta ist jetzt noch viel schwieriger. Doch wie soll es nun weitergehen?«

»Ja, jetzt ist die Scheidung bereits amtlich vollzogen. Natürlich werde ich nun so schnell wie möglich nach Jakarta fahren, um mein

Versprechen gegenüber der Familie Noegroho einzulösen und Marie zu heiraten.«

»Aber weiter, hast du denn mit deiner geschiedenen Frau schon geklärt, was aus dem Kind werden soll, und auch wirklich alles andere endgültig geregelt?«

»Ja, Mas.«

»Na ja, das ist ja eigentlich auch nicht unsere Sache, Mas Maridjan. Allerdings wäre es gut, wenn du alle diese Fragen, vor allem aber das, was dein Kind angeht, so bald wie möglich mit Mbak Marie besprichst. Schließlich handelt es sich um ein Kind, das eines Tages fragen wird, wer sein Vater ist.«

»Aber gewiß, Mas. Genau das habe ich vor.«

»Wenn es so ist, dann gut. Ich denke, das beste ist, wenn du, Mas Maridjan, uns gleich morgen nach Yogya nachkommst. Von da aus fahren wir dann nachmittags gemeinsam nach Jakarta.«

Damit verabschiedeten wir uns und kehrten nach Yogya zurück. Abermals war mir leichter ums Herz, denn das Problem von Maries Hochzeit schien ja nun gelöst zu sein. Wenigstens fürs erste. Wie es später weitergehen würde, wenn die beiden verheiratet wären und ihr Leben neu in die Hand nehmen würden, vermochte ich nicht zu sagen.

Als wir dann im Auto saßen, dachte ich vor allem über Suminten nach. Sie erinnerte mich an das Schicksal meiner Mutter und auch meins, als ich noch klein war. In einem hatte es jedenfalls Suminten besser als meine Mutter, denn die hatte ihr Mann einfach sitzen lassen. Wenn Maridjan auch etwas von einem Schuft an sich hatte, so hatte er sich doch offiziell von seiner Frau getrennt. Aber was war mit dem Kind? Ob dieses es wohl einmal so gut haben würde wie ich und einen gütigen und großzügigen Adoptivvater fände? Einen, der es aufziehen und in die Schule schicken würde? Wenn ich daran dachte, was hatte ich doch für ein Glück.

»Kang Lantip, denkst du an deine Mutter?«

Also sowas, Gus Hari. Wieder einmal zeigte er seine Sensibilität in Gefühlsangelegenheiten. Woher konnte er ahnen, was in mir vorging?

»Woher weißt du bloß, daß ich gerade an meine Mutter gedacht habe?«

»Also, bei der Art und Weise, wie du Maridjan behandelt hast, kamen doch eindeutig Erfahrungen aus deiner eigenen Kindheit durch. Aber, Kang, ich fand das sehr gut, wirklich gut. Du behandelst die Leute eben rücksichtsvoll. Hoffentlich ist Marie reif genug, um das alles durchzustehen.«

In Jakarta angekommen, setzten wir uns wieder einmal zu einer Beratung im Wohnzimmer von Noegrohos zusammen. Maridjan trug seine Geschichte recht klug vor und gab sich dabei betont bescheiden. Überhaupt klang aus seinen Worten Gefügigkeit und Willigkeit. Diesmal aber erklärte er sich ausdrücklich bereit, Marie in aller Förmlichkeit zu heiraten. Onkel und Tante Noeg, die vorher noch drauf und dran waren, mit Maridjan kurzen Prozeß zu machen, lenkten nun ein und hörten seinen Worten bereitwillig zu. Als er geendet hatte, machte Marie, die Maridjans Geschichte von Anfang an mit großer Spannung gefolgt war, für uns alle völlig unerwartet einen Vorschlag, der für jemand Verwöhntes wie sie, die sonst nur an sich selbst dachte, absolut ungewöhnlich war: »Bapak, Mama, ich mache mir Sorgen, wenn ich an das Schicksal von Suminten denke. Wenn ich Maridjans Kind nicht schon so lange in mir tragen würde, dann würde ich unsere Hochzeit bestimmt absagen, damit Suminten nicht geschieden werden muß. Natürlich sind Scheidungen in unserer Gesellschaft keine Seltenheit. Aber ich meine, der Fall von Suminten ist doch etwas anderes, denn sie ist vom Land und soll sich selbst überlassen bleiben, geschieden werden, bloß damit ich, ein Stadtkind, ein Priyayi-Kind, seine Frau werden kann. Bapak, Mama, Maridjan, ich bin bereit, nach Suminten Maridjans Zweitfrau zu werden.«

Alle Anwesenden waren völlig überrascht, diese Worte aus Maries Mund zu hören. Onkel und Tante waren so beeindruckt, daß sie kein Wort herausbrachten.

Da meldete sich Maridjan: »Marie, die Scheidung von Suminten lief doch schon, bevor dies alles hier kam. Du brauchst dir nichts vorzuwerfen, und du brauchst dich schon gar nicht Suminten gegenüber verpflichtet zu fühlen.«

»Aber du willst dich doch von ihr trennen, damit du mich heiraten kannst, oder? Zieh die Scheidung zurück!«

»Marie, sei nicht so sentimental und emotional! Dein Mas Maridjan hat vollkommen recht. Du hast keinerlei Verpflichtung gegenüber Suminten. Schluß damit, wir müssen sehen, wie es jetzt weitergeht, dein Hochzeitstag rückt immer näher.«

»Ach, Vater, du denkst bloß daran, daß unsere Hochzeitsfeier reibungslos über die Bühne geht. Damit Vater und Mutter und die ganze Verwandtschaft sich nicht schämen müssen, nicht? Aber vielleicht kannst du doch auch mal darüber nachdenken, daß hier eine Frau, die keine Schuld trifft, zum Opfer gemacht werden soll.«

Der Onkel schüttelte nur den Kopf. Marie war in diesem Augenblick wirklich hartnäckig.

»Marie, wees toch niet zo koppig, meis! Sei doch nicht so dickköpfig! Dein Vater und Maridjan haben ganz recht. Was soll denn das, du möchtest die Madu werden, die zweite Frau! Mach bloß keine Schwierigkeiten. Wir müßten uns doch vor Tante Mini schämen, die im Vorstand von Perwari ist, im Indonesischen Frauenverband! Wenn die das hört! Tante Mini würde das auch persönlich übelnehmen. Jemand vom Vorstand des Indonesischen Frauenverbands, der dagegen ist, daß es Zweitfrauen gibt, läßt es zu, daß einer ihre eigene Nichte als zweite Frau nimmt!«

»Mama, zieh doch nicht Tante Mini in die Sache rein. Sie war es doch, die in Panik geriet, als damals Onkel Harjono sich eine Geliebte zugelegt hat, oder? Ihre Panik kam doch daher, daß sie sich schämte, weil sie von einer Kroncong-Sängerin aus dem Kampung an die zweite Stelle versetzt wurde. Was hier wichtig ist, das bin doch ich, die das alles auf sich nimmt, oder?«

Maries ungestüme Art ließ alle verstummen. Ich sah, wie sich Onkel Noegs Gesicht verzog. Und meine Tante wollte sich schon in Tränen flüchten. Tommi spielte am Tisch mit seinem Bleistift. Nur Gus Hari, der nach Jakarta mitgekommen war, um bei der Vorbereitung der Hochzeitsfeier mitzuwirken, blieb ganz ruhig. Ich selbst spürte die ganze Zeit über die Last, die der Auftrag von Großvater und Großmutter mit sich brachte, und fühlte, daß es an mir war, nun einen Ausweg aus der verfahrenen Situation zu suchen: »Verzeiht mir, Pakde, Bude. Erlaubt ihr, daß ich meine Meinung sage und auch einen Vorschlag äußere?«

»Aber gewiß doch, Tip.«

»Mbak Marie, ich denke folgendes: Die Scheidung nach islamischem Recht ist bereits erfolgt. Das bedeutet, Suminten ist nach den Regeln unserer Religion jetzt eine geschiedene Frau. Ich kann Mbak Marie verstehen, ich habe sogar Sympathie für ihr Mitleid mit Suminten. Wie wäre es denn, wenn wir Maries Wunsch, Suminten und dem Kind zu helfen, in Form einer Unterstützung realisieren, damit die beiden genug zum Leben haben, bis Suminten wieder heiratet? Vielleicht können wir auch dem Kind das Recht einräumen, gelegentlich seinen Vater zu besuchen oder zu treffen. Dieser Weg wäre rational, natürlich und macht für alle einen Sinn. Mbak Marie wäre dann auch später weniger durch emotionale Probleme belastet. Es ist doch ein Wagnis, Mbak, die zweite Frau zu sein.«

Marie schwieg erst, dann aber lächelte sie doch: »Tip, du sprichst, als ob du selbst schon mal eine zweite Frau genommen hättest. Aber die Idee leuchtet mir ein. Maridjan! Dem Vorschlag mußt du zustimmen, wenn nicht, wehe dir!«

»Ja, ja, ich bin einverstanden, Marie.«

Plong! Das wars. Damit war das Gewitter vorüber. Selbstverständlich mußte es nach einem solchen schwierigen Treffen ein gemeinsames Essen geben. Als es soweit war und sich alle anschickten, ins Eßzimmer hinüberzugehen, sah ich, wie Gus Hari an Mbak Marie herantrat, sie küßte und ihr zuflüsterte: »Mbak Marie, du bist wirklich meine Kusine! Ich bin stolz, so eine Kusine zu haben.«

Nach dem aufregenden Hin und Her der vergangenen Wochen waren nun alle in bester Stimmung. Noch nie hatte ich solchen Appetit im Haus von Onkel und Tante Noegroho wie bei diesem Essen.

Als die Hochzeitszeremonie vollzogen wurde, ging ein fürchterlicher Regen nieder. Der Regenschwall war so stark, daß er die Stimme des Penghulu, der Marie und Maridjan amtlich traute, einfach übertönte. Die Formeln, die der Penghulu Maridjan vorsagte, damit dieser sie nachsprach, mußten mehrmals wiederholt werden, weil Maridjan einfach nicht verstehen konnte, was der Penghulu sagte. Das gleiche geschah, als ein führender Vertreter des Islam, der eigens dazu eingeladen worden war, für die beiden Brautleute eine Ansprache hielt. Sie konnten fast kein einziges Wort verstehen, bis der Pak Haji plötzlich unvermutet seine Rede mit der Friedensformel wassalamualaikum warohmattullahi wabarokatuh schloß. Und das Mittagsbuffet, das in dem nicht allzu großen Haus auf drei getrennten Tischen angerichtet war, geriet zu einem einzigen Durcheinander, als die Ansagerin die Gäste zum Essen aufforderte. Schon vorher hatte der unaufhörlich auf das Zeltdach niederprasselnde Regen genug Verwirrung unter den Gästen gestiftet, die nach einem trockenen Platz suchten, wo sie ihr Essen einnehmen konnten.

Aber all das verdroß Onkel und Tante keineswegs. Für die beiden war das Wichtigste die Hochzeitszeremonie selbst gewesen. Und die war ja nun gut überstanden. Sämtliche anwesenden Verwandten der weitläufigen Familie – soweit sie eben hatten nach Jakarta kommen können – hatten ihre Glück- und Segenswünsche übermittelt. Mit strahlendem Gesicht baten sie die Gäste und Verwandten zu Tisch, zogen sie ins Gespräch und brachten sie durch alle möglichen Scherze zum Lachen.

Die spannendsten Augenblicke, in denen es schwer fiel, die Tränen zurückzuhalten, erlebten wir, als im Verlauf der Hochzeitszeremonie das Sungkeman vollzogen wurde, wobei die beiden Brautleute vor ihren Eltern niederknieen und ihren Segen erbitten mußten. Die ganze Zeit über machte der Onkel ein ernstes Gesicht und kämpfte mit den Tränen. Man sagt ja, dieser Moment bedeutet für jeden Vater eine besondere Prüfung in der Beziehung zu seiner Tochter, und denen, die eine starke emotionale Bindung zu ihrer Tochter haben, werden leicht die Augen feucht. Und so ging es auch den Eltern in diesem Fall, als das Brautpaar beim Sungkeman vor ihnen niederkniete. Es ist ja auch kein Wunder, denn so einem Moment wird den Eltern schlagartig klar, daß die Kinder, die sie großgezogen haben, nun auf einmal erwachsen sind und sie bald verlassen werden, um eine eigene Familie zu gründen. Das Gefühl, nun verlassen zu werden, macht ihnen wohl einigermaßen zu schaffen. Wie auch immer, jener Tag war ein Tag, um sich erleichtert zu fühlen, plong!

Der Empfang im Hotel Duta Indonesia am Abend bildete den Höhepunkt der Hochzeit. Es war, als hätte Onkel Noegroho sein ganzes Vermögen und sein Ansehen eingesetzt, um das Fest zu einem besonderen Ereignis werden zu lassen, das alle in Erstaunen versetzte. An die fünfhundert Einladungen waren verschickt worden. Das heißt, daß rund 1000 Gäste den Festsaal füllten. Man hatte eine Band, ein javanisches Krawitan-Orchester sowie eine Gruppe javanischer Tänzer kommen lassen, um für eine prächtige Stimmung zu sorgen. Auch das erlesene Buffet auf den großen Tischen war reichlich und wurde in einem fort von den Gästen umschwärmt. Wir jüngeren Verwandten waren natürlich für das Festkomitee rekrutiert worden und waren überall im Einsatz. Zufrieden beobachteten wir das aufwendige Treiben. Nur Gus Hari wunderte sich über den ganzen Luxus: »Na, so ein aufwendiges Fest! Woher hat der Onkel wohl die Mittel dafür aufgetrieben?«

Tommi hatte das zufällig gehört und fuhr dazwischen: »Er hat sich eben Mühe gegeben. Es ist doch seine einzige Tochter!«

»Na ja. Da muß sich der Onkel Mühe geben, ja? Ich bin eben nur ein Bauernlümmel, der bei der Art, wie die großen Leute in Jakarta ihre Feste feiern, nicht ganz mitkommt.«

Ich spürte sofort den unguten Unterton in Gus Haris Bemerkung. In letzter Zeit ließ er tatsächlich oft seinen Zynismus gegenüber den Reichen in Jakarta durchklingen. Das kam sicher von seinem Umgang mit den Leuten von Lekra und dem sozialistischen Studentenbund HSI, die überall aktiver und aggressiver geworden waren. Zum Glück war Tommi weniger feinfühlig gegenüber solchen sarkastischen Bemerkungen, wie Gus Hari sie machte. Ich schickte aber Gus Hari doch lieber los, um nachzusehen, wo vielleicht etwas fehlte.

Wenige Tage nach der Hochzeit kehrte ich mit Vater, Mutter und Gus Hari nach Yogya zurück.

Was ich schon angenommen hatte, als er noch ein kleiner Junge war, und wie sich später bestätigte, Gus Hari wuchs zu einem aufgeschlossenen mitfühlsamen jungen Mann heran. Er war sehr gescheit und hatte großes Interesse an allem Künstlerischen. Sein Vater, der ja früher am Mangkunegaran gedient hatte, hielt uns beide regelmäßig an, Aufführungen mit klassischen javanischen Tänzen zu besuchen, und veranlaßte uns, bei der Tanzgruppe Anggana Raras mitzumachen, in der der Nachwuchs aus dem Mangkunegaran übte. Vater und Mutter verpflichteten uns auch, Gamelan spielen zu lernen, wie etwa das Gambang und das Gender. Obwohl ich ja schon von der Dorfschule her singen und auch einigermaßen Gamelan spielen konnte, war es von Anfang an klar, daß Gus Hari wesentlich mehr Talent hatte als ich. Und so wurde er auch schon nach relativ kurzer Zeit aufgefordert, an verschiedenen Tanzabenden im Puro Mangkunegaran mitzuwirken. Besonderes Können zeigte er dann, als er schon die Mittelschule besuchte, in Aufführungen des Gatutkaca Gandrung, einem speziellen Tanz, der am Mangkunegaran entstanden war. Aber auch an den Gamelan-Instrumenten erwies sich Gus Haris Begabung. Er beherrschte sie fast alle hervorragend. Seine besondere Spezialität waren jedoch Gambang, das javanische Xylophon, und Kendang, die Trommeln. Wenn Gus Hari am späten Nachmittag oder auch am Abend Gambang spielte, dann breitete sich im Haus eine ungemein angenehme Atmosphäre aus, man hörte direkt die Stille, so schön und stimmig spielte Gus Hari dieses Instrument. Was mein Talent angeht – darüber brauchen wir hier nicht weiter zu sprechen. Meine Wurzeln waren in Wanalawas, auf dem Land, ich war ungebildet und roh aufgewachsen, keine gute Voraussetzung, ein feineres Gefühl für Tanz und Gamelan zu entwickeln.

Nachdem Indonesien 1950 endlich seine Souveränität erhalten hatte und die meisten Beamten der Republik nach Jakarta gingen, zog es Vater vor, nach Yogya zu gehen und in den Dienst der dortigen Regionalregierung zu treten. Vater war vom Mangkunegaran enttäuscht, der sich nicht offen und klar für die Republik entschieden hatte und später sogar die Holländer unterstützte. Für ihn war die Regierung der Sonderregion Yogyakarta der richtige Platz, und er fühlte sich dort glücklich, weil er damit gleichzeitig auch in der Umgebung des Hofes tätig sein konnte. Hier wurde sein Wunsch erfüllt, der Republik zu dienen, und zugleich befand er sich im Umfeld traditioneller javanischer Kultur, in deren Mittelpunkt ein modern und republikanisch denkender Sultan stand. Vater war der Auffassung, daß die alte Tradition, da, wo sie gut war und ästhetische Reife besaß, ein wertvolles Kapital für ein neues modernes Indonesien bildete. Und wir alle in der Familie, Mutter, Gus Hari und ich, waren in dieser Überzeugung aufgewachsen. Während Noegroho oder Harjono innerhalb ihrer Familien gehörige Erschütterungen erlebten, hatte ich im Haus Hardojo, jedenfalls seitdem ich dort aufgenommen worden war, nie etwas ähnliches beobachtet. Sie leben bescheiden und harmonisch, so hieß es überall im Verwandten- und Bekanntenkreis.

Bis sich eines Tages bei Gus Hari, als er erwachsen geworden war und sein Hochschulexamen in Sozial- und Politikwissenschaften abgelegt hatte, ganz neue Charakterzüge zeigten. Wie ich schon sagte, war er ein gescheiter Junge. Die Vorlesungen machten ihm keine nennenswerten Schwierigkeiten. Ich studierte ja dasselbe Fach, aber ich brauchte mindestens die doppelte Zeit fürs Lernen wie Gus Hari. Die übrige Zeit benutzte er dazu, sich mit künstlerischen Dingen zu beschäftigen, vor allem interessierten ihn die traditionellen Kunstformen. Er konnte ja bereits im Stil des Mangkunegaran tanzen und lernte nun auch den Mataram-Stil. Das gleiche war beim Gamelan, das er auch schon in Solo so gut hatte spielen können.

Nun lernte er auch das Gamelanspiel nach der Art von Yogyakarta. Ich verfolgte die Fortschritte meines Schützlings mit Bewunderung und Anteilnahme. So ging es auch den Eltern.

Zufällig lernten wir dann Sunaryo kennen, einen Studenten, der etliche Jahre älter war als wir. Er war ein außergewöhnlich offener und sympathischer Kerl, gerade von einer Tour durch die sozialistischen Länder Osteuropas zurück, wo er zuletzt an einem Kulturfestival der Jugend teilgenommen hatte. Gus Hari war sofort von ihm begeistert. Sunaryo war ihm an Klugheit ebenbürtig und hatte auch dieselben künstlerischen Interessengebiete, nämlich vor allem Tänze, Theater und Gamelan. Es dauerte auch nicht lange, da hatten sie Freundschaft geschlossen.

Immer häufiger wirkten die beiden gemeinsam aktiv an Aufführungen der Universität mit. Damals standen wir im letzten Studienjahr und sollten bald unser Examen in Sozial- und Politikwissenschaften ablegen. Da ich auf künstlerischem Gebiet nicht sonderlich begabt war und außerdem mein Studium so rasch wie möglich abschließen wollte, allein schon um Vater und Mutter nicht mehr länger mit den Studiengebühren auf der Tasche zu liegen, war ich bei den Treffen von Gus Hari, Sunaryo und ihren Freunden nur noch selten dabei. Mit einem Mal allerdings entdeckte ich eine Veränderung in der Art, wie Gus Hari künstlerische Aktivitäten betrachtete. Er hatte seinen Standpunkt gewechselt. Für ihn war Kunst jetzt ein Teil von Politik, ja geradezu ein Mittel der Politik. Da wurde mir klar, daß Sunaryo jemand war, der eben durch seinen Umgang mit Freunden marxistischer Gruppen von Lekra, CGMI und schließlich auch von der HSI, wo er wohl auch an Schulungen teilgenommen hatte, zu marxistischen Ansichten gekommen war.

»Tip, ich muß dir was sagen, ja? Ich habe mich neuerdings Lekra und CGMI angeschlossen. Was hältst du davon?«

Das eröffnete er mir ganz unvermittelt, als wir uns eines Mittags etwas hinlegen wollten.

»Niemand kann dir verbieten, dich irgendeiner Gruppe anzuschließen, Gus.«

»Ja, das weiß ich. Aber ich möchte gern wissen, ob du was dagegen hast oder nicht.«

»Also, es ist doch klar, daß ich dich nicht zurückhalten würde, Gus. Das ist doch dein volles Recht.«

Gus Hari lachte auf.

»Irgendwann mußt du dich auch einer Organisation anschließen. Wenn du erst einmal dein Examen hast, und das ist ja nicht mehr lange hin, dann wirst du sowieso neutral.«

»Wer sagt denn, daß ich neutral bin? Ich möchte nur sagen, daß ich im Moment keine Lust habe, mich irgendeiner Organisation anzuschließen. Ich bin gerade erst Assistent geworden, das kostet mich genug Zeit, Gus.«

Ich merkte, daß er große Lust hatte, sich weiter zu unterhalten. »Also, seit ich mit meinen Freunden von Lekra zusammen bin, habe ich besser begriffen, was die Funktion von Kunst ist. Vorher sah ich in künstlerischen Aktivitäten eben künstlerische Aktivitäten, weiter nichts. Da war kein Zweck dabei, außer eben die Freude am ästhetischen Reiz.«

»Und jetzt?«

»Jetzt weiß ich, Kunst ist ein Werkzeug der Klasse. Wir wissen jetzt, daß Kunst eigentlich nur ein Werkzeug der feudalen und bürgerlichen Klasse ist, Tip.«

Ich sagte nichts. Ich wußte, wer vom Marxismus beeinflußt war, der redete eben so.

»Was meinst du, Tip? Stimmst du dieser Anschauung zu?«

»Nein, Gus. Kunst ist doch immer mit dem Genuß des Schönen verbunden. Wenn jemand vom Dorf Gambang spielt, dann tut er das doch, weil er Freude am schönen Klang hat, oder? Wenn die Leute auf dem Reisfeld oder beim Mattenflechten spontan Lieder anstimmen, dann tun sie das doch aus Freude am Gesang. Natürlich ist die Freude, die einer aus dem Dorf empfindet, wenn er Gambang spielt, eine andere, als wenn ein Priyayi in seinem schönen steinernen Haus Gambang spielt, Gus. Aber trotzdem, beide üben doch die Kunst aus, um sich an der Schönheit dieser Kunst selbst zu freuen.«

»Na, deine Ansicht ist eben liberal bürgerlich, Tip. Wer war es denn, der sie dir beigebracht hat, na?«

Ich mußte lauthals lachen: »Gus, Gus. Wir haben doch in der Schule Bücher darüber gelesen. Wir haben die unterschiedlichen Ansichten dazu miteinander verglichen. Denk doch nur daran, daß du selbst Vater und Mutter nach ihrer Meinung zu diesem Thema gefragt hast!«

Jetzt war die Reihe an Gus Hari, laut herauszulachen: »Tip, Tip. So etwas mit Vater und Mutter diskutieren! Das sind doch allesamt Priyayi, also sehen sie alles unter ihrem feudalen Blickwinkel, Tip.

Ihre Partei ist die PNI, die Partai Nasional Indonesia, die Partei der Priyayi. Das hat doch gar keinen Sinn. Das würde bloß zu unnützem Streit mit den Eltern führen. Das gäbe nur Unheil.«

Damit beendeten wir unsere Unterhaltung, denn bei der drükkenden Mittagshitze konnten wir kaum noch gegen den Schlaf ankämpfen.

Die Entwicklung von Gus Hari nahm ihren Fortgang, er begeisterte sich immer mehr für Lekra, während sein Interesse an solchen Dingen wie Wayang Orang, dem Schattenspiel Wayang Kulit und dem Klenengan Gamelan abnahm, denn, so seine Begründung, das sei alles Klenengan Adiluhung, hoch ästhetisch und Produkt der feudalen Gesellschaft. Was er dagegen jetzt betrieb, das waren Ketoprak, Ludruk und das einfache Gamelan. Das sei, so meinte er, die Kunst aus dem Volk für das Volk. Und weiter, das sei das Werkzeug der kleinen Leute im Kampf gegen die feudale Klasse.

Ich beobachtete aber auch, daß Gus Hari nun eine Freundin hatte. Das war eine erfreuliche Entwicklung. Sie war Schriftstellerin. Sie war natürlich von Lekra und hieß Retno Dumilah, aber sie wollte lieber mit ihrem Pseudonym Gadis Pari angeredet werden. Vielleicht wollte sie von ihrem alten Namen nichts mehr wissen, weil er ihr zu feudalistisch klang, und sie hatte sich deshalb einen Schriftstellernamen zugelegt, der eher ihre Zugehörigkeit zu den Bauern ausdrückte. Und was sie schrieb, war in der Tat scharf, voll von Angriffen und Sarkasmen gegen die feudale Gesellschaft.

Was mich betrifft, der ich bald 31 wurde, so hatte ich noch kein passendes Mädchen gefunden. Immerhin war da aber Halimah, eine Kollegin aus Pariaman in Westsumatra, auch Assistentin, die mir immer anziehender erschien. Möglicherweise...

Harimurti

Gadis hatte mich an diesem Abend zum Essen eingeladen. Es war der 8. Mai 1964 – ich erinnere mich genau – der Tag, an dem der Große Führer der Revolution das Verbot des Kulturmanifests, des Manifes Kebudayaan, verkündete. Gadis wollte die Niederlage von Manikebu, die Niederlage der Autoren, die Lekra bekämpften, gemeinsam mit mir feiern. »Ich möchte am Abend unseres Sieges nur mit dir zusammensein«, hatte sie gesagt.

Wir gingen zu zweit die Malioboro in Richtung Süden entlang und wandten uns dann nach Osten, nach Sentul. Unser Ziel war der Warung Gudeg von Yu Marsinem, der Stammplatz für uns Künstler von Lekra. Eigentlich war es kein richtiger Warung, sondern nur ein Vordach, und der Gudeg von Yu Marsinem zeichnete sich auch nicht durch besondere geschmackliche Feinheit aus. Es war eben ein ganz einfacher Gudeg, junge, in Kokosmilch gekochte Nangka. Nicht zu vergleichen mit dem Gudeg, den die Funktionäre von der Regierung immer aßen, wenn sie an der Ecke von Wijilan oder am Pasar Kranggan einkehrten. Auch die Beilagen, die Yu Marsinem zu ihrem Gudeg anbot, waren längst nicht so reichhaltig. Allenfalls hatte sie Eier, Tahu, Tempe und vielleicht ein oder zwei Hühner zur Auswahl. Um den Gudeg den hohen Herren anzubieten, fehlte es Yu Marsinem einfach an Kapital, und ihre Kunden, in der Mehrzahl Künstler von Lekra, hatten auch wenig Geld.

Warum die Künstler von Lekra bei Marsinem Stammkunden waren, hatte seinen besonderen Grund. Yu Marsinem war ursprünglich Haushaltshilfe bei einem Regierungsbeamten im Stadtviertel Sentul gewesen. Ihr Arbeitgeber hatte sie aber eines Tages rausgeworfen, weil sie schwanger war, niemand wußte, von wem eigentlich. Sie hatte jedoch Glück, denn ein Maler der Gruppe Pelukis Rakyat, Maler des Volkes, war bereit, ihr aus der Patsche zu helfen, indem er sie heiratete. Und als sie sich entschlossen, zusammen einen Eßstand für Gudeg aufzumachen, wurden die Künstler, die mit dem Maler befreundet waren, ihre Stammgäste. Im Lauf der Zeit wurde ihr Stand zu einem Ort, wo die Künstler aus dem Umkreis von Lekra ihre Abende und Nächte verbrachten.

Gadis, obwohl die Tochter eines ehemaligen Aufsehers der Grundschulen, also eines Priyayi, tat nichts lieber, als Abende lang mit unter dem Vordach von Yu Marsinems Gudeg-Stand zu sitzen und mit den Künstlern dort ausgiebig über Kunst und Politik zu reden. Dort war es auch, wo ich sie kennenlernte.

Offen gestanden war ich anfangs, als ich Gadis so zum ersten Mal sah, eher erschrocken, als daß ich mich in sie verliebt hätte. Erschrocken, einer Frau in diesem Alter zu begegnen, die derart scharf und ungeschminkt ihre Meinung über Kunst und gesellschaftliche Zustände äußerte. Noch nie hatte ich bis dahin eine Javanerin getroffen, noch dazu eine Priyayi-Tochter, die ohne lange Umschweife und ohne sich weiter um die Regeln der Höflichkeit zu kümmern, ihre Einstellung und Anschauung vertrat. Die Mädchen, die ich früher kannte und von denen einige meine Freundinnen gewesen waren, kamen aus feinen Familien und wußten, was sich für eine Frau geziemte. Und ich muß gestehen, daß mir diese Mädchen sehr gefallen hatten. Weibliche Liebenswürdigkeit und Eleganz üben ja doch eine ganz besondere Anziehungskraft auf Männer aus. Nur war es eben leider so, daß es diesen Mädchen meistens nur darauf ankam, liebenswürdig und elegant zu erscheinen. Aber manchmal hätte ich es gern gehabt, wenn wir uns über diese oder jene Frage etwas eingehender und genauer unterhalten hätten. Doch wann immer ich auch ein besonderes Thema ansprach, dann wollten sie nicht darauf eingehen, waren nicht dazu aufgelegt oder einfach nicht in der Lage, länger und tiefergehend darüber zu reden. Meistens gaben sie vorschnell auf und wechselten zu alltäglichen Themen, die nicht zuviel Nachdenken erforderten und ihnen mehr am Herzen lagen.

Nicht so Gadis. Schon am Anfang unserer Begegnung ließ sie sich auf eine Auseinandersetzung ein und kritisierte in aller Schärfe meine Auffassung von Ketoprak, die ihr viel zu neutral erschien und ihrer Meinung nach zu stark von Anschauungen der feudalistischen Ästhetik beeinflußt war. Ich sollte keine Angst haben, die volkstümlichen Geschichten zu verändern, sie zu Szenen umzugestalten, die den sozialen Realismus wiederspiegelten. Mit anderen Worten, ich sollte mich auf die Seite der Arbeiter und Bauern stellen. Auf Kritik dieser Art hatte ich sonst schon reagiert oder sie auch hingenommen, solange sie von einem Mann kam. Hier aber kam sie von einem jungen Mädchen. Nicht etwa, daß ich von vornherein etwas gegen Mädchen oder junge Frauen gehabt hätte. Einen derart polemischen Ton von einem Mädchen zu hören, war ich jedoch nicht gewohnt. Aber mein Schock, den ich im ersten Augenblick empfunden hatte, legte sich, ja, ich fühlte mich angezogen und begann, sie zu bewundern. Unsere Beziehung wurde mit der Zeit immer enger. Und eines Abends, wir hatten am Warung von Bu Amat vor dem Pasar Beringhardjo Ingwertee getrunken, geschwatzt und debattiert, unterwegs hinter der großen Uhr vor dem Regierungsgebäude, da küßten wir uns mit einem Mal, lange, sehr lange. So begann unsere Liebe.

Merkwürdig, der Stand von Yu Marsinem wirkte wie ausgestorben. Yu Marsinem sagte aber, gerade sei eine Schar von befreundeten Malern aufgebrochen, nachdem sie gegessen und Kaffee getrunken hätten. Wir setzten uns und bestellten Gudeg und schwarzen Kaffee mit viel Zucker. Da dieser Abend Gadis gehörte, die ihren Sieg feiern wollte, hielt sie mich mit einer reichhaltigen Portion Nasi Gudeg frei, der mit viel Kokosmilch eingedickt war, dazu gab es dann geschmorte Hühnerbrust und Eier.

»Hast du auch genug Geld mit, Dis? Das ist doch ein Essen für Kapitalisten oder große Herren.«

»Keine Angst. Ich habe gerade mein Honorar von Lentera bekommen. Und vielleicht erscheinen meine Gedichte demnächst auch im ›Pembaruan‹, das bedeutet abermals Honorar.«

»Schon, aber das hier ist doch mehr als üppig!«

»Na, na – tu bloß nicht so! Ein gutes Essen ist ein gutes Essen. Außerdem dürfen wir Künstler des Volkes uns ab und zu auch was Gutes leisten, oder? Und ist mein Geld etwa nicht sauber? Und, und, und...«

»Du möchtest deinen Sieg feiern, nicht?«

»Mann, so ist es. Nur zu, essen wir erst mal diesen Gudeg auf.«

Wir aßen beide mit großem Appetit. Ich hatte Gadis noch nie so viel mit solchem Heißhunger verschlingen sehen. Offenbar bedeutete ihr die Niederlage der Manikebuisten sehr viel.

»Ich bin wirklich froh, daß sie endlich verboten sind. Sie sind erledigt. Diese Leute von der Literarischen Fakultät sind damit zum

Schweigen gebracht. Was wollen sie jetzt noch? Wo wollen sie noch irgendwas veröffentlichen?«

Während ich mich über das Huhn hermachte und es mit großem Appetit verzehrte, betrachtete ich Gadis voller Bewunderung. Allerdings erschrak ich doch immer wieder, wenn ich in ihren Augen diese Aggressivität sah. Hatte sie denn wirklich solchen Haß auf die Autoren von Manikebu? Um sie zu provozieren, fragte ich sie, was sie von den Gedichten Chairil Anwars in »Dämmerung im Kleinen Hafen« hielt. Die Frage verwirrte sie. Aber dann lächelte sie:»Aaah, ich verstehe. Mas Hari, du willst mich provozieren. Ich soll wohl sagen, die Gedichte seien schlecht, ja? Ich muß dich enttäuschen, Mas. Die Gedichte sind einfach schön.«

»Schön? Haben wir denn nicht die universellen Humanisten als Bourgeois in Acht und Bann getan?«

»Langsam! Sie sind schön im Sinn der liberal-bürgerlichen Ästhetik. Die Gedichte sind stark, es gelingt ihnen, Einsamkeit, Stille und Verlassenheit unmittelbar anschaulich zu machen. Aber das ist auch alles. Für unseren Kampf bringt Chairil nichts. Er ist eher negativ, in keiner Weise optimistisch. Was soll das Volk mit seinen Gedichten anfangen?«

Und so ging es an diesem Abend lebhaft hin und her. Wir redeten über dies und das. Ich freute mich, daß Gadis das Gefühl hatte, gesiegt zu haben, und daraus die Begeisterung nahm, weiter zu schreiben. Allerdings mußte ich auch meine Besorgnis niederkämpfen angesichts ihres Übereifers, mit dem sie ihre Feinde am liebsten gefressen hätte. Ich selbst war der Meinung, unsere Feinde waren einfach Gegner im Denken, von der Ideologie her. Aber nicht mehr.

Für den Heimweg nahmen wir an diesem Abend ein Becak. Es war schon spät in der Nacht und ziemlich kühl. Die kalte Jahreszeit war schon gekommen. Gadis fror im Becak und wollte, daß ich sie in den Arm nahm. Ich legte meinen Arm um sie. Aber ihr war immer noch kalt, daher faßte ich sie ganz fest um die Taille. Bald hielten wir uns beide eng umschlungen. Zwischen dem Quietschen des Becaks konnten wir nun unseren eigenen Atem hören. An den Häusern waren nur noch Funzeln von Lampen zu sehen. Gadis meinte, in dieser Nacht sei bei ihr niemand zu Hause, ihre Wirtsleute seien alle nach Solo zur Hochzeit ihres Neffen gefahren. Ich solle doch mit auf ihr Zimmer kommen.

Sie machte die Nachttischlampe in der Zimmerecke an.

»Was werden nachher die Nachbarn sagen?«

»Die schlafen schon alle.«

»Und das Hausmädchen?«

»Mbok Nah schläft auch schon in ihrer Kammer dahinten. Setz dich nur ruhig hin, Priyayi.«

Kichernd setzten wir uns. Mein Kopf drehte sich.

»Aber wir können doch hier nicht diskutieren, sonst wachen die Nachbarn auf.«

»Wer will denn hier jetzt diskutieren?«

Wir kicherten. Wir saßen auf dem Rand von Gadis' Bett. Es war ein großes altes Bettgestell aus Eisen mit geschwungenen Ornamenten am Kopf- und Fußteil. Über dem Bett hing ein Moskitonetz mit kleinen silbernen Schnallen in Blütenform, die zur Befestigung dienten. Das blütenweiße Laken hatte Bordüren aus Spitze. Als ich alles in Ruhe betrachtet hatte und mir bewußt wurde, daß wir beide hier zu zweit im Zimmer waren, auf dem Rand eines Bettes mit Moskitonetz saßen, konnte ich ein leichtes Lachen nicht unterdrücken.

»Was gibt es denn zu lachen? Ist etwas, Mas?«

Ich mußte weiter lachen, aber jetzt laut heraus: »Ich muß an das Gemälde von Otto Djaja denken, auf dem ein Mann und eine Frau zu sehen sind, die auf dem Rand eines Bettes sitzen – genau wie wir jetzt hier.«

»Willst du mich beleidigen? Das ist doch eine Szene im Bordell!«

»Überhaupt nicht. Ich habe nicht im entferntesten daran gedacht, daß das, was Otto Djaja dargestellt hat, ein Zimmer in einem Bordell sein könnte. Für mich ist das eine romantische und gleichzeitig komische Situation zwischen einem Mann und einer Frau, die drauf und dran sind, sich zu lieben, aber noch zögern. Die Szene hat etwas sehr Menschliches und ist völlig natürlich. Ich finde es gut, daß Otto gerade die Beziehung zwischen einem Mann und einer Frau sozusagen mit einem Augenzwinkern gesehen hat.«

Damit gab Gadis ihr Schmollen auf.

Wir küßten uns lange. Und ehe wir es so recht merkten, hatten wir die Kleider ausgezogen, lagen auf dem wunderbar weichen und bequemen Bett und liebten uns. Dabei flüsterten wir uns abwechselnd verführerische Worte, Scherze und allen möglichen Unsinn zu. Am Ende fielen wir beide in tiefen Schlaf, und ehe wir uns versahen, zeigte sich das Morgengrauen. Die Hähne begannen zu krähen und die weißen Tauben gurrten in ihrem Käfig um die Wette. Eilends stand ich auf, zog mich an und wollte mich auf den Zehenspitzen auf den Heimweg machen. Gadis lächelte mich an, es machte ihr offensichtlich Spaß, mich dabei zu beobachten, wie ich mir vorsichtig, um keinen Lärm zu verursachen, meine Unterhosen anzog, ins Hemd schlüpfte, Hose, Socken und Schuhe anzog.

»Willst du dich etwa so auf den Heimweg machen? Deine Haare sind ja noch ganz durcheinander!«

»Leih mir mal deinen Kamm.«

»Auch wenn du dich kämmst, Mann, reicht das noch nicht. Du siehst ja noch ganz verschlafen aus. Wasch dir erst schnell das Gesicht dort im Bad.«

Zum Glück war das Bad innerhalb des Hauses. In aller Eile wusch ich mir das Gesicht und feuchtete mir etwas die Haare an.

So wurde unsere Beziehung enger und enger. Gemeinsam nahmen wir an allen möglichen Versammlungen und Diskussionen teil, besuchten Kunstausstellungen, gingen zu Lesungen von Gedichten, sahen Ketoprak und gelegentlich auch moderne Theaterstücke. Wir begeisterten uns immer mehr für Kunst in jeglicher Form. Dabei eröffnete uns die Kunst, so wie wir sie jetzt verstanden, ganz neue Perspektiven, die Leiden der kleinen Leute zu begreifen und auch die Möglichkeiten zu ihrer Befreiung zu erkennen. Während ich jedoch spürte, daß diese Erweiterung meiner Erkenntnis für mich außerordentlich belebend wirkte, waren meine Eltern alles andere als erfreut darüber, und das galt erst recht für meinen Bruder, den ich über alles schätzte, nämlich Lantip.

»Hari, du hast doch nun dein Studium abgeschlossen und bist Sarjana. Wie wir sehen, hast du aber nichts anderes im Sinn, als dich mit Kunst zu beschäftigen, und vor allem beobachten wir, daß du dich immer mehr den Linken anschließt. Meinst du nicht, es wäre allmählich Zeit, ernsthaft an einen Beruf zu denken?«

Obgleich ich mir eigentlich schon längst hätte ausrechnen können, daß eine Frage dieser Art von seiten meiner Eltern kommen würde, war ich doch einigermaßen überrascht, als sie eines Tages tatsächlich kam. Mir war, als hätte mein Vater eine Lanze auf mich geschleudert: »Ja, das ist aber mein Beruf, Vater, Mutter.«

»Also hör mal! Ketoprak veranstalten, Diskussionen abhalten,

Gedichte vortragen lassen, das sagst du, soll dein Beruf sein? Wozu hast du denn dann Sozial- und Politikwissenschaften studiert?«

»Ja, Vater, es ist doch so: Ketoprak, Diskussionen, Gedichte sind Sachen, die nicht voneinander zu trennen sind. Sie dienen allesamt dem Klassenkampf. Und die Klasse, für die ich kämpfe, das ist die Klasse der kleinen Leute. Und da, Vater, trifft sich meine Ausbildung in Sozial- und Politikwissenschaften mit der Kunst. Für mich sind diese Aktivitäten mein Beruf.«

Meinem Vater und meiner Mutter verschlug es erst einmal die Sprache. Lantip, mein älterer Bruder dagegen, hatte sich meine Erklärungen ruhig angehört. Er war nicht weiter verdutzt, denn wir waren ja schon des öfteren wegen meiner Auffassungen aneinandergeraten. Nach einer Weile hatte sich mein Vater wieder gefangen: »Aber, wie willst du denn mit einem solchen Beruf einmal eine Familie gründen, mein Lieber? Du bist doch jetzt schon 29 Jahre. Willst du denn etwa ewig Junggeselle bleiben?«

Und meine Mutter assistierte: »Also mein Lieber, ich freue mich schon sehr darauf, einen Enkel zu haben. Vielleicht solltest du doch ernst machen, mein Lieber, und dir einen Beruf suchen und heiraten.«

Wirklich, meine Eltern taten mir leid. Sie sind enttäuscht von mir, dachte ich. Und wenn es etwas gab, wovor ich mich von klein auf fürchtete, dann war es, die Erwartungen meiner Eltern zu enttäuschen.

»Vater und Mutter, verzeiht, wenn ich euch enttäusche. Wahrscheinlich ist meine Entscheidung für euch, möglicherweise auch für die ganze Familie Sastrodarsono, nicht angemessen. Zumindest ist sie ungewöhnlich. Aber ich habe mir die Sache genau überlegt und ich werde bei dieser Entscheidung bleiben. Ich bitte euch nur, mir wenigstens die Freiheit zu lassen, einen Beruf wie diesen auszuprobieren. Sollte sich eines Tages herausstellen, daß die Wahl für mich nicht richtig war, dann werde ich bestimmt euren Rat einholen.«

»Ja, dann – wenn es nun einmal deine Entscheidung ist. Nur, wann willst du heiraten, mein Lieber? In deinem Alter sollte einer schon jemanden im Auge haben.«

Ich mußte lächeln. Offenbar war das für meine Mutter der entscheidende Punkt: der Bestand der Familie. Sicherlich war das auch für meinen Vater wichtig. Allerdings hatte ich das Gefühl, daß er sich vor allem an der Ideologie störte, die ich vertrat. Denn mein

Vater war ein Priyayi, passives Mitglied der PNI, der Nationalen Partei Indonesiens, und hing eher deren moderaten Mitte an. Meine marxistischen Neigungen konnten ihm gar nicht recht sein.

»Mutter, hab nur keine Angst. Wenn es soweit ist, werde ich sicher jemanden finden.«

»Ja gut, aber wer ist es denn? Wer?«

Alle mußten über Mutter lachen, die so drängte.

»Ich habe dir doch Gadis schon vorgestellt, Mutter. Vielleicht ist sie es, die ich einmal heirate.«

»Gadis? Ist das Mädchen nicht zu unabhängig für dich?«

»Was meinst du mit unabhängig, Mutter«

»Ich meine, schon die Art und Weise, wie sie spricht, ist einfach tas-tes...

»Tas-tes – wie meinst du das, Mutter?«

»Oh, Meneer Hardojo, Meneer Hardojo! Tas-tes ist blitzgescheit, Vater. Das Mädchen ist klug und flink. Meinst du nicht, daß es für dich schwer ist, da mitzuhalten, Hari?«

»Ach, Mutter, da brauchst du keine Angst zu haben. Wir respektieren uns schon gegenseitig.«

Da mischte sich plötzlich Vater ein: »Gadis hat doch die gleiche politische Ausrichtung wie du, oder?«

»Ja, das kann man sagen.«

»Hm.«

Dieses hm von Vater zeigte mir nur allzu deutlich, daß er mit Gadis nicht einverstanden war.

»Hast du was dagegen, daß Gadis sich politisch betätigt?«

»Nein, das nicht. Ich denke eben nur, wenn sich eine Frau in die Politik einmischt, dann sollte sie nicht so aggressiv sein.«

»Also, findest du, daß Gadis aggressiv ist, Vater? Sie hat nur ihre klare Meinung, und die vertritt sie. Sie möchte offen und ehrlich sein, und daher ist sie gelegentlich vielleicht etwas scharf und deutlich.«

»Ja eben, das ist es gerade, mein Lieber. Es ist ja in Ordnung, wenn eine Frau politisch aktiv ist. Nur sollte sie dabei ihre Weiblichkeit nicht vergessen, Feinheit und Höflichkeit zeigen, elegant und liebenswürdig auftreten – all das ist eben nur Frauen gegeben. Wenn das verlorengeht und eine Frau dies nicht mehr zeigen kann, ja, wie wenig anziehend, wie langweilig wird dann unsere Welt, mein Lieber!«

Ich ging darauf nicht mehr weiter ein. Ich hatte keine Lust, die Debatte mit meinen Eltern fortzusetzen. Der Unterschied in unseren Auffassungen bezeugte eben den Unterschied der Generationen. Für sie war das Wichtigste die Art und Weise, wie jemand auftrat, denn darin spiegelte sich die Seele wider. Für mich war das anders, für mich waren Offenheit und Ehrlichkeit wichtiger. Wie jemand auftrat, das ergab sich dann von selbst.

Nach den Worten, mit denen Vater unser Gespräch schloß, machte mir allerdings der Unterschied unserer Auffassungen nicht allzu große Sorge: »Versteh mich bitte nicht falsch, mein Junge. Wenn wir, dein Vater und deine Mutter, vorhin unsere Meinung geäußert haben, dann heißt das nicht, daß wir deine Entscheidung, wen du zur Frau nimmst, beeinflusen wollen. Du bist erwachsen, mehr als erwachsen. Und du hast dir sicher genau überlegt, warum du dich für Gadis entschieden hast. Unser Wunsch ist lediglich, daß du bald eine Familie gründest.«

Ich nickte zustimmend, wie es bei javanischen Kindern üblich ist. Wie hätte ich so rücksichtslos sein können, mich Eltern, die so gütig waren, zu widersetzen...

Eines Abends nahmen Gadis und ich an einer Diskussion teil, die der Vorbereitung einer Ketoprak-Aufführung mit dem Stück »Ki Ageng Mangir« diente. Unser Plan war, mit der Inszenierung in allen Orten der Region Yogyakarta zu gastieren. Wenn sie ein Erfolg würde, dann wollten wir es auch in anderen Gegenden außerhalb versuchen. Damit die Diskussion von der konkreten Anschauung ausgehen konnte, hatten wir vorher Proben verschiedener Szenen gezeigt. Für die Produktion hatten wir eine Ketoprak-Truppe gewonnen, die ursprünglich zu dem berühmten Ensemble des staatlichen Rundfunks Yogyakarta gehört und sich von diesem abgespalten hatte. Wir hatten insofern außerordentliches Glück, als die Leute dort zur Stammtruppe des Rundfunks gehört hatten.

Darunter waren zum Beispiel Leute wie der Schauspieler Pak Dadi und die Tänzerin Bu Kadarwati, die sich uns nun angeschlossen hatten. Sie waren auch an diesem Abend bei der Probe dabei und führten drei der wichtigsten Szenen vor. Eine Szene zeigte zum Beispiel, wie Panembahan Senapati seine Tochter dazu bringt, sich nach Mangir zu begeben und sich dort als Ronggeng-Tänzerin von der Straße auszugeben, um das Herz von Ki Ageng Mangir zu gewinnnen, der sich ihm nicht unterordnen will. Die nächste Szene zeigte, wie Ki Ageng Mangir, verführt von der Tochter des Panembahan Senapati, diese heiratet und bereit ist, als Schwiegersohn zum Zeichen der Ehrerbietung und des Friedens mit dem Königreich Mataram dem Panembahan Senapati seine Aufwartung zu machen. In der dritten und letzten Szene geht Ki Ageng Mangir dem Panembahan Senapati in die Falle und wird in dem Augenblick ermordet, als er sich niederbeugt, um ihm die Füße zu küssen.

Die Spieler zeigten bei der Probe hervorragende Leistungen. Sie waren ja auch professionelle Schauspieler und Schauspielerinnen und außerdem noch sehr begabt. Bu Kadarwati hatte die Rolle der Verführerin ungemein überzeugend dargestellt. Dasselbe konnte man auch von Pak Dadi als machtlüsternem Panembahan Senapati sagen und ebenso von Mas Guno als Ki Ageng Mangir, der mit seiner Schönheit und Stärke alle Herzen für sich gewinnt und dann ins Unglück rennt. Beide Männer hatten hinreißend gespielt.

Bung Naryo war an diesem Abend auch da und kritisierte mich als Moderator und Verfasser des Arrangements: »Bung Hari, ich habe da Kritik anzumelden, ja! Du hast doch nichts dagegen, denn es geht mir darum, daß der Ketoprak auch Erfolg hat, sowohl in politischer Hinsicht als auch als Beispiel für Theater des Volkes.«

Ich mußte lächeln. Bung Naryo war ein sympathischer Kerl, und wenn er etwas kritisierte, dann tat er das auf eine durchaus liebenswürdige Art.

»Was die Darstellung angeht, die war prima. Bu Kadarwati, Pak Dadi, Mas Guno, ihr wart alle so«, und dabei hielt er den Daumen für alle sichtbar noch oben.

»Dankeschön, Bung Naryo.«

»Meine Kritik richtet sich vor allem an Bung Hari. Die ganze Geschichte hat noch einen zu romantischen Hauch. Die Liebe zwischen Senapatis Tochter und Mangir drängt sich zu sehr in den Vordergrund. Zugegeben, das ist alles hinreißend. Auch der Dialog ist sehr gut, geradezu von literarischer Qualität. Aber – das Stück selbst ist kein romantisches Stück. Es geht um Macht, um die Willkürherrschaft eines Königs. Und das muß herauskommen. Wir dürfen nicht vergessen, daß das Theater des Volkes ein politisches Instrument der kleinen Leute ist. Ich schlage vor, die Rolle von Senapati als König, der nur auf seine Kraft und Überlegenheit setzt, der nach Macht giert, zu erweitern. Und die Rolle von Mangir als

Held der Demokratie, der ein tragisches Ende findet, muß auch stärker hervorgehoben werden.«

»Vielen Dank, Bung Naryo. Ich möchte, daß das Stück ›Ki Ageng Mangir‹ die Tragödie von Menschen zeigt, die in die Falle der Macht geraten. Und daher lasse ich Mangir, Senapati und seine Tochter so auftreten, wie ihr es gesehen habt. Es ist schon möglich, daß ich Mangir und seine Geliebte zu romatisch dargestellt habe. Aber sie sind eben einfach wahnsinnig ineinander verliebt. Ich möchte, daß die Zuschauer den Zauber und die Reinheit ihrer Liebe erfahren und gleichzeitig auch die Gemeinheit und die Machtgier.«

»Einspruch, Bung Hari. Die Liebe kann etwas sehr Schönes sein, aber in dieser Geschichte bildet die Liebe nur ein zusätzliches Mittel bei der Verfolgung grausamer Machtgier. Was du schöne, reine Liebe nennst, ist nichts anderes als das zufällige Ergebnis einer perfiden Machtstrategie. So ist es doch, oder?«

»Also, ich habe da einige Schwierigkeiten, wenn du die Liebe nur als Zutat nehmen willst. Mangirs Liebe zu Senapatis Tochter ist echt und ganz natürlich. Selbstverständlich ist sich Senapatis Tochter bewußt, daß sie in geheimer Sendung ihres Vaters kommt. Aber in dem Moment, als sich die beiden begegnen, da verlieben sie sich ineinander. Ganz einfach, sie verlieben sich. Das ist nicht nur irgendeine Zutat, Bung.«

»Das sieht man. Das kommt, weil du nicht oft genug mit den Genossen von der Partei zusammen bist. Deine Theoriekenntnisse und dein Verständnis vom sozialen Realismus sind noch viel zu sehr von den Vorstellungen des liberalen und universalen Humanismus belastet.«

Und so ging es weiter hin und her, wir debattierten die ganze Nacht hindurch. Natürlich unterlag ich schließlich, denn Bung Naryo war ein gewandter Redner und ein meisterhafter Theoretiker dazu. Verglichen mit mir besaß er einfach einen riesigen Schatz an Erfahrungen im In- und Ausland. Das Stück »Ki Ageng Mangir« wurde entsprechend Bung Naryos Vorschlägen geändert. Trotzdem – ich wurde im Herzen nicht froh. Die Liebe nur eine Zutat...

Gadis forderte mich auf, mit ihr nach Wates zu fahren, damit ich ihre Eltern kennenlernte. Ihr Haus war nicht besonders groß, man konnte es eher bescheiden nennen. Es lag nicht weit vom Bezirksamt Kulon Progo. So einfach das Haus war, so gepflegt war es auch. Die

Möbel stammten noch aus früheren Zeiten, ebenso die Fliesen auf dem Fußboden. An der Wand hingen billige Bilder mit Landschaften und gerahmte Reproduktionen von Hollywood-Stars aus der Zeit vor dem Krieg. Alles wirkte sehr sauber und verriet den Ordnungssinn der Besitzer. Es erinnerte mich an Großmutters Haus in Wanagalih, wo es so ähnlich aussah, sauber, gepflegt. Wenigstens solange Großmutter noch lebte.

»Bitteschön, Nak. Nehmen Sie doch Platz.«

Ich nahm also im Vorderzimmer Platz, das auf die Straße ging. Draußen war es still, nur ab und zu kam jemand vorbei. Von irgendwoher war eine Vogelstimme zu hören, wohl ein kleiner Perkutut, aber dadurch wurde einem die Stille nur noch deutlicher bewußt.

»Ja, das hier ist unser Haus, Nak Hari. Das Haus eines Mannes, der pensioniert ist, einsam und verlassen. So ist es auf dem Dorf.«

»Ach, es ist eben ruhig hier, Pak. Auch in den kleinen Städten geht es noch nicht allzu hektisch zu. In Yogya ist das anders, da ist es laut, und alles ist chaotisch wegen der vielen Fahrräder der Schüler und Studenten.«

Gadis Eltern lachten das verhaltene Lachen von Leuten, die man gerade erst kennengelernt hat. Nach einer Weile erschien ein junger Mann, von dem man nicht wußte, ob er noch ein Kind war oder schon erwachsen. Er war ziemlich groß, der Kopf war kahlgeschoren, sein Gesicht machte den Eindruck, als sei er in seiner geistigen Entwicklung zurückgeblieben. Er hinkte, sein Gang war schleppend.

»He, he, Mas. Ich bin Kentus. Wer bist du, Mas?«

»Ich heiße Hari. Ich bin der Freund von Gadis.«

»Gadis? Wer ist das?«

Gadis Mutter fiel ein: »Mbak Dum, Mbak Dum. Es ist ja gut, Kentus, spiel dahinten nur weiter.«

»Hast du eine Hamonika, Mas Hari?«

»Wie?«

»Eine Ha-mo-ni-ka. Hamonika.«

»Oh, eine Harmonika, eine Mundharmonika. Ja, ich hab' eine, aber ich habe sie zu Hause gelassen. Nächstes Mal bringe ich sie mit, ja?«

»Für mich?«

»Ja, für dich, Kentus.«

»Hurra! Ich kriege eine Hamonika!«

Und weg war er. Gadis war sichtlich verlegen. Wahrscheinlich war es ihr peinlich, daß sie mir nichts von ihm erzählt hatte. Vielleicht auch, weil sie sich für ihren behinderten Bruder schämte. Am Ende kam heraus, daß sie Kentus von einer Tante adoptiert hatten, die früh gestorben war.

»Man muß wirklich Mitleid mit ihm haben, Nak. Seine Nerven-bahnen im Gehirn sind defekt. Das heißt, für ihn gibt es keine weitere geistige Entwicklung. Immerhin kann er wenigstens einiger-maßen sprechen.«

Ich wußte nicht, ob der Zustand des Jungen wirklich hoffnungslos war oder nicht. Wenn man ihn sprechen hörte, dann verriet er doch einige Intelligenz. Aber warum hatten sie sich nicht um eine intensi-vere Behandlung bemüht?

»Also, laßt uns zu Mittag essen! Eine bescheidene Mahlzeit.«

Wir aßen hinten. Die Beilagen waren wirklich bescheiden, wie es eben der Haushalt eines pensionierten kleinen Beamten zuließ. Gemüse, Tempe und etwas Fisch. Obwohl ich ja zum ersten Mal in Gadis Haus aß, fühlte ich mich nicht weiter verlegen. Das kam natürlich von der stillen und friedlichen Atmosphäre im Haus und vor allem von der Freundlichkeit von Gadis Eltern. Und so zögerte ich nicht, ordentlich zuzulangen. Während wir aßen, spielte uns Kentus etwas auf seiner Mundharmonika vor. Er hatte das Lied »Der Kakatua« ausgesucht. Er spielte mit großem Eifer, wenn auch ab und zu ein Ton danebenging. Offenbar war das Lied das einzige, das er konnte, denn er wiederholte es mehrmals, immer mit denselben Fehlern im Ton. Ja, die falschen Töne häuften sich sogar. Ich bemühte mich, meine Bewunderung für Kentus und seine Musik auf der Mundharmonika zu zeigen, was nicht ganz leicht zu bewerkstelli-gen war, denn ich wollte ja auch die bescheidene Mahlzeit genießen.

Als er mit seinem Spiel zuende war, klatschten Gadis und ich Beifall. Kentus trat an seine Schwester heran. Gadis legte Löffel und Gabel weg, strich ihrem Bruder über den Kopf und küßte ihn dann auf die Wange: »Du spielst ja immer besser!«

»Ist das wahr, Mbak?«

»Wirklich.«

»Hurra, ich kann imme schöne Hamonika spielen! Mas Har, wenn du wiederkomms, muß du deine Hamonika mitblingen und mir viele Liede beiblingen, ja?«

»Natürlich.«

»Welche Liede wirs du mir zeigen?«

»Viele. ›Satu Nusa‹, ›Garuda Pancasila‹, ›Nasakom Bersatu‹, ach, viele.«

»Es ist genug, Kentus. Laß deine Schwester und Mas Hari erst einmal in Ruhe zu Ende essen. Spiel doch dort noch etwas.«

An diesem Abend bettelte Gadis, ich sollte doch eine Nacht in Wates bleiben. Ihre Eltern stimmten in die Bitte ein.

»Damit Nak Hari sich etwas ausruhen kann und das stille Leben auf dem Dorf kennenlernt.«

Ich mußte lächeln. Sei konnten ja nicht wissen, wie still es nachts in Wanagalih war. Ich wurde vorn in einer kleinen Kammer für Gäste untergebracht. Da gab es einen Diwan und einen Kleiderschrank. Als es Nacht wurde und mich Gadis Eltern aufforderten, zu Bett zu gehen, zog ich mich in das kleine Zimmer zurück und machte es mir auf dem Diwan bequem. Da ich schrecklich müde war, schlief ich sofort ein. Ich weiß nicht, wie lange ich so geschlafen hatte, als ich eine Hand spürte, die mir Stirn und Haare streichelte. Es war Gadis, die mir zuflüsterte: »Bung, schläfst du schon, Bung?«

Verdammt noch mal. Sie war doch wirklich frech, mir hierher zu folgen, dachte ich. Ich fürchtete, ihr Vater könnte etwas merken und uns hier zu zweit im Zimmer entdecken.

»Du bist vielleicht kühn, hier einfach reinzukommen«, flüsterte ich.

»Laß nur. Ich sehne mich nach dir und möchte mit dir schlafen, nur ganz kurz.«

»Ach!«

»Wieso ach?«

»Na eben ach.«

Gadis lachte leise.

»Was ist, wenn dein Vater oder deine Mutter etwas merken?«

»Hi, hi, hi, Ketroprak-Regisseur! Priyayi!«

Dann schwieg sie und küßte meine Wangen und meinen Mund. Sie schmeckte noch nach Zahnpasta.

»Gadis.«

»Hm?«

»Warum hast du mir früher nichts gesagt von Kentus? Schämst du dich?«

»Nein. Ich wollte dir nur zeigen, daß meine Familie selbst ihren Anteil an den Leiden der unterdrückten Klasse hat.«

»Wieso unterdrückt?«

»Ach, du bist ein Priyayi, der immer nur Glück und Erfolg erfahren hat. Meine Eltern sind zwar auch Priyayi, aber bloß ganz niedere. Sie mußten immer nur von ihrem Gehalt leben. Kentus ist der Sohn meiner Tante. Seine Familie waren noch kleinere Priyayi und hatten ein schweres Schicksal. Der Vater war Dorfschullehrer und besaß anfangs ein kleines Reisfeld. Das hat er dann an einen Haji verpfändet, an einen Grundbesitzer, um die Kosten für die Behandlung von Kentus bei verschiedenen Wunderheilern und später auch bei einem Doktor zu bezahlen. So ging das Geld drauf, aber der Zustand von Kentus blieb halt so, wie er jetzt ist. Das Geld konnte er nicht zurückzahlen und so fiel das Reisfeld an den Haji. Dann wurden sie krank, bekamen Tbc und starben einer nach dem anderen. Da haben wir Kentus zu uns genommen, und er wurde mein Bruder. Wenn das nicht ein Schicksal aus der unterdrückten Klasse ist, wie soll man es sonst nennen?«

Während ich Gadis zuhörte, dachte ich an die Zeit in Solo und Wanagalih, als ich noch klein war. Natürlich hatte Gadis recht, unsere ganze Familie war viel besser dran als ihre. Aber konnte man dann sagen, daß die Familie von Kentus ein Beispiel für die unterdrückte Klasse war? Handelte es sich nicht einfach nur um ein schweres Schicksal? War nicht vielmehr Kentus der Grund für ihr Unglück, die auslösende Ursache für die ganze Kette von Leiden? Und er war eben schon im Mutterleib gezeichnet.

»Bung Hari, erinnerst du dich an die Debatte mit Bung Naryo? Hat er nicht gesagt, daß die Liebe zwischen Mangir und seiner Geliebten bedingt war durch die Machtgier der herrschenden Klasse? Für Kentus und seine Eltern gilt das gleiche. Ihre Leiden waren bedingt durch die wirtschaftliche Ausbeutung der herrschenden Klasse.«

»Sorry, Gadis. Das Leiden von Kentus geht auf einen Fehler im Mutterleib zurück, nicht auf Ausbeutung durch irgendeine herrschende Klasse.«

»Was ist denn mit dir los? Wenn ihr Leben nicht so mies gewesen wäre, sie vielmehr wirtschaftlich besser gestellt gewesen wären, dann hätte Kentus diesen Fehler vielleicht nicht schon im Mutterleib gehabt, oder?«

»Wie kommt es dann, daß gerade die Kinder der Allerärmsten gesund sind, während in der Mittelschicht so viele Kinder behindert sind wie Kentus? Ja, sogar noch sehr viel stärker zurückgeblieben und in einem beklagenswerten Zustand sind?«

Und so diskutierten und diskutierten wir die ganze Nacht lang. Allerdings fand unsere Auseinandersetzung schließlich einen guten, einen glücklichen Abschluß. Als wir nämlich endlich von unserer Debatte, die wir flüsternd geführt hatten, müde waren, umarmten wir uns und schliefen miteinander. Es war herrlich. Aber wir mußten uns beeilen, denn wir hatten Angst, das Morgengrauen könnte uns überraschen.

Kang Lantip verlobte sich schließlich mit Halimah. Ich freute mich mit ihm. Er war ja mein älterer Bruder und hätte sich in seinem Alter schon längst eine Frau suchen sollen. Aber spät war immer noch besser als gar nicht. Und ich selbst? Ja, sicher, ich gehörte auch zu den späten Junggesellen. Obwohl Gadis und ich bereits übereingekommen waren, unsere Beziehung eines Tages durch Verlobung und Hochzeit abzusegnen, wurde dies immer wieder durch unsere Arbeit und Vorhaben vereitelt, die nie ein Ende nehmen wollten. Selbst am Tage von Lantips Verlobung mit Halimah, die bei uns zu Hause stattfand, kam ich spät von einer Aufführung mit »Ki Ageng Mangir« aus Temanggung zurück. Unsere Gastspiele in der Region Temanggung wie auch in Wonosobo waren – wie schon in anderen Gegenden – ein voller Erfolg. Jeweils nach der Vorführung gab es Treffen und Diskussionen, so daß ich bei alledem fast vergaß, daß meine Eltern ja die Aufgabe hatten, die Verlobungsfeier auszurichten. In aller Eile machten Gadis und ich uns daher auf den Weg nach Hause, um bei der Feier dabeizusein.

Es war ein kleines Fest und nur für die nächsten Verwandten bestimmt, für einige Freunde von Kang Lantip wie von Halimah und auch für diejenigen, die Halimahs Familie vertraten. Ihre Eltern konnten von ihrem Dorf in Westsumatra nicht kommen, da die Gegend nach dem Aufstand von 1958 noch nicht wieder zur Ruhe gekommen war. Aber als ich das Haus betrat, erblickte ich meine ganze Verwandtschaft – nur Großmutter fehlte. Da waren Onkel und Tante Noegroho, Onkel Harjono und Tante Soemini, meine Vettern und Kusinen von Marie und Tommi bis zu Tante Soeminis Kindern, alle waren sie gekommen. Ich fühlte mich glücklich und war richtig gerührt, daß sie alle da waren. Vor allem, weil sie nun Kang Lantip nicht mehr als fremdes Kind ansahen. Onkel und Tante Noegroho wie auch ihre Kinder, die ja früher ziemlich eingebildet und gar nicht damit einverstanden gewesen waren, daß mein Vater Kang Lantip als Sohn aufgenommen hatte, waren wie umgewandelt. Das kam natürlich daher, daß er ihnen in seiner aufrichtigen Art viel geholfen hatte. Was wäre wohl ohne seinen Einsatz damals aus Marie und Maridjan geworden! Und nun führten die beiden eine sehr gute Ehe und hatten sogar schon zwei Kinder. Ich war froh zu sehen, daß die Familienbande der Sastrodarsonos noch so fest waren. Der Zusammenhalt in unserer Familie war doch etwas, worauf man stolz sein, worauf man sich verlassen konnte. Wenn ich mir das so vor Augen führte, dann schämte ich mich etwas, daß ich sie als feudalistische Priyayi angeprangert hatte, die zum Fortschritt Indonesiens wenig beizutragen hatten.

Onkel Noegroho empfing mich gut gelaunt: »Na, da kommt ja endlich auch der Hausherr. Wo kommst du denn her, mein Junge?«

»Wir waren mit unserem Ketoprak unterwegs, Onkel.«

Er wandte sich an Vater: »Na sieh mal an, Mas, dein Junge! Jetzt ist er schon was, jetzt ist er zum Boss Ketoprak avanciert.«

»Also, da bist du die ganze Zeit ein heimlicher Verehrer deines Eyang Kusumo Lakubroto gewesen. Und nun bist du selbst Boss Ketoprak. Aber wo sind denn deine Goldzähne, mein Junge?«

Alle lachten – außer Gadis, die ja die Geschichte von Eyang nicht kannte, der nachts im heiligen Kali Ketangga zu baden pflegte und später Boss einer Ketopraktruppe geworden war, mit der er dann scheiterte. Ich mußte auch lachen, denn ich erinnerte mich an die Zeit, als der Eyang Kusumo ewig in unserem Haus in Solo zu Gast war.

»Wie steht's, mein Junge, wirst du jetzt gleich auch mitverlobt oder?«

»Nicht so rasch, Tante Mini. Gib mir noch etwas Zeit, damit ich mich darauf einstellen kann.«

»Worauf willst du dich denn einstellen? Wo ist deine Auserwählte, wo? Willst du sie etwa vor deiner Tante verstecken?«

»Los, Hari, stell Gadis deinen Onkeln, Tanten und den anderen Verwandten vor!«

So war ich also gezwungen, Gadis an die Hand zu nehmen und im

Kreis herumzuführen, damit sie mit allen bekanntgemacht wurde. Alle begrüßten sie sehr herzlich.

»Das ist aber ein schöner Name. Gadis. Nur, wenn sie heiratet, bleibt sie dann immer noch Gadis, Mädchen? Das wäre aber komisch, oder?«

»Das ist doch nicht ihr richtiger Name, Tante Sus. Das ist ihr Schriftstellername.«

»Oh, das heißt, deine Zukünftige ist Schriftstellerin? Und hat auch schon einen Künstlernamen. Aber wie heißt du denn richtig?«

Gadis, sonst so schlagfertig und gescheit, schämte sich auf einmal, ihren Namen zu sagen: »Retno Damilah, Tante«

»Wat een prachtige naam, meis! Das ist ein ausnehmend schöner Name. So heißt ja auch die Tochter des Adipati Madiun, die dann Panembahan Senapatis Frau wird.«

Ich schaute zu Gadis hinüber. Sie lief rot an. Sie schämte sich und ärgerte sich natürlich zugleich, daß ihr Name mit der Frau von Senapati in Verbindung gebracht wurde, den sie als Ausbund eines javanischen Tyrannen haßte.

»Dan – ke – schön, Tante.«

Die Verlobungsfeier war wirklich sehr bescheiden. Vater und der Vertreter von Halimahs Familie hielten beide ganz kurze Reden. Anschließend wurden Kang Lantip und Halimah die goldenen Ringe an den Finger gesteckt. Vater forderte die Anwesenden auf, die Al-Fatihah, die erste Sure des Koran, zu sprechen. Als es dann zu den Glückwünschen kam, hielten wir beide, Kang Lantip und ich, uns lange fest in den Armen. Erst als die Nachfolgenden, die Kang Lantip auch Glück wünschen wollten, drängten, lösten wir uns voneinander. Anschließend umringten wir den spitzen Kegel des Nasi Tumpeng. Er wurde feierlich angeschnitten und alle nahmen sich ihren Teil. Wir setzten uns zum Abendessen, jeder, wo er gerade Platz fand, und der Abend verging unter vielfältigen Scherzen, die hin und herflogen.

Ich nahm Gadis bei der Hand und wir setzten uns neben Kang Lantip. Ich erklärte ihr: »Das ist mein älterer Bruder, der zwar rechts und liberal eingestellt ist, den ich aber innig liebe.« Kang Lantip lachte aus vollem Hals. Seine Freude über die Verlobung mit Halimah hatte jeden Gedanken, sich über solche unpassenden Scherze zu ärgern, verjagt. Gadis lachte mit. Sie kannte ihn ja schon lange und liebte es, sich mit ihm zu streiten. Aber sie konnte ihn trotzdem gut leiden. Um Kang Lantip hassen zu können, mußte einer wohl ein so abgrundschlechtes Herz haben, daß ihm nicht mehr zu helfen war.

Als ich Gadis im Becak nach Hause brachte, sagte sie plötzlich: »Ich habe mich gewundert, du kannst also die Al-Fatihah auswendig.«

»Aber sicher. Meine Eltern haben mich nicht nur Gamelan spielen und tanzen lernen lassen, sondern ich mußte auch bei Pak Kaji Ngaliman lernen, den Koran zu lesen und zu beten. Damals in Solo.«

»Das heißt also, du betest auch?«

»Ja, manchmal.«

»Auch jetzt noch?«

»Schon lange nicht mehr. Vorhin, das war eine spontane Erinnerung. Die Al-Fatihah kam einfach so heraus.«

Quietschend hielt das Becak vor dem Haus, in dem Gadis wohnte. Ich ging nicht mit hinein, sondern blieb am Gartentor stehen. Ich küßte sie zärtlich auf die Stirn.

»Und wie ist es mit dir? Hast du nie gebetet?«

»Nein. Wir sind doch als kleine Priyayi echte Abangan, und das heißt, wir halten uns wenig an die religiösen Vorschriften.«

»Halten sich denn die kleinen Priyayi alle nicht an die Vorschriften?«

»Ihr tut ja als Priyayi nur so fromm. Aber das macht nichts. Ich mag deine Verwandtschaft trotzdem sehr gern. Sie sind feudalistisch, aber sie haben ein gutes Herz.«

»Na, wenn das so ist, dann hast du noch einen Kuß verdient, mmmh!«

Zum Abschied boxte mich Gadis in den Arm. Das Becak wartete geduldig...

Eines Tages war es dann soweit. Ich war gerade in Wates zu Besuch. Mein Verhältnis zu Gadis Eltern war mit der Zeit sehr eng geworden. Versteckt hatten sie bereits zu verstehen gegeben, daß sie nichts dagegen hätten, wenn wir eines Tages heirateten. Es war ein schöner Nachmittag, und wir saßen unter dem Jambu-Baum vor dem Haus. Kentus spielte uns etwas auf seiner Mundharmonika vor. Er wollte uns zeigen, daß er die Melodien von »Satu Nusa«, »Garuda Pancasila« und »Nasakom Bersatu«, die ich ihm beigebracht hatte, inzwischen beherrschte. Wir hatten ihn extra dazu ermuntert, weil wir ihm Lust aufs Spielen machen wollten. Und tatsächlich blies er die drei Lieder mit großer Begeisterung. Mit Rührung beobachtete ich, wie er sich mit aller der ihm zu Gebote stehenden Kraft und Fähigkeit abmühte. Natürlich traf er selten einen Ton ganz richtig. Durch unseren Beifall fühlte er sich in seiner Kunst bestätigt und bat uns, zu seiner Musik zu singen. Und so sangen wir »Garuda Pancasila akulah«, »Satu Nusa, satu Bangsa, satu Bahasa kita« und natürlich auch »Nasakom bersatu singkirkan kepala batu«. Kentus spielte mit überschwenglicher Lust und Leidenschaft. Wir gerieten beim Singen fast in Atemnot.

Auf einmal tauchte ein Motorrad mit zwei Freunden von Lekra auf. Sie baten uns, am Abend ins Büro zu kommen. Das Land sei im Ausnahmezustand. Der Generalstab habe zu einem Coup ausgeholt, riefen sie uns noch zu. Dann drehten sie wieder ab und verschwanden mit dem Ruf »Freiheit!« um die nächste Ecke.

Abends in der Stadt erhielten wir die Instruktion, uns am nächsten Tag der Demonstration aller progressiven Massenorganisationen zur Unterstützung des Revolutionsrats anzuschließen. Im Haus von Gadis, wo in dieser Nacht zufällig niemand war, berieten wir über die widersprüchlichen Nachrichten, die aus Jakarta eintrafen. Wir hatten das Gefühl, daß wir nicht über alles, was passiert war, ausreichend informiert worden waren. Ich hatte sogar den Verdacht, unsere Freunde von der Partei hätten den wahren Hergang der Ereignisse bewußt verheimlicht. Bung Naryo, der ja den Leuten von der Partei nahestand, wenn er nicht sogar inzwischen Parteimitglied geworden war, hatte sich im Büro nur kurz gezeigt und gesagt, die Lage sei wirklich gefährlich, wir sollten aber Ruhe bewahren. Er bat uns auch, ausschließlich auf Weisungen der Partei zu hören, da andere Nachrichten im Umlauf seien, die Verwirrung stiften sollten. Gadis war nervös, und auch ich hatte Angst, vor allem, weil wir uns nicht vorstellen konnten, was im Moment vor sich ging.

»Gadis, was wird deiner Meinung nach passieren?«

»Ich fürchte, daß es zu groß angelegten Racheakten und Ausschreitungen zwischen uns und den reaktionären Kräften kommen wird.«

»Ich vermute auch, daß Fürchterliches geschehen wird. Ich weiß bloß nicht, was.«

»Wir haben sie die letzte Zeit auf allen Gebieten bedrängt und verfolgt. In den Städten, in den Dörfern, in der Politik, in den Schulen, in den Künsten, eigentlich fast überall. Sie werden bestimmt die Armee um Unterstützung angehen, um uns zu beseitigen.«

Und so stellten wir im Zimmer von Gadis, auf dem Bett sitzend, alle möglichen Vermutungen darüber an, was wohl im Moment geschah und wie es weitergehen würde. Mit einem Mal wurde uns klar, daß unser Kenntnisstand bei Lekra sehr begrenzt gewesen war. Wir hatten uns immer nur mit der Frage beschäftigt, in welcher Weise die Kultur progressiv weiterentwickelt werden konnte. Was tatsächlich auf der politischen Ebene der Partei passierte, davon hatten wir keine Ahnung. Und jetzt, in einem so entscheidenden Augenblick, wo alles auf dem Spiel stand, war lediglich vom Revolutionsrat und vom Generalstab die Rede gewesen. Wie sich das alles jedoch entwickeln würde und was passieren könnte, das wurde unseren Vermutungen überlassen. Wir hatten nur die Weisung erhalten, an der Demonstration teilzunehmen.

Es war schon lange nach Mitternacht. Gadis zog mich zu sich. Wir schliefen miteinander. Es war großartig, es war wunderbar, wie immer.

»Bung, heute nacht bin ich etwas sentimental. Darf ich das?«

»Aber sicher.«

»Du hast ja gemerkt, ich liebe dich wahnsinnig.«

»Du wirst doch nicht wahnsinnig werden!«

»Ich meine es ernst.«

»Ja, ich weiß. Mir geht es genauso. Wenn diese schrecklichen Dinge vorüber sind, willst du mich dann heiraten?«

»Genau das wollte ich eben auch sagen. Ja, ich will.«

»Nicht doch so laut!«

»Ja, ich will – Bung, ich habe seit einem Monat keine Menstruation.«

»Was meinst du damit?«

»Ja, wenn kein Blut kommt, dann heißt das, ich bin schwanger, du Dummkopf!«

»Uiii!«

»Na, jetzt hat der Priyayi wohl Angst? Du hast Angst, ja?«

Ich küßte sie. Sie küßte mich. Wir umarmten uns enger und enger. Und dann schliefen wir noch einmal miteinander.

Die Demonstration lief gut ab. Wir riefen Slogans zur Unterstützung des Revolutionsrats, während sich die Leute am Straßenrand offensichtlich über unseren Demonstrationszug wunderten. Als sich der Zug aufgelöst hatte, hörten wir, daß das Militär überall die Macht übernommen und auch schon mit Säuberungsaktionen bei den Mitgliedern der PKI, der Partei Komunis Indonesia, und deren Massenorganisationen begonnen hatte. Es hieß, wir sollten uns verstecken und das weitere abwarten.

Gadis fuhr zu ihren Eltern nach Wates, und ich begab mich nach Hause.

»Hari, du bist in Gefahr. Lauf jetzt bloß nicht einfach weg. Wir überlegen lieber hier in Ruhe, bis wir einen Ausweg gefunden haben, bei dem du sicher bist.«

»Ich werde nicht fliehen, das ist sicher. Wenn sie mich verhaften, werde ich ihnen alles erklären. Ich bin ja schließlich kein Mitglied der PKI.«

»Natürlich nicht. Nur in der derzeitigen Lage, wo alles drunter und drüber geht, bleibst du besser hier bei Vater und Mutter. Wir werden versuchen, Kontakt zu Onkel Noegroho aufzunehmen und ihn um Hilfe bitten.«

»Gus, Vater hat recht. Ich habe schon gesehen, wie sie die ersten verhaftet haben, das läuft schon überall. Wenn du zu fliehen versuchst, wird alles nur noch schlimmer.«

»Aber wenn ich hier bleibe, werden sie es schließlich doch herausfinden und mich abholen, oder?«

»Ja. Aber ich habe für Gus Hari noch einen anderen Vorschlag, Vater und Mutter. Nur ihr dürft mich nicht falsch verstehen.«

»Sag nur, was du sagen willst, mein Junge.«

»Folgendes, Vater, Mutter, Gus Hari. Ich habe gute Verbindungen zu Offizieren der Armee. Denen könnte ich Gus Hari anvertrauen.«

»Bist du verrückt! Willst du deinen Bruder den Tigern ausliefern?«

»Na, da haben wir es, Vater. Ihr denkt falsch von mir. Ich möchte Gus Hari doch keineswegs den Tigern vorwerfen. Ich möchte die Leute vielmehr darum bitten, Gus Hari zu schützen. Wenn er hier im Haus bleibt, könnte es passieren, daß ihn die toll gewordene Meute holt. Sollte es soweit kommen, daß er hier aufgegriffen wird, dann fällt er vielleicht irgendwelchen Schlägern in die Hände, die ihn wer weiß wie zurichten. Wenn er aber Leuten anvertraut wird, die wir kennen, dann wird er zwar verhört, aber sie tun ihm nichts.

Aber wenn ihr damit nicht einverstanden seid, dann müssen wir eben nach einem anderen Ausweg suchen. Wie wäre es denn, wenn wir Onkel Noegroho um Hilfe bitten würden?«

Wir hörten uns die Ratschläge von Kang Lantip an. Obwohl ja durchaus vernünftig klang, was er sagte, schmerzte es mich doch. Er wollte mich denen ausliefern, die in mir einen Feind sahen. Allerdings, was sollte ich sagen, die Lage war tatsächlich bedrohlich. Ich mußte an Gadis denken und machte mir Vorwürfe, daß ich sie nicht nach Wates begleitet hatte. Ob ihr etwas passiert war? Wer würde sie schützen?

»Gut, Kang. Ich mache, was du sagst.«

Plötzlich fing meine Mutter an zu weinen: »Oh, schrecklich! Wie konnte es nur dazu kommen, daß dich so ein Unheil trifft!«

»Sei nur ruhig, Mutter. Es ist ja nichts passiert, noch bin ich ja hier bei dir!«

»Ja, aber bald mußt du dich stellen. Sei bloß vorsichtig, mein Junge!«

»Hab nur keine Angst, Mutter. Mir passiert schon nichts. – Nur habe ich noch eine Bitte an Kang Lantip.«

»Und die wäre, Gus?«

»Es geht um Gadis, Kang. Sei so gut und versuche zu erfahren, wie es ihr geht. Es wäre natürlich großartig, wenn du ihr genauso helfen könntest wie mir.«

»Hab keine Angst. Ich werde sofort alles versuchen.«

»Bruder! Danke!«

Wir fielen uns in die Arme. Mir kamen die Tränen. Nicht etwa aus Furcht vor dem Gefängnis oder wovor auch immer. Ich war einfach von Lantips Anständigkeit gerührt. Und auch vom Mut und dem Gottvertrauen meiner Eltern. Ich dachte an Gadis. Mir wurde das Herz schwer. Ob sie wirklich ein Kind von mir erwartete? Sollte ich ihnen das jetzt schon sagen? Nein – ich verwarf diesen Gedanken, meine Eltern mußten schon genug Sorgen ertragen.

Einige Tage später brachte mich Lantip zu einem Haus im Stadtteil Kotabaru, wo diejenigen überprüft wurden, die im Verdacht standen, an Gestapu, am Putschversuch vom 30. September, beteiligt gewesen zu sein.

Im Gefängnis gab ich mich oft meinen Gedanken hin. Ich dachte über mein Leben nach, über die Vergangenheit, über meine Zukunft. Mir war, als hätte ich, bevor ich in die Zelle gesperrt worden war, nie recht Zeit gehabt, mir das, was ich tat, genauer zu überlegen und meine Schritte abzuwägen. Es war, als wäre mein Leben immer nur von den verschiedensten kurzfristigen Impulsen der Arbeit gesteuert worden. Aber hätten da nicht immer auch bestimmte Gründe bestehen sollen, Überlegungen, wenn sie mir auch vielleicht nicht jedesmal klar waren? Warum war ich Lekra beigetreten? Warum hatte mich das Ketoprak so gereizt? Wie war es gekommen, daß ich mich in Gadis verliebt hatte? Vielleicht waren ja die Gründe, warum ich mich so und nicht anders entschied, und meine Überlegungen dazu schon durch Erfahrungen in meiner Kindheit und Jugend vorgeprägt? Durch den Umgang mit meinen Spielkameraden, durch die Erziehung im Elternhaus und in der Schule?

Ich wußte nur eines: Da ich ja ein Einzelkind war, hatten mich meine Eltern von klein auf immer behütet. Obgleich sie mich keineswegs in der Art verwöhnten, wie das andere Eltern gern tun, wenn sie nur ein einziges Kind haben, waren sie doch stets bemüht, für mich eine Atmosphäre zu schaffen, die meiner Entwicklung günstig war. Und sie hatten ja für mich auch einen Namen ausgesucht, der mich zu etwas Großem befähigen sollte. Harimurti. Das war ein anderer Name für Kresna, den König von Dwarawati, der klug ist und alles weiß. Und manchmal, wenn ich ungezogen war, dann erinnerte mich Vater an diesen großen Namen. »Kresna ist frech!« rief er dann vorwurfsvoll aus. Als Student las ich dann, daß Kresna in der indischen Mythologie nicht nur weise, allwissend und mit überirdischen Kräften ausgestattet war, sondern noch eine andere Seite hatte. Er galt nämlich auch als Playboy.

Von besonderem Einfluß auf die Erweiterung meines Horizonts war jedenfalls die Verpflichtung, die ein so großartiger Name mit sich brachte, nicht. Ich empfand ihn vielmehr stets als Bürde und hatte immer die Neigung, ihn abzuschütteln. Was mich wirklich beeinflußte, das waren, wie ich es im nachhinein sah, vor allem meine Spielkameraden aus dem Kampung hinter unserem Haus, mein Bruder Lantip und Wanagalih. So herrlich und glücklich die Zeit auch war, als mein Vater im Mangkunegaran tätig war, sie hatte in meiner kindlichen Entwicklung kaum Spuren hinterlassen. Außer natürlich die Gelegenheiten, wenn ich mit Vater auf Rundreise in die Dörfer der Umgebung gehen durfte. Die alten Leute zu sehen, die noch einmal zu lernen begannen, mich mit den Dorfkindern herumzutreiben und überhaupt das Landleben kennenzulernen. Die Reisfelder, die Häuser der Bauern, das Vieh.

Und Kang Lantip war sozusagen mein Lehrer. Nicht etwa dadurch, daß er mir viel beibrachte, sondern wegen seiner Bescheidenheit, seiner Ehrlichkeit und Offenheit. Ich mochte ihn von Anfang an, seit ich ihn in Wanagalih und Wanalawas kennengelernt hatte. Die elenden Verhältnisse und die Armut, aus der er stammte, seine Stellung im Setenan als angenommenes Kind, hatten ihn nie entmutigt, niedergedrückt oder in ihm das Gefühl aufkommen lassen, er wäre nichts wert. Er war schlicht und einfach, mit dem zufrieden, was es gab. Das wollte mir nicht in den Kopf. Wie konnte jemand, der eigentlich, wenn man es aus dem Blickwinkel der Klassengesellschaft sah, auf sein Schicksal hätte wütend sein müssen, den widrigen Verhältnissen mit dieser Offenheit und Gelassenheit begegnen und sich keineswegs erniedrigt fühlen? Das war mir ein Rätsel.

Und dann Wanagalih. Alles, was damit zusammenhängt, hat mich zutiefst geprägt. Das Haus im Setenan, Großvater und Großmutter, die Begründer unserer Großfamilie, die Zusammenkünfte der Verwandtschaft – das hat alles seine Spuren in meinem Inneren hinterlassen.

Meine Erfahrungen aus den Dörfern unter der Herrschaft des Mangkunegaran, in Wanagalih und Wanalawas sowie die Welt, aus der Kang Lantip stammte, hatten mich dazu gebracht, für die kleinen Leute, für ihr Leben Partei zu ergreifen. Aber mein Leben mit der Kultur des Mangkunegaran und in der Sphäre der ländlichen Priyayi, wie sie unsere Familie darstellte, haben mich auch bestimmt, sie zu vertreten. Ich war ein Mensch, hin- und hergeworfen zwischen unterschiedlichen Gefühlen von Sympathie und Solidarität. Ich empfand Sympathie für die kleinen Leute und fühlte mich solidarisch mit denjenigen, die auf der Schattenseite des Schicksals stehen und die Opfer der Herrschenden sind. Ich empfand aber auch Sympathie für die Priyayi und fühlte mich mit denen solidarisch, die aus dem Schlamm der Reisfelder aufgetaucht waren und ihren ganzen Anhang an die Oberfläche mitziehen wollten, um einer höheren Kultur teilhaftig zu werden, sie zu genießen und schließlich auch mitzuprägen, was auch immer ihr Sinn sein mochte. Merkwürdig genug, diese meine Zerrissenheit ließ sich nur bei Lekra befriedigend einbringen.

Und Gadis? Wie konnte es kommen, daß ich mich von ihr so angezogen fühlte und sie nun zur Frau nehmen wollte? Auch Gadis bot wie ich selbst ein Bild dieser Zerrissenheit. Und daher hatte ich mich sofort in sie verliebt. Der Unterschied zu Gadis bestand lediglich darin, daß sie die Tochter von Priyayis war, die eher die Schattenseite des Lebens kennengelernt hatten, während ich, wie Gadis selbst sagte, das Kind von Priyayi war, die Glück hatten. Oh, meine Gadis, mein Liebling, wo bist du nur jetzt? Stimmt es, daß du den Keim meines Samen in dir trägst, unser Kind...?

Vier Monate später wurde ich eines Morgens in das Büro des Gefängnisdirektors gerufen. Zu meiner größten Überraschung saßen dort Vater, Mutter, Onkel Noegroho und Kang Lantip. Der Gefängnisdirektor verkündete, daß ich nach Hause gehen dürfte, dort aber unter Hausarrest stünde. Als ich dann meine Zelle verließ, in der Hand die kleine Tasche mit meinen Kleidern – es waren nur zwei Garnituren –, mit dem Unterzeug und der Zahnbürste, den Hof überquerte und zum Haupttor ging, wo mich meine Verwandten erwarteten, war mir unbehaglich zumute. Ich schritt mit gesenktem Kopf voran, aber ich spürte, wie die Augen meiner Freunde und Mitgefangenen durch die Zellenfenster hinter mir herguckten. Plötzlich begann einer von ihnen laut zu rufen: »Grüß mir die Malioboro!«
Im Weitergehen rief ich zurück: »Mach ich!«
»Bestell einen heißen Gruß an meine Freundinnen in Balokan!«
»Ja gern, aber einen ganz heißen!«
Lautes Gelächter ertönte ringsum. Ich winkte mit der Hand in Richtung Zellen. Ich schämte mich schrecklich, daß sie mit mir diese Ausnahme machten und mich heute gehen ließen. Ich wußte nicht genau, wer sie alle waren. Bung Naryo, das wußte ich sicher, war nicht dort. Ob er überhaupt schon verhaftet worden war? Gadis war auch nicht dort, das war sicher. Ich hatte gehört, daß die weiblichen Häftlinge in einem speziellen Lager unweit von Semarang festgehalten wurden. Ob sie dort einsaß? Oder hatte sie sich noch versteckt halten können?
Wie ich mir schon gedacht hatte, stand zu Hause zur Feier meiner Rückkehr ein gelber Nasi Tumpeng auf dem Tisch. Alles wartete schon, um mit dem Selamatan zu beginnen. Wie das üblich war, hielt der Hausherr, hier also Vater, eine kurze Rede, um den Sinn des Selamatan zu erläutern. Danach sprachen wir gemeinsam die erste Sure des Korans, die Al-Fatihah. Dann ließen wir uns nieder und aßen.

Vater eröffnete die Unterhaltung mit den Worten: »Hari, mein Junge, du kannst Gusti Allah danken, daß du Glück hattest und durch das Nadelöhr geschlüpft bist.«

Ich war dabei, in aller Ruhe den leckeren gelben Reis zu genießen, denn ich hatte noch den faden Geschmack der Reisration auf der Zunge, die wir im Gefängnis bekommen hatten. Daher konnte ich nur nicken: »Ja, Vater.«

»Wenn nicht Onkel Noegroho gewesen wäre, wer weiß, ob du dann heute schon nach Hause gekonnt hättest. Du stehst zwar noch unter Hausarrest, aber das ist doch immerhin schon besser, als in der Gefängniszelle zu sitzen.«

»Ich bin dir wirklich von Herzen dankbar, Onkel.«

Der Onkel nickte, während er den Rest von seinem gelben Reis aufaß und an einem dicken Hühnerbein nagte. Dann stellte er den Teller hin und sah mir lange ins Gesicht: »Hari, mein Junge. Es gibt nichts Schöneres für einen Onkel, als seinem Neffen helfen zu können. Das ist die Pflicht innerhalb der Familie, die Pflicht für die Abkömmlinge einer großen Gemeinschaft, mein Lieber.«

»Ja, Onkel.«

»Wichtig ist jetzt, Hari, daß du in dich gehst. Bislang, Verzeihung, mein Junge, warst du auf dem falschen Weg und bist der kommunistischen Lehre gefolgt. Das war eine Verirrung, mein Lieber. Nun kannst du hier in aller Ruhe anfangen, wieder die Pancasila zu studieren. Wenn die nicht wäre, könnte unser Land leicht die Beute gefährlicher Anschauungen werden, wie es der Kommunismus ist, mein Junge.«

»Ja, Onkel.«

»Wenn du klug bist und deine Pancasila schon in dich aufgenommen hast, dann kann ich hoffentlich weitere Erleichterungen für dich erwirken.«

»Ja, Onkel. Herzlichen Dank, Onkel.«

»Gut, Hari. Denkst du vielleicht, Hari, dein Onkel würde dich im Stich lassen! Kennst du nicht das javanische Sprichwort, das sagt: Soll er doch leiden, aber sterben darf er nicht? Wie kann es denn sein, daß jemand aus der Familie Sastrodarsono zuläßt, daß ein Verwandter von einem Unheil ereilt wird und zugrundegeht. Das gibt es nicht. Diese Haltung hast du ja auch selbst bewiesen, gemeinsam mit deinem Bruder Lantip, damals als wir die Probleme mit deiner Kusine Marie hatten. Das war Solidarität.«

Ich nickte nur und sagte nichts weiter. Wenig später löste sich die Runde auf, und wir zogen uns in unsere Zimmer zurück.

Das Zimmer, das ich gemeinsam mit Kang Lantip bewohnte, wirkte heute so sauber und groß. Das kam natürlich daher, daß ich noch die Enge meiner Zelle im Gefängnis gewöhnt war. Und die war außerdem schäbig und schmutzig. Aber das Zimmer war mir doch fremd geworden. Ich war schon lange nicht mehr hier gewesen, schon bevor ich eingesperrt worden war. Ich war ja die ganze Zeit mit der Organisation des Ketoprak beschäftigt gewesen und mit den anderen Aufgaben bei Lekra. Und so war ich selten nach Hause gekommen, hatte meistens im Büro übernachtet, bei Freunden oder natürlich bei Gadis. Meine Bücher aus der Studentenzeit standen wohlgeordnet im Regal. Mein alter Schreibtisch war sauber aufgeräumt, keine wüsten Papierhaufen wie früher. Auch meine Kleider waren sorgfältig zusammengelegt und lagen aufgestapelt im Schrank. Mir war klar, das war das Werk von Mutter und Kang Lantip. Der war ja schon als Kind stets reinlich und ordentlich gewesen, während bei mir immer alles schmutzig und chaotisch war.

Kang Lantip schien sich zu freuen, daß er endlich wieder einmal mit mir sprechen konnte: »Gus, das ist dein Zimmer, dein Haus. Mach doch nicht so ein erstauntes Gesicht!«

Ich lächelte, denn die Wärme, die in seinen freundlichen Worten lag, tat mir wohl: »Ja, ich weiß, Kang. Aber ich war im Gefängnis. Und da wundert man sich halt, wenn man ein Zimmer so sauber und ordentlich vorfindet. Und dazu noch der angenehme Geruch!«

»Im Gefängnis! Sei nicht zynisch, Gus. Sei lieber dankbar und genieß deine Freiheit.«

»Entschuldige, Kang. Verzeih, wenn es so klang, als wäre ich nicht glücklich und wäre euch allen nicht dankbar. Ich wollte wirklich nicht zynisch erscheinen, Kang. Ich bin sehr glücklich, daß ich heute nach Hause konnte.«

Kang Lantip lachte: »Deswegen hast du vorhin zum Onkel auch immer nur ja, ja gesagt, nicht?«

»Ja, was hätte ich denn auch sagen sollen? Was er gesagt hat, war doch alles wahr, oder?«

»Bist du schon wieder zynisch? Was meinst du, ob dein Onkel Noeg die Pancasila wirklich kennt?«

»Na, Kang Lantip, jedenfalls besser als ich. Ich habe Onkels

Entwicklung schon lange nicht mehr verfolgt. Aber zumindest, was er über die Solidarität in unserer Familie gesagt hat, das war richtig. Ich muß auch zugeben, daß ich oft vergesse, wie fest unser Zusammenhalt ist. Ich war sehr beeindruckt von der Überzeugungskraft, mit der der Onkel von der Eintracht und der Solidarität in unserer Familie sprach.«

Kang Lantip schwieg. Er sah mich an, dann lächelte er: »Gus, ich bin so unglaublich froh, daß du wieder bei uns bist. Jetzt mußt du aber erst einmal eine Ruhepause einlegen und dich wieder fangen. Über alles andere sprechen wir später.«

Ich zog mich um und streckte mich auf dem Bett aus. Ich blickte an die Decke, dachte an Gadis, an Bung Naryo. Was mochte aus ihnen geworden sein? Was war, wenn Gadis wirklich schwanger war und nun nicht wußte wohin? Wo hatte sich wohl Bung Naryo verstecken können? Wie, wenn...

Die Müdigkeit übermannte mich...

Nach einigen Tagen begann ich, mich zu Hause wieder an alles zu gewöhnen. Vater, Mutter und Kang Lantip taten wirklich alles, damit ich mich wieder ganz erholte und mich bei ihnen wohlfühlte. Meine Mutter tat, was wohl alle Mütter in der Welt tun, wenn sie ihre Kinder so recht verwöhnen wollen, sie kochte mir alle meine Lieblingsgerichte. Mein Vater erteilte mir, anders als Onkel Noegroho, keine Ratschläge und sprach schon gar nicht mit mir über die Pancasila. Möglicherweise hatte er selbst keine so besonders profunden Kenntnisse von der Staatsideologie der Pancasila. Ich glaube allerdings, er wollte vor allem, daß ich mich erst einmal wieder zu Hause richtig wohlfühlte. Und so unterhielten wir uns meistens auch nur über leichte, unverfängliche Themen wie etwa über unsere Verwandtschaft, über den Großvater, der nun einsam in Wanagalih lebte, wiewohl ja Onkel Ngadiman mit seiner Familie auf ihn aufpaßte, über Tante Soemini, Onkel Harjono und ihre Kinder, sowie natürlich über Onkel Noegroho und seine Familie.

Wenn ich die Stadt hätte verlassen dürfen, wäre ich gar zu gern nach Wanagalih gefahren und hätte dem Großvater geholfen. Er war jetzt bestimmt schon recht altersschwach und hatte nicht mehr die Kraft, überallhin zu gehen.

Nun war es ja sicher schön, wieder einmal über die Familie und die Verwandten zu reden und sich vorzustellen, wie es ihnen ging, aber gleichzeitig war für mich eben die Realität, daß ich unter Hausarrest stand. Und diese Maßnahme war über mich verhängt worden, weil ich bei der Wahl meiner politischen Überzeugung auf die falsche Seite gesetzt hatte. Oder genauer gesagt, weil ich, noch bevor meine Entscheidung für eine bestimmte Überzeugung überhaupt fest und sicher begründet war, schon in einen Aufstand mitgerissen worden war. Und daher wurde ich in meinen Gedanken, die sich, veranlaßt durch die friedliche Atmosphäre daheim, allmählich beruhigt hatten, doch immer wieder durch die Vorstellung von den Folgen des Aufruhrs geplagt. Was war mit Gadis? Wie ging es ihren Eltern und Kentus in Wates? Was war mit Bung Naryo und den anderen Freunden, von denen allen ich nichts mehr gehört hatte?

In den letzten Tagen hatte ich aus Nachrichten im Radio und in Zeitungen sowie aus Erzählungen von Kang Lantip erfahren, daß der Reaktion auf den Aufstand bereits tausende, wenn nicht zehntausende von Menschen zum Opfer gefallen waren, ja vielleicht sogar hunderttausende. Es war schrecklich, mir standen die Haare zu Berge. Wie konnte die Grausamkeit sich so steigern, wie konnte sie immer neue Gewalttaten hervorbringen, wie Wellen, die sich überallhin ausbreiten und überschlagen? Und die Menschen waren – als hätte sie ein Fluch in Stein verwandelt – nicht fähig, irgendetwas dagegen zu tun.

Eines Tages, es war schon spät am Nachmittag, saß ich auf der Veranda vor dem Zimmer und las. Da kam Kang Lantip von der Arbeit nach Hause. Er sah müde aus und abgespannt. Er setzte sich neben mich auf einen Stuhl und trank von dem heißen Tee, den Mutter nachmittags immer vor unser Zimmer stellte. Er nahm einen Schluck, dann noch einen und sah mich an. Ich wußte sofort, er wollte mir etwas Schlimmes sagen.

»Gus.«

»Ja.«

»Ich weiß jetzt Näheres über Mas Naryo.«

»Gadis?«

»Noch nichts. Ich bin immer noch dabei, Erkundigungen über sie einzuziehen. Aber ich habe einen genauen Bericht darüber, was mit Mas Naryo geschehen ist. Jemand, der dabei gewesen ist, hat mir alles erzählt.«

»Und was ist passiert?«

Kang Lantip blickte mich lange an: »Gus, Mas Naryo ist in der Gegend von Boko bei Prambanan von einer aufgebrachten Menge gelyncht worden...«

Dann gab er wieder, was ihm sein Gewährsmann berichtet hatte. Es war also herausgekommen, daß Bung Naryo sich in einem Haus verborgen gehalten hatte. Sein Versteck war längere Zeit beobachtet worden. Schließlich hatte sich eine Menge Volk zusammengerottet und war in das Haus eingedrungen. Bung Naryo war daraufhin durch das Küchenfenster im hinteren Teil des Hauses gestiegen und in die Reisfelder geflohen. Er hatte noch versucht, sich am Rand des Hügels zu verbergen, auf dem die Ruinen vom Tempel Boko stehen, war aber dann am Flußufer gestellt worden. Die wütende Menge kannte kein Pardon und fiel über ihn her. Sie schlugen und traten ihn, bis er zusammenbrach. Zuletzt rief einer, der eine Pistole bei sich trug, sie sollten aufhören, ihn zu schlagen. Er zog seine Pistole und sagte, es sei besser, Bung Naryo zu erschießen, als ihn weiter zu malträtieren. Bung Naryo erhob sich mühsam und bat darum, man möge ihm erlauben, eine Abschiedsrede zu halten. Das wurde ihm gewährt. Bung Naryo hielt also eine Rede. Leider gab es niemanden, der seine Worte behalten, geschweige denn notiert hätte. Die Volksmenge war eine aufgebrachte Meute, die alles, was nach Kommunisten roch, verabscheute. Wozu also zuhören und auf den Inhalt einer Rede achten, die jemand von der PKI in einem solchen Moment hielt!

Ich aber, der ihn so gut kannte wie meinen eigenen Bruder, konnte mir sehr gut vorstellen, wie er aufgetreten war. Ich sah das Lächeln auf seinen Lippen, obgleich er wußte, daß ihn der Tod erwartete. Er lächelte nicht etwa, weil er so kühn und mutig war. Nein. Während der Verfolgung hatte ihn vielmehr die Todesangst im Griff. Aber für mich lächelte er, weil er wußte, daß das Spiel zu Ende war, daß sein Einsatz für die gewählte Überzeugung verloren war. Er brauchte diese Ansprache, weil er, wie die meisten politisch handelnden Menschen, die Politik als Bühne betrachtete. Und bei seinem Abgang mußte ein Schauspieler sein bestes geben. Mit seiner Rede, so dachte ich, hatte er seinen Freunden Mut machen wollen, sie sollten angesichts der Niederlage nicht verzweifeln. Der Himmel ist nicht immer verhangen, so lautete seine Botschaft, ganz in der gängigen Rhetorik von Politikern. Aber ich kannte ja seine Art zu reden, stets polemisch und gleichzeitig überzeugend, und ich wußte, er hatte einen Schluß gefunden, den nur er finden konnte.

Ach, Bung Naryo! Lebe wohl! Wir haben viel miteinander diskutiert, wir haben uns oft gestritten. Meistens konnte ich deine
Auffassung nicht akzeptieren. Trotzdem: Hab Dank und lebe wohl!

Kang Lantip holte tief Atem: »Das ist vor einigen Monaten
passiert, Gus. Erst heute habe ich die ganze Geschichte erfahren.
Und was Gadis angeht, so sei unbesorgt, ich werde sie sicher noch
finden.«

Mir ging Bung Naryo nicht aus dem Sinn. In meiner Phantasie,
geprägt vom Theater, sah ich Bung Naryo auf der Bühne vor dem
Tempel Boko. Er glich dem Bandung Bondowoso aus der Legende
von Lara Jonggrang. Es war der Augenblick, als Bandung dachte,
nun wäre es ihm gelungen, den Tempel im Verlauf einer einzigen
Nacht zu bauen. Da ließ Lara Jonggrang vorzeitig den Morgen
anbrechen, und sein Einsatz war vergebens gewesen.

»Gus, obwohl ich zu den Leuten gehöre, die mit der politischen
Anschauung von Mas Naryo nicht konform gingen, muß ich doch
sagen, ich habe mich von seiner sympathischen Persönlichkeit angezogen gefühlt, die Aufrichtigkeit, mit der er seine Überzeugung
vertrat, geschätzt und seinen scharfen und klaren Verstand bewundert. Ein Jammer, daß er sich für die falsche Richtung entschied. Es
trifft mich sehr, daß er auf diese Weise umgekommen ist.«

»Kang, wie kommt es, daß du, der du in Wanalawas geboren bist,
in einem so armen Dorf, dich nicht für die Kommunistische Partei
interessiert hast, nicht einmal für die HSI oder für Lekra?«

Kang Lantip lächelte: »Weil ich einem System, das Herrscher von
solcher Brutalität wie Stalin hervorgebracht und genährt hat, einfach
nicht vertrauen kann. Das geht mir genauso mit dem System, das
Hitler und Mussolini an die Macht gebracht hat. Und ganz gewiß
habe ich auch keine Sympathie für ein System, das einen Amangku-
rat geboren hat, der die frommen Santri grausam abschlachtete.
Systeme dieser Art tragen immer den Keim von Gewalt in sich, der
tausende Unschuldiger zum Opfer fallen.«

Er äußerte das so entschieden und scharf, daß ich richtig erschrak.
Lantip, mein Bruder, der sonst so sanft war, so fein und so gesittet,
hatte jetzt mit einem Hieb drei große Herrschaftssysteme gefällt.

»Aber können wir denn überhaupt ohne ein System existieren?
Wie können wir ohne ein System das Leben der kleinen Leute
verbessern, Kang?«

»Man braucht immer ein System, Gus. Und es muß auch möglich

sein, den Lebensstandard der kleinen Leute zu heben. Aber ein System, das brutale und rücksichtslose Gewaltherrscher hervorbringt, wird nie imstande sein, die Lage der kleinen Leute zu bessern, auch wenn System und Herrscher meinen, sie könnten dies. Das Problem ist doch, daß weder das System noch die Machthaber das Leben des Volkes wirklich kennen.«

»Aber wie können wir dann ein System finden, das keine Machthaber hervorbringt, die meinen, sie stünden über dem Gesetz, das gleichzeit aber mit dem Leben und den Leiden der kleinen Leute vertraut ist, Kang?«

»Wir müssen eben alles daran setzen, ein System zu schaffen, das dem Volk vertraut.«

»Was meinst du damit, das dem Volk vertraut?«

»Das heißt, daß das Volk einfach Menschen sind wie wir. Menschen, die bestimmte Ansichten haben, Wünsche, Interessen, Vorlieben haben, Träume haben, Rechte besitzen – ja eben einfach Menschen wie wir hier.«

»Und weiter?«

»Wenn wir von diesem Grundsatz ausgehen, dann muß es auch möglich sein, ein System zu entwickeln, das offen ist, das den einfachen Leuten die Gelegenheit gibt, ihre Anschauungen und Wünsche einzubringen. Und wenn wir den Leuten zutrauen, daß sie sich eine Meinung bilden können, daß sie Vernunft besitzen, dann werden wir auch in der Lage sein, ihre Meinung mit offenen Ohren anzuhören, ohne sie als Zumutung und Last zu empfinden.«

»Wieso als Zumutung und Last, Kang?«

»Zumutung und Last, weil wir meinen, klüger zu sein als das einfache Volk, weil wir meinen, besser entscheiden zu können, was die Leute brauchen und was sie eigentlich wollen. Dieses Vorurteil ist die Belastung. Davon müssen wir uns befreien, Gus.«

Nun mußte ich auch lächeln, denn auf einmal sagte er immer wir: »Du sprichst immer von uns, Kang Lantip. Wer ist das aber: wir?«

»Ganz einfach. Wir sind wir, Gus. Ich, du, meine Freunde, deine Freunde. Eben alle. Wir alle müssen uns für ein solches System einsetzen. Ein System, das nicht auf der Ansicht beruht, hunderte oder tausende müßten umgebracht werden, um den Lebensstandard des einfachen Volkes zu heben. Ich bin es leid, das ansehen zu müssen. Denk doch an den Aufstand von Madiun, an das Schreckliche, das jetzt passiert, und was in Zukunft noch alles geschehen kann! Unser System muß sich auf das Prinzip von Auseinandersetzung und Einvernehmen gründen, auf Dialog und Diskussion.«

»Dann hast du also kein Vertrauen in die Revolution, Kang Lantip.«

»Nein, nicht mehr. Ich setzte lieber auf eine friedliche Veränderung.«

Schließlich hatten wir genug vom vielen Reden über unsere Träume. Als gute javanische Priyayi brauchten wir Ruhe für einen Mittagsschlaf.

Ungefähr zwei Monate später brachte Kang Lantip Nachrichten über Gadis. Es war nach dem Mittagessen, Vater, Mutter und ich saßen noch am Tisch. Aufgeregt berichtete Lantip, was er gerade erfahren hatte: »Was wir die ganze Zeit vermutet haben, ist offenbar richtig. Gadis sitzt in Plantungan ein. Sie wurde zusammen mit einigen Freundinnen von Gerwani in ihrem Versteck in der Nähe von Magelang aufgespürt und verhaftet. Plantungan ist ein Lager speziell für Frauen. Aber...«

»Was aber, Kang?«

Das Herz schlug mir bis zum Halse. Kang Lantip sah mich prüfend an: »Aber, wie kommt Gadis in diesen Zustand? Das hat mich ganz irre gemacht.«

»In welchen Zustand, Kang?«

»Mein Informant hat mir berichtet, eine Verhaftete von Gerwani mit Namen Retno Dumilah sei im siebenten Monat schwanger. Wie ist das möglich?«

Meine Mutter fiel sofort ein: »Dann kann es nicht Gadis sein, Tip. Wahrscheinlich ist es eine andere Frau von Gerwani, die zufällig auch Retno Dumilah heißt. Das ist schließlich in Java ein sehr beliebter Name.«

»Na, wenn es so ist, dann ist es wohl nicht Gadis, Gus. Dann habe ich einfach eine falsche Information erhalten.«

»Einen Augenblick!«

Alle stutzten auf meinen kurzen Einwand hin. Vielleicht hatte er ja zu scharf geklungen, außerdem zitterte meine Stimme: »Die Frau ist Gadis, das kann ich mit ziemlicher Sicherheit sagen.«

»Wie kannst du so sicher sein, mein Junge?«

»Vater, Mutter, Kang Lantip. Verzeiht mir. Ich muß euch von einer anderen Seite unserer Beziehung berichten, über die ich bisher noch nicht mit euch gesprochen habe. Meine Beziehung zu Gadis ging wirklich schon sehr weit. Bevor die Unruhen ausbrachen, hatte Gadis mir gesagt, daß sie schon über einen Monat lang keine Menstruation gehabt hatte. Und wenn jetzt Kang Lantip sagt, die Frau von Gerwani sei im siebenten Monat und sie heiße Retno Dumilah, dann ist es mit Sicherheit Gadis. Sie trägt mein Kind unter dem Herzen.«

Vater, vor allem aber Mutter, waren wie vor den Kopf geschlagen. Ihr Blick war ins Leere gerichtet. Nur Kang Lantip saß ganz ruhig und gefaßt da. Mir war mit einem Mal, als müßte ich weinen. Ich sah Gadis vor mir, wie sie eingeschlossen in ihrer Gefängniszelle saß, eng, stickig, zusammen mit einer Reihe anderer Gefangener. In ihrem Zustand litt sie furchtbar, das war sicher. Und was mochte mit dem Kind in ihrem Leib sein? Was wäre, wenn das Kind schon jetzt, noch vor der Geburt, gelitten hätte! Die Vorstellung überwältigte mich, mir kamen die Tränen: »Vater, Mutter, Kang Lantip, ich bitte euch vielmals um Verzeihung, daß ich es euch so schwer mache und daß ihr euch nun meinetwegen schämt.«

Meine Mutter, die gute und großartige Frau, schloß mich in ihre Arme und tröstete mich. Genauso, wie sie es mit mir getan hatte, als ich noch klein war und wenn ich Sorgen hatte oder mir etwas passiert war.

»Es ist schon gut, mein Junge. Sei nur ruhig. Niemand schämt sich hier. Es geht jetzt nur darum, wie wir dir helfen können.«

»Kang Lantip, komm mit mir nach Plantungan. Und auch nach Wates, um ihren Eltern Bescheid zu sagen. Oh, die unglücklichen Eltern! Was werden sie traurig sein und verzweifelt. Komm mit, Kang.«

»Geduld, mein Junge, Geduld. Du kannst nicht einfach deinen Gefühlen folgen. Noch stehst du unter Hausarrest und darfst hier nicht raus. Laß uns lieber in Ruhe und mit klarem Kopf nachdenken. Was meinst du, Tip, ist das nicht besser?«

»Vater hat recht, Gus Hari. Entschuldige, ja, aber du mußt im Haus bleiben. Wir verstehen ja alle, wie nahe es dir geht und wie verzweifelt du bist. Nur, wenn du darauf bestehst, nach Plantungan zu fahren, dann machst du alles nur noch schlimmer. Dann können wir dir nämlich auch nicht mehr helfen. Ist dir das klar, Gus?«

Ich nickte stumm, wenn ich auch innerlich mein Los verfluchte.

»Na, da das so ist, denke ich folgendes, Gus. Laß mich nach

Plantungan fahren, um Gadis zu treffen. Ich bin ziemlich optimistisch, daß sie mich reinlassen. Ich habe ja gute Kontakte zu einer Reihe von Leuten. Danach fahre ich nach Wates zu den Eltern von Gadis. Ist euch das recht? In der Zwischenzeit könnte Vater Onkel Noeg in Jakarta verständigen. Wer weiß, vielleicht kann er noch einmal helfen, so wie er es kürzlich für Gus Hari getan hat.«

Nach einigem Überlegen stimmten wir dem Vorschlag von Kang Lantip zu. Er sollte alsbald nach Plantungan aufbrechen.

Mit bangem Herzen warteten wir zu Hause alle auf seine Rückkehr. Nun war er schon vier Tage fort. Vater hatte Onkel Noegroho bereits einen Brief geschrieben und ihn von der Lage unterrichtet, in der sich Gadis befand. Am fünften Tag kam dann Lantip. Er wirkte abgespannt, die Kleider verknittert, verdreckt. Er hatte wohl viel herumfahren müssen in den vergangenen fünf Tagen. Und hatte sich wahrscheinlich nirgendwo ausruhen können.

»Nun trink mal erst etwas, Tip. Und dann duscht du dich. Erst dann erzählst du. Oder willst du dich vielleicht doch erst etwas hinlegen? Du siehst wirklich todmüde aus.«

»Ja, gib mir was zu trinken, Mutter, und dann möchte ich duschen. Schlafen kann ich immer noch, wenn ich alles erzählt habe.«

Und tatsächlich, frisch trat Kang Lantip aus dem Bad. Sein Gesicht, gerade noch abgespannt und verschwitzt, glänzte wieder, ganz so, als wäre er nicht eben erst von einer langen Reise zurückgekommen. Wahrscheinlich war er so widerstandsfähig, weil ihn die Natur von Wanalawas und Wanagalih von kleinauf geprägt, ihn zäh und elastisch gemacht hatte. Kang Lantip begann zu berichten.

Retno Dumilah, die als Häftling der Gerwani in Plantungan einsaß, war also Gadis. Als Kang Lantip ihr im Büro des Lagerkommandanten gegenübergestellt wurde, hatten sich die beiden voller Verwunderung angestarrt. Gadis hatte nicht im mindesten geahnt, daß Kang Lantip sie besuchen würde. Obwohl Kang Lantip ja Bescheid wußte, war er seinerseits doch höchst erstaunt, als er Gadis mit dickem Bauch hochschwanger erblickte. Sie fielen sich in die Arme, und Gadis weinte sich erst einmal an Kang Lantips Schulter aus. Er selbst konnte seine Rührung auch nicht unterdrücken und weinte mit ihr.

»Ja, das ist mein Schicksal, Kang. Ich bin hier im Gefängnis und schwanger. Ich schäme mich zu Tode, Kang. Und erst die Wachsoldaten, die mich ständig kränken und ihre schmutzigen Witze über mich machen.«

»Beruhige dich nur, Gadis. Die ganze Familie ist dabei, nach Mitteln und Wegen zu suchen, um dich hier herauszuholen.«

»Ach, das ist unmöglich, Kang. Ich gelte hier als gefährliches Mitglied von Gerwani, der Frauenorganisation der Kommunistischen Partei. Dabei habe ich gar nicht dazugehört. Natürlich war ich Autorin von Lekra und Mitglied von Lestra. Doch was soll's. Für die gehören wir alle hier zu Gerwani. Und es stimmt natürlich, bei den Befragungen, beim Verhör gelte ich als aggressiv, denn ich lasse es bewußt auf Polemik mit denen ankommen.«

»Laß es bleiben, Gadis. Du bist jetzt Häftling und außerdem schwanger. Du mußt deine Kräfte einteilen. Paß auf deine Gesundheit auf und vor allem auf das Kind in deinem Leib. Sieh zu, daß du dich wenigstens gegen sie schützen kannst.«

Gadis fragte schließlich, welche Möglichkeiten Kang Lantip wohl sähe, um sie freizubekommen. Er erklärte ihr, sie hätten vor, Hilfe von Onkel Noegroho zu erbitten, wie er sie auch schon in meinem Fall gewährt hatte.

»Das ist ja sauber, hat einen Onkel beim Militär! Und der ist auch noch Oberst. Bung Hari hat's ja sicher jetzt fein zu Hause, während ich hier mit meinem dicken Bauch alle Niederträchtigkeiten allein ausstehen muß. Ist das vielleicht gerecht, Kang? Bung Hari müßte genauso leiden wie ich!«

»Gadis, Gadis! Quäl dich doch nicht mit solchen Worten und Gedanken. Du kannst dir doch vorstellen, daß Hari Schreckliches aussteht. Er leidet darunter, daß er nichts tun kann, um dich zu besuchen, zu trösten, mit dir zusammen an das Kind in deinem Leib zu denken. Er liebt dich doch sehr, und auch deine Eltern.«

Am Ende beruhigte sich Gadis, Kang Lantips umsichtige Art hatte ihre Wirkung nicht verfehlt. Dazu kam, daß Gadis, hochschwanger wie sie war, sich zu schwach fühlte, um lange dagegenzuhalten.

»Kang Lantip, wonach ich mich wirklich sehne, das ist ein sauberer Ort, wo auch Platz ist, um das Kind zur Welt zu bringen.«

»Das wollen wir ja gerade erreichen. Sollte unser Onkel keine Chance sehen, dich freizubekommen, dann werden wir zumindest bitten, sich dafür einzusetzen, daß du die Erlaubnis erhältst, deine Niederkunft im Krankenhaus zu erwarten.«

»Es wäre wirklich ein unsägliches Elend, wenn ich gezwungen

wäre, das Kind hier in dieser engen stickigen Zelle zur Welt zu bringen. Es wäre schlimm, für mich und für das Kind.«

»Hab Geduld, Gadis. Vertrau auf Gott. Wenn Er es will, bekommst du, was du ersehnst.«

»Kang, wenn das Kind ein Junge wird, dann nenne ich ihn Sungkowo. Wenn's ein Mädchen wird Prihatin.«

»In Ordnung, Gadis. Das regeln wir später. Im Augenblick ist das wichtigste, daß du gesund bleibst. Und – auch wenn es dir schwer fällt, versuche heiter zu sein.«

Kang Lantip verabschiedete sich mit dem Versprechen, mit Onkel Noegroho wiederzukommen und sie aus Plantungan herauszuholen.

Bevor Kang Lantip zu uns nach Yogya zurückkehrte, fuhr er noch nach Wates, um die Eltern von Gadis zu sehen. Von außen wirkte ihr Haus einsam und verlassen. Als Kang Lantip jedoch näher kam und den Vorplatz betrat, hörte er eine Mundharmonika, aber es waren lauter falsche Töne. Im vorderen Zimmer konnte er dann die Melodie von »Satu Nusa, Satu Bangsa« erkennen, wenn es sich auch etwas merkwürdig anhörte. Die Eltern von Gadis erschienen, und Kang Lantip stellte sich ihnen vor. Dann erzählte er ihnen, wie es Gadis in Platungan ging. Er erzählte ihnen, daß sie schwanger sei und wie schwer sie es in ihrem Zustand im Gefängnis habe. Gadis Eltern erschraken furchtbar über die Nachricht von der Schwangerschaft ihrer Tochter. Aber Kang Lantip tröstete sie sogleich, indem er ihnen sagte, daß unsere Familie bereit sei, Gadis und das Kind in ihrer Mitte aufzunehmen. Er fügte hinzu, daß man alles daransetzen werde, sie aus dem Gefängnis herauszuholen. Vielleicht könnte man erreichen, daß sie dann nur noch unter Hausarrest stünde. Die beschwichtigenden Worte von Kang Lantip verfehlten ihre Wirkung auf die Eltern nicht, und sie beruhigten sich wieder. Und als sie von ihm hörten, daß Gadis schon Namen für ihr Kind ausgesucht hatte, konnten sie sogar schon wieder lächeln.

Wir nahmen Kang Lantips Bericht mit zwiespältigen Gefühlen auf. Einerseits waren wir froh, daß wir nun genau wußten, wie es mit Gadis stand, andererseits waren wir wegen ihrer Gesundheit und wegen des Kindes in großer Sorge. Nun warteten wir gespannt auf Nachricht von Onkel Noeg. Eine Woche verging, eine zweite und dritte vergingen ebenfalls – noch immer keine Nachricht. Wir waren alle schrecklich nervös. Ob der Onkel vielleicht gar nicht helfen wollte, weil Gadis noch nicht zur Verwandtschaft zählte? Endlich, nach vier Wochen erschien Onkel Noeg. Er strahlte, und bei Allah, er sah kräftiger und frischer aus als bei seinem letzten Besuch. Verglichen mit Vater wirkte er eher wie sein jüngerer Bruder, obwohl er doch der ältere war. Während er geradezu jugendlich auftrat, war Vater sichtlich gealtert.

»Na, wir haben hier schon ungeduldig auf dich gewartet, Mas Noeg.«

Er lachte: »Entschuldigt, ich hatte keine Gelegenheit, euch eine Nachricht zukommen zu lassen. Eine Menge Dinge kamen gleichzeitig zusammen. Aber zum Glück bringe ich gute Nachrichten.«

Bei seinen Worten fiel uns ein Stein vom Herzen. Wir atmeten erleichtert auf, vor allem ich.

»Die erste Nachricht: Dank eurer Fürbitte und Vaters Segen aus Wanagalih habe ich eine neue Position bekommen. Ich bin jetzt Generaldirigent im Handelsministerium.«

Aus allen Kehlen kamen Freudenrufe: »Toll! Großartig!«

Onkel Noeg sah uns alle in der Runde nacheinander an und nickte: »Die zweite gute Nachricht ist für dich, Hari.«

Ich fragte ihn sofort: »Wie, Onkel? Was gibt es Neues? Ist Gadis...?«

Er lachte: »Warte doch erst einmal. Willst du deinen Onkel gleich überfallen?«

Alle lachten über mich. Verdammt!

»Es ist so: Ich habe meine alten Freunde im Hauptquartier der Armee und bei Opsus, dem militärischen Sonderkommando, angesprochen und die erforderlichen Schreiben bekommen, um die Situation von Gadis zu ändern. Auf meinem Weg hierher habe ich kurz in Semarang Station gemacht, um mir die restlichen Briefe geben zu lassen, damit wir Gadis in Plantungan abholen können. Na, Alhamdulillah, jetzt ist alles in Ordnung. Hari, bald kannst du deine Frau wiedersehen!«

Sprach's und lachte wieder: »Hariii, Hari. Da hast du vielleicht was angestellt! Wolltest in der Politik mitspielen und hast dir als Spielzeug die PKI ausgesucht, die Kommunistische Partei! Suchst dir eine Frau, und was ist sie: eine Gerwani!«

Ich achtete nicht auf den Spott vom Onkel, dafür war meine Freude zu groß. Außerdem war ich dem Onkel viel zu dankbar.

»Na, Hari, was hat deine Mutter gesagt? Hab Geduld, vertrau auf

Gott und bitte Gusti Allah um Hilfe. Das war richtig, oder? Alle deine Bitten hat Gusti Allah erfüllt. Du kannst Ihm dankbar sein, mein Junge, und auch deinem Onkel.«

»Ja, mein Lieber. Das ist wahrhaftig ein Wunder von Allahs Hand. Wer hätte gedacht, daß diese Sache so rasch wieder in Ordnung kommen könnte. Los, dank dem Onkel noch einmal!«

»Ach was! Marti, Hardojo, Hari und auch Lantip. Noch einmal, was ich getan habe, das war nichts als meine Pflicht gegenüber der Familie, der Familie Sastrodarsono. Wer sonst soll denn ein Mißgeschick, das uns trifft, auffangen, wenn wir es nicht selbst tun? Das wäre ja noch schöner, wenn wir ruhig mit ansehen wollten, wie einer von uns leidet? Was wären wir denn für eine Familie, wenn wir so gleichgültig wären! Genug davon. Ich bin glücklich, daß ich euch alle so froh sehe. Also, morgen fahren wir alle zusammen hin und holen Gadis ab. Hari, du darfst natürlich nicht mit, du stehst immer noch unter Hausarrest. Aber das macht dir doch nichts aus, Hari, oder?«

»Na ja, was soll ich machen, Onkel! Es ist eben so.«

»Das ist nicht weiter schlimm, mein Junge. Ich werde dein Kind auf den Armen tragen, wenn es geboren ist. Ja, wirklich, die Zeit ist bald da, daß es auf die Welt kommt.«

»Ja, fahrt nur alle hin. Ich bleibe hier zu Hause und bringe mein Zimmer für Gadis und das Kleine in Ordnung.«

Am Tag darauf fuhren sie mit zwei Autos nach Plantungan. Ich blieb da und machte mein Zimmer sauber. Kang Lantip hatte sich schon bereiterklärt, nach hinten in ein anderes Zimmer zu ziehen. Ich tauschte mein Bett gegen ein größeres aus dem Gästezimmer aus. Ich dachte, wir haben ja sowieso nur noch ganz selten Besuch, der bei uns übernachtet, und wenn, dann ist es höchstens jemand von der Familie. Ich wischte den Fußboden, scheuerte ihn mit viel Kreolin, um alle Bazillen zu beseitigen. Sollte es ruhig wie im Krankenhaus riechen. So hatte meine Gefangenschaft wenigstens doch einen Nutzen: Ich mauserte mich zum Fachmann im Fußbodenputzen. Ich suchte im ganzen Haus nach Bildern, die für Gadis und das Kind paßten. Blumenstilleben, oder - speziell für Gadis - Landschaften. Hatte ich denn nicht noch das Bild von Trubus mit dem Blick auf den Hang des Merapi? Wo war das bloß? Was für ein Bild würde dem Kind gefallen? Ob es ein Sungkowo oder eine

Prihatin würde? Dann dachte ich, es ist besser, ich warte, bis sie alle wieder hier sind.

Nachmittags badete ich und zog mein schönstes und feinstes Hemd an – jedenfalls das, das ich dafür hielt. Ich setzte mich auf die Bank vorn auf der Veranda und blickte auf die Straße. Mir kam es vor wie früher, als ich noch klein war und so ungeduldig wartete, daß Mutter vom Einkaufen zurückkam. Mein Puls ging schneller vor freudiger Erwartung.

Endlich, die Dämmerung wollte schon hereinbrechen, bog das Auto in den Vorplatz. Ich lief ihnen entgegen. Der Wagen blieb stehen, aber die Türen öffneten sich nicht sofort. Es dauerte eine kleine Weile, dann gingen sie ganz langsam auf. Ich hörte als erstes das Weinen meiner Mutter. Sie stieg aus, die anderen hinterher. Sie fiel mir schluchzend um den Hals: »Oh, Allah, mein Junge. Es ist furchtbar. Deine Frau, Kind, deine Frau ist nicht mehr...«

Ich stand wie versteinert. Ich konnte nicht weinen, ich konnte überhaupt nichts. Wie von fern hörte ich, was Mutter und Vater berichteten. Gadis war vor ein paar Tagen gestorben, als sie vorzeitig ein Zwillingspaar geboren hatte, einen Jungen und ein Mädchen.

»Sei stark, Junge. Wir haben unser bestes versucht. Was kann man da machen. Gusti Allah hatte es anders vor. Es ist ein schwerer Schlag. Vertraue auf Gott, vertraue auf Gott, mein Lieber.«

Ich vernahm Vaters Worte wie ein fernes Echo. Es war mir, als käme es aus einem endlosen Gewölbe.

»Es ist gut, es ist gut, Hari. Laß uns reingehen.«

Wer das sagte, weiß ich nicht mehr. Ich weiß nur noch, daß ich bat, mich noch draußen stehen zu lassen. Nach einer Weile begann ich auf dem kleinen Vorplatz ganz langsam im Kreis herumzugehen. Am Himmel zeigte sich ein leuchtendes Abendrot. In wenigen Augenblicken würde die Sonne hinter den Nachbarhäusern und den Bäumen verschwinden.

Gadis, du hast Sungkowo und Prihatin zur Welt gebracht. Möge es dir dort gut gehen! Ich hörte sie ein Gedicht sprechen: »Morgens, die Landarbeiter, schweißüberströmt klagen sie, dieses Land, wann wird es uns wieder gehören?« Ich hörte Kentus auf seiner Mundharmonika voller Mißtöne spielen »Satu Nusa, Satu Bangsa, Satu Bahasa« und dazwischen auch wieder »Garuda Pancasila«. Ich bin dein Beschützer.

Die Nacht brach herein.

Lantip

Eines Tages stürzte der Nangka-Baum vor dem Haus im Setenan um. Er war ja auch schon uralt. Jedenfalls hatte er schon dagestanden, als Embah Kakung und Embah Putri Sastrodarsono das Haus bezogen. Mit seinem Sturz war seine Aufgabe beendet, er hatte seine Verpflichtung gegenüber der Familie Sastrodarsono, ja gegenüber allen im Setenan erfüllt. Seine riesigen fleischigen Früchte hatten Leute aus allen Schichten erfreut. Außer den Mitgliedern der Familie selbst hatten auch die Nachbarn den besonderen Geschmack dieser Nangkas geschätzt, frisch und roh genossen oder als Dodol lecker kandiert. Und bei der Vergabe seiner Wohltaten hatte der Nangka-Baum niemals jemanden bevorzugt oder benachteiligt. Ob es sich einst um Pak Martokebo handelte, jene Figur aus dem Aufstand der Kommunistischen Partei von Madiun, Zweigstelle Wanagalih, der ehedem Viehhändler gewesen war, oder um Pak Kaji Mansur, der damals bei diesem Aufstand ermordet worden war, sie alle hatten die Wohltaten des Nangka genossen.

Zwei Wochen vorher hatten wir in Yogyakarta plötzlich von Pakde Ngadiman einen Eilbrief mit der Nachricht erhalten, daß Großvaters Gesundheitszustand sehr bedenklich sei. Er sei sehr gealtert und rede oft wirres Zeug. Er war ja inzwischen 83, was für einen Javaner ein sehr hohes Alter bedeutete. Die ganze Familie war in größter Sorge, und wir rechneten mit dem Schlimmsten. Vater und Mutter hatten daher mich und Gus Hari nach Wanagalih geschickt, damit wir Pakde Ngadiman und seinen Kindern halfen, für Großvater zu sorgen und ihn zu betreuen.

Gus Hari konnte mich begleiten, da sein Hausarrest schon seit längerer Zeit aufgehoben war. Er durfte sich nun in der Stadt frei bewegen und im Fall von Familienangelegenheiten sogar nach außerhalb reisen. Diese Erleichterungen hatte er natürlich Onkel Noegrohos Bemühungen bei seinen Freunden in Jakarta zu verdanken. Mit Genugtuung hatten wir in der Familie beobachtet, wie Gus Hari damit allmählich auch seine Lebensfreude zurückgewann. Anfangs hatten wir mit Sorge gesehen, wie er tagelang auf der Bank vorn auf der Veranda saß und vor sich hin grübelte. Glücklicherweise gewann er nun aber langsam wieder an Selbstvertrauen. Ein erstes Zeichen von neuem Lebensmut war, daß er seine Eltern um etwas Geld bat, um in der unbenutzten Garage eine Bücherei für die Kinder der Volksschule einzurichten. Wir hatten diese Idee sehr gut gefunden und ihn bei seinem Projekt unterstützt. Es dauerte nicht lange, da war eine bescheidene Sammlung von Büchern verfügbar, und sie fand unter den Kindern rasch zahlreiche Besucher, vor allem aus der Nachbarschaft. Gus Hari stürzte sich mit Begeisterung auf diese Tätigkeit. Einige Zeit später bot er für Schüler der Volksschule und der Mittelschule Nachhilfestunden in Englisch an. Auch diese Unternehmung lief gut an und hatte Erfolg. Selbstverständlich mußte das alles unter der Aufsicht der zuständigen Behörden geschehen, denen gegenüber Vater und ich die volle Verantwortung dafür übernahmen, daß damit keinerlei subversive Aktivitäten verbunden waren.

An jenem Nachmittag sahen wir nun den Leuten zu, wie sie von dem umgestürzten Nangka-Baum, den die ganze Familie geliebt hatte, den Stamm zersägten, spalteten und dann die Äste und Zweige zerkleinerten. Auch die Kinder waren mit Freude dabei, und selbst die Ziegen hatten etwas von dem Baum: Sie fraßen seine Blätter. Das alles geschah natürlich auf Großvaters Wunsch.

Als wir – Pak Ngadiman, Gus Hari und ich – ihm nämlich gemeldet hatten, der Nangka-Baum sei umgestürzt, war er vom Sofa hochgefahren, wo er gerade seinen Mittagsschlaf hielt. Sein Gesicht hatte sich aufgehellt, er wirkte so lebendig und klar wie früher. Und auch seinen Worten konnte man anmerken, daß dahinter ein klarer und heller Geist stand. Embah Kakung, unser Großvater, gab seine Anweisung an alle: »Meine Lieben alle. Hört mir gut zu. Der umgestürzte Nangka-Baum war die Seele unseres Hauses. Der Baum hat über das Wohl des Hauses und aller seiner Bewohner gewacht. Mit seinem Fall ist seine Aufgabe, uns zu schützen, erfüllt. Ich möchte, daß unser Nangka-Baum seine Kraft den Leuten hier vermacht. Jeder hier, wer auch immer es sein mag, soll das Recht haben, sich Holz, Blätter und – wenn es welche gibt – auch Früchte von ihm zu nehmen.«

So lautete die Botschaft unseres Familienoberhauptes. Wir beeilten uns, seiner Weisung nachzukommen. Von der Veranda aus beobachteten wir an diesem Nachmittag, wie die Leute, die von Pakde Ngadiman und Marman zu dem Freudenfest eingeladen worden waren, den Leib des Nangka-Baums unter sich aufteilten. Plötzlich hörten wir das langsame Schlurfen von Sandalen hinter uns. Ach Allah, Embah Kakung versuchte, mit vorsichtigen Schritten seinen Schaukelstuhl zu erreichen, aber er war zu schwach dazu. Wir stürzten hinzu und halfen ihm hinein.

»Ich wollte doch zusehen, wie die Leute die Kraft und den Leib unseres Nangka-Baums genießen.«

Er kicherte.

»Ja, sugeng dahar! Guten Appetit!«

Wir, seine Enkel, lachten mit ihm und waren froh darüber, daß Embah Kakung wieder so voller Eifer war. Als dann der Stamm zersägt und die Äste zerteilt waren und alle mit ihrem Anteil glücklich nach Hause abgezogen waren, gab uns der Großvater durch ein Zeichen zu verstehen, daß er nun wieder ins Haus geführt werden wollte. Er ging unendlich langsam, konnte nur noch schlurfen. Plötzlich sank er in sich zusammen. Großer Allah, Embah Kakung war in Ohnmacht gefallen. Wir trugen ihn in sein Zimmer. Dann riefen wir schleunigst Doktor Waluyo, damit er käme und nach ihm sähe. Voller Unruhe warteten wir. Der Arzt kam und untersuchte ihn. Er bat uns nach draußen und teilte uns flüsternd mit, der Großvater sei sehr schwach, es stünde sehr, sehr ernst um ihn. Er riet uns, so schnell wie möglich die ganze Familie zu verständigen, damit alle herkämen. Wir machten uns sofort auf den Weg, schickten Telegramme aus und riefen bei den Verwandten an.

In den nächsten Tagen trafen sie alle ein, einer nach dem anderen. Sogar Halimah kam mit ihren Eltern. Und genau in dem Moment, als die letzten beiden der Familie eintrafen, nämlich Mbak Marie und Mas Maridjan, schlief Embah Kakung ein. Es war, als hätte der Großvater gewartet, bis alle Kinder und Enkelkinder versammelt waren, bevor er ins Jenseits hinüberging. Keiner von uns weinte, denn wir wußten alle, daß dies für ihn die Zeit war, der Großmutter zu folgen. Nichtsdestoweniger war die Rührung spürbar, die uns alle in Großvaters Zimmer packte. Einen Moment lang dachte ich an früher, als Großmutter mich hier in diesem Schlafzimmer zum ersten Mal den Fußboden aufwischen ließ. Wie hatte ich doch damals das herrliche Zimmer bewundert! Und es war immer noch schön.

Bevor wir aufbrachen, um den Leichnam zum Friedhof zu bringen, setzten wir uns alle zusammen und berieten über die Frage, wer die Großfamilie bei der Ansprache am Grab vertreten und Embah Kakung Lebewohl sagen sollte. Für mich war klar, das konnte nur einer tun, nämlich Onkel Noegroho. Er war der älteste Sohn, und er hatte ihn jetzt als Oberhaupt der Familie Sastrodarsono abgelöst. Aber er lehnte ab. Er schlug stattdessen vor, einer von den Enkeln sollte am Grab auftreten, einfach um darzutun, daß unsere Familie von der Zeit an, da der Gründer der Familie Kedungsimo verlassen und sich schließlich hier in Wanagalih niedergelassen hatte, von Generation zu Generation weiter gewachsen war. Alle nickten zustimmend und fanden die Idee sehr gut und passend. Onkel, Tanten und auch die Enkelkinder einigten sich schließlich – es war sehr interessant – auf Gus Hari. Er sollte die Ansprache halten. Gus Hari erhob sich, ganz langsam, und schaute in die Runde. Dann erklärte er mit leiser, aber deutlicher Stimme: »Liebe Onkel, liebe Tanten, liebe Brüder, Schwestern und ihr anderen alle. Ich bin nicht in der Lage, diese Aufgabe zu übernehmen. Verzeiht mir, aber ich habe das Gefühl, daß ich nicht der richtige Mann dafür bin. Ich bin derjenige in der Familie, der ihr gerade erst große Schwierigkeiten und Probleme gemacht hat. Und ich bin im Moment erst dabei, wieder zu lernen, worin der Sinn einer Großfamilie besteht. Das bedeutet, ich lerne gerade, und zwar von Anfang an. Daher bin ich für die Aufgabe wenig geeignet. Trotzdem, ich habe einen anderen Kandidaten. Einer, der viel besser geeignet ist und sich außerdem große Verdienste in der Familie erworben hat. Einer, der wirklich ein reines Herz hat, offen und ehrlich ist, der sich für uns eingesetzt hat, ohne dabei an einen eigenen Vorteil zu denken. Ich meine einen Priyayi, der uns alle übertrifft, ich meine Kakang Lantip.«

Mir war, als hätte mich ein Blitz getroffen. Der Schreck packte mich und Ratlosigkeit. Was war denn nur in Gus Hari gefahren? Was hatte er im Sinn? Ich senkte den Kopf. Ich, das Adoptivkind, das uneheliche Kind eines Verbrechers, der den Namen der Familie in den Dreck gezogen hatte, der Embah Wedoks Leben und das meiner Mutter zerstört hatte, ich sollte als Vertreter der Familie Sastrodarsono auftreten?

»Richtig, Hari. Ich bin ganz deiner Meinung. Lantip, du mußt die Sache übernehmen.«

Das war die würdige Stimme von Onkel Noegroho. Von allen Seiten ertönte es nun gleichzeitig »Ich bin dafür, ich bin dafür«. Ich nickte stumm, den Blick noch immer auf den Boden geheftet. Sie sollten nicht sehen, daß mir die Augen feucht wurden und die Tränen kamen.

Der Zug mit dem Leichnam von Embah Kakung brach auf. Während des ganzen Weges sah ich meine Mutter vor mir, wie sie mit schweren Schritten den Korb voller Tempe auf dem Rücken schleppte und ihre Ware auf den Straßen von Wanagalih anbot. Vor meinem Auge erschien Wanalawas, unser armseliges Haus, Embah Wedok und Pak Dukuh. In meinem Herzen fragte ich, ob sie alle die Entscheidung unserer Versammlung mitgehört hatten, mit der ich gerade zum Vertreter der Familie bestimmt worden war. Ob sie sie wirklich gehört hatten? Und wieder sah ich meine Mutter, wie sie mich damals beim Abendrot zu überreden versuchte, Ndoro Sastrodarsono zu dienen. Ich sah sie weinen, als ihr Ndoro Sastrodarsono sagte, er würde mich in die Schule geben. Ich... ehe ich michs versah, war der Zug am Grab angekommen. Oh Allah, was sollte ich nur in meiner Ansprache sagen?

Assalamualaikum, warohmatullahi, wabarokatuh! – Friede sei mit euch, Liebe und Allahs Segen!

Hochverehrte, liebe Anwesende, einige Tage bevor Embah Kakung Sastrodarsono starb, stürzte der Nangka-Baum vor seinem Haus im Setenan um. Ich dachte nicht im mindesten daran, daß dies ein Vorzeichen sein könnte, ein Wink Allahs, des Heiligsten und Höchsten, als Hinweis darauf, daß Er vorhatte, einen bedeutenden verdienstvollen Mann, der von so vielen heiß geliebt wurde, bald zu Sich zu rufen. Ich vermochte dieses Vorzeichen nicht zu erkennen, denn ich bin ein Analphabet im Lesen solcher Zeichen und Hinweise Allahs. Ich gehöre zu den Einfältigen, die sich nur von den Zeichen und Symbolen profaner Dinge verzaubern lassen, die uns vermeintliches Glück bringen. Erst als Allah, der Heiligste und Höchste, durch Embah Kakung abermals ein Zeichen sandte, als dieser nämlich befahl, den umgestürzten Nangka-Baum unter allen, die etwas von ihm gebrauchen konnten, aufzuteilen, begann ich dessen symbolische Bedeutung zu begreifen. Großvater wollte auf diese Weise Abschied nehmen, ehe er sich auf den Weg zu Allah machte, indem er sein Erbe, nämlich seine Begeisterung für Eintracht und Brüderlichkeit, unter seine Kinder, Enkelkinder und Urenkel verteilte. Unser Großvater hat keine glänzenden und glitzernden weltlichen Dinge hinterlassen oder vererbt, Dinge, von denen die Leute meinen, sie machten den Stolz einer Familie aus. Der Großvater hat darin nie etwas gesehen, was für seine Kinder, Enkelkinder und Urenkel besonders wichtig wäre. Er erachtete das Einstehen für Eintracht und Brüderlichkeit als das wertvollste, was er seinen Nachkommen und der Gesellschaft weitergeben konnte. Denn eben dieser Geist ist es, der uns Menschen befähigt, Allahs Willen hier in dieser vergänglichen Welt zu erfüllen.

Hochverehrte, liebe Anwesende, Embah Kakung begann seinen langen Weg auf der schmalen Leiter, die man die Stufenleiter der Priyayi nennt, vor vielen, vielen Jahren. Den ersten Schritt tat er, als er seine Ausbildung als Hilfslehrer an der Dorfschule beendet hatte und als Lehrassistent an die Schule in Karangdompol kam. Das Dorf liegt nicht weit von diesem Friedhof auf der anderen Seite des Kali Madiun. Dort begann der Großvater, die ersten Schößlinge unserer großen Familie zu pflanzen. So wie den Nangka-Baum wollte er seine Familie wachsen sehen, sie sollte fest und stark sein wie dessen Kernholz, das den widerstandsfähigsten Teil seines Stammes bildet. Und das Kernholz, das der Großvater sich entwickeln und wachsen lassen wollte, das war für ihn die Begeisterung der Priyayi für den Dienst an der Mehrheit der Gesellschaft. Als Abkömmling von Bauern war er von dem Wunsch beseelt, seinen Teil dazu beizutragen, das Selbstverständnis der Priyayi neu zu formen und auszurichten, eine gewaltige Aufgabe, die bisher nur von denen wahrgenommen werden durfte, die blaues Blut in den Adern hatten. Embah Kakung wollte aber dabei mitwirken, der Vielfalt dieses Spektrums, das den Geist der Priyayi darstellt, eine neue Farbe hinzuzufügen. Dabei war sein Hauptziel, den einfachen Leuten mehr Bildungsmöglichkeiten zu verschaffen, damit sie eines Tages selbst in der Lage wären, das Selbstverständnis der Priyayi mit zu bestimmen.

Liebe Anwesende, was diese neue Facette im Selbstverständnis der Priyayi angeht, so ist das Wesentliche daran der Dienst an der

Mehrheit der Gesellschaft, das Eintreten für die Belange des einfachen Volkes. Das Neue daran ist der Geist der Verbundenheit mit dem einfachen Volk. Das ist das Kernholz, das Embah Kakung in seiner ganzen Familie wachsen lassen wollte, der Geist von Eintracht und Brüderlichkeit.

Hochverehrte, liebe Anwesende! Die Wahl der Großfamilie Sastrodarsono ist auf mich gefallen, die Erinnerung an das Lebensziel des Großvaters wachzurufen und ihm unsere Wünsche mit auf den Weg zu geben, den er heute antritt. Es ist ein weiter Weg, und keiner von uns Anwesenden kann sich eine Vorstellung davon machen, wie er beschaffen ist, denn er liegt weit außerhalb unserer Vorstellungskraft. Wir können von hier aus nur beten, daß der weite Weg, den der Großvater nun beschreitet, erfolgreicher ist als der, den er hier in der vergänglichen Welt zurückgelegt hat. Ich bin ausgewählt worden, weil die Familie nun bereits in der Generation der Enkel steht, und ich vertrete die Jugend und ihr Verständnis davon, was der Großvater geleistet hat. Ich habe versucht, mein eigenes Verständnis von Großvaters Lebensziel darzustellen. Sein Anliegen war in meinen Augen, das Selbstverständnis der Priyayi auf die Aufgabe zu gründen, dem einfachen Volk zu dienen.

Vater, Mutter, Onkel, Tanten, Brüder, Schwestern, Neffen und Nichten! Verzeiht mir, wenn ich mein Verständnis vom Lebensziel eines Menschen, den wir über alles verehrt und geliebt haben, voller Fehler und Irrtümer vorgetragen habe. Unsere Generation ist in einer Zeit aufgewachsen, die unter dem Zeichen großer Veränderungen steht. Wir haben Krisen über Krisen erlebt, ja, sind mit ihnen noch bis zum heutigen Tag konfrontiert. Wir haben uns gegenseitig geformt, um klüger zu werden im Lesen von Zeichen und Vorzeichen, die von Allah, dem Heiligsten und Höchsten, ausgesandt werden. Wie schwer ist es, Seine Zeichen lesen und verstehen zu lernen! Trotzdem darf dieses Lernen nie aufhören, denn es bedeutet sozusagen auch, auf dem Wege zu sein. Und wir können nicht anders, als diesen Weg weiterzugehen. Daher, meine Brüder und Schwestern, meine Neffen und Nichten, laßt uns den Weg mutig und mit Gottvertrauen fortsetzen, den Weg des Dienstes an der Gesellschaft der Mehrheit, insbesondere des Dienstes an den kleinen Leuten. Er kennt kein Ende.

Und zum Abschluß, liebe Anwesende, laßt uns Embah Kakung ein letztes Lebewohl und alles Gute auf seinem Weg wünschen, laßt uns die Al-Fatihah sprechen, die Sure mit der tiefsten Bedeutung in unserem Glauben. Al-faa-tihah...

Auf dem Weg zurück zu ihren Autos fragten mich Onkel Noeg, Tante Sus, Tante Soemini und Onkel Harjono: »Tip, deine lange Rede war schön, aber wir haben den Sinn nicht so ganz verstanden. Was hast du denn eigentlich gemeint?«

Bevor ich antwortete, betrachtete ich die Umstehenden, die Onkel und Tanten, wie sie mich mit fragenden Gesichtern ansahen, ratlos. Vater und Mutter wie auch Hari lächelten. Marie, Maridjan, Tommi und ihre Kinder standen da, Schweiß im Gesicht. Pakde Ngadiman war mit seinen Kindern noch damit beschäftigt, die Erdhaufen auf dem Grab einzuebnen. Halimah, meine Verlobte, meine Zukünftige, mein Liebling, lächelte, ich war froh.

»Ich weiß es selbst nicht so genau, Onkel. Entschuldigt, wenn ich euch alle enttäuscht habe.«

»Was bedeutet denn deiner Meinung nach Priyayi?«

»Ehrlich gesagt, habe ich das nie ganz begriffen, Onkel. Aber dieser Begriff ist für mich auch nicht mehr so wichtig.«

Ich blickte nicht mehr auf, ich brachte es nicht über mich, dem Onkel noch einmal ins Gesicht zu sehen. Ich ging zu Halimah hinüber und nahm sie an der Hand. Wir sollten sie stehen lassen und etwas laufen, meinte ich zu ihr. Auf einmal spürte ich den Wunsch, nach Wanalawas hinüberzulaufen, das nicht allzu weit vom Friedhof entfernt war. Es wäre schön, mit Halimah einen Besuch bei den Gräbern meiner Mutter und von Embah Wedok zu machen. Da berührte mich plötzlich jemand von hinten: »Ich komme mit, Kang.«

Ich wandte mich um und sah Gus Hari hinter mir.

»Auf, Gus! Wir wollen nach Wanalawas. Zu Fuß, Gus.«

»Von mir aus. Ich möchte sowieso etwas laufen. Ich habe Lust, mit euch beiden zu reden.«

Wir gingen los und unterhielten uns über alles mögliche. Über die Zeit, als wir noch Kinder waren, wie es war, als wir schon halb erwachsen und später richtig erwachsen waren. Auch über unsere Zukunft. Wir brachen immer in Gelächter aus, wenn wir uns an die glücklichen Zeiten in unserer Jugend erinnerten. Aber wir waren besorgt, wenn wir an das dachten, was vor uns lag. Ab und zu fiel Halimah mit einer Erzählung über ihr Dorf ein. Wie schön es dort war, wie friedlich, wie fruchtbar.

»Ist denn dein Dorf wirklich so sehr verschieden von Wanagalih, Mbak Halimah?«

»Zum Teil ja, zum Teil auch wieder nicht, Dik Hari. Aber ist das denn so wichtig?«

»Laß es sein, Gus! Sei vorsichtig, wenn du dich mit einer aus Pariaman anlegst!«

Wieder mußten wir lachen. Wir, die jüngere Generation, die schon gar nicht mehr jung war.

Als ich von weitem die Bäume sah und dahinter den Gunung Kendeng, fing ich an zu singen, einfach so: »Kinanti, ketawang Subokastowo. Mider ing rat, angelangut, lelana njajah negari, mubeng tepining samodra... (wir wandern um die Welt, so eindrucksvoll, so bewegend, wir schweifen durch das Land, die Küste des Ozeans entlang...) Gus Hari fiel ein und sang mit. So gingen wir zu dritt, langsam, wir sangen und rezitierten, sahen Rama, Sita und Laksmana vor uns, wie sie auf dem Weg in die Verbannung im endlosen Wald verschwinden.

Und als das Lied »Kinanti« zu Ende war, übernahm Halimah mit einer eigenen Melodie: »Onde, onde, lah laruik sanjo, mandi ka lubuak mandalian, udang disangko tali-tali...«

Der Himmel rötete sich über dem Hang des Kendeng. Bald würde die Dämmerung hereinbrechen.

Glossar

Abangan: Muslim, der sich nicht oder nicht streng an die religiösen Vorschriften hält

Adipati Madiun: Herrscher von Madiun in Ostjava

Al Fatihah: die erste Sure im Koran

Alengka: Rahwanas Reich (Srilangka)

AMS: Oberschule in der holländischen Kolonialzeit (Algemeene Middelbare School)

Andong: zweiachsiger Pferdewagen

Angka loro: drei- bzw. fünfjährige Grundschule

Arjuna (Arjuno): der strahlende Held aus dem Wayang-Zyklus »Pandawa«, der stets bescheiden bleibt und die feine Form wahrt, Liebling der Frauen

Aufstand von 1958: Untergrundkämpfe in Westsumatra nach Auflösung der Gegenregierung, die im Februar 1958 ausgerufen worden war

Balam: kleine Taube mit weißem und braunem Gefieder

Balokan: Rotlichtviertel in Yogyakarta

Bandung Bondowoso: Prinz, der nach der Legende in einer Nacht den Prambanan-Tempel gebaut haben soll

Baratayuda: im Wayang der Krieg zwischen den Pandawa und die Kaurawa um die Herrschaft im Reich Ngastina

Bau: Landmaß, 1 Bau = 7096 qm (d.h. ca. 3 Morgen oder 3/4 Hektar)

Becak: die indonesische Form der Fahrrad-Rikscha, in der die Fahrgäste auf einer überdachten Bank vor dem Fahrer sitzen

Benteng Pendem: von den Holländern am Zusammenfluß von Bengawan Solo und Kali Madiun Anfang des 19. Jh. angelegtes Fort, dessen Grundmauern sich inzwischen stark gesenkt haben

Beskap Landung: lange Weste oder Jacke (offizielle Hoftracht)

Betara Krisna: Inkarnation des Gottes Wisnu

Betara Surya: Sonnengott

Betoro Kala: (Betoro Kolo) Gottheit in Riesengestalt, die – nach Volksglauben – kleine Kinder frißt

Blangkon: javanische Kopfbedeckung für Männer, aus einem Batiktuch geknotet und vernäht (Teil der offiziellen Hoftracht)

Botok Ikan Teri: kleine Trockenfische mit Kokosmilch (Santen) und Gewürzen versetzt, in Bananenblätter gewickelt und gedämpft

Bude: Tante

Bulik: Tante (jünger als Vater oder Mutter)

Bung: vertrauliche Anrede unter Männern, heute kaum noch üblich

Bung Karno: vertraulich für Präsident Soekarno

Bupati: Vorsteher eines Bezirks (Kabupaten), unter den Holländern der einheimische Regent

cegah dahar lawan guling: möglichst wenig essen und schlafen, um die inneren Kräfte zu stärken

Ceki: Kartenspiel mit kleinen Karten (wie Domino) mit chinesischen Bildern

CGMI: marxistisch ausgerichteter Studentenbund (Central Gerakan Mahasiswa Indonesia)

Chairil Anwar: bedeutendster Lyriker Indonesiens, geb. 1922 in Medan, gest. 1949 in Jakarta

Cocak Rawa: schöner blauschwarzer Vogel

Dadap-Baum: hoher Baum mit Stacheln und roten Blüten (Erythrina lithosperma)

Dalang: Puppenspieler im Wayang Kulit (s. dort)

Derkuku: kleine Taube mit weißem und braunem Gefieder

Destar: javanische Kopfbedeckung für Männer, aus einem Batiktuch geknotet und vernäht

Dimas: unter Männern vertrauliche Anrede einem Jüngeren gegenüber

Diponegoro: Prinz Diponegoro (1785-1855) führte von 1825 bis 1830 von Mitteljava aus einen Aufstand gegen die holländische Kolonialmacht

Dokar: Einspänner

Dukuh: Dorfältester

ELS: holländischsprachige Mittelschule (Europeise Lagere School)

Embah: Großvater/Großmutter

Embah Guru Kakung = der Herr Lehrer

Embah Guru Putri = die Frau Lehrer

Emprit Sawah: schöner bunter Vogel mit langem gebogenen Schnabel

Eyang: Großvater/Großmutter, auch allgemein ehrerbietig der/die Alte

Gambang: das Xylophon im Gamelan

Gatutkaca: im Wayang-Zyklus »Pandawa« der kühne, unbesiegbare Sohn von Bima (siehe »Pandawa«)

Gelatik: kleiner gelblicher Vogel (Padda orizyvora)

Gender: Metallophon im Gamelan, das mit zwei Schlegeln gespielt wird

genjimin bagero: japanischer Fluch: »elender Schuft«

Gerwani: sozialistische Frauenorgansation (Gerakan Wanita Indonesia)

Gestapu: Kommunistischer Putschversuch vom 30. September 1965 (Gerakan September tigapuluh)

Gobak Sodor: ein Spiel, bei dem es darum geht, andere aus ihrem Kreis zu ziehen oder zu stoßen

Gudeg: Gericht aus jungen Nangka-Früchten, mit Kokosmilch im Tontopf über Holzfeuer gekocht (Nangka = Artocarpus integer - auch Jakbrotbaum genannt)

Gusti: Herr, Gusti Allah = Gott der Herr

Haji: Ehrentitel für einen Mekkapilger

Harimurti: im Wayang eine anderer Name für König Kresna (s. diesen)

Hatta: Mohammad Hatta, Politiker, 1949 Premierminister, später Vizepräsident, verkündete 1945 gemeinsam mit Sukarno die Unabhängigkeit Indonesiens

Heiho: einheimischer Truppenverband unter der japanischen Besatzungsmacht

HIK: Lehrerbildungsanstalt (Hogere Inlandse Kweekschool)

HIS: Grundschule für Beamtenkinder in der holländischen Kolonialzeit (Hollandsch-Inlandsche School)

HKS: höhere Lehrerbildungsanstalt

Hogere Inlandse Kweekschool: höhere Lehrerbildungsanstalt für Einheimische

HSI: marxistische Gruppierung

Idenburg: A.F. van Idenburg, 1909-1916 Generalgouverneur von Niederländisch-Indien

Idul Fitri: höchster islamischer Feiertag am Ende des Fastenmonats Ramadan

Ikan Wader Cetul: kleiner Süßwasserfisch

Isya: Zeit des Abendgebets gegen 19:30

Jadah: Reiskuchen

Jambu Biji: Jambu-Art, saftig (Psidium guajava)

Jamu Jawa: Naturheilmittel der verschiedensten Art, auch als Schönheitsmittel verwendet, meist in Form von Getränken

Jangka Jayabaya: berühmte Dichtung des ostjavanischen Königs Jayabhaya (12. Jh.), in der Ereignisse der indonesischen Geschichte vorhergesagt werden

Jeng: Anrede für eine Frau, die jünger ist als der Sprecher (Kurzform von dhi-ajeng)

Joan: eine grüne Taubenart

Juadah: Kuchen aus Klebreis und Kokosmilch

Jumat Kliwon: für Javaner ein glückbringender Tag, wenn der letzte Tag ihrer fünftägigen Woche auf einen Freitag (Jumat) fällt (s.a. Selasa Kliwon)

Kabupaten: Bezirk, Bezirkssamt

Kacang Koro: eine Erbsenart

Kain: langes Batiktuch, das um die Hüften geschlungen wird

Kamas: vertrauliche Anrede einem Älteren gegenüber

Kamboja-Baum: Frangipani (Plumiera acuminata)

Kanjeng: ehrenvolle Anredeform

Karna: Halbbruder der fünf Pandawa, steht aber im Wayang-Zyklus »Pandawa« auf der Seite der Kaurawa, ist König Suyudana bis zum Tod ergeben

Kartini: R.A. Kartini (1879-1904), aus adligem javanischem Haus, erste Frauenrechtlerin Indonesiens, berühmt für ihre Briefsammlung »Door Duisternis tot Licht«

Kebaya: traditionelle javanische Bluse mit langem Arm, oft aus Brokat

Kedongdong: pflaumenähnliche Früchte des gleichnamigen Baums (Spondias lutea)

Kepanewon: Amtssitz

Ketan: Klebreis

Ketela rebus: gekochte Süßkartoffeln verschiedener Art

Ketroprak: Traditionelles javanisches Theater mit Musik und Tanz

Kewedanan: Amtssitz eines Wedana (s. diesen)

Ki Hadjar Dewantara: Begründer der Taman-Siswa-Bewegung, deren Ziel es war, möglichst viele Schulen mit national orientiertem Lehrplan einzurichten, 1945 Erziehungsminister im ersten Kabinett Sukarnos

Klenengan: nicht-funktionale Gamelanmusik in kleiner Besetzung

Klenengan Adiluhung: hochverfeinerter Stil des Klenengan

Klepon: Klößchen aus Reismehl, mit braunem Zucker gefüllt und in Kokosflocken gewälzt

Kliwon: 5. Tag der fünftägigen javanischen Woche

Klobot: eine Art Zigarillos, bei denen der Tabak in trockene Deckblätter von Maiskolben gerollt wird

KNIL: einheimischer Truppenverband unter der holländischen Kolonialmacht (Koninklijk Nederlands Indisch Leger)

König Kresna von Dwarawati: im Wayang-Zyklus »Pandawa« der weise Ratgeber und Freund der Pandawa (s. diese)

König Suyudana: Ältester der Kaurawa, Herrscher in Ngastina

Kontol Jembutan: Ubi-Art mit birnenförmigen Früchte und herunterhängenden Haaren (jembut = Schamhaare)

Korawa (Kaurawa): die 99 Söhne von Destarastra, die im Wayang-Zyklus »Pandawa« die böse Seite repräsentieren

Kris: javanischer Dolch, dem oft magische Kräfte zugeschrieben werden. Ein Kris kann eine gerade oder auch geflammte Klinge haben und wird in einer meist reichverzierten Scheide auf dem Rücken getragen, gehört zur offiziellen Hoftracht

Kromo: gehobene Stufe des Javanischen

Kromo inggil: höchste Stufe des Javanischen

Kromo madyo: Mischform von Kromo und Ngoko (s. dort)

Kumbakarna: Riese der Ramayana-Legende, Bruder von Rahwana (s. diesen), verkörpert im Wayang den Inbegriff der Treue und Ergebenheit zu König und Land

Kunti: die Mutter der ersten drei Pandawa: Yudistira, Bima, Arjuna

Kutilang: kleiner Vogel mit heller Stimme

Kweekschool: Lehrerbildungsanstalt

Kyoikutai: japanische Militärschule

Lakon: Stück des javanischen Schattentheaters, dessen Aufführung die ganze Nacht dauert

laku prihatin: sich geistigen und körperlichen Übungen unterziehen (Meditation, Fasten), um die inneren Kräfte der Persönlichkeit zu stärken

Lara Ireng: Mädchenname von Wara Sembadra (s. diese)

Lara Jonggrang: Prinzessin, um die sich die Legende über die Entstehung des Haupttempels im Prambanan-Komplex rankt

Larasati: auch Rarasati genannt, eine der Gattinnen Arjunas

Laskar: paramilitärische Kampfverbände, meist Jugendliche

Lekra: Sozialistischer Künstlerbund (Lembaga Kebudayaan Rakyat)

Lestra: Sozialistischer Schriftstellerverband

Linggajati: Abkommen von Linggajati, in dem die Niederlande die Existenz der Republik Indonesien erstmals de facto anerkannten (November 1946)

Lopis: Kuchen aus Klebreis, mit Kokosflocken und Sirup gefüllt und in Bananenblätter eingewickelt

Lurah: Orts- oder Ortsteilvorsteher, in kleineren Ortschaften auch Bürgermeister

Maespati: das Reich von Prabu Arjuna Sasra Bahu

Mangkunegaran: Fürstenhof in Solo

Manikebu: Manifest freiheitlicher Künstler von 1963, von Sukarno 1965 verboten (Manifes Kebudayaan)

Mantri Guru: Schulleiter, Direktor

Mantri Penjual Candu: unter der holländischen Kolonialregierung Aufseher des Opiumhandels

Mas: javanische Anrede für Männer

Mas Tirto: Raden Mas Tirto Adhi Soeryo, Gründer des »Medan Priyayi«, der ersten selbständigen indonesischen Zeitschrift (1907)

Masyumi: orthodoxe Muslim-Partei, 1960 verboten (Majelis Syuro Muslimin Indonesia)

Mataram: javanisches Königreich (1582 - 1755)

Mbakyu: Anrede für Frauen, die älter sind als der Sprecher

Medan Priyayi: erste selbständige Zeitschrift in malaiischer Sprache, 1907 gegründet

Mini: so wird Soemini in der Familie genannt

Mocopat: kurze Versdichtung in javanischer Sprache

MULO: Mittelschule in der holländischen Kolonialzeit (Meer Uitgebreid Lager Onderwijs)

Multatuli: Pseudonym des Schriftstellers Eduard Douwes-Dekker, des schärfsten Kritikers der holländischen Kolonialherrschaft im 19. Jh., sein Hauptwerk »Max Havelaar« (1859/60)

Murjangkung: mythologische Figur, hier als Vorbild für große, schlanke Leute genommen

Muso: Musso, Altkommunist, übernimmt nach Rückkehr aus dem Moskauer Exil 1948 die Führung der PKI, fällt noch im selben Jahr im Gefecht

mutih: leichtes Fasten, indem man nur Reis ißt und Wasser trinkt

Nabi: Prophet

Nabi Muhammad: Der Prophet Muhammad

Nagasari: in Bananenblätter eingewickelter und gedämpfter Kuchen aus Reismehl und Kokosmilch, mit einem Stück Banane gefüllt

Nak Har: so wird Hardojo von seinen Eltern genannt

Nasi Pecel: Reis mit Gemüse in Erdnußsoße

Nasi Tumpeng: zu einem Kegel geformter, vielfältig verzierter Reis, wie er zu festlichen Anlässen gereicht wird

Ndoro: ehrerbietige Anrede

Ngastina (Astina): im Wayang-Zyklus »Pandawa« das Reich, um dessen Herrschaft der Krieg zwischen den Pandawa und den Kaurawa entbrennt

nglakoni: auf javanische Weise fasten: Schlaf, Essen, Trinken reduzieren, ohne dabei zwischen Tag und Nacht zu unterscheiden

Ngoko: einfache Stufe des Javanischen

ngrowot: leichtes Fasten, indem man nur einfaches Gemüse ohne Reis zu sich nimmt

Noeg: so wird Noegroho in der Familie genannt

Nyamikan: einfache Leckereien oder Süßigkeiten der verschiedensten Art

Onde-Onde: fritierte Bällchen aus Klebreis mit Sojapaste oder süßen Erbsen, mit Palmzucker gefüllt und in Sesam gewälzt

Opsus: militärisches Sonderkommando (Operasi khusus)

Oseng-Oseng Kangkung: Blattgemüse mit süßlich scharfen Gewürzen (Laos, Cabe, Palmzucker)

OSVIA: Fachschule für einheimische Verwaltungsbeamte in der holländischen Kolonialzeit (Opleidingsschool voor Inlandsche ambtenaaren)

Otto Djaja: Otto Djajasuminta, in den 40er Jahren bekannter Maler, als dessen Hauptwerk »Pertemuan« (Begegnung) gilt

Padi Gogo: Reispflanzen für Trockenfelder

Pakde: Onkel (die älteren Brüder des Vaters oder der Mutter)

Paklik: Onkel (jünger als Vater oder Mutter)

Pancasila: Indonesische Staatsphilosophie, von Sukarno im Juni 1945 verkündet, umfaßt die fünf Prinzipien: Glaube an einen allmächtigen Gott, Nationalbewußtsein, Humanität, Demokratie, soziale Gerechtigkeit

Pandawa: die fünf Söhne König Pandus, des Herrschers von Ngastina, die im Wayang-Zyklus »Pandawa« die gute Seite repräsentieren: Yudistira, Bima, Arjuna, Nakula, Sadewa

Pandawa Dadu: berühmtes Wayang-Stück, das davon handelt, wie König Yudistira sein Reich im Würfelspiel an die Kaurawa verliert

Panembromo: Lied (Preislied, Festgesang, Lobeshymne) in javanischer Sprache

Panewu: höherer javanischer Beamter

Panjenengan: höfliche Anrede, entspricht unserem Sie

Parto: anderer Name für Arjuna (s. diesen)

Patih: Fürst

Peci: die traditionelle fez-ähnliche Kopfbedeckung der Javaner, meist aus schwarzem Samt

Pei: chinesisches Kartenspiel

Pencak Silat: indonesische Kunst der Selbstverteidigung

Pendopo: offene, freistehende Säulenhalle auf rechteckigem Sockel

Penghulu: Persönlichkeit, die im Islam zeremonielle Handlungen vornimmt

Perkutut: kleiner graumelierter Singvogel mit schwarzem Schnabel, hat eine durchdringende, schöne Stimme (Geopelia striata)

Pesindo-Truppen: paramilitärische sozialistische Jugendorganisation (Pemuda Sosialis Indonesia)

Peta: indonesische Heimwehr, von der japanischen Besatzungsmacht im Oktober 1943 eingerichtet (Pembela Tanah Air)

PKI: Kommunistische Partei Indonesiens (Partai Komunis Indonesia)

PNI: Nationale Partei Indonesiens, Massenpartei, von Sukarno gegründet (Partai Nasional Indonesia)

Prabu Arjuna Sasra Bahu: König von Maespati im Wayang-Zyklus »Arjuna Sasra Bahu«, Inkarnation von Wishnu

Priyayi: niederer javanischer Adel, im engeren Sinn: javanische Beamte im Dienst der holländischen Kolonialmacht

Punai: Taube

Puro: Palast

Putschversuch von 1965: s. Gestapu

Raden: Adelstitel

Rahwana: in der Ramayana-Legende der König der Riesen und Dämonen

Rama: Prinz Rama, der Held der Ramayana-Legende

Ratu Adil: wörtlich »gerechte Königin« – wird aber im Volksglauben als »der gerechte Herrscher« verstanden, dessen Erscheinen in unbestimmter Zukunft prophezeit wurde

Renville: auf dem amerikanischen Kriegsschiff »Renville« wurde im Januar 1948 ein Waffenstillstand zwischen den Niederlanden und der Republik Indonesien vereinbart

Ronggeng: Tanz, von Gamelan-Musik begleitet, vor allem in ländlichen Gegenden Ostjavas beliebt, hat eine stark erotische Komponente

saikere kita ni muke: japanisch: saikerei kita ni muke – sich tief nach Norden verneigen

Sajur Lodeh: Eintopf, in Kokosmilch gekochte Singkongblätter, grüne Bohnen und Nüsse (Melinjo)

Sanoesi Pane: Schriftsteller, Autor des Dramas »Manusia Baru« (Der neue Mensch)

Santen: Kokosmilch, aus gewässerten Kokosflocken ausgepreßt

Saren: geronnenes, in Scheiben geschnittenes und gebratenes Blut (hier: vom Huhn)

Sarotomo: javanischsprachige Zeitschrift

Schakel School: siebenjährige Grundschule mit Holländisch in den oberen Klassen

School Opziener: Schulaufseher, -inspektor

Sekolah Normaal: Lehrerbildungsanstalt

Selamatan: gemeinsames Essen, um Segen zu erbitten oder Dank abzustatten, zeremonielle Mahlzeit

Selasa Kliwon: für Javaner ein glückbringender Tag, wenn der letzte Tag ihrer fünftägigen Woche auf einen Dienstag (Selasa) fällt (s.a. Jumat Kliwon)

Sembadra (Sembodro): Wara Sembadra, im Wayang Arjunas zärtliche, treue und ergebene Gattin – Wara Sembadra und Arjuna gelten als Sinnbild einträchtiger Liebe

Sembukan: Schlingpflanze, deren Blätter beruhigend wirken (Poederia foetida)

Senapati (Panembahan): König und Usurpator (1582-1601), gilt als Gründer des Reichs Mataram in Java, hat zahllose Eroberungskriege geführt

Serat Tripama: Lehrhafte Verdichtung, geschaffen von Mangkunegara IV.

Serat Wedhatama: dto.

Serat Wulangreh: Lehrhafte Verdichtung, geschaffen von Paku Buwana IV., 1788-1820 Sultan von Surakarta (Solo)

Sholat: vom Islam vorgeschriebenes Gebet

Singkong: Maniokwurzel

Solo: Surakarta, neben Yogyakarta das zweite Herrschaftszentrum Javas

Sri Soenan: Kurzform von Sri Soesoehoenan, Titel des Sultans von Surakarta (Solo),

Srikandi: Wara Srikandi, im Wayang Arjunas kämpferische Gattin – gilt als Inbegriff der selbstbewußten Frau

STOVIA: Medizinische Fachschule in Batavia (Jakarta), (School tot opleiding van Indische artsen)

Sukarno: 1901-1970, erster Präsident der Republik Indonesien

Sukrasana: Wayang-Gestalt, jüngerer Bruder von Sukrasana

Sumantri: Gestalt aus dem Wayang-Zyklus »Arjuna Sasra Bahu«

Sutan Takdir Alisjahbana: 1908-1995, Schriftsteller und Publizist, hatte entscheidenden Anteil an der Entwicklung der modernen indonesischen Sprache als Nationalsprache

Tahlilan: Lob Allahs mit den Worten »la ilaha illallah« (auch Totengebet)

Tahu Ketupat: Reis in geflochtenen Kokosblättern gekocht, mit gebratenem Tofu bestreut, dazu wird Erdnußsoße mit Kokosflocken und Sambal gereicht

Tayuban: Tanz zu Gamelanmusik, bei dem die Tänzerinnen Männer zum Mittanzen auffordern

Tempe: kleine Kuchen aus vergorenen Sojabohnen, die gebacken oder gebraten werden

Tepo: javanisch für Tahu Ketupat (siehe dort)

Tingkebi: Zeremonie im 7. Monat der Schwangerschaft

Tip: kurz für Lantip

Trembesi-Baum: Regenbaum (Enterolobium Saman)

Triwikrama: im Wayang furchterregende Riesengestalt

Tuan: Herr

Ubi hitam: schwarze Süßkartoffeln

Ubi jalar: rote Süßkartoffeln

Ubi-Ubian: verschiedene Feldfrüchte aus Wurzeln und Knollen (Kartoffeln, Süßkartoffeln, Singkong, u.a.m.)

Uro-Uro: improvisiertes Lied

Uwi: schwarze Süßkartoffeln, Kletterpflanze

Uyon-Uyon: in Yogyakarta spezielle Art des Klenengan (s. dort)

Van Deventer School: Mittelschule für Mädchen, entspricht der MULO (s. dort)

Wage: 4. Tag der fünftägigen javanischen Woche

Wajik: Kuchen aus Klebreis, Palmzucker und Kokosmilch

Wara Sembadra: s. Sembadra

Warung: Verkaufs- oder Essensstand

Wassalamualaikum: Friede sei mit dir/euch!

Wayang Kulit: traditionelles javanisches Schattentheater

Wayang Orang: javanisches Tanztheater, dessen Stücke meist denen des Wayang Kulit entlehnt sind

Wayang Wong: s. Wayang Orang

Wedana: Vorsteher eines Stadtbezirks

Wedang (Cemoe): Getränk aus verschiedenen Ingredienzen, die mit heißem Wasser aufgegossen werden

Yogya: Kurzform für Yogyakarta

Yok: so wird Hardojo in der Familie genannt (oder von den Eltern auch »Nak Har«)

Yudistira: König von Amarta, der Älteste der Pandawa (s. diese)